# Władca dżinnów

# WŁADCA DŻINNÓW

P. Djèlí Clark

Przełożyła
Małgorzata Strzelec

Wydawnictwo MAG
Warszawa 2022

Tytuł oryginału: *A Master of Djinn*

Redakcja: Alicja Laskowska
Korekta: Elwira Wyszyńska, Magdalena Górnicka
Ilustracja na okładce: Stephan Martiniere
Opracowanie graficzne okładki: Piotr Chyliński
Projekt typograficzny, skład i łamanie: Tomek Laisar Fruń
ISBN 978-83-67353-14-4
Wydanie I
Wydawca: Wydawnictwo MAG
Pl. Konstytucji 5/10, 00-657 Warszawa
www.mag.com.pl
Wyłączny dystrybutor: Dressler Dublin sp. z o. o.
ul. Poznańska 91, 05-850 Ożarów Maz.
tel. 227 335 010
www.dressler.com.pl
Druk i oprawa: opolgraf DRUKARNIA

*Claudette,*
*którą wielu innych nazywa Liz, a ja nazywam mamą.*
*Dziękuję za wszystkie wizyty w bibliotece.*

# ROZDZIAŁ PIERWSZY

Archibald James Portendorf nie lubił schodów z racji ich groteskowej długości i tego, że wiecznie prowadzą w górę, jakby stroiły sobie z niego żarty. Miał nawet czasem wrażenie, że słyszy, jak chichoczą. Gdyby schody miały oczy, to by więcej niż tylko chichotały, patrząc, jak sapie pod podkręconymi kasztanowymi wąsami i chwieje się na krótkich nóżkach niosących jego korpulentność. To było karygodne, żeby w dzisiejszych czasach pozwalać jeszcze schodom istnieć, skoro windy mogły wygodnie ponieść pasażerów.

Przystanął znowu, żeby odpocząć przy ogromnej replice miedzianego dzbana na herbatę o wygiętym, niemal ptasim dzióbku, i poprawił niesione brzemię. To skandal, żeby człowiek w jego wieku, który w tym roku – w 1912 – skończył sześćdziesiąt jeden lat, musiał znosić podobne zniewagi. Powinien sadowić się właśnie wieczorkiem z kieliszkiem czegoś mocniejszego, a nie kłusować po sakramenckich schodach!

– Czego się nie robi dla króla, kraju i kompanii – mruknął.

Otarł pot z czoła, żałując, że nie może wytrzeć też wilgoci zlewającej jego plecy i inne regiony ciała, o których nie wypada wspominać, a które na szczęście skrywał jego ciemny garnitur. Było ciepło jak na listopad i Archibald odnosił wrażenie, że w tym przegrzanym kraju jego ciało już nie potrafi przestać się pocić. Z westchnieniem skierował zmęczone spojrzenie na łukowate okno. O tej porze nadal był w stanie wypatrzyć spadziste zarysy piramid, ich kamień lśnił w blasku księżyca w pełni, który świecił jasno na czarnym niebie.

Egipt. Tajemniczy klejnot Orientu, ziemia faraonów, legendarnych mameluków i niezliczonych cudów. Już od długich dziesięciu lat Archibald spędzał w tym kraju po trzy, cztery, sześć miesięcy po kolei. I jednego był pewien: miał już tego powyżej uszu. Zmęczyła go ta potwornie gorąca, sucha kraina. Trzydzieści lat temu dojrzała do tego, żeby stać się kolejną zdobyczą imperium Jego Królewskiej Mości. Teraz Egipt był jedną z wielkich potęg świata, a Kair prześcignął Londyn, a nawet Paryż. Tutejsi ludzie paradowali butnie ulicami, kpiąc sobie z Anglii i nazywając ją „ponurą wysepką". Ich jedzenie drażniło mu żołądek. Ich modlitwy rozlegały się o wszystkich porach dnia i nocy. Uwielbiali udawać, że nie rozumieją angielszczyzny, a on dobrze wiedział, że jest inaczej!

No i jeszcze te dżinny. Stwory niezgodne z naturą!

Archibald znowu westchnął, przesuwając palcem po lawendowej literze „G" wyhaftowanej na chusteczce. Georgiana podarowała mu ją przed ślubem. Nie cierpiała tych wyjazdów tak samo jak on; zostawała sama w Londynie, nie mając nic do roboty poza wydawaniem poleceń służbie.

– Jeszcze tylko kilka tygodni, moja droga.

Jeszcze tylko kilka tygodni i usiądzie w statku powietrznym zmierzającym do domu. Jak się ucieszy na widok swojej „ponurej wysepki", gdzie trwał rozsądnie zimny i deszczowy listopad. Będzie szedł wąskimi uliczkami i rozkoszował się każdym smrodem i odorem. A z okazji Bożego Narodzenia upije się w sztok i to porządną, mocną angielską whisky!

Ta myśl podniosła go na duchu. Podniósł pakunek i znowu ruszył schodami, maszerując w rytm pomrukiwanej melodii *Rule, Britannia!* Jednak kropla patriotyzmu była niczym wobec tych dokuczliwych schodów. Zanim Archibald dotarł na ich szczyt, całkiem opuściła go werwa. Przystanął, zataczając się lekko, przed wysokimi drzwiami z ciemnego, niemal czarnego drewna wstawionymi w kamienny łuk i pochylił się, opierając ręce na kolanach i sapiąc hałaśliwie.

Kiedy tak stał, przechylił głowę na dźwięk słabiutkiego dzwonienia. Słyszał ten dziwny hałas z przerwami od tygodni – odległe echo metalu uderzającego o metal. Wypytywał służbę, ale większość nigdy tego nie słyszała. A ci, którzy słyszeli, twierdzili, że to pewnie niewidzialny dżinn mieszka w ścianach i sugerowali recytację świętych wersetów. Mimo wszystko dźwięk musiał dochodzić z...

– Portendorf!

Okrzyk sprawił, że Archibald się wyprostował. Poprawił strój, odwrócił się i zobaczył idących w jego kierunku dwóch mężczyzn. Na widok pierwszego omal się nie skrzywił, ale zmusił się do zachowania spokoju.

Wesley Dalton przypominał Archibaldowi karykaturę edwardiańskiego arystokraty – schludny przedziałek w złocistych włosach, wąsy wypomadowane w szpic i pewność siebie wypełniająca go od brwi aż po podbródek z dołeczkiem. Całość przyprawiała o mdłości. Młody człowiek podszedł i serdecznie klepnął go w plecy, przez co Archibald prawie się przewrócił.

– Czyli nie ja jeden spóźniłem się na wieczorek kompanii! Już myślałem, że będę musiał przepraszać staruszka. Jeśli jednak wejdę z małym kajzerem, to pewnie nie zbiorę cięgów!

Archibald uśmiechnął się powściągliwie. „Portendorf" to od wieków było angielskie nazwisko. I wywodziło się z Austrii, a nie z Niemiec. Niemniej nie wypadało się denerwować z powodu żartu. Przywitał się i uścisnął Daltonowi dłoń.

– Właśnie przyleciałem z Fajum – powiedział Dalton. To wyjaśniało jego strój: jasnobrązowe spodnie pilota wpuszczone w czarne wysokie buty. Pewnie leciał jednym z tych dwuosobowych szybujących ustrojstw, które były tam takie popularne. – Przekazano mi informację o wartej zbadania mumii. Okazało się, że to mistyfikacja. Uwierzysz? Tubylcy ulepili ją ze słomy i zaprawy!

Archibald jak najbardziej potrafił w to uwierzyć. Dalton miał obsesję na punkcie mumii – próbował dowieść swojej teorii, że starożytni władcy Egiptu byli tak naprawdę jasnowłosymi krewnymi Anglosasów, którzy zdominowali ciemniejsze hordy w swoim królestwie. Archibald – jak każdy normalny człowiek – był umiarkowanym rasistą, ale nawet on uważał, że takie twierdzenia to brednie i ambaje.

– Czasem, Mustafo – mówił dalej Dalton, zdejmując rękawiczki – myślę, że z przyjemnością wysyłasz mnie, żebym szukał wczorajszego dnia.

Archibald prawie zapomniał o drugim mężczyźnie, który stał milczący jak mebel – służącym Daltona, Mustafie. Coraz trudniej było znaleźć wśród miejscowych kogoś do takiej pracy. Mumie stanowiły rzadkość, ponieważ egipski parlament ograniczył handel nimi. Jednakże Mustafa zawsze był w stanie znaleźć dla Daltona nowy trop, z których żaden donikąd nie prowadził, za to wszystkie – jak podejrzewał Archibald – wiązały się ze znacznymi kosztami.

– Staram się tylko jak najlepiej służyć, panie Dalton – odezwał się rwaną angielszczyzną Mustafa, biorąc rękawiczki i chowając je w fałdach niebieskiej szaty.

Dalton mruknął.

– Każda ręka wyciąga się po bakszysz. Są jak mali londyńscy ulicznicy i całkiem cię oskubią, jeśli im na to pozwolisz.

Spojrzenie Mustafy przeniosło się na Archibalda i ledwie widoczny uśmieszek wykrzywił mu pełne wargi.

– No proszę! – wykrzyknął Dalton. – Czy to... ten przedmiot?

Archibald poderwał pakunek z miejsca, w którym leżał. Musiał długo się targować, żeby nabyć tę rzecz. Nie pozwoli, żeby ten człowiek macał ją swoimi łapskami.

– Zobaczysz to razem ze wszystkimi – oznajmił.

Na twarzy Daltona odmalowało się rozczarowanie i pewne oburzenie, ale tylko wzruszył ramionami.

– Oczywiście. Pozwolisz, zatem?

Ciężkie drzwi zazgrzytały o kamień, kiedy je pociągnął.

Pomieszczenie po drugiej stronie miało zakrzywione ściany, które zdobiły wzory w kolorze złota, jasnego brązu, zieleni i umbry na tle głębokiego błękitu. Gładka powierzchnia połyskiwała w ostrym świetle mosiężnego żyrandola wycinanego w typowy arabski wzorek z małych gwiazdek. Po bokach ciągnęły się rzędy kolumn, a łączące je łuki pomalowano w pasy w kolorze ochry. Prawdziwy popis orientalnej dekadencji jak przystało na Hermetyczne Bractwo Al-Dżahiza.

Dwa seryjne eunuchy podeszły do nich, z ich pustych, nieludzkich twarzy zrobionych z płachty mosiądzu nie dało się niczego wyczytać. Każdy automat trzymał w metalowych palcach białe rękawiczki, czarną szatę i pasujący do niej czarny tarbusz ze złotym chwościkiem. Archibald wziął swój strój, założył długą szatę na garnitur, a na głowę czapkę, pilnując, żeby wyhaftowany złoty bułat i obrócony w dół półksiężyc znajdowały się z przodu.

W sali zebrało się dwudziestu dwóch mężczyzn, wliczając w to Daltona i jego samego. Mustafa z szacunkiem został na zewnątrz. Wszyscy mieli na sobie uroczyste stroje bractwa, niektórzy dodatkowo nosili kolorowe fartuchy lub szarfy wskazujące ich rangę. Stali w parach albo trójkach, konwersując, a seryjne eunuchy podawały im napoje.

Archibald znał tu każdego, wszyscy zajmowali wysoką pozycję w kompanii – to był jedyny sposób, żeby trafić do bractwa. Witali go, gdy ich mijał, a on czuł się zobowiązany przystanąć, każdemu uścisnąć dłoń i objąć, tak by dotknęli się policzkami – przejęli ten zwyczaj od miejscowych. Każdy przyglądał się pakunkowi, który wytrwale trzymał poza zasięgiem wyciągających się rąk. To był męczący rytuał i Archibald ucieszył się, kiedy wreszcie się od wszystkich uwolnił, zostawiając wśród nich Daltona. Wychodząc spomiędzy zebranych, spostrzegł człowieka, z którym przyszedł się spotkać.

Lord Alistair Worthington, wielki mistrz Hermetycznego Bractwa Al-Dżahiza przedstawiał sobą imponujący widok w olśniewających fioletowych szatach obszytych srebrem. Siedział przy czarnym stole w kształcie półksiężyca na podobnym do tronu krześle o wysokim oparciu. Za nim zwieszała się ze ściany długa biała chorągiew ozdobiona insygniami bractwa.

Archibald ledwie pamiętał czasy, kiedy lord Worthington nie był „staruszkiem". Z racji śnieżnobiałych włosów i ostrych patrycjuszowskich rysów szef kompanii idealnie pasował do roli starszego kapłana ezoterycznego bractwa. Założył je w 1898 roku w celu odkrycia mądrości al-Dżahiza, sudańskiego mistyka, który na zawsze zmienił świat.

Owoce ich wysiłków zdobiły ściany: splamiona krwią tunika, alchemiczne równanie rzekomo spisane jego ręką, Koran, z którego nauczał. Archibald pomógł zdobyć większość z tych przedmiotów, podobnie jak pakunek, który właśnie niósł. Jednak w czasie ich poszukiwań nie natknęli się na boską mądrość ani na sekretne prawa rządzące niebiosami. Bractwo stało się zamiast tego domem dla romantyków albo pomyleńców takich jak Dalton. Wiara Archibalda zmalała na przestrzeni lat jak knot w świecy, która za długo płonęła. Trzymał jednak język za zębami. Był w końcu lojalnym pracownikiem kompanii.

Kiedy podszedł do lorda Worthingtona, starszy mężczyzna miał towarzystwo. Był tam Edward Pennington, jeden z najwyżej postawionych ludzi w kompanii, szczerze wierzący w bractwo, chociaż na wpół otępiały z racji wieku. Siedział między dwiema innymi osobami i kiwał pomarszczoną głową, gdy tamci mówili mu do uszu.

– Niemcy przysparzają wielkich kłopotów Europie – przemawiała kobieta, jedyna na sali, smagła piękność o poczernionym proszkiem *kohl* wielkich, wilgotnych oczach i zaplecionych w warkoczyki włosach sięgających poniżej ramion. Szeroki kołnierz z rzędów zielonych i turkusowych kamiennych paciorków otaczał jej szyję; wyglądał olśniewająco na tle białej sukni. – Teraz kajzer i car obrzucają się codziennie obelgami jak dzieci – perorowała po angielsku z mocnym akcentem.

Zanim Pennington zdążył odpowiedzieć, odezwał się siedzący po jego drugiej stronie mężczyzna. Na szerokich ramionach nosił ni mniej, ni więcej tylko skórę cętkowanego zwierzęcia.

– I nie zapominajmy o Francuzach. Jeszcze nie wyrównali rachunków z Osmanami w kwestii terytoriów Algierii.

Kobieta zacmokała z niesmakiem.

– Osmanie zagarnęli zbyt rozległe tereny. Jak spodziewają się rządzić w Maghrebie, kiedy tkwią po uszy w problemach na Bałkanach?

Archibald słuchał, gdy ta dwójka mówiła, a biedny Pennington ledwie był w stanie dojść do słowa. Ta para przypominała mu, jak bardzo bractwo zeszło na manowce.

– Mam tylko nadzieję, że Egipt nie zostanie wciągnięty w te konflikty. – Kobieta westchnęła. – Ostatnie, czego potrzebujemy, to wojna.

– Nie będzie wojny – odezwał się lord Worthington. Jego głos, choć cichy, zabrzmiał zdecydowanie. – Żyjemy w epoce przemysłu. Wytwarzamy okręty, które pokonują morza, i statki powietrzne, które przemierzają niebiosa. A dysponując naszą wiedzą o trujących gazach i ponownie odkrytymi przez wasz kraj tajnikami alchemii i sztuk tajemnych? Jak potworną broń mógłby stworzyć ten wiek? – Pokręcił głową, jakby otrząsał się z koszmarnych wizji. – Nie, ten świat nie może sobie pozwolić na wojnę. To dlatego wspomagałem waszego króla w związku z nadchodzącym spotkaniem na szczycie. Jedyną drogą naprzód jest droga pokojowa, bo inaczej z pewnością czeka nas koniec.

Na chwilę zapadła cisza, zanim kobieta podniosła swój kieliszek.

– Egipcjanie lubią toasty równie mocno jak wy, Anglicy. Często mówimy *fi sehetak*, na zdrowie. Może teraz powinniśmy wznieść toast za pokój.

Lord Worthington skinął głową, unosząc swój kielich.

– Za pokój.

Inni poszli w jego ślady, nawet stary otępiały Pennington. W którymś momencie staruszek spostrzegł Archibalda.

– Archie! Obawiałem się, że cię nie zobaczymy! Chodźże. A co to, nie masz nawet kieliszka?

Archibald wymamrotał przeprosiny i wziął kieliszek z tacy trzymanej przez seryjnego eunucha. Po typowych formułkach oficjalnej prezentacji usiadł obok kobiety, wokół której unosiła się chmura słodkich, przyprawiających o zawrót głowy perfum.

– Archie walnie przyczynił się do powstania naszego bractwa – wyjaśnił lord Worthington. – Nadzorował zakup tego właśnie budynku, pawilonu myśliwskiego dawnego paszy. W tamtych czasach Giza leżała jeszcze na uboczu. Archie nosi tytuł mojego wezyra, a także... – Starszy mężczyzna urwał, jego niebieskie oczy zabłysły na widok pakunku opartego o krzesło. – Czy to jest...?

– W rzeczy samej, proszę pana – odpowiedział Archibald, kładąc pakunek na stole. Na widok ciemnego materiału rozmowy zaczęły się powoli rwać. Nawet otępiały Pennington wytrzeszczył oczy.

Lord Worthington wyciągnął podekscytowany rękę, ale zawahał się.

– Nie. Przedstawimy ten dar całemu bractwu. – I jak na sygnał rozległ się głośny dźwięk dzwonu, wybijający godzinę. – Ach! W idealnym momencie. Gdybyś zechciał rozpocząć oficjalnie zebranie, Archie?

Archibald wstał, poczekał, aż dzwon ucichnie, i krzyknął:

– Proszę o ciszę! Wielki mistrz otwiera spotkanie bractwa!

Zgiełk ucichł i wszyscy odwrócili się w stronę stołu. Na ten sygnał lord Worthington wstał, a wraz z nim wszyscy inni znajdujący się przy stole.

– Bądź pozdrowiony, wielki mistrzu! Bądź pozdrowiony! – zawołał Archibald.

– Bądź pozdrowiony, wielki mistrzu! Bądź pozdrowiony! – odpowiedzieli wszyscy zgromadzeni.

– Dziękuję, mój wezyrze – powiedział lord Worthington. – Witajcie, bracia, na tym doniosłym zgromadzeniu. Przez dziesięć lat wypełnialiśmy naszą misję, podążając śladem al-Dżahiza, aby rozwikłać tajemnice, jakimi spowił ten świat. – Lewą ręką wskazał chorągiew z insygniami zakonu i wypisanymi złotymi literami słowami *Quærite veritatem*. – Szukaj prawdy. Nie szaty, sekretne hasła czy uściski dłoni scalają nasze bractwo, ale wyższy i szlachetniejszy cel. To ważne, abyśmy o tym pamiętali i nie zatracili się pośród patosu i rytuałów! Świat znalazł się na skraju przepaści. Nasze zdolności tworzenia przewyższyły zdolność rozumienia. Bawimy się siłami, które mogą nas zniszczyć. Oto zadanie, jakiego musi się podjąć bractwo. Odnaleźć najświętszą mądrość starożytnych, stworzyć lepsze jutro. O to właśnie musimy się starać. To musi być nasza najświętsza prawda. – Palce starszego mężczyzny przesunęły się do pakunku. – Cóż jest lepszym symbolem tego celu niż to, co dziś zdobyliśmy? – Ściągnął tkaninę i uniósł skarb. – Patrzcie, oto klinga al-Dżahiza!

Rozległy się stłumione okrzyki. Archibald usłyszał, że kobieta mruczy coś, co brzmi jak modlitwa. Nie winił jej, gdy patrzył na pięknie wykutą rękojeść i długie, lekko zakrzywione ostrze, jedno i drugie w odcieniu czerni tak doskonałej, że zdawały wypijać światło.

– Tym świętym przedmiotem – oznajmił lord Worthington – na nowo wytyczam cel naszego bractwa. *Quærite veritatem!*

Zebrani właśnie mieli powtórzyć jego okrzyk… kiedy nagle rozległo się pukanie.

Spojrzenie Archibalda skierowało się ku drzwiom tak samo jak spojrzenia wszystkich członków bractwa. Znowu poniosło się pukanie. W sumie zabrzmiało trzy razy. Drzwi trzęsły się przy każdym uderzeniu, jakby waliła w nie ogromna ręka. Potem zaległa cisza… po czym drzwi otworzyły się z impetem do środka, prawie wypadając z zawiasów, gdy blokująca je belka pękła jak gałązka. Okrzyki niepokoju towarzyszyły szuraniu stóp, kiedy mężczyźni cofnęli się od zniszczonego wejścia.

Archibald zmrużył oczy i ujrzał postać wchodzącą przez łukowaty portal. Mężczyznę odzianego całkowicie w czerń – miał długie, bufiaste, czarne spodnie wpuszczone do wysokich butów i koszulę opinającą się ciasno na piersi. Twarz skrywał za czarną maską i widać było tylko oczy przez owalne wycięcia. Mężczyzna zatrzymał się przy zniszczonych drzwiach, żeby przyjrzeć się sali, a potem uniósł dłoń w rękawiczce i pstryknął palcami.

I nagle było ich już dwóch.

Archibald spojrzał gniewnie. Nieznajomy właśnie… się podwoił! Bliźniacze postacie przyjrzały się sobie, po czym pierwsza znowu pstryknęła palcami. Teraz było ich trzech. Pstryk! Pstryk! Pstryk! Teraz było już sześciu nieznajomych! Wszyscy identyczni i wszyscy jakby wyrośli spod ziemi! Jak jeden mąż obrócili zamaskowane twarze do zdumionego zgromadzenia i ruszyli przed siebie chyłkiem jak cienie.

Nowy niepokój ogarnął salę. Mężczyźni cofali się chwiejnie przed cicho sunącymi przybyszami. Archibald zastanawiał się gorączkowo, próbując znaleźć w tym jakimś sens. To sztuczka. Taka jak te, które widział na ulicach miasta. To miejscowi... Może złodzieje? Pomyśleli, że obrabują paru bogatych Anglików? Kiedy szóstka intruzów doszła prawie do środka sali, zatrzymała się i znieruchomiała jak posągi. Impas przerwał pełen oburzenia głos lorda Worthingtona:

– Kto śmiał wtargnąć do tego domu?!

Nie padła żadna odpowiedź ze strony nieznajomych, sześć par oczu patrzyło bez mrugnięcia powieką.

– To święta siedziba Bractwa al-Dżahiza! Odejdźcie albo natychmiast wezwę policję, żeby się wami zajęła!

– Jeśli to jest dom al-Dżahiza – rozległ się nowy głos – to mam prawo tu przebywać.

Kolejna postać weszła przez wyłamane drzwi – wysoki mężczyzna odziany w czarne szaty, które powiewały, gdy szedł. Kolcze rękawice z ciemnego metalu okrywały jego złożone dłonie, czarny kaptur osłaniał głowę, kryjąc twarz. Mimo to wypełnił swoją osobą całą salę i Archibald odniósł wrażenie, jakby na wszystkich legł wielki ciężar.

– Kim jesteś, żeby rościć sobie takie prawo? – zapytał ostro lord Worthington.

Dziwna postać stanęła przed swoimi towarzyszami i w odpowiedzi zsunęła kaptur. Archibaldowi zaparło dech w piersi. Twarz nieznajomego także kryła się za maską wyrzeźbioną na podobieństwo ludzkiej twarzy i ozdobioną pismem, które wydawało się przesuwać po złotej powierzchni. Oczy za owalnym dziurami były czarną otchłanią płonącą zimnem.

– Jestem Ojcem Tajemnic. – Nieznajomy mówił po angielsku z mocnym akcentem. – Podróżnym na Ścieżce Mądrości. Wędrowcem Między Światami. Nazywany mistykiem i szaleńcem. Otaczany czcią i przeklinany. Jestem tym, którego szukacie. Jam jest al-Dżahiz. Powróciłem.

Znieruchomienie opadło na nich jak ciężki całun. Nawet lord Worthington oniemiał. Archibald wytrzeszczał oczy, zbyt oszołomiony, żeby było go stać na coś więcej. Rozległ się śmiech i na ten dźwięk aż podskoczył.

– Bzdura! – krzyknął ktoś.

Archibald jęknął w duchu. Dalton.

Dalton zaczął się przepychać do przodu, aż stanął przed odzianymi na czarno postaciami, wpatrując się w ich przywódcę z zuchwałością typową dla arystokraty i młodzika.

– Wiem z całą pewnością, że nie jesteś żadnym al-Dżahizem! Bracia! Spójrzcie na ten okaz. Wysoki, długie ręce i nogi, sylwetka charakterystyczna dla sudańskiego typu negroidalnego stref tropikalnych. Twierdzę jednak, że al-Dżahiz nie był czarny, ale wręcz przeciwnie: należał do rasy białej!

Archibald próbował siłą woli powstrzymać Daltona. Na miłość boską! Ten głupiec jednak nie przestawał perorować, teatralnym gestem wskazując nieznajomego.

– Prawdziwy al-Dżahiz wywodzi się od władców dawnego Egiptu. Oto sekret jego geniuszu! Gdyby go umieścić na Baker Street albo pośród nieprzebranych tłumów Wentworth, przypuszczam, że nie dałoby się go odróżnić od pozostałych londyńczyków! Oznajmiam z całym przekonaniem, że pod tą maską nie ma jasnej skóry typowej dla wszystkich nas pochodzenia anglosaskiego, lecz kryje się czarne jak sadza oblicze o niskim czole...

Dalton urwał, gdy nieznajomy, który stał w milczeniu, uniósł dłoń w kolczej rękawicy. Szabla trzymana przez lorda Worthingtona nagle zaczęła wibrować i brzęczeć. Dźwięk narastał, zamieniając się w wycie i staruszek aż się cały zatrząsł. Nagle broń wyrwała mu się z ręki i przecięła powietrze. Nieznajomy w masce złapał ją w locie. Zacisnął dłoń na rękojeści, zrobił krok naprzód i opuścił ostrze w stronę Daltona.

– Jeszcze jedno słowo – ostrzegł go – a będzie ono twoim ostatnim.

Dalton nagle wytrzeszczył oczy i zrobił zeza, zerkając na ostrą krawędź klingi. Znowu Archibald zaklinał go w duchu na wszystkie świętości, żeby chociaż raz ugryzł się w język. Niestety, nic z tego. Tubylcy często żartowali, że Anglicy są zbyt uparci, żeby przejąć się przestrogami i unikać karzącego słońca w samo południe, dopóki nie padali z wyczerpania spowodowanego skwarem. Młody Dalton najwyraźniej chciał pójść ich śladem. Wbił w nieznajomego spojrzenie, które wyrażało całą wyniosłość brytyjskiej dumy i imperialnej pychy, i otworzył usta, żeby rozpocząć kolejną niewydarzoną tyradę.

Zamaskowany mężczyzna nawet nie drgnął. W przeciwieństwie do jednego z jego towarzyszy. To się rozegrało tak szybko, jakby patrzyli na kamień, który nagle ożył. Dłonie w rękawiczkach sięgnęły do Daltona tak błyskawicznie, że rozmazały się w powietrzu, rozległo się dziwne chrupnięcie, po czym postać płynnie powróciła do stanu całkowitego znieruchomienia. Archibald zamrugał. Potrzebował chwili, żeby ogarnąć, co właściwie widzi. Dalton nadal stał w tym samym miejscu. Tyle że jego głowa była obrócona o sto osiemdziesiąt stopni. A może to ciało się obróciło. Tak czy inaczej jego podbródek opierał się teraz w miejscu niemożliwym – na plechach jego szaty, podczas gdy ręce wyciągały się do przodu. Dalton chwiejnie zatoczył pełne kółeczko, co wyglądało niemal komicznie, jakby próbował ogarnąć swoją sytuację. A potem zatrzymał się, posłał im ostatnie otępiałe spojrzenie i padł płasko na twarz, która była skierowana w niewłaściwą stronę. Czubki jego butów wskazywały sufit.

Mężczyźni w sali krzyczeli. Niektórzy walczyli z odruchem wymiotnym. Archibald starał się do nich nie dołączyć.

– Nie ma potrzeby – powiedział prosząco lord Worthington z poszarzałą twarzą. – Nie ma potrzeby uciekać się do przemocy.

Nieznajomy skierował czarne źrenice na starszego mężczyznę.

– A jednak trzeba wymierzyć karę. Ludziom, którzy roszczą sobie pretensje do mojego imienia. *Masr* stał się siedliskiem zepsucia. Został skażonym obcymi wzorami. Powróciłem jednak, żeby dopilnować ukończenia mojego wielkiego dzieła.

– Jestem pewien, że możemy pomóc – zapewnił go pośpiesznie lord Worthington. – Jeśli rzeczywiście jest pan tym, kim pan twierdzi, że jest. Gdyby mógł pan nam dowieść, że naprawdę jest al-Dżahizem, wtedy byłbym do pańskich usług. Wraz z moim majątkiem. Wpływami. Oddałbym panu wszystko, co mi drogie, gdyby dowiódł pan, że jest wart imienia, do którego rości sobie pan prawo!

Archibald odwrócił się, zaszokowany. Twarz starego mężczyzny była twarzą człowieka, który desperacko pragnie uwierzyć. Naprawdę tego potrzebował. Archibald nigdy w życiu nie widział niczego równie przygnębiającego.

Obleczona w czerń postać zmierzyła wzrokiem lorda Worthingtona, jej oczy jeszcze bardziej pociemniały.

– Wszystko, co panu drogie – odezwała się z goryczą. – Zrobiłby pan to, nieprawdaż? Nie potrzebuję już niczego, co możesz zaoferować, starcze. Jeśli jednak pragniesz dowodu, to proszę.

Nieznajomy uniósł szablę, kierując ostrze w ich stronę. W sali pociemniało, światło przesączało się przez cienie. Charakterystyczna aura, jaką emanował nieznajomy, przybrała na sile, narastała, aż Archibald miał uczucie, że zaraz osunie się na kolana. Odwrócił się do lorda Worthingtona... i zobaczył, że staruszek płonie. Jasnoczerwone płomienie pełzały po jego rękach, skóra schła i pokrywała się pęcherzami, ale lord Worthington jakby tego nie zauważał. Patrzył na salę, gdzie wszyscy inni członkowie bractwa także płonęli – ich ciała spowijał ogień w kolorze krwi i bez dymu. Dziwne płomienie nie tykały ich ubrań, ale paliły skórę i włosy. Wrzaski mężczyzn wypełniły salę.

Nie tylko ich, zdał sobie sprawę Archibald. Ponieważ sam także krzyczał.

Spojrzał na ogień kłębiący się na jego rękach, pożerający ciało pod nietkniętymi szatami. Obok niego wrzeszczała kobieta, jej przedśmiertny krzyk dołączył do straszliwej kakofonii. Gdzieś poza bólem, zgrozą, zanim ostatnie cząstki jego osoby uległy płomieniom, Archibald opłakiwał swój Londyn, Boże Narodzenie, drogą Georgianę i marzenia, które już się nie ziszczą.

## ROZDZIAŁ DRUGI

Fatma pochyliła się do przodu, zaciągając się dymem z sziszy. *Maassel* był mieszanką gryzącego tytoniu namoczonego w miodzie i melasie z odrobiną ziół, orzechów i owoców. Fatma wyczuwała jednak jeszcze inny posmak – niemalże mdlącą słodycz, która łaskotała ją w język. Magia. Przez nią włoski stawały jej dęba na karku i przechodziły ją ciarki.

Niewielki tłumek, który się zebrał, wpatrywał się w nią wyczekująco. Mężczyzna o wielkim nosie i w białym turbanie pochylał się tak mocno nad jej ramieniem, że wyczuwała pokrywającą go sadzę – kowal, sądząc po smrodzie. Uciszył towarzysza, co tylko sprawiło, że pozostali zaczęli głośniej gderać. Kątem oka widziała, że Chalid piorunuje obu mężczyzn wzrokiem. To zły pomysł denerwować bukmachera.

Podobnie jak większość zebranych, oni pewnie też postawili na jej przeciwnika, który siedział po drugiej stronie ośmiokątnego stołu. Miał najwyżej siedemnaście lat, jak oceniała po jego twarzy, jeszcze bardziej chłopięcej niż jej własna. Pokonał jednak już mężczyzn dwa razy od siebie starszych. A co ważniejsze: sam należał do płci męskiej, co wciąż miało znaczenie nawet w afiszującym się swoją nowoczesnością Kairze. To wyjaśniało uśmieszek na jego ciemnych ustach.

W niektórych bardziej tradycyjnych *ahwa* nadal nie obsługiwano kobiet, zwłaszcza w tych, gdzie palono szisze, co w praktyce oznaczało większość lokali. Jednak w tej obskurnej norze upchniętej w podejrzanym zaułku nie przejmowano się doborem klienteli. Mimo to Fatma mogła zliczyć obecne kobiety na palcach jeden ręki. Większość klientek zostawiła zakłady mężczyznom. Trzy siedzące przy odległym stoliku w mrocznym pomieszczeniu niewątpliwie należały do Czterdziestu Panter, co zdradzały jaskrawoczerwone kaftany i hidżaby w połączeniu z niebieskimi szarawarami. Sądząc po ich pogardliwych spojrzeniach, można by je uznać za zamożne bywalczynie salonów, a nie za członkinie cieszącego się najgorszą sławą gangu złodziejskiego w mieście.

Fatma odgrodziła się od wszystkich – od hazardzistów, zadowolonych z siebie chłopców i wyniosłych złodziejek – i skupiła się na wodzie bulgoczącej w pękatym dzbanie sziszy. Wyobraziła sobie, że to płynąca rzeka, dostatecznie prawdziwa, żeby zmoczyła jej palce, gdy zaciągnęła się jej zapachem. Zaciągnęła się głęboko z drewnianego ustnika, pozwalając, żeby zaczarowany *maassel* zaczął w niej działać, zanim wypuściła gęsty pióropusz dymu.

Nie wyglądał jak zwykły dym – był bardziej srebrny niż szary. I nie poruszał się jak dym – splatał się, zamiast się rozwiewać. Potrzebował kilku sekund, żeby zlać się w całość, ale kiedy do tego doszło, Fatma wbrew sobie ucieszyła się ze swojego triumfu. Zwiewna rzeka wiła się w powietrzu, po jej powierzchni płynęła feluka, trójkątny łaciński żagiel wydymał się mocno, za łódką ciągnął się kilwater.

Spojrzenia wszystkich w kawiarni wędrowały za eteryczną łódką. Nawet złodziejki z Czterdziestu Panter patrzyły ze zdumieniem. Uśmiech rywala Fatmy po drugiej stronie stołu ustąpił miejsca zdumieniu – chłopak aż rozdziawił usta. Kiedy magia się wyczerpała i dym się rozwiał, pokręcił głową, odkładając gestem pokonanego ustnik fajki wodnej. Tłum ryknął.

Fatma rozsiadła się, słuchając pochwał, a Chalid wstał, żeby zebrać pieniądze. Zaczarowany *maassel* był zakazaną substancją – niedbałe czary i alchemiczne składniki, które upodabniały się do narkotyku. Uzależnieni sprzedawali własne życie w pościgu za kolejną wspaniałą wizją. Na szczęście łagodniejsza forma była popularna w college'u dla kobiet w Luksorze. A jako studentka

Fatma brała udział w jednym, może dwóch podobnych pojedynkach. Albo w trzech. Lub więcej.

– *Ja salam!* – wykrzyknął dzieciak. – Szadia, jesteś tak dobra, jak twierdził Usta.

Al-Usta to było przezwisko Chalida. Tym starym tureckim terminem nazywano woźniców, robotników, mechaników i rzemieślników – każdego, kto był mistrzem w swoim fachu. Fatma była przekonana, że Chalid nie przepracował uczciwie ani jednego dnia w swoim życiu, jednak gdy w grę wchodziły zakłady, nikt mu nie dorównywał.

– Mówiłem, jest jedną z najlepszych – powiedział bukmacher, siadając, żeby przeliczyć plik banknotów.

To Chalid wymyślił to imię – Szadia. Ten duży mężczyzna był jej przewodnikiem w bardziej podejrzanych częściach Kairu, gdzie Fatma el-Szarawi, agentka specjalna egipskiego Ministerstwa Alchemii, Uroków i Istot Nadprzyrodzonych, przyciągałaby niepotrzebną uwagę.

– *Wallahi!* – wykrzyknął dzieciak. – Nigdy nie widziałem równie realistycznej magicznej wizji. Na czym polega twój sekret?

„Sekret" sprowadzał się do czegoś, co podłapywał każdy już na pierwszym roku podczas lekcji poświęconych mentalnej manipulacji żywiołami: wybierz prawdziwe doświadczenie zamiast czegoś wymyślonego. W jej wypadku to była łódź wuja, którą żeglowała dziesiątki razy.

– Tak jak mówi Chalid... al-Usta, jestem jedną z najlepszych.

– Nie wpadłbym na to – żachnął się dzieciak.

Skinął podbródkiem na jej garnitur – trzyczęściowy i cały biały, prezentował się wspaniale na jej rdzawobrązowej skórze. Fatma przesunęła palcami po złotym krawacie, popisując się przy tym błyszczącymi spinkami w mankietach ciemnoniebieskiej koszuli.

– Zazdrosny?

Dzieciak znowu prychnął, krzyżując ręce na jasnobrązowym kaftanie. Bez wątpienia jej zazdrościł.

– Co powiesz na to: dasz mi to, po co przyszłam, a ja wyślę cię do mojego krawca?

– Gamal – powiedział Chalid. – Przejdźmy do interesów. Szadia była dostatecznie cierpliwa.

Więcej niż cierpliwa. A cierpliwość nie była jej najmocniejszą stroną. Niestety tego wymagała praca tajnego agenta. Złodzieje byli z natury nieufni i trzeba było wykorzystać ich słabostki, żeby rozluźnić atmosferę. Zerknęła na złoty zegarek kieszonkowy, który wykonano tak, żeby przypominał starodawny *asturlab*. Wpół do jedenastej.

– Noc nie robi się coraz młodsza.

Dzieciak przekrzywił głowę.

– Co powiesz, Said? Szadia wygląda na kogoś, z kim możemy ubić interes?

Towarzysz Gamala, który siedział obok niego, na chwilę przestał obgryzać paznokcie – dość, żeby mruknąć:

– Miejmy to już za sobą, dobra?

Tykowaty młodzieniaszek wyglądał na jeszcze młodszego niż Gamal przez odstające uszy i aureolę z ciasno zwiniętych loków. Ani razu nie spojrzał Fatmie w oczy, a ona miała nadzieję, że to z powodu fałszywej tożsamości, jaką przybrała z okazji tego zadania: młodej bywalczyni salonów gotowej sowicie zapłacić za kradzione towary.

– Chodźmy gdzieś, gdzie nikt nie będzie nam przeszkadzał – zaproponował Chalid.

Wskazał pokój na zapleczu i wstał, żeby się tam udać. Fatma wygładziła szopę przyciętych czarnych loków, zanim włożyła czarny melonik, też szykując się do wstania. Zamarła w połowie ruchu, zauważając, że żaden z młodzieńców nawet nie drgnął.

– Nie – odpowiedział Gamal.

Said robił wrażenie równie zaskoczonego jak oni.

– Nie? – Sposób, w jaki zwalisty bukmacher przeciągnął to słowo, przestraszyłby każdego, jednak nie tego dzieciaka.

– Idź do odosobnionego miejsca i zaraz ludziom przychodzą do głowy różne rzeczy. Na przykład, żeby dopaść jednego z nas przy wyjściu i spróbować poznać nasz sekret. Możemy załatwić interesy tutaj. W czym problem? *Wallahi*, nikt nawet nie zwraca na nas uwagi.

Przeciwnie, Fatma była przekonana, że zwrócili uwagę wszystkich. W takich miejscach ludziom wyrastają oczy nie tylko z tyłu głowy, ale też na skroniach i na ciemieniu. Mimo wszystko dzieciak miał rację. Napotkała pytające spojrzenie Chalida. Sprawiał wrażenie, jakby był gotów ściągnąć młodzika przemocą z krzesła. Chociaż mogłoby to być całkiem zabawne, pewnie lepiej nie urządzać sceny. Fatma usiadła z powrotem na swoim krześle. Chalid westchnął i zrobił to samo.

– Wobec tego obejrzyjmy to sobie – zażądała Fatma.

Said zdjął z ramienia brązową torbę i postawił na stole. Kiedy sięgnął do środka, Fatma złapała się na tym, że zaciska dłoń na mającej kształt lwa gałce swojej laski. Cierpliwości.

– Chwileczkę. – Gamal wyciągnął rękę, żeby powstrzymać przyjaciela. – Zobaczymy najpierw pieniądze.

Fatma mocniej zacisnęła rękę. Ten dzieciak zaczynał się robić denerwujący.

– Nie tak prowadzimy interesy – zbeształ go Chalid.

– Ja je tak prowadzę, wuju. – Chłopak wbił wzrok w Fatmę. – Masz pieniądze?

Nie odpowiedziała od razu. Zamiast tego popatrzyła mu przeciągle w oczy, aż uszła z niego część odwagi. Dopiero wtedy sięgnęła do wewnętrznej kieszeni marynarki i wyjęła zwitek banknotów. Niebieskozielony papier z królewską pieczęcią zabłysł w oczach dzieciaka, który oblizał usta i skinął głową. Saidowi ulżyło. Wyjął przedmiot z torby. Fatmie zaparło dech w piersi.

Przedmiot wyglądał jak gruszkowata butelka zrobiona z metalu zamiast ze szkła o zaokrąglonym dnie, inkrustowana wzorem ze złotych kwiatów, który biegł wzdłuż długiej szyjki. Powierzchnia była spatynowana, przypominała zmatowiały brąz, ale Fatma domyślała się, że to mosiądz.

– To stara rzecz – zauważył Said, przesuwając palcami po wzorze. – Myślę, że może z czasów Abbasydów. Ma co najmniej tysiąc lat.

Fachowa ocena. Zatem za tym nerwowym spojrzeniem krył się uczony.

– Znaleźliśmy ją, łowiąc ryby. Myślałem, że to było naczynie do przechowywania perfum albo coś, czym posługiwali się pierwsi alchemicy, ale to... – Jego dłoń powędrowała do korka na końcu butelki i przesunęła się po nefrytowej ceramicznej zatyczce z odciśniętym wzorem smoka. – Nigdy dotąd nie widziałem czegoś takiego. Może to chińskie? Z czasów Tangów? Nie poznaję też pisma. A wosk jest świeży, jakby nałożono go wczoraj...

– Nie wyjmowałeś korka, prawda? – weszła mu w słowo Fatma.

Powiedziała to tak ostrym tonem, że chłopak otworzył szeroko oczy.

– Usta Chalid zabronił nam to robić. Powiedział, że nienaruszona pieczęć stanowi część umowy.

– Cieszę się, że go posłuchaliście, bo inaczej zmarnowalibyście nasz czas.

– *Aiwa*. – Gamal westchnął. – A ja chciałbym się dowiedzieć, co jest takiego nadzwyczajnego w tej butelce. Znajdujemy z Saidem mnóstwo rupieci. Codziennie, *wallahi*. Wszystko, co ludzie wyrzucają do Nilu, powraca. Sprzedajemy je takim bogatym ludziom jak ty. Jednak nikt nie zaoferował tak dużej sumy, *wallahi*. Słyszałem inne historie...

– Gamal – przerwał mu Said. – Nie czas znowu z tym wyskakiwać.

– A ja myślę, że to doskonały moment – odparł Gamal, wbijając wzrok w Fatmę. – Moja stara *setti* opowiadała mi historie o dżinnach uwięzionych w butelkach, które wyrzucano do morza, na długo przed tym jak al-Dżahiz sprowadził je z powrotem do naszego świata. Mówiła, że rybacy czasem je znajdowali, a kiedy uwalniali dżinna, ten spełniał ich największe marzenia. *Wallahi!* Trzy życzenia, które mogły uczynić człowieka królem albo najbogatszym człowiekiem na świecie!

– Czy ja ci wyglądam na twoją *setti*? – zapytała Fatma.

Jednak tym razem dzieciak nie stracił odwagi.

– Nie dobijemy targu – oznajmił nagle. Złapał butelkę i schował z powrotem do torby.

W głębi duszy Fatma zawyła.

Said był skołowany.

– *Ja Allah!* Co ty wyprawiasz! Potrzebujemy tych pieniędzy!

Gamal tylko prychnął na niego.

– Ach! *Wallahi*, taki jesteś bystry, kiedy chodzi o książki! Rusz głową! Jeśli to jest to, co myślę i co ona myśli, to możemy sami się tym posłużyć! Poprosić, żeby pieniądze spadły nam z nieba! Albo zamienić całą piramidę w złoto!

– Popełniacie wielki błąd – ostrzegł ich Chalid. Jego ciemna twarz była jak burza, a siwe włosy otaczały ją niczym skłębione chmury. – Dobijcie interesu i idźcie swoją drogą. Na Miłościwego, to nie jest mądre...

– Nie jest mądre? – zaszydził Gamal. – Teraz bawisz się w szajcha? Zaczniesz recytować hadisy? Nie nastraszysz nas, staruszku. Tak się rwałeś, żeby odebrać nam butelkę, kiedy do ciebie przyszliśmy. A kiedy odmówiliśmy, jeszcze bardziej zapaliłeś się, żeby przeprowadzić ten interes. Siedzicie w tym oboje? Myślicie, że nas oszukacie? Lepiej sobie uważaj. Mogę wykorzystać jedno z tych życzeń przeciwko tobie, *wallahi*!

Fatma dość się nasłuchała. Powinna była wiedzieć, że dzieciak nie dobije targu uczciwie, zwłaszcza kiedy tak rzuca „*wallahi*" na prawo i lewo. Nie można ufać nikomu, kto nawykowo przysięga na Boga. To byłoby tyle, jeśli idzie o załatwienie sprawy w prosty sposób. Sięgnęła do marynarki, wyciągnęła kawałek srebra i położyła na stole. Dawny ministerialny identyfikator to był plik nieporęcznych papierzysk z doczepionym dagerotypem. W zeszłym roku zamienili je na odznakę z alchemiczną fotografią wtopioną w metal. Nie zamierzała się ujawniać, ale na widok rzednącej miny Gamala uznała, że było warto.

– Jesteś z ministerstwa? – wychrypiał Said.

– Inaczej dość trudno zdobyć taką odznakę – odparła.

– To podstęp – wydukał Gamal. – Nie ma kobiet w ministerstwie.

Chalid westchnął.

– Obaj powinniście częściej czytać gazety.

Gamal pokręcił głową.

– Nie wierzę. Ty nie...

– *Challas!* – syknęła Fatma, pochylaj się do przodu. – To koniec! Oto, co powinieneś wiedzieć. W tym pokoju jest czterech innych agentów. Widzisz tego mężczyznę przy drzwiach? – Nawet się nie odwróciła, kiedy chłopcy zerknęli ponad jej ramieniem. – Drugi zamęcza ludzi gadaniem przy stoliku na prawo od was. Trzeci popala sobie sziszę i obserwuje partyjkę *tawla* na lewo od was. Gdzie jest czwarty, nawet wam nie powiem.

Chłopcy kręcili głowami na wszystkie strony jak surykatki. Było widać, że Said się trzęsie.

– Oto, co się teraz stanie: oddacie mi butelkę, a ja dam wam połowę tego, co uzgodniliśmy. Za karę, bo narobiliście mi trudności. Za to nie wywlokę was stąd na przesłuchanie. Umowa stoi?

Said pokiwał głową tak szybko, że zatrzepotały mu uszy. Gamal zaś był wstrząśnięty, ale nie dał się złamać. Przeskakiwał wzrokiem z jej odznaki na torbę i z powrotem. Kiedy zacisnął zęby, Fatma zaklęła w duchu. To nie był dobry znak.

Dzieciak nagle przewrócił stół. Chalid wyłożył się, gdy krzesło przechyliło się pod nim. Fatma prawie upadła, ale złapała równowagę i tylko zatoczyła się do tyłu. Gamal stał z butelką w jednej ręce i małym nożem w drugiej. To tyle, jeśli idzie o uniknięcie przedstawienia.

– Teraz ja stawiam warunki! Dajcie nam stąd wyjść! Inaczej złamię pieczęć i zobaczymy, co się stanie!

– Gamal! – zaprotestował Said. – Możemy po prostu wyjść. Nie musimy...

– Nie bądź głupi! Ona nas nie puści! Zgarną nas i nasze rodziny nigdy więcej nas nie zobaczą! Będą na nas eksperymentować! Albo rzucą ghulom na pożarcie!

Fatma zmarszczyła brwi. Ludzie mieli bardzo dziwne wyobrażenia na temat ministerstwa.

– Nie wiesz, co robisz. I nie wyjdziesz stąd. Nie z tym przedmiotem. A teraz oddaj mi to. Proszę po raz ostatni.

Coś pękło w Gamalu i odmalowało się to na jego twarzy. Warcząc przez zaciśnięte zęby, przesunął ostrzem po woskowej pieczęci. Pękła i odpadła.

Na chwilę zapanował bezruch. Wszyscy w *ahwa* odwrócili się, żeby popatrzeć na zamieszanie. Nie patrzyli jednak już dłużej na drobną kobietę w białym zachodnim garniturze, na wielgachnego mężczyznę, którego znali jako miejscowego bukmachera, wstającego właśnie z podłogi, ani na dwóch młodzieńców stojących za przewróconym stołem.

Zamiast tego patrzyli z rozdziawionymi ustami na to, co trzymał jeden z młodzieniaszków – starodawną butelkę, z której wylewał się jasnozielony dym. Wyglądał jak dym z zaczarowanego tytoniu, ale było go znacznie więcej. Tworzył coś, co wyglądało o wiele bardziej namacalnie niż dowolna iluzja. Kiedy dym zniknął, zostawił po sobie żywego, oddychającego olbrzyma o skórze pokrytej szmaragdową łuską i głowie zwieńczonej gładkimi rogami w kolorze kości słoniowej, które zakrzywiały się i drapały o sufit. Miał na sobie tylko bufiaste białe spodnie z szerokim złotym pasem. Potężna pierś rozszerzała się i zapadała, gdy oddychał głęboko, zanim otworzył troje oczu, z których każde płonęło jak mała, jasna gwiazda.

Nawet w świecie, jaki zostawił po sobie al-Dżahiz, nie co dzień widywało się marida, który ni z tego, ni z owego wyrasta jakby spod ziemi. Dokładnie to, czemu Fatma tak bardzo starała się zapobiec, rozgrywało się teraz na jej oczach. Poddała się przelotnie panice, zanim znowu odzyskała panowanie nad sobą.

– Nie ruszajcie się. Pozwólcie mi mówić...

– Nie! – krzyknął Gamal. – On jest nasz! Nie możesz go mieć!

– On nie należy do...!

Niestety dzieciak już wymachiwał pustą butelką do dżinna.

– Ej, ty! Spójrz na mnie! To ja cię uwolniłem!

Marid, który przyglądał się w milczeniu sali, odwrócił swój ognisty wzrok. To powinno wystarczyć, żeby każdy się przeraził, ale młodziak, jak ostatni głupiec, nawet nie drgnął.

– Zgadza się! To my cię uwolniliśmy! Said i ja! Masz u nas dług! Trzy życzenia!

Marid popatrzył na tę dwójkę, a potem wypowiedział dudniącym głosem jedno słowo, które aż poniosło się echem.

– Wolny. – Wypowiedział słowo ponownie, poruszając ustami okolonymi przez falującą białą brodę. – Wolny. Wolny. Wolny. – A potem roześmiał się basowo; ten dźwięk sprawił, że Fatmę przeszły ciarki. – Minęły wieki, odkąd musiałem posługiwać się językiem śmiertelników, ale pamiętam, co znaczy „być wolnym". Być niezwiązanym. Nieskrępowanym, niezamkniętym. – Wykrzywił straszliwie twarz. – Ale ja nie byłem związany, skrępowany ani zamknięty. Nikt mnie nie uwięził. Pogrążyłem się we śnie, bo tego sobie życzyłem. A wy obudziliście mnie nieproszeni, niepożądani, niechciani... żebym spełnił wasze życzenia. Dobrze więc. Spełnię wasze jedno życzenie. Musicie wybrać. Musicie wybrać, jaką śmiercią zginiecie.

Tego było dość. Ludzie poderwali się z krzeseł i od stołów, rzucili się do wyjścia. Nawet obsługa dołączyła do uciekających w popłochu. Właściciel *ahwa* schował się w szafie, zamykając za sobą drzwi. W kilka chwil lokal opustoszał, została tylko Fatma, Chalid, dwóch młodych ludzi i jeden bardzo rozgniewany marid.

Gamal osłupiał, Said robił wrażenie, jakby miał zemdleć. Fatma pokręciła głową. Właśnie dlatego nie należy otwierać magicznych butli. Dlaczego ludziom tak trudno to zrozumieć? Cóż, czas zapracować na swoje wynagrodzenie.

– O, Wielki! – zawołała. – Wstawiam się za tymi dwoma, którzy cię skrzywdzili!

Marid obrócił rogatą głowę i przyjrzał jej się bacznie ognistymi oczami.

– Przebywałaś w towarzystwie innych dżinnów. – Wciągnął powietrze orlim nosem i zmarszczył go z niesmakiem. – Oraz innych istot. Jesteś śmiertelną czarodziejką?

– Nie jestem czarodziejką. Zajmuję się magią, bo tego wymaga moja praca.

Marid najwyraźniej przyjął taką odpowiedź. Albo miał ją w nosie.

– Pragniesz pertraktować w sprawie tych dwóch... – machnął szponiastą dłonią na Gamala i Saida – ...głupców?

Fatma powstrzymał uśmiech.

– Tak, Pradawny. Tych dwóch głupców. – Przy ostatnim słowie spojrzała na Gamala. – Z pewnością jesteś dość wspaniałomyślny, żeby puścić w niepamięć wszelką zniewagę, jakiej mogła się dopuścić dwójka głupich dzieciaków wobec kogoś tak potężnego i mądrego.

Marid zazgrzytał ostrymi zębami.

– Zamaskowane pochlebstwa śmiertelników. Tak, to także pamiętam. Wiesz, czemu pogrążyłem się we śnie, nie-czarodziejko? Bo znużył mnie wasz rodzaj. Chciwi. Egoistyczni. Wiecznie goniący za spełnieniem swoich zachcianek. Nie mogłem dłużej znieść waszego widoku. Waszego smrodu. Waszych paskudnych małych twarzy. Spałem, żeby przed wami uciec. W nadziei, że kiedy znowu się obudzę, was już nie będzie. Że padniecie wybici błogosławioną chorobą. Albo powyrzynacie się w jednej ze swoich niekończących się wojen. Żebym nie musiał dłużej słuchać waszego małpiego skrzeczenia. Ani przemawiać znowu w waszych bełkotliwych językach. I oto wróciłem, a wy wciąż tu jesteście.

Fatma zamrugała zdumiona, słysząc tę tyradę. Że też ze wszystkich dżinnów ta dwójka musiała obudzić akurat bigota.

– Jasne. Możesz wrócić do snu, Pradawny. Możesz spać tak długo, jak zechcesz. Dopilnuję nawet, żeby twoje naczynie zostało wysłane gdzieś daleko, gdzie nikt nie będzie ci przeszkadzał.

Może do serca wulkanu, pomyślała od niechcenia.

Marid przyjrzał jej się w sposób, w jaki rzeźnik mógłby popatrzeć na kozę meczącą propozycję, która ma powstrzymać nóż.

– A czemu miałbym, nie-czarodziejko, zgodzić się na zawarcie umowy? Kiedy mogę po prostu zerwać głowę z twoich ramion? Pomalować te ściany twoimi wnętrznościami? Albo napełnić ci brzuch wygłodniałymi skorpionami?

Fatma nie wątpiła w prawdziwość tych pogróżek. Ze wszystkich rodzajów dżinnów maridy były jednymi z najpotężniejszych i najstarszych, posiadały nadnaturalną siłę i władały ogromną magią. Jeśli jednak ten na wpół przebudzony tyran myślał, że Fatma ugnie się w obliczu gróźb, to jeszcze się zdziwi. Odchyliła melonik władczym gestem i podeszła do ogromnego marida, wyciągając szyję, żeby spojrzeć w jego troje płonących oczu.

– Spędziłeś na dobrowolnym wygnaniu w tej butli co najmniej tysiąc lat. Pozwól więc, że powiem ci pokrótce, co się zmieniło. Jest nas, skrzeczących śmiertelników, więcej niż sobie wyobrażasz. O wiele więcej. I więcej twoich krewniaków przeszło do naszego świata. Dżinny żyją wśród nas. Pracują z nami. Przestrzegają naszych praw. Chcesz zrobić ze mnie papkę? – Wzruszyła ramionami. – Śmiało. Jednak zapłacisz za to. A ludzie, dla których pracuję, wiedzą, jak sprawić, że nawet wieczny sen w butelce stanie się nadzwyczaj nieprzyjemny. Spróbuj wytężyć to swoje trzecie oko. Przekonaj się, jak zmienił się świat, podczas gdy spałeś.

Marid nie od razu zareagował. W końcu zamknął dwoje oczu, a trzecie na czole rozszerzył, aż rozbłysło potężnie. A kiedy otworzył pozostałe, malowało się w nich zdumienie.

– Mówisz prawdę. Wasz rodzaj naprawdę się rozmnożył. Jak szarańcza! I jest tak wiele dżinnów na tym świecie. Pracują razem ze śmiertelnikami. Żyją wśród nich. Parzą się z...

– Tak, zgadza się – weszła mu w słowa Fatma.

– To obrzydliwe.

– To fakty. Powróćmy zatem do naszej umowy. Jestem pewna, że wolisz zasnąć z powrotem. Poczekać i przekonać się, jak się sprawy ułożą. Moja oferta pozostaje aktualna. Masz moje słowo.

Marid prychnął.

– Słowo śmiertelniczki? Puste i słabe jak woda. Nie ma żadnej wartości. Daj mi coś, co naprawdę jest wiążące. Coś, co sprawi, że twoja oferta nabierze wagi.

– Zatem mój honor.

– Czym jest dla mnie honor śmiertelnika? Nadużywasz mojej cierpliwości, nie-czarodziejko. Niech twoja oferta ma jakąś wartość albo darujmy ją sobie w ogóle.

Fatma zazgrzytała zębami. Przeklęte dżinny i te ich targi. Mogła mu zaoferować jeszcze jedną rzecz, ale nie potrafiła znieść tej myśli. Niestety, miała coraz mniejszy wybór.

– Aby nadać wagę mojej propozycji, oferuję ci moje imię.

Marid uniósł brwi. Dżinny bardzo poważnie traktowały sprawę imion. Nigdy nie podawały swoich prawdziwych imion, zamiast tego nadawały sobie przydomki od nazw geograficznych – miast, rzek, łańcuchów górskich. Albo wybierały sobie górnolotne tytuły w rodzaju Królowej Magii albo Władcy Czwartków. Były pod tym względem nie do zniesienia. Jednak widząc wyraz jego twarzy, Fatma zrozumiała, że nawet imiona śmiertelników miały dla nich pewną wartość.

– Twoje prawdziwe imię – zażądał.

Zjeżyła się, ale skinęła głową.

– Przyjmuję twoją propozycję, ale i tak spełnię życzenie tych głupców.

Fatma zdębiała.

– Co masz na myśli? Przecież właśnie dobiliśmy targu!

Marid zacisnął ciemnozielone usta w krzywym uśmieszku.

– Nasze porozumienie, nie-czarodziejko, dotyczyło twojej propozycji, że powrócę do mojego naczynia, a ty zapewnisz mi nieprzerwany sen. Nie obejmowało oszczędzenia życia tej dwójce. Życzenie nadal obowiązuje.

– To było dorozumiane!

Jednak już wypowiadając te słowa, Fatma wiedziała, że wina leży po jej stronie. Należało zachować wielką ostrożność w czasie targów z dżinnem. Ten rodzaj we wszystkim był niezwykle dosłowny. Dlatego wiele dżinnów było świetnymi prawnikami w obecnych czasach. Sklęła się w duchu za swój błąd i spróbowała zebrać myśli.

– Zatem nadal mogą wybrać? – spytała.

– Dostaną to, o co poproszą.

– Ale ty już ograniczyłeś ich wybór.

Marid wzruszył ramionami i zerknął złowrogo na Gamala i Saida, który trząsł się jak osika.

– Proszący powinien bardziej uważać, gdy wyraża swoje pragnienia.

– Czyli ich życzenie sprowadza się do śmierci?

– Ostatecznie czeka to wszystkich śmiertelników.

To nie było sprawiedliwe, ale zwykle niewiele było miejsca na sprawiedliwość w kontaktach z nieśmiertelnymi. Fatma zastanawiała się nad rozwiązaniem. Ten marid przeżył niezliczone lata i był dobry w takich targach. Ona jednak była agentką ministerstwa. A to oznaczało, że miała chronić ludzi przed nadprzyrodzonym światem i magią, nawet jeśli ładowali się prosto w kłopoty jak skończeni głupcy.

– Mam propozycję – powiedziała w końcu, ważąc słowa. – W ramach ich życzenia proszę, żebyś obdarzył tych dwóch głupców śmiercią w podeszłym wieku, proszę, by zmarli we własnych łóżkach, kiedy zgodnie z naturą nadejdzie kres ich życia.

To było piękne – zobaczyć, jak arogancja znika z twarzy marida. Fatma spodziewała się, że zaprotestuje, znajdzie rysę w jej rozumowaniu. On jednak tylko skinął głową, mierząc ją wzrokiem na nowo i uśmiechnął się swoim straszliwym uśmiechem.

– Świetne to rozegrałaś, nie-czarodziejko – oznajmił. – Zrobione.

***

Pół godziny później Fatma stała i wycierała swoją odznakę. Po przewróceniu stołu i ucieczce klientów w popłochu wylądowała ona prawie na drugim końcu sali. Chalid znalazł ją w stosie rozsypanego popiołu z węgla drzewnego.

– Nie było tu żadnych więcej agentów, co? – zapytał, trzymając filiżankę herbaty. Skłonił właściciela kawiarni do wyjścia z szafy i przygotowania naparu.

Fatma poruszyła ramieniem, czując delikatnie ukłucie. Uszkodziła je sobie, gdy prowadziła sprawę minionego lata. I chociaż kontuzja wygoiła się nadzwyczaj szybko, nadal czasem się odzywała.

– Na szczęście oni o tym nie wiedzieli.

Chalid zarechotał, zerkając na Gamala i Saida, którzy siedzieli oszołomieni, kiedy wypytywali ich ubrani w czarne mundury agenci ministerstwa.

– Świetnie to obmyśliłaś, ratując tę dwójkę. Przez chwilę myślałem, że marid cię przechytrzył.

– Przez chwilę nawet ja tak myślałam.

Chalid uśmiechnął się szeroko, a potem spoważniał.

– Wiesz, co zrobiłaś? Co im ofiarowałaś?

Fatma to zrozumiała, gdy tylko wypowiedziała tamte słowa. Gamal i Said dostali gwarancję tego, że dożyją późnego wieku. Nigdy nie będą musieli się martwić tym, że zostaną rozjechani przez automobil. Albo że spadną z parapetu okna. Nie muszą nawet martwić się pociskiem z broni. Moc marida będzie ich chronić przez resztę ich śmiertelnego życia.

– Wątpię, żeby już zdali sobie z tego sprawę – rozmyślał na głos Chalid – ale z czasem to do nich dotrze. Myślę, że Said dobrze to wykorzysta. Ten chłopak chciał pieniędzy, żeby pójść do szkoły i zdobyć zawód. Chociaż myślę, że lepiej zrobiłby, idąc na uniwersytet. Za to Gamal... Zwędziłby tusz prosto z twojego oka i nadal byłoby mu mało.

– Jest gorzej – odpowiedziała. – Życzenie gwarantuje im długie życie, ale nie mówi, jakie to życie będzie. Mogą przeżyć całe życie dręczeni potworną chorobą i nie mogąc umrzeć. Albo trwać w nieznośnym bólu spowodowanym przez wypadek. Ten „dar" równie dobrze może zamienić się w przekleństwo.

Chalid opuścił powoli filiżankę i wymruczał słowa modlitwy. Oto rzecz, której mnóstwo ludzi nie rozumiało. Magia nie toleruje braku równowagi. I zawsze ma swoją cenę.

– Wobec tego będę miał ich na oku – powiedział z powagą, zanim dodał: – Dzięki, *ja Dżahiz.*

Fatma skinęła głową, słysząc znajome kairskie powiedzenie – wypowiadanie z czcią, sarkazmem albo gniewem pod adresem sudańskiego mistyka, który dawno temu zniknął. Tego samego, który jakieś czterdzieści lat temu wywiercił dziurę prowadzącą do Kafu, świata dżinnów. Fatma była na tyle młoda, żeby urodzić się już w świecie, jaki al-Dżahiz zostawił po sobie. A mimo to rzeczywistość wciąż potrafiła przyprawić ją o zawrót głowy.

– Wiesz, dzieciak miał rację – powiedziała, przyglądając się Chalidowi. – Nie musiałeś dawać mi znać. Mogłeś zatrzymać sobie butelkę i spróbować samemu potargować się o spełnienie życzeń.

Chalid tylko parsknął szyderczo.

– I narazić się na przekleństwo Muhammada Alego? Niech Bóg mnie broni!

Kolejne kairskie powiedzonko. Muhammad Ali, zwany Wielkim, podobno skonsolidował swoją władzę dzięki pomocy dżinna-doradcy, który porzucił go w chwili największej potrzeby. Na prośby starego chedywa odpowiedział tylko śmiechem, który potem nieustannie rozbrzmiewał echem w głowie Muhammada Alego. Kiedy starzejący się władca był zmuszony abdykować, wielu twierdziło, że jego umysł osłabł z powodu klątwy rzuconej przez dżinna.

– W przeciwieństwie do młodzieży znam różnicę – mówił Chalid – między tym, czego chcę, czego potrzebuję i tym, co może mnie zabić. Poza tym uważałem, że cała ta gadanina o dżinnach zamkniętych w lampach to nędzna pisanina Francuza.

Spojrzał na technika z laboratorium nadprzyrodzonej kryminalistyki, który ostrożnie odkładał naczynie marida do drewnianej skrzynki, w której zostanie przetransportowane. Zakorkują je z powrotem należycie i znajdą jakieś miejsce, gdzie można je bezpiecznie przechowywać. Dzięki temu jego wredny mieszkaniec będzie mógł w spokoju doczekać końca ludzkości.

– Lampy to przesada – odparła Fatma – jeśli jednak idzie o butelki...

Nie skończyła, bo zobaczyła idącego w ich kierunku mężczyznę. Nosił czerwony kaftan, więc nie był technikiem. Kiedy zerknęła drugi raz, zorientowała się, że nie jest też mężczyzną. To był seryjny eunuch. Oceniając po gibkiej sylwetce i zwinnych ruchach, musiał należeć do nowszych modeli kurierskich.

– Dobry wieczór i proszę wybaczyć mi to najście – odezwał się, gdy zatrzymał się przed nimi. – Mam wiadomość dla adresatki: agentka Fatma el-Szarawi. Nadawca: Ministerstwo Alchemii, Uroków i Istot Nadprzyrodzonych.

– To ja. – Fatma wskazała siebie.

Wiadomość? O tej porze?

– Wiadomość jest poufna – oznajmił automat. – Wymagane jest potwierdzenie tożsamości.

Fatma uniosła odznakę do czujników umieszczonych pod pozbawioną wszelkich rysów twarzą seryjnego eunucha.

– Tożsamość potwierdzona. – Mechaniczne palce wyjęły cieniutki cylinder i podały go Fatmie, która otworzyła etui i rozwinęła wiadomość. Przebiegła ją szybko wzrokiem.

– Kolejne zadanie? – zapytał Chalid.

– *Aiwa*. Wygląda na to, że czeka mnie wycieczka do Gizy.

– Do Gizy? Jak tak dalej pójdzie, nie pośpisz tej nocy za wiele.

Fatma schowała wiadomość.

– Sen jest dla martwych. A ja zamierzam jeszcze długo pożyć.

Wysoki mężczyzna zaśmiał się.

– Pokój z tobą, agentko – zawołał za nią, gdy ruszyła do wyjścia.

– Niech cię Bóg strzeże, Chalidzie – odpowiedziała, zanim wyszła z kawiarni w ciemną noc.

# ROZDZIAŁ TRZECI

Jazda automatycznym powozem do Gizy o tej porze w nocy trwała jakieś czterdzieści pięć minut. Fatma ucieszyłaby się jednak, gdyby wreszcie postawiono tam i uruchomiono przedłużenie linii napowietrznych tramwajów. Ministerstwo Transportu twierdziło, że czterokrotnie skróciłoby to czas podróży.

Jadąc, porządkowała w głowie wydarzenia tej nocy. Informacja od Chalida wymagała od niej wielu dni pracy. Musiała zidentyfikować butelkę. Zaaranżować spotkanie i stworzyć sobie fałszywą tożsamość. Obstalowała nawet nowy garnitur – idealny do roli ekscentrycznej bogaczki. Sprawy nie ułożyły się dokładnie tak, jak to zaplanowała. Z drugiej strony, czy kiedykolwiek sprawy toczyły się zgodnie z planem? Kto by pomyślał, że dzieciak będzie miał dość ikry, żeby przyzwać marida i zażądać od niego spełnienia życzeń?

– Serce głupca jest zawsze na końcu jego języka – mruknęła.

Było to jedno z powiedzonek jej matki – miała je na każdą okazję. Oczywiście to był Egipt. Tu słyszało się takie porzekadła na każdym kroku, wypowiadały je setki ust, często całkiem nieproszone. Jednak matka Fatmy posługiwała się nimi w co drugim zdaniu. Musiała pobić jakiś rekord. I znała nie tylko egipskie porzekadła. Wyciągała je nie wiadomo skąd. Ojciec żartował, że musiała zacząć tryskać nimi zaraz po urodzinach, besztając akuszerkę, i nie przestała ani na chwilę przez całe *subu'a*.

Myśli o matce jak zwykle przypomniały jej o domu. Nie była tam od miesięcy. Nawet w czasie świąt religijnych. Powiedziała rodzinie, że za bardzo pochłania ją praca. Pewnie, że tęskniła za nimi, ale za każdym razem, gdy odwiedzała wioskę, wydawała jej się strasznie ciasna. Fatma pamiętała czasy, kiedy Luksor był dla niej największym miastem na świecie. Jednak w porównaniu z Kairem sprawiał wrażenie dużego miasteczka pełnego starych ruin.

Blask świateł sprawił, że Fatma usiadła prosto i wyjrzała przez okno, napotykając swoje widmowe odbicie – ciemne, owalne oczy, mięsisty nos, pełne, śmiałe usta. Była już w Gizie. Miasto rozrastało się, napełniając się przybyszami uciekającymi z zatłoczonych dzielnic Kairu. Brukowane ulice i świeżo wzniesione budynki ciągnęły się na równinie oświetlonej przez elektryczne lampy podobne do lotosowych kolumn w neofaraońskim stylu. Dźwigary niedokończonego masztu cumowniczego majaczyły ponad dachami – wkrótce będą tam cumować towarowe statki powietrzne i zamienią to miejsce w centrum handlu. Jednak bez względu na to, w co Giza się zamieniała, jej przeszłość wciąż wyraźnie się malowała – potężne piramidy zdominowały linię horyzontu, starożytni strażnicy tej nowoczesnej epoki.

Powóz przejechał przez centrum ulicami, wzdłuż których ciągnęły się sklepy, a potem wyjechał na drogę otoczoną przez płaską pustynię. Minęła niemal wieczność, zanim monotonię krajobrazu naruszyła wielka, dobrze oświetlona budowla; piramidy w jej tle wznosiły się niczym góry.

Posiadłość Worthingtona składała się z kwadratów i prostokątów, jakby niechlujnie poskładano kilka budynków razem wzdłuż jednej linii. Architektura była tradycyjna – wieże, minarety, kolumnady z beżowego kamienia urozmaicone balustradami z ciemnego drewna i portykami. Całość znajdowała się w jeszcze większym ogrodzie – oazie palm i liściastych krzewów, która wyglądała jak latająca wyspa.

Powóz zatrzymał się przed wejściem do posiadłości, żeby Fatma mogła wysiąść. Stało tam zaparkowanych już kilka innych pojazdów pomalowanych na niebiesko i złoto – w barwach kairskiej policji. Weszła po schodach i zapukała do drzwi laską. Otworzył je wysoki starszy mężczyzna w białej galabii.

– Dobry wieczór, młody paniczu... – zaczął po angielsku, ale urwał, a na jego wymizerowanej twarzy odmalowało się zaciekawienie. Kiedy odezwał się ponownie, mówił po arabsku. – Dobry wieczór, córko. Jestem Hamza, nocny zarządca domu. W czym mogę pomóc?

Fatma ze spokojem podeszła zarówno do pomyłki, jak i korekty. Garnitur i chłopięca twarz myliła większość ludzi przy pierwszym rzucie oka. Mężczyzna uniósł brwi jeszcze bardziej na widok jej odznaki. Do tego jednak też przywykła. Otworzył drzwi szeroko, skłonił się lekko i wpuścił ją do środka.

Stali w przestronnym prostokątnym pomieszczeniu, które wyglądało na salon. Zabytkowe, inkrustowane, srebrne lampy zwieszały się z wysokiego sufitu z ciemnego drewna, ich światło błyszczało na podłodze – rozleglej przestrzeni wyłożonej białymi kafelkami w kształcie gwiazd. Powieszono tam najróżniejsze antyki: od barwnej safawidzkiej miniatury przedstawiającej graczy w polo, po parę mieczy w czerwonobrązowych skórzanych pochwach. W ścianach rozmieszczono też w równych odstępach cztery podkowiaste łuki. Nocny zarządca przeprowadził ją przez jeden z nich, a potem ruszyli nie mniej wystawnym korytarzem. Kolorowe dywany zwieszały się ze ścian jak gobeliny – tebriskie kobierce z czerwonymi kwietnym wzorem, bordowe z Anatolii, zielone bucharskie dywany z żółtym rzucikiem, a rozdzielały je delikatne maszrabije. Kiedy Fatma przyglądała im się, jej uszy wychwyciły słaby dźwięk. Coś podobnego do metalicznego brzęku. Zaraz jednak ucichł.

– Żałuję, że goszczę panią w tym domu w takich okolicznościach – powiedział zarządca. – To kala jego piękno.

– Jak długo pan tu służy?

– Od samego początku. Będzie już dobrze ponad dziesięć lat. Patrzyłem, jak dom lorda Worthingtona rozkwitał, aż uzyskał obecną wspaniałość!

Fatma nie była pewna, czy nazwałaby ten baśniowy pałac wspaniałym, ale w końcu to rzecz gustu.

– Był pan blisko związany z lordem Worthingtonem?

– Pana i sługę nieodmiennie dzieli dystans, ale lord Worthington zawsze traktował mnie z szacunkiem. To dość rzadkie. – Zatrzymali się przy schodach. – Pozostali zebrali się na górze. – Zarządca zamilkł na chwilę z poważną twarzą. – Cokolwiek pani tam znajdzie, to tylko naczynie, a nie człowiek. Wszyscy należymy do Boga. I do Niego powrócimy.

Odszedł, a Fatmie nie pozostało nic innego, jak wspiąć się po chyba najdłuższych schodach na świecie. Nie zadyszała się co prawda, zanim doszła do końca, ale niewiele brakowało. Z pomieszczenia na lewo od niej niosły się głosy. Zmarszczyła nos z powodu potwornego zapachu i ruszyła w kierunku dźwięków.

Do sali, którą znalazła, nie prowadziły już żadne drzwi. Jedno skrzydło zwieszało się z zawiasu, drugie leżało połamane na podłodze. Minęła je, zauważając połamaną drewnianą belkę, zanim przyjrzała się reszcie pomieszczenia. Okrągła sala była wypełniona ludźmi. Policjantami. Można było ich poznać po mundurach w kolorze khaki. Uwijali się pod mosiężnym żyrandolem, który oświetlał makabryczną scenę.

Wiadomość, jaką otrzymała Fatma, była krótka i na temat – zgłoszono ofiary śmiertelne w posiadłości Worthingtona, miała sprawdzić, czy był w to uwikłany czynnik nadprzyrodzony. Informacja nie oddawała rzeczywistości. Ciała przykryte białymi płachtami leżały na marmurowej podłodze. Pobieżnie oceniła, że jest ich prawie dwadzieścia. Kolejne leżały przy stole w głębi. Potworny odór był teraz prawie nie do zniesienia. Miedziany, niemal metaliczny. Jak nadzwyczaj nieapetyczne gotowane mięso.

Nadal przyglądała się wszystkiemu, kiedy podszedł do niej policjant. Wyglądał na jej rówieśnika – miał dwadzieścia cztery, może dwadzieścia pięć lat. Podszedł jednak rozgniewany, z wypiętą piersią i wykrzywioną twarzą, jakby szykował się do wywleczenia młodszej siostry z palarni haszyszu.

– Ej, ty! Nie możesz tu wchodzić! To miejsce przestępstwa!

– To by wyjaśniało obecność ciał – odparła.

Zamrugał tępo, a ona westchnęła. Marnowanie dobrej sarkastycznej uwagi było denerwujące. Machnęła mu odznaką, a on, mrużąc powieki, popatrzył na kawałek metalu, potem na Fatmę, aż w końcu wytrzeszczył oczy.

– To ty!

Fatma nauczyła się, że okrzyk „to ty" może oznaczać bardzo wiele rzeczy. To ty – ciemna od słońca Sa'idi z zaściankowej wioszczyny. To ty – kobieta, która w ich oczach była ledwie dziewczyną, a z której ministerstwo zrobiło agentkę specjalną i to działającą na terenie ni mniej, ni więcej jak samego Kairu. To ty – dziwna śledcza, która ubiera się w zachodnie garnitury. Niektórzy byli jeszcze mniej uprzejmi. Egipt pysznił się swoją nowoczesnością. Tutejsze kobiety uczęszczały do szkół i wypełniały rozkwitające fabryki. Były nauczycielkami i adwokatkami. Kilka miesięcy temu uzyskały nawet prawo wyborcze. Mówiło się o ich wejściu do świata polityki. Jednak kobieta udzielająca się w życiu publicznym nadal wielu niepokoiła. A ktoś taki jak ona kompletnie nie mieścił im się w głowie.

– Posterunkowy! Zawracasz głowę agentce?

Fatma podniosła wzrok na znajomą twarz – mężczyzny w średnim wieku, który nosił elegantszą wersję policyjnego munduru – ze złotymi epoletami. Strój opinał się nieco za mocno na wysokim i mocno zbudowanym policjancie, podkreślając poprzedzający go brzuch. Młody posterunkowy podskoczył, odwrócił się i znalazł się twarzą w twarz z inspektorem Aasimem Szarifem.

Aasim był członkiem kairskiej policji i oficerem łącznikowym współpracującym z ministerstwem. Nienajgorszy człowiek – odrobinę nieokrzesany, ale dostatecznie przyjazny, kiedy nie narzekał na niewygody współczesnego świata. Zaczynał się czuć niemal swobodnie w kontaktach z Fatmą. Na tyle swobodnie, na ile mogła oczekiwać. Spiorunował wzrokiem młodego policjanta, strosząc gęste, długie i szpakowate wąsy. Wielkie i przerośnięte wąsiska dawno wyszły z nieustannie zmiennej mody kairskiej, chociaż nadal cieszyły się popularnością na południe od stolicy, co mogli poświadczyć jej wujowie, oraz wśród starszych konserwatywnych kairczyków – takich jak Aasim. Były z dumą noszoną oznaką nostalgii, jak przypuszczała Fatma. Jego wąsy zawsze kojarzyły jej się ze staroświeckim janczarem. W dodatku dygotały mu, gdy Aasim się denerwował.

– Zadałem ci pytanie! Zawracasz głowę agentce?

– Nie, panie inspektorze! To znaczy nie wiedziałem, kim jest, panie inspektorze, i...

Młody mężczyzna przełknął ślinę, kiedy Aasim skrzywił się jeszcze mocniej.

– Może weźmiesz się do jakiejś roboty, co? Biegnij do kuchni i przynieś mi kawy.

Młody mężczyzna zdębiał.

– Kawy?

– Kawy – odpowiedział Aasim. – Nie wiesz, co to jest? Muszę ci wyjaśnić, co to jest kawa? Powinienem zacząć ci recytować historię kawy? Nie? To co tu jeszcze robisz? *Jalla!*

Jąkając coś pod nosem, młody policjant odszedł pośpiesznie.

– To ci sprawia zdecydowanie za dużą przyjemność – rzuciła oskarżycielsko Fatma.

Aasim uśmiechnął się znacząco.

– A wiesz, co jest najzabawniejsze? Ja nawet nie lubię kawy. Smakuje dla mnie jak pomyje. Lubię za to łamać nowych rekrutów. – Odwrócił się do Fatmy. – Dobry wieczór. Wyglądasz bardzo... – obrzucił spojrzeniem jej garnitur – ...angielsko.

– Ten jest amerykański. Z Nowego Jorku.

– Wątpię, żeby takie miejsce istniało.

Skrzywiła się do niego.

– Masz tu niezłą sprawę.

Aasim podrapał się po ogolonej brodzie.

– Nie widziałaś jeszcze najgorszego. – Dał jej znak, żeby ruszyła razem z nim. – Mam nadzieję, że cię nie obudziliśmy. Uznałem jednak, że rozsądniej będzie dać znać ministerstwu.

– Oczywiście poprosiłeś o mnie konkretnie?

– Oczywiście. Wiem, że lubisz wyzwania.

– Nawiasem mówiąc, mam też życie osobiste, wiesz?

Pokręcił głową.

– W to też nie wierzę.

– W takim razie przynajmniej powiedz mi, co wiesz.

– Dostaliśmy wezwanie przed dziesiątą – zaczął. – Od nocnego zarządcy posiadłości.

– Hamza. Poznałam go.

– To był wrak człowieka. Przyszedł do pracy i znalazł ciała. Obdzwonił wszystkie posterunki, wykrzykując coś o morderstwie. Większość ludzi tutaj to policja z Gizy. Zwrócili się jednak do Kairu o pomoc. Przyjechaliśmy i oto co zastaliśmy.

Zatrzymał się przed masą białych płacht cuchnących spalenizną. A może winni byli stojący wszędzie policjanci, którzy palili papierosy marki Nefertari, wąskie i brązowe? Na widok inspektora właśnie pośpiesznie je gasili. Aasim nie cierpiał palenia na miejscu przestępstwa.

– Dwudziestu czterech zmarłych – poinformował ją, odrywając zły wzrok od podwładnych.

Dwudziestu czterech. Boże miłosierny.

– Wszyscy spłonęli żywcem – dodał. – Mieliśmy nadzieję, że przykrycie ciał stłumi zapach.

– Wzywacie ministerstwo z powodu pożaru?

Ledwie jednak Fatma wypowiedziała te słowa, spostrzegła oczywistą rzecz: nic w sali nie było osmalone. Właściwie nigdzie nie było widać żadnych śladów ognia.

Aasim podał jej chusteczkę.

– Przyda ci się. Pod płachtami cuchnie spalonymi włosami.

Fatma przyklękła razem z Aasimem, który odciągnął okrycie. Mimo chusteczki przyciśniętej do nosa smród był silny. Spalony trup wyglądał jak zwęglone drzewo, poczerniała głowa z pustymi oczodołami, z których unosiły się smużki dymu. Kimkolwiek był ten człowiek, umarł, krzycząc, w rozwartych ustach widać było poplamione sadzą zęby i kawałki złotych koronek. W oczy jednak rzucał się przede wszystkim jego strój: długa czarna szata narzucona na ciemnoszary garnitur, białe rękawiczki i czarny tarbusz nadal na głowie. Wszystko w nienaruszonym stanie.

– Tylko ciało spłonęło – mruknęła Fatma.

– To bardzo niezwykłe jak na pożar, nie uważasz? – zapytał ją Aasim.

Fatma słuchała go tylko jednym uchem, w myślach rozważając różne kontrolowane pożary pochodzenia magicznego i alchemicznego – płomienie, które potrafiły stopić stal, przywrzeć do powierzchni jak olej albo nawet przybrać kształt zwierzęcia. Jednak ogień, który pożerał ciało, ale zostawiał nietknięte ubrania? To było coś nowego. Wyjęła ministerialne gogle spektralne, które wyglądały jak miedziowane okulary, i zerknęła przez okrągłe, zielone soczewki. Magia była wszędzie, ale nie na ubraniach. Przywarła do ciała w postaci słabo świecącego osadu.

– Wszyscy tak wyglądają? – zapytała, zdejmując gogle.

– Wszyscy co do jednego. Z wyjątkiem tego tu przyjaciela.

Aasim wskazał trupa, który leżał odsunięty od pozostałych. Kiedy uniósł prześcieradło, ukazało się kolejne spalone ciało odziane w nienaruszone ubranie, ale coś było z nim nie tak. Fatma potrzebowała chwili, żeby spostrzec co dokładnie.

– Ma głowę obróconą do tyłu – zauważyła, nie potrafiąc ukryć wstrząsu.

– Nie widuje się takich rzeczy na co dzień, co? Nie rozumieliśmy, dopóki go nie obróciliśmy.

Fatma pochyliła się, żeby przyjrzeć się dziwnemu trupowi.

– Jego twarz. Nie krzyczał. Nie zmarł od ognia. Zginął wcześniej.

– Masz pojęcie, jakiej potrzeba siły, żeby zrobić coś takiego z ludzkim ciałem?

– Nie mogę przyznać, żebym wiele się nad tym zastanawiała, ale domyślam się, że... nieludzkiej?

Aasim westchnął.

– Kiedy mój dziadek był policjantem, musiał przede wszystkim martwić się kieszonkowcami. Oszustami, którzy chcieli pobić dozorcę bazaru. Od wielkiego dzwonu zdarzał mu się fałszerz. A co ja mam? Magicznie spalone ciała i nieludzką siłę.

– To już nie jest Kair z czasów twojego dziadka – odparła Fatma.

Aasim burknął potakująco.

– Dzięki, *ja Dżahiz*.

Fatma wyprostowała się, popatrzyła po przykrytych ciałach i rozejrzała się po sali. Po raz pierwszy spostrzegła sufit z mukarnasami podobnymi do plastra miodu. Perski styl, który dotarł do Egiptu szlakiem handlowym wiele wieków temu. Niebieskie ściany z powtarzającym się wzorem ze złotych i zielonych kwiatów też były perskie, ale z domieszką stylu andaluzyjskiego i z arabską kaligrafią. Kolumny biegnące wzdłuż boków były marokańskie i zdobione wersetami z Koranu. Widok tych różnych stylów nie był niczym niezwykłym w Kairze – w mieście, które od wieków znajdowało się na skrzyżowaniu różnych kultur, ale tak jak reszta domu i ta sala wyglądała raczej jak przestylizowany miszmasz, któremu daleko było do jakiejkolwiek estetycznej spójności. Kolejny przejaw bohaterskiej, ale przegranej próby stworzenia czegoś autentycznego, której podjął się przybysz z zewnątrz.

Na ścianach umieszczono także różne przedmioty za szkłem. Fatma dostrzegła między innymi książkę i skrawki ubrań. W głębi sali wisiała biała chorągiew. Wyhaftowane na niej nakładające się piramidy tworzyły heksagram, w środku którego znajdowało się wszystkowidzące oko otoczone przez siedem gwiazdek. W każdym kącie heksagramu znajdowały się znaki zodiaku, po lewej umieszczono słońce, a po prawej księżyc w pełni. Tę dziwną zbieraninę otaczał ognisty wąż pożerający własny ogon. Poniżej widniał złoty bułat nad obróconym do dołu sierpem księżyca o ostrych koniuszkach. Fatma zerknęła na czarny tarbusz, który nadal nosił zmarły mężczyzna z wykręconą głową – znajdowały się na nim taka sama złota szabla i półksiężyc.

– Co to za miejsce? – zapytała – Kim są ci ludzie?

Aasim wzruszył ramionami.

– Jakiś kult? Wiesz, że ludzie z Zachodu uwielbiają zabawy w przebieranki i udawanie starożytnych mistyków. Zakon tego... Bractwo owego...

Poprowadził ją do półksiężycowatego stołu w głębi, gdzie znajdowały się kolejne ciała. Niektóre zgarbiły się na krzesłach. Inne leżały na podłodze. Aasim zatrzymał się koło środka stołu i uniósł płachtę, ukazując siedzącą postać w ciemnofioletowej szacie.

– Jedno wiemy z całą pewnością: to jest lord Alistair Worthington.

Uniósł rękę martwego człowieka. Na najmniejszym poczerniałym palcu znajdował się wielki srebrny sygnet. Grawerunek na płaskim przodzie przedstawiał herb: tarczę ze wspiętym gryfem zwieńczoną głową rycerza i opancerzoną ręką z mieczem. Pod spodem znajdowało się samotne „W".

– To jest Alistair Worthington?

– Angielski Pasza we własnej osobie – potwierdził Aasim.

Fatma znała to przezwisko tak samo, jak znała nazwisko Worthingtona. Ten Anglik pośredniczył w podpisaniu Traktatu Angielsko-Egipskiego, za co nowy egipski rząd przyznał mu specjalne prawa. Jego pieniądze i wpływy pozwoliły utrzymać pokój, zapewniały bezpieczny handel i rozbudowę Gizy.

– Angielski Pasza zamordowany – mruknęła.

Aasim się skrzywił.

– Miałem nadzieję, że powiesz mi, że to tylko skutek zaklęcia, które wymknęło się spod kontroli.

Fatma pokręciła głową.

– Widziałam drzwi. Ktoś się tutaj wdarł. – Przyjrzała się ciałom. – Sprawił, że wszyscy uciekli w głąb sali. Ten ze skręconym karkiem... może okazał się za odważny. Próbował walczyć. A reszta spłonęła żywcem.

Aasim skinął głową. Pewnie sam doszedł do takich samych wniosków, ale miał nadzieję na proste wyjaśnienie.

– Morderstwo. Masz pojęcie, ile papierkowej roboty to oznacza?

– Angielski Pasza miał wrogów? – zapytała Fatma, ignorując jego pytanie.

– Bogaci ludzie zawsze mają wrogów. Zwykle dzięki temu się wzbogacają.

– Nie miał pomagać królowi podczas szczytu pokojowego?

– Masz na myśli szczyt, który ma powstrzymać Europejczyków przed rozpoczęciem nowej krucjaty przeciwko sobie nawzajem? Myślisz, że to może mieć jakiś związek z konferencją?

– Nie wiem – odpowiedziała.

Po co urządzać taką masakrę, jeśli chcesz zamordować jednego człowieka? Nie, ktokolwiek tego dokonał, świadomie wybrał miejsce i czas. Tę scenę mieli wszyscy zobaczyć – jak krwawy obraz. Fatma popatrzyła na chorągiew. Na samy dole wyhaftowano słowa *Quærite veritatem*. „Szukaj prawdy", o ile dobrze rozumiała łacińską sentencję.

– Jeszcze jedno – odezwał się Aasim. Pochylił się, żeby zdjąć prześcieradło z ciała skulonego na podłodze. Spłonęło jak pozostałe, ale jedna rzecz je wyróżniała: ofiara miała na sobie obcisłą białą suknię do kostek. – Jedyna kobieta na sali – zwrócił uwagę inspektor.

Tu kryło się coś więcej. Szeroki kołnierz z kolorowych kamieni otaczał jej szyję i sięgał piersi. Wesech – rodzaj naszyjnika, który wyszedł z mody jakieś dwa tysiące lat temu. Fatma przyklękła, żeby przyjrzeć się złotym kolczykom wystającymi spod peruki z czarnymi warkoczami: zdobiła je postać kobiety z rozłożonymi skrzydłami.

– Jest więcej takich? – zapytała. – Mam na myśli... osoby w kostiumach?

Aasim zdjął płachtę z kolejnego ciała. To był mężczyzna z cętkowaną skórą geparda na ramionach. A Fatma już myślała, że ta noc nie może stać się bardziej dziwaczna.

– To musiała być niezła impreza – skomentował Aasim.

I bardzo dziwna. Fatma zerknęła na kolejnego nieboszczyka, którego ręka wystawała spod białego okrycia – jakby próbował powrócić do świata żywych. Przyjrzała się uważniej. W zwęglonych palcach trzymał chusteczkę z wyhaftowaną lawendową nicią literą G w kursywie.

– Myślisz, że to mogli być nekromanci? – zapytał Aasim. Wąsy drgnęły mu nerwowo. – Może coś im nie wyszło podczas próby stworzenia ghuli?

Ten człowiek za wszystko winił nekromantów. Jego zdaniem władcy nieumarłych czaili się za każdą zbrodnią. W dodatku nie cierpiał ghuli. Z drugiej strony – kto je lubił?

– Wątpię – odpowiedziała. – Tworzenie ghuli nie wymaga łatwopalnych ciał. – Na samą myśl o ognistych ghulach wąsy Aasima zadygotały spazmatycznie. – Poza tym nie zauważyłam żadnego śladu takwinu przez soczewki spektralne. – Nekromanci wykorzystywali splugawioną wersję tej alchemicznej substancji do tworzenia ghuli. Magia, jaką tu widziała, to było coś całkiem innego. – Jacyś świadkowie? Nocny zarządca?

Aasim pokręcił głową.

– Wygląda na to, że na czas tych spotkań lord Worthington odprawiał żywych służących. Nocny zarządca pojawił się później. Zostają tylko oni. – Wskazał rząd seryjnych eunuchów stojących nieruchomo, podczas gdy wokół nich uwijali się ludzie.

Istniały raporty, według których mechaniczni ludzie uzyskiwali pewną samoświadomość; to zjawisko konsternowało ministerstwo. Jednak najwyraźniej ci nie należeli do tego rodzaju.

– Jest jednak ktoś – mówił dalej Aasim. – Córka lorda Worthingtona.

Fatma odwróciła się do niego gwałtownie.

– Córka? Dlaczego od razu nie wspomniałeś?

Inspektor uniósł ręce.

– Dochodzi do siebie. Zaprowadzę cię do niej. – Przeszli przez salę i zeszli po długaśnych schodach. – Abigail Delenor Worthington. Wygląda na to, że przyjechała do domu już po wszystkim. Nocny zarządca zastał ją w salonie nieprzytomną. Twierdzi, że natknęła się na tajemniczą postać. Może to był ktoś, kto przeżył. A może sprawca. Lepiej jednak, żeby sama ci to wyjaśniła. Bez względu na wszystko nie pozwól, żeby mówiła do ciebie po arabsku.

– A mówi po arabsku?

– Ani w ząb, niestety najwyraźniej nie ma o tym pojęcia. Nocny zarządca był naszym tłumaczem. Może jednak ty lepiej sobie poradzisz.

U podnóża schodów skręcili w korytarz, na końcu którego stało dwóch policjantów strzegących drzwi. Na widok Aasima otworzyli je, pozwalając im przejść. Pokój stanowił architektoniczny miszmasz tak jak reszta domu. Zamiast jednak pięknych dywanów czy białej broni tu stały książki. Niekończące się rzędy książek na drewnianych regałach. Biblioteka. Rzędy książek przetykane były oprawionymi obrazami w żywym orientalnym stylu, z których wiele przedstawiało walące się gmachy ze szlachetnymi fellachami albo sułtanami w jarmarcznych szatach. Na innych widniały bezwstydne, niemal nagie alabastrowe kobiety, które wylegiwały się, obsługiwane przez ciemnoskórą służbę.

Zebrało się tam pięć osób – jeśli pominąć seryjnego eunucha z tacą z kryształowymi karafkami. Czwórka stała wokół modnej tureckiej otomany w kolorze mchu, opierającej się na długich, zakrzywionych srebrnych nóżkach. Wyglądało to na mebel, na którym można się wyciągnąć, ale teraz siedziała tam kobieta oparta o stos modrych poduszek z musztardowymi frędzlami. Nosiła kremową suknię, wyglądała na osobę po dwudziestce, była smukła, miała długą szyję, ciemnorude pukle sięgające koronek i wstążek na jej ramionach. Jej opalona twarz była wybitnie angielska – krótki, szpiczasty nos, twarz niemal idealnie w kształcie serca. Abigail Worthington, jak domyślała się Fatma. Chudy i niski brunet w wieczorowym smokingu i szarych spodniach w prążki klęczał właśnie i bandażował jej rękę.

– Najwyższy czas! – warknął ktoś.

Fatma obejrzała się na innego mężczyznę w pokoju – o szerokim torsie, przyodzianym w czarną kamizelkę i białą częściowo rozpiętą koszulę. Krawat miał poluzowany. Jego głowę otaczała aureola złotych loków, które przechodziły w obfite bokobrody.

– Zamknęliście nas i kazaliście nas pilnować swoim żandarmom? – wyrzucił z siebie pretensje wyrafinowaną angielszczyzną. Wymachując rękami rozlewał zwartość kieliszka.

– Przestań, Victorze – odezwał się jego towarzysz nosowym tonem. – Wszyscy są już podenerwowani.

Większy mężczyzna chciał coś odpowiedzieć, ale weszła mu w słowo Abigail Worthington.

– Percy ma rację. – Miała melodyjny głos, ale słowa zabrzmiały chrapliwie. – Nic dobrego nie wyniknie z wrzeszczenia na tych ludzi. Nie mogą zmienić tego, co się stało.

Uniosła głowę i skierowała na nich spojrzenie opuchniętych, zaczerwienionych oczu. Konsternacja przemknęła po jej twarzy, gdy spostrzegła garnitur Fatmy. Zareagowała lepiej niż pozostałe kobiety, które wytrzeszczały oczy i szeptały do siebie, zasłaniając usta rękami. Kiedy Abigail odezwała się znowu, mówiła po arabsku:

– Wybacz. Brandy. Victor. Pije. Dużo. Robi głupiego.

Fatma się skrzywiła. Aasim nie przesadzał. Arabski w ustach tej kobiety ranił jej uszy. Żeby uratować ich wszystkich, Fatma odpowiedziała po angielsku:

– Nie szkodzi, panno Worthington. Macie za sobą ciężką noc. Proszę przyjąć wyrazy współczucia.

Abigail znowu wytrzeszczyła niebieskozielone oczy. Podobnie jak jej towarzyszki. Przestały szeptać do siebie.

– Mówi pani po angielsku! I to z uroczym akcentem! Chociaż nie potrafię go rozpoznać. Cudownie! – Otarła łzy z policzków. – Dziękuję. Proszę mówić mi Abbie.

– Dobrze, Abbie – zgodziła się Fatma. – Jestem agentka Fatma z egipskiego Ministerstwa Alchemii, Uroków i Istot Nadprzyrodzonych.

– Agentka – powtórzyła z podziwem Abigail. – Najpierw wasz kraj daje kobietom prawo głosu, a teraz dowiaduję się, że pozwala wam pracować w policji!

– Ministerstwo to nie policja. Współpracuję z inspektorem Aasimem przy sprawach... zaistniałych w nietypowych okolicznościach. Obawiam się, że śmierć twojego ojca należy właśnie do takich.

Abigail spochmurniała, zacisnęła usta.

– Nie pozwolili mi zobaczyć... – Przełknęła ślinę. – Rozumiem, że to był ogień?

– Tak, ale chodzi o coś więcej. – Fatma delikatnie wyjaśniła, w jakim stanie znajdują się ciała.

– Mój Boże! – wykrzyknął Victor. Wypił haustem brandy. – Morderstwo! Zatem czary?

– A cóż innego? – szepnęła Abigail. – Biedny ojciec. Mam nadzieję, że nie cierpiał. – Wyglądała, jakby miała znowu się rozpłakać, ale przycisnęła rękę do pomarańczowej szarfy w talii i dodała spokojnie: – W czym mogę pomóc?

– Inspektor Aasim mówi, że natknęłaś się na kogoś...?

Abigail zadrżała.

– Tak. Właśnie wróciłam do domu. Panowała w nim dziwna cisza, kiedy weszłam. Nie doszłam nawet do salonu, kiedy on się pojawił. Mężczyzna w czarnych szatach.

Fatma zanotowała informację w notesie.

– Nie był to ktoś ze służby?

Abigail pokręciła głową.

– Możesz go opisać?

Kobieta się zmieszała.

– Nie bardzo. Nosił jakąś maskę. – Dotknęła twarzy, jakby ją sobie wyobrażała. – Złotą. Ze znakami. Pamiętam, że był wysoki. Bardzo wysoki! I jego oczy. Nigdy nie widziałam równie przeszywającego spojrzenia!

– To jego sprawka? – Fatma skinęła na zabandażowaną dłoń.

Abigail się zarumieniła.

– Nie. Widzisz... zemdlałam. Padłam jak ścięta na widok tego okropnego człowieka. I jak ostatni głuptas upadłam na rękę. Percy był taki kochany, że mi ją zabandażował.

– Zrobiłem, co mogłem – odpowiedział chudy mężczyzna, wstając.

– Możesz nam powiedzieć coś jeszcze o tym mężczyźnie w złotej masce? – naciskała Fatma.

Abigail z żalem pokręciła głową.

– Leżałam nieprzytomna, dopóki nie znalazł mnie Hamza.

– Żałuję, że mnie tu nie było – gorączkował się Victor. – Już ja bym pokazał temu zamaskowanemu diabłu! – Wypił kolejny kieliszek i odwrócił się do Fatmy. – Chcę wiedzieć, co pani i inspektor robicie, żeby pojmać tego przestępcę. Nie powinniście właśnie go szukać?

Fatma popatrzyła na niego beznamiętnie. Zawsze trafiał się ktoś taki.

– Nie słyszałam pana nazwiska...

Wysunął kanciastą szczękę.

– Victor Fitzroy – powiedział, jakby to miało coś jej mówić.

– Proszę mi wybaczyć – wtrąciła się Abigail. – To moi przyjaciele. Ten w gorącej wodzie kąpany to Victor. Mój lekarz na niby to Percival Montgomery. – Ciemnowłosy mężczyzna uśmiechnął się pod drobnym, ale gęstym wąsikiem. – A to Bethany i Darlene Edginton, niegdyś moje partnerki w psotach.

Dwie kobiety skinęły głowami, ale w ich piwnych oczach wciąż malowała się wyniosłość. Fatma teraz to zauważyła: takie same zadarte nosy, włosy ciemnoblond, szczupłe twarze.

– Przyjechaliśmy po telefonie Abbie – dodał Percival. – Biedny staruszek Worthington. Niech jego dusza spoczywa w pokoju.

Abigail zaszlochała i otarła oczy.

– Jeszcze kilka pytań. Czy twój ojciec miał wrogów?

– Wrogów? Kto by chciał skrzywdzić mojego ojca?

– Może ktoś z jego pracowników? Rywal w interesach?

Abigail pokręciła głową.

– Pewnie coś tak potwornego jest możliwe, ale nic nie wiem o interesach ojca. To Alexander ma głowę do takich rzeczy.

– Alexander?

– Mój brat. Zawiaduje interesami rodziny. Jest za granicą.

Fatma zapisała to pośpiesznie.

– Ostatnia rzecz. Czy wiesz, co właściwie robił dziś wieczór twój ojciec? Kim byli towarzyszący mu ludzie?

– To tajne bractwo. Jeden z ekscentrycznych pomysłów mojego ojca.

– Czy bractwo mogło się komuś narazić?

– Nie przychodzi mi na myśl żaden powód. Banda staruszków w śmiesznych kapeluszach spotykająca się przy kieliszku i cygarze. Kto potraktowałby ich na tyle poważnie, żeby ich zabić?

Fatma chciała zwrócić uwagę, że jakby nie patrzeć, właśnie zostali zamordowani, ale zamknęła tylko notes.

– Dziękuję. Niech pamięć o twoim ojcu pozostanie przy tobie żywa.

– Proszę zrobić, co się da, żeby wymierzyć sprawiedliwość temu mordercy – powiedziała Abigail, patrząc błagalnie błyszczącymi od łez oczami. – Mój ojciec zasłużył na coś więcej.

Fatma skinęła głową i wyszła razem z Aasimem. W korytarzu spojrzał na nią z podziwem.

– Twoja angielszczyzna jest równie wytworna jak garnitur. Zrozumiałem tylko połowę. Dowiedziałaś się czegoś?

– Czegoś poza mężczyzną w masce? Niewiele.

– Cóż, musimy poradzić sobie z tym, co mamy. Wyślę wiadomość do tego Alexandra. Domyślam się, że zjawi się w ciągu paru dni. Do tego czasu będą o tym pisać wszystkie dzienniki. – Pokręcił głową. – Robota papierkowa będzie nie do zniesienia.

– Robota papierkowa to część dzisiejszych czasów. Zacznę śledztwo z samego rana. Niech twoi ludzie przyślą mi raport kryminalistyczny. Sprawdzę, kiedy...

Fatma urwała gwałtownie, kiedy ktoś wyszedł zza rogu i prawie na nich wpadł. Młody policjant. Trzymał filiżankę, starając się nie rozlać zawartości. Bez powodzenia. Na jego twarzy odmalowało się zaskoczenie, gdy rozpoznał Fatmę, a potem ulga na widok Aasima.

– Inspektorze! Pańska kawa? – podał do połowy opróżnioną filiżankę. Aasim przyjął ją, patrząc chłodno.

– Agentko Fatmo – powitał ją policjant, bardziej uprzejmy niż wcześniej. – Pani też szukałem. Ktoś do pani przyszedł. – Odwrócił się. – Szła tuż za mną. Mam nadzieję, że jej nie... Ach, jest tutaj!

Fatma zerknęła i zobaczyła drugą postać wychodzącą zza rogu. Młodą kobietę w czarnym płaszczu i długiej, ciemnej spódnicy szeleszczącej przy każdym kroku. Na widok Fatmy jej okolona błękitnym jak niebo hidżabem twarz się rozpromieniła.

– Dobry wieczór – przywitała się lekko zadyszana. Spojrzała na Aasima, zanim odwróciła się do Fatmy. – Agentko Fatmo, udało mi się panią dogonić. Bogu dzięki!

Fatma popatrzyła na nią niepewnie.

– Nie wydaje mi się, żebyśmy się już spotkały...?

– Ach! Gdzie ja mam głowę!

Kobieta zaczęła szperać w jasnobrązowej torbie, którą nosiła przewieszoną przez ramię. Minęła krępująca chwila, zanim wyjęła coś całkiem nieoczekiwanego. Srebrną odznakę ze swoją podobizną i słowami EGIPSKIE MINISTERSTWO ALCHEMII, UROKÓW I ISTOT NADPRZYRODZONYCH.

– Jestem agentka Hadia – przedstawiła się. – Pani nowa partnerka.

Fatma miała wrażenie, że praktycznie słyszy, jak na te słowa Aasimowi zadygotały wąsy.

# ROZDZIAŁ CZWARTY

Seryjny eunuch w abisyńskiej kawiarni postawił dwie białe porcelanowe filiżanki, zanim odszedł pośród terkotu obracających się kółek zębatych. Fatma wzięła swoją – z mocną, aromatyczną mieszanką etiopską, która szybko wypierała z miasta bardziej tradycyjną turecką odmianę. Wypiła łyczek. Napój był idealny: jedna łyżeczka kawy, jedna cukru i w sam raz pianki. Ten lokal to była bardziej kawiarnia niż tradycyjna *ahwa*, pysznił się nowoczesnymi udogodnieniami i nowoczesną klientelą. Poza tym był otwarty przez całą noc i Fatma często tu przychodziła pod koniec zmiany, żeby się rozluźnić.

A przynajmniej zwykle tak robiła.

Odstawiła filiżankę, żeby przejrzeć papiery w teczce, która przed nią leżała. Miała za sobą wypełnioną niezręcznym milczeniem jazdę z Gizy, podczas której już raz je przejrzała. A właściwie, co najmniej trzy razy. W przeciwnym wypadku byłaby zmuszona prowadzić rozmowę. Teraz mówiła, czytając na głos:

– Hadia Abdel Hafez. Dwadzieścia cztery lata. Urodzona w rodzinie z klasy średniej w Aleksandrii. Studiowała teologiczną alchemię porównawczą na tamtejszym uniwersytecie. Ukończyła studia z wyróżnieniem. – Fatma urwała, podnosząc wzrok. – Przez dwa lata uczyłaś w Egipskim College'u dla Dziewcząt w Ameryce?

Hadia, która otulona płaszczem siedziała z filiżanką czarnej miętowej herbaty w obu dłoniach, ożywiła się – najwyraźniej ulżyło jej, że wreszcie porozmawiają. Fatma prawie zapomniała, jak wygląda ministerialny mundur dla kobiet, ponieważ sama dawno temu zrezygnowała z jego noszenia. I jeszcze ta lazurowa jak niebo chustka, która tak potwornie rzucała się w oczy. Nadal krzywo patrzono na wzorzyste albo kolorowe hidżaby w bardziej konserwatywnych albo wiejskich zakątkach Egiptu, a bywało, że nawet tu, w Kairze. Hadia ewidentnie chciała pokazać, że jest zupełnie nowoczesną kobietą.

– Myślałam, że królewska misja pozwoli mi dobrze wykorzystać mój dyplom – odpowiedziała.

Fatma uniosła brew.

– Nie przepadają za alchemią w Ameryce.

– Misja znajdowała się w Nowym Jorku, w Harlemie. Pracowałam także z imigrantkami z Brooklynu, z Romkami, Sycylijkami, Żydówkami. Ze wszystkimi, których podejrzewano, że przywożą ze sobą „obce zwyczaje". – Zmarszczyła wydatny nos z niesmakiem.

Nie musiała tego wyjaśniać. Cały świat wiedział o antymagicznych ustawach w Ameryce.

– Wróciłaś do Egiptu i dostałaś się do akademii ministerialnej przy pierwszym podejściu. Ukończyłaś ją w tysiąc dziewięćset dwunastym i wysłano cię do biura w Aleksandrii. Ale teraz jesteś tutaj. W Kairze. Jako moja... partnerka. – Fatma zamknęła teczkę i przesunęła ją po stole. – Nie co dzień na miejscu przestępstwa pojawia się nowa partnerka i to ze swoim życiorysem w ręku.

Rumieńce wypłynęły na beżowe policzki Hadii. Bawiła się nerwowo teczką, przesuwając palcami po jej brzegu.

– Dyrektor Amir zaplanował nasze spotkanie na jutro, ale ja zasiedziałam się do późna w ministerstwie, kiedy usłyszałam o sprawie. Pojechałam więc na miejsce powozem i uznałam, że od razu się przedstawię. Teraz, jak się nad tym zastanowię, to może rzeczywiście nie był to najlepszy pomysł...

Fatma pozwoliła, żeby potok słów urwał się i zapadła cisza. Ministerstwo naciskało, żeby agenci mieli partnerów. Do tej pory udawało jej się od tego wymigiwać. Wszyscy wiedzieli, że pracuje sama. Amir z pewnością zdawał sobie z tego sprawę. Najpewniej zamierzał zaskoczyć ją tym jutro, kiedy już wszystko zostanie oficjalnie przyklepane.

– Agentko Hadio – powiedziała Fatma. Hadia ożywiła się, jej czarne oczy zerknęły czujnie. – Myślę, że doszło do pomyłki. Nie prosiłam o partnera. Nie bierz tego do siebie, ja po prostu pracuję w pojedynkę. Na pewno znajdą dla ciebie kogoś innego. Biuro w Aleksandrii ma swoją śledczą, agentkę Samię. To jedna z pierwszych kobiet zatrudnionych w ministerstwie. Napiszę ci list polecający, jeśli chcesz.

I proszę. Fatma zdobyła się nawet na zrobienie współczującej miny. Nie obeszła się z nią szczególnie brutalnie. Nie było takiej potrzeby.

Hadia popatrzyła na nią, zastanawiając się nad czymś, zanim odstawiła herbatę.

– Uprzedzono mnie, że możesz nie zgodzić się od razu na partnerkę. Po ukończeniu studiów skierowano mnie do współpracy z agentką Samią. Odmówiłam. Powiedziałam, że chcę pracować z tobą.

Fatma zamarła z filiżanką przy ustach.

– Odrzuciłaś możliwość pracy z agentką Samią? Powiedziałaś jej to prosto w twarz? – Agentka Samia była jedną z najbardziej imponujących kobiet, jakie Fatma kiedykolwiek spotkała. Jej się nie odmawiało.

– Życzyła mi wszystkiego najlepszego i odesłała z Bogiem. Dlatego tu jestem.

– Ale dlaczego chcesz pracować ze mną? Nie mam nawet połowy tego doświadczenia co Samia.

Hadia popatrzyła z niedowierzaniem.

– Dlaczego chciałabym pracować z najmłodszą agentką, jaka ukończyła akademię? W wieku dwudziestu lat? Którą wysłano do biura w Kairze? Która została agentką specjalną już po dwóch latach? I której sprawy są teraz lekturą obowiązkową na akademii?

Fatma mruknęła. Takie były skutki rozgłosu.

– Pomyślałam, że chciałabyś wiedzieć, że nie zmarnowałam czasu, jadąc do posiadłości Worthingtona.

Hadia otworzyła drugą teczkę i położyła na stole. Fatma otworzyła szeroko oczy. Szkice z miejsca przestępstwa!

– Jak...?

– Mam kuzyna w policji. – Hadia uśmiechnęła się szeroko, odsłaniając lekki przodozgryz.

Fatma pochyliła się do przodu, przeglądając papiery. Aasim przysłałby jej informacje jutro, ale bardzo niechętnie dzielił się szkicami.

– Nigdy nie widziałam takich oparzeń – zauważyła Hadia. – To skutek jakiegoś związku alchemicznego?

– Ogień był zbyt dobrze kontrolowany – mruknęła Fatma. – To działanie magii.

– Uznałam, że to ciekawe. – Hadia podniosła jeden z rysunków. Przedstawiał kobietę. Przesunęła palcem po szerokim naszyjniku i kolczykach. – Była bałwochwalczynią, prawda?

Fatma podniosła wzrok, mrużąc oczy. Słuszne spostrzeżenie. Pojawienie się dżinnów i przelanie się magii z powrotem do świata wpłynęło na wiarę ludzi w dziwny sposób. Nieuniknione było to, że niektórzy zwrócą się do najstarszych egipskich religii, których wspomnienie odcisnęło się na tutejszym krajobrazie.

– Co o nich wiesz? – zapytała Fatma.

– Więcej niż policja. Myślę, że oni jeszcze się nie zorientowali.

Jeszcze. Aasim i jego ludzie uważali, że wyznawcy dawnych religii to mała grupka heretyków. Nie szukaliby ich w rezydencji brytyjskiego lorda.

– Sądząc po chorągwi – dodała Hadia – lord Worthington należał do jakiegoś kultu. Może bałwochwalczyni była ich kapłanką. I jest jeszcze ten mężczyzna z głową wykręconą do tyłu. Złożono go w ofierze? Słyszałam, że...

Fatma zamknęła teczkę, przerywając jej.

– Pierwsze, czego powinni nauczyć was w akademii, to żeby nie mylić zasłyszanych na ulicach plotek z faktami. Nie miałam żadnej sprawy, w której „bałwochwalcy" wykręcaliby ludziom głowy. Może więc poczekajmy z opowieściami o ofiarach składanych z ludzi, dopóki nie pojawią się jakieś dowody.

Hadia się zaczerwieniła.

– Przepraszam. Tylko myślałam na głos.

Fatma sięgnęła do marynarki po zegarek kieszonkowy. Już minęła druga. Wstała.

– Jest późno, agentko Hadio. O tej porze nie sposób jasno myśleć. Prześpijmy się i wróćmy do tego rano.

Miejmy nadzieję, że rankiem skłonię cię do złożenia rezygnacji, dodała w myślach.

– Oczywiście. – Hadia zebrała swoje rzeczy i także wstała. – Jestem zaszczycona, mogąc z tobą pracować, agentko Fatmo.

I każda z nich odeszła w swoją stronę.

***

Fatma mogła złapać powóz, ale droga do domu z kawiarni nie była długa. Poza tym musiała oczyścić umysł. Nie była pewna, dlaczego słowa Hadii tak ją zdenerwowały. Słyszała podobne rzeczy tysiące razy. Dlatego nie wspominała o tym Aasimowi. Może zirytowało ją to, że przydzielono jej partnerkę, nie zapytawszy jej nawet o zdanie.

A może wyżywasz się z powodu zmęczenia na zapatrzonej w ciebie rekrutce. Dręczycielka słabszych. Słyszała w myślach głos matki: „Patrzcie na wielką panią agentkę. Zaraz zapadnie się pod ziemię".

Fatma skręciła za róg do swojego budynku: jedenastopiętrowego wieżowca z jasnobrązowego kamienia z neofaraońskimi kolumnami, zaokrąglonego z przodu jak wieżyczka. Przed szerokimi czarnymi drzwiami zdobionymi złotem stał starszy mężczyzna z rzednącymi siwymi włosami. Na jego widok Fatma zmieniła wyraz twarzy, żeby nie zdradzać rozdrażnienia. Każdy dom w centrum Kairu miał swojego bewaba – byli tragarzami, odźwiernymi i ogólnie rzecz biorąc mieli pieczę nad wszystkim. Jej bewab bez najmniejszego wahania udzielał nieproszonych rad i z wręcz niepokojącą precyzją potrafił wyczytać z twarzy najróżniejsze rzeczy.

– Dobry wieczór, wuju Mahmudzie – powitała go, podchodząc i postukując laską.

Mężczyzna wbił w nią wzrok, którego nie powstydziłby się sam sfinks. Jego bystre oczy zmierzyły ją i otaksowały, zanim na jego czerwonobrązową twarz wypłynął uśmiech.

– Kapitanie – odpowiedział, posługując się przezwiskiem, jakie jej nadał z racji garniturów. Mówił z akcentem typowym dla Sa'idi, nie było w jego słowach ani śladu kairskiej wymowy. W swojej długiej galabii i sandałach mógłby wyjść prosto z jej własnej wioski. – *Wallahi*, ministerstwo zatrzymuje cię coraz dłużej i dłużej.

– Taka praca.

Bewab pokręcił głową.

– Nawet nie wracasz do domu po południu, żeby przespać się jak cywilizowany człowiek, jesteś wiecznie na chodzie jak te tramwaje. – Wskazał siatkę kabli, które przecinały niebo nad miastem. – *Wallahi*, to źle działa na krążenie!

Chciała go zapytać, kiedy on sypia, bo miała wrażenie, że siedzi przy drzwiach o każdej możliwej porze. To jednak byłoby niegrzeczne. Zamiast tego popukała się w pierś i skłoniła w podzięce.

– Zapamiętam twoją radę.

To najwyraźniej go zadowoliło. Otworzył jej drzwi.

– Widzisz? Słuchasz takiego starego człowieka jak ja. Niektórzy przyjeżdżają tu i zapominają o wszelkiej przyzwoitości, *wallahi*. Ty jednak jesteś porządną Sa'idi, dobrze wychowaną. W głowie i w sercu zawsze musimy pamiętać, że jesteśmy Sa'idi. Obudź się w zdrowiu.

Odwzajemniła życzenie i weszła do lobby. Zignorowała skrzynkę na listy i poszła prosto do windy.

– Ósme piętro – rozkazała czekającemu seryjnemu eunuchowi. Gdy winda się wzniosła, oparła się o ścianę, czując, jak dopada ją zmęczenie po długim dniu. Zanim wysiadła, powłóczyła już nogami, myśląc czule o łóżku.

Otworzyła drzwi do mieszkania i zobaczyła, że w środku jest ciemno. Po omacku sięgnęła do wieszaka obok doniczki z rośliną i odwiesiła melonik. Znalazła włącznik światła gazowego. Właściciel budynku obiecywał, że przejdzie na światło alchemiczne, a może nawet elektryczne, ale na razie nie widziała, żeby zaczęto jakiekolwiek prace, chociaż płaciła za wynajem małą fortunę. Kilka razy podpompowała gaz i mroczne wnętrze rozjaśniło się wystarczająco, żeby wreszcie coś widziała.

– Ramzes? – Odłożyła laskę do stojaka. Gdzie się podziewał ten kot? Mahmud przychodził go karmić i powiedziałby, gdyby zginął. Rozpięła marynarkę. – Ramzes? Wiem, że jest późno, ale nie złość się.

– Tak? – rozległo się mruczenie. – A co dostaje Ramzes, kiedy już go znajdujesz?

Fatma zamarła, obróciła się na pięcie i odruchowo sięgnęła po dżambię, którą zwykle nosiła u pasa, ale przekonała się, że nie ma noża. Do diabła. Drugą ręką złapała służbowy pistolet, który nadal znajdował się w kaburze. Zdążyła go wyjąć do połowy, zanim stanęła jak wryta.

Na marokańskim fotelu z ciemnego drewna z wysokim oparciem i kremowym obiciem – na jej fotelu! – wyciągała się swobodnie kobieta. Była ubrana w luźną szatę z czarnej tkaniny i siedziała ze skrzyżowanymi nogami. Bystre, ciemne oczy spoglądały z niemal doskonale owalnej twarzy. Włosy na czubku głowy miała króciutko przycięte z wyjątkiem kędzierzawej kępki na przedzie. Nosiła rękawiczki, a na każdym palcu miała zakrzywione ostre nakładki ze srebra. Jakby nigdy nic głaskała kota leżącego na jej kolanach.

Zanim Fatma zdążyła się odezwać, kobieta odstawiła delikatnie Ramzesa na poduszkę. Kot miauknął niezadowolony, ale zamrugał raz żółtymi ślepiami i zwinął się w srebrny kłębek. Odziana w czerń kobieta wstała i podeszła bezszelestnie, stąpając po drewnianej podłodze. Poruszała się wolno, z niemal celowym rozleniwieniem. A mimo to pokonała odległość nadzwyczaj szybko kilkoma krokami i stanęła, górując nad Fatmą. Jej wzrok zatrzymał się na do połowy wyjętym pistolecie.

– Zamierzasz mnie zastrzelić, agentko? – zamruczała. – A gdzie ten nóż, który zawsze nosisz?

Fatma rozluźniła chwyt i odetchnęła.

– Nie zabrałam go dzisiaj. Pracowałam jako tajna agentka. Nóż rzucałby się w oczy.

Kobieta o smukłej szyi zaśmiała się gardłowo. Przesunęła srebrny szponem po podbródku Fatmy i wzdłuż krawata.

– Jakbyś nie rzucała się w oczy w tych twoich garniturkach. – Złapał mocno za krawat, owinęła go sobie wokół palców i pociągnęła, aż ich piersi się zetknęły. Fatma nie wiedziała, którego serca bicie właśnie czuje. – A ja naprawdę uwielbiam te twoje garniturki.

A potem szybkim ruchem pochyliła się i pocałowała Fatmę.

Nie był to gwałtowny pocałunek, ale łapczywy. Z rodzaju tych, które ujawniają pragnienie i potrzebę, tęsknotę za tym, czego człowiek musiał sobie odmawiać. Fatma nie od razu poddała się pieszczocie, w pierwszej chwili pocałunek ją przytłoczył, jej własne usta i język wydawały jej się niezręczne i niezsynchronizowane. Potem jednak i jej udzielił się głód. Szybko się obudził i swawolnie zaczął szukać właściwego tempa, aż wreszcie wpadł w rytm.

Kiedy ich usta się rozdzieliły, Fatmie kręciło się w głowie. Powietrze było jak naelektryzowane. Wzięła głęboki wdech.

– Siti – powiedziała zadyszana. – Co tu robisz?

Siti uśmiechnęła się jak lwica i zatrzepotała zakręconymi rzęsami, a Fatmie zacisnął się nerwowo żołądek.

– To chyba dość oczywiste. – Siti poluzowała Fatmie krawat i jakimś cudem mimo zakrzywionych szponów zaczęła rozpinać jej koszulę.

– Mahmud nie powiedział, że mam gościa.

Siti zmarszczyła ciemną twarz, pracując nad marynarką Fatmy.

– Bewab jest miły, ale zbyt wścibski. Nie chciałabyś, żeby opowiadał sąsiadom o wizytach, jakie składa ci późną porą niewierna kobieta, co?

– Więc jak... – Fatma nie skończyła pytania, bo zajęła się zdejmowaniem marynarki, podczas gdy Siti rozpinała jej kamizelkę. Jej wzrok padł na bawełniane zasłony przy drzwiach balkonowych, które łopotały poruszane nocnym wiatrem. – Czy ty kiedykolwiek korzystasz z drzwi?

– Nie, jeśli mam wybór.

Siti pchnęła Fatmę żartobliwie, przypierając ją do ściany. Fatmę zawsze zdumiewała jej siła. Oczywiście nie stawiała specjalnego oporu. Szpony przesunęły się po jej karku, wywołując dreszcze. Pozwoliła, żeby wędrowały i znaczyły ścieżkę przez jej czarne loki.

– Powinnaś umyć włosy.

– A ty podciąć swoje. Kiedy wróciłaś? Nie widziałam cię od miesięcy.

– Tęskniłaś? – Siti odęła usta.

Fatma objęła ją w pasie, rozkoszując się dotykiem jej kobiecego ciała. Przyciągnęła ją do siebie.

Siti uśmiechnęła się szeroko, jej ciemne oczy zabłysły.

– Rozumiem, że to znaczy „tak"!

– Wiesz, zamierzałam wrócić do domu i się przespać. Byłam bardzo zmęczona.

– Tak? Nadal jesteś?

Fatma odpowiedziała pocałunkiem i uznała, że jednak nie aż tak bardzo.

***

Jakiś czas później Fatma siedziała na łóżku pośród czerwono-złotych poduszek i adamaszkowej pościeli w takich samych kolorach. Miała na sobie prostą białą galabiję. Odchyliła się, opierając się o Siti, która czesała jej nadal wilgotne włosy.

– Jeśli nie będziesz nakładać olejków na skórę głowy, skwar całkiem ją wysuszy.

– Mam fryzjera – odparła Fatma.

Siti zacmokała z niesmakiem, nakładając olejek na loki i masując jej skórę głowy zręcznymi palcami. To mogła być jedna z tych rzeczy, których Fatmie najbardziej brakowało.

– Co to jest? – mruknęła.

– Olejek, którego stosowania nauczyły mnie moja matka i ciotki. Dzięki niemu włosy są zdrowe.

– Co zawiera?

– Trochę tego i owego, to stary nubijski sekret. Nie dzielimy się nim z obcymi.

Fatma odwróciła głowę do Siti, która miała na sobie jedną z jej galabii. Szkarłatny strój był zdecydowanie za mały i wyglądał na niej bardziej jak koszula. Nosiła go jednak tak, jakby uszyto go specjalnie dla niej.

– Myślę, że mam prawo wiedzieć. Mój ojciec mówi, że możemy mieć nubijskich przodków, jakąś pra-pra-prababkę czy coś takiego.

Siti przewróciła oczami, obracając Fatmę z powrotem.

– Jesteś zwykłą Sa'idi z ładnymi ustami. Wróć z tym pytaniem, kiedy będziesz pewna. Aj!

Fatma odwróciła się i zobaczyła, że Ramzes wskoczył Siti na ramię i złapał się pazurami.

– To boli! – Spędziła go, a on zeskoczył na łóżko. – Jesteś pewna, że nie jest dżinnem? Wiesz, połowa kotów w Kairze to pewnie dżinny...

Fatma się roześmiała, przesuwając dłonią po wnętrzu zgiętej prawej nogi Siti, przyglądając się jednocześnie lewej. Były długie, tak jak długie były jej ręce – jakby całe jej ciało zostało rozciągnięte. I mocne, więc Fatma czuła mięśnie pod skórą. Uważała, że jest względnie wysportowana, ale przy Siti czuła, że powinna spędzać więcej czasu na sali gimnastycznej.

– Miło cię widzieć, Siti – powiedziała i dodała ciszej: – Ale co tu robisz?

– Hm? W Kairze? Czy w twoim łóżku?

Właściwie oba pytania były dobre. Fatma poznała Siti zeszłego lata podczas jednej z prowadzonych spraw. To, co zaczęło się od paru kolacji, szybko rozkwitło w... cokolwiek to było. To ją przyprawiało o zawrót głowy, było nowe i cudowne. A potem skończyło się wraz z latem, a Siti wyjechała do... kto wie, dokąd. Przyszło kilka listów z pieczątkami z Luksoru, Kiny, Kom Ombo. Fatma powróciła do szaleńczego życia w roli agentki ministerstwa, mówiąc sobie, że to był tylko flirt. Teraz Siti wróciła. A wraz z nią zawrót głowy.

Fatma usiadła prosto i odwróciła się. Równie dobrze mogła powiedzieć to wprost.

– Domyślam się, że nie wpadłaś po prostu z wizytą towarzyską. Inaczej ubrałabyś się nieco swobodniej. – Wskazała porzucony czarny strój i leżące na nim srebrne szpony.

Siti odpowiedziała beznamiętnym spojrzeniem, jej oczy przypominały czarne kamienie. W końcu coś w niej pękło i westchnęła.

– Wróciłam dzisiaj do Kairu statkiem powietrznym. I owszem, przysłano mnie z wiadomością. Ze świątyni.

Świątynia. To druga rzecz dotycząca Siti. Wyznawała starą religię. Złożyła przysięgę Hathor, bogini miłości i piękna, którą czczono w dawnym Egipcie. Bez wątpienia była niewierną. Fatma przypomniała sobie słowa Hadii – „bałwochwalczyni" – ale otrząsnęła się z tego.

– Jak zatem brzmi wiadomość? – zapytała chłodniejszym tonem, niż zamierzała. To nie miało znaczenia, jeśli Siti zjawiła się z konkretną sprawą... prawda?

Siti, słysząc to, zmarszczyła czoło.

– Chodzi o to, co wydarzyło się tego wieczoru w Gizie.

To zaskoczyło Fatmę.

– Skąd w ogóle o tym wiesz? Minęło raptem parę godzin. – Zmrużyła oczy, gdy nagle zrozumiała. – Macie policjanta, który należy do jednej z waszych... świątyń.

– Dlaczego myślisz, że tylko jednego? W każdym razie dwie z ofiar były wyznawcami. Nie znałam ich dobrze. Należały do innych świątyń. Rozeszła się jednak wieść o sposobie, w jaki zginęły. Możemy mieć jakieś informacje na ten temat. Uznano, że najlepiej zwrócić się do ciebie.

Oczywiście. Fatma była jednym z nielicznych przedstawicieli władz, którzy mieli z nimi kontakt.

– Jakie informacje? Brałaś w tym udział?

– Ja? Nie! Dopiero co wróciłam. Wiem tylko, że ten Worthington, ten, którego nazywano Angielskim Paszą, miał do czynienia ze świątyniami. Musisz zapytać Merirę. Chce się jutro spotkać.

Merira. Kapłanka lokalnej świątyni Hathor, która najwyraźniej wiedziała o najdziwniejszych rzeczach.

– W takim razie spotkamy się jutro. Coś jeszcze?

– Tak.

Siti pochyliła się i pocałowała ją, delikatnie, ale dość ciepło, żeby odepchnąć chłód, który pojawił się w myślach Fatmy. Tonęła jeszcze w pocałunku nawet wtedy, gdy Siti się odsunęła.

– Brakowało mi ciebie podczas tych minionych miesięcy – powiedziała Siti, najwyraźniej odczytując to, co kryło się za oczami Fatmy. – Zamierzałam wrócić bez względu na wiadomość. Tylko o tym myślałam. Tylko o tym myślałam już od bardzo dawna. – Położyła się i oparła głowę na kolanach Fatmy, zwinęła się ciasno przy niej. – Obiecaj mi, że przez resztę nocy nie będziemy rozmawiać o morderstwach, śledztwach i tym wszystkim, co się tam wydarzyło. Tylko na tę jedną noc zapomnijmy o świecie. Po prostu bądźmy.

Fatma przesunęła dłonią po cieniutkiej warstewce włosów na głowie Siti, bawiąc się kępką nad czołem. Mogła to zrobić. W końcu świat może poczekać.

Obudziło ją dopiero wezwanie muezina na fadżr. Zegarek nieopodal wskazywał, że ledwie minęła piąta rano. Przesunęła się i wyciągnęła rękę, ale natrafiła na pustkę. Uniosła się i rozejrzała, ale leżała sama. Jej wzrok powędrował ku balkonowi, przez który wpadał poranny wietrzyk.

Najwyraźniej Siti wyszła tak jak zwykle.

Jak za starych czasów. Zostawiła nawet złożony liścik na poduszce. Z wyrzutami sumienia – wiedząc, że nie wstanie na czas przed modlitwą – Fatma położyła się i zamknęła oczy. Ramzes zamruczał przy jej kolanach, a ona zwinęła się wokół niego, starając się ignorować pustkę na drugiej połowie łóżka.

## ROZDZIAŁ PIĄTY

– Dzień dobry, wuju.

– Życzę poranku usłanego różami, Kapitanie – odpowiedział Mahmud. – Nowy garnitur?

Zerknęła po sobie: ciemnozielony garnitur w prążki w kolorze fuksji i dobrana kolorystycznie kamizelka. Dołożyła do tego krawat w odcieniu fuksji z odrobiną fioletu i miękką białą koszulę.

– Chował się w mojej szafie. Miałam wrażenie, że jest odrobinę... za śmiały.

Bewab uniósł krzaczaste brwi, przytrzymując jej drzwi.

– Robisz wrażenie weselszej tego ranka, Kapitanie. Bóg jest wielki, zesłał ci dobre sny i odpoczynek.

– Można tak to ująć. – Wyszła na zewnątrz, uchyliła melonika i się pożegnała.

Prawda była taka, że czuła się nadzwyczajnie wypoczęta, chociaż spała raptem kilka godzin. Nie czuła się tak od minionego lata, kiedy spędzała czas z... Siti.

Uśmiech musnął jej usta, a gdy zatrzymała się, żeby dać sobie wypucować buty, drobny człowiek w białej galabii i turbanie przyjrzał jej się ciekawie. Schowała zarumienioną twarz za gazetą, a jej ręka powędrowała do kieszeni garnituru – poklepała liścik od Siti, zaproszenie na śniadanie.

Wskoczyła do trolejbusu wypełnionego ludźmi jadącymi do pracy: pracownice fabryk w charakterystycznych niebieskich sukienkach i hidżabach, biznesmeni w garniturach o tureckim kroju i tarbuszach, urzędnicy państwowi w kaftanach narzuconych na bielutkie, wykrochmalone i zapięte pod szyje galabije i z kołnierzykami od koszul na ministerialną modę. Dżinn z kozią głową, w tweedowej marynarce i spodniach, siedział i czytał gazetę, długa broda poruszała mu się, gdy przeżuwał z roztargnieniem. Fatma spostrzegła nagłówek i pośpiesznie zajrzała do własnej gazety.

Artykuł „Szokująca śmierć Angielskiego Paszy" wylądował na pierwszej stronie razem z kondolencjami od miejscowego świata biznesu i oświadczeniem rządowym zapewniającym, że dojdzie do szczytu pokojowego, a śledztwo już zaczęto. Nic nie pisano o płomieniach, które paliły tylko ciało, o trupie z wykręconą do tyłu głową ani tajemniczym mężczyźnie w złotej masce. Resztę pierwszej strony dopełniały spekulacje na temat coraz bliższych związków między kajzerem a otomańskim sułtanem, zwykłe obawy, że może dojść do wojny, i relacja na temat kolejnego zuchwałego napadu Czterdziestu Panter. Może Aasimowi udało się jednak utrzymać prasę w błogiej nieświadomości.

Fatma schowała gazetę i wyskoczyła z trolejbusu na zakorkowanym skrzyżowaniu. Niesławny ruch uliczny w Kairze znowu zaatakował – w wypadku brał udział smukły srebrny automobil i zaprzężony w osiołka przewrócony wóz z melonami. Kierowca i woźnica stali i wrzeszczeli, wymachując w powietrzu palcami wskazującymi. Osioł ignorował obu i próbował złapać w zęby melona.

Fatma zeszła z głównej ulicy i lawirując uliczkami, skierowała się do swojego celu. Niezorientowani mogliby uznać Makkę za senną nubijską jadłodajnię, ale lokal przyciągał coraz większy miejscowy tłum. Wszystkie stoliki były zajęte, między krzesłami ledwie dało się przejść. Wystrój naśladował tradycyjny nubijski dom – z żółtymi framugami okiennymi, niebieskimi ścianami i podłogą z zielonych i brązowych kafelków.

Ledwie Fatma weszła, gdy siwy jak gołąbek mężczyzna powitał ją wylewnie. Wuj Tawfik, syn właścicielki. Zasypał ją pytaniami. Dlaczego od tak dawna jej nie widział? Jak się miewa jej rodzina? Czy chciałaby się zobaczyć z jego matką? Zapędził ją do kuchni, gdzie zapach kuminu i czosnku unosił się w powietrzu. Siostry Tawfika były nie mniej wylewne i dociekliwe. Fatma znosiła to, aż postawiono ją przed właścicielką lokalu, madame Azizą, siostrą babci Siti. Dostojna matrona siedziała na krześle jak królowa z Meroe patrząca na swoje królestwo. Odpowiedziała na powitanie Fatmy i spojrzała na nią spod bardziej tradycyjnego czarnego hidżabu.

– Ładna laska – wychrypiała, pukając w podłogę drewnianym kosturem – ale wolę swoją. Przyszłaś zobaczyć moją cioteczną wnuczkę?

– Siti... to znaczy Abla... poprosiła, żebym się z nią tu spotkała. – Fatma tak przywykła do przezwiska, że czasem zapominała, jak Siti naprawdę ma na imię.

– Abla. Ta nie usiedzi ani chwili w jednym miejscu. Jest jak wiatr: to ją tu zawieje, to tam. Za dużo w niej z ojca.

Fatma nie odpowiedziała. Siti rzadko wspominała ojca, którego nie znała. Na ile Fatma się orientowała, wiązał się z tym pewien skandal.

– W mojej wiosce opowiadano taką historię – mówiła dalej madame Aziza – o kobiecie, która była lekka jak piórko. Była jak ten wiatr i mąż nie potrafił utrzymać jej w miejscu. Recytował więc jej poezję, bo wtedy przysiadała na chwilę w miejscu, żeby posłuchać. Potrafisz recytować poezję?

Fatma otworzyła usta, próbując wymyślić jakąś odpowiedź, lecz uratowało ją pojawienie się Siti na schodach. Zmieniła strój z tego, jaki wybrała na nocną wyprawę, na coś zwyklejszego: nubijską sukienkę w złoty i zielony wzór do kolan i obcisłe białe spodnie wpuszczone w wysokie brązowe buty. Gadała jak nakręcona, wiążąc czerwony hidżab, po czym złapała Fatmę za rękę.

– *Jalla!* Jak nie wyjdziemy teraz, każą mi cały ranek podawać do stołów!

Fatma zdołała rzucić parę słów pożegnania, zanim wyciągnięto ją z kuchni.

– Twoja ciotka, czy ona wie... o nas?

– Ciotunia Aziza? Ona ma dziewięćdziesiąt lat. Wątpię, żeby była jeszcze w stanie jasno myśleć.

Fatma obejrzała się przez ramię i napotkała baczne spojrzenie. Nie doceniali tej staruszki.

– Myślałam, że zjemy śniadanie?

Siti pokręciła głową.

– Nie ma czasu. Merira chce się teraz spotkać.

Teraz? Fatma miała nadzieję, że usiądą i porozmawiają. Na widok miski pełnej fulu przypomniała sobie, jaka jest głodna.

– Muszę coś zjeść.

W odpowiedzi Siti zabrała dwa zawiniątka od wuja Tawfika i jedno podała Fatmie. Świeżo upieczony kabed nadziewany czymś, co wyglądało jak misz. Siti już wgryzła się w swój chleb i zajadała z zapałem. Fatma mruknęła z pewnym niezadowoleniem; wolałaby duszony bobik. Przeszły do głównej ulicy, gdzie usuwano już skutki wypadku. Siti zatrzymała powóz. Fatma padła na miękkie siedzenie i ruszyły z szarpnięciem.

– Już się zgłosiłam na zmianę po południu – narzekała Siti. Zwykle mieszkała przy restauracji ciotki, kiedy zatrzymywała się w Kairze, i pracowała tam jako kelnerka. – Moja leniwa kuzynka spodziewa się, że wezmę też jej zmianę? – Westchnęła i zrobiła przepraszającą minę. – *Malesz.* Nie przywitałam się nawet z tobą jak należy. – Przesunęła palcami po krawacie Fatmy. – Ani nie pochwaliłam twojego przepięknego garnituru!

– Nie szkodzi – odpowiedziała Fatma, kończąc śniadanie. – Zawsze gdy wracam do domu, ciotki znajdują mi zajęcie. Ostatnim razem zapędzono mnie do pracy przy ślubie kuzynki.

Siti się skrzywiła.

– Spróbuj kiedyś nubijskiego wesela. Potrafi trwać nawet tydzień. A henna...

– Niewielka różnica. Mam ciotkę, która zajmuje się henną. Odkąd pamiętam, byłam jej pomocnicą. Podejrzewam, że zawsze uważała mnie za swoją uczennicę. Przez pół nocy pracowałyśmy przy pannie młodej.

Siti wyciągnęła rękę, żeby otrzeć odrobinę miszu z ust Fatmy.

– Będziesz musiała poćwiczyć na mnie. – Mrugnęła i wyjrzała z powozu. – Czy to miasto rozrosło się pod moją nieobecność?

Fatma spojrzała w tym samym kierunku, na oświetlony porannym słońcem Kair – mieszankę niebosiężnych nowoczesnych budynków i fabryk. Z każdym dniem powstawały nowe, ich stalowe dźwigary wyglądały jak kości czekające na obleczenie skórą pośród ulic wypełnionych powozami, trolejbusami, samochodami parowymi i innymi pojazdami. Niebo było nie mniej zatłoczone, przemierzały je wagony tramwajowe, ciągnące za sobą skrzące się błyskawice elektryczności. Jeszcze wyżej niebieski statek powietrzny unosił się jak wieloryb – sześć śrub napędowych pchało go w stronę horyzontu.

– Dzięki *ja Dżahiz* – odezwały się jednocześnie.

I mówiły szczerze.

Powóz wjechał do Starego Kairu. Tutejsze ulice były węższe i brukowane. Po obu stronach wznosiły się meczety i budynki, których style architektoniczne ukazywały wielowiekową historię Kairu – od fatymidzkich po otomańskie.

Siti dała znać, żeby powóz się zatrzymał, i uparła się, że zapłaci za przejazd. Wyszły na rojną ulicę i ruszyły za tłumem w stronę kamiennej bramy, której naroża zdobiły geometryczne wzory. Po drugiej stronie znajdował się bazar Chan al-Chalili.

Suk pod odkrytym niebem zbudowano wieki temu, a o jego planie dało się tylko tyle powiedzieć, że jest bez ładu i składu. Sklepy z kolorowymi drzwiami ciągnęły się wzdłuż wąskich uliczek, a każdą wolną przestrzeń zajmowały dodatkowo stragany; były tam kawiarenki, kioski mechaników, księgarenki, perfumerie alchemiczne, butiki z jedwabiami i półki zawalone częściami do automatów seryjnych. Jedni sprzedawcy wykrzykiwali wśród poranka, inni kusili przechodniów szeptanymi obietnicami. Toczące się targi, setki zapachów – perfum, przypraw, skwierczącego mięsa – przyprawiały o zawrót głowy.

– O, tego mi brakowało – powiedziała Siti, idąc pewnym krokiem przez suk.

Poprowadziła Fatmę tak, żeby obeszły ogromne cylindry aeronautycznych silników i minęły młodych mężczyzn, niosących na ramionach termosy parowe, z których nalewali herbatę do delikatnych porcelanowych filiżanek.

– Tutaj można dostać praktycznie wszystko. Wiesz, że podobno jest tu gdzieś anielica? Podobno na życzenie czyni cuda.

Fatma uchyliła się pod mosiężnymi lampami, zanim skręciła w kolejny zaułek. Anioł? W Chanie? Anioły pojawiły się jakiś czas po dżinnach. A przynajmniej istoty, które przedstawiały się jako anioły. Kościół koptyjski wykluczył taką możliwość, obstając przy tym, że anioły przebywają z Bogiem w niebie. Ulemowie podeszli do kwestii równie sceptycznie, twierdząc, że prawdziwe anioły nie mają wolnej woli. Same enigmatyczne istoty niczego nie wyjaśniły. Pomysł, żeby jedna z nich zamieszkała na suku, był dość dziwaczny. Z drugiej strony, wszystko było dziwaczne w tych istotach.

– Widziałam już dość aniołów – odparła Fatma.

Siti mruknęła potakująco. Sprawa, przy okazji której poznały się minionego lata, dotyczyła anioła imieniem Stwórca, który obrał bardzo, bardzo niewłaściwą drogę. Obie starały się unikać tego tematu.

Siti przystanęła na końcu zaułka naprzeciwko sklepu z dwojgiem drzwi. Na jednych czarną kaligrafią napisano, że jest tam apteka; kosze suszonych liści i ostro pachnących ziół zdobiły front. Na zniszczonym drewnie drugich namalowano błękitną farbą wielkie oko otoczone złotymi gwiazdami i czerwonymi świecami. Na górze napisano na biało: Dom Pani Gwiazd.

Otwierające się drzwi potrąciły zestaw dzwonków. Fatma i Siti weszły do wyblakłego, niebieskiego pokoju. Samotna stara kobieta siedziała przy stole, przesuwając pionki po planszy naprzeciwko pustego krzesła przeciwnika. Słysząc, że weszły, podniosła wzrok i poruszyła ustami, witając je bezgłośnie. Machnęła ręką, żeby były cicho.

Prostokątne pomieszczenie dzieliła na pół zasłona z czerwonych i czarnych paciorków, za którą siedziały przy stole trzy osoby. Jedną z nich była Merira w czarnej *sebleh* ozdobionej gwiazdami i długiej chuście wyszywanej monetami i obwieszonej czerwonymi pomponami. Osoby naprzeciwko niej nosiły zielone suknie stanowiące mieszankę stylu kairskiego i paryskiego – tak powszechną ostatnimi czasy. Twarze ukrywały za welonami.

Kobiety z wyższej klasy przyszły do wróżki w ciemnym zaułku Chanu. Cała trójka rozmawiała ściszonymi głosami: coś o niedomagającym ojcu, magnacie transportu sterowcowego i spadku.

Cokolwiek Merira ujawniła, nie zostało to dobrze odebrane i dwójka w woalach zaczęła głośno się kłócić. Po kilku próbach interwencji Merira krzyknęła sfrustrowana. Podmuch wiatru zatrząsł zasłoną i zakołysał pozłacanymi lampami gazowymi na łańcuchach. Fatma przytrzymała melonik. Siti ziewnęła, oglądając paznokcie. Ubranie staruszki załopotało, ale ona nawet nie podniosła oczu znad gry.

Wiatr ucichł, ale zrobił swoje. Obie bogate kobiety przestały się sprzeczać i wbiły wzrok w Merirę, która cmoknięciem uciszyła jeden z ich protestów. Kiedy obie w końcu wyszły, poza swoją wdzięcznością zostawiły nieprzyzwoitą ilość pieniędzy.

Merira wyszła zza zasłony. Sprawiała wrażenie zmęczonej, ale na widok Siti i Fatmy uśmiechnęła się promiennie i powitała je, całując w policzki. Kapłankę otaczała aura matrony, którą podkreślał jej wiek, czułe spojrzenie i pulchne policzki. To jednak była jedna z jej ról, tak jak odgrywanie wróżki przepowiadającej przyszłość. Fatma wiedziała swoje. Za tymi wiecznie uśmiechniętymi ustami krył się przenikliwy umysł, który dobrze rozumiał, jak działa to miasto zarówno w świetle, jak i w cieniach.

– Twoja klientela odrobinę się poprawiła – zauważyła Fatma.

Merira przewróciła oczami.

– Nawet bogaci chcą poznać przyszłość, a rachunki trzeba płacić. – Położyła hojny stos banknotów na stole obok staruszki. – I dziękuję, Minjo, w samą porę powstrzymałaś mnie przed uduszeniem tej dwójki!

Przestrzeń nad pustym krzesłem zafalowała i pojawiła się tam nieludzko wysoka kobieta o niebieskawozielonej skórze żyłkowanej jak marmur i nefrytowych oczach. Jej efemeryczne ciało było równie półprzezroczyste jak jej cieniutka sukienka, która wydymała się na wietrze. Była dżannem, rodzajem dżinna związanego z konkretnym żywiołem. To sporo wyjaśniało. Minja przesunęła pionek na planszy, a staruszka krzyknęła i ugryzła się w rękę.

– Pokój z tobą, agentko Fatmo – powitała ją dżinnija głosem, który poniósł się echem. – Miło znowu cię widzieć, mimo okoliczności.

– Pokój z tobą, Minjo – odpowiedziała Fatma.

Dżannija była wyznawczynią Hathor. Dżinny mogły przecież wyznawać dowolną religię albo żadnej. Odwróciła się do Meriry, która zdjęła chustę z głowy i nakładała teraz czarny *kohl* na skórę pod oczami o odcieniu miodu.

– Domyślam się, że „okoliczności" dotyczą zeszłego wieczoru? Masz jakieś informacje?

– Nie ja. Chodź.

Kapłanka poprowadziła je przez kolejną zasłonę z paciorków, tym razem złotych i niebieskich, do wąskiego korytarza, a potem do drzwi. Zapukała szybko w ustalony sposób, dzięki czemu drzwi otworzyły się i cała trójka weszła do świątyni Hathor.

Przybytek był oświetlony jasnymi latarniami i umeblowany mahoniowymi stołami oraz wyściełanymi krzesłami. Kolorowe freski przedstawiały bogów ze zwierzęcymi głowami albo w boskich koronach. Pośrodku świątyni stał posąg z czarnego granitu przedstawiający siedzącą kobietę z zakrzywionymi rogami na głowie, między którymi znajdował się dysk. Hathor. Pani Gwiazd. Bogini czczona w starym Egipcie, która teraz miała malutką grupkę wiernych w zaułkach Chanu al-Chalili.

Ci, którzy postanawiali wyznawać tych zapomnianych bogów, robili to w tajemnicy. Chociaż ministerstwo nie miało pewności co do ich liczby, domyślano się, że są ich tysiące i liczba ta rośnie. Dzisiaj w świątyni przebywała tylko jedna osoba: młoda kobieta w przeźroczystych białych szatach. Ukłoniła się przed Merirą, która zdjęła *sebleh*, ukazując złotą plisowaną suknię. Młoda kobieta wzięła szatę i pomogła założyć kapłance jej wielowarstwową perukę. Siti poszła w swoją stronę, przystanęła, żeby pomodlić się przed drugim granitowym posągiem – kobiety z głową lwicy. Hathor pod postacią Pani Zemsty i Bogini Wojny – bogini Sachmet.

Fatma obserwowała to z dystansu. Nie była nietolerancyjna, wierzyła jednak w Boga i w to, że Prorok (pokój jego duszy) był

Jego wysłannikiem. Mimo wszystkiego, co widywała w swojej pracy, te kulty nadal wydawały jej się dziwne. Kiedy Siti skończyła się modlić, podeszła, a Fatma przestąpiła z nogi na nogę pod jej bacznym spojrzeniem. Starały się, jak mogły, nie rozmawiać o religii.

– Merira poszła tędy – powiedziała tylko Siti, prowadząc je do innej części sali.

Kapłanka Hathor już siedziała na szerokiej bordowej kanapie na nóżkach w kształcie zwierzęcych łap. Obok niej leżał czarny kot ze złotymi kolczykami w nosie i uszach oraz w obróżce z lazurytu. I był tam ktoś jeszcze.

Przy długim stole w kolorze kawy naprzeciwko Meriry siedział mężczyzna. Fatma nigdy jeszcze nie widziała mężczyzny w tej świątyni. Myślała, że wszyscy wyznawcy Hathor to kobiety. Widząc jednak jego twarz, zaczęła się zastanawiać, czy to w ogóle jest człowiek. Cerę miał zupełnie szarą z mdłym oliwkowym odcieniem, jakby jego prawdziwe kolory wyblakły na słońcu. Nie miał w ogóle włosów – nic nie rosło na jego głowie, nie miał nawet brwi. Mimo to jego dziwna skóra nie sprawiała wrażenia szczególnie gładkiej. Zamiast tego kojarzyła się z wyprawioną skórą i Fatma wyobrażała sobie, że musi być szorstka w dotyku.

– Agentko Fatmo – zaczęła ją przedstawiać Merira – to...

– Możesz zwracać się do mnie Lordzie Sobek – odezwał się mężczyzna. Mówił bardzo gardłowo. I jego zęby! Czy zostały spiłowane na ostro? – Panie Wód. O Ty, Który Płoniesz Gniewem. Władco Fajum. Obrońco Lądu. Generale Królewskich Armii.

Zapadło przeciągające się milczenie. Merira zachowała stoicki wyraz twarzy. Jej młoda pomocnica wpatrywała się gdzieś w przestrzeń. Siti westchnęła, odsuwając krzesło i zapraszając Fatmę, żeby usiadła.

– To jest, ehm, Ahmad.

Mężczyzna skrzywił się, ale skinął krótko głową.

– Ahmad jest najwyższym kapłanem kultu Sobka – wyjaśniła Merira.

Fatma skojarzyła w końcu imię. Sobek. Bóg o głowie krokodyla ze staroegipskiego panteonu. Spojrzała na mężczyznę, który nosił ciemnobrązowe strzępiące się szaty. Nie do końca był to strój naczelnego kapłana, ale mężczyzna niewątpliwie miał w sobie coś gadziego. Teraz, gdy przyjrzała mu się lepiej, zobaczyła, że oczy, które omyłkowo wzięła za czarne, są bardzo głęboko zielone. Jak oczy nilowego krokodyla.

– Dwoje naszych zginęło podczas tragedii, do jakiej doszło zeszłego wieczoru – powiedziała Merira.

Fatma odwróciła się do niej.

– Kobieta i mężczyzna. Znałaś ich?

Merira skinęła głową, układając czarne karty tarota na stole. Fatma nie rozumiała, do czego takie rzeczy są potrzebne kapłance Hathor. Wróżebne karty tarota były najprawdopodobniej europejskim wynalazkiem pozostającym pod pewnym mameluckim wpływem i z pewnością nie należały do praktyk faraonów. Z drugiej strony, sama przyszła tu w garniturze skrojonym dla Anglika. Może nie powinna nikomu niczego wytykać.

– Mężczyzna był najwyższym kapłanem kultu Anubisa. – Merira obróciła kartę przedstawiającą czarnego szakala z kosą w ręku. – Kobieta była najwyższą kapłanką Neftydy. – Obróciła kolejną kartę, która przedstawiała siedzącą kobietę z kosturem w ręku.

Neftyda. Bogini związana z pogrzebami, o ile przypominała sobie Fatma.

– Neftyda – odezwał się Ahmad – była moją boską małżonką. Żoną Sobka.

Fatma zmarszczyła czoło.

– Myślałam, że była siostrą i małżonką Seta.

Siti pokręciła w milczeniu głową. Za późno. Szerokie nozdrza Ahmada rozdęły się, gdy zazgrzytał ostrymi zębami.

– Dlaczego wszyscy są tak niewolniczo przywiązani do tekstów napisanych tysiące lat temu? – warknął. – Bogowie mogą się zmienić. Oddalić się od siebie. Spróbować czegoś nowego. Poza tym Set był dupkiem. Nie wiedział, jak należy ją traktować. Jak ją czcić.

Fatma popatrzyła na niego powątpiewająco. Rozmawiali właśnie o ludziach czy o bogach?

Gniew zgasł w oczach Ahmada. Mężczyzna sięgnął pod szaty i wyjął fotografię przedstawiającą kobietę.

– Neftyda. Moja miłość. Moja bogini.

Kobieta na zdjęciu była młoda, całkiem ładna, jej radosny uśmiech rozświetlał nawet jej oczy. Stanowiło to bolesny kontrast ze zwęglonymi szczątkami, jakie Fatma widziała zeszłej nocy.

– Niech Bóg ześle ci cierpliwość – powiedziała. – Mogę poznać nadane jej imię?

– Ester – odpowiedział cicho Ahmad, zabierając zdjęcie. – Ester Sedarous.

Koptyjskie nazwisko. Była chrześcijanką. W każdym razie kiedyś nią była.

– Co robiła tam zeszłego wieczoru? – zapytała Fatma, kierując pytanie do Meriry. – Czy lord Worthington dołączył do jednej z waszych świątyń?

– Wręcz przeciwnie. – Merira odwróciła kolejną kartę. Przedstawiała brodatego mężczyznę w fioletowych szatach, który trzymał płonącą latarnię. – Eremita poszukujący prawdy.

Obróciła kolejna kartę i Fatma uniosła brwi. To była replika chorągwi z posiadłości lorda Worthingtona: dwie nakładające się piramidy tworzące heksagram otoczony przez płonącego węża pożerającego swój ogon, a pod tym bułat i obrócony do dołu sierp księżyca.

Fatma nie miała pojęcia, jak Merira to robiła, ale prawdę mówiąc, miała to w nosie.

– Dość tego, Meriro. Chcę wiedzieć wszystko, co wiesz. Skończ z tymi salonowymi sztuczkami. Po prostu porozmawiaj ze mną.

Najwyższa kapłanka odchyliła się rozczarowana. Uwielbiała te swoje teatralne zagrywki.

– Hermetyczne Bractwo Al-Dżahiza. – Popukała palcami w kartę z chorągwią. – Heksagram, alchemiczny symbol głównych żywiołów. – Kolejno dotknęła czterech znaków zodiaku i wszystkowidzącego oka. – Powietrze, ogień, ziemia, woda i duch. Słońce i księżyc dla wielu nieznanych światów, jakie mogą istnieć. Pod tym bułat: honor związany z obroną tego, co słuszne i czyste, równowaga między życiem i śmiercią. Pod tym obrócony sierp księżyca: światło mądrości pośród mroku. – Przesunęła palcem wskazującym po ognistym wężu. – Niekończąca się, wieczna misja. *Quærite veritatem*. Szukaj prawdy.

Fatma była skonsternowana. Od powrotu dżinnów ezoterycy i spirytualiści tabunami zjeżdżali do Egiptu, mnóstwo mężczyzn w dziwnych nakryciach głowy. Jednak żeby ktoś działał pod szyldem al-Dżahiza?

– Nigdy nie słyszałam o niczym takim.

– Tak samo jak ja – odpowiedziała Merira – dopóki nie zaproponowano nam, żebyśmy dołączyli. Hermetyczne Bractwo Al-Dżahiza zostało założone przez lorda Alistaira Worthingtona gdzieś pod koniec lat dziewięćdziesiątych.

– Jakąś dekadę po rozgromieniu Brytyjczyków pod Tell al-Kebir – zauważyła Fatma. – Lord Worthington odegrał kluczową rolę w doprowadzeniu do pokoju i zapewnieniu Egiptowi niezależności.

– Za co uzyskał specjalne przywileje – dodała Merira – ten tak zwany Angielski Pasza. Najwyraźniej wykorzystał to, żeby ufundować tajne stowarzyszenie. Przez całe lata polowali na wszelkie pamiątki po al-Dżahizie. Podobno mieli skarbiec pełen relikwii.

Fatma przypomniała sobie rytualną salę w posiadłości. Najwyraźniej zbudowano ją z myślą o al-Dżahizie.

– Robi to jednak wrażenie nieco naciąganego, prawda? – powiedziała Merira. – Byłam przekonana, że kryje się za tym jakiś nikczemny plan, kiedy wezwał przełożonych świątyń. – Popukała w kartę Eremity. – Widziałam jednak tylko gorliwego człowieka szukającego wyższego celu. On naprawdę wierzył, że wypełnia świętą misję. Że sekrety al-Dżahiza przyniosą światu pokój.

– Nasz wielki i szlachetny angielski wybawca – rzuciła cierpko Siti.

– Oczywiście, to także.

– Nadal nie rozumiem, gdzie w tym miejsce dla was – powiedziała Fatma. – Gdybym ja stworzyła grupę oddaną al-Dżahizowi, nie pojawilibyście się od razu na mojej liście. Bez urazy.

– I nie byliśmy na tej liście – wyjaśniła Merira. – Bractwo składało się głównie z Anglików z kompanii Worthingtona. On jednak nabrał przekonania, że klucz do odzyskania sekretów al-Dżahiza leży w... Jak on to ujął? „We wprowadzeniu większej liczby czystej krwi przedstawicieli typu nadnilowego w ich szeregi, ich umysły mogą bowiem podążać w tym samym kierunku, co umysł al-Dżahiza".

Fatma się skrzywiła. Merira wzruszyła ramionami.

– Próbował wciągnąć też innych Egipcjan, bogatych wspólników. Jednak ci nieliczni, którym przedstawił tę propozycję, muzułmanie i Koptowie, wzdragali się. Próbował nawet namówić paru Sudańczyków.

Fatma spróbowała wyobrazić sobie próbę rekrutacji kogoś z Sudańskiej Ludowej Republiki Mahdystów do bractwa okultystycznego. Worthington pewnie musiał znieść trzygodzinną replikę obfitującą w cytaty z pism sufickich i kolejne dwie godzinny retoryki marksistowskiej.

– Ludzie najbliżsi lordowi Worthingtonowi ostrzegali go, że jeśli będzie obstawał przy swoim, stanie się wyrzutkiem – powiedziała Merira. – My zaś? My to mamy już dawno za sobą.

– Tylko wy przyjęliście jego propozycję.

– Nawet bogacz musi czasem jadać z żebrakami – wtrącił Ahmad.

To zabrzmiało jak coś, co mogłaby powiedzieć matka Fatmy. Dziwny mężczyzna wyjął paczkę nefertarów, wsunął jednego papierosa do ust i już miał zapalić go zapalniczką w kształcie srebrnego skarabeusza, kiedy Merira głośno odchrząknęła. Westchnął, rozumiejąc aluzję, i odłożył papierosa. Najwyższa kapłanka Hathor skupiła wzrok na Fatmie.

– Widzę ten wyraz twarzy, agentko. Myślisz, że daliśmy się wykorzystać. Zjawia się jakiś bogaty Anglik z bzdurnym kultem, który jest kpiną z naszej kultury, a my nie mamy nawet dość godności, żeby mu odmówić. To jakby doświadczonemu przewodnikowi zaproponować niesienie bagażu za mały bakszysz.

– To nie całkiem tak, ale rzeczywiście daliście się wykorzystać.

– A my wykorzystaliśmy jego – odparła Merira. – Zażądaliśmy wysokiej ceny za naszą obecność. Nasze kulty nie mogą dłużej tak funkcjonować. Chować się po kątach, spotykać w tajemnicy. Pieniądze Worthingtona miały pomóc nam zbudować prawdziwą świątynię. Miejsce, gdzie moglibyśmy uprawiać naszą religię otwarcie, gdzie nikt by nas nie nękał i skąd by nas nie wypędzono. Jak myślisz, dlaczego Siti tyle podróżowała?

Fatma odwróciła się do Siti, która nie spojrzała jej w oczy. Popatrzyła z powrotem na Merirę.

– Nie będę cię pouczać, jak kierować świątynią, ale rozmawialiśmy o morderstwie. Udział waszych ludzi wyjdzie na jaw. Prędzej lub później. To ściągnie na was uwagę, jakiej raczej byście sobie nie życzyli. Nie muszę wam mówić, jak szybko ludzie mogą zacząć wytykać was palcami.

Ahmad warknął coś na temat bezsensownej bigoterii, ale Merira zacisnęła usta.

– Dlatego staram się mówić tak otwarcie, jak mogę. Pomogę wam, jak tylko zdołam. Przysięgam na boginię.

– Dobrze – powiedziała Fatma. – Powiedz mi więc, czy bractwo miało wrogów?

– Nie potrafię powiedzieć. Mieliśmy z nim do czynienia od bardzo niedawna.

– A inne świątynie? Słyszałam, że niektóre rywalizują między sobą.

Merira otworzyła szeroko oczy.

– Rywalizują, owszem, ale tylko o wyznawców. Albo spierają się o interpretacje różnych kwestii teologicznych. Ale żeby zamordować dwoje naszych ludzi? Najwyżsi kapłani spotkają się co miesiąc przy kawie. Urządzamy wspólne składkowe przyjęcia między świątyniami. Powiem więcej: Sobek i Set razem mieszkają.

Fatma spojrzała na Ahmada, który wzruszył ramionami.

– W ten sposób poznałem Neftydę. Poza tym macie pojęcie, jak trudno znaleźć w centrum Kairu mieszkanie z jedną sypialnią za rozsądną cenę?

O tym akurat Fatma doskonale wiedziała. Dlatego nie drążyła tematu.

– Wiemy o ciałach – powiedziała Merira. – O dziwnych oparzeniach. Minjo? Coś przychodzi ci na myśl?

Mocny podmuch przepłynął przez salę na dźwięk imienia dżinnii, która zaraz się zmaterializowała.

Zmarszczyła twarz w namyśle. Nie była to do końca ludzka twarz i to nie tylko z powodu prawie przezroczystej skóry podobnej do marmuru. Jej oczy – też marmurkowe – były za duże, usta za szerokie, a linia szczęki zbyt wyrazista. To była nieśmiertelna twarz przywodząca na myśl wieczność.

– Nie widziałam zmarłych osobiście – odpowiedziała dżinnija głosem niosącym się echem – ale słyszałam opisy: ogień, który pożera ciało, a wszystko inne zostawia nietknięte. – Zafalowała jakby skonsternowana. – Nie mogę mieć pewności, ale wyczuwam tu rękę moich kuzynów.

Machnęła długą, smukłą ręką nad stołem. Jedna z kart tarota obróciła się powoli, ukazując miecz spowity płomieniami.

– Zaprawdę stworzeni są z ognia bez dymu – zaintonowała Minja. – Ifryty.

Fatmie zaparło dech. Ifryt! Kolejny rodzaj dżinnów powiązanych z żywiołem. Istoty z ognia. Ifryty uważano za dość wybuchowe, nie mieszkały wśród śmiertelników ani nawet wśród innych dżinnów. Właściwie nikt tak naprawdę nie widział ifryta w ciągu czterdziestu lat, odkąd al-Dżahiz otworzył Kaf.

– Tylko dlaczego ifryt miałby chcieć zamordować lorda Worthingtona? – spytała.

Dżannija wydała z siebie świst jak wiatr wśród gałęzi drzewa.

– Może ci śmiertelnicy chcieli dobić targu z ifrytem. Takie próby prawie zawsze mają... poważne konsekwencje.

– Kto byłby takim głupcem, żeby próbować układać się z ifrytem? – mruknęła Siti.

Ktoś bawiący się siłami, których nie rozumie, pomyślała Fatma. To był jeden z największych problemów obecnych czasów. I coś takiego prawie zawsze miało... poważne konsekwencje.

– Jeszcze jedno pytanie. Wiecie coś o zamaskowanym mężczyźnie w czerni?

– Mężczyźnie? – zapytał Ahmad. Niskie warczenie poniosło się z jego gardła.

– Córka lorda Worthingtona natknęła się na mężczyznę ubranego na czarno zeszłej nocy – wyjaśniła Fatma, zaniepokojona jego reakcją. – Nosił złotą maskę.

Ahmad zazgrzytał zębami, ale nic nie powiedział. Fatma postanowiła wrócić do tego później. Merira pokręciła głową.

– Przykro mi, nie potrafię powiedzieć nic więcej.

– Już bardzo dużo mi powiedziałaś. Zrobię tyle, ile się da, żebyście nie zostali za bardzo w to wplątani.

– Zrobisz wszystko, co się da, żeby znaleźć tego, kto dopuścił się tej potworności – sprostował Ahmad.

Fatma zmarszczyła brwi. To była prośba czy żądanie?

– Zawsze rozwiązuję swoje sprawy.

Ciemnozielone oczy wpatrywały się w nią, jakby potrafiły rozpoznać prawdę.

– Neftyda nie zasłużyła na taki koniec – powiedział prawie łamiącym się głosem. – Oddaj mordercę w ręce sprawiedliwości. Czy to będzie człowiek, czy dżinn, niech stanie przed bogami, aby zważono jego duszę i osądzono za tę zbrodnię!

***

Fatma wyszła z Domu Pani Gwiazd w zaułek w Chan al-Chalili. Siti dołączyła do niej chwilę później.

– On tak na serio?

Siti zmarszczyła brwi.

– Kto? Masz na myśli Ahmada?

– Lorda Sobka – odparła cierpko Fatma. – On naprawdę uważa się za krokodylego boga?

– Nie, nie uważa się za samego Sobka, ale raczej za wybrańca Sobka, jego reprezentanta tu, w świecie śmiertelnych. Kogoś bezpośrednio połączonego z pogrzebanym bogiem, którego cząstka przebywa teraz w nim samym.

Pogrzebani bogowie. Tyle Fatma rozumiała z twierdzeń fanatyków starych religii. Bogowie nigdy naprawdę nie odeszli, ale leżeli głęboko pogrzebani pod ziemią Egiptu – nie byli martwi, ale zostali pochowani w kolosalnych sarkofagach jak dawni faraonowie. Wyznawcy wierzyli, że im więcej ludzi powróci do ich kultu, tym bardziej będą wybudzać się dawni bogowie pogrążeni w bezmiernym śnie, sięgać do świata śmiertelników i obdarzać swoich wyznawców cząstką własnej mocy. Pewnego dnia, twierdzili, kiedy dostatecznie wiele razy zostanie wypowiedziane ich imię i znowu zacznie się składać ofiary w ich imieniu w świętych przybytkach, bogowie naprawdę wyrwą się z wiecznego snu i zajmą należne im miejsce jako prawdziwi panowie tej ziemi. W głębi ducha Fatma musiała przyznać, że ta myśl wywoływała w niej dreszcz niepokoju.

– Nic ci nie jest? – spytała Siti.

Fatma odepchnęła od siebie wizje odwiecznych wysuszonych bogów, spowitych w zawoje mumii z błyszczącymi koronami na zwierzęcych głowach i powstających z głębin Egiptu, i odpowiedziała pytaniem:

– Szukałaś miejsca dla tej wspaniałej świątyni? To dlatego nie było cię w ostatnich miesiącach? I nic mi nie powiedziałaś?

Siti oparła się plecami o ścianę.

– Mówiłam, że wykonuję zadanie. Nigdy o nic więcej nie pytałaś. Nie robiłaś wrażenia, jakbyś chciała coś więcej wiedzieć. Nie rozmawiamy tak naprawdę o takich rzeczach.

To prawda, przyznała Fatma. A jednak.

– To próba otwarcia publicznej świątyni. To nie jest dobry pomysł.

– Chyba powiedziałaś, że nie przyszłaś tu nikogo pouczać.

– Nie pouczam cię, jestem po prostu szczera.

Siti skrzyżowała ręce.

– Zatem jak brzmi twoje „szczere nie-pouczenie"?

– Kraj nadal przyzwyczaja się do dżinnów i magii. A teraz wy chcecie im powiedzieć, że starożytni bogowie leżą pogrzebani pod ich stopami? I wy zamierzacie ich przebudzić? Ludzie nie są na to gotowi.

– A jak długo mamy czekać, aż będą gotowi? – zapytała cierpko Siti. – Rok? Dziesięć lat?

– Tyle, ile trzeba. – Fatma sama słyszała, że mówi coraz ostrzej. – Aż ludzie was zaakceptują.

Siti przechyliła głowę.

– Tak jak ty akceptujesz mnie? Nie uważasz, że i bez tego dostatecznie dużo rzeczy ukrywamy?

Przez długą chwilę obie milczały, tylko piorunując się wzrokiem. Powoli ich twarze się rozluźniły.

– Czy my właśnie się pokłóciłyśmy? – zapytała Siti i się uśmiechnęła. – Myślę, że właśnie się pokłóciłyśmy!

– Pokłóciłyśmy się – przytaknęła jej Fatma.

Kiedy to zrozumiała, cała jej irytacja zniknęła. To przedziwne, że potrzebowały na to tak dużo czasu.

– To może tego wieczoru wynagrodzisz mi to... – zaczęła Siti.

Fatma otworzyła szeroko oczy.

– Ja mam ci to wynagrodzić?!

– Wynagrodzisz mi to, zabierając mnie do Lokalu. Nadal jeszcze istnieje?

– Lokal zawsze jest na swoim miejscu.

– W takim razie jesteśmy umówione, agentko. Ubierz się elegancko.

Fatma prychnęła, kiedy Siti odwróciła się, żeby wejść z powrotem do środka. Ona zawsze była elegancka.

# ROZDZIAŁ SZÓSTY

Ministerstwo Alchemii, Uroków i Istot Nadprzyrodzonych miało siedzibę w samym centrum Kairu. Kiedy założono je w 1885 roku, upchnięto je w magazynie w dzielnicy Bulak. Przeniosło się do obecnej siedziby w roku 1900 – był to jeden z licznych nowych budynków zaprojektowanych przez dżinny.

Fatma przyjrzała się zarysom budowli, kiedy się do niej zbliżała: długi, prostokątny budynek przykryty szklaną kopułą. Rzędy dzwonowatych okien wypełniały pięć kondygnacji od frontu, każde wyposażone w mechaniczne ekrany z czarnych i złotych dziesięcioramiennych gwiazd i rombów, które nieustannie przesuwały się, tworząc nowe wzory geometryczne. Wchodząc przez szklane drzwi, powitała lakonicznie strażnika – młodego mężczyznę, którego mundur zawsze wisiał na jego tykowatej sylwetce. Pewnego dnia przedstawi go krawcowi. Nie zwalniając kroku, przeszła po marmurowej posadzce z mozaiką z niebieskich, czerwonych i złotych kamyków, tworzących insygnia ministerstwa – średniowieczny symbol alchemii na tle dwunastoramiennej gwiazdy.

Zerknęła w górę, gdzie ogromne żelazne koła zębate i sfery wirowały pod szklaną kopułą niczym mechaniczny model Układu Słonecznego. Tak naprawdę to był mózg budynku: mechaniczny koncept stworzony przez dżinna. Mniejsze repliki pozwalały napowietrznym tramwajom poruszać się bez kierowcy. Ten pomagał kierować ministerstwem. Budynek był żywy. Uchyliła melonika, żeby powitać i jego.

Zatrzymała laską zamykające się drzwi windy i wsunęła się do środka. Przeprosiła tych, którzy stali już w środku, podała numer piętra i zerknęła na kieszonkowy zegarek. Ranek jeszcze nie minął, ale zostało go już niewiele. Jak na sygnał w jej głowie rozległ się głos matki: „Czas jest wykuty ze złota". Winda zatrzymała się na trzecim piętrze, Fatma wysiadła i ruszyła do swojego biura, mijając po drodze agentów – mężczyzn w czarnych tarbuszach z czerwonymi kutasikami. Zsunęła nisko melonik, żeby uniknąć ich spojrzeń.

– Agentko Fatmo! – zawołał ją ktoś.

Zazgrzytała zębami. Co za pech. Odwróciła się do wysokiego, barczystego mężczyzny w porządnie wyprasowanym ministerialnym mundurze z wypolerowanymi srebrnymi guzikami. Kwadratową szczękę zdobił uśmiech, więc Fatma rozluźniła się nieco.

– Dzień dobry, agencie Hamed, co za piękny poranek.

Mężczyzna zmarszczył brwi, zerkając na zegar na ścianie.

– Chwileczkę, to jeszcze mamy poranek?

– Nie wiedziałam, że zrobiłeś się zabawny.

Uśmiechnął się krzywo pod ciemnym wąsikiem, sącząc herbatę z kubka.

Ukończyli akademię razem w 1908 roku. Nie byli wtedy wielkimi przyjaciółmi. Był starszy, większy, zawsze chwalił się, że wywodzi się z rodziny policjantów – tego typu osób Fatma zwykle unikała. Potem jednak przypadkiem ponownie zetknęli się ze sobą zeszłego lata. Okazało się, że Hamed nie jest taki zły. Był trochę sztywny i konserwatywny, jak wykrochmalona koszula bez kołnierzyka, ale gdy się go bliżej poznało, to okazał się w porządku.

– Chodzisz późno spać – zauważył. A potem zniżył głos. – Słyszałem, że byłaś w Gizie i pracujesz nad sprawą Angielskiego Paszy. W gazetach piszą o pożarze, ale skoro ty się tym zajmujesz...?

– Przecież wiesz, że nie można ufać gazetom – zbeształa go Fatma.

Rozczarował się, widząc, że dziewczyna niczego więcej mu nie powie.

– W porządku, ale w tym biurze nikt nie potrafi dochować sekretu. Im dłużej będziesz milczeć, tym bardziej fantastyczne plotki zaczną krążyć.

Fatma zmarszczyła brwi. Mężczyźni byli potwornymi plotkarzami.

– Proszę, powiedz mi, że nie urządzili sobie znowu zakładów.

– Oczywiście, że urządzili. Tyle że w innej sprawie. Ludzie zakładają się, ile minie czasu, zanim pogonisz swoją nową partnerkę.

Fatma ze świstem nabrała powietrza w płuca. Hadia! Z powodu powrotu Siti i porannego spotkania kompletnie o niej zapomniała! Rozejrzała się po biurze.

– Gdzie ona jest? Dali jej już biurko?

Hamed zagryzł usta, bez powodzenia powstrzymując uśmiech. Wskazał kubkiem drzwi do jej gabinetu.

– Onsi właśnie z nią rozmawia. Wprowadza ją w...

Fatma obróciła się na pięcie, już go nie słuchając. Zobaczyła, że drzwi do jej biura są szeroko otwarte. Weszła do środka. Dostała ten pokój, kiedy została agentką specjalną. Miał okna wychodzące na Nil i był dostatecznie przestronny, żeby pomieścić biurko i parę mebli, w tym szafę, gdzie trzymała zapasowe garnitury. Nigdy dość ostrożności. Teraz stało tam także drugie biurko. A za nim siedziała Hadia. Poderwała się na widok Fatmy.

– Dzień dobry, agentko Fatmo – powitał ją męski głos.

Fatma zerknęła na krępego mężczyznę na drugim końcu pokoju. Agent Onsi, partner Hameda. Jego brązowa twarz jak zwykle promieniała.

– Właśnie rozmawiałem z agentką Hadią. Wiedziałaś, że razem uczyliśmy się w akademii? Wręcz... – Urwał, marszcząc czoło nad okularami w srebrnych drucianych oprawkach. – Dobrze się czujesz?

– Biurko już tu stało, gdy przyszłam – wypaliła Hadia.

Fatma odwróciła się i wyszła bez słowa. Jak przez mgłę docierało do niej, że ludzie patrzą na nią, gdy idzie do gabinetu dyrektora Amira. Zapukała krótko i usłyszała, że może wejść.

Na pierwszy rzut oka Amir nie wyglądał jak ktoś, kto może być dyrektorem. Siwe włosy, zaspane oczy i ściągnięta twarz wywoływały skojarzenie z przepracowanym biurokratą. Jego mundur wyglądał jak nijaka, pognieciona wypluwka, biurko było zawalone teczkami i papierzyskami. Kierował jednak największym biurem w ministerstwie od ponad dziesięciu lat. Większość ludzi na tym stanowisku ledwie wytrzymywała połowę tego czasu. Teraz stał i zaabsorbowany kartkował wielką książkę, jakby czegoś w niej szukał.

– Spodziewałem się ciebie – powiedział. – Dziwię się, że tyle to trwało. Siadaj.

Fatma usiadła na wąskim, niewygodnym krześle. Jej spojrzenie padło na stojące na biurku oprawione zdjęcie młodego Amira; miał na sobie staromodny ministerialny mundur, a na twarzy szeroki uśmiech. Trudno uwierzyć, że kiedykolwiek był młody. Albo że się uśmiechał.

– Rozumiem, że poznałaś agentkę Hadię.

– Spotkałyśmy się zeszłej nocy – odpowiedziała Fatma.

– Pojawiła się w posiadłości Worthingtona? Imponujące.

Można to i tak ująć.

– Nie sądzę, żeby coś wyszło z naszej współpracy.

– Tak? – Amir mruknął z roztargnieniem.

Zdejmował kolejne książki z półek, otwierał je i nimi potrząsał. Fatma przygotowała się na najgorsze. Ten mężczyzna słynął z tego, że potrafił wywieść człowieka w pole.

– Świetnie sobie radziłam jako agentka specjalna bez partnera. Myślę, że moje akta mówią same za siebie. Dlatego nie rozumiem, czemu miałabym teraz kogoś takiego potrzebować. Wiem, że ministerstwo naciska, by agenci pracowali w parach. To się sprawdza w przypadku niektórych, ale nie jest dla każdego. Myślę, że agentka Hadia zasługuje na mentora z prawdziwego zdarzenia, a wątpię, żebym ja nim była.

Proszę. Zwięźle i na temat.

Amir przez długą chwilę nic nie mówił, potrząsając ostatnią książką. Warknął sfrustrowany, wrócił do biurka i usadowił się w podniszczonym fotelu. Był chudym mężczyzną i kiedy skierował na nią półprzymknięte oczy, miała wrażenie, że krąży nad nią sęp.

– Zapytaj mnie, ilu ludzi, właśnie tu, w Kairze, cierpi na chorobę cukrową – powiedział.

Fatma zdębiała.

– Nie mam...

– Nie, śmiało, zapytaj mnie.

– Ilu ludzi w Kairze cierpi na chorobę cukrową?

– *Ja Allah!* Nie mam pojęcia! Nie mam głowy do liczb!

– Przecież sam pan mi kazał zapytać.

On mówił jednak dalej:

– A wiesz, kto ma głowę do liczb? Moja żona. Statystyczka w Ministerstwie Zdrowia. Pisała raport na temat choroby cukrowej i o tym, jak rośnie liczba chorych w Kairze. Jej modele statystyczne mówią, że mogę na to chorować i nawet o tym nie wiedzieć. – Pochylił się do przodu. – Wiesz zatem, co zrobiła? Wyrzuciła wszyściuteńkie słodycze z naszego domu. Doszło do tego, że zacząłem chować słodkie przekąski w skrytkach. Podczas ostatniego Id al-Maulid kupiłem sobie parę cukrowych koników i schowałem je tutaj. Uznałem, że moja żona będzie szukać sezamków albo rachatłukum, a nie słodyczy robionych dla dzieci. Wygląda jednak na to, że znalazła nawet je i nie mam już niczego słodkiego do pogryzania.

Fatma tylko na niego patrzyła. Udało mu się. Całkowicie zbił ją z tropu.

– Czy to nie jest frustrujące? Oczywiście, że jest! Dorosły mężczyzna powinien móc jeść słodycze, kiedy zechce! – Westchnął i jego twarz się rozluźniła. – Jednak moja żona robi to dla mojego dobra. Jak może mi się to nie podobać? Rozumiesz teraz, co mam na myśli?

Fatma pokręciła głową. Jak ktokolwiek mógł się zorientować, do czego dyrektor zmierzał?

– Dostajesz partnera dla własnego dobra – warknął Amir. – Bez względu na to, czy uważasz, że go potrzebujesz. Twoje dokonania są godne pochwały, ale twoja praca staje się coraz bardziej niebezpieczna. Ghule. Dżinny. Ta paskudna sprawa z aniołem.

To nie jest bezpieczne dla samotnego agenta. Ministerstwo chce, żeby jego ludzie pracowali w parach i wzajemnie się ubezpieczali.

– Ale dyrektorze – zaprotestowała Fatma – często współpracuję z kairską policją i...

Amir pokręcił głową.

– To nie wystarczy. Nie pracujesz z policją przez cały czas. A policja to nie ministerstwo. Słuchaj, rzadko się przy czymś upieram. – Wskazał jej garnitur. – Czy kiedykolwiek komentowałem to, jak rażąco lekceważysz ministerialny mundur?

– Wspomina pan o tym co najmniej raz w miesiącu!

Zmarszczył czoło.

– Naprawdę? Cóż, najwyraźniej nie zwracasz na mnie uwagi, ale tym razem będziesz musiała mnie posłuchać. Rozkaz przyszedł z samej góry. Szefostwo ministerstwa życzy sobie, żeby agentka Hadia znalazła się tu, w Kairze. I chcą, żeby pracowała z tobą.

Szefostwo maczało w tym palce? Fatma była oszołomiona tą myślą.

– Dlaczego? Dlaczego to takie ważne?

Amir pochylił się bardziej.

– Ile mamy tu agentek? Zliczę je na palcach jednej ręki. Agentka Samia w Aleksandrii. Agentka Nawal w Luksorze. I ty. I jesteś zdecydowanie od nich młodsza. Agentka Hadia to pierwsza kobieta, jaką zwerbowaliśmy od waszych czasów. Kilka miesięcy temu kobiety uzyskały prawo głosu. Niedługo może zobaczymy je w parlamencie. Krążą plotki o kobietach wstępujących do policji. Ministerstwo nie może robić wrażenia, jakby zostawało w tyle! Nie kiedy Egipskie Stowarzyszenie Feministek monitoruje wszystkich, a potem pisze raporty do gazet!

Czyli o to szło tak naprawdę. Fatma przedstawiła propozycję nowych sposobów werbowania kobiet już kilka lat temu, ale w przeważającej większości została zignorowana. A teraz ministerstwo próbowało nadgonić zaległości. Ona i Hadia miały być częścią ich kampanii na rzecz lepszego wizerunku.

– Mówiąc szczerze jestem zaskoczony. Myślałem, że ucieszysz się, gdy więcej kobiet pojawi się w naszych szeregach. Wiesz, że zawsze cię wspierałem. Czy wiesz, że byłem jednym z pierwszych prenumeratorów „La Modernite"?

Fatma jęknęła w duchu. „La Modernite" to było egipskie czasopismo zamieszczające artykuły wybitnych myślicieli, w tym kobiet, które były pierwszymi feministkami. Amir lubił jej przypominać o swojej liberalnej przeszłości. Często.

– Jeśli ministerstwo chce mieć więcej rekrutek – powiedziała – to powinno wziąć się za werbowanie kobiet. Im więcej, tym lepiej. To jednak nie znaczy, że ja chcę mieć partnerkę.

Amir wzruszył ramionami, rozpierając się w fotelu.

– A ja oddałbym teraz wszystko za coś słodkiego. Niestety nie dostajemy wszystkiego, czego chcemy, co?

Zanim Fatma wróciła do swojego biura, Onsi już wyszedł. Hadia nadal stała, nerwowo bawiąc się ciemnoniebieskim hidżabem, i patrzyła wyczekująco. Fatma zamknęła drzwi, odwiesiła melonik na wieszak na ścianie i usiadła na krześle za swoim biurkiem.

– Możesz usiąść.

– To nie był mój pomysł, żeby wstawić tu biurko – powiedziała Hadia, siadając.

– Wiem. Myślę, że Amir chciał mi dać coś do zrozumienia.

– Niektórzy agenci mówili, że możesz mnie wyrzucić.

Wyrzucić? Co za plotkarze! Niczego tak nie chcieli, jak zobaczyć, jak jedyne dwie kobiety w biurze wywołują zamęt. Z drugiej strony, Fatma rzeczywiście próbowała doprowadzić do tego, żeby Hadię przypisano do kogoś innego. To jednak nie to samo. Prawda? Spojrzała na Hadię surowo, przypominając sobie własne początki w biurze. Jakby się poczuła, gdyby odtrąciła ją jedyna agentka w biurze? Zaczerwieniła się i po raz drugi tego dnia usłyszała, jak matka beszta zakłopotaną dziewczynę, która ma ochotę zapaść się pod ziemię.

Odchrząknęła.

– Agentko Hadio, możliwe, że źle się wczoraj wyraziłam. Nigdy nie miałam partnera. – To słowo nadal brzmiało dziwnie. – Zatem to będzie coś nowego dla nas obu. Myślę jednak, że zdołamy to rozgryźć.

Hadię aż zatkało.

– Dziękuję! To znaczy... To cudownie! To znaczy... nie posiadam się z radości...

Fatma uniosła rękę.

– To chwilę potrwa, więc może zwolnijmy nieco?

Hadia przestała wykrzykiwać i skinęła poważnie głową.

– Zwolnić. Tak, myślę, że mogę zwolnić.

Cóż, zawsze to jakiś początek. Wzrok Fatmy padł na biurko Hadii, na maszynę do pisania pośród stosu teczek. Widząc jej spojrzenie, Hadia złapała kartkę papieru i podeszła.

– Zaczęłam pisać raport ze sprawy. Pomyślałam, że chciałabyś od razu to załatwić. Poza tym lubię zajmować się papierkową robotą. Mam nadzieję, że nie przeholowałam.

Fatma wzięła arkusz. Hadia lubiła papierkową robotę? To żart? Z drugiej strony, są gusta i guściki. Może ten pomysł z partnerką miał jakieś dobre strony. Pomyślała o Aasimie, wysyłającym nowicjuszy po kawę. Nie, to byłaby przesada. Przeczytała raport.

– W żadnej mierze nie przeholowałaś. Skąd to wszystko wytrzasnęłaś?

– Od policji. Musiałam dzwonić trzy razy, żeby przysłali dokumenty kurierem seryjnym.

Fatma uśmiechnęła się leciutko. Trzy razy? Och, Aasim ją polubi.

– Przeglądałam je właśnie – mówiła dalej Hadia. – Policja zidentyfikowała większość ofiar z listy gości, jaką trzymał lord Worthington. Mamy przynajmniej nazwiska.

Fatma przebiegła je wzrokiem. Dalton, Templeton, Portendorf, Burnley. Sami Anglicy.

– Brakuje dwóch osób.

– Kobieta i jeszcze jeden mężczyzna – domyśliła się Fatma.

Hadia pokiwała głową.

– Sądząc po ubiorze, obstawiam, że nie byli Anglikami.

– I słusznie. Przysuń sobie krzesło. Powiem ci, co mnie zatrzymało dziś rano.

Przez następne dwadzieścia minut Fatma relacjonowała, czego się dowiedziała: kim byli niezidentyfikowana kobieta i mężczyzna, czym zajmowało się Bractwo Al-Dżahiza, co dżannija powiedziała o tajemniczym ogniu. Kiedy skończyła, Hadia patrzyła na nią z rozdziawionymi ustami.

– Ifryt – sapnęła. – „I Bóg stworzył dżinny z ognia bez dymu".

Fatma znała ten ajat, jeden z wielu wspominających dżinny.

– Dowiedziałaś się tego wszystkiego w ciągu jednego poranka? Od informatorów spośród bałwo... – Hadia urwała i zaczerwieniła się. – To znaczy od wyznawców starej religii?

Fatma nie podała nazwisk. Nie wspomniała o Merirze, a już z pewnością nie o Siti, ale jasno wyraziła się na temat swoich źródeł.

– Miałam z nimi już wcześniej do czynienia. Dziwna grupa, ale godna zaufania. Z pewnością nie zajmują się paleniem ludzi.

Hadia zaczerwieniła się jeszcze mocniej.

– Jednak nic z tego nie wyjaśnia naszej sprawy – mówiła dalej Fatma. – Dlaczego bractwo miałoby zadawać się z ifrytem? Ogień nie zabił naszego przyjaciela z wykręconą głową, więc kto lub co tego dokonało? I jest jeszcze ten mężczyzna w złotej masce.

Hadia zanotowała to w notesie.

– Można odnieść wrażenie, że pytań tylko przybywa.

– Tak to jest aż do samego końca. Teraz przynajmniej mamy jakieś wskazówki. – Fatma spojrzała na stos teczek. – Spójrzmy chociaż, co przysłał Aasim.

Hadia wstała i poszła po dokumenty.

– A poza tym – zawołała za nią Fatma, podwijając rękawy – witam w ministerstwie.

Hadia dosłownie się rozpromieniła.

# ROZDZIAŁ SIÓDMY

Było wpół do jedenastej, gdy Fatma dotarła na bulwar Muhammada Alego. Urywki muzyki wypełniały najbardziej rozrywkową okolicę Kairu, kiedy klienci dawali nura do lokali z jaskrawymi szyldami. Nazwa Elektryczny Ud rozbłyskiwała zielonymi alchemicznymi żarówkami, nad innym szyldem migotała czerwona sylwetka kabaretowej tancerki. Miła chwila wytchnienia po dzisiejszym dniu.

Godzinami przekopywały się przez akta na temat lorda Worthingtona, dokumenty związane z jego interesami, personelem, transakcjami. Kompania Worthington bazowała na handlu i kontraktach budowlanych, bo nawet w świecie magicznych dżinnów potrzeba takich przyziemnych rzeczy jak inwestorzy i kapitał. A morderstwa bogatych ludzi prawie w nieunikniony sposób prowadziły do ich majątku. Jednak niczego nie znalazły. Z nadejściem wieczoru Fatma uznała, że czas kończyć na dzisiaj i odesłała Hadię do domu. Nie zostało im wiele do zrobienia poza tym, żeby poczekać i zobaczyć, co znajdą do poniedziałku ludzie Aasima. Cała ta sprawa frustrowała ją, więc jeszcze bardziej cieszyła się na myśl o dzisiejszym wieczorze.

Zeszła z głównego bulwaru w jedną z licznych tutaj bocznych uliczek. Nie było ich tak wiele jak w Chanie, ale łatwo można było się tam zgubić. Przy ledwie oświetlonym placyku przeszła pod łukiem i zeszła parę stopni do niemal ukrytych drzwi. Zapukała laską w umówiony sposób: trzy razy szybko, dwa wolno i trzy szybko. Otworzyło się górne okienko, ukazując dwoje oczu o zmiennych fioletowych tęczówkach.

– Zgubiłaś się?

– Szukam jaśminowej herbaty – odpowiedziała.

– Ile cukru?

– Odrobinę.

Okienko zatrzasnęło się i drzwi zostały otwarte przez muskularnego dżinna w czarnym fraku. Machnął ręką w teatralnym geście, jego fioletowe tęczówki zabłysły.

– Witamy u Jasmine.

Fatma weszła do środka, kakofonia muzyki i hulanku zalała ją jak mały sztorm.

Jasmine to nie był lokal wymieniany w książce telefonicznej. Poza nim nikt nigdy nie wymieniał jego nazwy. Mówiono o tym miejscu po prostu Lokal.

Klienci siedzieli przy stolikach, rozmawiając albo śmiejąc się, podczas gdy seryjni eunuchowie w smokingach i czerwonych tarbuszach zabierali puste kieliszki. W Lokalu drinki płynęły swobodnym strumieniem. Głównie piwo, ulubiony napój alkoholowy w Egipcie, ale podawano także wino i modny musujący szampan z zaczarowanymi eliksirami, które całkiem dosłownie mogły sprawić, że człowiek stawał się lekki jak piórko.

Jednak nikt nie przychodził tu tylko po to, żeby się napić. To można było bez trudu zrobić w dowolnym innym miejscu w Kairze, nawet jeśli szukało się zagranicznych trunków. To klientela sprawiała, że Jasmine znajdowała się z dala od utartych szlaków. Przy jednym stoliku siedziały dwie kobiety w paryskich sukniach palące papierosy w długich szylkretowych cygarniczkach – bywalczynie salonów, które przyszły zabawić się z motłochem. Między nimi siedział wysoki dżinn o skórze białej jak mleko i nienaturalnie przystojnej twarzy, który popalał sziszę i wypuszczał wirujące srebrzyste kule. Dalej, poza stolikami, młodzi mężczyźni obdarzeni butą ulicznych oprychów poruszali się z wdziękiem kabaretowych tancerzy, trzymając w ramionach kobiety z wyższych sfer, które nigdy nie pokazałyby się w takim towarzystwie w żadnym innym miejscu i o żadnej porze dnia czy nocy. Niektórzy z tych młodych mężczyzn tańczyli ze sobą. Wszystko tu wibrowało mesmeryczną muzyką, która ryczała ze sceny na podwyższeniu.

Klucząc w tłumie, Fatma podeszła do baru. Niski barman – dżinn o sześciu rękach – podawał drinki. Złapała swój, kiedy przesuwał się po śliskim blacie koło niej, i podniosła, żeby wypić z zadowoleniem łyczek.

– Zachowujesz się, jakbyś naprawdę coś piła – skomentował ktoś po angielsku – a masz tylko sarsaparillę!

Odwróciła się i zobaczyła starszego mężczyznę w jasnobrązowym garniturze, który siedział parę miejsc dalej przy barze.

– Sarsaparillę z listkami mięty i herbatą – poprawiła go. – Powinieneś spróbować.

Mężczyzna prychnął.

– Wolę, kiedy moje drinki są drinkami! – Na jego brązową twarz wypłynął szeroki uśmiech. – Jak się miewasz, Fatmo?

Odpowiedziała uśmiechem.

– W porządku, Benny. Minęło trochę czasu.

– Cała minuta! – Przesiadł się na sąsiednie miejsce, odkładając srebrny kornet.

Podobnie jak większość muzyków u Jasmine, Benny pochodził z Ameryki, z miejsca zwanego Nowy Orlean. Kair ściągał ludzi z całego świata. Niektórzy szukali pracy albo przyciągały ich opowieści o mechanicznych cudach i dżinnach. Benny i pozostali przybyli tu, bo uciekali przed czymś, co nazywało się segregacją rasową. Przywieźli ze sobą swoje nadzieje, marzenia i fantastyczną muzykę.

– Grasz dzisiaj? – zapytała Fatma.

– Jak co wieczór.

Ich uwagę zwróciły dźwięki trąbki rozbrzmiewające od strony sceny. Mężczyzna odchylił się, grając, jego palce były jak rozmazana plama, sprawiał, że instrument skrzeczał, wydawał z siebie mieszaninę rwanych jęków i krzyków jak kochankowie późną nocą albo podczas kłótni rankiem. Reszta zespołu dołączyła do tej tyrady wielogłosową harmonią klarnetów i puzonów.

Benny nie miał nazwy na to, co robili. Powiedział, że to po prostu nowoorleańskie brzmienie. Twierdził jednak, że pewnego dnia to będzie najpopularniejsza rzecz na świecie. Fatma mu wierzyła. Muzyka pochłonęła ją już za pierwszym razem, gdy usłyszała jej hipnotyczne, piękne dźwięki. Synkopowe rytmy i melodie wspinały się człowiekowi po kręgosłupie, zmuszając go do ruchu, do bycia żywym i wolnym.

– Ten Bunky to ma zadęcie!

Fatma odwróciła się i zobaczyła, że inni podeszli, żeby usiąść wokół nich. Mężczyzna o wielkich policzkach i w niebieskim garniturze nazywał się Alfred, ale przezywano go „Żaba"; grał na puzonie. Drobny mężczyzna o zaciśniętych ustach, który nosił czerwony tarbusz i ściskał futerał z klarnetem, to był Bigs. Ten, który się odezwał, chudy młodzieniaszek w złotym garniturze i w kapeluszu w tym samym kolorze, grał na fortepianie. Fatma nie była pewna, jak naprawdę się nazywa, bo reagował jedynie na przydomek „Mansa Musa".

– Mowa! – Benny pokiwał głową. – Ale widziałem lepszych.

Mansa Musa wrzasnął:

– Wymień kogoś lepszego!

– Mogę wymienić trzech, ale wystarczy tylko jedno imię i nazwisko.

– To gadaj.

– Buddy Bolden.

Mansa Musa jęknął.

– Dlaczego za każdym razem, gdy rozmawiamy o muzyce, ty wyskakujesz z Buddym Boldenem?

– Gdybyś kiedykolwiek go zobaczył – wychrypiał Alfred – to nie musiałbyś pytać.

Wszyscy wokół pokiwali głowami.

– Pamiętam jeden raz, gdy widziałem, jak Buddy gra – opowiadał Benny. – Mówię ci, Fatmo, to było coś nadzwyczajnego. Grał tak głośno, że wymiótł wszystkich z pierwszego rzędu. Nie, mówię serio! Ludzie dosłownie się poprzewracali! Taka jedna wręcz się wyturlała z lokalu. Turlała się przez cały sobotni wieczór i nikt nie mógł jej znaleźć, aż doturlała się do kościoła w niedzielę rano!

Grupa wybuchnęła śmiechem, a Mansa Musa uniósł ręce. Fatma też się uśmiechnęła.

– Buddy teraz przepadł – wtrącił Alfred. – Zostawiliśmy jego, Jima Crowa* i stary Nowy Orlean za sobą. – Uniósł kieliszek. – Za króla Boldena. Nigdy nie odbiorą ci twojej magii.

Pozostali unieśli kieliszki i powtórzyli słowa toastu. Kiedy al-Dżahiz ściągnął magię z powrotem do świata, zmienił się nie tylko Egipt. Zmienił się cały świat. W Ameryce na powrót magii odpowiedziano prześladowaniami. Benny i inni nadal ze zgrozą szeptali o czarodzieju, który nazywał się Robert Charles i niemal powalił Nowy Orlean na kolana. Twierdzili, że Buddy Bolden uprawiał inny rodzaj magii za pomocą swojej muzyki i zapłacił wysoką cenę za swój dar.

Alfred westchnął.

– Tęsknię czasem za domem. Ale nie tęsknię za Jimem Crowem.

– Amen! – podsumował Benny. – Nie ma Jima Crowa w Kairze!

Chóralne „Racja!" rozległo się ze wszystkich stron.

– Ja bym nie był tego taki pewien – wtrącił się Mansa Musa, mieszając drinka w kieliszku. – Traktują mnie względnie dobrze, bo jestem nietutejszy, ale inni tak samo ciemni jak my nie mają tyle szczęścia. Wiele razy widziałem, jak ich wyrzucano z różnych miejsc, nawet ich opluwano. Policzkowano na ulicy. I kogo znajdziecie w slumsach? Od groma twarzy takich jak nasze. Jest tak samo jak w domu.

Fatma nie mogła temu zaprzeczyć. Egipt miał własne problemy. Al-Dżahiz jako Sudańczyk poprawił nieco sytuację. Wzywano nawet, żeby zakazać dyskryminacji prawnie. Trudno jednak walczyć z zakorzeniamy przekonaniami.

– To nie ma sensu – narzekał Benny. – U nas Fatma też podpadałaby pod Jima Crowa. Połowa tutejszych nie przeszłaby próby z papierem pakowym**.

---

* Prawa Jima Crowa – ustawodawstwo legalizujące segregację i dyskryminację rasową (przyp. tłum.).

** Odwołanie do obyczaju z czasów niewolnictwa, kiedy właściciel wybierał do służby w domu osoby o jaśniejszej skórze i decydujące było porównanie jej odcienia do torby z papieru pakowego (ang. *brown paper*) (przyp. tłum.).

– Mnóstwo z nich nie uszłoby za *octoroon*, diabła tam, nawet za *quadroon*.

Mansa Musa burknął.

– Ale nie mają o tym pojęcia.

– Wiele *octoroon* i *quadroon* też nie ma zielonego pojęcia – zażartował Benny.

Znowu rozległy się śmiechy, a Fatma słuchała zafascynowana. Podłapała od nich mnóstwo angielszczyzny. Nawet nauczyła się ich intonacji i modulacji. Jednak nadal część ich żargonu jej umykała. O co u licha chodziło z *octoroon*?*

– Dlatego wszędzie chodzę odstawiony – tłumaczył Mansa Musa. – Ludzie dobrze cię traktują, kiedy masz na sobie garnitur. A gdzie ty się ubierasz, Fats? Masz dziś wieczór na sobie ładne wdzianko!

Fatma jak zwykle uchyliła melonika. Wybrała na ten wieczór żywy odcień bordo, a do tego brokatową kamizelkę, różaną koszulę w prążki z zaokrąglonym kołnierzykiem i oliwkowy krawat spięty spinką ze srebrną kulą. Mansa Musa miał rację. Ludzie inaczej cię traktują, gdy nosisz garnitur.

– Wszyscy wiecie, że to ja nauczyłem Fatmę ubierać się, nie? – zapytał Mansa Musa.

Fatma posłała mu beznamiętne spojrzenie.

– Ale wszystkie twoje garnitury są złote.

Benny parsknął śmiechem, a Alfred ryknął, aż mu się policzki zatrzęsły, uderzając ręką w bar.

Mansa Musa się naburmuszył.

– Wszyscy powinniście uważać, jak zwracacie się do króla!

Mansa Musa przybrał ten przydomek, kiedy usłyszał o średniowiecznym królu Mali, który przejechał przez Egipt podczas hadżdżu i rozdał tyle złota, że załamały się lokalne rynki – a przynajmniej tak głosiła historia. Kończył swoje występy deszczem fałszywych złotych monet, które ludzie łapali jak prawdziwy skarb.

---

* *Quadroon* (ang.) – człowiek, w którego żyłach płynie jedna czwarta czarnej krwi; *octoroon* – człowiek, w którego żyłach płynie jedna ósma czarnej krwi (przyp. tłum.).

– O rety! – wykrzyknął Benny, patrząc na coś za ich plecami. – Nadchodzą kłopoty!

Fatma spojrzała w tym samym kierunku i zobaczyła wysoką postać przy wejściu. Siti. I Benny miał rację. Wyglądała jak chodzące kłopoty w długiej czerwonej wieczorowej sukni z koronki i szyfonu, która sięgała jej aż do stóp. Pod przezroczystym stanikiem sukni miała na sobie dopasowany gorsecik ozdobiony siateczką z koralików, które lśniły w słabym świetle. W pasie nosiła tak samo ozdobioną szarfę.

Spostrzegła Fatmę i ruszyła ku niej wolnym krokiem, kołysząc biodrami; przyciągnęła wiele spojrzeń. Benny i pozostali traktowali Fatmę jak jedną ze swoich, ale Siti to co innego – była kobietą, która równie łatwo sypie komplementami, jak wymierza ciosy. Kiedy wrzawa ucichła, Siti wsunęła się przed Fatmę, złapała ją za krawat i przyciągnęła.

– Zabawne, że wpadamy tu na siebie.

Fatma zerknęła na złoty diadem ozdobiony z przodu lwicą, wsunięty w perukę z krótkich warkoczyków, jaką nosiła teraz Siti.

– Wyglądasz...

– Jak ucieleśnienie zapalczywej bogini gniewu na ziemskim padole?

– Zamierzałam powiedzieć „pięknie".

– Może być. – Siti złapała drinka od barmana i wypiła go jednym haustem. Spojrzała na szklankę Fatmy. – Sarsaparilla? Z liśćmi mięty?

– I odrobiną herbaty.

Siti zacmokała z niesmakiem.

– Nie jesteśmy tu po to, żeby zachowywać się grzecznie, ale żeby łamać zasady.

– Właśnie w taki sposób łamię zasady.

– Nie zrozum mnie źle, ale te twoje błyszczące brązowe oczy wyglądają na zmęczone. Długi dzień w Centrali Upiornych Chłopaczków?

Upiornych Chłopaczków?

– Wiesz, jak nudne jest przeglądanie raportów finansowych międzynarodowej firmy z dziesiątkami filii?

– Nie i nie chcę wiedzieć. Nigdy w życiu.

– Nawet z pomocą Hadii zajęło to wiele godzin.

– Hadii?

– To moja nowa... partnerka. – To słowo nadal brzmiało strasznie dziwnie.

Siti zapłonęły oczy.

– Partnerka? Kolejna dama u Upiornych Chłopaczków? Tak samo ładna jak ty? Ze słabością do garniturów i niewiernych? Powinnaś ją przyprowadzić.

Fatma próbowała wyobrazić sobie Hadię w Lokalu, ale nie potrafiła.

– Myślę, że łamie jeszcze mniej reguł niż ja. Jest cała promienna i entuzjastyczna. Musiałam wypędzić ją z biura. Za to lubi pisać raporty na maszynie.

– Agentka Fatma i jej entuzjastyczna partnerka. Nie mogę się doczekać, kiedy ją poznam.

Fatma zamarła w połowie łyku. Poznać ją? Siti zaśmiała się, zasłaniając usta.

– Spokojnie. Będziesz jednak musiała wymyślić, jak jej wyjaśnisz, dlaczego ciągle natrafia na mnie w twoim towarzystwie. Zapisuję się w pamięci.

– To znaczy, że zamierzasz tu zostać na jakiś czas?

Siti odpowiedziała, wypijając kolejnego drinka, co nie było żadną odpowiedzią.

Nagły dźwięk werbla zaskwierczał w powietrzu, a do niego dołączył jeszcze szybszy rytm wybijany rękami na darabukkach. Nie potrzeba było wiele czasu, żeby nowoorleańska muzyka połączyła się z lokalną – jakby oba style były krewnymi, którzy ponownie się spotkali. Powstała mieszanka, w rytm której biło serce współczesnego Kairu, przesączająca się z podziemnych kryjówek na ulice. Dźwięki rozbudziły niecierpliwość w tłumie, który popędził na parkiet.

Mansa Musa przysunął się, podsuwając Siti rękę.

– Pozwól, że król odprowadzi cię w stosownym stylu.

W odpowiedzi Siti wzięła za rękę Fatmę.

– Obawiam się, że ten taniec mam już zajęty. *Jalla!*

Fatma wstała, wzruszając tylko ramionami i uchylając melonika do Mansy Musy. On zbył to śmiechem, uchylając w odpowiedzi złotego kapelusza. Doszły do parkietu, kiedy rozległy się dźwięki instrumentu dętego. Siti zawirowała, a Fatma podeszła, złapała ją w pasie i przyciągnęła blisko, aż odnalazły wspólny rytm. Uśmiechnęły się znacząco do siebie, pozwalając, żeby ruchy zastąpiły słowa. Zdaniem Fatmy, jeśli to nie była magia, to nic innego nią nie było.

***

Wiele godzin później szły bocznymi uliczkami w pobliżu bulwaru Muhammada Alego. Fatma wybijała rytm laską, Siti opierała się na jej ramieniu, tańcząc, jakby trąbki i bębny nadal grały w jej głowie. A może to była sprawka drinków.

– Dokąd teraz? – zapytała niewyraźnie.

Fatma obrzuciła ją spojrzeniem.

– Myślę, że rodzina może nie być zachwycona twoim stanem.

– Śpię w pokoju ciotki Azizy, ona niewiele zauważa.

– Nie jestem tego taka pewna. Wracajmy do mnie.

Siti mrugnęła porozumiewawczo.

– Pewnie, bo wcale się tam nie wybierałam.

– Będziesz musiała zgodzić się na frontowe drzwi. Ja nie wchodzę oknami.

– A jak wyjaśnisz mnie swojemu wścibskiemu bewabowi? On zawsze tam jest.

To prawda, zawsze tam był.

– Może sobie myśleć, co chce. To ja płacę czynsz.

Siti zachichotała.

– Nie musimy jeszcze wracać. Nadal mam pod tym sukienkę. – Wskazała ciemny kaftan.

Fatma popatrzyła na nią z powątpiewaniem. Miała już za sobą całonocne hulanki z Siti i ledwie wychodziła z nich żywa.

– A co powiesz na to, żebyśmy wróciły do domu? Zaparzę nam herbaty i nadrobimy zaległości. Jest piątek. Możemy nawet dłużej pospać.

Siti traciła ją nosem w ucho.

– Jakie to romantyczne. Zaczniesz mnie potem uwodzić poezją?

Fatma uniosła brew.

– A lubisz poezję?

– Tylko stare rzeczy. Znam na pamięć wiersze o Madżnunie.

– Imponujące. Masz słabość do perskich romansów?

– Nie ma to jak tragiczna i nieodwzajemniona miłość. Znam też trochę Antary.

– To tłumaczy słowa twojej ciotki. Uważa, że powinnam ci recytować poezję.

– Ciotka Aziza ci to powiedziała?

– *Aiwa*. Powiedziała, że poezją mogę zdobyć twoje serce.

– Stara spryciara – mruknęła Siti.

– Powiedziała, że masz w sobie za dużo z ojca. I dlatego lubisz wędrować.

Cisza, jaka zapadła, sprawiła, że Fatma pożałowała swoich słów.

– Cóż – odezwała się po pewnym czasie Siti, odsuwając się nieco. – Ciotka naprawdę lubi gadać.

– Przepraszam – powiedziała Fatma, przeklinając swoją niewyparzoną gębę. – Nie powinnam była...

Siti machnęła ręką, jakby chciała zbyć komentarz, a może swojego nieobecnego ojca.

– Myślę, że herbata i rozmowa brzmią świetnie. – Popukała się pod okiem. – Ale czy on idzie z nami?

– Co? – Fatma już się prawie obejrzała, żeby sprawdzić, ale Siti zacmokała.

– Nie oglądaj się!

Fatma zerknęła więc kątem oka i spostrzegła ciemną sylwetkę. Ktoś je śledził.

– Od jak dawna idzie za nami? – spytała cicho.

– Nie jestem pewna. Pewnie od wyjścia z Lokalu.

Fatma rozejrzała się. Mnóstwo cieni, w których można się czaić w tych zaułkach.

– Nie tak się poznałyśmy? – zapytała Siti.

– Okradłaś mnie, żeby zwrócić moją uwagę. Bo jesteś dziwna. A on najpewniej naprawdę jest złodziejem.

– Albo niebezpiecznym dla otoczenia wariatem! Który napada na młode kobiety w mieście!

– To ma pecha.

Odpowiedź Siti była niemal warknięciem.

– Oj, ma.

Skręciły za róg, przechodząc pod ostrołukiem i zeszły schodami prowadzącymi w cienie. Tam rozdzieliły się, zajmując miejsca po przeciwległych stronach przejścia. Fatma złapała gałkę laski, wysuwając ostrze na kilka cali. Ludzie zawsze chcieli przekonać się w bolesny sposób, że ta laska nie służy tylko do ozdoby. Siti kołysała się na palcach i szczerzyła zęby, gotowa do ataku.

Kroki ich prześladowcy rozległy się w ciszy. Zawahał się, zanim zszedł schodami i wkroczył w cienie. Fatmę i Siti minęła postać w ciemnej pelerynie z kapturem.

Amator, pomyślała Fatma. Poczekała, aż je minął, zanim z głośnym szczękiem wyciągnęła ostrze. Mężczyzna obrócił się akurat, żeby oberwać płazem w oba kolana. Zawył z bólu, gdy nogi ugięły się pod nim. Dźwięk urwał się, kiedy Siti skoczyła, obalając go potężnym ciosem. Przyszpiliła mu klatkę piersiową kolanem, gdy próbował rozpaczliwie złapać oddech.

– Wybrałeś sobie niewłaściwe kobiety na ofiary. Jesteś wariatem, czy co? Gadaj!

Mężczyzna szarpał się, zaplątany w szaty, i charczał.

– Chyba nie jest w stanie mówić, gdy go tak trzymasz – zauważyła Fatma.

– Jego problem, nie mój. – Siti docisnęła kolano mocniej i mężczyzna krzyknął.

Fatma pochyliła się, żeby odciągnąć mu kaptur.

– Słuchaj, przyjacielu, lepiej...

Urwała na widok jego twarzy. Łysy, bladoszara skóra. Nie miał brwi.

– Ahmad? – zdumiała się Siti, unosząc kolano.

Nabrał powietrza, zanim zadudnił słabo:

– Możesz zwracać się do mnie Lordzie Sobek, Obrońc...

– Ahmad!

Skrzywił się, przesuwając różowym językiem po ostrych zębach.

– Tak?

Siti zeskoczyła i skonsternowana rozłożyła ręce, patrząc na Fatmę.

– Ahmad, co tu robisz?

Dziwny mężczyzna podniósł się. Skierował ciemnozielone oczy na Fatmę.

– Szukałem cię. Widziałem, jak wchodzisz do tamtego miejsca, a potem weszła tam Siti. Uznałem, że kiedyś wyjdziesz.

Fatma zmarszczyła brwi.

– Śledziłeś mnie? Od jak dawna?

– Od twojego mieszkania. – Cofnął się, gdy zrobiła krok w jego stronę. – Miałem dobry powód!

– Żeby mnie prześladować?

– Chciałem zobaczyć, jak radzisz sobie ze sprawą!

Fatma zawahała się, a on wykorzystał to, żeby mówić dalej:

– Spodziewałem się, że ministerstwo będzie pracować dzień i noc, żeby złapać mordercę Ester. A zamiast tego widzę, że hulasz, jakby nic nie miało znaczenia!

To zaskoczyło Fatmę.

– Nie musisz mi mówić, jak mam wykonywać swoją pracę. Mam prawo do własnego życia.

– Do życia? – Skóra uniosła się w miejscu, gdzie powinny być brwi. – Poszedłem dzisiaj na policję, żeby zidentyfikować Ester. Żeby jej rodzina miała pewność. – Twarz Ahmada się wykrzywiła. – Ciało było tak spalone, że nie mogłem rozpoznać twarzy. Nie mogłem...

Gniew Fatmy osłabł. Nie miał prawa jej śledzić, ale rozumiała jego rozpacz.

– Ahmadzie – odezwała się łagodnie Siti – przykro mi z powodu tego, przez co musisz przechodzić, ale skradanie się za nami po ciemku w niczym nie pomoże. Dlaczego po prostu nie podszedłeś, żeby porozmawiać?

Wzruszył ramionami.

– Czekałem na właściwą chwilę. Nie chciałem wydać się wam... upiorny.

Siti sapnęła.

– Na to już jest za późno.

– Robimy w ministerstwie wszystko, co w naszej mocy – zapewniła go Fatma. – Sprawdzamy każdą poszlakę.

Ciemne oczy Ahmada zabłysły.

– Myślę, że znalazłem jedną. Poszlakę. – Spojrzał w ich skonsternowane twarze. – Zabiorę was tam. Musicie to zobaczyć na własne oczy.

***

Fatma zerkała na Ahmada, który siedział naprzeciwko niej w automatycznym powozie. Wyjął swoją srebrną zapalniczkę w kształcie skarabeusza, żeby zapalić trzeciego nefertara. Wydmuchiwał dym przez okno. Jeszcze bardziej przypominał krokodyla – jakby twarz mu się wydłużyła.

– Czy rano nie miał większego nosa? – szepnęła.

Siedząca obok niej Siti zerknęła. Przestała bełkotać, robiła wrażenie trzeźwej i czujnej.

– Jest taki już od pewnego czasu. Cokolwiek się z nim dzieje, najwyraźniej przyśpieszyło.

– Co to za rodzaj magii? – zapytała Fatma.

– Nie mam pojęcia. To nie moja świątynia.

– To wygląda na jakieś przeobrażenie. Nie bawisz się w nic takiego, co?

– Nie martw się, Hathor nie zamieni mnie w złotą krowę, jeśli to masz na myśli.

– A Sachmet?

Siti posłała jej uśmiech lwicy.

– Nie mogę ci zdradzać wszystkich moich sekretów, ale wiedz, że Pani zawsze czuwa w pobliżu.

Fatma próbowała sobie wyobrazić zaciekłą boginię w tej kobiecie, spozierającą przez jej brązowe oczy. Potem jednak doszła do wniosku, że nie jest to obraz, który ma ochotę przywoływać.

Spróbowała więc znowu zorientować się, gdzie się znajdują. Gdzieś na przedmieściach. Jechali prawie pół godziny, a ich przewodnik trzymał język za zębami, nie zdradzając, gdzie znajduje się cel ich podróży.

– Naprawdę uważasz, że to dobry pomysł?

– Myślę, że możemy przynajmniej zobaczyć, co to takiego – odpowiedziała Siti.

– A jeśli jest tym, za kogo go wcześniej wzięłaś? Niebezpiecznym wariatem? W końcu uważa się za krokodylowego boga.

– Myślisz, że zabiera nas na pożarcie swoim krokodylim sługom? – zapytała Siti z udawaną powagą.

– Mam nadzieję, że nadal będziesz w stanie żartować, kiedy będziemy robić za żywą karmę.

– Sobek nie lubuje się w śmiertelnych ciałach – wtrącił Ahmad. – Ma za to doskonały słuch.

Siti śmiała się, podczas gdy Fatma nieco speszona zaczęła znowu wyglądać przez okno. Powóz skręcił z głównej drogi w stronę jednej ze starych dzielnic fabrycznych. Wokół nich wznosiły się zniszczone budynki.

– Tutaj wysiadamy – oznajmił Ahmad, wyrzucając niedopałek papierosa.

Fatma skrzywiła się, kiedy wyszli na bitą drogę i kurz pokrył jej półbuty w kolorze koniaku. To była jedna z pierwszych dzielnic fabrycznych Kairu, jakie powstały po pojawieniu się dżinnów. Ludzie napływali z wiosek, rwąc się do lepszej płacy w tętniącym życiem mieście. Fabryki w końcu pozamykano, przenosząc je do nowych centrów przemysłowych takich jak Hulwan i Heliopolis. Jednak wielu ludzi tu zostało – gnieździli się w slumsach powstałych wokół rozpadających się resztek przemysłu.

– Tędy. – Ahmad ruszył przodem.

Fatma i Siti poszły za nim, uważając na nierównej drodze. To, co uchodziło tu za domy, było lichymi chałupami z cegieł, zaprawy, a nawet błota. W niektórych płonęły małe ognie, czasem lampa z alchemicznym gazem oświetleniowym.

– Łatwo zapomnieć, że takie miejsca istnieją – mruknęła Siti, przyglądając się starym kobietom niosącym wiadra.

– Nowoczesność ma swoje wady – dodała Fatma, kiedy kilku młodych podekscytowanych mężczyzn przebiegło obok nich.

– Co ci ludzie robią o tak późnej porze?

Fatma zadawała sobie to samo pytanie. W takich miejscach zawsze się coś działo, mieszkańcy mieli tu nawet własne rozrywki po dniu pracy. Jednak tutaj roiło się od ludzi, jakby był środek dnia. Przyjrzała się uważniej. Nie, nie roiło się – większość zmierzała w tym samym kierunku, co one – ku wysokiej starej fabryce blisko centrum slumsów.

Dogoniła Ahmada.

– Dokąd nas zabierasz?

W odpowiedzi Ahmad zatrzymał kogoś – chłopca, który miał nie więcej niż dwanaście lat i nosił niedopasowaną galabiję. Dzieciak zmarszczył zadarty nos i już miał zaprotestować, kiedy zamarł na widok twarzy Ahmada.

– Jedną chwilkę – powiedział mężczyzna – a dostaniesz coś za kłopot.

Chłopiec otworzył szeroko oczy i błyskawicznie porwał monetę z dłoni Ahmada.

– Niech ci Bóg wynagrodzi, paszo. To znaczy dżinnie.

Fatma uśmiechnęła się krzywo. Zrozumiała pomyłka.

– Powiedz tej pani, dokąd idziesz – polecił Ahmad.

– Zobaczyć mężczyznę w czerni! – wypalił podekscytowany chłopak. – Mężczyznę w złotej masce!

Fatma popatrzyła najpierw na Ahmada, a potem na chłopca.

– Jakiego mężczyznę w złotej masce?

Chłopak aż się cofnął.

– Podobno wypowiadanie jego imienia ściąga nieszczęście! Ale on czyni cuda! *Wallahi*, widziałem je na własne oczy!

Fatma chciała zapytać o coś więcej, ale Ahmad wypuścił chłopaka, który natychmiast odbiegł.

– Co tu się dzieje? – dopytywała się.

Ahmad przyśpieszył kroku.

– Kiedy mi powiedziałaś o tajemniczym mężczyźnie w posiadłości Worthingtona, przypomniałem sobie zasłyszane plotki. Szepty o mężczyźnie w czerni, który odwiedza takie miejsca jak to.

– I nie przyszło ci do głowy, żeby mi powiedzieć?

– Chciałem się upewnić. Aż do dzisiaj myślałem, że to zwykłe brednie.

– Nic o tym nie słyszałam – wtrąciła z powątpiewaniem Siti.

– Wyjechałaś, a o ile świątynia Hathor ma bardziej zamożnych wyznawców, o tyle akolici Sobka chadzają pośród tych, którym mniej się poszczęściło.

– Wcale nie mamy zamożnych... – zaczęła się bronić Siti, ale Fatma jej przerwała.

To nie był czas na takie rzeczy, poza tym doszli do starej fabryki. Okazało się, że to nawet nie jest budynek, tylko walący się szkielet – brakowało mu dachu i dwóch ścian. Wewnątrz zebrał się tłum – kilkadziesiąt osób. Fatma popatrzyła w tym samym kierunku co oni – na szczyt muru, gdzie stał mężczyzna i przemawiał.

Wytrzeszczyła oczy.

Wyglądał dokładnie tak, jak go opisała Abigail Worthington – wysoki i ubrany w czarne szaty. I nie był sam. Na prawo od niego stała postać w czarnej koszuli i spodniach, całkiem nieruchoma. Słowa wysokiego mężczyzny niosły się echem wśród nocy.

– ...przybyłem i zobaczyłem, że moi ludzie są zagubieni – grzmiał. – Kair stał się siedliskiem dekadencji, gdzie gromadzi się bogactwa, podczas gdy wielu ludzi wciąż żyje w ubóstwie. Gdzie jest bogacz, który daje jałmużnę? Gdzie lekarz, który leczy? Gdzie spełnienie obietnic złożonych przez nowoczesność?

Z tłumu niosły się okrzyki aprobaty i nawoływania, żeby mówił dalej. Fatma przepchnęła się obok Ahmada, żeby lepiej widzieć.

– Kiedy pierwszy raz tu przybyłem, chadzałem pośród takich jak wy – mówił mężczyzna. – Wśród tych, których społeczeństwo odrzuciło. Powróciłem teraz, nie pomiędzy potężnych, ale pomiędzy słabych. Żeby napełnić uszy gotowe słuchać! Żeby uczyć tych, którzy chcą się nauczyć. Żeby naprawić to, co popsuto!

Kolejne okrzyki zgody. Fatma dotarła do pierwszego rzędu. Wyciągała szyję, żeby lepiej widzieć. Pochyliła się blisko do starego mężczyzny, który stał koło niej.

– Wuju, kto to?

– To on! – odpowiedział, nie odrywając wzroku od mówiącego. – Ten, który powrócił!

– Kto taki? – dopytywała się. – Kto wrócił?

Tym razem spojrzał na nią, a na jego porośniętej siwą brodą twarzy malowało się niedowierzanie.

– Mówią, że nie powinniśmy wypowiadać jego imienia, ale to Wielki Nauczyciel, Wynalazca, Władca Dżinnów. Al-Dżahiz! – szepnął z zachwytem.

Fatma popatrzyła na niego wstrząśnięta. Potem spojrzała na Siti, która sprawiała wrażenie równie oszołomionej.

Ahmad z powagą skinął głową.

– Na ulicach Kairu, w miejscach, o których zapomnieliśmy, ludzie mówią, że al-Dżahiz powrócił. Tajemniczy mężczyzna noszący złotą maskę. Taki sam, jak ten, który uciekł z miejsca morderstwa bractwa dedykowanego al-Dżahizowi. Jakie jest twoim zdaniem prawdopodobieństwo, że to zwykły zbieg okoliczności?

Fatma nie odpowiedziała, tylko popatrzyła znowu na mężczyznę na murze. Stał z rękami złożonymi za plecami i spijał uznanie tłumu. Lustrował zebranych wzrokiem, a potem zatrzymał spojrzenie dokładnie w miejscu, w którym stała Fatma. Na chwilę ich spojrzenia spotkały się i Fatma zadrżała. Skrywał twarz za złotą maską, ale nawet z odległości Fatma widziała jego oczy, żar jego spojrzenia. Przez chwilę wpatrywali się w siebie. A potem mężczyzna uniósł rękę i wskazał w dół. Milcząca postać obok niego poderwała głowę, jakby nagle ożyła i zaraz potem zeskoczyła z muru na podłogę w dole.

Fatmie wyrwał się zduszony okrzyk. Powinien umrzeć po takim skoku – to były co najmniej cztery kondygnacje. Albo połamać sobie wszystkie kości w ciele. Jednak wylądowali nisko, na ugiętych nogach, a spod ich butów uniósł się obłoczek kurzu.

Fatma zamrugała zdumiona. Chwileczkę, oni? Tylko jeden mężczyzna zeskoczył z muru. Była tego pewna. Teraz jednak widziała dwóch! Identycznych! Obaj nosili takie same maski: czarne, mające kształt męskiej twarzy. Zerknęli po sobie i ruszyli do przodu, ich smukłe ciała w ruchu przywodziły na myśli sylwetki szakali.

– Fatma!

Ostrzeżenie Siti rozległo się, gdy jedna z postaci rzuciła się ku nim. Fatma ledwie miała czas, żeby unieść laskę, zablokować cios zadany pięścią i cofnąć się, gdy mężczyzna zaatakował znowu. Siti warknęła, rzucając się i celując w napastnika, jednak jego towarzysz dołączył do walki. Wymierzał kopniaki, które Siti musiała blokować.

Fatma potknęła się, gdy tłum odsunął się od walki. Jej przeciwnik był nienaturalnie szybki. Nie miała szansy wysunąć ostrza z laski. Nie dawał jej na to czasu. Musiała blokować ciosy laską, kiedy on napierał. Musiała zrobić coś szybko, bo inaczej...

Poruszając się jak rozmazana plama, skrócił dystans i trafił ją pięścią w bok. Ból przeszył ją jak lanca i zgięłaby się wpół, gdyby tylko zdążyła, bo zaraz trafił ją otwartą dłonią w pierś. Zupełnie jakby uderzył ją kamień. Jej stopy oderwały się od ziemi i Fatma padła na plecy. Boże! Co za ból! W całym ciele! Oszołomiona podniosła wzrok i zobaczyła, że napastnik skrada się do niej jak kot do swojej ofiary. Sięgnęła po omacku po ostrze, wydobyła je z laski akurat, kiedy rzucił się na nią, biorąc zamach pięścią.

– Cofnij się, bo inaczej...!

Zanim zdążyła skończyć, rzucił się na jej ostrze. Przeszło mu przez koszulę i ciało, wbiło się w pierś. Zamarł, przyglądając się broni, która pewnie przebiła mu płuco. Wkrótce będzie pluł krwią w tę swoją maskę. Do diabła! Nie chciała tego! Mężczyzna uniósł głowę, żeby popatrzeć na nią nieruchomymi oczami, zupełnie czarnymi, bez śladu białek. A potem naparł do przodu, aż ostrze przeszło na wylot. Fatma patrzyła z niedowierzaniem. Na srebrnym ostrzu nie pojawiła się krew. Zamiast tego widziała tylko czarną mgiełkę, drobniuteńką jakby z ziarenek piasku. Napastnik naparł mocniej, aż ich twarze prawie się stykały, i wpatrywał się w nią nieludzkim oczami.

A potem rozległ się rozkazujący okrzyk i mężczyzna cofnął się, czarna mgła pojawiła się w miejscu, gdzie powinna ziać rana. Fatma patrzyła, jak podchodzi do swojego bliźniaka i w okamgnieniu stają się jedną postacią. Potem wyskoczył z nieprawdopodobną siłą w powietrze i wylądował na murze obok mężczyzny w złotej masce. Fatma podniosła się, ignorując pieczenie w piersi i ściskając się za bok. Popatrzyła w górę. Do licha, co tu było grane?

Siti nie zamierzała puszczać tego płazem.

Rycząc jak lwica, zerwała perukę i cisnęła nią w mężczyzn. A potem rzuciła się na mur, łapiąc się go czymś ostrym i metalicznym. Fatma rozpoznała rękawiczki ze srebrnymi pazurami. Czy ona wszędzie je ze sobą zabierała? Siti zaczęła się wspinać, warcząc. Nadal miała na sobie suknię, ale była już boso. Nie tylko Ahmad został obdarzony dziwną magią. Jakieś osobliwe czary sprawiały, że Siti była szybsza, silniejsza. W okamgnieniu pokonała jedną trzecią wysokości, niesiona gniewem i czystym uporem. Patrząc na jej wspinaczkę, Fatma zastanawiała się, czy bogini nie zamieszkała w tej kobiecie. A potem ściana buchnęła płomieniami.

Fatma cofnęła się, gdy ogień czerwony jak krew rozświetlił noc. Poczuła jego żar na skórze. Siti puściła się cegieł. Powinna runąć jak wór kartofli, ale udało jej się wylądować na czworaka z kocią gracją. Zanim którakolwiek z nich zdołała powiedzieć choćby słowo, płomienie zniknęły. A ze szczytu muru zniknęły także obie postacie.

– Tchórze! – wrzasnęła Siti. – Prawie go dopadłam!

– Nic ci nie jest? – Fatma podeszła do niej chwiejnym krokiem.

Siti poruszała dymiącymi pazurami.

– Nawet mnie nie tknął. – Wytrzeszczyła gniewnie oczy z niepokoju na widok Fatmy. – Jesteś ranna!

Fatma stęknęła z bólu, kiedy wyższa kobieta wyciągnęła rękę, żeby ją podtrzymać.

– Oberwałam w bok. Myślę, że mógł... – wypuściła powietrze, mówienie sprawiało jej ból – ...złamać mi żebro.

Siti objęła ją ramieniem, biorąc na siebie jej ciężar.

– Byli silniejsi, niż na to wyglądało.

Fatma skinęła głową. Przypomniała sobie trupa z wykręconą głową. Byli nieludzko silni.

– Wątpię, żeby zamierzali cię zranić – powiedział Ahmad. Wcześniej, podczas walki, cofnął się razem z tłumem i teraz wrócił. Obrzucił Fatmę spojrzeniem i sprostował: – W każdym razie nie poważnie.

– Bardzo się nam przysłużyłeś! – natarła na niego Siti. – Odrobina pomocy byłaby mile widziana!

Mężczyzna skrzywił się po krokodylemu.

– Wydawało mi się, że sobie radzicie. Poza tym myślę, że chcieli wam tylko przekazać wiadomość, nic więcej.

– Niby jaką wiadomość? – zapytała cierpko Siti.

Ahmad wskazał mur. Cegły były osmalone, ale w niektórych miejscach pozostały nietknięte, tworząc napis na całej wysokości.

– W porządku – przyznała Siti. – To rzeczywiście wygląda na wiadomość.

Kiedy Fatma odczytała słowa, poczuła, jak zęby jej się zaciskają razem z żołądkiem:

JAM JEST AL-DŻAHIZ.
POWRÓCIŁEM.

## ROZDZIAŁ ÓSMY

W przeciwieństwie do większości rządowych biur ministerstwo nie zamykało się w piątki. Pracowało tylko minimum pracowników i seryjne eunuchy w ochronie, kierowane przez inteligentny budynek. Kiedy Fatma szła z Hadią, prawie nie zwracała uwagi na pustkę i dziwną ciszę. Myślami cały czas krążyła wokół minionej nocy.

– Zwykle spędzam piątek z kuzynostwem – mówiła Hadia – ale cieszę się, że zadzwoniłaś.

Fatma zdała sobie sprawę, że nie poprosiła, żeby Hadia przyszła, ale właściwie zażądała. To było niegrzeczne. Jednak tylko dowodziło, jak bardzo była wstrząśnięta. Zdecydowała się przyjść do pracy tego ranka. Wybrała nawet rozsądny garnitur – niebieski z bordowym krawatem i solidnymi brązowymi butami. Zabawa w eleganta będzie musiała zaczekać. No dobrze, jeśli pominąć złotą spinkę do krawata i takie same spinki do mankietów. Nie wspominając o meloniku i lasce. Czy fioletowa koszula w prążki liczyła się jako rzecz elegancka?

W każdym razie zamierzała podejść do sprawy poważnie. Trudno było to przyznać, ale Ahmad miał rację. Powinna była zbadać sprawę tego mężczyzny w masce, a ona odsunęła ją na boczny tor, czekając, aż Aasim coś znajdzie. Po części zrobiła to z powodu Siti, której powrót wpłynął na nią bardziej, niż miała ochotę przyznać. Jednak fakt, że ona wzięła sobie wolne, nie znaczył, że miasto też zamierzało to zrobić.

– Zawsze bądź przygotowana – powiedziała, gdy doszły do windy. – To najlepsza rada, jaką mogę ci dać jako agentce.

Hadia miała na sobie ministerialny płaszcz, długą ciemną spódnicę i torbę przewieszoną przez ramię. Założyła jednak ciemnozielony hidżab. Próbowała dopasować się do poprzedniego garnituru Fatmy?

– Ale dzięki, że przyszłaś – dodała Fatma. – W naszej sprawie pojawił się nowy trop.

– Oczywiście. Chociaż ciekawi mnie, co nowego mogło pojawić się między minioną nocą a dzisiejszym rankiem? – Drzwi do windy rozsunęły się i obie weszły do środka.

– Wydarzyło się więcej, niż byś przypuszczała – odparła Fatma. – Piwnica.

Winda zaczęła zjeżdżać, a kiedy Fatma się odwróciła, zobaczyła, że Hadia patrzy na nią wyczekująco. Starannie dobierając słowa, opowiedziała o minionej nocy, pomijając – rzecz jasna – Siti, a Ahmada przedstawiając jako „informatora". Gdy mówiła, sięgnęła ręką do boku. Siti zaniosła ją do domu, zabandażowała ranę, a potem otuliła ją własnym ciałem w łóżku, nucąc piosenkę, która sprowadziła głęboki sen. Kiedy Fatma się obudziła, Siti naturalnie już nie było. Ból też zniknął. Zostało tylko tępe wrażenie pieczenia. Dziwne. Może jednak nie miała pękniętego żebra, jak się obawiała, może cios tylko się po nim prześlizgnął. Kiedy wreszcie skończyła opowiadać, Hadia odetchnęła, jakby to ona opowiadała.

– Twoja noc była niewątpliwie bardziej ekscytująca niż moja. Al-Dżahiz! Powrócił!

– Zatrzymaj windę – poleciła Fatma i winda zatrzymała się z szarpnięciem. Fatma wbiła wzrok w Hadię i przemówiła surowo: – Ta postać w czerni, kimkolwiek jest, może być zamieszana w masowy mord. Może być przestępcą. Jednak z pewnością to nie jest al-Dżahiz. Mnóstwo naszej pracy polega na usuwaniu warstw iluzji. Nie daj się im zwieść.

Hadia skinęła głową z grymasem.

– Masz rację. Oczywiście.

Fatma kazała windzie znowu ruszyć.

– Uważasz jednak, że istnieje tu związek – stwierdziła Hadia. – Mężczyzna krążący po mieście, który twierdzi, że jest al-Dżahizem i zostawia ogniste wizytówki. Członkowie dedykowanego mu bractwa, którzy zostali żywcem spaleni.

– I ktoś, kto odpowiada mu opisem, był widziany na miejscu przestępstwa – dodała Fatma.

– Jednak dlaczego ten... impostor... cię zaatakował?

Fatma zastanawiała się nad tym i nadal nie miała dobrej odpowiedzi.

– Może się wyróżniałam.

– A co z ifrytem? Widziałaś jakiegoś?

– Nie całkiem. Widziałam ogień, który dziwnie się poruszał, ale to wszystko.

Hadia była skonsternowana.

– To dlaczego zjeżdżamy do piwnicy?

– Ponieważ tam znajduje się biblioteka.

– Jasne. A idziemy do biblioteki, ponieważ...?

Fatma wbiła w nią swoje najlepsze beznamiętne spojrzenie.

– Ponieważ tam są książki.

Winda zatrzymała się, drzwi się rozsunęły i Fatma wysiadła, zostawiając Hadię, której skonsternowany wyraz twarzy szybko zamienił się w nabożny podziw.

W ministerstwie znajdowała się jedna z największych bibliotek miasta. Zajmowała większość najniższych części budynku – dwa piętra pełne książek i rękopisów powstałych na przestrzeni wielu stuleci i zebranych z całego świata. O ile Fatma dobrze rozumiała, kilka z nich w ogóle nie pochodziło z tego świata. Stały na regałach ciągnących się prawie do sufitu; do półek można było dosięgnąć z drabin, które przesuwały się na szynach. Kolejne regały ustawiono schludnie na przeciwległym końcu sali. Na drugim poziomie w centralnej części umieszczono rzadkie okazy. W głębi pomieszczenia kołysało się w tę i z powrotem ogromne wahadło składające się z żelaznej liny zakończonej wielkim, złotym, słonecznym dyskiem ozdobionym geometrycznymi wzorami. Ten starodawny zegar był zwieńczony tarczą w kształcie półksiężyca, a godziny oznaczono znakami zodiaku.

– *Aiu!* – Hadia wytrzeszczyła oczy.

– Nie widziałaś jeszcze skarbca – rzuciła ze znaczącym uśmieszkiem Fatma i odeszła.

Hadia ruszyła za nią pośpiesznie.

– Czekaj! Jest jeszcze skarbiec? Co jest w skarbcu?

Fatma nie odpowiedziała. Niektórych rzeczy nowi rekruci muszą się dowiedzieć na własną rękę. Zaprowadziła ją do miejsca pośrodku sali, gdzie ustawiono długie stoły na płozach, przy których można było czytać. Przed jednym z nich stał jedyny mieszkaniec biblioteki.

Zagros był bibliotekarzem ministerstwa – maridem rozmiarów nosorożca, gdyby zwierzę stanęło na dwóch nogach. I gdyby je ubrać w szatę z długimi rękawami i w kolorze indygo, haftowaną w bzy – w coś, zdaniem Fatmy, na kształt chałatu. W przeciwieństwie do nosorożca dżinn miał jasnolawendową skórę i cztery złote skręcone baranie rogi w ametystowe prążki. Jednak z usposobienia rzeczywiście przypominał nosorożca. Zazdrośnie strzegł biblioteki i słynął z zakazywania agentom wstępu do niej pod byle pretekstem. Większość narzekała, że jest pedantyczny, antypatyczny i skłonny do irytacji. Fatma wiedziała jednak swoje. Prawda była taka, że dżinn był po prostu niewiarygodnym snobem.

Trzeba było trzy razy zawołać go po imieniu, zanim raczył zniżyć na nie wzrok, co tylko potwierdzało ocenę Fatmy. Jego spojrzenie spod przymkniętych powiek i zza srebrnych okularów wyrażało mieszankę znudzenia i rozdrażnienia.

– Biblioteka jest zamknięta – ryknął leniwie. – Wróćcie w godzinach otwarcia.

Uniósł ozdobioną pierścieniami dłoń o wypielęgnowanych paznokciach i zbył natrętki niedbałym gestem jak uprzykrzone dzieci.

– Biblioteka nie jest zamknięta w piątki – odpowiedziała Fatma.

Spiczaste uszy drgnęły nerwowo, gdy dżinn mruknął coś w farsi, zanim wrócił do arabskiego.

– No proszę, jaka jesteś zorientowana. Gratuluję! Jestem jednak zajęty, więc na jedno wychodzi. – Wskazał stół, gdzie fragmenty pożółkłych papirusów leżały między taflami szkła spektralnego. Zwój miał ubytki i różne jego kawałki leżały w pudełku obok.

– To meroicki? – zapytała Fatma, zerkając na pismo. – Drugi wiek?

Zagros odwrócił się, zaciskając fioletowe usta, zanim rzucił przeciągle:

– Trzeci. Ale owszem, to meroicki.

Fatma pochyliła się, udając zainteresowanie. Kiedy dżinn miał humory, zawsze warto było wykorzystać jego wrodzoną bibliofilię. Pomyłka w ocenie wieku to była celowa zagrywka – ten typ żył po to, żeby poprawiać ludzi.

– Myślałam, że meroicki jest nie do rozszyfrowania. Zaginiony nubijski język.

– Uparcie pozostaje niepoznany – zgodził się Zagros. Wskazał kawałki pergaminu pod specjalnym szkłem, które jarzyło się delikatnym nefrytowym odcieniem. Tam, gdzie dotykały jego szpony, pismo zmieniało się i przekształcało się w arabski. – Wiemy, że to znaczy „drzwi", a to słowo znaczy „ptak". Jednak co znaczy połączenie tych dwóch słów?

Fatma miała na końcu języka sugestię „ptasie drzwi", ale bibliotekarz nie słynął z poczucia humoru.

– Odszyfrowanie słów nie pomogło nam w zrozumieniu języka – lamentował dżinn. – To dwie różne rzeczy, jak sama widzisz. Pracuję nad teorią, że składnia została magicznie zaszyfrowana i celowo się ukrywa. To naprawdę pomysłowe.

Fatma zerknęła na Hadię, popychając ją w stronę dżinna. Kobieta szybko się zorientowała.

– Skąd... pochodzi ta książka? – zapytała.

– Z grobu samej Amaniszacheto! – odpowiedział Zagros, a jego złote oczy zabłysły z ekscytacji. – Jednej ze słynnych kuszyckich *kandake*! To może być pieśń żałobna, lament skierowany do bogów albo rozważania filozoficzne na temat życia pozagrobowego. Wypożyczyliśmy tekst z Sudanu. Leżał w ich kolekcji, podczas gdy ci sufi poświęcali cały czas na badanie fundamentalnej numerologii w świętej geometrii. Daj niektórym poczytać Marksa... – Ugryzł się w język i spojrzał na nie, jakby zobaczył w nich zupełnie nowych ludzi. – To odświeżające znaleźć zrozumienie dla alfabetyczno-sylabicznego pisma. W czym mogę wam dzisiaj pomóc?

– Szukamy prac na temat al-Dżahiza – odpowiedziała Fatma.

Dżinn uniósł brew.

– Jest tego więcej niż trochę.

– Rzetelniejszych biografii i relacji jemu współczesnych.

Zagros z namysłem popukał się w kły, które wystawały mu z ust. Na koniuszkach zębów miał srebrne nakładki, do których przyczepiono maleńkie dzwoneczki; zadźwięczały pod jego dotykiem.

– Bardziej popularne biografie historyczne są pióra Ghitaniego. Potem mamy literackie relacje autorstwa Mahfuza i Husseina. Religijne interpretacje spisane przez sudańskich fakirów... – Odwrócił się, pomrukując pod nosem, i zagłębił się w bibliotekę.

Fatma i Hadia ruszyły za nim. Dżinn poruszał się szybciej, niż sugerowały jego rozmiary, cały czas migały im jego furkoczące szaty znikające za zakrętami, czemu towarzyszyło cichutkie brzęczenie dzwoneczków.

– To był szybki zwrot – szepnęła Hadia. Krzyknęła, kiedy ledwie udało jej się złapać gruby tom rzucony przez Zagrosa.

– Dżinny są bardzo do nas podobne – odpowiedziała Fatma. Złapała nadlatującą książkę, nawet nie zwalniając kroku. – Chcą wiedzieć, że inni doceniają dziwactwa, którymi oni się interesują.

– Jak mój kuzyn, który kolekcjonuje mechaniczne ptaki – zauważyła Hadia. – Ale dlaczego właściwie się tym zajmujemy? – Złapała drugą książkę na pierwszą i uśmiechnęła się z zadowoleniem.

– Sama powiedziałaś to wcześniej – odpowiedziała Fatma, łapiąc jakby nigdy nic następne dwa tomy. – Ktoś krąży po mieście, podając się za al-Dżahiza. Ktoś, kto był w miejscu, gdzie wymordowano bractwo dedykowane jego pamięci. Al-Dżahiz to jedyna nić, która łączy obie rzeczy.

– Myślisz, że ktokolwiek podaje się za al-Dżahiza, to najpewniej stworzył swój wizerunek na podstawie książek takich jak te.

A bractwo lorda Worthingtona robiło to samo. Nie tworzymy profilu al-Dżahiza, ale odtwarzamy to, jak ludzie go zapamiętali.

Fatma musiała przyznać, że Hadia jest niezła. Rozległ się krzyk, kiedy kolejny tom poleciał w ich stronę, przez co Hadia wypuściła cały swój stos. Jednak w łapaniu książek musi się jeszcze podszkolić, uznała Fatma.

Kilka godzin później siedziały pośród stosów książek ustawionych wzdłuż stołu, a jedynym dźwiękiem był świst kołyszącego się wahadła. Bibliotekarz dostarczył im więcej materiałów, niż były w stanie przejrzeć. Najpierw wzięły się za popularne dzieła, a dopiero potem przeszły do mniej znanych tytułów. Hadia robiła odręczne notatki, bo nie była w stanie przekonać Zagrosa, żeby pozwolił jej znieść na dół maszynę do pisania, którą nazwał irytującą i kakofoniczną machiną. Mimo to zapisała kilka stronic. Kiedy doszła do końca kartki, zatrzymała się, żeby rozruszać zdrętwiałą rękę.

– Chyba mam skurcze. – Skrzywiła się.

Fatma odłożyła swoją książkę i pozwoliła odpocząć wyczerpanym oczom.

– Przeczytaj, co już mamy.

Hadia przejrzała kartki, zanim wybrała jedną.

– Al-Dżahiz. Cóż, po pierwsze nikt tak naprawdę nie wie, jak się nazywał.

To było coś, w czym zgadzały się wszystkie książki i relacje. Al-Dżahiz to nie było prawdziwe imię, ale raczej przydomek. Najsławniejszemu człowiekowi współczesnych czasów nie można było nawet przypisać rzeczy najprostszej: imienia.

– Nie wiadomo, czy sam wybrał ten przydomek, czy został mu on przypisany – mówiła Hadia. – Tak czy inaczej większość pisarzy zgadza się, że w związku z tym można dyskutować na temat jego pochodzenia i szkół filozoficznych, które zapoczątkował. Temporaliści twierdzą, że był podróżnikiem w czasie i jest tym samym al-Dżahizem z Basry, który żył w dziewiątym wieku.

– Abū ʻUthman ʻAmr ibn Baḥr al-Kinānī al-Baṣrī – wyrecytowała Fatma.

– Zwany al-Dżahizem. – Hadia pokiwała głową. – Wyłupiastookim. Niezbyt to pochlebne. Większość współczesnych myśli, że cierpiał z powodu zniekształcenia rogówki. Niewiele wiadomo o jego wczesnym życiu, ale przypisuje mu się, jeśli można wierzyć opowieściom, napisanie ponad dwustu książek na wszelkie tematy, od zoologii po filozofię. Temporaliści twierdzą, że ci dwaj al-Dżahizowie to jedna i ta sama osoba. Jednak nic na temat średniowiecznego al-Dżahiza nie sugeruje, że był wynalazcą. Pewnie pomieszali go z al-Dżahizem z trzynastego wieku. Wytykano im ten błąd, ale oni obstają przy swoim, niektórzy nawet utrzymują, że al-Dżahiz wrócił najpierw jako al-Dżazari. Nie ustalili nawet należycie jego pochodzenia! Pierwszy al-Dżahiz był najprawdopodobniej Abisyńczykiem. Wszyscy są zgodni, że współczesny al-Dżahiz pochodzi z Sudanu. Nikt nigdy nie wspominał, żeby miał wytrzeszczone oczy. Zatem powód nadania mu tego tytułu pozostaje tajemnicą.

– Ludzie znajdują najróżniejsze sposoby, żeby scalić swoją logikę – odpowiedziała Fatma.

Temporaliści zyskali popularność wśród mechaników i ludzi o bardziej naukowych umysłach. Co kilka miesięcy do ministerstwa trafiała sprawa związana z tym, że jeden z nich próbował zbudować wehikuł czasu, posługując się nielicencjonowaną magią i niestabilną alchemią. Ostatni usiłował dokonać tego w swoim mieszkaniu. Nie przeniósł się w czasie, ale zdołał przenieść pół swojego piętra dziesięć przecznic dalej, prosto w popołudniowy ruch uliczny.

– No i są jeszcze Transmigracjoniści – czytała Hadia. – Szkoła, która powstała wokół niektórych sufich, posługujących się koncepcją *tanasuch*, żeby uzasadnić istnienie metempsychozy. Twierdzą, że współczesny al-Dżahiz to reinkarnacja pierwszego. Uważa się to jednak za herezję, nie tylko ulemowie odrzucili tę koncepcję, ale nawet większość sufich. Wyznawcy tej szkoły to głównie buddyści i hinduiści. W Bengalu obchodzi się nawet związane z tym święto.

Chociaż uznano je za herezję, to pomysły, że al-Dżahiz się odrodził, krążyły szeroko i to nie tylko wśród nieortodoksyjnych sufich. Co prawda zbywano je, nazywając wiejskimi zwyczajami, ale łatwo można było znaleźć kairczyków, którzy powtarzali to samo.

– Istnieje jeszcze z tuzin innych szkół wyjaśniających pochodzenie al-Dżahiza. – Hadia podniosła kilka innych arkuszy. – Sufi z Sudanu uważają, że jest heroldem mahdiego. Niektórzy Koptowie mają go za zwiastuna Armagedonu. Żadna szkoła nie ma więcej sensu od pozostałych.

– Nie muszą mieć sensu. Niejasności wokół al-Dżahiza pozwalają na wielość interpretacji.

– Ludzie definiują go tak, jak chcą – zrozumiała Hadia. – Zatem impostor...

– ...nie musi odwoływać się do żadnych konkretów – dokończyła za nią Fatma. – Tamten tłum zeszłej nocy. Widzieli al-Dżahiza w mężczyźnie w złotej masce. I nie ma znaczenia, jeśli mieli całkiem różne pomysły na to, kim on był. Al-Dżahiza otacza tyle mitów i plotek, że może być kim tylko ludzie zechcą, żeby był.

– To jest niebezpieczne.

– Dlatego ministerstwo poważnie traktuje ludzi podających się za al-Dżahiza. Ten nie jest pierwszy. Tacy zawsze sprawiają kłopoty z powodu tego, co budzą w ludziach. Ludzie chcą i są gotowi wierzyć. Nawet kiedy oszuści są na wpół szaleni.

– A ten wyglądał na takiego? Na wpół szalonego?

Fatma pokręciła głową, przypomniawszy sobie oczy impostora. Ich spojrzenie było nadzwyczaj przenikliwe, owszem, ale nic w jego wzroku nie wskazywało na szaleństwo.

– Zatem wiemy, ile nie wiemy na temat al-Dżahiza. A czego jesteśmy pewne?

Hadia znowu przejrzała notatki i sięgnęła po inną kartkę.

– Pierwsze wzmianki na temat al-Dżahiza przypisuje się zwykle Umarowi al-Hadżdżowi Tallowi, późniejszemu zdobywcy i założycielowi państwa Tukulerów. W tysiąc osiemset trzydziestym drugim roku był wędrownym mistykiem. Wracając z hadżdżu, napotkał Ibrahima Paszę, wówczas przywódcę wojskowego prowadzącego kampanię w Syrii. Umar al-Hadżdż Tall uleczył syna przyszłego paszy, zanim wypowiedział słynną przepowiednię o nadejściu człowieka, który wstrząśnie światem. Nazwał go „Władcą Dżinnów”.

Fatma przypomniała sobie słowa starca z tłumu. „Władca Dżinnów” – jeden ze słynnych tytułów al-Dżahiza.

– Uważa się, że mniej więcej w tym czasie mężczyzna, który miał stać się al-Dżahizem, należał do sudańskiego pułku paszy, utworzonego z niewolnych żołnierzy. Niektórzy nawet twierdzą, że został wysłany razem z batalionem do Meksyku, żeby stłumić rebelię przeciwko Napoleonowi III w latach sześćdziesiątych dziewiętnastego wieku. To jednak wygląda mi na kolejną plotkę. Bo wtedy już nie należał do egipskiej armii. Pojawia się po raz pierwszy jako „al-Dżahiz” w tysiąc osiemset trzydziestym siódmym roku w Sudanie, gdzie potępia niewolnictwo. Towarzyszy mu tajemnicza wysoka postać. Większość ludzi uważa teraz, że to był dżinn.

– Tysiąc osiemset trzydziesty siódmy – powtórzyła Fatma. Podniosła książkę i przekartkowała do odpowiedniego miejsca. – W tym samym roku doszło do potyczki na granicy egipsko-abisyńskiej po tym, jak poborcy podatkowi porwali kapłana etiopskiego kościoła koptyjskiego w Sudanie. Abisyńczycy z łatwością pokonali lokalny egipski garnizon i uwolnili kapłana. Ci, którzy przeżyli, twierdzili, że Abisyńczycy posługiwali się „magiczną bronią”.

– Al-Dżahiz znika ze wszystkich relacji na trzydzieści dwa lata – podjęła wątek Hadia. – A potem, w tysiąc osiemset sześćdziesiątym dziewiątym, w niewytłumaczalny sposób pojawia się w Kairze. Zaczyna nauczać alchemii i tego, co nazywa „sztukami zaginionymi”, dokonuje kilku ze swoich pierwszych „wielkich cudów”. Jego sekretne uliczne szkoły zaczynają gromadzić zwolenników.

– A potem w tysiąc osiemset siedemdziesiątym drugim Isma’il Pasza anektuje abisyńskie terytorium i zaczyna wojnę – przeczytała Fatma.

– Którą przegrywamy. Ponownie – dodała Hadia. – I to raptem w dwa dni! Tym razem ludzie zwracają uwagę, gdy żołnierze mówią o magii. Te długie lata, kiedy al-Dżahiz zniknął... Teraz uważa się, że przebywał w Abisynii, podążając ścieżką Proroka, pokój jego duszy. Najpewniej był źródłem ich broni.

– Czego Abisyńczycy nie chcą potwierdzić ani temu zaprzeczyć – narzekała Fatma.

To było zdumiewające – dlaczego monarchia pozostawała taka tajemnicza. Oba kraje zawarły pokój i od dziesięcioleci nie doszło do żadnych wrogich działań. Z drugiej strony, abisyńscy władcy trzymali także lwy, które swobodnie wędrowały po ich pałacach i podobno potrafiły mówić. Może więc tajemniczość nie była ich najdziwniejszą cechą.

Hadia przejrzała notatki i popukała w jedno miejsce piórem.

– Po wojnie w tysiąc osiemset siedemdziesiątym drugim Isma'il Pasza dowiaduje się o al-Dżahizie i każe go aresztować, oskarżając o zdradę. Jednak al-Dżahiz podbija jego serce swoimi naukami. Chedyw przenosi go do pałacu Abdin, żeby prowadził dalej swoje eksperymenty. Tam al-Dżahiz tworzy większość swoich maszyn i przepisuje wiele swoich książek. I właśnie tam też wydarza się „to".

Fatma nie potrzebowała uściślenia. Każdy nawet na pierwszym roku w ministerstwie znał historię o tym, jak al-Dżahiz wybudował wspaniałą machinę alchemiczno-magiczną. W tym dniu cały pałac ogarnęło światło, przez które wydawało się, że kamień zniekształca się i drży. W tamtych czasach ludzie nazywali to dziełem sudańskiego czarodzieja chedywa. Dzisiaj mówi się o tym, że było to przewiercanie się do Kafu, osłabienie barier między wieloma światami, co na zawsze zmieniło nasz własny świat.

– Nikt nie wie, dlaczego to zrobił – czytała Hadia. – Z ciekawości, dla psoty, ze złej woli. Jednak nigdy nie odtworzono nauki, jaka za tym stała.

Fatma trzymała język za zębami, zerkając w stronę skarbca, który znajdował się za rozkołysanym wahadłem. To nie do końca była prawda. Wielka formuła al-Dżahiza – Teoria Nakładających Się Sfer – została powtórzona dokładnie raz przez maszynę zbudowaną przez anioła Stwórcę. On nazwał ją Zegarem Światów. Stwórca pragnął posłużyć się swoim wynalazkiem, żeby doprowadzić do końca ich świata, dopóki Fatma i Siti nie zniszczyły machiny. Akta tej sprawy pozostały zamknięte dla większości. To, co zostało z zegara, znajdowało się teraz raptem kilka stóp dalej, w skarbcu, gdzie ministerstwo przechowywało swoje najcenniejsze sekrety.

– W ciągu następnych kilku miesięcy – mówiła Hadia – dżinny zaczynają pojawiać się w niewielkiej liczbie w całym Kairze. A także w innych miejscach. Większość ukrywa się, ale chedyw wyczuwa, że dzieje się coś poważnego i wykonuje ruch w kierunku większego uniezależnienia od Porty Otomańskiej. Prosi al-Dżahiza, żeby stworzył dla niego magiczną broń, ale al-Dżahiz odmawia. Rozgniewany tym Isma'il Pasza wysyła żołnierzy, żeby skonfiskowali jego wynalazki. Zanim jednak tam dotrą, al-Dżahiz zdąża zniknąć. – Hadia podniosła wzrok i dodała cierpko: – Istnieje raptem kilkanaście różnych wersji, jak do tego doszło.

To było lekkie niedomówienie. Al-Dżahiz sprawił, że żołnierze chedywa oślepli, a potem przeszedł przez ich szeregi, gdy oni szukali po omacku. Zamienił ich w smugi dymu. Nie, zamienił ich w skrzydlate barany, które go poniosły. A może odleciał na grzbiecie dżinna? Nie, to był mechaniczny dżinn. Rydwan zaprzężony w dżinna. Albo w złotoskrzydłe patki.

I tak dalej.

Jedyne, co było wiadome z całą pewnością, to fakt, że w 1873 roku al-Dżahiz zniknął, zabierając ze sobą większość swoich maszyn i zapisków.

– Mam kuzyna, który uważa się za augura – powiedziała Hadia. – Przysięga, że al-Dżahiz odleciał urządzeniem złożonym z mnóstwa wirujących kół. I że nawet teraz podróżuje między licznymi światami, niosąc ze sobą magię. Tyle że chyba żadna z tych rzeczy nie ma znaczenia. Ponieważ na dzień dzisiejszy ma wpływ to, co się stało po jego odejściu.

– *Aiwa* – przytaknęła Fatma.

W ciągu dziesięciu lat po zniknięciu al-Dżahiza ruch nacjonalistyczny przybrał na sile, Isma'il Pasza popadł w długi i zrzekł się znacznej części kontroli na rzecz państw europejskich. Dżinny ukrywały się głównie za kulisami, ale one także działały. Dopiero gdy doszło do bitwy pod Tell al-Kebir w 1882 roku, w pełni się ujawniły, dołączając ze swoją magią do nacjonalistycznej gorączki i pragnienia wyparcia Brytyjczyków z Egiptu wprost do morza. Teraz nazywano to wydarzenie Ujawnieniem. Bez względu na dalsze losy al-Dżahiza, to dżinny stworzyły ten nowy świat.

– Właśnie coś sobie porachowałam – powiedziała Hadia, krzywiąc się. – Al-Dżahiz miał może ze dwadzieścia lat w latach trzydziestych ubiegłego wieku, zatem zanim pojawił się ponownie, musiał mieć już około sześćdziesięciu. Każdy, kto twierdziłby, że nim jest, miałby teraz... ile? Ze sto lat?

– Mężczyzna, którego widziałam wczoraj w nocy, zdecydowanie nie wyglądał na setkę – potwierdziła Fatma.

– Można by się spodziewać, że ludzie wezmą to pod uwagę. Szkoda, że nie mamy jego pierwszych zwolenników, mogliby wystąpić przeciwko impostorowi.

– Nie ma takiej szansy – powiedziała Fatma.

Pierwsi zwolennicy al-Dżahiza zniknęli wkrótce po nim, rzekomo po to, żeby ukryć jego najbardziej tajne zapiski. Najmłodsi z nich mieliby teraz około siedemdziesiątki, o ile jeszcze żyją. Ministerstwo szukało ich od dziesięcioleci, ale bez powodzenia.

– A co z tamtymi z zeszłej nocy? – spytała Hadia. – Z mężczyzną, który okazał się dwoma mężczyznami? Tego fragmentu nie zrozumiałam za dobrze.

– Sama nadal tego nie rozumiem – odpowiedziała Fatma. Znowu potarła bok. – Nie wiem, czym był ten człowiek. Ani jak dokonał tego, czego dokonał. To musiały być jakieś czary.

Hadia z namysłem pokiwała głową.

– Zatem jak to się wiąże z lordem Worthingtonem?

Fatma zabębniła palcami w książkę. Zastanawiała się nad tym, gdy pracowały nad profilem.

– Lord Worthington był człowiekiem tak zauroczonym al-Dżahizem, że stworzył poświęcone mu bractwo. Z tego, co widziałam, szukali wszelkich drobiazgów, które do niego należały, nawet skrawków ubrań i przedmiotów osobistych. Jakby to były święte relikwie. Ci ludzie mieli taką obsesję na punkcie al-Dżahiza, że chcieli go mieć na własność, stać się jego częścią, może wręcz stać się nim samym.

Hadia otworzyła szeroko oczy.

– Myślisz, że impostor należy do bractwa Worthingtona?

– Nic lepszego nie przychodzi mi do głowy. Ktoś pogrążony w idei al-Dżahiza. Ktoś, kto wiedział o istnieniu bractwa lorda Worthingtona. Wiedział nawet, kiedy bractwo się spotyka. I gdzie. Ktoś, kto mógł wejść do rezydencji niezauważony i niewykryty. Zbyt wiele rzeczy tu pasuje, żeby odrzucić tę możliwość.

– Ale dlaczego?

Fatma zamknęła książkę.

– Może to pracownik, który żywił urazę. Może to ktoś, kto chciał usunąć z drogi Angielskiego Paszę. A może członek bractwa, który za bardzo się zapędził w kulcie al-Dżahiza.

– To brzmi prawdopodobnie, ale nie wyjaśnia potencjalnego ifryta.

– Owszem – zgodziła się Fatma, przypominając sobie dziwny ogień. – Ale rozwiązujemy po jednej tajemnicy naraz.

Przerwał im Zagros, który stanął nad nimi.

– Czy zdajecie sobie sprawę – rzucił przeciągle – że uprzejmość wobec innych użytkowników biblioteki nakazuje zachować ciszę?

Fatma rozejrzała się po pustej czytelni.

– Tylko my tu jesteśmy.

– Więc bądźcie cicho dla własnego dobra.

Kobiety spojrzały po sobie. Najwyraźniej zaczęły popadać w niełaskę.

– Wygląda jednak na to, że dzisiaj pełnię rolę nie tylko bibliotekarza, ale i posłańca. – Dżinn wyjął małe etui ze zwojem, które trzymał z pogardą w dwóch palcach. – Przyniósł to do ciebie kurier seryjny. Kurierzy seryjni nie mogą wejść dalej niż do holu przy wejściu, więc byłem zmuszony wspiąć się po schodach całe piętro, ponieważ windy nie są przystosowane do mojej zdrowej wagi... a potem musiałem zejść, także schodami. I dopiero wtedy przekonałem się, że wiadomość nie jest nawet zaadresowana do mnie. Czyż nie jest to urocza historia?

Fatma wzięła wiadomość i podziękowała, chociaż bibliotekarz już odszedł.

Hadia popatrzyła za nim.

– Zawsze jest taki?

– Nie, czasem jest w naprawdę złym nastroju. – Fatma przeczytała wiadomość. – Myślę, że możemy mieć powód, żeby wyjść dzisiaj w teren. Byłaś kiedyś w Cité-Jardin?

Hadia pokręciła głową.

– Nie znam nikogo, kto ma takie pieniądze.

– W takim razie możesz uznać, że to twoja szansa, żeby tam pójść. Właśnie dostałam cynk. W Cité-Jardin jest ktoś, z kim możemy porozmawiać, a kto wie coś na temat Bractwa Al-Dżahiza. Zjedzmy najpierw lunch. Jesteś głodna?

– Umieram z głodu! – Hadia niemal jęknęła. – Ale, ehm. – Wskazała na znaki zodiaku nad rozkołysanym wahadłem. – Myślisz, że znajdziemy czas na salat? To piątek. Po drodze jest chyba masdżid otwarty dla kobiet. A kazanie nie potrwa długo.

Fatma zerknęła na zegar. Miała trochę wyrzutów sumienia z powodu swojego zniecierpliwienia.

– Albo możemy pomodlić się tutaj – zaproponowała Hadia. – Zachować *din*, niezłomność w wierze.

– Nie – odparła Fatma. Nowy partner, nowe ustępstwa. – W porządku. Nie mam nic przeciwko temu. – To pomoże jej oczyścić umysł. – Tyle że nie mam hidżabu. Tylko meloniki.

Hadia sięgnęła do torby i wyjęła niebieską chustkę.

– Zawsze przygotowana!

# ROZDZIAŁ DZIEWIĄTY

Wejście do Cité-Jardin zawsze wyprowadzało Fatmę z równowagi – w jednej chwili otaczał cię zamęt centrum Kairu – sklepy, restauracje nadal otwarte w piątek dla mieszkańców i trolejbusy pełne turystów – ale wystarczyło przejść kilka ulic, żeby w następnej chwili wkroczyć do miejsca, gdzie nie słychać klaksonów ani iskrzenia napowietrznych tramwajów, nie ma pieszych gawędzących o polityce ani pokrzykujących ulicznych sprzedawców. Słychać tylko śpiew ptaków i wiatr szumiący w koronach drzew.

Cité-Jardin zostało zbudowane przez dżinnijskiego architekta. Mieszkał w tym świecie jeszcze przed nadejściem al-Dżahiza i odpłynął z wojskami Napoleona, żeby zobaczyć Paryż. Wrócił do Egiptu po Ujawnieniu i przekonał nowy rząd, żeby pozwolono mu zaprojektować nowe osiedle. Twierdził, że zapewni ono Kairowi pozycję miasta międzynarodowego. Efektem była nowoczesność uwypuklona przez inspiracje czerpane ze świata natury. Budynki – głównie ambasady – zdobiły rzeźbione liście albo powtarzające się wzory z pnączy. Domy wyglądały jak dwory – wielokondygnacyjne wille zdobione łukami i kolumnami podobnymi do wiązek trzciny otoczone przez las drzew i krzewów. Żarzące się elektryczne lampy stały wzdłuż dróg jak młode drzewka z koronami z kul kolorowego szkła.

Fatma napawała się organiczną bujnością i spokojem. Modlitwa była dobrym pomysłem. Pamiętała, że jako dziewczynka zostawała w piątki w domu, podczas gdy ojciec i krewni szli do masdżidu. Możliwość podzielenia się dzisiaj tym doświadczeniem z innymi kobietami była… odświeżająca. Poza tym modlitwa zawsze pomogła jej oczyścić umysł. „Pewnie powinnaś częściej to robić". Odsunęła jednak na bok napomnienia matki i skupiła się na słowach Hadii.

– …dlatego mówię mu, że chociaż piątkowa modlitwa nie jest obowiązkowa dla kobiet, to nie znaczy, że nie mogę brać w niej udziału. Jakimi dziećmi muszę się zajmować? – Hadia dzieliła się swoimi przemyśleniami na temat kobiet i wiary, odkąd wyszły z masdżidu. Nie przestała mówić nawet podczas lunchu w biegu: wołowych koft w formie szaszłyków z chlebem baladi. – Słyszałam, że w Chinach mają masdżid tylko dla kobiet. Wyobrażasz sobie? Może moglibyśmy spróbować tutaj czegoś takiego? Powinnam wspomnieć o tym na spotkaniu SEF-u.

– Należysz do Stowarzyszenia Egipskich Feministek? – zapytała Fatma.

Patrzyły, jak przejeżdża obok nich automobil – sześciokołowy czarny luksusowy pojazd o stopniach z kości słoniowej.

– Przez całe lato w Aleksandrii chodziłam na marsze o prawo głosu. – Hadia wykonała gest zwycięstwa ruchu sufrażystek. – Mam kuzynkę w kairskiej sekcji. Powinnam pójść na spotkanie w przyszłym tygodniu.

– Masz mnóstwo kuzynów i kuzynek. – Fatma straciła już rachubę.

– Nasza rodzina jest bardzo rozległa. Chciałabyś przyjść? Na spotkanie SEF-u? Przedstawicielki wolnych zawodów są zawsze mile widziane, chcemy pokazać, że nie wszystkie jesteśmy pracownicami fabryk. Nie żeby było coś złego w pracy w fabryce – dodała pośpiesznie Hadia.

Fatmie przychodziło do głowy wiele złych rzeczy związanych z pracą w fabryce: niskie płace, niebezpieczne warunki, szefowie nękający kobiety, którzy często zachowywali się jak strażnicy więzienni. Rozumiała jednak Hadię.

– Pomyślę o tym – odparła niezobowiązująco.

Wspierała finansowo SEF i ogólnie rzecz biorąc popierała jego dążenia, ale kto ma czas na politykę? Hadia chciała powiedzieć coś więcej, może zamierzała zacząć ją werbować, kiedy ktoś chyłkiem zrównał się z nimi.

– Piękny dzień na spacer – powiedziała w ramach powitania Siti.

Fatma zdębiała, gdy przyjaciółka pojawiła się nieoczekiwanie. Miała na sobie żółty podwiązany kaftan, który prezentował się olśniewająco na jej skórze, a do tego włożyła niebieskie spodnie i wysokie, sznurowane jasnobrązowe buty.

– Trzy razy dzwoniłam do twojego biura, zanim wysłałam eunucha-posłańca – rzuciła od niechcenia Siti, zrównując z nimi krok.

– Nie siedziałam przy telefonie – odparła Fatma. – Nie spodziewałam się, że tak szybko będziesz miała coś dla mnie. I nie spodziewałam się, że się na ciebie natknę. – Miała nadzieję, że jej na twarzy w pełni odmalował się przekaz: „Co tu, u licha, robisz?!".

Zeszłej nocy po drodze do domu opracowały pośpiesznie plan działania. Wyglądało na to, że sprawy prowadzą ku sekretnemu stowarzyszeniu lorda Worthingtona. Siti miała porozmawiać z Merirą o członkach bractwa. Fatma miała pójść do biura i odświeżyć sobie wiedzę na temat al-Dżahiza. Spotkanie jednakże nie było częścią ich planu.

– Nigdy mnie nie lekceważ. – Siti mrugnęła porozumiewawczo. Odwróciła się do Hadii. – Ty musisz być jej partnerką. Nową damą wśród Upiornych Chłopaczków! Ministerstwo doczeka się entuzjastycznej recenzji od SEF-u.

Hadia, która śledziła ich rozmowę, sprawiała wrażenie zrozumiale skonsternowanej.

– To Siti – wyjaśniła Fatma. – Jest...

Z jakiegoś powodu słowa ugrzęzły jej w gardle.

– Jedną z informatorek agentki Fatmy – dokończyła gładko Siti.

– Aha! Tak, oczywiście. Jestem agentka Hadia.

– Miło cię poznać – odpowiedziała Siti, ściskając jej dłoń.

– Skąd znasz agentkę Fatmę?

Siti uśmiechnęła się szelmowsko.

– Blisko ze sobą współpracowałyśmy. – Pochyliła się i dodała szeptem: – Widzisz, tak się składa, że jestem bałwochwalczynią!

Hadia tak wytrzeszczyła oczy, że wyglądały jak ciemne śliwki. Zamarła, nadal trzymając rękę Siti. Fatma miała ochotę naciągnąć melonik na twarz. Dlaczego ta kobieta musiała się tak zachowywać? Kiedy Hadia odzyskała głos, powiedziała tylko:

– Myślałam, że słowo „bałwochwalca" jest obraźliwe.

– Tylko wtedy, kiedy wy się nim posługujecie. – Siti wypuściła jej rękę. – Jednak my często tak na siebie mówimy. – Wzruszyła ramionami, widząc konsternację Hadii. – Bałwochwalcy tak robią. Nie zrozumiesz.

– Jednej rzeczy rzeczywiście nie rozumiemy – rzuciła żartobliwie Fatma – a mianowicie: co tu robisz? Nie tak się umawiałyśmy.

Siti w ogóle się tym nie przejęła.

– Na nic się nie umawiałyśmy. Powiedziałam, że porozmawiam z moimi ludźmi i znajdę dla ciebie nazwisko. To właśnie zrobiłam. Nie rozmawiałyśmy o tym, czy powinnam tu być, czy nie. Myślę, że mam prawo tu być. Dwie ofiary mordercy pochodzą z mojej społeczności. My dbamy o swoich.

Fatma wiedziała, że protest nie ma sensu. Siti uporczywie obstawała przy swoim, gdy już raz podjęła decyzję. Fatma mogła powiedzieć, że to sprawa ministerstwa, i rozkazać jej odejść, ale ta kobieta źle reagowała na przedstawicieli władzy.

Ruszyły w niezręcznym milczeniu. Hadia, która szła między nimi, zerknęła na obie kilka razy, zanim zebrała się na odwagę i powiedziała:

– Mogę zapytać, do której, ehm, świątyni należysz?

– Hathor – odpowiedziała Siti. – Ale mam słabość do Sachmet.

– Sachmet. Na teologicznej alchemii studiowaliśmy starożytny i hellenistyczny Egipt. To bogini walki, jeśli dobrze pamiętam?

– Oko Ra. Kiedy ludzkość chciała obalić Ra, jego córka Hathor źle na to zareagowała. W gniewie stała się Sachmet, zajadłą lwicą. I zniszczyła parę rzeczy.

Hadia zmarszczyła brwi.

– Chyba prawie zniszczyła cały świat?

– Bogini na poważnie angażuje się w to, co robi. Na szczęście dla ludzkości Thot nabrał ją i spił piwem, które ona wzięła za krew. I uśpił ją. Obudziła się w lepszym humorze.

Fatma prawie słyszała ajat, który Hadia najpewniej recytowała w głowie. Trzeba jej jednak przyznać, że nie straciła opanowania.

– Czym zajmujesz się w świątyni?

– Różnymi rzeczami. Naprawiam. Składam. – Siti posłała jej drapieżny uśmiech. – Czasem, jeśli mam szczęście, to mogę też popsuć parę rzeczy.

– Jesteśmy na miejscu – odezwała się Fatma, aż się rwąc do zakończenia tej rozmowy.

Stały przed białym domem pyszniącym się dwoma piętrami. Miał spadzisty dach, czerwony, w zachodnim stylu, ale kamienna fasada naśladowała maszrabije. Jeśli można oceniać wnętrze po oknach, to było tam co najmniej kilkanaście pokoi, jeśli nie więcej.

– Elegancko – zauważyła Siti.

Fatma sprawdziła adres w liściku.

– Jak znalazłaś tę... – Zerknęła znowu na nazwisko. – Nabilę al-Mansur? Czekaj, czy to krewna al-Mansurów od przemysłu stalowego?

– Ta sama rodzina – potwierdziła Siti. – Chociaż teraz zajmują się wszystkim po trosze. Merira rozpuściła wici. To główna kapłanka mojej świątyni – wyjaśniła na rzecz Hadii. – W każdym razie usłyszała coś ciekawego. Od kogoś, kto pracuje w „Al-Masri".

– W tej gazecie? – spytała Hadia. – Reporter?

– Lepiej. Sekretarka. Redaktora naczelnego. Należy do kultu Izydy. Wyniosłe typy, ale dogadujemy się. W każdym razie zauważyłyście, jak niewiele konkretów zawierają artykuły o śmierci lorda Worthingtona?

Fatma sprawdziła już tego dnia gazetę.

– Piszą o tym tak, jakby pożar mógł być w najlepszym razie wynikiem wypadku. Ani słowa o tajemnym bractwie. To dziwne.

– To nie jest przypadek – odpowiedziała Siti. – Sekretarka mówi, że kiedy przyszła do pracy rankiem po śmierci lorda

Worthingtona, drukarze byli zdenerwowani. Musieli wywalić całą partię porannych dzienników i na nowo drukować nagłówki z powodu rozkazu, który nadszedł o czwartej rano. Tego dnia odebrała telefon do redaktora. Od czasu do czasu podsłuchuje, żeby świątynie wiedziały, co się dzieje. Rozmówca podziękował jej redaktorowi za niedopuszczenie do gazet plotek, które mogłyby skompromitować Angielskiego Paszę. Bardzo naciskał, żeby trzymać się tego tonu.

Fatma myślała, że to robota Aasima. A to było jeszcze ciekawsze.

– Niech zgadnę. Dzwonił nikt inny jak Nabila al-Mansur.

Siti mrugnęła porozumiewawczo.

– Zaczynasz rozumieć. Sekretarka poinformowała nas też, że rodzina al-Mansur to główny sponsor kairskich gazet. Założyłabym się, że takich telefonów było więcej.

– To byłoby tyle, jeśli idzie o wolność prasy – mruknęła Hadia.

– Plotki, które mogłyby skompromitować Angielskiego Paszę – powtórzyła Fatma. – Na przykład śmierć podczas zebrania własnego tajemnego stowarzyszenia okultystycznego.

– Tę kwestię umieściłabym wysoko na liście – zgodziła się Siti. – Merira powiedziała, że zanim Worthington zwrócił się do świątyń z zaproszeniem do swojego małego klubu, próbował przyciągnąć bardziej elitarny tłumek. Al-Mansurowie dobrze tu pasują.

Fatma pomyślała tak samo. Przeszły szpalerem drzew do frontowych drzwi, których czarną powierzchnię zdobił wzór z przeplatających się gwiazd. Musiały dwa razy uderzyć mosiężną kołatką, zanim ktoś zareagował. Służąca, młoda kobieta w bieli, patrzyła beznamiętnie na ich trójkę, dopóki Fatma nie błysnęła odznaką, a wtedy odeszła pośpiesznie po swoją panią.

Kiedy Nabila al-Mansur podeszła do drzwi, okazało się, że wyobrażenie, jakie Fatma miała na jej temat, nie oddaje jej sprawiedliwości. Nie była wysoka, ale zaskakująco szeroka, chociaż nie tyle pulchna, co mocnej budowy; nosiła nowoczesną jedwabną galabiję ze złotymi frędzlami, kontrastującą z pośpiesznie zawiniętym tradycyjnym czarnym hidżabem. Zdecydowanie miała już za sobą wiek średni i jej twarz była poznaczona słuszną ilością zmarszczek. Jej oczy jednak były jak dwa świdry. Obrzuciła przybyłe kobiety spojrzeniem z góry, mierząc je wzrokiem w sposób, do jakiego zdolny jest tylko arystokrata.

– No więc? – zapytała i zacmokała niecierpliwie.

– Pokój z tobą, madame Nabilo. Jestem agentka Fatma, a to agentka Hadia. Pracujemy dla Ministerstwa Alchemii, Uroków i Istot Nadprzyrodzonych.

Madame Nabila obejrzała ich odznaki, piorunując je jednym piwnym okiem jak sowa.

– A czego chce ode mnie ministerstwo?

– Chcemy porozmawiać o lordzie Worthingtonie.

– Nie żyje. To się zmieniło?

Czyli nie zamierzała im niczego ułatwiać.

– Zginął w towarzystwie pewnego bractwa, o którym, jak mniemamy, miała pani wiedzę.

To przyciągnęło jej uwagę. Zacisnęła mocniej usta, spojrzała jeszcze uważniej. Ostatecznie rozluźniła się i poprawiła chustkę na głowie.

– W takim razie wejdźcie. – Jej spojrzenie zatrzymało się na Siti. – Ale wasza *abda* będzie musiała zaczekać na zewnątrz.

Fatma zesztywniała, a stojąca obok niej Hadia nabrała głośno powietrza. To była powszechna obelga, jaką rzucano wobec Nubijczyków czy kogokolwiek o ciemnej skórze. Niezbyt subtelne przypomnienie o niedawnej przeszłości. Jednak Kair szczycił się z tego, że jest nowoczesnym miastem. Teraz patrzono krzywo na posługiwanie się takim językiem. W każdym razie w miejscach publicznych.

– Ona nie jest moją... służącą – powiedział Fatma, nie potrafiąc dobrze wyjaśnić obecności Siti.

– Kimkolwiek jest, zaczeka tutaj. Nie wpuszczę *abid* do swojego domu.

Fatma otworzyła usta w gniewie, ale Siti weszła jej w słowo.

– Nie mam nic przeciwko – oznajmiła nonszalancko. – I tak nie sądzę, żebym chciała tam wejść. – Zamilkła z namysłem. – Wiesz, co jest zabawne? Moja rodzina żyje nad Nilem od tysięcy lat. Z pewnością znacznie dłużej od potomków jakichś mameluków, tak nadętych i zadufanych, że zapomnieli, że przybyli tu całkiem niedawno. Jako niewolnicy.

Wypowiedziała ostatnie słowo z naciskiem, po czym odwróciła się i odeszła spacerowym krokiem.

Madame Nabila zgromiła wzrokiem jej plecy.

– Co za chamstwo. Ci *abid*. Bóg nie przelał światła na ich skórę. – Pokręciła głową i zaprowadziła agentki do domu.

Fatma obejrzała się na Siti, zanim poszła za gospodynią, a służąca zatrzasnęła za nimi drzwi.

– Kiedyś pracowało dla mnie paru *abid* – mówiła madame Nabila. – Potworni złodzieje. *Wallahi*, trzeba było patrzeć kobietom na ręce, gdy robiły rano chleb, bo inaczej rozkradłyby worki mąki. Natychmiast je zwolniłam, kiedy to odkryłam, i nigdy więcej nie przyjmę nikogo ich pokroju.

Fatma przyjrzała się domowi – ściany były pokryte złoconymi kwiatami, na marmurowych posadzkach leżały grube dywany, wielki mosiężny żyrandol składający się z może setki kul jarzącego się alchemicznego światła, ozdobne meble wyściełane aksamitem. Czy ta nieprzyzwoicie bogata kobieta skarżyła się, bo ukradziono jej trochę mąki?

– Nie przyszłyśmy tu rozmawiać o pani poglądach politycznych – odpowiedziała Fatma, przerywając jej tyradę.

Madame Nabila urwała i przyjrzała się jej.

– Nie pochwalasz moich słów. Nic dziwnego. Sama masz w sobie trochę z *abid*, sądząc po nosie i ustach. I po skórze. Myślałam, że el-Szarawi byli bogatą i szanowaną rodziną na południu.

– To nie ta sama rodzina – odpowiedziała Fatma. – Pomyliła się pani.

Starsza kobieta zmierzyła wzrokiem Hadię.

– Przynajmniej ty wyglądasz na kogoś czystej krwi.

Hadia popatrzyła na nią chłodno.

– „Pośród Jego cudów jest stworzenie niebios i ziemi, i różnorodności waszych języków i kolorów. Zaprawdę w tym jest cud dla wszystkich, którzy posiedli prawdziwą wiedzę". – Uśmiechnęła się, kończąc ajat. – Przed Bogiem nasza krew nic nie znaczy. Cnota jest w uczynkach, nie w skórze.

Twarz madame Nabili ściągnęła się niemal w punkcik; ewidentnie ta kobieta nie przywykła, żeby ktoś o połowę od niej młodszy udzielał jej reprymendy. Odwróciła się, mrucząc coś na temat „liberalnych filozofii", i przyzwała je gestem. Poprowadziła je przez pokój zdobiony barwnymi panoramami; jedna z nich przedstawiała statki powietrzne nad Cytadelą Saladyna.

– Przerwałyście mi hydroterapię – narzekała madame Nabila. Uniosła rant galabii, żeby wspiąć się kręconymi schodami, których poręcze wiły się jak pnącza. – Będziecie więc musiały mówić, kiedy ja będę robiła sobie kąpiel parową.

Na górze zaprowadziła je do pomieszczenia z ogromną łazienką, której podłogi i ściany wyłożono zielonym kafelkami ze złotymi ośmioramiennymi gwiazdami. Stało tam kilka służących – kolejne kobiety w bieli – obok dużego srebrnego pudła.

Kiedy Fatma i Hadia usiadły na ławce, dwie służące pomogły kobiecie się rozebrać. Kolejne dwie pracowały przy tarczach srebrnego pudła, które rozchyliło się w miejscu łączenia przebiegającego przez jego środek. W środku znajdowało się małe siedzenie, na którym madame Nabila usiadła. Pudło zamknęło się ponownie i tylko głowa kobiety wystawała na zewnątrz przez otwór w górnej części urządzenia, które zaczęło brzęczeć i syczeć. Para buchała z dziury wokół głowy madame Nabili. Uniósł się przydymiony słodki, kwiatowy zapach. Fatma pociągnęła nosem. To był kardamon? Czy ta kobieta robiła sobie kąpiel parową... w herbacie?

– Bogacze są dziwni – szepnęła Hadia.

Szczera prawda.

– No dobrze – odezwała się madame Nabila. – Czego wy dwie chcecie?

– Informacji na temat lorda Worthingtona – odpowiedziała Fatma. – Znaliście się państwo?

– Alistair i ja? – Zmarszczyła brwi. – Tak, znaliśmy się. To nie było nic niestosownego. Był przyjacielem mojego męża, który zmarł wiele lat temu. Byliśmy raczej wspólnikami w interesach.

Chociaż z jakiegoś powodu uważał, że może mi się zwierzać, tak jak zwierzał się mojemu mężowi. Przekonałam się, że ludzie Zachodu zawsze potrzebują kogoś do zwierzeń.

– Czy mówił pani na temat Bractwa Al-Dżahiza?

Madame Nabila się skrzywiła.

– Wielkie przedsięwzięcie Alistaira. Wiecznie rozwodził się na temat al-Dżahiza w rozmowach z moim mężem. Zadręczał go pytaniami, jakbyśmy cokolwiek wiedzieli na temat tego szaleńca. Po śmierci mojego męża próbował mnie zwerbować. Odmówiłam, rzecz jasna! Ostrzegłam, że stanie się pariasem, jeśli sprawa się wyda. On jednak był uparty.

– Co pani wie o bractwie? – spytała Fatma.

– Nie za wiele – odpowiedziała madame Nabila, kiedy służąca otarła jej pot z czoła. – Wiem, że tropili sekrety al-Dżahiza i przeprowadzali dziwne rytuały. Alistair wierzył, że te sekrety mogą sprowadzić na świat nową erę, jakbyśmy już nie mieli dość komplikacji.

– *Quærite veritatem* – zacytowała Fatma.

Madame Nabila się naburmuszyła.

– Widziałyście ten skandaliczny emblemat? Myślę, że on naprawdę we wszystko to wierzył. Wątpię, żeby można było to samo powiedzieć o połowie jego bractwa.

– Skoro nie podzielali jego wizji, to czemu wstąpili?

– Dla pozycji i awansu. Bractwo stało się sposobem zbliżenia się do Alistaira dla ambitnych ludzi w kompanii. Jedynym sposobem, odkąd przeniósł się z Anglii do Gizy na stałe. W ten sposób mogli nawet wystarać się o pieniądze na różne swoje projekty. Wielu prowadziło wyrafinowaną grę. Chociaż większość marnowała czas.

– Dlaczego tak pani twierdzi?

– Na dobrą sprawę Alistair już nie kierował kompanią. Za bardzo zaangażował się w bractwo.

– To kto nią kierował? – spytała Hadia.

– Domyślam się, że jego syn, Alexander.

– Dlaczego skontaktowała się pani z gazetami, żeby zatuszować sprawę lorda Worthingtona?

Madame Nabila otworzyła szeroko oczy.

– Skąd...? – Westchnęła. – Odpowiedź brzmi tak samo: Alexander Worthington.

– Chce pani powiedzieć, że syn lorda Worthingtona poprosił panią, żeby ukryła pani szczegóły śmierci jego ojca?

Madame Nabila zacmokała.

– Panikował. Błagał mnie, żebym z nimi porozmawiała.

– A pani wyświadczyła mu tę przysługę?

– Nie oczekuję, że zrozumiecie brzemię związane z wysoką pozycją społeczną. Lord Worthington był szanowanym członkiem egipskiego społeczeństwa. Był Angielskim Paszą. Jako dziedzic fortuny Worthingtonów Alexander wiedział, że śmierć ojca w tak... kompromitujących okolicznościach może zhańbić nie tylko jego rodzinę. Mogła też zaszkodzić akcjom kompanii i umowom handlowym. Mogła zagrozić rynkom na dwóch kontynentach. Nie wspominając już o szczycie pokojowym, w którym nazwisko Worthingtona odgrywało kluczową rolę. Wyciszenie tej sprawy leżało w interesie wszystkich.

– Nie może pani wyciszyć czegoś takiego – wtrąciła Hadia. – Prawda w końcu wypłynie.

Madame Nabila się zaśmiała.

– Dziewczyno, nie trzeba wiecznie utrzymywać tego w tajemnicy. Niech prawda wypłynie ciurkając, żeby ludzie zdążyli się na nią przygotować. Wtedy, kiedy już cała sprawa zostanie ujawniona, jej wpływ będzie osłabiony i szybko pójdzie w zapomnienie.

Fatma dostrzegała rozsądek w tych słowach. W każdej chwili w Kairze tak wiele się działo, że można było zakopać nawet taką sensację, jeśli zapewnić sobie dostatecznie dużo czasu.

– To prawda? – spytała madame Nabila. – Pytam o sposób, w jaki zginął Alistair?

– Nie uważamy tego za wypadek – tylko tyle powiedziała Fatma.

Kobieta odmówiła szeptem modlitwę.

– Ostrzegałam go, że zbliża się do niewłaściwych ludzi. Ostatecznie zaczął się zadawać z najróżniejszymi podejrzanymi typami. Nie tylko z plebejuszami, ale nawet z bałwochwalcami!

Wyobrażacie to sobie? Jeśli stoi za tym szakal, to właśnie ich powinniście sprawdzić! Możecie mieć pewność, że to oni!

– Miał wrogów?

– Rywali w interesach. Niezdolnych do czegoś tak zdeprawowanego.

– A co z ludźmi z jego bractwa?

– Wątpliwe. Nigdy nie było ich więcej niż ze dwudziestu. I wszyscy zginęli razem z nim.

Wszyscy, pomyślała Fatma. To tyle, jeśli idzie o jej teorię.

– Potworna sprawa – narzekała madame Nabila. – Nic dziwnego, że Alexander wyglądał na tak bardzo zrozpaczonego. Myślałam, że padnie na kolana, gdy prosił mnie o pomoc. Za grosz godności.

Fatma zmarszczyła czoło.

– Wyglądał na zrozpaczonego? Alexander Worthington prosił panią osobiście? Rankiem po śmierci ojca? Był w Kairze?

Madame Nabila zamrugała zdziwiona.

– Tak, właśnie wrócił do kraju i usłyszał potworną nowinę.

Fatma i Hadia popatrzyły po sobie. To była nowa informacja.

– Ostatnie pytanie. Czy Alexander należał do bractwa?

Kobieta wzruszyła ramionami.

– Bóg jeden wie. Jednak, zważywszy na przekonania jego ojca, trudno uwierzyć, żeby było inaczej.

Fatma zastanowiła się. Zatem może jednak jedna osoba z Bractwa Al-Dżahiza przeżyła.

Madame Nabila nie zamierzała kończyć hydroterapii, żeby odprowadzić je do drzwi.

– Była strasznie miła – gderała Hadia.

– Jak mówi moja matka, to zawsze nikczemni mają mnóstwo pieniędzy. Świetna robota przy wejściu. Mam na myśli cytat. Myślę, że twoja riposta ją zmiękczyła.

– Nawet o tym nie pomyślałam – mruknęła Hadia. – Po prostu nie mogłam znieść jej bigoterii.

– Nie brakuje jej wokół nas – przytaknęła jej Fatma.

Hadia się skrzywiła.

– W Ameryce wszystko kręciło się wokół koloru skóry. Od tego zależało, gdzie możesz jeść. Dokąd możesz jechać. Gdzie możesz mieszkać albo spać. Kiedy wróciłam do Egiptu, nie mogłam uwierzyć, że wcześniej nie dostrzegałam tu tego samego. Wśród przyjaciół, w rodzinie. W aleksandryjskim biurze SEF-u nikt z kierownictwa nie ma ciemniejszej skóry ode mnie. Podczas naszych protestów Nubijki i Sudanki musiały maszerować z tyłu. Cytowanie pisma okazało się przydatne w walce z uprzedzeniami. – Westchnęła. – Może jednak nie różnimy się tak bardzo od Ameryki.

Fatma nie musiała podróżować, żeby to wiedzieć. Sama ścierpiała niejedną obelgę. Niewiele w porównaniu z tym, co przechodziła Siti, a jednak. Magia i dżinny nie zmieniły wszystkiego.

Doszły do frontowych drzwi, które otworzyła im służąca. Siti czekała na ulicy. Gdy podeszły, pociągnęła nosem.

– Dlaczego obie pachniecie herbatą?

– Złapmy powóz – zaproponowała Fatma. – Wyjaśnię ci po drodze.

Musiały opuścić Cité-Jardin, żeby znaleźć powóz, więc Fatma opowiedziała jej, gdy szły. Zanim zatrzymała powóz, już przerzucały się różnymi pomysłami.

– Alexander Worthington był w Kairze – mruknęła Siti – a jego siostra twierdziła coś przeciwnego?

– Powiedziała mi, że jest za granicą – potwierdziła Fatma.

– Dlaczego miałaby kłamać na ten temat? – zapytała Hadia.

– Sama chciałabym wiedzieć – odparła Fatma.

– Myślisz, że ma coś wspólnego z tym wszystkim? – spytała Siti. – Może wynajął mężczyznę w złotej masce, żeby załatwić swojego ojca? Zdradzieckie. Nawet jak na Anglika.

– A może on sam jest impostorem – powiedziała Fatma.

Hadia nabrała powietrza.

– To byłoby... strasznie wyrafinowane!

Siti powątpiewała w tę teorię.

– Nasz przyjaciel z zeszłej nocy nie brzmiał jak Anglik. Oni zwykle potwornie mówią po arabsku. A pomysł, żeby dziedzic

Worthingtona biegał po Kairze, podając się za al-Dżahiza, jest wręcz kuriozalnie wyrafinowany.

Fatma sama zdawała sobie z tego sprawę. Poza tym żadna z tych teorii nie wyjaśniała potencjalnego ifryta. Ani mężczyzny, z którym walczyła zeszłej nocy, czymkolwiek był. Szukała po omacku.

– Macie rację – przyznała.

Pewnie najlepiej będzie wstrzymać się z szaleńczymi teoriami.

Wkrótce dotarły do ministerstwa. Gdy wysiadły z pojazdu, Fatma odciągnęła Siti na bok.

– To, co wydarzyło się wcześniej... z madame Nabilą...

Siti wykonała gest, jakim zwykle zbywa się zachowanie niegrzecznych dzieci.

– Myślisz, że pierwszy raz ktoś nazwał mnie *abda*? Albo obraził moją rodzinę, nazywając ją „stadem śmierdzących *abid*"? Albo może skomentował kolor mojej skóry? Mój nos i usta? A mężczyźni pytający, czy będę ich małą *garijah*? Zapewniam cię, to często się zdarza.

Fatma nie była naiwna.

– Co jednak nie znaczy, że to jest w porządku.

Siti się uśmiechnęła.

– Obrończyni mojego honoru. Zaraz zemdleję. – Zerknęła ponad ramieniem Fatmy. – Ale chyba powinnam z tym zaczekać.

Fatma odwróciła się i zobaczyła znajomą postać w mundurze w kolorze khaki wychodzącą z ministerstwa.

– Inspektorze – przywitała się. – Kolejna niespodziewana wizyta.

– Agentko – odpowiedział jej Aasim. – To znaczy, agentki. – Zerknął na Siti, ale ona odwróciła się, jakby ich ignorowała. – Dzwoniłem do twojego biura. Kiedy cię nie zastałem, postanowiłem zajść. Widział cię tylko dżinn z biblioteki. Myślę, że obraził mnie pięć razy tylko po to, żeby w końcu powiedzieć mi, że cię tam nie ma.

– Przykro mi, że musiałeś przez to przejść – zadrwiła Fatma.

Aasim burknął pod nosem, marszcząc wąsy.

– Wiecie, że obie pachniecie herbatą? W każdym razie poszedłem tropem, który mi podsunęłaś, opowiadając o zeszłej nocy. I o spotkaniu z „al-Dżahizem" – wypowiedział imię z sarkazmem.

Fatma zadzwoniła do niego z samego rana. Policja miała więcej ludzi niż ministerstwo do przeszukiwania ulic.

– No i?

– Znaleźliśmy go! A w każdym razie dowiedzieliśmy się czegoś na jego temat. Ten impostor krąży po Kairze od co najmniej tygodnia. Może dłużej. Nie wiem, jak to przegapiliśmy. Kiedy jednak nadstawiliśmy ucha, okazało się, że na ulicach aż huczy.

– Wiadomo, kim może być?

Aasim pokręcił głową.

– Nie, ale dowiedzieliśmy się, gdzie pojawi się ponownie. W niedzielę wieczorem. Myślę, że wpadnę tam z paroma kumplami. – Wąsy mu zadrgały. – Masz ochotę zajrzeć?

# ROZDZIAŁ DZIESIĄTY

Przez następne dwa dni planowali.

Aasim zdobył nakaz aresztowania z listą wszelkich skarg i naruszeń, jakie mogły mu ujść płazem, i z paroma, których pewnie nie wybroni. Fatma pracowała nad koordynacją akcji – policja miała ludzi, ale jeśli ministerstwo miało się w to zaangażować, to ona musiała mieć coś do powiedzenia.

To znaczyło, że musiała kontrolować ludzi Aasima. Kairska policja dorobiła się określonej reputacji. Fatma chciała ujawnić impostora, a nie wszcząć zamieszki. Zatem żadnej broni palnej. Na spotkaniu pewnie będzie mnóstwo biedaków, starców, może nawet dzieci. Ostatnie, czego potrzebowali, to latające kule. Amir pozwolił jej stworzyć specjalną grupę agentów. W pierwszej kolejności wybrała Hameda, a on pomógł jej znaleźć czterech następnych – mężczyzn, którzy mieli głowy na karku i byli tak zbudowani, że każdy dwa razy się zastanowi, zanim ich zaczepi.

Najtrudniejszym zadaniem było przekonanie Hadii, żeby się do tego nie mieszała. Taka operacja to nie miejsce dla rekruta. Gdyby coś poszło niezgodnie z planem, nikt nie mógł jej zagwarantować bezpieczeństwa. Hadia nawet nie chciała tego słuchać. Fatma musiała jej zacytować regulamin ministerstwa i wyjaśnić, że bardziej się przysłuży, kierując kwestiami logistycznymi z komisariatu. Zostanie z nią Onsi. Niech każdy robi to, w czym jest dobry.

Nie była jednak w stanie dotrzeć do Alexandra Worthingtona. Niestety nie miała pretekstu, żeby wystarać się o nakaz. Chociaż madame Nabila twierdziła, że był w mieście w noc śmierci ojca, to paszport wskazywał, że przyleciał statkiem powietrznym dzień później. A rzekomego al-Dżahiza widziano w mieście co najmniej tydzień wcześniej. Dokumenty można podrobić, rzecz jasna. Alexander mógł wynająć kogoś, żeby odegrał rolę impostora. Fatma zasugerowała, żeby wezwano go na przesłuchanie w celu wyjaśnienia kilka kwestii, ale Aasim już dostał ostrzeżenie, że ma się wycofać, od przełożonych, którzy z kolei dostali burę od polityków i biznesmenów. Dziedzic Worthingtona jest w żałobie, jak twierdzili i przygotowuje się do pogrzebu ojca zgodnie z angielskim zwyczajem. Nie jest podejrzanym. Można przesłuchać go później.

– Jak będziesz tak potrząsać bramą, to ludzie napuszczą na ciebie ogary – powiedział inspektor. – Zgarnijmy tego impostora. Jeśli Worthington jest w to zamieszany, to osoba, która udaje al-Dżahiza, najpewniej okaże się drobnym kanciarzem. Albo gorzej: aktorem teatralnym. Wiem, jak łamać takie typy. Wyda osobę, która go wynajęła.

Fatma uznała, że to brzmi sensownie, ale zanim nadszedł niedzielny wieczór, siedziała jak na szpilkach.

Znalazła miejsce na tyłach policyjnej furgonetki, jednej z kilku w konwoju jadącym przez ulice Kairu. Hamed siedział naprzeciwko niej w wyprasowanym mundurze ministerstwa – srebrne guzki błyszczały, spodnie miały idealny kant. Wyglądał jak ilustracja prosto z przewodnika, nie zabrakło nawet czerwonego tarbusza. Jedyna rzecz, która nie pasowała do tego obrazka, to jego buty: czarne, wojskowe, na grubej podeszwie. W furgonetce siedziało jeszcze trzech innych mężczyzn, wszyscy barczyści i z mocnymi karkami. Byli tak samo ubrani.

Fatma zastanawiała się, czy nie włożyć munduru. Przez jakieś dziesięć sekund. Garnitury jednak były o wiele wygodniejsze. Dziś założyła grafitowy, poważny, pozbawiony typowego dla niej polotu. No, może jeśli pominąć guziki z kości słoniowej przy marynarce i kamizelce. I fakt, że kobaltowy krawat z ukośnymi mandarynkowymi pasami trochę rzucał się w oczy. Jednakże buty miała zupełnie zwyczajnie czarne, tyle że bardziej w typie lakierków. Stworzone do biegania i skakania. Ona też przyszła przygotowana. Ale w nieco bardziej modnym stylu.

– Spodziewasz się tam tłumu dziś wieczorem? – zapytał Hamed. Leniwym gestem złapał czarną pałkę, która leżała na jego kolanach.

– Jeśli można to oceniać po tym, co widziałam w piątek.

– Oni naprawdę myślą, że to on? – zapytał inny agent. – Że to al-Dżahiz?

– Niektórzy tak. Sądzę, że pozostali są po prostu ciekawi.

Żadne plakaty nie reklamowały dzisiejszego spotkania. Ani słowa nie napisano w gazetach. Jednak wszędzie widać było tego dowody: napisy na ścianach w ciemnych zaułkach, szepty w podziemnych melinach. Kair bywał czasem jak moneta o dwóch kompletnie różnych stronach.

– Słyszałem co nieco – odważył się wtrącić trzeci agent. – Że czyni cuda. – Po jego minie widać było, że czeka, aż Fatma to potwierdzi albo temu zaprzeczy.

– Nie widziałam żadnych cudów.

– Ale był tam ifryt? – zażartował czwarty. W jego głosie pobrzmiewała nadzieja, co było naprawdę szaleńcze. Nikt nie powinien rwać się do spotkania z ifrytem.

– Widziałam tylko parę sztuczek z ogniem – odpowiedziała Fatma.

Zapadło niespokojne milczenie, które w końcu przerwał Hamed:

– Nieważne, za kogo się podaje albo jakie zna magiczne sztuczki. Jesteśmy agentami ministerstwa. Ze wszystkim sobie poradzimy.

– A co z tym drugim mężczyzną? – Odezwał się znowu sceptyk. – O którym mówiłaś, że stał się więcej niż jedną osobą?

Fatma skrzywiła się na wspomnienie.

– Mam nadzieję, że poradzicie sobie z nim we czterech. Albo z nimi.

– Po to mamy to.

Hamed podniósł pałkę z krągłą główką, długą prawie jak jego ręka. Po włączeniu pstryczka u nasady rękojeści rozległo się jękliwe brzęczenie i główka rozbłysła błękitnymi iskrami. Pozostali zakrzyknęli, unosząc własne pałki. Jeden uderzył się nawet pięścią w pierś. Mężczyźni są bardzo dziwni, uznała chyba po raz setny Fatma.

Kiedy wóz policyjny zatrzymał się, Fatma pierwsza wysiadła, lądując na nierównym gruncie pośród małego obłoku kurzu. Szturchnęła melonik laską, żeby go odchylić, i się rozejrzała. W świetle księżyca w pełni, który wisiał na niebie jak na czarnym płótnie, Miasto Umarłych rozciągało się we wszystkie strony.

Al-Arafa*, Cmentarz, jak większość nazywała starą nekropolię, usadowił się u stóp niskich wzgórz. Kiedyś znajdował się tam starożytny kamieniołom, z którego wydobywano wapień, szczyty wzgórz nadal były nierówne i wyglądały jak odrąbane. Cmentarz znajdował się w dolinie między nimi – gęsta siatka grobów i mauzoleów, które budowano tam od ponad tysiąca dwustu lat. Chowano tu rodziny egipskich władców – dowódców wojskowych, mameluckich sułtanów, a nawet paru otomańskich paszów. Ich groby były jak miniaturowe pałace i mieściły najróżniejsze dziwowiska, nawet szkoły sufickie. Al-Arafa stała się miejscem, do którego ściągali ci, którzy szukali mądrości, oraz domem strażników czuwających nad nekropolią.

Jednak to miało miejsce dawno temu.

Pod koniec otomańskich rządów większość zamożnych mieszkańców Cmentarza przeniosła się do bardziej ponętnych części Kairu. Gwałtowna urbanizacja, a potem nadejście dżinnów tylko przyśpieszyło proces, kiedy kairczycy z klasy średniej tłumnie przeprowadzili się na nowe osiedla wyposażone w nowoczesne udogodnienia. Napływ rolników, chłopów i imigrantów do miasta oznaczał dla nekropolii napływ nowych mieszkańców, głównie ubogich. Mauzolea popadły w ruinę, wiele się waliło, z niektórych został tylko gruz. Nie było tu bieżącej wody, przewodów gazowych ani maszynerii parowej, brakowało nawet

---

* Al-Arafa – w wymowie kairskiej; właściwie: Al-Karafa (przyp. tłum.).

wybrukowanych ulic. Mimo to ludzie jakoś sobie tu radzili, jedni budowali małe chatki, inni zamieszkiwali wewnątrz grobowców. Zupełnie jakby miejsce wzniesione dla umarłych nic nie mogło poradzić na to, że przyciąga żywych.

– Nie ma to jak wycieczka do slumsów – mruknął ktoś.

Fatma odwróciła się i zobaczyła obok siebie Aasima. Nikt nie odwiedzał regularnie Miasta Umarłych. Może tylko pielgrzymi szukający błogosławieństwa sufickich mistyków, którzy nadal mieszkali w klasztorach, chociaż ich szkoły dawno temu zostały zamknięte. W niektórych lepiej utrzymanych grobowcach odbywały się święta. Jednak większość kairczyków trzymała się z dala od tego miejsca.

– Pomyśl, że dzięki temu więcej przebywasz na świeżym powietrzu – odparła Fatma.

Spojrzała na pobliski budynek. Kobieta patrzyła zza zasłon na pierwszym piętrze na konwój policyjny zatrzymujący się nieopodal jej domu. Nieco niżej dwóch małych chłopców przepychało się, żeby też coś zobaczyć.

– Powiedz to – burknął Aasim – kiedy któryś z tych małych szelm zwędzi ci ten błyszczący zegarek kieszonkowy, który tak lubisz. Wiesz, co ludzie mówią: jak coś zginie, to pewnie znajdzie się w Al-Arafie.

To była przesada. Wielu tutejszych ludzi pracowało albo w samym Kairze, albo gdzieś na przedmieściach. Albo miało swój udział w nieformalnej gospodarce, która utrzymywała miasto wewnątrz miasta. Większość mieszkańców Al-Arafy nie była złodziejami ani innymi przestępcami. Byli po prostu biedni.

– Nie przyjechaliśmy tu po to, żeby zgarniać paserów za handel drobnym towarem – odpowiedziała Fatma.

– Drobnym towarem? Podobno Czterdzieści Panter ma tu swoją kwaterę główną. To, co kradną te damulki, to nie jest „drobny towar". Wiesz, kiedy ostatnim razem tu byliśmy, miałem więcej niż tylko to. – Jego dłoń w białej rękawiczce dotknęła rączki drewnianej pałki u boku.

– Żadnej broni palnej – powtórzyła Fatma. – Mamy tu do czynienia z ludźmi, a nie z legionem pożerających ciała ghuli. – Stłumiła dygot, który przyszedł na wspomnienie ich poprzedniej wizyty na Cmentarzu, gdy badali sprawki szalonego anioła.

Aasim znowu burknął, a jego przerośnięte wąsy drgnęły niespokojnie. Bez wątpienia też naszły go żywe wspomnienia.

– Mam nadzieję, że masz rację. – Skinął podbródkiem przed siebie. – Bo to nie napełnia mnie otuchą.

Fatma spojrzała we wskazanym kierunku na grupę prowizorycznych chałup między nagrobkami i grobowcami. Gdzieś za nimi potężny blask rozświetlił niebo i dachy. To przypominało jej nocny targ pod odkrytym niebem. Tyle że w Mieście Umarłych nie urządzano nocnych targów. A hałaśliwe okrzyki i wiwaty, które rozlegały się od czasu do czasu, nie brzmiały tak, jakby ludzie się targowali.

– Wszyscy są na miejscu?

Aasim odwrócił się, żeby spojrzeć po swoich ludziach. Dwa wozy opustoszały, policjanci stali ramię w ramię w dwóch szeregach. Zmarszczył brwi.

– Myślę, że masz towarzystwo.

Fatma odwróciła się, nie rozumiejąc, i zobaczyła kogoś, kto pośpiesznie mijał policjantów. Hadia? Kobieta doszła do nich, wcale nie zdyszana mimo szybkiego kroku.

– Co tu robisz? – zapytała Fatma. – Coś się stało?

Hadia pokręciła głową.

– Nic się nie stało. Po prostu jestem twoją partnerką. – Uśmiechnęła się, ale w jej słowach nie było wesołości.

– Kategorycznie zabroniłam ci tu dziś przychodzić!

– Wiem. – Hadii zrzedła mina. – Tyle że nie możesz mi zabronić. Ta zasada, którą zacytowałaś, nakazująca pozostać rekrutowi na zapleczu. Ona nie istnieje. Wymyśliłaś ją.

Fatma się zaczerwieniła. Stojący obok niej pozostali agenci powstrzymywali uśmieszki.

– Zmyśliłaś zasadę? – Hamed zarechotał. – I zostawiłaś ją z Onsim?

– Onsi zna Ministerialny Kodeks Postępowania na pamięć – potwierdziła Hadia. – Wspomniałam mu przelotnie o twojej zasadzie, a on natychmiast mnie ostrzegł, że nie ma takiej zasady.

Wskoczyłam więc do policyjnego furgonu i dojechałam tutaj. Gdzie jest moje miejsce.

– Zrobiłam to dla twojego własnego dobra – warknęła Fatma. – Tu może być niebezpiecznie.

– Zdawałam sobie sprawę, że to może być niebezpieczne, kiedy wstąpiłam do akademii – odparła Hadia.

Popatrzyły po sobie w milczeniu.

Aasim odchrząknął.

– Potrzebujecie chwili dla siebie?

– Nie. – Nie było na to czasu. – Hadia, idziesz ze mną. Jeśli sprawy przybiorą zły obrót, wycofasz się za kordon policji.

– Potrafię sobie poradzić...

– Za pomocą czego? Własnych rąk? – Fatma odwróciła się do Aasima, starając się zapanować nad irytacją. – Jesteśmy gotowi?

Inspektor popatrzył po nich obu, ale skinął głową.

– Dobrze więc. – Wzruszyła ramionami, naciągając mocniej melonik, i ruszyła przodem z laską w ręku. – No to chodźmy.

Mała armia pomaszerowała wąskimi uliczkami Cmentarza. Fatma szła na czele z Aasimem, a teraz także z Hadią, z Hamedem i pozostałymi agentami na flankach. Za nimi szli policjanci. Co najmniej czterdziestu. Aasim chciał wziąć więcej ludzi, cały kontyngent, żeby otoczył Miasto Umarłych, ale Fatma się sprzeciwiła. Już i tak zamierzali zwalić się na ludzi w środku nocy. Nie było powodu zaostrzać sytuacji jeszcze bardziej.

Nie wszyscy mieszkańcy Al-Arafy poszli na wiec. Teraz siedzieli w oknach i drzwiach, obserwując pochód kluczący wśród kamiennych nagrobków, czasem pochylający się pod sznurami prania albo obchodzący ceglany piec. Większość twarzy patrzyła na nich obojętnie. Niektórzy niepokoili się. Jedna kobieta zakrzyknęła kilka razy spanikowana „*Ja lahwi!*”, kiedy przechodzili. Inni patrzyli nieprzychylnie. Raz albo drugi padło wypowiedziane szeptem przekleństwo.

Aasim pochylił się ku Fatmie.

– Wspominałem, że w slumsach nikt nie lubi policji?

Fatma w to nie wątpiła. A z raportów, które czytała, wynikało, że mieli ku temu dobre powody. Ich grupa szła względnie cicho, ale hałas przed nimi przybierał na sile. Rozlegały się wiwaty. I ktoś przemawiał. Wychwyciła kilka słów niosących się echem pośród wąskich uliczek nekropolii. Jednak dopiero, kiedy zostawili za sobą większość budynków, dotarła do niej skala tego, co na nich czekało.

Ciasno upakowany tłum wypełniał wolną przestrzeń. Jeszcze więcej ludzi stało albo siedziało na budynkach, które wznosiły się wokół. Fatma spodziewała się wielu ludzi, ale najwyraźniej zebrało się tu kilkaset osób. O wiele więcej niż na ostatnim spotkaniu. Lampy z jarzącym się gazem wisiały w górze, ich ostry blask zalewał cały teren, przywodząc na myśl amfiteatr na świeżym powietrzu albo operę. Funkcję sceny tutaj pełniło wysokie mauzoleum. Mury z blankami kiedyś pewnie były gładkie, chociaż teraz suszone cegły były mocno spękane. Otaczały je drewniane rusztowania w miejscach, gdzie ktoś przeprowadzał naprawy. Całość zwieńczała wielgachna gruszkowata kopuła, której powierzchnię zdobiły rowki biegnące od czubka do podstawy. Na szczycie widniał półksiężyc. Tuż przed kopułą, w miejscu, gdzie fragment trójkątnych, ozdobionych wzorem podobnym do plastra miodu blanków rozpadł się, stał mówca.

Fatma zmarszczyła brwi. To nie był człowiek w złotej masce, ale ktoś inny – mężczyzna ubrany w niebieską galabiję i biały turban. Unosił obie ręce i krzyczał w noc.

– ...widziałem na własne oczy cuda, które czynił! Wezwał tych, którzy zostali stworzeni z ognia bez dymu i zniszczył cudzoziemców! Kiedyś pomagałem im kraść i profanować! On jednak nakierował mnie na właściwą drogę! Powrócił, żebyśmy wszyscy mogli zobaczyć i poznać prawdę! Powrócił, żeby móc nas nauczać, tak jak czynił to wcześniej!

Nowe wiwaty poniosły się rykiem, który z tak bliska był ogłuszający.

– A to kto? – zapytała Fatma, pochylając się do Aasima.

– Z tego co mi powiedziano, przed wszystkimi przemowami tego impostora pojawiają się tacy ludzie. Opowiadają o tym, czego dokonał al-Dżahiz i co, jak twierdzą, widzieli na własne oczy.

– Świadkowie; ci, którzy dają świadectwo – dodała Hadia.

Fatma znała ten tytuł. Podobno kiedy prawdziwy al-Dżahiz przemierzał ulice Kairu, często poprzedzali go ludzie poświadczający jego nauki i cuda. Ten impostor dobrze się przygotował.

Ryk tłumu przybrał na sile. Ludzie stanęli na dachach wyczekująco. Mężczyzna na mauzoleum krzyczał teraz, ale przez zgiełk przebijały się tylko urywki jego przemowy.

– ...Wędrowiec Między Światami! Ojciec Tajemnic! Mistrz Mistycznych...!

Aasim powiedział coś, czego nie dało się usłyszeć, ale Fatma i tak była całkowicie skupiona na szczycie mauzoleum. Mówca skończył i odsunął się. Cała zesztywniała, gdy pojawił się mężczyzna w złotej masce.

Wyglądał tak jak wcześniej – wysoki, odziany w zwiewne czarne szaty. Nawet stąd widziała szczegóły jego maski, wytrawione wzory poruszające się, jakby były żywe. Na prawo od niego stała druga znajoma postać, szczupły mężczyzna w czarnych bufiastych spodniach i w koszuli z mocnego materiału. Kiedy impostor zajął swoje miejsce, tłum zaczął skandować:

– Al-Dżahiz! Al-Dżahiz! Al-Dżahiz!

Stanął z rękami złożonymi za plecami, a jego towarzysz zamarł na prawo od niego, nieruchomy jak posąg. Wiwaty ucichły, kiedy impostor uniósł ręce, a Fatma dopiero teraz zauważyła, że są pokryte czarną kolczą plecionką. Zapadła cisza, a on przemówił:

– Przyszliście dzisiaj, oczekując cudów.

Rozległy się zduszone okrzyki i Fatma rozumiała ich powód. W przeciwieństwie do poprzednika impostor nie musiał krzyczeć. Jego słowa niosły się doskonale i Fatma miała wrażenie, że mówca stoi tuż obok niej. To była nowa sztuczka, którą nie posługiwał się poprzedniej nocy.

– Przyszliście dzisiaj w poszukiwaniu mądrości. Żeby usłyszeć, jak opowiadam wam o tym, co widziałem, kiedy wędrowałem między światami. Przyszliście, bo wasze oczy i umysły są wygłodniałe, tak samo jak brzuchy waszych dzieci i wasze własne. Przyszliście, bo wasze dusze są spragnione, wysuszone jak pył pod waszymi nogami. Przyszliście, bo nawet w tej epoce, w której nie brakuje cudów... – wskazał w dal, w stronę miasta – ...czujecie pustkę, dziurę w samym środku. Ten nowy świat was zawiódł. Ta rzekoma „nowoczesność" was nie zaspokoiła, jesteście jak człowiek dryfujący na morzu bez kropli wody do picia.

Wziął wdech, jakby zaciągał się życiem, i jego głos eksplodował.

– Wróciłem do was, mój zagubiony ludu! – zagrzmiał. – Wróciłem do was, do porzuconych! Wróciłem do was. Nie do potężnych, nie do bogatych, ani tych, którzy nadużywają moich nauk, żeby żyć w dekadencji! Żeby wznieść wspaniałe miasto dla stojących wysoko, gdy tak wielu upadło jakże nisko! Którzy ośmielają się głosić wiek cudów oparty na grzbietach tych, którzy rzeczywiście budują i pracują w ich fabrykach! Którzy muszą piec swój chleb, gdy tamci obżerają się potem i znojem waszych rąk! Musicie żyć w nędzy, kiedy oni budują, budują i budują, jakby chcieli podsłuchiwać same niebiosa! *Masr* zbłądził ze ścieżki, którą wytyczyłem! Razem musimy to naprawić! Nawet jeśli to oznacza zburzenie wszystkiego, co wybudowali, byśmy mogli zacząć od nowa!

Od okrzyków w odpowiedzi prawie pękały bębenki w uszach. Fatma i Aasim spojrzeli po sobie. Nadszedł czas. To, co zamierzała zrobić, było najgenialniejszym albo najgorszym pomysłem w historii najgorszych pomysłów. Bezgłośnie wypowiedziała formułę basmali. A potem, zanim impostor znowu się odezwał, krzyknęła:

– Czy al-Dżahiz to morderca?

Nie miała jednego z tych transmiterów głosów, jakimi posługiwali się pieśniarze, ani nie dysponowała żadnymi sztuczkami, dzięki którym usłyszeliby ją wszyscy. Zadała pytanie jednak pewnie, bez śladu drżenia w głosie. W ciszy jej słowa poniosły się echem. Wszyscy odwrócili się i zaraz podniósł się szybki, brzękliwy szmer. Chociaż raz Fatma wątpiła, żeby powodem był jej garnitur. Już prędzej zastępy policji, które za nią stały. Mężczyzna w złotej masce spojrzał z wysokości mauzoleum i poczuła na sobie jego płonące spojrzenie. Wzięła się w garść i przemówiła znowu. Ruszyła przed siebie, a za nią szedł jej orszak.

– Zapytałam, czy al-Dżahiz to morderca?

Tłum rozstępował się przed nimi. Niektórzy z tych, którzy przyszli z dziećmi, zaczęli odchodzić, pewnie obawiali się nadciągającego konfliktu. Jednak do niczego nie dojdzie, bo Fatma załatwi tego oszusta tu i teraz. Prawie nie oderwała od niego oczu, gdy palił ją wzrokiem z wysokości.

Doszli do pierwszych rzędów tłumu. Tutaj stali głównie młodzi mężczyźni z ogniem w oczach i trzeba było ich odpychać, żeby dało się przejść. Jeden, któremu na podbródku sypnął się zaczątek zarostu, zaparł się wyzywająco. Fatma opuściła ramię i zwyczajnie naparła na niego całym ciałem. Zatoczył się do tyłu. Gdy odzyskał równowagę, rzucił się w przód, ale natknął się na Aasima, który spiorunował go wzrokiem, poruszając nerwowo wąsami.

– Tylko spróbuj.

Fatma ich zignorowała, skupiona całkowicie na postaci w górze.

– Nie odpowiedziałeś na moje pytanie – krzyknęła znowu. – Czy al-Dżahiz jest mordercą?

Impostor milczał i Fatma już myślała, że znowu będzie musiała powtórzyć pytanie. Wtedy jednak odezwał się:

– Mówisz zagadkami. Zapytaj wprost, by wszyscy rozumieli.

W tłumie rozległy się potakujące pomruki.

– Al-Dżahiz, o którym się uczyłam, był nauczycielem – zawołała Fatma. – Myślicielem, wynalazcą. Człowiekiem prawym, sprawiedliwym, uczciwym. Człowiekiem, który opowiadał się za wolnością. Bóg mi świadkiem, że w niczym, co czytałam, nigdy nie został nazwany mordercą.

– Więc dlaczego teraz nazywasz mnie mordercą? – zapytał impostor.

O tak, pomyślała Fatma. Weź tyle sznura, ile potrzebujesz.

– W zeszłym tygodniu zamordowano dwadzieścia osób – krzyknęła. – Spalono je żywcem. Z ciał został popiół. Widziano człowieka uciekającego z miejsca zbrodni, jakby był zwykłym złodziejem, tchórzem, który próbuje ukryć swoje postępki. Mężczyzna nosił złotą maskę.

Rozległy się gniewne okrzyki. Fatma zerknęła na policjantów, którzy trzymali ręce blisko pałek. Posłała znaczące spojrzenie

Aasimowi, który odwrócił się i syknął coś do swoich ludzi. Cokolwiek powiedział, jego słowa poniosły się wzdłuż szeregu i ręce rozluźniły się. Na szczycie mauzoleum mężczyzna uniósł dłoń w kolczej rękawicy i tłum ucichł. Fatma nie zamierzał marnować tej ciszy.

– Nie nazywam wielkiego al-Dżahiza mordercą – powiedziała, zwracając się do tłumu. – Nazywam mordercą tego szarlatana, który zdecydował się was okłamać, omamić. Człowiekowi, który zabił tak wielu, nie można ufać. Taki człowiek nie zasługuje na wasze pochwały. – Na kilku twarzach odmalowała się konsternacja. Dobrze. Fatma skinęła głową na impostora. – Pytam cię znowu, czy al-Dżahiz jest mordercą?

Cisza się przeciągała. Wyglądało na to, że teraz wszyscy czekają na odpowiedź, wszyscy wbijają wzrok w postać w górze. W końcu oszust odpowiedział:

– Jestem wieloma rzeczami dla wielu ludzi. Nauczycielem. Myślicielem. Wynalazcą. Nazywano mnie różnie. Świętym. Szaleńcem. – Urwał. – A dla tych, o których mówisz, dla tych, którzy zginęli w ogniu... dla nich byłem zemstą.

Fatma odetchnęła. Stało się. Stojący obok niej Aasim odchrząknął i krzyknął:

– Dla mnie to brzmi jak przyznanie się do winy.

– Przyznaję się tylko do zrobienia tego, co trzeba było zrobić – odparł mężczyzna. Skierował płomienny wzrok na tłum, który patrzył na niego niepewnie. – Nie mówią wam wszystkiego, nie mówią, kto zginął tamtej nocy. Tu właśnie, na tej samej ziemi, po której kiedyś stąpałem, cudzoziemcy stworzyli kpinę pod moim imieniem. Nie mówią wam, że jeden z tych ludzi, rzekomy Angielski Pasza, zwołał kłamliwą klikę złożoną z innych Anglików, którzy zatruwali moje nauki. Nie mówią wam, że praktykowali nikczemne sztuki, śmiali się nawet nazywać Bractwem Al-Dżahiza. Zadawali się z bałwochwalcami! Z czcicielami fałszywych bogów!

Rozległy się nowe pomruki i Fatma spostrzegła, że na wielu twarzach maluje się zgorszenie. To jednak nie wystarczyło. Wątpliwość wciąż wypełniała powietrze.

– To nie powód do morderstwa! – ktoś krzyknął.

Fatma rozejrzała się, szukając głosu. Wtedy ktoś inny się odezwał:

– Jesteśmy narodem prawa!

– Nie ma powodu zabijać nawet bałwochwalców! – krzyknęła trzecia osoba.

– Ani cudzoziemców! – wtrącił ktoś jeszcze. – Nie zabijamy tych, którzy z nami nie walczą!

Kolejne głosy. Protesty. Wyrywające się to tu, to tam z tłumu. Pewien starzec cytował hadis o niestosowaniu przemocy grupce młodych mężczyzn, którzy słuchali z szacunkiem, chociaż się z nim nie zgadzali. Inni robili wrażenie, jakby chcieli odejść, wrócić do domów. Fatma spojrzała na impostora z triumfem w oczach. Jeśli myślał, że zdoła przydać swoim zbrodniom prawości, to mocno się mylił. Teraz twój ruch, pomyślała sobie.

– Walka już się toczy przeciwko wam – zagrzmiał impostor, przebijając się przez zgiełk. Poczekał, aż znowu zapadnie cisza, gdy wszyscy skierowali spojrzenia na niego. – Nie mówią wam, że ci cudzoziemcy dopuścili się kradzieży. Rabowali z naszej ziemi, co się tylko dało. Chcieli odebrać to, co należy wam się zgodnie z prawem, aby stać się nową władzą. Chcieli skorumpować ten kraj, zdeprawować wasze dzieci, poniżyć nasze społeczeństwo, posługując się moim imieniem, przekręcając moje nauki, by służyły ich chciwości! Ich celem jest nic innego, jak osłabić Egipt, uczynić z nas ponownie wasali zachodnich rządów! Poddać nas władzy tych samych tyranów, przed którymi uciekliśmy!

Znowu rozległy się zduszone okrzyki. Prawdziwy niepokój wypłynął na twarze.

Fatma zmarszczyła brwi. Do czego on zmierzał?

– Powiedz nam! – krzyknął ktoś. – Kto by się tego dopuścił?

– Ci sami ludzie, którzy trzymają was w tym slumsie – odpowiedział impostor. – Ci, którzy mienią się waszymi przywódcami. Którzy zasiadają w waszym rządzie. – Uniósł rękę i wskazał Fatmę i jej towarzyszy. – Oni o tym wiedzieli! Przedstawiciele władzy, którzy mają was chronić, pozwolili na tę profanację!

Dlaczego? Bo Angielski Pasza chadzał z bogatymi, z potężnymi, którzy posłużyli się swoimi wpływami, żeby uciszyć naszych mężów stanu, żeby uciszyć nawet wasze gazety, byście pozostali ślepi!

Zamilkł, czekając, aż słowa dotrą do zebranych. Fatma z niepokojem spostrzegła, że wielu ludzi słucha. Nie wszyscy byli przekonani, ale chcieli usłyszeć więcej.

– Zdrajcy! – ktoś krzyknął.

Fatma uznała, że to jeden z młodych ludzi. Inni szybko to podchwycili i słowo niosło się szmerem w tłumie, jakby brzęczał rój os.

– Zdrajcy! – zawołał zgodnie z tłumem impostor. – Zdrajcy, którzy sprzymierzyli się z bałwochwalcami i Anglikami, spiskując, żeby pozwolić cudzoziemcom zakorzenić się znowu na naszej ziemi! Żeby zniweczyć pracę, jaką wykonałem, żeby pomóc uwolnić Egipt! Tak, spaliłem ich! Pozwoliłem, żeby płomienie ich pożarły! By położyć kres spiskowi mającemu na celu ponowne spętanie naszego kraju, zakucie nas wszystkich w kajdany!

Chór potakujących okrzyków z tłumu rozległ się wśród nocy.

– To było niezłe – przyznał Aasim. – Mam nadzieję, że masz na to ripostę?

– Oczywiście, że ma – odpowiedziała Hadia. Rozglądała się nerwowo. – Masz, prawda?

Fatma zacisnęła zęby. Nie taki był plan. Zdobyła przyznanie się do winy, ale on zamienił je w powód do chluby. Utkał najbardziej idiotyczną teorię spiskową. Egipski rząd miałby pomagać zamienić kraj w angielską kolonię? To śmieszne! Widziała jednak, że te słowa trafiły do ludzi, którzy mieli niewiele powodów, żeby ufać władzom. Niektórzy sprawiali wrażenie szczerze zaszokowanych, wręcz zaniepokojonych. Impostor prowadził niebezpieczną, wręcz bardzo niebezpieczną grę. Na szczęście nie wszyscy dali się zwieść jego przemowie. Na wielu twarzach widniał nietajony sceptycyzm. Parę osób nawet zerkało w jej stronę wyczekująco, jakby próbowało ją skłonić do rzucenia godnej riposty. W takim razie czas na prawdziwe przedstawienie.

– Zdejmij maskę! – krzyknęła. Te słowa przecięły radosne uniesienie, które zaczęło przygasać. – Al-Dżahiz nigdy nie nosił maski. Nigdy nie ukrywał twarzy przed wyznawcami jak jakiś kryminalista albo włamywacz. Dlaczego miałby teraz to robić? Przekonałam się, że mężczyźni, którzy chowają się za maskami, robią to po to, żeby ukryć swoje kłamstwa. Jeśli jesteś wielkim al-Dżahizem, to uczyń ten jeden cud. Zdejmij maskę. Pokaż, co się pod nią kryje.

Zaszokowana cisza zapadła w tłumie, a potem ktoś zawołał:

– Tak, zdejmij maskę!

A po nim następna osoba:

– Pokaż nam swoją twarz! Zdejmij maskę!

Fatma pozwoliła sobie na ledwie widoczny uśmieszek, kiedy rozległy się kolejne okrzyki. Tacy byli kairczycy. Słuchali. Jeśli jednak chcesz, żeby za tobą podążali, jeśli chcesz zdobyć ich zaufanie, to muszą czuć, że cię znają. Muszą ci spojrzeć w oczy i odczytać twoje serce. Chodzenie w masce to niezły chwyt, ale mnóstwo ludzi przyszło tu głównie z ciekawości. Fatma chwyciła to zaciekawienie i solidnie nim potrząsnęła.

– Dlaczego to tyle trwa? – zakpiła. – Czy ten wyczyn przerasta wielkiego al-Dżahiza? A może lepszy jesteś w przemowach? Moja matka zawsze powtarza, że pod ładną i skromną powierzchownością często kryją się katastrofy. Może ty chowasz katastrofę pod maską? Może twoje oczy są tak wielkie, jak sugeruje twoje imię?

Rozległy się śmiechy. To druga cecha kairczyków: daj im powód, a w okamgnieniu z kogoś poważanego zamienisz się w pośmiewisko, przedmiot żartów powtarzanych na rogach ulic i w kawiarniach.

– Śmiało, wielki szajchu – rzuciła Fatma na dokładkę. – Zdejmij maskę!

Impostor uniósł rękę i znowu zapadła cisza.

– Nigdy nie twierdziłem, że jestem szajchem – powiedział cicho. – To wy obdarzyliście mnie tym tytułem. Jednak odkrywam przed wami prawdę. Przedstawiam prawdę tym, którzy muszą ją usłyszeć: muzułmanom, Koptom czy niewierzącym. Kiedy pierwszy raz chodziłem ulicami Kairu, przybyłem tylko jako nauczyciel i nikt więcej. Jako ten, którego twarz może zginąć w tłumie. Nie pragnąłem, żeby robiono moje podobizny, nie chciałem się stać bożkiem, którego czciliby opacznie pojmujący mnie ludzie. Nie chciałem, żeby wykorzystali mnie występni i sprowadzili ludzi na manowce.

Fatma z radością szykowała nowe kpiny. Nie uda mu się tak łatwo wyłgać.

– Rozumiem jednak, że oczy muszą czasem zobaczyć, żeby wzmocnić prawdę.

Słowa wyparowały z Fatmie z ust, gdy mężczyzna zrobił rzecz nie do pomyślenia – położył palce po obu stronach złotej maski i zdjął ją. Stłumione okrzyki rozległy się wokół niej i przecięły ciszę jak nóż.

Pod maską znajdowała się twarz, która wprawiała w osłupienie, i Fatma musiała zebrać wszystkie siły, żeby nie cofnąć się o krok. To była surowa, kanciasta twarz o zapadłych policzkach pod kośćmi jarzmowymi i wydłużonym podbródku. Skóra, która ją pokrywała, była ciemna jak u dowolnego Sudańczyka i kontrastowała z potarganymi, przyprószonymi siwizną lokami, które ją okalały. I te oczy! O ile to możliwe, to płonęły jeszcze zacieklej, jakby zdjęto zasłonę z ich surowości. To nie był naprawdę al-Dżahiz – umysł nie pozwoliłby Fatmie na taką myśl. Jednak gdyby kiedykolwiek wyobraziła sobie, jak wyglądałby człowiek z opowieści i legend, gdyby ponownie stanął pośród nich, to właśnie taką twarz przywołałaby.

Nabożny podziw w tłumie był praktycznie namacalny i wyrażał się w okrzykach: „To on! Powrócił! Al-Dżahiz!". Ostatni okrzyk podłapywały coraz to nowe głosy i w końcu zlały się w nieprzerwane skandowanie: „Al-Dżahiz! Al-Dżahiz! Al-Dżahiz!". Jeśli ktoś miał jeszcze jakieś wątpliwości, to utonęły one w rozgorączkowanych okrzykach.

– Nie jest dobrze – powiedziała Hadia.

Fatma rozejrzała się. Miała nadzieję, że zdemaskuje impostora, pokaże, że jest kłamcą, a zamiast tego umocniła jego pozycję. Ogarnęło ją nieprzyjemne uczucie, że to była pułapka. A ona weszła prosto w nią.

– Co teraz? – zapytał Aasim.

Fatma odsunęła od siebie strach i zwątpienie.

– Pamiętam, że przyznał się do morderstwa. Aresztujemy go, zanim jeszcze bardziej nakręci tłum.

– Już robi wrażenie nieźle nakręconego – zauważyła Hadia.

I to nie tylko tłum, jak zauważyła Fatma. Hamed i pozostali agenci ściskali w dłoniach czarne pałki. Policjanci trzymali ręce na rękojeściach swoich pałek, ramiona mieli sztywne, jakby szykowali się do skoku. W każdej chwili mogło dojść do wybuchu.

– Aasim! Aresztujmy go teraz albo wycofajmy się!

Wąsy inspektora dosłownie zesztywniały.

– Kairska policja nigdy się nie wycofuje – rzucił zjadliwie. Wyciągnął gwizdek i zagwizdał dwa razy. Policjanci sięgnęli po pałki i ustawili się jak batalion. – Mam prawo cię aresztować! – krzyknął do impostora. – Za zamordowanie lorda Alistaira Worthingtona i jego współpracowników! Każdy, kto nam w tym przeszkodzi, zostanie aresztowany za utrudnianie przeprowadzenia woli państwa.

W odpowiedzi usłyszał gniewne okrzyki i gwizdy, które dołączyły do skandowania.

– Wola państwa. – Zakpił z góry impostor. – Widzicie teraz, o czym mówię? Gdzie były władze Kairu, gdy chorowaliście? Gdy potrzebowaliście czystej wody? Gdy ceny żywności wzrosły? Nic ich to nie obchodziło. Teraz jednak przysyłają całą armię policji, żeby chronić spiskujących cudzoziemców. I to przeciwko komu? Przeciwko biednym i uciskanym. Napadli na wasze domy. I wszystko to, żeby zatrzymać jednego człowieka? Pójdę z własnej woli, jeśli tego życzą sobie moi ludzie. Żeby ta karygodna zdrada nie ciągnęła się dłużej.

Okrzyki sprzeciwu wzniosły się razem z pięściami. Na oczach Fatmy grupa trzydziestoosobowa, może nawet liczniejsza, oderwała się od tłumu. Rozpoznała przywódcę: młody człowiek, którego wcześniej popchnęła. Prowadził ludzi prosto na nich, ponaglany okrzykami i obscenicznymi gestami. Fatma zerknęła na policjantów. Na ich twarzach malował się gniew, ale także strach, bo zrozumieli, że tamci mają zdecydowaną przewagę liczebną. Kryzys szybko narastał i teraz sytuacja balansowała na ostrzu noża. Wystarczyłoby jedno szturchnięcie, żeby rozpętało się piekło. Nie, do tego nie może dojść. Zerknęła na impostora, którego niemożliwa twarz wyrażała zadowolenie. Fatma na to nie pozwoli! Krzyknęła do Aasima, chcąc mu powiedzieć, żeby się wycofali, kiedy szturchnięcie faktycznie nastąpiło. Przybrało postać buta.

# ROZDZIAŁ JEDENASTY

Fatma patrzyła, jak but leci – sandał rzucony niewidocznymi rękami. Kreślił łagodny łuk w powietrzu i nie mógł wyrządzić prawdziwej krzywdy, ale policjant, który oberwał nim w twarz, aż ryknął – być może bardziej obrażony niż zraniony – naparł przed siebie i uruchomił reakcję łańcuchową. Policjanci na przedzie ruszyli, popychani przez tych za nimi. Kiedy napotkali tłum, wszystko wybuchło.

Pałki uderzały w plecy, nogi, ręce. Ludzie padali, krzycząc z bólu. Niektórzy walczyli. Inni uciekali, a policja gnała za nimi głębiej w tłum. Potyczka rozlewała się, w miarę jak przyłączali się do niej nowi walczący. W okamgnieniu rozgorzała zacięta walka.

Fatma zrobiła unik przed ciosem mężczyzny, który w nią celował. Dźgnęła go gałką laski, zmuszając do wycofania się. Pojawił się kolejny, zręczniejszy. Fatma omal nie oberwała pięścią, która przecięła powietrze kilka cali od jej nosa. Zaraz potem postać obróciła się i podskoczyła, żeby przyłożyć w twarz Aasimowi. Ten krzyknął, łapiąc się za policzek i daremnie próbując złapać wolną ręką napastnika, który już czmychał.

– Czy właśnie spoliczkowała mnie dziewczyna? – zapytał, nie mogąc w to uwierzyć.

Fatma przyjrzała się gibkiej postaci, która znikała w tłumie. To rzeczywiście była dziewczyna. Nie mogła mieć więcej niż kilkanaście lat, była wysoka i ciemnoskóra. Wyróżniała się jednak z powodu ubioru – jasnoczerwonego kaftana i niebieskich szarawarów.

– Czterdzieści Panter! – krzyknęła ostrzegawczo. – W tłumie jest Czterdzieści Panter!

Teraz, gdy się rozejrzała, była w stanie wypatrzeć złodziejki rozproszone w rozgardiaszu – wyrywały pałki albo ich podcinały. Inne strzelały kamieniami z proc, ogłuszając mężczyzn. Kilka organizowało chaotyczny tłum, żeby atakował podwładnych Aasima bardziej strategicznie, uderzając i błyskawicznie wycofując się.

– Czterdzieści Panter! – warknął Aasim, poruszając szczęką. – Dlaczego w ogóle się w to mieszają?

Fatma nie miała pojęcia. Sytuacja jednak tylko się pogorszyła. Kolejna grupa napastników zaatakowała, oddzielając ją od Aasima. Została z Hamedem i jeszcze jednym agentem, który ciężko pracował, żeby utrzymać gniewny tłum na dystans. Nagle w głowie Fatmy odezwał się dzwonek alarmowy. Gdzie była Hadia? Obróciła się gwałtownie i zobaczyła, że jej partnerka jest na prawo od niej.

– Uciekaj! Znajdź ludzi w odwodzie i niech cię stąd odeskortują!

– Nie ma nikogo w odwodzie! – sprzeciwiła się Hadia.

– Nie możesz tu zostać! Zaraz...

Fatma nie skończyła, bo ktoś ją pchnął. Padła i zobaczyła nad sobą wielgachnego mężczyznę z kijem. Wziął zamach, zamierzając ją uderzyć, kiedy oberwał pięścią w bok. Jęknął piskliwie, upuścił kij i odwrócił się do napastnika. To była Hadia. Na jego twarzy odmalowało się przelotne zdumienie, zanim się rzucił do ataku. Fatma patrzyła z rozdziawionymi ustami, jak Hadia spokojnie uchyla się i łapie go za rękę. Wykorzystała jego rozpęd i mężczyzna poleciał prosto na swoich towarzyszy. Podniósł się i znowu ją zaatakował. Tym razem wzięła zamach nogą i trafiła go stopą prosto w podbródek. Wielka głowa aż odskoczyła w tył i mężczyzna padł. Jego przyjaciele popatrzyli na nieprzytomnego i uciekli poszukać sobie łatwiejszej ofiary.

Hadia podała Fatmie rękę.

– Mówiłam, że potrafię o siebie zadbać.

Fatma podniosła się. Zaczynała poważnie kwestionować swoją zdolność do oceny ludzi.

Nad nimi impostor patrzył beznamiętnie na chaos. Jego wzrok zatrzymał się na Fatmie. Znowu założył maskę, ale Fatma wyobrażała sobie krzywy uśmiech, który się pod nią krył. Ta myśl napełniła ją nowym gniewem. Uniosła laskę w jego stronę i krzyknęła:

– Przyjdę po ciebie!

Odpowiedział na to niedbałym machnięciem ręki, a wtedy postać obok niego ożyła i zeskoczyła z mauzoleum.

Fatma cofnęła się. Do diabła! Zapomniała o jego towarzyszu. Tak jak poprzednio wylądował z łatwością, jakby nie zeskoczył właśnie z wysokości siedmiu pięter. Zanim zdążyła mrugnąć, było ich dwóch. Hadii zaparło dech w piersi. Fatma jednak widziała już tę sztuczkę i była przygotowana.

– Hamed!

Hamed podbiegł, towarzyszyli mu pozostali agenci.

– Nie wyglądają tak źle.

– Wygląd bywa zwodniczy – ostrzegła ich Fatma.

Hamed rozkazał mężczyznom ustawić się w półkolu.

– Nadal jest nas czterech, a ich tylko... – Urwał. Zaklął. Dwie postaci w czerni zamieniły się w cztery.

– Co mówiłeś? – spytała Fatma.

Odpowiedź nadeszła w postaci serii szybkich rozkazów. Mężczyźni przesunęli przełączniki na pałkach. Rozległo się jękliwe brzęczenie i krągłe główki zaskrzyły się elektrycznością. To była ministerialna broń, zaopatrzona w baterię zdolną wyprodukować potężny ładunek. Kiedy praca wymagała walki z nadprzyrodzonymi istotami, często o wiele silniejszymi od ludzi, przydawało się coś, co pomagało wyrównać szanse.

W okamgnieniu cztery postaci rzuciły się na Hameda i jego ludzi. Ich bufiaste spodnie łopotały, gdy wymierzały ciosy i kopniaki. Fatma zmrużyła oczy. Sprawiały wrażenie wolniejszych niż poprzedniej nocy. Niewiele, ale dość, żeby agenci utrzymali pozycje. Hamed napierał, przyjął na ramię źle wymierzony cios, żeby samemu uderzyć w jednego przeciwnika. Szok powinien sprawić, że mężczyzna straci przytomność, ale on tylko wrzasnął przenikliwie... i odpadła mu prawa ręka. Fatma zamrugała. Nie. Całej czwórce odpadły prawe ręce przy wtórze takiego samego okrzyku. Na jej oczach każda z kończyn zamieniła się w czarny popiół.

Hamed uśmiechnął się szeroko, gdy cztery postaci cofnęły się chyłkiem.

– Myślę, że znaleźliśmy ich słaby punkt. Może jednak to będzie łatwizna!

Ghul! Fatma przypomniała sobie czarną mgłę z rany, jaką zadała. Ten mężczyzna był swego rodzaju ghulem. Kiedy odcinało się kawałek ciała nieumarłego, zamieniał się w popiół, tak samo jak u tych tutaj. Jednak jaki ghul jest aż tak zwinny? I potrafi się powielać? Zanim zdołała ogarnąć to myślą, popiół na ziemi poruszył się, wzbił się w powietrze i przyczepił się do ramion dziwnych mężczyzn, po czym z powrotem zamienił się w namacalne ręce, i to znowu w czarnych rękawach. Jeden z ludzi Hameda odmówił cicho modlitwę.

– Zajmijcie ich! – powiedziała Fatma. – Ja wezmę się za ich pana!

Hadia złapała ją za rękę.

– Idę z tobą!

To było raczej oświadczenie niż pytanie. Hadia dorwała nawet skądś policyjną pałkę.

Zaczęły się przedzierać przez ciżbę. Większość ludzi była zbyt zajęta, żeby im przeszkodzić. Ci nieliczni, którzy próbowali, zostali zepchnięci na bok, aż agentki dotarły do mauzoleum. Na górę mogły wejść tylko po rusztowaniu zbudowanym przy ścianie. Gdy się wspinały, Fatma spostrzegła cienistą postać wspinającą się po rusztowaniach naprzeciwko. Gdy doszły na szczyt, znalazły się na wąskim przejściu – na kwadratowej podstawie kopuły mauzoleum. Pobiegły, skręciły za róg i...

Impostor stał z rękami za plecami, patrząc w dół z zadumą.

– Chwała niech będzie Bogu – zaintonował. – To niesamowite, jak słowa potrafią poruszyć ludźmi.

Fatma zatrzymała się gwałtownie, powstrzymując Hadię.

– Szarlatani potrafią namieszać ludziom w głowach – odparła.

Impostor podniósł wzrok, jego żywa maska ożyła zmiennymi wzorami. I te oczy!

– Nadal nie wierzysz. Po tym wszystkim, co widziałaś.

– Kiedy pracuje się w moim zawodzie, sztuczki nie robią tak dużego wrażenia.

– Tym właśnie jestem? Sztuczką? Złudzeniem, które zwodzi oczy? Zmysły?

– Nie wiem i mam to w nosie. Przyszłam cię aresztować. Niech sądy zajmą się resztą.

– Gdzie niewątpliwie czeka mnie sprawiedliwy proces – zakpił. – W tych ludzkich sądach.

– Zabiłeś ponad dwudziestu ludzi. Spaliłeś ich żywcem. Oczekujesz parady na swoją cześć?

– Oni mogą mi ją urządzić. – Wskazał w dół. – Ci ludzie nie oceniają mnie tak surowo. Rozumieją, dlaczego tego dokonałem. Żeby ocalić tę ziemię przed zdrajcami i...

– Jasne – weszła mu w słowo Fatma. – Ładny spisek obmyśliłeś. Tyle że nadal jesteś mordercą!

– Przed świtem będę bohaterem. Moje imię będzie na tysiącu ust. Nie słyszysz ich już teraz?

Fatma zacisnęła zęby.

– Twoje imię zostanie zapamiętane jako imię siewcy zamętu i niepokoju.

Mężczyzna przechylił głowę.

– Myślisz, że sam zasiałem ten konflikt? Spójrz, jak ci ludzie żyją, w jakim brudzie i nędzy. Świat mknie szybko niesiony nowoczesnością, którą tak się chełpi, zapominając o tych zostawionych w tyle, zmiażdżonych zębatymi kołami postępu. To jest większe niż ja. Fitna, która nadejdzie, szykowała się już od dawna.

– Fitna? – zapytała skonsternowana Hadia. – Fitna to tylko słowo. Wrażenie nieporządku albo niepokoju w obliczu trudności, różnicy zdań, gdy dowiadujesz się czegoś, co podważa twój sposób myślenia. Co to ma wspólnego z tym, co tu zmajstrowałeś?

– Ach. – Impostor uniósł palec. – Wielki filozof Ibn al-Arabi opisywał fitnę jako sprawdzian, próbę ognia. Widzę w tym podobieństwo do alchemii. Stopić i podgrzać do takiej temperatury, aż oddzielą się pierwiastki, tak jak oddziela się ciemiężcę od ciemiężonego. To właśnie niosę miastu, żeby ukazać brzydotę, jaka czai się pod tą epoką cudów. Żeby wszyscy, którzy mają oczy i serce, mogli ją zobaczyć. A to, co zostanie, gdy już fałsz i zanieczyszczenie zostaną odrzucone, będzie czyste i nieskalane.

Hadia szukała właściwych słów.

– Ty wszystko przekręcasz!

– A może nadaję wszystkiemu nowe znaczenie.

– Chyba powiedziałeś, że nie jesteś szajchem – warknęła Fatma.

Impostor wzruszył ramionami.

– Ukazuję prawdę w takim języku, jaki jest potrzebny.

– Zachowaj wykłady na czas procesu. Tam będziesz mógł odgrywać uczonego filozofa albo rewolucjonistę, ile tylko zechcesz. – Uniosła laskę i wysunęła ostrze.

– Temu właśnie stawię czoło? Jednej kobiecie z ostrzem i drugiej z pałką policyjną?

– Zapominasz o trzeciej. – Fatma rozkoszowała się konsternacją w jego oczach. Kiedy mówiła, mroczna postać oderwała się od cieni po drugiej stronie impostora, przyciągając jego uwagę: kobieta ubrana na czarno.

– Cześć, wujku – przywitała się Siti, machając palcami w rękawiczce ze srebrnymi pazurami. Podeszła nieśpiesznie i oparła się o ścianę mauzoleum. Zmrużyła oczy; to była jedyna odsłonięta część twarzy poza tym całkiem owiniętej materiałem. – Nieźle wyglądasz jak na... ile? Setkę? Dużo ćwiczysz? Pijesz mnóstwo wody?

Impostor otaksował ją spojrzeniem.

– Bałwochwalczyni z poprzedniej nocy.

– Musimy przestać spotykać się w takich okolicznościach. Sachmet przesyła pozdrowienia.

Zduszony okrzyk za plecami Fatmy oznaczał, że Hadia wreszcie zrozumiała. Fatma umówiła się z Siti, że się tu zjawi, ale miała wkroczyć dopiero wtedy, gdy sprawy przybiorą zły obrót. I przybrały.

– To co będzie: pójdziesz z nami? – zapytała Siti, wyciągając palce i nonszalancko oglądając pazury. – Czy zamierzasz ubarwić ten wieczór?

Impostor przyjrzał się ich trójce, zanim sięgnął prawą ręką w powietrze... gdzie nagle zmaterializowała się broń. To było długie, lekko zakrzywione ostrze z czarnego metalu, przez co wydawało się prawie niewidzialne w nocy. Dobywało się z niego ciche brzęczenie podobne do pieśni.

– Rozumiem, że to znaczy „nie" – warknęła Siti i rzuciła się na niego z pazurami.

Uniósł miecz, żeby odeprzeć jej atak i rozległ się szczęk metalu o metal. Ostrze dziwnie zawibrowało, gdy impostor uniósł je w jednej dłoni. Tam, gdzie klinga zderzyła się z pazurami, posypały się iskry jak świetliki. Siti cięła szerokimi, zaciekłymi łukami, szczerząc zęby z powodu ledwie powstrzymywanego zachwytu. Fatma uznała to za sygnał i zaatakowała z drugiej strony, mając nadzieję zajść impostora z odsłoniętej strony. Ostrze zostało specjalnie wykonane dla niej, gałka w kształcie lwa doskonale równoważyła ciężar klingi. Miało jedną krawędź tnącą, żeby zadawać rany niekoniecznie śmiertelne, ale zmuszające przeciwnika do poddania się. Chyba że wolałby się wykrwawić. Ustawiła stopy i przyszykowała się do cięcia.

Mężczyzna jednak wywijał szablą błyskawicznie, obroty i wymachy jego nadgarstka były niemalże niedostrzegalne. Zbił jej cieńsze ostrze z łatwością i cofnął się, gotowy przyjąć ataki ich obu. Cała trójka zamarła, oceniając sytuację. Siti przykucnęła, balansując jak kot, i popatrzyła na niego w zadumie.

– Ten miecz – powiedział impostor, prawie dotykając wibrującym ostrzem do maski – został wykuty przez dżinna. Podobno gdy odbiera życie, ostatnie, co umierający słyszy, to jego pieśń.

– Zawsze tyle gadasz? – spytała Siti. – Czy to wpływ moich perfum?

– Chciałem tylko, żebyście wiedziały. Wtedy gdy już usłyszycie śpiew, będzie znać jego źródło.

Siti zmrużyła oczy i skoczyła, sięgając pazurami. Fatma ruszyła ją wesprzeć, ale trudno było walczyć na wąskim pomoście. Przy każdej próbie uderzenia napotykała frustrująca kontrę, po czym impostor wracał do walki z Siti.

Z niechęcią Fatma musiała przyznać, że był dobry. Bardzo dobry. Poruszał ostrzem, jakby to było przedłużenie jego ramienia. Nie miała szansy mu dorównać, a on to wiedział. Martwił się głównie Siti, która nie ustępowała. Fatma musiała się cofnąć, kiedy ich dwójka przesunęła się w jej stronę, by przejść za zakręt. Hadia zachowywała dystans, ale szła za nimi z pałką w gotowości.

Fatma trzymała się blisko, mając nadzieję, że pojawi się szansa na cios. Ten mężczyzna nie mógł tak walczyć w nieskończoność. On też musiał zdać sobie z tego sprawę, bo kiedy przeszli na tyły mauzoleum, niespodziewanie wskoczył na trójkątne blanki na murach i zeskoczył. Podbiegła, żeby spojrzeć w dół i przekonała się, że wylądował na budynku poniżej. Stał tam z uniesionym mieczem i czekał.

Siti wrzasnęła wtedy i zanim ktokolwiek zdołał ją powstrzymać, skoczyła z mauzoleum, przekoziołkowała przy lądowaniu i poderwała się na równe nogi. Fatma chciała skoczyć za nią, ale Hadia złapała ją za rękę i pokręciła głową.

– To niemożliwe!

Miała rację. Jakąkolwiek magią dysponował impostor, jakakolwiek dziwna moc otaczała Siti, Fatma połamałaby sobie nogi, próbując tego samego. Albo gorzej.

Musiały zejść po murze i zeskoczyć na rozchwierutane rusztowanie. Fatma przebiegła po nim – Hadia tuż za nią – a potem przeskoczyła szeroki odstęp do następnego rusztowania, które tak się zatrzęsło, że przestraszyła się, że zaraz się przewróci. Na szczęście wytrzymało. Zeszła po nim i już widziała budynek, skąd niósł się szczęk pazurów uderzających o stal. Kolejny skok i była już na miejscu. Trochę zadyszała się z wysiłku, ale pobiegła prosto do walczących i zajęła miejsce obok Siti.

– Cieszę się, że udało ci się dotrzeć – fuknęła kapłanka.

Fatma nie miała dość powietrza w płucach, żeby marnować je na gadanie. Razem naparły na mężczyznę. Jego szabla nadal odpierała ich ataki, ale impostor się wycofywał. A co lepsze: ciężkie dyszenie niosło się teraz spod złotej maski. W końcu popełni błąd. To się często zdarza zmęczonym ludziom. Fatmie wydawało się, że już to widzi – nogi prawie potykające się o siebie, uginające się pod mężczyzną. Siti też to spostrzegła i błyskawicznie skróciła dystans. Nagle jednak jego nogi okazały się mocne, balansował nisko, a jego szabla w niewyjaśniony sposób zniknęła. Finta! Zanim Fatma zdołała wykrzyknąć ostrzeżenie, broń zmaterializowała się w drugiej ręce mężczyzny, dokładnie pod odsłoniętym bokiem Siti. Wbił ostrze między jej żebra, obrócił i wyszarpnął. Siti wyrwał się zduszony okrzyk, gdy krew trysnęła. Upadła.

Fatma pobiegła do niej, a mężczyzna wycofał się, obserwując je z dystansu. Siti ciężko dyszała, ściskała ranę, a potem spojrzała z niedowierzaniem na szkarłat plamiący jej pazury.

– Wypadasz z tej walki! – powiedziała jej Fatma.

Siti chciała zaprotestować, ale wyrwał jej się tylko okrzyk bólu.

Hadia podbiegła i przyklęknęła obok niej.

– Chwała niech będzie Bogu! Nie plujesz krwią, więc możemy mieć nadzieję, że nie trafił cię w płuco! Jednak trzeba zatamować upływ krwi!

– Zajmij się tym – powiedziała Fatma, wpatrując się w impostora, który stał, patrzył... i czekał.

– Nie spróbujesz chyba walczyć z nim sama? – zapytała Hadia, odrywając pas z ubrania Siti.

– Coś w tym guście – odpowiedziała Fatma.

Ciało ją bolało od skakania i walki, ale żar narastający jej za oczami sprawił, że te odczucia wydawały się odległe. Wstała i rozebrała się do kamizelki. Nie wzięła broni palnej, ale miała swoją dżambię, podarunek od zagranicznego dygnitarza z jej pierwszych miesięcy w ministerstwie. Wyciągnęła obosieczny nóż ze zdobionej srebrem pochwy u szerokiego skórzanego pasa. Balansując nim w jednej ręce, do drugiej wzięła ostrze z laski i ruszyła do przodu.

– Tylko ty? – zapytał impostor.

Strząsnął krople krwi z klingi.

– Tylko ja.

Stali i wpatrywali się w siebie przez długą chwilę. Złota maska nie przedstawiała żadnego wyrazu twarzy – to była tylko podobizna mężczyzny z opuszczonymi kącikami ust. Trudno więc było zorientować się, co myślał, gdy jej się przyglądał, dopóki się nie odezwał.

– Ta bałwochwalczyni... coś dla ciebie znaczy. Ciekawe.

Gniew zapłonął w Fatmie. Będzie walczyć z tym mężczyzną. Nie żeby go zabić, ale żeby go okaleczyć, potwornie zranić. Jej mściwe myśli przerwał dźwięk syren. Odwróciła się i spojrzała w dal, gdzie lampy oznajmiały, że nadjeżdżają wozy policyjne. Aasim dał sygnał. Wezwał wszystkie siły.

– Wygląda na to, że będziemy musieli dokończyć to innym razem – oznajmił impostor.

Krzyknął w języku, którego Fatma nie umiała rozpoznać. To była jakaś mowa dżinnów.

Cztery postacie wspięły się pośpiesznie na dach: mężczyźni w czarnych maskach. Zignorowali Fatmę, idąc ku sobie. Miała wrażenie, że wystarczyło, by mrugnęła i już był tylko jeden. Stał przed impostorem, patrząc poprzez Fatmę na wskroś, a potem nagle eksplodował skłębionym obłokiem czarnego popiołu – skóra, ciało, ubranie i cała reszta stały się cząsteczkami wirującymi w powietrzu. Impostor rozłożył szeroko palce i chmura wpadła do jego otwartej dłoni, aż całkiem zniknęła. Opuścił rękę i popatrzył oczami, które zapłonęły na nowo.

– Wielkie i sławne ministerstwo. Macie o sobie tak wielkie mniemanie. Z tymi swoimi sekretami i drobną magią. Czy w ogóle rozumiecie, z czym macie do czynienia?

Uderzył podmuch wiatru, gorący i cuchnący, jakby coś się paliło. Zalał Fatmę z taką siłą, że prawie się zadławiła. Zakryła usta, nie mogąc oddychać.

– Już ja was nauczę – powiedział impostor. – Zadam wam ból. Sprawię, że zrozumiecie. I wywlekę wasze sekrety na światło dzienne.

Bez słowa ostrzeżenia świat za jego plecami buchnął płomieniami.

Dla Fatmy wyglądało to niczym ściana czerwonego jak krew ognia. Jednak to, co omyłkowo wzięła za ścianę, wkrótce przybrało inny kształt: ciała, jakby to był człowiek utkany z pożogi, z zakręconymi rogami na głowie i jasnymi oczami jak ze stopionego metalu. Istota stała za impostorem, olbrzym trzy razy większy od niego płonął pośród nocy jak latarnia morska. Fatma nie musiała patrzeć w dół, żeby wiedzieć, że walki zamarły, wszyscy wpatrują się w ten cudowny i straszliwy widok.

Ifryt.

Dżinn ryknął i powietrze aż zafalowało od żaru. Pochylił się, ukazując coś, co miał na grzbiecie – skórzaną uprząż, która jakimś cudem nie płonęła, z długimi przeplecionymi pasami. Impostor wspiął się i usadowił w pasach, pełgające płomienie w ogóle go nie tykały. Pociągnął za wodze owinięte wokół rogów ifryta i spojrzał w dół na Fatmę.

– Cały Kair będzie mówił o tym, co ludzie widzieli tej nocy. Cały Kair będzie wiedział, że jestem al-Dżahiz. I że wróciłem.

Wypowiedział kolejny rozkaz w dziwnym języku i wielkie skrzydła ognia wyrosły z grzbietu ifryta. Unieśli się w powietrze, gorący wiatr wzburzany skrzydłami owiał Fatmę i obalił ją na kolana. Spojrzała w górę, osłaniając oczy, i długo patrzyła, jak ognisty dżinn wzbija się w niebo, sunąc jak płonąca gwiazda i zabierając ze sobą jeźdźca.

# ROZDZIAŁ DWUNASTY

Fatma miała ochotę w coś uderzyć. Stwierdzenie, że ostatnie dwa i pół dnia były okropne, miało się nijak do znaczenia słowa „okropne". Skutki niedzielnej nocy – „skutki" to kolejne niedomówienie – nawarstwiały się błyskawicznie.

Poniedziałkowy ranek spędziła na spotkaniach z Amirem, szefostwem ministerstwa i przedstawicielami biurokracji zarządzającej licznymi dzielnicami Kairu – wszyscy domagali się raportu ma temat tego, co gazety nazwały „Bitwą w Al-Arafie". Dziesiątki aresztowanych i rannych. Działacze na rzecz praw człowieka oskarżali policję o brutalność. Policja skarżyła się, że wysłano ją nieprzygotowaną. Grożono pozwami i kontrpozwami. Fatmę maglowano godzinami, a potem zmuszono na zmarnowanie kolejnych godzin na wypełnianie formularzy i dokumentów. Wszystko w trzech kopiach.

Poniedziałkowy wieczór był jeszcze gorszy. W gazetach skończyło się oficjalne embargo na historię lorda Worthingtona i teraz prasa ujawniała wszystko, co wiedziała o jego śmierci i Bractwie Al-Dżahiza. Fakty mieszały się z półprawdami. Bardziej nastawione na sensację brukowce rozpowiadały sprośne historie o nieprzyzwoitościach, oskarżając polityków, a nawet sugerując, że egipska monarchia brała udział w spisku. Gazety zdobyły listę gości z fatalnego wieczoru i opublikowały nazwiska wszystkich ofiar, w tym dwójki Egipcjan, których wyróżniono jako bałwochwalców.

To wszystko bladło w porównaniu z wieścią o al-Dżahizie, który opuścił Al-Arafę. Przed rankiem historia dotarła na każdą ulicę i do każdego plotkarza. Fatma sporo się nasłuchała od swojego bewaba. Al-Dżahiz powrócił! Czy o tym słyszała? Czy była na Cmentarzu? Czy al-Dżahiz naprawdę przywołał błyskawicę i uderzył nią w policję? Czy on i przywódczyni Czterdziestu Panter stoczyli pojedynek na mauzoleum? To samo spotkało ją w drodze do pracy – począwszy od jej czyściciela butów do pogawędek w trolejbusie – al-Dżahiz, impostor, był na ustach wszystkich.

Potem pojawiły się doniesienia o tym, że go widziano. Dziesiątki świadków widziało mężczyznę na grzbiecie ifryta. Fatma nadal próbowała ogarnąć to wspomnienie we własnej głowie. Kolejni ludzie, już poza Cmentarzem, widzieli coś ognistego lecącego przez kairskie niebo. Teraz nowe raporty o rzekomych obserwacjach zalewały ministerstwo i policję. Al-Dżahiz leciał nad Bulakiem w rydwanie zaprzężonym w dżinna. Nie, widziano go nad Starym Kairem na ptaku. Inni twierdzili, że szedł zaułkami Chanu. I ponownie zaczął otwierać tajne szkoły, czynić cuda. Słowa „Al-Dżahiz powrócił" pokrywały wszystkie ściany, wraz z twierdzeniami, że rząd i monarchia sprzymierzyli się z cudzoziemską kliką, żeby zredukować kraj do roli kolonii. Za każdym razem, gdy czyściciele je usunęli w jednym miejscu, pojawiały się w innym. Fatma wątpiła, żeby większość ludzi uwierzyła w tak udziwnione historie, ale i tak kairczycy szeptali na temat dziwnych wydarzeń. Wielu obawiało się, że to tylko zapowiedź większych nieszczęść lub katastrofy, i istniało prawdziwe zagrożenie, że histeria ogarnie miasto.

„Czy w ogóle rozumiecie, z czym macie do czynienia?"

Nastrój Fatmy pogarszał się, w miarę jak pokonywała kwartał, idąc w stronę ministerstwa. Poza tym, że mogła sprawdzać pogłoski o tym, gdzie rzekomo widziano al-Dżahiza, nie miała żadnych solidnych tropów. Wiedzieli teraz, kto zabił lorda Worthingtona, ale niewiele poza tym. Czy impostor był po prostu wariatem? Czy to wszystko było podstępem, prowadzącym do czegoś większego? Jaka magia sprawiła, że zapanował nad ifrytem, dosiadał jednego z najpotężniejszych i najbardziej nieprzewidywalnych dżinnów, jakby to był oswojony ogar?! „Zadam wam ból. Sprawię, że zrozumiecie. I wywlekę wasze sekrety na światło dzienne".

Jedyna dobra rzecz to fakt, że mimo tego wszystkiego nie odebrano jej sprawy. Amir przekonał szefostwo i władze miasta, że Fatma nadal jest ich największą nadzieją na jej rozwiązanie. Zgodzili się. Jaki mieli wybór? W następnym tygodniu odbędzie się szczyt pokojowy w pałacu króla. Do miasta przybędą zagraniczni władcy, dygnitarze, ambasadorowie. Chciano ukazać im nowoczesny Kair, który może być mediatorem w sprawach na skalę międzynarodową, a nie miasto ogarnięte strachem i histerią. Chciano, żeby ta sprawa zniknęła z gazet najszybciej, jak się da.

– Mogę zająć pani chwilę? – zawołał ktoś.

Fatma zamarła w pół kroku, odwróciła się do osobnika w ciemnobrązowych szatach o postrzępionych rąbkach, z głową ukrytą w kapturze. Stał pod markizą sklepu z gramofonami, zlewał się z cieniami. W pierwszej chwili wzięła go za żebraka i sięgnęła do kieszeni, ale wtedy uniósł głowę. Podeszła i złapała go za rękę, wciągając do pobliskiego zaułka.

– Ahmad! Co tu robisz?

Mężczyzna wyrwał się z jej uścisku, wypuszczając strugę papierosowego dymu. Kiedy spojrzał jej prosto w oczy, prawie cofnęła się o krok. Jego twarz zmieniła się jeszcze bardziej od ich ostatniego spotkania. Szara skóra wyglądała na bardziej chropowatą, pojawiły się na niej czarne plamy, a przód szyi był blady i gładki, prawie przypominał gumę. Nos całkiem mu zniknął, zastąpiły go szparki nozdrzy na zgrubieniu podobnym do pyska. Oczy nadal miał zielone, ale źrenice wyglądały dziwnie, jakby się wydłużały.

– Chciałem się dowiedzieć – wychrypiał – jak posuwa się sprawa.

A kto by nie chciał? Fatma miała ochotę powiedzieć mu, żeby wziął numerek i poczekał w kolejce. Jednak gdzieś w tych nieludzkich oczach krył się smutek. Przypomniała sobie, że jest tu z powodu miłości. Jak można mieć pretensje do kogoś takiego?

– Mamy podejrzanego. Tego, do którego nas doprowadziłeś.

– Rzekomego al-Dżahiza. – Przytrzymywał papieros ostrymi zębami, gdy mówił. – Widziałem... kłopoty, jakie masz od czasu waszego pierwszego spotkania.

Można to i tak ująć.

– Robimy, co możemy, ale nadal nie znamy motywu.

Wzruszył ramionami, mignął zapaliczką w kształcie skarabeusza i sięgnął po następnego nefertara.

– A to ma znaczenie?

– *Aiwa*. Kiedy dwadzieścia cztery osoby spłoną żywcem, to owszem, ma.

Ahmad burknął.

– To, co gazety piszą o Neftydzie, jak ją odmalowują... – Głos zadrżał mu z gniewu.

Fatma to rozumiała. Gazety zapędziły się, szczegółowo opisując Ester Sedarous. Wytropiły jej rodzinę, nazwały ją wiedźmą, niektóre sugerowały nawet, że miała coś wspólnego z morderstwami. Jeden z brukowców nadał jej przydomek „Madame Śmierć".

– Wczoraj rodzice ją pochowali – mówił Ahmad. – Powiedziano mi, że mam nie przychodzić.

– Przykro mi. Jak się mają twoi ludzie? Wiem, że sprawy... przybrały zły obrót.

Ujawnienie świątyń to kolejna fatalna konsekwencja ostatnich wydarzeń. Ludzie, którzy praktykowali swoją religię w tajemnicy, odkryli, że ich nazwiska wylądowały na pierwszych stronach dzienników. Pojawiły się pogróżki wobec lokali i innych miejsc, w których podejrzewano, że wyznawcy się spotykają. Doszło nawet do tego, że rzekomy „bałwochwalca" został wypędzony z domu przez wściekłych sąsiadów. „Gdy widzisz problemy innych, twoje własne wydają się mniejsze" – rozległ się głos matki w jej głowie.

– Dom Sobka jest silny – oznajmił Ahmad. A potem nieco spokojniej zapytał: – Jak się ma Siti?

– W porządku.

Fatma nadal była zaskoczona, mówiąc te słowa. Siti nie pozwoliła zawieźć się do szpitala, upierała się, że polega wyłącznie na błogosławieństwach pogrzebanej bogini. Czy to za sprawą bogini, czy innej magii dzień później miała tylko bliznę w miejscu rany. Teraz cały czas spędzała u Meriry, doglądała salonu wróżki.

– Mogę pomóc – zaproponował Ahmad, zaciągając się papierosem. – Nie jestem Siti, ale mam kontakty.

Fatma pokręciła głową.

– Ten człowiek, kimkolwiek jest, jest niebezpieczny. Potrafi robić rzeczy, których nie umiem wyjaśnić. Jeśli ty i twoi ludzie wejdziecie mu w drogę, możecie zginąć. Dość już mamy martwych. Niech sprawą zajmie się ministerstwo i policja.

Ahmad nie krył sceptycyzmu.

– Policja już ma ręce pełne roboty.

Mówił o protestach. Większość aresztowanych w Al-Arafie to byli miejscowi, których tylko poniosło. Ludzie nie lubią, kiedy policja szwenda im się po domach. Jeden jednak okazał się cenną zdobyczą. Rzekomy Świadek, który zapowiedział impostora. Nazywał się Mustafa. Okazało się, że pracował dla jednego z członków Bractwa lorda Worthingtona, Wesleya Daltona, który – na ile się zorientowali – był tym trupem ze skręconym karkiem. Mustafa wykonywał różne zadania dla Daltona, był po trosze służącym, ochroniarzem i przewodnikiem. Był także świadkiem morderstw. Powiedział im to otwarcie – że al-Dżahiz zjawił się i zamordował Anglików. To zrobiło na nim takie wrażenie, że został jego akolitą. Twierdził, że al-Dżahiz oszczędził mu życie, aby wyszedł na ulice i świadczył o tym, co widział. Od poniedziałku każdego ranka tłumy zbierały się przed komisariatem, domagając się jego wypuszczenia. Pokręciła głową. Co za bałagan.

– Mamy dość ludzi. Zostaw to w spokoju. Mówię poważnie. I przestań się czaić po kątach!

– Bo to jest upiorne? – zapytał z papierosem w ustach.

– Aha, odrobinę. – Przyjrzała się znowu jego dziwnej twarzy. – Nic ci nie jest?

– Nigdy w życiu nie czułem się lepiej. Pokój z tobą, agentko Fatmo.

– Pokój z tobą, Ahmadzie – odpowiedziała, patrząc, jak znika w zaułku ze snującym się za nim obłoczkiem dymu. To pewnie sporo mówiło, że okazał się najmniej dziwną rzeczą, z jaką przyszło jej mieć do czynienia tego dnia.

Przyśpieszyła kroku i doszła do ministerstwa. Jak zwykle zerknęła w górę na wirujące koła zębate mózgu budynku i uchyliła melonika w milczącym powitaniu. Przywitała też ochroniarza na dyżurze, tego w przydużym mundurze. Naprawdę przydałby mu się krawiec. Pusta winda już czekała, Fatma wskoczyła do środka, gotowa poprosić o czwarte piętro, kiedy się zawahała. Nadal miała ochotę w coś przywalić, żeby oczyścić umysł. I miała taką moliwość.

– Najwyższe piętro.

Winda zamknęła się i szarpnęła, zanim ruszyła w górę.

Fatma zaczęła rozpinać guziki marynarki. Zanim winda się zatrzymała, Fatma miała na sobie tylko czarną jedwabną kamizelkę wyszywaną w perski wzór bota. Wyszła, rozluźniając krawat po drodze do drzwi.

Ministerstwo miało własną salę gimnastyczną, lecz była przeznaczona dla mężczyzn. Fatma złożyła prośbę o pozwolenie na wstęp, kiedy zaczęła pracę, ale chociaż szefostwo chciało się chwalić tym, że zatrudniło pierwszą agentkę w kairskim oddziale, to nie życzyło sobie prawdziwego skandalu. Dlatego wybudowano osobną salę dla kobiet. Była mniejsza i gorzej wyposażona, ale spełniała wszystkie podstawowe potrzeby i miała niezbędne udogodnienia, w tym łazienkę. A najlepsze było to, że Fatma miała ją tylko dla siebie.

Przynajmniej tak było do tej pory.

Zdziwiła się, gdy otworzyła drzwi i zobaczyła Hadię. Miała na sobie białą koszulę i szerokie, luźne spodnie gimnastyczne. W dłoni w rękawiczce trzymała drewniany miecz do ćwiczeń i wymachiwała nim przed mechanicznym eunuchem treningowym. Automat miał tylko tors na żerdzi wychodzącej z podłogi, ale obracał się to w tę, to we w tę, trzymając w jednym ręku drewniane ostrze.

Na widok Fatmy Hadia wyprostowała się i kazała treningowemu eunuchowi zatrzymać się. Odgarnęła zabłąkane pasmo włosów pod hidżab.

– Dzień dobry, agentko Fatmo.

– Agentko Hadio – odpowiedziała Fatma, wchodząc do środka.

Od niedzielnego wieczoru stały się bardzo oficjalne w kontaktach ze sobą. Hadia robiła wrażenie urażonej.

– Nie wiedziałam, że tu jesteś – dodała Fatma.

– Właśnie przyszłam poćwiczyć. Wykąpię się i zostawię salę do twojej dyspozycji.

– Nie musisz, jest tu dość miejsca dla nas obu.

– Owszem, można tak pomyśleć, ale nie chciałabym ci wchodzić w drogę.

Tak, Hadia zdecydowanie była urażona.

– Myślę, że powinnaś zostać. Przyda mi się partner do sparingu. Chyba że wolisz trenować z eunuchem.

Ostatnie zdanie zabrzmiało nieco jak kpina. Hadia zmrużyła oczy, zanim skinęła głową.

Fatma nie straciła wiele czasu na włożenie stroju gimnastycznego wyjętego z szafy. Za bardzo się paliła do ćwiczenia. Złapała miecz treningowy i przeszła na środek sali.

– Jak będziemy liczyć punkty? – zapytała Hadia. Przyjęła pozycję, wyciągnęła drewniany miecz, balansując na stopach.

Fatma zrobiła to samo.

– Przestaniemy, kiedy zmęczymy się wzajemnym okładaniem.

Hadia odpowiedziała szybką serią ataków, wykonując gwałtowne wypady i wykorzystując to, że jest wyższa. Miecz Fatmy poderwał się w górę, ciosy uderzały lekko w środek ostrza, jakby to była próba. Hadia zmieniła kąt uderzenia, celując niżej. Fatma znowu odparła atak, zrobiła krok w bok i zbiła ostrze, nie odsłaniając się przy tym. Obie przerwały atak i zaczęły krążyć wokół siebie.

– Gdzie nauczyłaś się walczyć? Od kolejnego kuzyna?

– Od ojca, skoro już pytasz – odpowiedziała Hadia, unosząc miecz i kreśląc nim leniwe kółeczka. – Często obrywał jako dzieciak. Został żołnierzem, nauczył się walczyć i wrócił, żeby dać lekcję tyranom z dzieciństwa. Uparł się, że jego pięć córek nigdy nie da się zastraszyć. A ty?

– Mój ojciec był zegarmistrzem, ale kiedy byłam mała, zabierał mnie na walki *tahtib*. Wtedy jednak nikomu nie przyszłoby na myśl, żeby uczyć dziewczynę walki kijem. Musiałam sama się nauczyć.

– Hm, to pewnie tłumaczy, dlaczego lubisz działać w pojedynkę.

Fatma zmarszczyła czoło. Czy właśnie zafundowano jej psychoanalizę? Tym razem ona zaatakowała pierwsza, szerokie ciosy mocno uderzały w broń przeciwniczki. Hadia cofnęła się, ale szybko powróciła, blokując ataki Fatmy szybkimi kontrami. Trwało to chwilę i kiedy znowu przerwały, obie ciężko dyszały.

– Za łatwo zdradzasz swoje finty – wysapała Hadia.

– Co?

– Finty. Mrużysz oczy. – Hadia zrobiła to samo. – W ten sposób łatwo się zorientować, kiedy nie zamierzasz przeprowadzić ataku do końca. To zły nawyk. Ja kiedyś zagryzałam usta. Musiałam to zwalczyć. To jednak jest trudne, kiedy jest się upartym.

Fatma zacisnęła zęby.

– Masz mi coś do powiedzenia?

Hadia spojrzała beznamiętnie.

– A mogę mówić bez ogródek?

– Czy to wygląda ci na wojsko? Mów, co chcesz.

Słowa popłynęły potokiem:

– Wiesz, jakie to żenujące odkryć, że zmyśliłaś zasadę, żebym nie brała udziału w niedzielnej akcji? I musieć ci to wytknąć przy innych agentach?

Więc o to jej chodziło?

– Już ci mówiłam, że próbowałam cię chronić.

– Nie potrzebuję ochrony! – krzyknęła Hadia. – Potrafię...

– ...sama sobie poradzić – dokończyła Fatma. – Widziałam. A skąd miałam wiedzieć, że jesteś jakąś... ninja?

– Mogłaś mnie zapytać! Mogłaś pozwolić mi być twoją partnerką, zamiast zastępować mnie pierwszym lepszym dużym facetem, jakiego znalazłaś. – Hadia sapnęła sfrustrowana, opuszczając miecz. – Byłam jedyną kobietą w akademii. Ze wszystkich ludzi ty powinnaś najlepiej rozumieć, jak to jest. Jeśli pominąć

Onsiego, prawie nikt z roku ze mną nie rozmawiał, jakby zwykła uprzejmość była *eib* albo gorzej: *haram*. Niepożądane wykłady nauczycieli na temat zagrożenia związanego z obecnością kobiety w miejscu pracy należały do moich ulubionych, jakby ich babki nigdy nie sprzedawały niczego na targu albo nie pomagały uprawiać ziemi. Spodziewałam się, że kiedy dostanę przydział, będę musiała mieć do czynienia z ludźmi, którzy uznają, że nie jestem dość dobra. Którzy pomyślą, że znalazłam się w niewłaściwym miejscu. Którzy będę widzieli we mnie dziewczynkę i posadzą mnie za biurkiem. Ale, *wallahi*, nie sądziłam, że ty okażesz się jedną z nich!

Fatma się wzdrygnęła. To zabolało. Miecz jej opadł.

– Nie przywykłam do pracy z innymi.

– Nie przeszkadza ci współpraca z wysokimi Nubijkami z pazurami.

– To co innego. Siti... jest inna.

– Chcesz powiedzieć, że nie jest panienką spod klosza w hidżabie? Która przejmuje się etykietą i konwenansami? Zamartwia się tym, że przegapi salat? Która twoim zdaniem jest za delikatna, żeby poradzić sobie z trudniejszymi aspektami tej pracy? Więc co? Odstawisz mnie na półkę?

Fatma poczuła żar na policzkach.

Hadia skrzywiła się, jak ktoś, kto zna odpowiedź na zadane pytanie, ale miał nadzieję usłyszeć co innego.

– Tak właśnie myślałam. – Wyprostowała się nagle. – No to masz pecha. Trenowałam, żeby zostać agentką ministerstwa, znając wszelkie związane z tym zagrożenia. Przetrwałam akademię i ukończyłam ją jako najlepsza na roku, ponieważ jestem niesamowita i zapracowałam na to i mam prawo tu być, bo nie ma końca barace, jakiej udziela mi Bóg. Będziesz więc musiała poradzić sobie z faktem, że jestem twoją partnerką. Że dłużej już nie będziesz pracować w pojedynkę. Że ja będę cię osłaniać. Daj mi znać, kiedy będziesz gotowa się z tym pogodzić!

Fatma stała w milczeniu, patrząc w wielkie, brązowe oczy Hadii. Jej własne zaczęły łzawić, a rumieniec pokrył jej beżowe policzki.

– To było śmiałe. Przećwiczyłaś to sobie?

Hadia przełknęła ślinę.

– Może. Parę razy. Przed lustrem.

Fatma prychnęła, nie potrafiąc powstrzymać śmiechu. Maska Hadii opadła, ona też się roześmiała.

– Masz rację – przyznała Fatma. – Przepraszam. Nie mogłam znieść tego, że agenci traktowali mnie w taki sam sposób, gdy zaczęłam tu pracować. Dlatego ruszyłam swoją drogą i brałam na siebie wszelkie ryzyko, żeby dowieść im, że się mylą.

– Słyszałam o tym – powiedziała Hadia. – Brzmiało to dość odważnie.

– Nie, przeważnie to było zwyczajnie głupie. Prawie przez to zginęłam. Nie musiałabym robić niczego takiego, gdyby ludzie traktowali mnie po prostu jak równą. Nie powinnaś powtarzać moich błędów. – Ton Fatmy stał się poważny. – Potrzebuję jednak, żebyś mi zaufała. Siedzę w tym dłużej niż ty. Czasem będę podejmować decyzje, przez które spędzisz noc w domu. Nawet jeśli będziesz uważać, że są niewłaściwe. Jeśli moja decyzja nie będzie ci leżeć, to później przyjdziesz z tym do mnie. Nie rób niczego za moimi plecami tylko dlatego, że twoim zdaniem masz rację.

Teraz Hadia się wzdrygnęła. Skinęła głową, unosząc ostrze.

– Nadal masz ochotę trochę się pookładać?

– Nie, dopóki nie popracuję nad mrużeniem oczu. Nie brałaś pod uwagę chodzenia z mieczem? Albo laską?

– To bardziej... w twoim stylu. Pasuje do garnituru.

– Wiesz, nigdy mnie o to nie zapytałaś. O moje garnitury.

– A powinnam? Ty nigdy nie pytałaś o moje olśniewająco nowoczesne hidżaby.

Fatma uśmiechnęła się krzywo. Cieszyła się z tej chwili wytchnienia.

– Lepiej bierzmy się do pracy. Pewnie już czeka na nas stos papierzysk do przejrzenia.

– Kolejny dzień sprawdzania doniesień, gdzie widziano al-Dżahiza. – Hadia westchnęła. – Zaczynam podejrzewać, że szefostwo i władze miasta chcą tylko wyciszyć sprawę do czasu szczytu pokojowego. Myślą, że jeśli nie uderzmy w gniazdo os, to może pozostaną schowane.

– Nie bardzo się myślisz.

– Nie miałabym jednak nic przeciwko rundce z tym popielnym ghulem.

Fatma uniosła brew.

– Popielny ghul?

– Tak go sobie nazwałam. Nie możemy jeszcze raz porozmawiać z Mustafą?

– Żeby po raz dziesiąty zaczął się rozwodzić o cudach czynionych przez al-Dżahiza? Wątpię, żeby naprawdę był powiązany z impostorem. Po prostu dał się wykorzystać.

– Właśnie, ten impostor... – powiedziała Hadia. – Jest w tym dobry. W posługiwaniu się ludźmi. To, co mówił w niedzielną noc, o tym, jak się sprawy mają. Nie kłamał. Po prostu przeinaczał fakty, uderzał we wszystkie bolesne miejsca. Wiedział, jak zwrócić tłum przeciwko nam i jak na to zareagujemy.

Fatmę też to martwiło. Kimkolwiek ten impostor był, przestudiował miasto. Równie dogłębnie jak al-Dżahiza. Nie zamierzał siedzieć cicho, jak miało nadzieję szefostwo i władze miasta. Miał plan. A one musiały go odkryć.

Ktoś zapukał do drzwi. Fatma poszła je otworzyć i zobaczyła ni mniej, ni więcej jak eunucha-kuriera. Po tradycyjnym powitaniu i weryfikacji tożsamości przekazał jej wiadomość i odbiegł. Już nikt nigdzie nie dzwonił? Otworzyła liścik i zaskoczona zobaczyła, że jest wydrukowany po angielsku.

– To zaproszenie – odczytała. – Od Alexandra Worthingtona. Zgodził się na rozmowę. Myślę, że wreszcie mamy szansę dowiedzieć się czegoś konkretnego.

## ROZDZIAŁ TRZYNASTY

Dotarły do posiadłości Worthingtona w południe. Rozległa rezydencja wyglądała bardziej imponująco za dnia, kiedy automatyczny powóz zbliżył się podjazdem. Stało już przed nią kilka samochodów z elegancko ubranymi kierowcami, którzy się obijali – ludzie, którzy przywykli do długiego oczekiwania między kolejnymi zleceniami.

– Powinnyśmy były porozmawiać z nim tydzień temu – narzekała Hadia, wysiadając za Fatmą.

– Noszenie nazwiska Worthington ma swoje zalety.

– Ciekawe, czemu postanowił się z nami spotkać.

– Nie mam pojęcia, ale zaproszono tylko nas, a nie policję. Rozmowa z Aasimem sugerowałaby, że doszło do jakiegoś przestępstwa, podczas gdy rozmowa z nami...

– ...wskazuje tylko, że sprawa jest nieco upiorna – dokończyła Hadia.

Fatma zerknęła na nią z ukosa. Siti miała fatalny wpływ na ludzi.

Kiedy zapukały do drzwi, powitał je mężczyzna, który zachowywał się jak ktoś, kto pracuje dla bogaczy. Dzienny zarządca, jak się okazało. Zostały skierowane do dużego salonu, do którego weszły przez ostry podkowiasty łuk.

– To miejsce wygląda jak wyjęte z historii, które kiedyś czytałam – szepnęła Hadia, przyglądając się wzorzystym dywanom i ażurowym maszrabijom. – O rozpieszczonych księżniczkach i zaczarowanych bocianach.

– Myślę, że poznasz przynajmniej jedno z nich.

Dzienny zarządca zatrzymał się przy drzwiach do biblioteki, zapraszając je do środka. Nie było tam okien, pomieszczenie oświetlały wiszące lampy. Jednak to, co sprawiło, że Fatma zamrugała, to przebywający tam ludzie.

Krępy mężczyzna o złotych włosach to był Victor, jak sobie przypominała, brunet zaś to Percival. Mieli na sobie długie czarne kaftany i czerwone tarbusze. Na modnej, zielonej jak mech otomanie siedziały trzy kobiety, każda ubrana w czarną *sebleh* i spowita w zwiewną milaję. Twarze skrywały za równie czarnymi *bur'a*, ale głowy miały dziwnie odkryte.

– Agentko Fatmo – zawołał znajomy głos.

Abigail Worthington. Rude włosy powinny być wskazówką, tak samo jak wciąż zabandażowana lewa ręka. Trzymała w prawej ręce otwartą książkę o angielskim tytule *Tajemnicze opowieści o dżinnach i Oriencie*. Na widocznej stronie widniał wizerunek skąpo odzianej kobiety w welonie z rękami uniesionymi w geście niepokoju na widok groźnego dżinna zionącego ogniem z ust.

– Aass-a-lamuu ah-lejk-um! – przywitała się.

Fatma się skrzywiła. Jak można mówić po arabsku aż tak źle?

– I pokój z tobą – odpowiedziała po angielsku. – Abigail, to agentka Hadia. Moja partnerka w ministerstwie.

Abigail wytrzeszczyła oczy nad welonem *bur'a*.

– Partnerka? Cudownie! Dzień dobry, agentko Hadio. Jak już mówiłam agentce Fatmie, proszę zwracać się do mnie po imieniu.

– Dzień dobry, Abbie – odpowiedziała Hadia.

– Och, twoja angielszczyzna jest równie nadzwyczajna, jak agentki Fatmy! Ten akcent... jest amerykański?

– Spędziłam tam trochę czasu.

Abigail aż sapnęła ze zdumienia.

– Kolejna kobieta w waszym ministerstwie. I to bywała w świecie! Właśnie mówiłam Bethany i Darlene, jak postępowy jest wasz kraj, jeśli idzie o prawa kobiet, praktycznie zostawiacie nas, Anglików, w tyle! Musicie wiedzieć, że wszystkie jesteśmy *féministes*. Daleko nam do pań Pankhurst, rzecz jasna, ale wszystkie jesteśmy towarzyszkami w tej podróży naszych sióstr.

Bethany i Darlene, przypomniała sobie Fatma, dopasowując imiona do piwnookich ciemnych blondynek siedzących po obu stronach Abigail. Siostry Edginton. Mierzyły ją takim samym wzrokiem – jak kot, który ocenia rywala.

Victor zarechotał. Znowu pił, a właściwie sączył coś z kryształowego kieliszka.

– Dajcie kobietom w Anglii prawo głosu, to wkrótce każą nam nosić sukienki, a same włożą garnitury. – Machnął mięsistą ręką na swoją galabiję, a potem na strój Fatmy, po czym wyszczerzył zęby w uśmiechu. – Bez urazy. To tylko odrobina angielskiego humoru.

– Kiepskiego humoru – mruknął Percival, chowając wąsy we własnym drinku.

Abigail spojrzała ostro na Victora, który zaczerwienił się, wypił pośpiesznie drinka i zaczął kaszleć.

– Przepraszam – powiedziała Abigail. – Victor odziedziczył słynny język Fitzroyów. Cała rodzina wiecznie potyka się o własne słowa. Pewnie pamiętasz bardziej wyrafinowanego Percivala Montgomery'ego. Percivalu, bądź tak dobry i pomóż biednemu Victorowi. Zadławi się na śmierć, jak tak dalej pójdzie. – Drobniejszy mężczyzna westchnął i klepnął parę razy przyjaciela w plecy. – Victor zrzędzi, bo nie przyzwyczaił się do tego stroju.

Fatma nie mogła oprzeć się pokusie i zapytała:

– A z jakiego powodu... ubrali się tak państwo?

Abigail się zdumiała.

– Myślałam, że to oczywiste. Jesteśmy w żałobie. Wczoraj odbył się pogrzeb mojego ojca. Tak bardzo kochał wasz kraj, że chcieliśmy go uczcić, ubierając się jak tubylcy. Założyliśmy nawet żałobne welony.

– Żałobne welony? – zapytała Hadia.

Abigail skonsternowana zsunęła *bur'a*.

– A to nie są żałobne welony?

– To znaczy, że nie musimy tego nosić? – spytała Darlene Edginton i zerwała swój welon.

– Bogu dzięki! – Siostra poszła za jej przykładem. – Jak wy w tym oddychacie?

Hadia gapiła się z rozdziawionymi ustami. Fatma zmieniła temat:

– Przyjechałyśmy na zaproszenie twojego brata.

Abigail pokiwała głową.

– Alexander jest na górze. Zaprowadzę was. – Wstała, niezręcznie owijając sobie milaję na jednej ręce i odwracając się do przyjaciół. – Nie przesadzajcie ze szkocką. Czeka nas długi dzień.

Wyprowadziła agentki z biblioteki i poprowadziła korytarzem. Kiedy szły, Fatma wychwyciła ciche podzwanianie, kojarzące się z młotkiem uderzającym o metal. Przypomniała sobie, że to samo słyszała podczas swojej ostatniej wizyty. Wtedy pomyślała, że to złudzenie, ale teraz docierało to do niej wyraźniej. I zaraz dźwięk ucichł. Może ktoś pracował w posiadłości?

– Czytałaś tę książkę? – zapytała Fatmę Abigail. Pokazała jej tom, który nadal niosła. – Napisana przez jednego z czołowych angielskich orientalistów. Zawiera opowieści o dżinnach, magii i temu podobnych. Niezwykle pouczająca!

Fatma zerknęła na książkę, przypominając sobie fantastyczną zawartość. Same bzdury. Większość tych „orientalistów" myślała, że ich kiepskie przekłady i błędne interpretacje mogą pomóc lepiej zrozumieć zmiany zachodzące w świecie. Najwyraźniej lektura prawdziwych uczonych ze Wschodu była poniżej ich godności.

– Z tego co słyszałam – kontynuowała Abigail poważniejszym tonem – ten potworny mężczyzna w złotej masce, którego spotkałam, narobił zamieszania w całym Kairze. Doszło do jakichś rozruchów? Przedstawia się imieniem tego Sudańczyka.

– Al-Dżahiza – potwierdziła Fatma, kiedy zaczęły wchodzić po absurdalnie długich schodach. – Jak twoja ręka?

Abigail wzdrygnęła się na wspomnienie o zabandażowanej ręce.

– Lekarze mówią, że przez swoją niezręczność skręciłam ją sobie. Mogą minąć tygodnie, zanim się wyleczy. – Zmieniła ton: – Według gazet ten człowiek zabił mojego ojca. I tych wszystkich biedaków.

– Przyznał się do tego – potwierdziła Fatma.

Abigail przystanęła, opierając się o poręcz i chwiejąc się, jakby miała zemdleć. Złapała równowagę, pokręciła głową, widząc ich niepokój. Kiedy odezwała się ponownie, jej głos zdradzał napięcie.

– Dlaczego zrobił coś takiego? Jaką krzywdę wyrządził mu mój ojciec?

– Nie wiemy – odpowiedziała szczerze Fatma. – Mamy nadzieję, że twój brat zdoła nam pomóc. – Zawahała się, zanim dodała: – Powiedziałaś nam, że brat był za granicą w noc śmierci waszego ojca. A okazuje się, że przebywał w Kairze.

Zielono-niebieskie oczy Abigail przesłoniła mgiełka konsternacji.

– Alexander przyjechał następnego dnia – powiedziała z naciskiem. – To prawda, że już zmierzał do Kairu, chociaż o tym nie wiedziałam. Nie było go jednak w mieście. Nie tej nocy. Obawiam się, że się mylicie.

Fatma przyglądała się jej twarzy.

– Możliwe. Dziękuję.

Ruszyły ponownie. Fatma i Hadia spojrzały po sobie krytycznie. To tyle, jeśli idzie o wyciśnięcie z tej kobiety innej wersji historii.

– Ten mężczyzna w złotej masce – odezwała się z drżeniem Abigail. – Myślicie, że może tu wrócić? Zagrozić mojemu bratu i mnie?

– To możliwe – przyznała Fatma. – Nie znamy jego motywu. Jeśli tego sobie życzysz, możemy zwrócić się do policji w Gizie z prośbą o ochronę posiadłości.

– Tak, to doskonały pomysł. Powiem o tym Alexandrowi.

Abigail zaczęła gawędzić o niczym, wskazując różne ozdoby w domu. Okazało się, że posiadłość była pawilonem myśliwskim dawnego paszy, którą sprzedano Alistairowi Worthingtonowi w 1898 roku.

– Mniej więcej w tym samym czasie założono Bractwo Al-Dżahiza – zauważyła Hadia.

– Cztery lata po śmierci mojej matki – odpowiedziała Abigail. – Miałam siedem lat, gdy umarła. Alexander miał dziesięć i pamięta to lepiej niż ja. Mówi, że to jej śmierć sprawiła, że ojciec zainteresował się al-Dżahizem. Wierzył, że gdyby Anglia traktowała sztuki mistyczne poważniej, moją matkę można by ocalić przed suchotami, które ją zabiły. Kupił ten pawilon i kazał przebudować zgodnie z tym celem. Podobał mu się widok. – Wskazała książką okno, za którym wznosiły się piramidy.

– Stąd wziął się pomysł symbolu bractwa? – zapytała Fatma. – Sześcioramienna gwiazda, dwie przenikające się piramidy. – Naszkicowała wzór palcem w powietrzu.

– Bystre spostrzeżenie. Twierdził, że symbol ukazał mu się w wizji i że kryje się w nim jakieś znaczenie, które mu umyka. Wpatrywaliśmy się w niego razem w nadziei, że odkryjemy tajemny przekaz.

– Ale nie należałaś do jego organizacji?

Abigail zaśmiała się perliście.

– Dobre nieba, skądże. Mój ojciec traktował termin „bractwo" poważnie. Mógł porozmawiać z córką o swoich poszukiwaniach, kartkując stare księgi, ale bractwo było dla mężczyzn. Chociaż jak rozumiem, ostatecznie pozwolił do niego wstąpić tubylczej kobiecie. Mój brat obawia się, że umysł zaczął zawodzić ojca.

– Twój brat jednakże do bractwa należał – powiedziała Hadia.

– Ojciec nalegał. – Na chwilę zapadła niezręczna cisza. – Alexander i ojciec nie zgadzali się w takich kwestiach. Po kupnie posiadłości ojciec spędzał dużo czasu w Egipcie, czasem nawet pół roku bez przerwy. Alexander wyjechał do szkoły z internatem przy akademii wojskowej. Ja zostałam z opiekunkami i nauczycielami w Anglii. Ojciec zaczął jednak posyłać po mnie, żebym spędzała z nim czas, kiedy tworzył bractwo i poszukiwał relikwii.

Kiedy przeprowadził się tu na stałe, mieszkałam tu przez rok albo dwa z przerwami. Zwierzał mi się ze swojej misji, jakbym była matką. Pomagałam mu nawet czytać jego dziwne książki i rękopisy. Dzięki temu tak dobrze znam tubylczą kulturę.

Nie dość dobrze, pomyślała Fatma. Ugryzła się w język, chociaż nie wiedziała, ile jeszcze razy zdoła przełknąć słowo „tubylcza". Doszły do szczytu schodów i skręciły w lewo.

– Obawiam się, że dla biednego Alexandra wyglądało to inaczej – mówiła Abigail. – Rzadko tu bywał. Egipt nadal jest dla niego obcym miejscem. I nigdy nie wciągnął się w bractwo ojca. Jestem przekonana, że dołączył do organizacji tylko po to, żeby otrzymać spadek. Ale proszę, nic tylko opowiadam o sprawach brata. Na pewno sam może wypowiedzieć się we własnym imieniu.

Zaprowadziła je do miejsca, które Fatma odwiedziła poprzednio – do sali rytualnej Bractwa Al-Dżahiza. Drewniane drzwi, które wypadły z zawiasów, całkiem usunięto i teraz do środka prowadził po prostu kamienny łuk. Smród spalonych ciał zlikwidowano – zastąpił go wszechobecny zapach środków dezynfekujących. Dzięki zakrzywionym niebieskim jak woda ścianom ze złotym i zielonym kwietnym wzorem oraz rzędom zaokrąglonych łuków i podobnych do plastra miodu mukarnasów pomieszczenie emanowało spokojem, zaprzeczając grozie sprzed paru nocy. Może jedynym jej przypomnieniem był biały sztandar w głębi sali – gwiazda, półksiężyc, bułat, ognisty wąż. Pod nim przy czarnym półksiężycu stołu na jedynym krześle o wysokim oparciu podobnym do tronu siedziała samotna postać. W przeciwieństwie do mężczyzn z biblioteki ten człowiek miał na sobie czarny garnitur i biały wykrochmalony kołnierzyk. Pochylał głowę i pisał na arkuszu papieru; podniósł wzrok dopiero, gdy stanęły tuż przed nim.

Alexander Worthington nie wyglądał tak, jak Fatma się spodziewała. Myślała, że zobaczy kogoś o typowo edwardiańskiej prezencji – przystrzyżone wąsy i regularne rysy. Ten mężczyzna miał długie, bladozłote włosy sięgające ramion, a brodę krótką i zmierzwioną. Z powodu spiczastego nosa i kanciastych rysów twarzy Fatma podejrzewała, że przypomina lorda Worthingtona z lat młodości. Kiedy siostra stanęła obok niego, podobieństwo rzucało się w oczy.

– Alexandrze, to są agentki z ministerstwa, z którymi chciałeś porozmawiać – przedstawiła je z uśmiechem Abigail. – Agentka Fatma i agentka Hadia.

Niebieskie oczy Alexandra powoli powędrowały ku siostrze. Wyjął brązowe cygaro z ust i oparł je w popielniczce w kształcie postaci w turbanie trzymającej naczynie.

– Z którymi ty chciałaś, żebym porozmawiał – odparł wytworną angielszczyzną.

Abigail się zarumieniła.

– A ty przyznałeś, że to dobry pomysł. Proszę, nie bądź niegrzeczny.

Brat westchnął i powrócił do wielkiej księgi na stole oprawionej w brązową skórę i ze stronami z żółtego pergaminu. Wsunął w nią pióro jak zakładkę i podniósł wzrok. Uniósł brwi, jakby dopiero teraz zauważył dwie kobiety. Nie wstał, ale Fatma oceniała, że jest wysoki. Odnotowała to i odsunęła spostrzeżenie na później.

– Z jakiego właściwie jesteście ministerstwa?

Fatma pokazała mu odznakę.

– Alchemii, Uroków i Istot Nadprzyrodzonych.

Zacisnął usta w znaczącym uśmieszku.

– Spodziewałbym się, że w tym kraju będzie coś takiego. I to kierowane ni mniej, ni więcej jak przez kobiety. W czym mogę paniom pomóc?

Fatma starała się, żeby jej uśmiech był jak najwątlejszy.

– Chciałyśmy porozmawiać o śmierci pańskiego ojca.

Jego niebieskie oczy stały się zimne.

– Przyszłyście powiedzieć mi, że aresztowałyście mordercę?

– Jeszcze nie.

– W takim razie nie bardzo wiem, o czym możemy porozmawiać. Według waszych gazet biega w zapamiętaniu po mieście. Jakiś mahometański fanatyk zdumiewający tłumy swymi sztuczkami. Spodziewałbym się, że będziecie na niego polować, a nie zabierać mi czas.

Fatma zacisnęła usta. Okazało się, że Alexander Worthington mimo swojego wyglądu jest dokładnie tym, kogo się spodziewała. Hadia wykorzystała moment.

– Wiemy, że dopiero co pochował pan ojca i nadal go pan opłakuje. Nie chcemy zabierać panu czasu, ale wszelkie informacje, jakich może nam pan udzielić, mogą okazać się pomocne.

Alexander zmierzył ją wzrokiem.

– Pani angielski. Brzmi niemal z amerykańska.

– Agentka Hadia spędziła nieco czasu w Stanach – wtrąciła Abigail. Stała za stołem ze swoją zamkniętą książką w ręce.

– Byłem w Stanach – powiedział Alexander. – Ten kraj nadal trzeba okiełznać, zwłaszcza zachód, gdzie tubylcze plemiona znowu przysparzają problemów. Jednak Amerykanie, jak mniemam, mają niezłe pojęcie o tym, jak odnieść sukces w tych czasach w obliczu nieprzewidzianych okoliczności, które doprowadziły do tak wielu powstań. Anglia powinna pójść za ich przykładem, jeśli ma kiedykolwiek odzyskać swoją pozycję. Pogoń za prymitywizmem nic nam nie da.

– Alexander służył w armiach kolonialnych w Indiach Wschodnich – wtrąciła Abigail. – Dowodził całym pułkiem! Został oficerem! Możecie w to uwierzyć? Chadzał z karabinem i mieczem! Sama nieco fechtowałam – dodała z autoironicznym śmiechem.

– Kapitanem. – Brat z wyższością skrzyżował ręce na piersi. – I nie porównywałbym delikatnej kobiecej szermierki z naszą pracą w Indiach Wschodnich, z próbą wsparcia Brytanii w zachowaniu tego, co zostało z jej imperium.

A zostało tego rzeczywiście niewiele, jak przypominała sobie Fatma. Indie miały własne dżinny i jeszcze starszą magię, która miała rzekomo płynąć samym Gangesem. Otwarta rebelia zredukowała obecność Brytyjczyków do paru miast z garnizonami, tylko tyle zostało z niegdysiejszej perły w koronie imperium. Punkt dla „prymitywizmu".

– Alexander dokonał paru śmiałych wyczynów – zachwycała się jego siostra. – A z racji długich włosów i brody wrócił do nas niczym jakiś nabab!

Brat prychnął, ale wypiął pierś i pogładził bladozłote włosy na brodzie.

– Studiowałem tubylców w Indiach. Polowałem z nimi na tygrysy. Są zacofani, to pewne, ale coś w długich włosach wyraża dziką szlachetność, jaka, wyobrażam to sobie, cechowała moich własnych angielskich przodków. Dlatego myślę, że się mylisz, siostro. Stałem się jeszcze bardziej Sasem niż nababem! – Odwrócił się, żeby odezwać się do Fatmy. – Zatem czego chcecie się dowiedzieć?

– Mężczyzna w złotej masce – powiedziała. – Przyznał się do zamordowania pańskiego ojca. To także impostor, który podszywa się pod al-Dżahiza. Wierzymy, że pomiędzy tymi sprawami istnieje powiązanie.

– Z racji... szczególnych nawyków mojego ojca.

– Może nam pan coś powiedzieć na temat Bractwa Al-Dżahiza?

Alexander potarł skronie.

– Moja siostra pewnie powiedziała paniom o obsesji mojego ojca na punkcie tego Sudańczyka. Śmierć naszej matki złamała jego umysł. Jego mały zakon poświęcał ogromną ilość pieniędzy, czasu i wysiłku, poszukując „mądrości starożytnych". – W ostatnich słowach wybrzmiał jadowity sarkazm.

– Mam wrażenie, że nie wierzył pan w misję ojca – oceniła to Hadia.

– Nie jestem przesądnym człowiekiem. Rozumiem, że magia i zadawanie się z nadprzyrodzonymi istotami to coś istotnego dla orientalnych kultur, ale racjonalność to jedyna droga do prawdziwego postępu. Na Zachodzie patrzymy przed siebie. Mój ojciec zaś dał się zwieść wstecznym poglądom Wschodu. – Uniósł rękę w pokojowym geście. – Oczywiście nie chcę urazić pań i waszych krajan.

– Nie uraził pan – odpowiedziała beznamiętnie Fatma. – Był pan jednak członkiem tego „małego zakonu".

Twarz Alexandra stężała. Zaczął się bawić się srebrnym pierścieniem na małym palcu. Fatma natychmiast go rozpoznała – sygnet z pieczęcią Worthingtonów, który ostatnio nosił jego ojciec.

– Miałem dziesięć lat, gdy zmarła moja matka. Patrzyłem, jak ojciec powoli pogrąża się w szaleństwie. Przez cały czas odgrywałem swoją rolę oddanego syna. Wyjechałem do szkoły. Służyłem koronie i ojczyźnie. Studiowałem interesy i wszystko, co konieczne, żeby przejąć kontrolę nad nazwiskiem Worthington. Jednak to nie wystarczało mojemu ojcu. Nalegał, żebym dołączył do jego urojeń, kazał mi obiecać, że poświęcę się odnalezieniu sekretów niebios i temu podobnych.

Wziął wdech dla uspokojenia, jakby próbował zapanować nad gniewem.

– Spełniłem jego prośbę. A potem uciekłem od niego i jego szaleństwa najdalej, jak się dało. Wylądowałem w Indiach, bo w Anglii miałem dość szeptów na temat zdziwaczałego Alistaira Worthingtona. Ludzie, którymi się otaczał, nazywali go „staruszkiem". Ojciec uważał, że to urocze; a moim zdaniem uważali, że na starość dziecinnieje. A teraz wracam i dowiaduję się, że został zamordowany. Pochowałem go wczoraj i nie mogłem nawet popatrzeć mu w twarz, bo zostały zeń tylko zwęglone szczątki! Zatem tak, byłem członkiem jego bractwa. Ale byłem nim tylko z nazwy i przez wzgląd na ojca. Ponieważ wiedziałem, że pewnego dnia to doprowadzi go do ruiny.

Stojąca obok niego Abigail Worthington płakała bezgłośnie, ściskając książkę i wycierając łzy welonem. Brat spojrzał na nią. Nie podniósł głosu, ale odezwał się chłodno:

– Teraz płaczesz. A czy płakałaś, gdy zamieniał w ojczyźnie nasze nazwisko w kpinę? Albo wydawał nasze pieniądze na bezcelowe przedsięwzięcia i budowanie tego idiotycznego miejsca... – wskazał otaczającą ich salę – ...które pewnego dnia stało się jego grobem?

Siostra jeszcze bardziej się rozpłakała, a on westchnął ciężko.

– Moja siostra ma skłonność do płaczu, ale mnie nie stać na łzy. Widzicie to? – Położył rękę na księdze leżącej na stole. – Księga rachunkowa, zapiski z wszystkich interesów, jakie ojciec przeprowadził w ostatnich szesnastu miesiącach. Próbowałem ogarnąć przedziwne transakcje, jakie on i jego pieczeniarze przeprowadzali pod szyldem kompanii: sprzedaż niektórych przedsiębiorstw, pochopne inwestycje w inne, ogromne sumy, które zwyczajnie przepadły. Cały transport stali Worthingtona, dość na wzniesienie budynku, przepadł! Przyszedłem tutaj, mając nadzieję, że w jego cennym sanktuarium znajdę objawienie. Widzicie, mam doprowadzić sprawy rodziny do porządku, podczas gdy moja siostra bawi się w przebieranki razem ze swoją bandą pochlebców.

– To moi przyjaciele. – Abigail siliła się na zdecydowany ton, ale zabrzmiało to jak nadąsany szloch.

– Są przyjaciółmi, dopóki fundujesz im przelot do Egiptu i umieszczasz w eleganckich willach w mieście. – Pokręcił głową. – Fitzroyowie, Montgomery'owie, Edgintonowie. Sami nuworysze. Przyssali się do mojej siostry i nazwiska Worthington. Kolejni pieczeniarze przy żłobie. Przysięgam, jesteś równie okropna jak ojciec.

Fatma zakaszlała. Nie przyszła tu słuchać rodzinnych kłótni.

– Czy może pan nam powiedzieć coś jeszcze na temat bractwa pańskiego ojca?

Alexander rzucił jej beznamiętne spojrzenie.

– Że wszyscy jego członkowie nie żyją.

– A co z wrogami? Czy ktoś mógł im źle życzyć?

– Wygląda na to, że mahometanin, który potraktował mojego ojca zbyt poważnie. Skończyliśmy?

– Prawie. – Fatma napotkała jego poirytowane spojrzenie. – Próbujemy wyjaśnić pewne nieścisłości w związku z pańskim przylotem do Kairu. Twierdzi pan, że zjawił się tu po śmierci ojca.

– Jak widać.

– Słyszeliśmy twierdzenia, że był pan w mieście owej nocy.

– Ktokolwiek to powiedział, ewidentnie się pomylił.

– Zatem mówi pan, że nie było go tu tamtej nocy? To nie pan prosił, żeby wyciszyć wiadomości o śmierci pańskiego ojca w gazetach?

Alexander zmarszczył czoło.

– Co? Gdzie to pani usłyszała?

– Przykro mi, ale nie mogę rozmawiać o śledztwie w toku.

Patrzyli na siebie przez długą chwilę, zanim Alexander uniósł ręce.

– Zapewniam panią, że przyleciałem do miasta wtedy, kiedy powiedziałem, że przyleciałem. Proszę sprawdzić moje dokumenty podróżne, jeśli tego sobie pani życzy.

– A dlaczego pan wrócił? – naciskała Fatma. – Akurat w tej chwili? Aż z Indii?

Zmarszczył czoło.

– Skoro musi pani wtykać nos w moje prywatne sprawy, to dostałem list od ojca, w którym domagał się mojej obecności. Nie pisywał zbyt często. Dlatego spełniłem jego prośbę.

– Oddany syn. Jest pan teraz nowym lordem Worthingtonem?

Spojrzał cierpko.

– Mój ojciec był trzecim synem diuka, zatem lordem. Ten tytuł zabrał ze sobą do grobu. Mnie zostało tylko nazwisko Worthington, które muszę teraz zrehabilitować.

– Mógłby pan być Angielskim Bejem, synem paszy – wtrąciła sarkastycznie Hadia.

– Chyba mam już dość orientalnej dekadencji – odparł chłodno.

Fatma zaś uznała, że ma dość Alexandra Worthingtona.

– Zamierza pan pozostać w Kairze?

– Tak długo, jak to będzie potrzebne, żeby uporządkować sprawy ojca i sprzedać tę monstrualną posiadłość. Kochał ten kraj tak bardzo, że uparł się, aby tu go pochować, tak jak Aleksandra, wielkiego zdobywcę z dawnych czasów, jak to ujął w testamencie. Oczywiście, to nie dotyczy tego Alexandra, ja zamierzam wrócić do Anglii. Moja siostra pojedzie ze mną. W Anglii znajdzie lepszy sposób na wykorzystanie czasu niż wyczynianie głupstw ze swoimi tak zwanymi przyjaciółmi.

Abigail miała minę, jakby chciała zaprotestować, ale przełknęła te słowa.

– A kolekcja relikwii zgromadzona przez pańskiego ojca?

– Nic nie warte pamiątki – odparł kwaśno. – Zanim sprzedam posiadłość, każę zburzyć ten pokój. Pamiątki mogą przepaść razem z nim. Kiedy wrócę do Anglii, chcę, żeby wspomnienie tego bractwa pozostało za nami. Coś jeszcze, agentko? Może znajdzie pani wolną chwilę, żeby dowiedzieć się, kto z krajowców ukradł mi cały transport stali? Może ktoś z tych waszych Czterdziestu Panter. Słyszałem, że związały się z tym szalonym mahometaninem.

– Przekażę to policji – odpowiedziała Fatma. Popukała w melonik. – Dziękuję za pańską pomoc. Wrócimy, jeśli będziemy miały więcej pytań.

Machnął na to ręką ze znużeniem, pochylił głowę i otworzył ponownie księgę rachunkową. Nawet nie spojrzał za nimi, gdy wychodziły. Abigail wyprowadziła je z pomieszczenia na schody, a potem w milczeniu sprowadziła z powrotem do saloniku. Tam zwróciła się do nich przepraszającym tonem:

– Wiem, że mój brat pewnie nie był szczególnie pomocny, ale ogromnie chcę pomóc w znalezieniu mordercy mojego ojca.

Otworzyła książkę i ku ich zaskoczeniu wyjęła ze środka inną książkę. Cieniutką i oprawioną w czarną skórę, dość małą, żeby zmieściła się w dłoni. Fatma wzięła ją i otworzyła na pierwszej stronie. Ręcznie napisane po angielsku słowa głosiły „Rachunek Wezyra".

– To jakiś notes – wyjaśniła Abigail. – Znalazłam go w domu. Należał do mężczyzny, który blisko współpracował z moim ojcem, Archibalda Portendorfa. Jeśli chcecie dowiedzieć się czegoś więcej o Bractwie Al-Dżahiza, to może to wam pomoże?

***

– „Czternasty kwietnia tysiąc dziewięćset czwartego. Zdobyty dla STR, jeden kawałek tuniki, która rzekomo należała do al-Dżahiza, dwa tysiące dziewięćset funtów" – czytała na głos Hadia, kiedy jechały automatycznym powozem z powrotem do Kairu. Obróciła kartkę. – „Grudzień tysiąc dziewięćset szóstego. Zdobyte dla STR, strony pochodzące rzekomo z Koranu dotkniętego przez al-Dżahiza, pięć tysięcy sześćset funtów". – Obróciła notesik, pokazując jego zawartość. – Wątpię, żeby Alexander Worthington przesadzał, mówiąc o tym, ile ojciec wydawał. Tutaj są informacje zgromadzone przez całe lata.

Siedząca naprzeciwko Fatma przyjrzała się stronie. Ręcznie pisana angielszczyzna nie była jej najmocniejszą stroną. Niektóre rzeczy była w stanie odczytać, ale szło jej to powoli. Na szczęście Hadia czytała swobodnie. Fatma przypomniała sobie nazwisko Archibalda Portendorfa wymienione wśród zamordowanych członków Bractwa al-Dżahiza. Był jedną z osób siedzących przy stole z Worthingtonem. Dobrze pamiętała zwęgloną rękę, w której ściskał chusteczkę z literą G. Jego żona, jak się okazało, nazywała się Georgiana. Fatma zastanawiała się, czy myślał o niej w ostatnich chwilach, gdy umierał.

– To więcej niż książka rachunkowa – powiedziała Hadia, kartkując notes. – Robił też notatki obok zapisywanych wydatków. Na przykład: „Trzynasty września, tysiąc dziewięćset jedenasty, przesłałem temu młodemu idiocie WD awaryjne dwieście funtów w związku z jego ostatnim przedsięwzięciem. Twierdzi, że natknął się na ruchome piaski. Szkoda, że go nie połknęły". Wykrzyknik, wykrzyknik, wykrzyknik.

Fatma spojrzała na krótką listę członków bractwa. Posługiwały się nią, żeby rozszyfrować skróty w dzienniczku. STR początkowo zbiło je z tropu, dopóki nie przypomniały sobie, że lord Worthington miał przezwisko „Staruszek", i nie wypowiedziały go po angielsku.

– Wesley Dalton – powiedziała. – To jedyne inicjały WD.

– Niemal każda wzmianka na jego temat jest opatrzona gorzkim komentarzem – zauważyła Hadia. – Wygląda na to, że Archibald za nim nie przepadał.

– Ciało Wesleya Daltona miało głowę... wykręconą do tyłu – dodała Fatma.

Hadia uniosła brwi.

– Najwidoczniej miał podejście do ludzi. Spójrz tutaj. – Wskazała zapiski w dzienniczku. – Obok wielu zapisków powtarza się słowo „archiwista" i nazwa „Siwa" w nawiasach. Może tam bywał? Razem z archiwistą?

Siwa to oaza na dalekim zachodzie Egiptu. Dość oddalone miejsce, jakieś dziewięć godzin najszybszym statkiem powietrznym i to nie licząc ewentualnej przerwy na tankowanie.

– To kawał drogi. Ile razy wspomniano to miejsce?

– Często. Zwłaszcza przy droższych zakupach. Dlaczego jednak jechać do archiwisty w Siwie po... – Hadia urwała, żeby odczytać zapiski – ...*sebhah*, w którym al-Dżahiz podobno odmawiał zikr? Nie przypominam sobie, żeby al-Dżahiz w ogóle udał się do Siwy.

Fatma też sobie nie przypominała. To nie miało sensu.

– Masz ten wyraz twarzy – zauważyła Hadia. – Jesteś sfrustrowana.

– Miałam nadzieję, że wrócimy z jakimiś tropami. Zamiast tego dostałyśmy łamigłówkę. Nie wspominając już o tym, że nadal nie możemy ustalić podstawowych faktów, na przykład kiedy dokładnie Alexander Worthington przyleciał do Kairu.

Ewidentna sprzeczność między jego słowami i słowami madame Nabili pochłonęła większość ich rozmowy od wyjazdu z posiadłości. Jedno z nich ewidentnie myliło się albo kłamało. Dokumenty potwierdzały słowa Alexandra. Jednak to dziwne, żeby madame Nabila pomyliła się w taki sposób. A dlaczego miałaby kłamać?

– To jest ciekawe – mruknęła Hadia. – Ostatni wpis. Ma datę szósty listopada.

– Dzień morderstwa. Co napisano?

– „Szósty listopada tysiąc dziewięćset dwunastego. Po dwóch tygodniach targów zdobyłem dla STR z listy rzekomą broń al-Dżahiza za uzgodnioną wcześniej cenę pięćdziesięciu tysięcy funtów. Archiwista (Siwa)". – Hadię aż zatkało. – To mnóstwo pieniędzy! Myślisz, że to szabla, którą ma impostor?

Fatma poruszyła się niespokojnie na siedzeniu, przypominając sobie, jak ostrze przeszyło Siti.

– Jest coś jeszcze?

– Długa notatka: „Napotkałem trudności w zdobyciu przedmiotu na ulicy Czerwonej. Zapytałem o drugi przekaz pieniężny dla archiwisty (Siwa) na sumę pięćdziesięciu tysięcy funtów od AW". – Hadia uniosła pytająco głowę. – Alistair Worthington?

– Nie. On to STR. AW to ktoś inny.

– Nie myślisz chyba...?

– Alexander Worthington! Czytaj dalej!

– „Poinformowałem Siwę, że jako jedyny mam upoważnienie negocjować w imieniu STR. Stał się nieobliczalny i niezrównoważony. Wstrząsnął mną. Zasugeruję STR, żeby wstrzymał dalsze transfery do archiwisty (Siwa), dopóki ta kwestia nie zostanie wyjaśniona. Nie będziemy finansowali jego nałogu, nawet jeśli szantażuje nas listą". Wykrzyknik.

Hadia zamilkła na chwilę.

– Wygląda na to, że dwa razy przesłano pieniądze do tego samego archiwisty w Siwie na sumę pięćdziesięciu tysięcy funtów. Jeden przekaz miał miejsce w noc śmierci Alistaira Worthingtona, za szablę. Drugi miał miejsce dwa tygodnie wcześniej, od AW. Może od Alexandra. Ale za co? I o co chodzi z tą listą albo ulicą Czerwoną? Myślałam, że pieniądze były wysyłane do Siwy.

Fatma powoli pokręciła głową.

– Ulica Czerwona. Ma na myśli Czerwoną Drogę, dzielnicę rzemieślniczą. A Siwa to nie jest miejsce, to imię archiwisty. To dżinn.

Nie tracąc ani chwili, krzyknęła, podając nowy cel jazdy powozowi i złapała się wewnętrznej poręczy, kiedy pojazd zakręcił ostro w lewo i skierował się w stronę Al Darb al-Ahmar.

## ROZDZIAŁ CZTERNASTY

Czerwona Droga była upstrzona domami, mauzoleami i meczetami z najróżniejszych czasów od fatymidzkich po całkiem współczesne, osmańskie. Słynna rzemieślnicza dzielnica stanowiła labirynt krętych uliczek z niekończącymi się warsztatami, gdzie rękodzielnicy kultywowali techniki przekazywane od wieków.

Fatma i Hadia minęły pośpiesznie farbiarnie nici, gdzie kobiety skupiły się wokół wielkich kamiennych zbiorników i wyciągały zwoje bawełny z czarnej farby. Gdzie indziej czeladnicy pracowicie zszywali tafsir pod czujnym okiem mistrza introligatora. Al Darb al-Ahmar to było jedno z nielicznych miejsc w nowoczesnym Kairze, gdzie maszyny parowe i gazowe były rzadkością, bo rzemieślnicy woleli tradycyjne metody od zmechanizowanej produkcji. To oznaczało wolniejszą pracę, ale byli ludzie, którzy sowicie płacili za rękodzieła.

Skręciły w ulicę Wytwórców Namiotów naprzeciwko starej Bab Zuwajla z imponującymi bliźniaczymi minaretami. Powóz dowiózł je do niedawno ponownie otwartego uniwersytetu Al-Azhar, gdzie zagadnęły dwie studentki siedzące i popijające kawę. Kobiety nie słyszały o dżinnie imieniem Siwa, ale zasugerowały tkacza dywanów, który podobno znał każdy zaułek w dzielnicy. Okazało się, że rzeczywiście była to właściwa osoba, żeby zapytać. Siedząc razem z najstarszą córką przy staroświeckich pionowych krosnach i tkając jedwabny dywanik modlitewny, wyjaśnił dokładnie, gdzie znajdą Siwę, opisał nawet fasadę budynku.

– Mamy szczęście, że to jedyny dżinn archiwista w Al Darb al-Ahmar o imieniu Siwa – powiedziała Fatma, przyglądając się wzorowi na zestawie namiotów.

Ulica Wytwórców Namiotów została stosownie nazwana – tutejsi rzemieślnicy ręcznie naszywali kolorowe geometryczne wzory naśladujące lokalną architekturę na potężne połacie płótna. Każdy tutejszy warsztat należał do wytwórcy namiotów, a wszyscy reklamowali się napisami, które zapewniały, że w środku klienci zobaczą jeszcze bardziej kuszące towary.

– Nigdy do tego nie przywyknę – powiedziała Hadia, odsuwając się na bok, gdy sprzedawca chlebków przejechał obok nich na trójkołowym rowerze z koszem okrągłych aisz baladi na głowie. – W jaki sposób dżinny są w stanie się odróżniać?

Fatma pokręciła głową. Zważywszy, że większość przybierała imiona od nazw geograficznych, nie dało się uniknąć tego, że paru nazywało się tak samo. Sama zetknęła się z tuzinem Kin i dziesiątkami Hulwanów. Jak odróżniali się nawzajem, pozostawało tajemnicą. Po prostu... jakoś to potrafili.

– To tutaj.

Wskazała szyld z napisem Bracia Gamal tuż nad rysunkiem trzech szyjących mężczyzn. Trzypiętrowy budynek był zbudowany z brązowego kamienia przerywanego przez czerwone pasy i okna o zielonych framugach. Jak przy większości budynków w tym kwartale, markiza rozciągała się z dachu nad ulicę, jasnobrązowe płótno w mahoniowe pasy, ocieniając wszystko pod sobą.

W środku zastały Gamala – mężczyznę o podkręconych siwiejących wąsach i jego równie posiwiałych braci. We trzech pracowali przy majestatycznym namiocie z czerwonymi, niebieskimi i żółtymi wzorami zdobionymi zieloną kaligrafią. Z gramofonu ryczała muzyka – co dziwne, była to jedna z popularnych piosenek, które wypłynęły z Jasmine. Nie przerywając szycia, trzej mężczyźni skierowali je na piętro, kiedy zapytały o Siwę. Przejście było wąskie i Fatma zastanawiała się, jak dżinn mieści się w tak ciasnej przestrzeni.

– Można by się spodziewać, że skoro dostał tyle pieniędzy, to stać go na obszerniejsze lokum – zamyśliła się na głos Hadia.

– Może to oszczędny typ – mruknęła Fatma.

Zatrzymały się przy drzwiach na drugim piętrze, które wyglądały na świeżo pomalowane w żywy odcień żółci. Zanim zdążyły zapukać, drzwi się otworzyły. Dżinny często to robiły.

– *Ahlan wa Sahlan!* – powitał je.

– *Ahlan biik* – odpowiedziała Fatma.

Zaskoczyło ją to ciepłe powitanie, tak samo jak sam dżinn. Nie był bynajmniej mały, w gruncie rzeczy był tylko odrobinę mniej masywny niż Zagros, ale głos miał wyższy, niż można by się spodziewać, widząc jego rozmiary. Pod czarnym aksamitnym kaftanem haftowanym złotem widać było ciemnoczerwoną skórę z cienkimi zakrętasami w kolorze kości. Tworzyły wirujący wzór, który nieustannie się zmieniał. Efekt był hipnotyzujący i Fatma musiała odwrócić wzrok, chociaż jego żółto-zielone oczy działały podobnie.

– Jestem agentka Fatma, a to jest agentka Hadia z Ministerstwa Alchemii, Uroków i Istot Nadprzyrodzonych. Szukamy Siwy.

Dżinn obejrzał ich odznaki, a potem dotknął czubków zakręconych niebieskich rogów w geście, którego nie rozumiała.

– Ja jestem Siwa. – Uśmiechnął się. – Ponieważ już was powitałem w swoim domu, wchodźcie, proszę, bez pośpiechu.

Wskazał wnętrza, a Fatma stanęła jak wryta. Hadia aż sapnęła. Podobnie jak większość miejsc zamieszkanych przez dżinny, także i to przypominało muzeum: meble-antyki, posągi, obrazy wyglądające na pochodzące z innych czasów i książki. Nieskończenie wiele książek. Wszędzie na półkach. W stertach na stołach. Wysokie stosy, które wyglądały jak uporządkowane kopce sztuki. Jednak to wielkość pomieszczenia zaskakiwała. Mieszkanie było ogromne, z łukami, kolumnami i rozległą, kamienną podłogą. Fatma obejrzała się przez wciąż otwarte drzwi na wąskie schody, a potem spojrzała przed siebie.

– Jest w środku większe niż wygląda z zewnątrz? – szepnęła z niedowierzaniem Hadia.

Najwyraźniej. Magia dżinnów bywała konsternująca.

– Proszę o wybaczenie z powodu wielkiego bałaganu – powiedział Siwa.

– Niewątpliwe lubi pan czytać – zauważyła Hadia.

– Jestem swego rodzaju archiwistą. Rzadkich pism, zarówno starożytnych, jak i średniowiecznych wedle oceny śmiertelników. Większość z tego to dzieła literackie z mojej prywatnej kolekcji.

Hadia przyjrzała się cienkiemu tomikowi napisanemu po grecku.

– Wszystkie je pan przeczytał?

Dżinn się rozpromienił.

– Kilka razy! Wypijecie ze mną herbatę w saloniku?

Poprowadził je przez mieszkanie – Fatma starała się nie gapić, kiedy weszli do następnego pokoju z ogromną fontanną w kształcie wielbłądów z białego marmuru dźwigających misę na swoich garbach. Obrazy w złoconych ramach wisiały na ścianach, większość przedstawiała wielbłądy galopujące po rozległych pustynnych pejzażach.

Kiedy doszli do saloniku, dżinn zaproponował im miejsce na pluszowej fioletowej otomanie, a sam usiadł na szerokim fotelu, dość dużym, by się w nim zmieścił. Po obu jego stronach stały wysokie złote rzeźby wielbłądów. Detale były nadzwyczajne, włącznie z futrem na napiętych mięśniach imitujących ruch. W miejsce oczu wielbłądy miały wstawione czerwone rubiny.

– Zdecydowanie nie jest to oszczędny typ – szepnęła Hadia.

Mały drewniany stolik stał między nimi, a na nim umieszczono złocony dzban z brązu rzeźbiony w perskie wzory i z dziobkiem w kształcie wielbłądziego pyska. Obok niego stały filiżanki herbaty ze świeżymi miętowymi listkami. Dżinn zaproponował, żeby się częstowały, więc Fatma wzięła filiżankę i napiła się, lekko zaskoczona. To pewnie była najlepsza miętowa herbata, jakiej w życiu próbowała.

– Dobrze więc, jak mogę pomóc ministerstwu? – zapytał Siwa z uprzejmym uśmiechem na wielkiej twarzy.

– Badamy śmierć lorda Alistaira Worthingtona – powiedziała Fatma. – Znał go pan, jak rozumiemy?

Dżinn zamrugał, a Fatma pochyliła się, żeby odstawić filiżankę. Sięgnęła na oślep i prawie upuściła ją na ziemię, bo nie trafiła na blat stolika. Czy mebel nagle zrobił się mniejszy?

– W gazetach piszą, że to była potworna tragedia – odpowiedział – ale nie znałem Angielskiego Paszy, nie osobiście.

– Prowadził pan z nim interesy. Chociaż przez pośrednika, Archibalda Portendorfa?

– Tak. Prowadziliśmy z Wezyrem interesy.

Fatma odnotowała w myślach, żeby precyzyjniej się wyrażać. Dżinny nie były z natury zwodnicze, ale czasem bywały bardzo prostolinijne, odpowiadały dokładnie na takie pytanie, jakie im zadano.

– Te interesy. Wiązały się z hermetycznym Bractwem Al-Dżahiza?

Siwa znowu zamrugał. Jego uśmiech przygasł, usta mu zadrżały, zanim znieruchomiały. Fatma odnotowała to, ale na chwilę się zdekoncentrowała, gdy zerknęła na ściany z ciemnego drewna. Już wcześniej zauważyła, że obraz za dżinnem przedstawiał kolejne wielbłądy na złotym tle. Najwyraźniej to był powtarzający się tu motyw. Tyle że teraz wielbłądy, które wcześniej biegły w prawo, pędziły w lewo. Zerknęła na filiżankę. Co było w tej herbacie?

– Tak – odpowiedział w końcu Siwa. – Moje interesy wiązały się z organizacją założoną przez lorda Alistaira Worthingtona.

– Pomagał im pan zdobywać przedmioty.

– Takie zadanie wyznaczył mi Wezyr. Robiliśmy razem dobre interesy.

– Dlaczego tak go pan nazywa? – zapytała Hadia. – Wezyr?

– Członkowie Bractwa Al-Dżahiza często nosili różne tytuły. Lord Alistair Worthington był znany jako Wielki Mistrz. Archibald, Wezyr, był jego prawą ręką.

To wyjaśniałoby istnienie dzienniczka.

– Czy należał pan do bractwa? – spytała Fatma.

Siwa uśmiechnął się szerzej i zarechotał.

– Żaden dżinn nie należał do bractwa lorda Alistaira. Chociaż próbował nas zwerbować.

– Próbował zwerbować pana?

Uśmiech Siwy osłabł. Fatma zerknęła, żeby się upewnić, że Hadia wszystko notuje, ale zobaczyła, że jej partnerka przygląda się dzbankowi z herbatą, który z brązowego zamienił się w mosiężny, co było dość dziwne.

– Próbował – przyznał dżinn – ale odmówiłem. Tak mocne zaangażowanie w sprawy śmiertelników może ściągnąć... kłopoty. – Po raz pierwszy jego uśmiech całkiem zgasł i dżinn zapatrzył się w głąb siebie, zanim znowu powrócił do roli uprzejmego gospodarza.

– Skąd w takim razie wie pan tak wiele na temat bractwa?

Siwa wzruszył ramionami.

– Wezyr robił się nerwowy przy dżinnach. Próbowałem go uspokoić herbatą, a on gawędził, myślę, że próbował w ten sposób zatuszować podenerwowanie.

– Rzeczy, które zdobywał pan dla bractwa – odezwała się Hadia – pochodziły z listy? To były autentyki? Bo płacono za nie ogromne sumy.

Dżinn nadal się uśmiechał, ale odpowiedział sztywno:

– Handluję wyłącznie autentycznymi przedmiotami. Moja lista jest pewna. Moje słowo to moja reputacja.

– Oczywiście – zapewniła go szybko Fatma. Dżinny były bardzo wyczulone na wszelkie aluzje, że kłamią, nawet kiedy rzeczywiście kłamały. – Zatem wie pan, że Archibald zmarł razem z Alistairem Worthingtonem?

– Raz jeszcze powiem: potworna tragedia. Niech Bóg okaże im miłosierdzie.

– Możliwe, że był pan jedną z ostatnich osób spoza bractwa, jakie go widziały żywego. Przyszedł zabrać od pana szablę za pięćdziesiąt tysięcy funtów. Co to była za broń?

– Ostrze, które kiedyś należało do człowieka zwanego al-Dżahiz – wyjaśnił Siwa. – Wykute przez dżinna. Czarna klinga, która śpiewa.

To by wyjaśniało, jak zdobył je impostor.

– Skąd pochodziło?

Siwa westchnął z żalem.

– Wybaczcie, ale nie mogę zdradzać sekretów mojego fachu.

Fatma spodziewała się tego.

– Ostatnia rzecz. Archibald twierdził, że w noc, kiedy przyszedł po szablę, doszło do sporu o pieniądze. – Dżinnowi usta znowu zadrżały, zatrzepotał powiekami. – Wyglądało na to, że ktoś inny zdążył już przesłać panu pięćdziesiąt tysięcy z konta Worthingtona, dwa tygodnie wcześniej, za nieokreślone usługi. Ktoś o inicjałach AW.

Siwie wyrwał się dziwny odgłos z piersi. Zacisnął mocno usta, jakby coś powstrzymywał, zanim ryknął:

– Etiopia, przeklęta ziemia! Ma w swoim królestwie czarne plemię ludzi! Nosy mają szerokie, a uszy płaskie! Jest ich razem więcej niż pięćdziesiąt tysięcy! – Dżinn zasłonił usta szponiastą dłonią, potrząsając rogatą głową.

Fatma zaskoczona spojrzała na Hadię, a potem z powrotem na dżinna.

– Nic panu nie jest? – Kiedy nie odpowiedział, spróbowała znowu. – Chciałam tylko dowiedzieć się o drugi przekaz. Za co były te pieniądze? I kto je przesłał? Inicjały AW to Alexander Worthington?

Ledwie skończyła mówić, kiedy Siwa zawył. Nie, to nie było wycie, ale ciąg słów bez końca.

– Czy jest coś, o czym nie śpiewali już bardowie przede mną? Co zatem będzie moim tematem? Kiedy bogowie chcą ukarać człowieka, najpierw odbierają mu rozum, by postrzegał rzeczy niewłaściwie! Skłonię głowę, byś pewna była mojej chęci. Tej na stwierdzenie słowa używam pieczęci.

Bez słowa ostrzeżenia świat zafalował.

Fatma poderwała się na równe nogi.

– Co to było?

Hadia też wstała.

Zanim zdążyła odpowiedzieć, świat znowu zafalował. Nie zafalowała żadna z nich, ale dżinn i całe pomieszczenie przesunęli się, przemieścili jak wirujące wzory na skórze ich gospodarza. Fatma uznała, że chyba domyśla się, co się dzieje, kiedy Siwie wyrwał się charkotliwy krzyk. Otworzył szeroko usta, jakby szczęka wypadła mu z zawiasów, rozdziawił je, ciemnoniebieski język wypadł z nich i był tak długi, że sięgał mu do połowy piersi. Siwa wyciągnął coś spod kaftana – długi nóż o ząbkowanym ostrzu. Fatma sięgnęła po pistolet, ale dżinn przyłożył ostry koniec do własnego języka. Z rozgorączkowanym wzrokiem zaczął ciąć.

Fatma słyszała, że Hadia zakrztusiła się, jakby zbierało jej się na wymioty, gdy trysnęła krew. Bez słowa wycofały się pośpiesznie z pokoju, patrząc jak mieszkanie kołysze się spazmatycznie, a krzyk dżinna wypełnił im uszy. Nie zatrzymały się, dopóki nie doszły do drzwi wejściowych, nie zeszły schodami i nie minęły trzech wytwórców namiotów, którzy nadal pilnie pracowali nad ściegami. Dopiero kiedy wyszły na chodnik, zaczęły rozmawiać.

– *Ja Satter ja Rabb!* – wyrwało się Hadii. – Co to było?

Fatma nie potrafiła odpowiedzieć. Pierwszy raz widziała dżinna, który odcinał sobie język.

– Czy w dzienniku nie napisano czegoś o nieobliczalnym zachowaniu Siwy po pytaniu o przesłane pieniądze? Ja bym to nazwała nieobliczalnym zachowaniem.

– Co on wykrzykiwał? To brzmiało jak cytaty z literatury albo...

– ...poezji? – dokończyła Fatma. – Nie poznałam pierwszego fragmentu, ale drugi to był Antara.

– Średniowieczny poeta? No dobrze, czy ja zwariowałam, czy też mieszkanie... zaczęło skakać?

– Nie zwariowałaś – uspokoiła ją Fatma. – To dżinn iluzji.

Hadia zamrugała zaskoczona, a potem wytrzeszczyła oczy, bo zrozumiała. Fatma powinna była od razu się zorientować: za duże wnętrze mieszkania, zmieniające się w przeciągu chwili przedmioty. Wszystkie dżinny potrafią tworzyć iluzje. Według legend te najpotężniejsze tworzyły całe miasta na pustyniach i potrafiły całkiem zwieść ludzkie zmysły.

– Ale miałam wrażenie, jakbym przeszła całą drogę do saloniku – upierała się Hadia.

– To dlatego dżinny iluzji są takie dobre w tym, co robią.

– Czy myśmy w ogóle widziały prawdziwego Siwę? Czy naprawdę piłam miętową herbatę?

– Wątpię, żeby jego mieszkanie było tak wykwintne, jak wyglądało. I mam też podejrzenie, na co poszły pieniądze. Zauważyłaś te wszystkie wielbłądy? Które prawie zawsze biegły?

Hadia zmarszczyła pytająco czoło, ale Fatma poczekała, aż kobieta sama się domyśli.

– „Nie będziemy finansowali jego nałogu"! – wykrzyknęła, gdy wreszcie zrozumiała. – To z dzienniczka. Jest hazardzistą! Gra na wyścigach wielbłądów!

Fatma skinęła głową. Wyścigi wielbłądów zawsze były bardziej popularne na wschodniej pustyni albo w jej rodzinnych okolicach, w pobliżu Luksoru. Wszędzie, gdzie są płaskie przestrzenie, których brakuje w okolicy Kairu. Dopóki dżinny nie stworzyły mechanicznych parowych wielbłądów, które osiągały zawrotne prędkości. Tor znajdował się pod miastem, publika notorycznie stawiała wielkie sumy na jeźdźców i ich mechaniczne wierzchowce. Nic nie czyściło kieszeni równie szybko jak te zakłady.

– To wyjaśnia, dlaczego tak bardzo potrzebuje pieniędzy – zrozumiała Hadia. – Ale czemu wyrywać sobie język? Chyba że to też była iluzja.

– To się wydawało zbyt prawdziwe – powiedziała Fatma. – Robił wrażenie naprawdę zdenerwowanego. Za każdym razem, gdy pytałyśmy go o cokolwiek, co wiązało się z bractwem, jego iluzje słabły. Kiedy zapytałyśmy go o wieczór, kiedy spotkał się z Archibaldem, o kłótnię o pieniądze, wszystko zaczęło się rozpadać.

– Nie tylko kiedy pytałaś o pieniądze – zauważyła Hadia, marszcząc czoło. – Wtedy, kiedy wspomniałaś Alexandra, zrobiło się naprawdę źle. Naprawdę nie chciał o tym rozmawiać.

Albo nie mógł. Fatma obejrzała się na warsztat wytwórców namiotów. Słyszała o zaklęciach, które powstrzymują przed ujawnieniem sekretów, uniemożliwiając osobie sformułowanie słów, zamykając jej usta. Czar, który mógł sprawić, że dżinn – i to marid – zaczyna wyrzucać z siebie przypadkowe cytaty literackie albo próbuje obciąć sobie język, oznaczało bardzo potężną magię.

– Jeszcze jedno pytanie – odezwała się Hadia. – Czy zrobiło się ciemniej niż zwykle?

To wyrwało Fatmę z zamyślenia. Spojrzała w tym samym kierunku co Hadia. Niebo rzeczywiście ciemniało, gęstniejąca żółtawa mgiełka coraz wyraźniej przesłaniała błękit. Ciepły wiatr przybierał na sile, waląc w nie i szarpiąc markizą w górze. Wszędzie wzdłuż ulicy narastająca wichura łopotała wśród płócien. Sprzedawca chleba, którego wcześniej widziały, przejechał obok nich szybko, nadal trzymając kosz na głowie.

– Burza piaskowa! Burza piaskowa! – krzyczał, jadąc.

Burza piaskowa? O tej porze roku? Jednak wokół Fatmy narastały wszystkie oznaki zbliżającej się burzy piaskowej – słońce słabło, wiatr się wzmagał. Ludzie chowali się pośpiesznie w domach, zamykali warsztaty i barykadowali drzwi. Fatma już czuła pył w nosie, z trudem oddychała.

– Musimy wracać! – powiedziała do Hadii.

Trzymając mocno melonik i walcząc z wiatrem, ruszyła, mając nadzieję uprzedzić nadejście burzy.

# ROZDZIAŁ PIĘTNASTY

Fatma siedziała w automatycznym powozie, składając poszczególne fragmenty układanki w głowie. Najpierw Alistair Worthington i jego bractwo zostają wymordowani przez człowieka, który twierdzi, że jest al-Dżahizem. Tej samej nocy okazuje się, że jego własny syn przesłał za jego plecami pieniądze dżinnowi. Teraz jakaś magia uniemożliwia dżinnowi ujawnienie dalszych szczegółów. Relacje Alexandra z ojcem były, ujmując to najdelikatniej, napięte, a on sam nie darzył bractwa miłością. Kiedy jedno i drugie przepadło, mógł odziedziczyć nazwisko Worthington i zetrzeć z niego ślady ojca. Ludzie mordowali z błahszych powodów.

Mimo wszystko żadna z tych rzeczy nie tłumaczyła magii, jaką dysponował impostor. Z pewnością nie wyjaśniała ifryta. Czy ten fałszywy al-Dżahiz mógł być kimś wynajętym przez Alexandra? Młody Worthington sprawiał wrażenie kogoś, kto pogardza wszystkim, co wiąże się z czarami. A tu proszę, przesyłał pokaźne sumy dżinnowi, który ma słabość do hazardu. Fatma będzie musiała poszukać czegoś na temat przeciwzaklęć, przekonać się, czy można w jakiś sposób skłonić Siwę do mówienia. Instynkt jej podpowiadał, że tam się kryją odpowiedzi. To, co ukryte, zawsze okazuje się większe, jak często mawiała jej matka.

– To dziwne.

Fatma podniosła wzrok i zobaczyła, że Hadia wygląda przez okno. Nie robiła jednak wrażenia, jakby patrzyła na coś konkretnego. Zamiast tego miała przechyloną głowę, jakby raczej nasłuchiwała. Burza nasilała się, przez co trudno było cokolwiek zobaczyć. Wyła nad miastem jak wściekłe dziecko.

– Co takiego?

– Nie potrafię określić, skąd nadciąga burza. Miewamy burze piaskowe w Aleksandrii. Wieją z jednego kierunku. Nie da się tego zobaczyć, ale z pewnością wyczuwasz to w wietrze. A ta brzmi tak, jakby nadciągała... cóż, ze wszystkich stron na raz.

Fatma zmarszczyła brwi.

– I to dziwna pora roku jak na burzę piaskową. Nie było też żadnych typowych znaków ostrzegających. Czy chociażby było dość gorąco?

– Dostrzegam chyba coś jeszcze dziwniejszego. – Hadii aż się głos załamał. – Czy to ministerstwo?

Fatma zmrużyła oczy i spojrzała we wskazanym przez nią kierunku, na ciemny kształt w oddali. Nie, to nie mogło być ministerstwo. Zmrużyła oczy jeszcze mocniej, wodząc wzrokiem po prostokątnym zarysie. To było ministerstwo! Tyle że spowite gęstą żółtą mgiełką, która wirowała wokół budynku.

– Nic dziwnego, że nie mogłyśmy określić, skąd naciera burza – powiedziała Hadia – skoro skupiła się na ministerstwie!

Patrząc na niebo, Fatma spostrzegła żyły piasku: wszystkie opadały ku budynkowi ministerstwa. Mieszały się z kłębiącą się chmurą, jakby chciały dołączyć do tańca, z każdą chwilą stawały się coraz grubsze. To nie wyglądało dobrze.

– Masz broń osobistą?

Ciemnobrązowe oczy Hadii zdradzały niepokój, ale skinęła głową, przyciskając miejsce pod płaszczem.

– Myślisz, że jest aż tak źle?

Fatma sprawdziła własny rewolwer, typową przydziałową broń, nic nadzwyczajnego: posrebrzany, z długą cienką lufą, sześciostrzałowy.

– Kiedy dochodzi do dziwnego, niezrozumiałego zakłócenia, które koncentruje się na miejscu mającym za zadanie badać dziwne i niezrozumiałe zakłócenia, to owszem, myślę, że może być aż tak źle. Jak sobie z tym radzisz? – Skinęła brodą na pistolet Hadii.

– Wydaje mi się, że dostatecznie dobrze, ale nie lubię broni.

Fatma jej współczuła. Kiedy nosiła broń, sama czuła się, jakby dźwigała dodatkowy ciężar zawieszony na szyi.

– Myśl o tym jak o ubezpieczeniu. Nie posłużymy się nią, o ile nie będzie to absolutnie konieczne. Gotowa?

Hadia skinęła głową.

– Czekaj!

Wyjęła hidżab z torby na ramię. Podała chustkę Fatmie i zaczęła rozwiązywać własną, żeby zasłonić usta i nos.

Zatrzymały powóz kawałek od ministerstwa, bo niewiele brakowało, żeby pojazd przewrócił się na narastającym wietrze. Kiedy wysiadły, ten sam wiatr uderzył prosto w nie. Fatma pochyliła ramiona, jedną ręką złapała melonik, drugą zaciskała na marynarce. Musiała iść pod kątem, kiedy burza waliła w nią tak, jak to spostrzegła Hadia – przedziwnie, ze wszystkich stron naraz. Drobny piasek znajdował każdy skrawek odsłoniętej skóry. Zwykle to było ogromnie uciążliwe, ale niewiele więcej, jednak teraz z jakiegoś powodu dotyk piasku wręcz szczypał!

Hadia nie radziła sobie dużo lepiej – jej długa spódnica łopotała dziko na wietrze. Poruszały się z Fatmą, bardziej kierując się instynktem niż wzrokiem, i musiały uważać, żeby nie pogubić się w mroku. Gdy dotarły do ministerstwa, miały wrażenie, że przewędrowały milę, a nie przecznicę. Szklane drzwi nie otworzyły się, kiedy się zbliżyły, musiały je rozsunąć siłą i wcisnąć się pojedynczo do środka.

Fatma stęknęła z wysiłku, kiedy popychały drzwi, żeby je z powrotem zamknąć. Trzęsła się, zdejmując hidżab z twarzy i rozsypując piach na podłogę. Obok niej Hadia też odsłaniała nos i usta, oddychając głęboko. W zwykle jasno oświetlonym holu panował mrok. Po części z powodu burzy piaskowej, ale najwyraźniej nigdzie nie paliło się światło.

– Nie ma zasilania – zauważyła Hadia.

Fatma zerknęła w ciemność. Gdzie podziewał się ochroniarz?

– Budynek ma własne generatory. Mózg budynku powinien wysłać nasze eunuchy naprawcze, żeby usunęły wszelkie uszkodzenia.

Po tych słowach rozległo się głośne dudnienie, metaliczne skrzypienie i zgrzytanie, jakby metal ocierał się o metal. Brzmiało to niemal żałobnie, jakby budynek drżał, umierając.

– Co to było?! – zapytała Hadia.

– Mózg budynku. – Fatma odchyliła głowę, próbując wypatrzyć żelazne koła zębate i sfery pod szklaną kopułą. – Coś jest nie tak. Posłuchaj. Nie słychać, żeby choćby się obracał.

– Może piasek w jakiś sposób dostał się do mechanizmu?

– Może. Niczego nie widzę. Szkoda, że nie mam przy sobie gogli spektralnych.

– Ja mam swoje – powiedziała Hadia, grzebiąc po kieszeniach. – Wiem, że większość agentów zabiera je tylko na miejsce przestępstwa i w tym podobne miejsca, ale wytyczne mówią, żeby zawsze mieć je przy sobie, więc... je mam.

Niech Bóg pobłogosławi entuzjazm nowicjuszy, pomyślała Fatma.

– Założyłam je – powiedziała Hadia. – I patrzę w górę... ale...

– Co?

– Nie wiem, co widzę. Coś tam się rusza na górze, ale nie wygląda to tak, jak powinno.

– Daj mi spojrzeć. – Fatma wzięła gogle i założyła.

Ciemność zamieniła się w jarzący się nefryt, było jasno jak za dnia, ale obraz był filtrowany przez świat spektralny. Wszystko było tu jaskrawe. Nawet burza na zewnątrz układała się w zawiłe wzory, które rozpadały się i powracały. Gdy Fatma spojrzała pod kopułę, podregulowała okrągłe soczewki i wyostrzyła obraz.

Patrzenie na mechaniczny mózg budynku przez szkła spektralne zwykle zapierało dech w piersiach – kaskada światła, w której jarzył się każdy mechanizm zębatkowy, i liczne sfery były zalane blaskiem. Jednak teraz nie widziała niczego takiego, tylko nagromadzenie ciemności, która wszystko przesłaniała. Znowu podregulowała soczewki. Teraz widziała drobinki światła, ale schowane pod grudami cienia. Jeden cień podniósł się, jakby się przeciągał i opadł z powrotem w większą masę. Przez chwilę Fatma widziała jego kształt – podobny do ludzkiego, o długich członkach i wydłużonym torsie. Na ten widok żołądek ściął jej się lodem. Sięgnęła po Hadię, złapała ją za rękę i pociągnęła gwałtownie pod ścianę, prawie ją na niej rozpłaszczając, a potem szepnęła nerwowo jedno słowo:

– Ghule!

Na twarzy Hadii odmalowały się szok i odraza, jakiej można się było spodziewać na dźwięk tego słowa.

– Ghule? Jesteś pewna?

Fatma ponuro skinęła głową. Wszędzie poznałaby te powykręcane ciała i kończyny.

Hadia zerknęła w górę i skuliła się – jakby spodziewała się, że stwory w każdej chwili mogą na nie spaść.

– Nie ma bóstwa prócz Boga – szepnęła. – Co ghule robią w ministerstwie?

– Przestań zadawać mi pytania, na które nie potrafię odpowiedzieć! – warknęła Fatma, gdy frustracja zaczęła w niej zwyciężać. – Obsiadły tam całą maszynerię. Nic dziwnego, że budynek wygląda, jakby stracił zasilanie.

Rozległ się kolejny zgrzyt, jakby koła zębate próbowały się poruszyć pod masą nieumarłych. Ghule obsiadły mechaniczny mózg jak choroba, infekując go, odbierając mu jego magię.

– Najpierw burza – powiedział Hadia – a teraz ghule. Dziwny zbieg okoliczności, nie uważasz? Mam wrażenie, że to celowe działanie.

– To wygląda jak atak – podsumowała Fatma.

– Ale kto? Nie myślisz chyba, że to... on?

Słowa impostora rozbrzmiały w głowie Fatmy. „Zadam wam ból".

– Musimy sprawdzić budynek. Tu mogą być ranni ludzie.

– Albo gorzej. – Hadia przełknęła ślinę.

Fatma nie chciała myśleć o tym na głos. Ghule były wygłodniałe, jadły wszystko. Widziała raz, jak jeden ścigał motyla przez prawie milę. Ludzie uwięzieni w tym budynku nie przetrwaliby zbyt długo.

– Pamiętasz swoje szkolenie w walce z ghulami?

– Tak jakby.

Fatma zmarszczyła brwi.

– Co to znaczy „tak jakby"? Nie trenowałaś w Osadzie?

Osada stanowiła część rządowego projektu mającego na celu tworzenie nowych miast w odległych regionach kraju, nawadnianych przez maszynerię dżinnów. To miejsce powstało na zachodniej pustyni na wschód od Ad-Dachili. Nikt dokładnie nie wiedział, co się tam stało, ale osadnicy zniknęli w ciągu paru miesięcy, a w miasteczku zaroiło się od ghuli. Ministerstwo je oczyściło i ogłosiło, że jest wolne od nieumarłych, a jednak po roku znowu było ich tam pełno. Kolejne próby przyniosły ten sam skutek. Zdumiewające zjawisko.

– Od dwóch lat żaden kadet nie pojechał uprawiać ogródka w Osadzie – powiedziała Hadia.

„Uprawa ogródka" to było eufemistyczne określenie corocznego uboju ghuli, przeprowadzanego przez instruktorów akademii i ich podopiecznych. Coś w rodzaju zajęć w terenie, ale z bronią palną, ostrymi przedmiotami i mnóstwem nieumarłych.

– Od czasu kiedy niewiele brakowało, żeby ghule załatwiły i pożarły jedną klasę. Nie czytałaś o tym w biuletynie dla absolwentów?

Fatma wzruszyła ramionami. Kto czyta te biuletyny?

– Zatem jak zostałaś „tak jakby" wytrenowana w walce z ghulami?

– W symulacjach. Jedna grupa kadetów przebiera się za ghule i goni resztę...

Fatma uniosła rękę, bo nie chciała więcej słyszeć. Nawet w ciemności niepokój Hadii był ewidentny. Zrozumiały. Ghuli nie można było lekceważyć.

– Nie musisz iść ze mną. Jeśli jesteśmy w epicentrum burzy, to w innych częściach miasta może być spokojniej. Może znajdziesz telefon i wezwiesz pomoc...

– Idę z tobą. – Przerwała jej Hadia. – Jestem agentką ministerstwa. Tym właśnie się zajmujemy.

Determinacja w jej głosie mimo odczuwanego strachu jasno mówiła, że sprawa jest postanowiona. Fatma sięgnęła do pasa i wyjęła z pochwy dżambię.

– Ponieważ nie przepadasz za bronią palną.

Hadia przyjęła nóż, patrząc na nią pytająco.

– Skąd masz dżambię?

– To prezent od jemeńskiego dygnitarza. Ministerstwo wyświadczyło przysługę jego klanowi. Uznał, że to stosowny podarunek dla dzielnego i „pięknego młodzieńca". Nie zawracałam sobie głowy prostowaniem jego pomyłki. I zatrzymałam nóż.

Hadia zważyła broń w dłoniach.

– Och, to mi się podoba!

– Oczekuję zwrotu. – Fatma zerknęła na nieumarłych w górze. – Winda nie działa. Musimy iść schodami. Tędy.

Ruszyły do klatki schodowej, Fatma przodem z wyciągniętym rewolwerem. Dała znać, że droga jest wolna, i weszły na schody. Było tam ciemniej niż w holu, zwalniały przy każdym zakręcie, żeby na nikogo (ani na nic) nie wpaść przez przypadek. Gdzieś w głębi umysłu Fatmy czaiło się pytanie, w jaki dokładnie sposób ghule dostały się do ministerstwa. Zdławiła je na razie. Będzie na to czas później.

Doszły na trzecie piętro bez żadnego problemu. Z zainfekowanego mózgu budynku poniosły się kolejne zgrzyty, ale – Bogu dzięki – nie napotkały żadnego ghula. Fatma miała wyrzuty sumienia, że nie zatrzymała się na innych piętrach, ale ludzie, których znała i z którymi pracowała, byli na trzecim. Musiała najpierw sprawdzić, co u nich.

Kiedy doszły do drzwi, z drugiej strony rozległo się głośne walenie.

– Kiedy wejdziemy do środka, trzymaj głowę nisko – szepnęła. – Pamiętaj, że ghule są silniejsze od nas. I są szybkie, chociaż niezbyt bystre. Celuj w głowę. Jasne?

Hadia zdecydowanie skinęła głową z zaciętą miną. Jedną rękę położyła na pistolecie, w drugiej trzymała dżambię. Razem otworzyły drzwi i weszły do środka.

W biurze było ciemno, jedyne słabe światło padało z okien, za którymi kłębiła się burza piaskowa. Jednak do tego czasu oczy Fatmy już się przyzwyczaiły. Widziała ślady walki. Papiery walały się po podłodze obok poprzewracanych krzeseł. Nie było jednak ludzi. Hadia popukała ją w ramię, wskazując na dziury od kul w ścianach. To musiała być poważna walka.

Fatma przykucnęła nisko i poprowadziła je w kierunku niosącego się po biurze łomotania. Porozlewana herbata z kubków i niedojedzony paluszek *bo'somat* świadczyły o tym, że ludzie zostali zaskoczeni. Dokąd uciekli? Łomotanie. Tam była odpowiedź. Kiedy się zbliżyły, jej nos wychwycił smród gnijącego ciała i skwaśniałej ziemi. Charakterystyczny odór nieumarłych. Powarkiwanie i kłapanie zębami potwierdziło jej podejrzenia. Już miała się odwrócić i ostrzec Hadię, kiedy z drugiej strony biurka wychyliła się ręka z pistoletem. Odruchowo Fatma zrobiła to samo. Serce jej waliło jak szalone. Ale chwileczkę, ghule nie posługują się bronią. Skrzywiła się.

Hamed?

Mężczyzna odetchnął z ulgą. On też kucał, co było dość niewygodne dla zwalistego mężczyzny. Pomachał, żeby szły za nim. Poprowadził je do miejsca, gdzie długi stół przewrócono na bok. Ktoś jeszcze się tam chował. Onsi. Uśmiech rozświetlił mu twarz na widok Fatmy i Hadii. Zniknął jednak, gdy rozległ się kolejny głośny huk. Zebrali się razem, przyciskając plecy do stołu.

– Piękna pogoda, co? – zażartował Hamed.

Za nimi walenie i warczenie przybrało na sile. Fatma musiała zerknąć. Odwróciła się i wychyliła się nieco nad krawędzią stołu, żeby zerknąć.

Ghule. Ich nagie bladoszare ciała były widoczne w półmroku – zniekształcona kpina z człowieka o wydłużonych kończynach. Policzyła szybko. Dwunastu. Nie, jeszcze jeden przywarł do sufitu w ten typowy dla nich, niezgodny z naturą sposób. Zatem całe stado. Zgromadziły się wokół gabinetu dyrektora Amira, niektóre stały na dwóch nogach, inne chodziły na czworaka. Jeden trzymał oparcie krzesła i walił nim w drzwi prowadzące do wnętrza pomieszczenia. Po każdym uderzeniu rozlegały się stłumione okrzyki dobiegające ze środka. Ludzkie krzyki.

Fatma usiadła z powrotem.

– Co się stało?

Twarz Hameda spochmurniała.

– Nasz przyjaciel z niedzielnej nocy. W złotej masce.

Fatma zacisnęła rękę na pistolecie, gdy jej podejrzenia się potwierdziły.

– Najpierw padło zasilanie, a potem uderzyła burza – opowiadał Hamed. – Później pojawiły się ghule... po prostu pojawiły się wśród nas. Rozpętało się szaleństwo. – Po raz pierwszy Fatma zauważyła, że zwykle nieskazitelny mundur Hameda jest pognieciony i że mężczyzna zgubił tarbusz. – Walczyliśmy z nimi wręcz. Amir przemycił tylu ludzi, ilu mu się udało do gabinetu, gdzie się zabarykadowali. Onsi i ja próbowaliśmy znaleźć sposób, żeby się stąd wyrwać. Teraz, kiedy tu jesteście...

– Gdzie on jest? – Fatma bardziej syknęła niż powiedziała. – Impostor?

– Wyszedł. Z paroma ghulami i dziwnym mężczyzną, który potrafi... powielać się.

– Popielny ghul – wtrąciła Hadia.

Hamed popatrzył z powątpiewaniem.

– Skoro tak go chcesz nazywać...

– Dokąd poszli? – dopytywała się Fatma.

– Nie wiem. Powiedział coś o wywleczeniu naszych sekretów na światło dzienne.

„Zadam wam ból. Sprawię, że zrozumiecie. I wywlekę wasze sekrety na światło dzienne".

Fatma odtworzyła jego słowa w głowie. Ich sekrety. Gdzie ministerstwo trzymało swoje sekrety?

– Skarbiec! – szepnęła. – Poszedł do skarbca!

– Do skarbca? – zapytał Onsi. – A czego by tam szukał?

– Cokolwiek to jest, nie możemy mu tego dać! – odpowiedziała Fatma.

Kolejne uderzenie rozległo się przy akompaniamencie powarkiwania.

– Nie zdoła otworzyć skarbca – uspokoił ją Hamed. – Jest zamknięty. Systemy budynku...

– ...nie działają – dokończyła Fatma. Przedstawiła mu aktualną sytuację.

– Cała maszyneria mózgu? – szepnął z niedowierzaniem Onsi. – Pokryta przez ghule?

– Jesteśmy zdani na siebie – powiedziała im. – Musimy chronić skarbiec!

– Drzwi do biura Amira nie wytrzymają – ostrzegł Hamed. – Mnóstwo ludzi, którzy tam są, to sekretarki i urzędnicy. Nie są uzbrojeni. Jeśli ghule dostaną się do środka, walka nie potrwa długo. Nasza dwójka miała z nimi małe szanse, ale czwórka to co innego.

Fatma spojrzała tęsknie na schody. Każda minuta, jaką tu tracili, to minuta więcej dla impostora. Jednak znowu rozległ się huk uderzenia, a po nim krzyki z gabinetu Amira. Przez chwilę była gotowa pozostawić tych ludzi własnemu losowi. Znienawidziłaby siebie, ale zrobiłaby to. Poczuła czyjąś dłoń na ręce, podniosła wzrok i zobaczyła ciemne spojrzenie Hadii, która rozumiała walczące w niej sprzeczności.

– Myślę, że możemy zrobić jedno i drugie – powiedziała. Zerknęła na sufit i pozostali zrobili to samo, wiodąc wzrokiem po cienkich rurach.

– Instalacja przeciwpożarowa? – zapytał Hamed. – Przekonanie, że ghule nie przekroczą wody, to przesąd.

– Ale rzeczywiście jej nienawidzą – sprzeciwiła się Hadia. – Włączcie tryskacze, to odwrócimy ich uwagę. Możemy szybko je załatwić, wyciągnąć ludzi z gabinetu, a potem pobiec do skarbca.

Fatma napotkała wyczekujące spojrzenie partnerki i powoli skinęła głową. Coraz bardziej podobał jej się ten pomysł. Widziała, jak ghule reagują na wodę: doprowadzała je do szału. Może im się udać. A potem skarbiec.

– Tryskaczami kieruje budynek, ale koło drzwi jest korba do ręcznego uruchomienia instalacji. Ktoś będzie musiał dostać się tam po cichu. Kiedy woda poleci, uderzmy w ghule z całą siłą.

– Ja włączę tryskacze! – zaproponował Onsi. – Potrafię być bardzo cichy.

Fatma przyjrzała mu się z powątpiewaniem, ale Hamed się zgodził.

– Jest w tym wręcz nadnaturalnie dobry. – Zamilkł i spoważniał. – Jeszcze jedna rzecz. Mężczyzna w złotej masce. Zanim wyszedł, powiedział o bombie. Nie wiemy tylko, gdzie się znajduje.

Fatma z trudem przełknęła ślinę. Bomba. Czemu nie? Czy może być jeszcze gorzej?

– Wobec tego działajmy szybko. Onsi, ruszaj!

W odpowiedzi zasalutował jej – kto by pomyślał. Jego oczy za okularami były poważne, gdy ruszył. Znowu rozległo się uderzenie.

– Wy dwoje jesteście gotowi? – spytała. Hamed i Hadia skinęli z przekonaniem głowami i na szczęście nie zasalutowali. – W takim razie ja przeskoczę nad stołem. Wy strzelajcie, kiedy się da.

Wzięła głęboki wdech, wstała, łapiąc się wolną ręką brzegu stołu, i skoczyła. Wylądowała z już uniesionym pistoletem i gwizdnęła przenikliwie.

Ghule odwróciły się jak jeden mąż, kierując na nią niewidzące twarze. Tuzin ust rozchyliło się, odsłaniając czarne dziąsła i kłapiące szczęki. Bladoszara skóra zmarszczyła się w miejscu, gdzie powinny być oczy. Ten, który dobijał się do drzwi, stał pośrodku; wyciągnął długą szyję i rozwarł szczęki, wydając z siebie przenikliwy wrzask. Kula, która trafiła go prosto w czoło, gwałtownie przerwała ten dźwięk. Chrypienie dobyło się z jego gardła, zanim padł na ziemię i znieruchomiał.

Zostało jedenaście.

Fatma zerknęła zza dymiącej lufy, żeby ocenić pierwszy strzał. Pierwsza zasada walki ze stadem ghuli: zidentyfikuj przywódcę i załatw go. To zwykle doprowadzało resztę do szału. Zgodnie z oczekiwaniami pozostałe zaczęły się szykować – warcząc i kłapiąc zębami – do naprawdę morderczego ataku. Jednak lepsze są ghule rozwścieczone niż działające w sposób skoordynowany.

Mimo wszystko, gdy rzuciły się na nią, Fatma zaczęła zastanawiać się, gdzie, u diabła, podziewa się Onsi!

W odpowiedzi spadł prawdziwy potop, gdy tryskacze pod sufitem ożyły z sykiem. Szarża ghuli załamała się, nieumarli zaczęli się potykać i ślizgać na podłodze, niektórzy zaczęli bić się po głowie, żeby odeprzeć ulewę, i wrzeszczeć w panice. Jeden tylko skomlał i ganiał w kółko. One naprawdę nienawidziły wody!

Fatma wycelowała i zaczęła strzelać w chaos, licząc. Zostało dziesięć ghuli. Dziewięć. Nowy wystrzał rozbrzmiał obok niej. Hamed. Osiem. Siedem, sześć. Została już tylko połowa. Niestety kilka stworów otrząsnęło się nieco, oderwały się od towarzyszy i rzuciły się szaleńczym galopem. Kluczyły przy tym i Fatma klęła, gdy jej kule tylko zadrasnęły któregoś w ramię albo kompletnie nie trafiały. Do diabła, aleź były szybkie!

W kilka sekund później jeden z nich znalazł się tuż przed nią, kłapiąc zębami. Nie miała czasu, żeby strzelić, więc kopnęła go w pierś. Normalny człowiek padłby po takim trafieniu na plecy, ale ghule były dwa razy silniejsze od człowieka. Zatoczył się tylko, wyciągając rękę i sięgając wydłużonymi palcami do jej twarzy, kiedy nagle pojawił się nóż i gładko odciął rękę na wysokości łokcia. Kończyna odpadła, uderzyła o mokrą podłogę i zamieniła się w popiół. Ghul odwrócił głowę ku nowemu zagrożeniu i w nagrodę oberwał dżambią – dżambią Fatmy – która wbiła się dokładnie tam, gdzie powinno znajdować się lewe oko. Ciało padło jak automat, który nagle wyłączono. Hadia wyciągnęła nóż i obróciła się płynnym ruchem, żeby urżnąć nogę następnemu ghulowi, który runął jak ścięty. Nie dała mu czasu na podniesienie się, wbiła dżambię w punkt u podstawy czaszki aż po rękojeść.

Fatma patrzyła z podziwem. Broń palna zdecydowanie marnowałaby się w rękach tej kobiety. Żaden ghul już nie stał. To, co z nich zostało, walało się w nieruchomych stosach na podłodze. Z powodu, którego nigdy nie rozumiała, kończyny odcięte od ciał zamieniały się w popiół – ale same ciała już nie. Te zawsze trzeba było samemu uprzątnąć.

– Chyba dopadliśmy wszystkie – wydyszała Hadia. – Naliczyłam dwanaście.

– Dobra robota. – Fatma zaczęła chować pistolet. – A teraz...

Zanim skończyła, rozległo się warczenie. Podniosła wzrok w samą porę, żeby zobaczyć ghula na suficie – całkiem o nim zapomnieli. Wylądował przed Hamedem, który podniósł broń, ale ghul zbił ją w bok, a potem obalił jego samego. Odwrócił się do Fatmy i skoczył ku niej. Pociągnęła za cyngiel i zorientowała się, że skończyły jej się naboje. Niedobrze.

Przygotowała się na atak, wyciągnęła rękę, kiedy ghul wylądował na niej i oboje przeturlali się po podłodze. Potrzebowała całej swojej siły, gdy leżała, żeby utrzymać dłonie na szyi stwora i nie pozwolić, żeby dosięgły jej kłapiące zęby. Przez smród jego oddechu – odór śmierci i zgnilizny – prawie się zadławiła, ale walczyła z mdłościami. Kątem oka zobaczyła, że jej dżambia opada, żeby zabić stwora. Hadia! Niestety ghul też to zauważył. Obrócił się w ostatniej chwili i nóż nie trafił w skroń, ale w żuchwę.

Ghul wrzasnął i spadł z Fatmy, łapiąc nóż wbity pod kątem w jego twarz. Kule trafiły go w bok. Onsi. Niski mężczyzna strzelał, ale fatalnie celował, trafiał głównie w tułów. Po chwili skończyły mu się naboje i uzyskał tylko tyle, że spowolnił nieco ghula. Fatma podniosła się i po omacku zaczęła wkładać naboje do bębenka.

Hadia jednak już ruszyła. Fatma w życiu nie uwierzyłaby w to, gdyby nie widziała tego na własne oczy – kobieta skoczyła na plecy ghula, jedną ręką złapała go za szyję i przywarła do stwora. Wyrwała nóż z jego żuchwy, obróciła w dłoni i wbiła mu ostrze pod podbródek. To nie wystarczyło, żeby go zabić, ale w ten sposób zamknęła mu usta i teraz skonsternowany stwór drapał pysk. Zeskoczyła z jego pleców, obeszła go, szukając właściwego miejsca i zręcznym kopniakiem wbiła nóż głębiej. Ciało ghula zesztywniało. Stwór padł na twarz.

Zapadła cisza, gdy przyglądali się jatce. Po chwili drzwi do gabinetu Amira uchyliły się. Dyrektor wyjrzał, a potem otworzył je szerzej. Trzymał pistolet. Za nim stali przestraszeni ludzie, głównie pracownicy biurowi.

– Załatwiliście wszystkie? – zapytał rzeczowo.

Fatma skinęła głową, pomagając Hamedowi wstać. Ghul prawie pozbawił go przytomności i mężczyzna dopiero dochodził do siebie. Oddała go w czyjeś ręce, już myśląc o drugim zadaniu.

– Mężczyzna w złotej masce. Poszedł do skarbca. Muszę tam zejść.

Amir przetrawiał jej słowa.

– Jasne. Weź ze sobą paru ludzi. Pozostałych musimy wyprowadzić. Pewnie słyszałaś, że może tu znajdować się bomba.

– Jeśli nie ma pan nic przeciwko, to wystarczy mi agentka Hadia.

Fatma rozejrzała się za swoją partnerką, która obracała martwego ghula, żeby wyciągnąć dżambię pokrytą czarną krwią.

– Nie, w porządku – odkrzyknęła Hadia. Stęknęła, wyrywając nóż. – Pomogę oczyścić budynek. Zajmę się tymi ghulami, które zostały. Wy... – Machnęła zakrwawionym ostrzem na dwóch agentów uzbrojonych w czarne pałki. – Pomóżcie jej. I koniecznie ją osłaniajcie!

Mężczyźni popatrzyli na nią dziwnie, ale nie sprzeczali się – może z powodu zakrwawionego noża w jej ręce. Fatma podziękowała jej spojrzeniem i pośpieszyła do schodów, nie czekając na agentów. A jeśli już było za późno? Może impostor już dotarł do skarbca i zdobył to, po co przyszedł? „Zadam wam ból. Sprawię, że zrozumiecie. I wywlekę wasze sekrety na światło dzienne". Przyśpieszyła kroku.

Kiedy dotarła do biblioteki, zachowała dość przytomności umysłu, żeby zatrzymać się w wejściu. Dwóch agentów pojawiło się tuż za nią, czarne pałki trzymali w gotowości. Dała im znać, żeby byli cicho. Tak dyszeli, że można by pomyśleć, że to oni dopiero co walczyli z całym stadem ghuli. Wyciągnęła broń i pierwsza weszła do biblioteki.

Panowała tam ciemność jeszcze głębsza niż w innych częściach budynku. W pustce zalegała cisza, która wywoływała w niej niepokój. Oczywiście to nigdy nie było hałaśliwe miejsce, już Zagros o to dbał. Jednak gdy nie słyszała przypadkowego pokasływania, szelestu obracanych stron ani odstawianych książek, miejsce wydawało jej się martwe. Miała już dość umarłych jak na jeden dzień.

Po paru krokach przystanęła koło regałów, przygotowując się na to, co może ją czekać. Z oddali dobiegało znajome tykanie, któremu towarzyszyły zgrzyt obracających się kół zębatych i cichy szum rozkołysanego wahadła. Ogromny zegar był darem dla biblioteki i działał niepołączony z resztą budynku. Brak zasilania nie wpłynął na ruch wahadła, które zachowało swój rytm. Za nim znajdował się skarbiec ministerstwa, w którym przechowywano przedmioty niezmierzonej wagi. Kto jak kto, ale ona to wiedziała. Sama umieściła tam kilka z nich.

W miarę jak podchodzili, jej wzrok się przyzwyczajał i teraz widziała już wahadło – ogromny dysk podobny do złotego słońca, ozdobiony geometrycznymi wzorami. Zmrużyła oczy, próbując wypatrzyć drzwi skarbca za jego poruszającą się osią. Jednak cień zasłaniał jej widok. Przystanęła, unosząc rękę. Ktoś tam był. Ktoś wielki, w długich fioletowych szatach z aksamitu zdobionego białym haftem, który był widoczny nawet w ciemności. Postać obróciła się i Fatma odetchnęła, opuszczając broń.

Zagros.

Dżinn bibliotekarz przybrał swoją typową królewską pozę, spojrzał na nią z góry spod ciężkich powiek i zza srebrnych okularów. Trzymał największą księgę, jaką w życiu widziała, z mnóstwem stron i z okładkami, które wyglądały jak złote. Jeśli nadal strzegł skarbca, to nie spóźnili się. Może impostor próbował i przekonał się boleśnie, że lepiej nie zadzierać z wielowiekowym maridem.

– Zagros! – zawołała ściszonym głosem. – Nawet nie wiesz, jak bardzo się cieszę, że cię widzę...

Urwała nagle, gdy ktoś wyszedł zza dżinna. Zaparło jej dech. Mężczyzna w złotej masce! Popatrzył na nią płonącymi oczami, zanim odchylił głowę do góry i szepnął coś Zagrosowi do ucha. Bibliotekarz słuchał uważnie.

Fatma próbowała zrozumieć co się tu działo. Teraz, kiedy dżinn się przesunął, widziała, że drzwi do skarbca rzeczywiście są otwarte. Za impostorem stała postać w czerni ze zwojem papierów w objęciach. Popielny ghul. Za nim kilka jego duplikatów niosło metalowe przedmioty. Rabowali skarbiec. Zabierali, co chcieli. A Zagros im na to pozwalał!

– Co ty wyprawiasz?! – wykrzyknęła zaniepokojona.

Zwykle opanowany bibliotekarz wyprostował się i niski pomruk dobył się z jego grubego gardła. Fatma zrozumiała, że warczał na nią. Otworzył nagle usta, szczerząc na nią kły długie jak jej przedramię, i ryknął. Od tego dźwięku biblioteka się zatrzęsła. Mogła mu dorównać tylko jedna rzecz – huk jego stóp uderzających o podłogę, gdy na nich zaszarżował.

Fatma widziała już paskudne bójki z udziałem maridów. To jak patrzeć na walkę olbrzymów. Często porównywała Zagrosa do nosorożca. Kiedy jednak rzucił się na nich, pochylając nisko złote rogi, zrozumiała, że żaden nosorożec nie wyglądałby równie przerażająco.

Otrząsnęła się z szoku i zdążyła uskoczyć w bok. Jej dwuosobowa obstawa nie miała tyle szczęścia i wzięła na siebie główny impet szarży dżinna. Zagros wymachiwał potężnym tomem jak taranem, zbił obu mężczyzn z drogi, zanim choćby unieśli pałki. Fatma nie czekała, żeby zobaczyć, gdzie wylądowali. Już uciekała, skręciła w korytarz, żeby ukryć się między regałami. Oszalały dżinn pogonił za nią, wciskając się w wąskie przejścia. Drewno pękało, a książki spadały, gdy sięgał szponami, żeby ją złapać. Udało jej się wyrwać z korytarza mimo marida brnącego za nią w deszczu odłamków drewna z regałów.

Skoczyła, prześlizgnęła się po drewnianym stole, kiedy dżinn uderzył wielkim tomem. Rozległ się trzask i stół się ugiął, nogi popękały, blat się zawalił. Fatmie ledwie udało się dopaść następnego korytarza między regałami, skręciła za róg i przykucnęła, by się schować. Serce jej biło jak szalone, myślała tylko o tym, żeby przeżyć. Nie było czasu zastanawiać się, dlaczego zwykle pruderyjny marid próbował ją ni mniej, ni więcej jak tylko zabić. Musiała tylko wyjść z tego cało!

Z miejsca, w którym się ukryła, nadal widziała impostora. Wychodził spokojnym krokiem z biblioteki, a popielny ghul i jego duplikaty szły za nim obładowane zdobyczą. Dostrzegł ją w jej kryjówce i położył na ustach palec w kolczej rękawicy, dając znać, żeby była cicho. Na ten widok aż zagotowała się z gniewu i na chwilę wszystkie jej myśli o przetrwaniu wyparowały. Dopóki nie padł na nią cień, a ona nie podniosła wzroku i nie ujrzała lawendowej twarzy dżinna wykrzywionej w bezmyślnej wściekłości. Ryknął tak, że dzwoneczki na jego kłach zadrżały.

Fatma przeturlała się i pięść, która minęła ją ledwie o włos, uderzyła w posadzkę tak, że posypały się odłamki kamienia. Podniosła się i uciekała tą samą drogą, którą przyszła, w stronę skarbca, przewracając za sobą krzesła, książki i wszystko, co mogło spowolnić ogarniętego żądzą mordu dżinna. Jeśli będzie trzeba, może zamknąć się w skarbcu. Jednak szybko zbliżający się ryk podpowiadał jej, że nie ma szansy tam dobiec.

Prawie przebiegła obok przedmiotu leżącego na podłodze, długiego i czarnego. Jedna z pałek! Porwała ją, nie zwalniając kroku. Nowy plan! Skręciła w stronę poprzewracanych stołów. Schowała się za nimi, zaparła się plecami, włączyła pałkę na najwyższą moc i słuchała niskiego, jękliwego buczenia. Dwie wielkie ręce złapały za brzeg mebla nad nią i zaraz pojawiła się rogata głowa dżinna wbijającego w nią spojrzenie złotych oczu. Oczu, które mimo swojego blasku sprawiały wrażenie martwych. Otworzył usta do ryku, ale Fatma nie dała mu szansy – dźgnęła go w szyję końcem pałki.

Niebieskie błyskawice zaiskrzyły, rozświetlając ciemność. Bibliotekarz zawył. Pałki stworzono z myślą o takich stworzeniach jak dżinny. Ustawiona na tak dużą moc zabiłaby człowieka, a marida powinna chociaż obezwładnić. On jednak walczył, wbijając szpony w stół i napierając ku Fatmie z rozdziawionymi ustami, z których na jej ręce kapała gorąca ślina. Nie cofnęła się, chociaż musiała ugiąć się pod naporem wagi dżinna, aż rozpłaszczyła się na stole. W tym tempie Zagros zwyczajnie ją zmiażdży. I nagle, na całe szczęście, jego napór zelżał. Zaczął zwalniać i w końcu oczy uciekły mu w głąb czaszki. Wyprostował się, jeszcze chwilę stał, a potem padł z potwornym hukiem.

Fatma podniosła się i zerknęła zza stołu. Zagros leżał na plecach, dyszał. Żył, ale był nieprzytomny. Stanęła chwiejnie i zmusiła umysł do ponownego skupienia się na wcześniejszym celu.

Mężczyzna w złotej masce.

Przyśpieszyła kroku, biegnąc w stronę schodów. A w każdym razie próbowała przyśpieszyć kroku, bo w którymś momencie ucieczki przed bibliotekarzem zrobiła sobie krzywdę w nogę. Mogła teraz tylko truchtać, utykając. Dostrzegła dwóch agentów, którzy wstawali chwiejnie. Zawołała, żeby biegli za nią. Dotarła do schodów, pokonała kilka stopni w górę, zanim budynkiem wstrząsnął ogłuszający huk. Złapała się poręczy i trzymała mocno, gdy budynek zakołysał się w posadach. Gęsty skłębiony obłok pyłu przetoczył się przez nią. Zadławiła się i zdała sobie sprawę, że nie słyszy własnego kaszlu z powodu dzwonienia w uszach.

Bomba.

Dwie postaci pojawiły się szybko obok niej. Agenci. We trójkę wspięli się po schodach. Kiedy dotarli na górę, drzwi stały już otwarte – wybuch wyrwał je z zawiasów.

Wejściowy hol ministerstwa był nie do poznania. Pod tumanem pyłu podłogę zaścielały kawałki cegieł i metalu, które zgrzytały pod nogami. Wszędzie leżały mięsiste jasnoszare ciała, zwęglone albo rozerwane na strzępy. Fatma teraz zrozumiała. Materiały wybuchowe znajdowały się wewnątrz ghuli. Tych, które zgromadziły się pod kopułą. Obeszła powykręcane ogromne koła zębate i powgniatane sfery. Potrzebowała chwili, żeby zrozumieć, na co patrzy. Podniosła wzrok. Burza minęła, zostawiając za sobą przejaśniające się niebieskie niebo. Widziała je doskonale, ponieważ kawałki maszynerii walające się po ziemi to był mózg budynku. W jego miejscu została tylko zionąca pustką dziura.

Zanim Fatma wyszła z budynku, już zginała się wpół, próbując pozbyć się z płuc pyłu i dymu. Ktoś złapał ją za rękę i wyprowadził. Hadia. Ktoś inny wziął ją za drugą rękę. Hamed. Potykała się, idąc między nimi, myśląc, że musi wyglądać fatalnie, skoro Hamed złapał ją w taki sposób. Nigdy nie pozwalał sobie na żadne niestosowności.

Wyprowadzili ją na bezpieczną odległość od ministerstwa. Ludzie kręcili się wokół ze zrozpaczonymi minami. Niektórzy zasłaniali usta rękami. Inni po prostu płakali. Odwróciła się, żeby spojrzeć, na co patrzą. Ministerstwo nadal stało, ale otrzymało potężny cios. Szklana kopuła przepadła, zmieciona wybuchem, i czarny dym buchał ze środka, gdzie tlił się ogień.

„Zadam wam ból. Sprawię, że zrozumiecie. I wywlekę wasze sekrety na światło dzienne".

Słowa impostora dzwoniły Fatmie w uszach, nabierając nowego, potwornego znaczenia. Odwróciła się do Hadii i Hameda, próbując zmusić usta do pracy. Próbowali ją uspokoić. Hadia powtarzała, że Fatma doznała szoku. Ponad ich słowami niosło się z oddali wycie syren. Nie! Musieli jej wysłuchać! Ona widziała, co impostor zabrał ze skarbca. Rozpoznała to.

– Plany i części – wydukała. – Zabrał plany i części.

Oboje popatrzyli na nią skonsternowani. Zazgrzytała zębami, walcząc z dzwonieniem w uszach, z całym światem, żeby uformować słowa.

– Słuchajcie! Widziałam, co zabrał! Plany i części! Zegara Światów! On ma plany i części Zegara Światów!

Hadia nadal miała skonsternowaną minę, ale widząc, jak cała krew odpływa z twarzy Hameda, Fatma zorientowała się, że wreszcie udało jej się wyrazić jasno. Zamknęła oczy i pozwoliła, żeby dzwonienie i świat nadpłynęły z powrotem i starała się nie ulec zgrozie, jaka ją zalewała.

# ROZDZIAŁ SZESNASTY

Kładące się chłodem na skórze Fatmy nocne powietrze wyrwało ją z niespokojnego snu.

Śniła o mężczyźnie w złotej masce, ghulach i ryczącym dżinnie. O ifrycie, który latał na skrzydłach z ognia. Wysunęła się z objęć Siti i wstała z łóżka. Włożyła galabiję i podeszła do swojego marokańskiego fotela z wysokim oparciem, na którym spał Ramzes – kłębek srebrnego futra na kremowych poduszkach. Chciała usiąść, ale przypomniała jej się matka, która twierdziła, że Prorok, pokój jego duszy, odciął kiedyś kawałek własnego płaszcza, żeby nie budzić śpiącego kota. Zamiast tego wyszła więc przez trzepoczące zasłony na balkon i wyjrzała na miasto w dole.

Kiedy była młodsza, jej rodzina spędzała letnie noce na dachu domu, żeby uciec od skwaru. Siedzieli, dzieląc się kawą i wiadomościami z całego dnia. Spała tam spokojnie, woląc rozległe niebo od ciasnoty czterech ścian. Przez chwilę zastanawiała się, czy nie pójść na dach nad mieszkaniem, ale to nie byłoby to samo. Poza tym wspomnienia o domu były zwykle jej sposobem ucieczki od teraźniejszości. Obecnie toczyła się rozgrywka o zbyt wysoką stawkę, żeby mogła pogrążać się w takich myślach. Minęły trzy noce i dwa dni od ataku na ministerstwo.

W Kairze zapanował chaos.

Władze miasta i grube ryby z ministerstwa zjawili się następnego dnia, żeby ocenić szkody i pokazać opinii publicznej, że tworzą silny, zjednoczony front. Ludzie widzieli jednak ruiny.

Zdjęcia przedstawiające budynek ministerstwa, z którego buchał czarny dym, pojawiły się we wszystkich dziennikach. I wszyscy wiedzieli, kto za to odpowiada. Jeśli wcześniej na ulicach huczało od wieści na temat al-Dżahiza, to teraz Kair ogarnęła prawdziwa pożoga.

Gdyby zapytać przeciętnego człowieka, czym zajmuje się ministerstwo, usłyszałoby się najróżniejsze odpowiedzi, a większość z nich to byłyby wierutne brednie. Jednak ludzie rozumieli, jaki cel ma ministerstwo – uporządkować ten nowy świat, zaprowadzić równowagę między tym, co mistyczne, i tym, co przyziemne. Dzięki temu ludzie mogli żyć własnym życiem, wiedząc, że ktoś obserwuje siły, które oni ledwie rozumieją. Widok takiej instytucji powalonej na kolana był porównywalny do potężnego ciosu młotem zadanego zbiorczej psyche miasta.

Już pierwszej nocy doszło do zamieszek, które przeciągnęły się na kolejną. Niepokoje spowodowali po części ludzie sympatyzujący z Mustafą, którzy uznali atak za znak, że powinni domagać się wypuszczenia rzekomego Świadka. Sprawy przybrały paskudny obrót. To była niemal powtórka z Bitwy w Al-Arafie. Dziesiątki aresztowano. Kolejni policjanci odnieśli obrażenia.

A to był zaledwie początek.

Protestujący, którzy nazywali siebie Wiernymi Al-Dżahiza, demonstrowali przed rządowymi biurami, pojawili się nawet na progu wysadzonego w powietrze ministerstwa. Wzywali rząd, żeby przestał ukrywać prawdę, oskarżali władze o udział w cudacznych spiskach, mających na celu pozbawienie Egiptu suwerenności, i żądali uznania powrotu al-Dżahiza. Ci bardziej skłonni do przemocy atakowali wszystkich, którzy odmawiali spełnienia ich żądań. Doszło do bijatyk i do co najmniej jednego wybuchu – podrzucono bombę zapalającą do warsztatu aeromechanicznego. To nie była jakaś ekstremalna sekta religijna. Wyznawcami al-Dżahiza byli zarówno sunnici, jak i szyici, sufi i Koptowie, zagorzali nacjonaliści, a nawet ateistyczni anarchiści i nihiliści. Wszyscy zjednoczyli się w swoim poświęceniu. Dla impostora.

„Zadam wam ból. Sprawię, że zrozumiecie".

Fatma zdała sobie sprawę, że zaciska ręce w pięści. Spojrzała na łóżko i część napięcia z niej uszła. Nawet śpiąca, Siti tak na nią działała. Trudno uwierzyć, że ta kobieta odniosła poważną ranę raptem parę dni temu. Nawet blizna już zniknęła. Jakąkolwiek magią parała się świątynia Hathor, była to potężna moc. Fatma spojrzała na złoty drobiazg leżący na stole nieopodal. Jej kieszonkowy zegarek.

Wzięła go do ręki i obróciła. Tył koperty zrobiono tak, żeby przypominał tympan astrolabium – z wyciętymi współrzędnymi sfery niebieskiej w rzucie stereograficznym i z nałożoną na to ozdobną ażurową rete. Fatma przycisnęła zatrzask i otworzyła zegarek, odsłaniając szkło przesłaniające kółka zębate z brązu, wałki zębate i sprężynki. Srebrny półksiężyc przesuwał się po wewnętrznym kręgu, odmierzając sekundy, a słońce i gwiazda określały godzinę i minuty.

Jej ojciec był zegarmistrzem – miał fach, który wciąż przynosił zyski w dzisiejszych czasach. W przemysłowym świecie wszyscy potrzebowali zegarków, choćby po to, żeby orientować się w rozkładach jazdy pociągów i statków powietrznych. Jej ojciec tworzył przepiękne czasomierze, wśród których nie było dwóch takich samych. Jego dzieła były zamawiane w pobliskim Luksorze, a nawet tak daleko na południu, jak w Asuanie. Ten zrobił specjalnie dla niej. Nadal pamiętała słowa, jakie wypowiedział, gdy jej go dawał:

„Żeglarze i podróżni z dawnych czasów posługiwali się *asturlab*, żeby odnaleźć swoje miejsce w świecie. Żeby bez względu na to, gdzie się znajdą, potrafili określić kierunek Mekki przed modlitwą albo wiedzieć, kiedy dokładnie wschodzi słońce. Zrobiłem ten zegarek dla ciebie, światło moich oczu, żebyś zawsze wiedziała, gdzie jesteś. Kair to wielkie miasto, tak wielkie, że możesz się w nim zgubić, jeśli nie będziesz uważać. Jeżeli sprawy kiedykolwiek zaczną zbyt szybko się toczyć i poczujesz, że nie wiesz, dokąd zmierzasz, pamiętaj o tym podarunku. Zawsze doprowadzi cię tam, gdzie powinnaś być".

– Odliczasz godziny? – Niespodziewany pomruk rozległ się w jej uchu.

Podskoczyła lekko, kiedy Siti objęła ją w pasie. Nie słyszała, żeby wstawała, nie mówiąc już o przejściu przez pokój.

– Wciąż nie możesz spać?

Fatma zamknęła zegarek.

– Nie mogę uciszyć umysłu.

– To był pracowity tydzień. Masz szczęście, że żyjesz.

Miała rację. Nikt nie zginął podczas ataku, chwała niech będzie Bogu. Ghule, najwyraźniej, miały za zadanie tylko trzymać ludzi z daleka. Nawet zaginiony ochroniarz znalazł się, cały i zdrowy w swoim za dużym mundurze. Ponieśli jednak straty. Mózg budynku został zniszczony. Na dobrą sprawę impostor go zamordował.

Zagros to była druga kłopotliwa sprawa.

Fakt, że impostor był w stanie nastawić kogoś z ich szeregów przeciwko nim, osłabiło morale bardziej niż jakakolwiek bomba. Bibliotekarz nie stawiał oporu podczas aresztowania. Z pewnością był zdrajcą, ale dziwnie cichym. Spędzał dni w celi, odmawiając rozmowy z kimkolwiek. Fatma nadal widziała jego złote oczy, gdy próbował ją zabić. Puste. Martwe.

– Wracaj do łóżka – nalegała Siti, muskając nosem jej szyję. – Jutro będziesz się martwić jutrem.

Fatma odchyliła się, żałując, że nie może jej posłuchać, ale jej umysł nie przestawał pracować – tak samo jak jej zegarek. Razem z Hadią nie były w stanie za wiele popracować od czasu ataku. Wciąż sprawdzano, czy w budynku nie zostały żadne pułapki, czy nie uchowały się jakieś ghule i co jeszcze wymaga naprawy, więc jeszcze przez wiele dni nie da się z niego korzystać. Pracowały w prowizorycznych biurach, ale sprawy zależały już nie tylko od nich.

Szefostwo interweniowało, ściągając agentów nawet z Aleksandrii. Zaczęła się prawdziwa nagonka. Mieli zorientować się, gdzie impostor uderzy w następnej kolejności. Zbadać wszystkie raporty, w których ludzie zgłaszali, że widzieli al-Dżahiza. Aresztować każdego, kto był zamieszany w sprawę. Tropy, jakie wykopały z Hadią, śledztwo dotyczące śmierci lorda Worthingtona – to wszystko zostało całkowicie porzucone.

– Jakby w ogóle nie interesowali się rozwiązaniem tej sprawy – warknęła.

– Impostor przyznał się do morderstwa – powiedziała Siti. – I dodał atak bombowy do listy swych zbrodni.

– Ale nie znamy motywu!

– Myślałam, że po prostu uznamy go za wariata niebezpiecznego dla otoczenia?

Fatma zaklęła cicho.

– Zbliżałyśmy się. Wiem to. Alexander Worthington. On jest w to jakoś zamieszany!

Siti pokręciła głową.

– Nikt nie pozwoli ci ścigać Alexandra Worthingtona, nie w przeddzień królewskiego szczytu pokojowego, który zorganizował jego ojciec. Wybuchłby skandal. I bez urazy, ale nie masz za wiele na poparcie swoich podejrzeń.

Fatma westchnęła ciężko. Była wyczerpana, ale nie z braku snu, lecz ze złości. Siti miała rację. Szefostwo kazało jej trzymać się z dala od Worthingtonów. Nie wolno jej było przesłuchiwać ich znajomych ani podejmować jakichkolwiek działań, które mógłby ich zakłopotać. Nie mogły z Hadią nawet przejrzeć dokumentacji firmy. Aasim otrzymał podobne rozkazy. Znalezienie impostora i dopilnowanie, żeby szczyt przebiegł bez przeszkód, było teraz najważniejsze. Jej i Hadii wyznaczono nawet zadanie na ten wieczór – miały postarać się zamienić pałac w fortecę nie do zdobycia.

– Mówiłam ci, co zabrał ze skarbca – szepnęła Fatma. – Wiesz lepiej niż ktokolwiek inny, co to może znaczyć.

One dwie jako jedyne widziały uruchomiony Zegar Światów. Maszynę zbudował zbuntowany anioł o imieniu Stwórca na podstawie Teorii Nakładających Się Sfer – tej samej, którą posłużył się al-Dżahiz, żeby otworzyć bramę do Kafu czterdzieści lat temu. Posługując się magią krwi, anioł otworzył drzwi do jakiegoś piekielnego świata w ramach szalonego planu zniszczenia ludzkości i zaczęcia wszystkiego od nowa. Razem z Siti Fatma cudem zdołała go powstrzymać, zamknąć przejście i wraz z nim straszliwe istoty, które tam zamieszkiwały.

Wyjaśniła to wszystko wysoko postawionym ludziom w ministerstwie, błagając, żeby potraktowali poważnie zagrożenie w postaci Zegara Światów w rękach impostora. Amir ją poparł. Jednak ich niepokoje zlekceważono. Żaden szaleniec i impostor nie zdoła odtworzyć dzieła anioła, uznali. Fatma była pewna, że niejeden z nich wątpił, do czego zdolna jest maszyna. To też doprowadzało ją do szału.

– Nadciąga ciemność.

Siti spojrzała na miasto. Domyśliła się, że Fatma nie mówi o nocy.

– Wszystkie świątynie martwią się tymi dżahizinami.

Fatma przewróciła oczami, słysząc nazwę wymyśloną przez dzienniki dla wyznawców impostora. Nie mogło być ich aż tylu. Większość kairczyków była na to zbyt rozsądna. Pewnie było ich mniej niż tysiąc. Jednak głośna i zdeterminowana mniejszość wystarczy, żeby rozpętać chaos.

– Ten wybuch w warsztacie aeromechanicznym zeszłej nocy... – mówiła dalej Siti – Tak naprawdę to była świątynia Ozyrysa. Główny kapłan uratował się tylko dzięki interwencji paru kobiet z Czterdziestu Panter, które odpędziły dżahizinów.

Fatma zdziwiła się, przypominając sobie ich spotkanie z Czterdziestoma Panterami w Al-Arafie.

– Złodziejki stoją teraz po naszej stronie?

– Ciesz się, że ktokolwiek stoi – odparła żartobliwie Siti. Zaraz jednak spoważniała. – Wczoraj w nocy wybito okno do salonu Meriry. Myślę jednak, że to był przypadkowy akt wandalizmu, a nie atak na Hathor. Byłyśmy ostrożne.

Fatma przypomniała sobie ich kłótnię o to, czy świątynie powinny się ujawnić. Nie wspomniała jednak o tym.

– To wszystko może się posypać, wiesz? Całe miasto. Rozpadnie się jak tani garnitur.

Siti zaśmiała się nisko.

– Bo ty masz jakiekolwiek pojęcie na temat tanich garniturów. – Objęła mocno Fatmę. – Cokolwiek się stanie, stawimy temu czoło. Jak już robiłyśmy to wcześniej. A teraz wracaj do łóżka. Nie przyjmuję odmownej odpowiedzi.

Fatma w końcu pozwoliła zaprowadzić się do łóżka. Zwinęła się obok Siti, wzięła głęboki wdech, zaciągnęła się jej zapachem i wreszcie odpłynęła w sen. Teraz jej marzenia senne były przyjemne, wręcz spokojne. Próbowała trzymać się ich tak długo, jak to możliwe.

Szczyt miał odbyć się w nadchodzącymi tygodniu.

W środę.

## ROZDZIAŁ SIEDEMNASTY

Królewski pałac był cudownym wytworem nowych czasów, syntezą stylu perskiego, andaluzyjskiego, osmańskiego i neofaraońskiego. Został zbudowany dla obecnego monarchy, który zasiadł na tronie podczas nacjonalistycznych wstrząsów, jakie miały miejsce po zniknięciu al-Dżahiza. Jego poprzednik, ten sam chedyw, który próbował aresztować sudańskiego mistyka, został zdetronizowany na żądanie Brytyjczyków. Rozkazali nowemu królowi potępić ruch nacjonalistyczny i wszelkie „zabobonne" twierdzenia, że dżinny chadzają po ulicach Kairu.

Trzeba przyznać młodemu władcy, że wykonał te rozkazy bez entuzjazmu, w tajemnicy podpisując traktat z dżinnami, pozwalający im żyć otwarcie i zostać egipskimi obywatelami. Kiedy rozgromiono Brytyjczyków, nowa republika zachowała monarchię, chociaż większość władzy przeszła w ręce obieranego parlamentu. Ze względu na rolę, jaką odegrał w tak zwanej „Stabilnej Rewolucji", dżinny wzniosły królowi wspaniałą rezydencję. W ten sposób chciały zademonstrować swoje umiejętności i potwierdzić swoje miejsce w nowym egipskim społeczeństwie. Nazwali ją al-Hadijjah – dar.

Fatma szła przez pałacowy ogród, nie zwracając szczególnej uwagi na jego liczne cuda: ani na marmurowe kopuły, które nocą błyszczały jak lśniące chmury, ani na formowaną roślinność w kształcie fantastycznych zwierząt, których tam nie brakowało. Gapienie się nie było jej zadaniem. Stanowiła część milczącej armii strażników, żołnierzy, policjantów i agentów, która miała nie dopuścić, aby impostor, który podawał się za al-Dżahiza, zakłócił królewski szczyt.

Przystanęła, żeby przepuścić służących w królewskich liberiach, którzy eskortowali mechaniczne złote i fioletowe strusie na cieniutkich smyczach z błyszczących pereł. Mechanizmy automatycznych ptaków tykały rytmicznie, za ich bursztynowymi oczami można było przelotnie dostrzec maszynerię.

Szczyt miał się tak naprawdę zacząć następnego dnia, kiedy to przywódcy i dyplomaci spróbują zapobiec narastającemu konfliktowi w Europie. Egipt zasiadał tam teraz jako jedno z mocarstw i istniała przerażająca możliwość, że zostanie wciągnięty w ewentualną pożogę.

Jednak żadna z tych rzeczy nie należała do obowiązków Fatmy. Jej zadanie dotyczyło wielkiej fety w rozległych pałacowych ogrodach, jaką wieczorem miano powitać zagranicznych dygnitarzy – zarówno ludzi, jak i inne istoty. Goście przybywali z pałacu Abdin, gdzie ich zakwaterowano, automobilami z szoferami i złoconymi powozami parowymi.

Mężczyźni nosili zachodnie garnitury i paradne mundury wojskowe, a także kaftany i modne tureckie płaszcze ze złotymi epoletami. Wśród kobiet dominowały paryski styl z kairskimi wpływami, kwieciste hidżaby i zawiłe hafty.

Niektórzy wybrali bardziej tradycyjne stroje. Sudańscy fakirzy wyróżniali się w zielonych galabijach z trójkolorowymi szalikami w barwach Republiki Mahdystów. Dyplomatka jednego z wyzwolonych indyjskich stanów nosiła olśniewające lazurowe sari ze złotymi akcentami. Stała i rozmawiała z nastoletnim chłopcem w długiej białej koszuli wypuszczonej na luźne spodnie z pasiastymi szalem. Najpewniej był to abisyński następca tronu, który przyjechał w zastępstwie chorego cesarza. I jeszcze były dżinny, których pomysłowe stroje przekraczały wszelkie wyobrażenia. Jeden z maridów olśniewał szatami w zmiennych odcieniach, a wodna dżannija nosiła suknię z delikatnej mgiełki.

Fatma wybrała na ten wieczór ciemny garnitur. Zrównoważyła go kamizelką w czarne prążki i białą koszulą ze srebrnym krawatem ze szpilką z niebieskim kamykiem, który pasował do jej niebiesko-srebrnych spinek do mankietów. Miała nowy melonik; jego aksamit przyciągnął niejedno oko – zwłaszcza Anglików w ich ponurych edwardiańskich strojach. Bez wątpienia jej zazdrościli. Jej krok stał się trochę bardziej zawadiacki i dumny, gdy ich mijała, udając, że wodzi wzrokiem za kolorowymi gazowymi latarniami unoszącymi się nad zebranymi jak meduzy. Znaczyły miejsce, gdzie stał Hamed, który zamiast ministerialnego munduru założył bardziej stylowy kaftan zdobiony haftem na rękawach i kołnierzu. Towarzyszyła mu Hadia w bordowej sukni z paciorkami, które zdobiły także jej hidżab. Oboje wyglądali zgodnie z wymogami swojej roli – jak zamożna i nowoczesna para kairczyków. Król nie zamierzał dać odczuć gościom, że jego pałac może być obiektem ataku. Agenci i policjanci mieli nie rzucać się w oczy. Hamed ledwie widocznie skinął Fatmie głową. Ona odpowiedziała, uchylając leciutko melonika. Po raz kolejny obeszła ogród i nigdzie nie zauważyła niczego niepokojącego.

Powinno jej ulżyć. Od czasu ataku nigdzie nie widziano impostora, ku wielkiemu zadowoleniu władz miasta. Pamiętała jednak podobną ciszę przed burzą piaskową, kiedy napuścił ghule na ministerstwo. Pewna cząstka jej osoby aż się rwała do ponownego spotkania z oszustem. Tym razem będą gotowi. „Zjedz wroga na obiad, zanim on będzie mógł cię zjeść na kolację", rozległ się nieproszony głos matki w jej głowie.

Jakiś hałas zwrócił jej uwagę, złapała mocniej laskę, serce zabiło jej szybciej. To jednak były tylko oklaski. Łatwo zorientowała się w przyczynie. Król i królowa szli wśród tłumu, otoczeni przez gwardię królewską, tłum służących i urzędników. Król był starszym mężczyzną, jego włosy pod aksamitnym czerwonym tarbuszem były bardziej siwe niż czarne, podobnie jak rozsądnych rozmiarów wąsy na starzejącej się twarzy. Nosił regalia typowe dla współczesnych monarchów: wojskowy mundur obwieszony jarmarcznymi złotymi gwiazdami i medalami oraz haftowaną szarfę przewieszoną na skos przez pierś.

Idąca obok niego królowa założyła czerwoną suknię, która ciągnęła się za nią kaskadą. Była młodsza, co wyraźnie zdradzała jej pulchna twarz. Druga żona, zdumiewająco pospolitego pochodzenia – z tego powodu ludzie jeszcze bardziej ją kochali, a co za tym idzie – kochali monarchię. Towarzyszył im mężczyzna w czarnym garniturze, o przebiegłym wyrazie twarzy. Premier. Cała struktura władzy, która spajała współczesny Egipt, zebrała się w jednym miejscu.

Tuż za ich świtą szedł dżinn, dość tykowaty i dziwnie znajomy. Jego ciemny garnitur podkreślał mlecznobiałą skórę i ciemnoniebieskie rogi. Fatma potrzebowała chwili, żeby go skojarzyć. Pamiętała go z Jasmine. Jak mogła zapomnieć tę nienaturalnie przystojną twarz? Może to był jeden z doradców króla? Kolejny warunek w traktacie podpisanym z dżinnami. Zastanawiała się, czy wiedziano o jego nocnych wypadach.

– Agentka Fatma?

Fatma odwróciła się i zobaczyła, że idzie do niej wysoka kobieta. Abigail Worthington, która na szczęście postanowiła nie kpić z lokalnych zwyczajów. Miała na sobie różaną wieczorową suknię ze zwiewnych szyfonów i satyny. Czarna jedwabna szarfa wykończona srebrem i perłami opasywała ją w talii, fioletowe bzy zdobiły jej ramiona. Suknia na tyle przyciągała wzrok, że prawie można było przegapić bandaż wciąż zakrywający jej prawą rękę. Za nią szedł jej typowy orszak: Darlene i Bethany z surowym spojrzeniem piwnych oczu ubrane w podobne suknie w odcieniach wina. Szeroki w piersi Victor oraz Percival z jak zawsze kpiącym uśmieszkiem szli tuż za nimi ubrani w czarne smokingi.

– Dobry wieczór, Abigail – powitała ją Fatma. A potem przypomniała sobie i poprawiła się: – To znaczy Abbie.

– Nie spodziewałam się, że cię tu zobaczę! – Zdrową ręką Abigail sięgnęła do ciemnorudych pukli upiętych w wymyślnym pompadur, a potem pochyliła się, żeby szepnąć: – Słyszałam o ataku na ministerstwo! Potworność! Spodziewasz się, że ten... szaleniec... pojawi się tutaj? – Strach zacisnął jej gardło.

– Po to tu jesteśmy, żeby dopilnować, aby nic takiego się nie wydarzyło – zapewniła ją Fatma. Spojrzała na małą grupkę. – Gdzie twój brat?

Abbie westchnęła z grymasem.

– Alexander się spóźni. Cały dzień spędził, tkwiąc po uszy w księgach rachunkowych firmy. Jestem pewna, że wkrótce się pojawi.

Fatma zmarszczyła czoło.

– Spodziewałabym się, że będzie chciał się tu pojawić. Ten szczyt to dzieło waszego ojca.

Abigail rozejrzała się z czułym smutkiem w niebieskozielonych oczach.

– Ojciec byłby taki dumny. Ogromnie chciał zobaczyć pokój na tym świecie.

– Jak my wszyscy – odparła Fatma.

Victor, który przyglądał się seryjnemu eunuchowi z tacą z drinkami, zakaszlał.

– To sygnał dla mnie – powiedziała Abigail. – Victor obawiał się, że podczas wieczoru nie podadzą żadnych alkoholi. Albo gorzej: że podadzą tylko wino. Myślę, że cieszy się, widząc, że zaserwowano mocniejsze napoje dla nas, ludzi zachodu. Proszę mi wybaczyć. – Odwróciła się i poprowadziła swój orszak, żeby najpewniej coś nabroić.

Fatma pokręciła głową. Jakby to było, nie mieć żadnych obowiązków tylko swoje kaprysy... A skoro o tym mowa, czas na kolejną rundkę po ogrodach.

Zaczęła iść przez ogród, rozglądając się uważnie. Nie przeszła ćwierci drogi, kiedy ktoś popukał ją w ramię.

– Proszę o wybaczenie, *monsieur*.

Fatma odwróciła się do wysokiej kobiety w długiej białej sukni z materiału cieniutkiego jak pajęczyna. Skrywała twarz za chmurą welonu ozdobionego perłami i zwieńczonego białym kapeluszem z szerokim rondem. Mówiła po angielsku, ale z mocnym francuskim akcentem.

– Tak się zastanawiałam, gdzie znajdę toaletę dla *madames*?

Fatma wskazała pałac.

– Tam znajdzie pani miejsce, gdzie można się odświeżyć.

– Ach! *Magnifique!* A terrraz prrroszę mi powiedzieć, jak mogę wyplątać pana z tego fantastycznego garrniturru?

Fatma zdębiała i wtedy zauważyła srebrną broszkę po prawej stronie sukni kobiety. Przedstawiała warcząca lwicę. Ciemne oczy popatrzyły jej w twarz. Znajome oczy. I nagle jedno zmrużyło się figlarnie.

– Siti? – wypaliła Fatma.

Zza welonu rozległ się śmiech.

– Nabrałam cię.

Fatma nie wiedziała, co o tym myśleć.

– Co tu robisz? Jak się tu dostałaś?

Siti popukała w broszkę z lwicą.

– Merira ma... znajomości. Dostałam zaproszenie. – W dłoni odzianej w białą rękawiczkę trzymała małą kopertę zaadresowaną do kobiety, o której Fatma nigdy nie słyszała, kobiety o francuskim nazwisku.

– Siti, nie możesz wpraszać się na królewskie przyjęcie!

Siti machnęła zaproszeniem.

– Nie wprosiłam się, zostałam zaproszona.

– To nie ty.

– *Non?* A któż inny miałby to być? – zapytała Siti, powracając do swojego śmiesznego francuskiego akcentu.

Fatma odetchnęła, starając się zachować cierpliwość.

– Ja tu pracuję.

– Ja też – odpowiedziała Siti, przechodząc z powrotem na arabski. – Merira chce, żebym tu była. Na wypadek gdyby nasz przyjaciel się pokazał. Postanowił zaatakować nasze świątynie. Nastawił ludzi przeciwko nam. Nie będziemy na to biernie patrzeć.

– Jeśli ktoś cię odkryje...

Siti prychnęła.

– Odkryje? Jakby to było takie trudne grać i udawać wśród tego tłumu. Popatrz na nich. Tylko to robią: grają i udają. Nie ma jednej prawdziwej twarzy wśród nich. – Zaśmiała się gardłowo. – Doskonale pasuję do takiego tłumu.

I jakby chcąc dowieść prawdziwości swoich słów, obróciła się do przechodzącego mężczyzny i wypaplała coś po angielsku z francuskim akcentem. Robił wrażenie zaskoczonego, ale wyjąkał coś w odpowiedzi, chyba po niemiecku. Po chwili odprowadzał ją do czekającego seryjnego eunucha, który roznosił drinki. Zaśmiała się dźwięcznie razem z nim i obróciła się, żeby mrugnąć porozumiewawczo do Fatmy.

To kobieta jest niepoprawna, pomyślała Fatma. I dobrze wygląda w tej sukni.

– Myślę, że ten Niemiec oświadczy się jej przed końcem wieczora – rozległa się czyjaś ocena.

Obok Fatmy stała kobieta i patrzyła z rozbawieniem na wygłupy Siti. Wyglądała na osobę około trzydziestki, była przy kości, co uwidaczniało się nawet w krągłości policzków. Jej angielszczyzna wskazywała na pochodzenie z zachodnich części kontynentu. Jej suknia – w żywych odcieniach zieleni i błękitu – mówiła to samo. To, co jednak rzucało się w oczy, to jej towarzyszka.

Obok kobiety stała dżinnija. Wysoka i olśniewająca, o ciemnoniebieskiej skórze spowitej w szaty równie złote jak jej skręcone rogi. Twarz jednakże miała kredowobiałą – wyglądała prawie tak, jakby nosiła maskę. Otaczał ją przyprawiający o zawrót głowy zapach – kadzidła i zmiażdżonych owoców masłosza, wonnego pieprzu i słodkich kokosów. Zerknęła w dół wyniośle, kierując na Fatmę srebrne oczy. Agentka odwróciła wzrok, nagle skrępowana.

Kobieta sprawiała wrażenie, jakby tego nie zauważyła, i nadal patrzyła na Siti z przekrzywioną głową osłoniętą żółtym jak słońce hidżabem, który przypominał wyszukaną koronę.

– Założę się, że to ciekawa towarzyszka. Widziałam, że rozmawiałyście. To pani przyjaciółka? Proszę mi wybaczyć moje maniery, jestem Amina.

– Fatma. Miło panią poznać.

– Mnie milej. – Kobieta się uśmiechnęła. Wskazała dżinniję. – A to Jenne.

Fatma odwróciła się, żeby skinąć do dżinnii głową, ale wtedy osłupiała. Jenne wyglądała teraz jak mężczyzna, chociaż nie mniej władczy i olśniewający, nadal spowity upajającymi zapachami. Srebrne oczy obrzuciły Fatmę przelotnym spojrzeniem, a potem dżinn zaczął oglądać swoje zadbane szpony.

– Muszę ponownie przeprosić – powiedziała zmieszana Amina. – Jenne nie chce być niegrzeczna, ale wie pani, jakie są kariny. Ten jest związany z moją rodziną od wieków.

Karin. To wiele wyjaśniało. Prawdziwe kariny miały być osobistymi dżinnami powiązanymi z poszczególnymi jednostkami, czymś w rodzaju towarzysza na całe życie albo cienia, a może nawet sobowtóra czyjejś duszy. Jednak ten typ dżinna robił coś znacznie więcej, przywiązał się do całego rodu jak żywe dziedzictwo przekazywane z pokolenia na pokolenie. I chociaż powszechnie nazywano je karinami, to ministerstwo oficjalnie umieszczało je na liście dżinnów niesklasyfikowanych. Z zasady sprawiały kłopoty – wdawały się w bójki albo zaciekle broniły tych, z którymi były związane, to zawsze było trudne do rozstrzygnięcia.

– Przyglądałam się tamtemu mężczyźnie w jedwabiach – powiedziała Amina. Wskazała podbródkiem wspomnianego dygnitarza. – Doradca i małżonek nieżyjącej chińskiej cesarzowej wdowy. Plotki mówią, że w jego żyłach płynie smocza krew i tak naprawdę ma ponad sto lat.

– Dwieście – sprostowała Fatma.

Kobieta wytrzeszczyła oczy.

– W moim kraju żyją smoki. Chimeryczne stworzenia, które wypiją całą rzekę, jeśli dać im szansę. Czy te z Chin bardzo się różnią?

– Nikt tak naprawdę nie widział chińskiego smoka – powiedziała Fatma. – Ludzi, którzy twierdzą, że mają smoczą krew, owszem, ale same smoki pozostają nieuchwytne.

– Cóż – mruknęła kobieta, przyglądając się z zainteresowaniem doradcy. – Chciałabym się przekonać, jaki jest mężczyzna ze smoczą krwią. Pracuje pani dla któregoś z dygnitarzy?

– Dla egipskiego rządu.

– Miejscowa. Widząc garnitur, uznałam, że jest pani z Anglii. Zna pani tutaj wielu ludzi?

– Nie mam tak wysokiej pozycji w rządzie, pracuję tylko dla konkretnej agencji.

– Zatem agentka Fatma. Nie poznałam na razie wielu Egipcjan, bo siedzimy zamknięci w pałacu Abdin. To dziwne, że umieszczono nas właśnie w tym miejscu, gdzie al-Dżahiz przewiercił się do Kafu, jakby chciano mieć pewność, że zrozumiemy miejsce Egiptu w świecie.

Fatma nie wątpiła, że za tym wyborem stała taka właśnie intencja. Mówiło się, że w pałacu Abdin nadal wyczuwa się rudymenty potężnej magii al-Dżahiza odbierane jako dreszcz przebiegający przez duszę.

Kobieta zmierzyła Fatmę wzrokiem, zaciskając pełne usta.

– Nie wygląda pani na biurokratkę. Oni nie ubierają się tak dobrze. – Wzięła kieliszek od przechodzącego seryjnego eunucha i drugi zaproponowała Fatmie, która odmówiła. Karin wziął dwa i wypił je jednym haustem. – Często zastanawiam się, dlaczego w tak nowoczesnym mieście nie przekażecie władzy tym mechanicznym ludziom? Dałabym wszystko za garść takich, żeby zastąpili mężczyzn, którzy teraz nami rządzą.

– Seryjne eunuchy zasadniczo niewiele myślą – wyjaśniła Fatma.

Kobieta się zaśmiała.

– A czym to się różni od obecnych rządzących?

Na te słowa Fatma naprawdę się uśmiechnęła. Jednak nie była tu po to, żeby udzielać się towarzysko. Już miała przeprosić Aminę, kiedy dołączyło do nich kilka innych osób.

Jedną z nich był starszy mężczyzna z białymi wąsami na rumianej twarzy i w dopasowanym dwurzędowym garniturze, który wyglądał na napięty do granic możliwości. Drugi mężczyzna był niski, nosił prosty czarny garnitur i był w średnim wieku. Miał pogodną twarz, a usta ginęły mu w szpakowatej brodzie. Trzeci był wyższy, nosił niebieski carski mundur zdobiony złotem przy kołnierzu i szerokich mankietach rękawów. Miał przystrzyżone wąsy i przyglądał im się w sposób typowy dla kogoś, kto przywykł do wydawania rozkazów.

– Niech ludzie zastąpią nas automatami – żachnął się rumiany jegomość po angielsku – a przed upływem roku łotry będą wzywać do ich obalenia!

Amina odwróciła się do niego, unosząc brew.

– Myśli pan, że byliby w stanie pogorszyć obecną sytuację?

Mężczyzna prychnął.

– Nas przynajmniej łączy z plebejuszami pokrewieństwo tkanki, kości, serca, krwi i namiętności. To nie to samo co zimna, nieczuła wola maszyny.

– A jednak proszę, oto jesteśmy tutaj – zamyśliła się na głos Amina – i mamy zdecydować, czy wyślemy tych ludzi na wojnę, by porzucili ową tkankę, kość, serce i krew. Może przydałoby nam się nieco mniej namiętności, a nieco więcej zimnej, nieczułej woli.

Mężczyzna uniósł krzaczaste brwi, zwracając się do swoich towarzyszy.

– Czy nie mówiłem, że płeć piękna wkrótce wyprzedzi nas w polityce i filozofii? Zapamiętajcie moje słowa: nasze dni są policzone! – A potem dodał dobrodusznie: – Proszę o wybaczenie, moja pani, usłyszeliśmy pani komentarz i chcieliśmy porozmawiać na ten temat. – Przyjrzał się karinowi z niepokojem, a potem znowu zwrócił się do Aminy: – Niech będzie pani tak łaskawa i powie, czy jest księżniczką Tukulerów?

– Nie ma już państwa Tukulerów – odpowiedziała Amina – ale rzeczywiście jestem wnuczką kalifa.

Fatma wytrzeszczyła oczy. Księżniczka Tukulerów! To była wnuczka Umara al-Hadżdża Talla, wędrownego mistyka z Afryki Zachodniej, który przepowiedział nadejście al-Dżahiza! Powrócił, żeby podbić ojczyznę w ramach samozwańczej dżihad, dopóki okoliczne państwa nie zjednoczyły się, żeby go powstrzymać. Państwo Tukulerów nie przetrwało swojego założyciela. Pozostała tylko konfederacja kalifatów, które razem z Sokoto i dzięki pomocy dżinnów odparły europejskiej wojska. Spuścizna Umara al-Hadżdża Talla była skomplikowana, ujmując to delikatnie. Jednakże jego potomków, takich jak Amina, bez mała czczono.

– Proszę pozwolić, że dokonam prezentacji – zaproponował Anglik. – Jestem lord Attenborough, przedstawiciel Jego Królewskiej Mości. To prezydent Francji, pan Poincaré. – Wskazał niskiego mężczyznę w prostym garniturze. – A ten wielki nadąsany jegomość to generał Żyliński, przedstawiciel Jego Ekscelencji cara Wszechrusi.

– Czy mogę zapytać, madame – zagadnął uprzejmie Poincaré – jaki jest cel pani wizyty? Z pewnością kalifaty Sudanu Zachodniego nie zaangażują się w żaden konflikt, do jakiego mogłoby dojść w dalekiej Europie?

Amina odpowiedziała dyplomatycznym uśmiechem.

– Konflikty mają zwyczaj rozprzestrzeniać się jak ogień w buszu. Kalifaty nie chcą... żeby jakiekolwiek... zabłąkane iskry poleciały w naszą stronę.

Fatma przeanalizowała jej słowa. Zarówno Anglia, jak i Francja zostały rozgromione w swoich zakusach na ojczyznę Aminy. Teraz Francuzi mieli trudności z utrzymaniem algierskich terytoriów, a fakt, że kalifaty otwarcie popierały niepodległościowe dążenia Algierczyków, nie stanowił żadnego sekretu. Gdyby doszło do wojny, przelałaby się także na te kolonie. Rzeczywiście, zabłąkane iskry.

– Wobec tego pozostaje mieć nadzieję – odezwał się Żyliński – że znajdziemy sposób pogrzebania dzielących nas różnic poza polem bitwy. Nie cieszy mnie myśl o wysłaniu kawalerii, żeby pomóc naszym francuskim przyjaciołom poradzić sobie z magią kalifatów.

– A to co? – rozległ się nagle nowy głos. – Jakow, a ty znowu o kawalerii?

Do ich grupki podszedł mężczyzna ubrany w biały mundur wojskowy z białymi epoletami i ozdobiony medalami i naszywkami. Gdyby tego wieczoru urządzono konkurs na ilość takich ozdóbek, wygrałby w cuglach. Był niższy od wszystkich pozostałych mężczyzn, ale arogancja pozwalała mu nadrobić wszelkie braki we wzroście.

Żadna z tych rzeczy nie zaskoczyła Fatmy. Nawet wąsy – brązowe jak jego przycięte włosy, ale podkręcone na końcach jak wąsy jednego z jej wujów. Ani grupka mężczyzn podążająca za nim jak posłuszni służący. To, co ją zdumiało, to stworzenie, które przysiadło na jego ramieniu: niskie i przysadziste, o ciemnozielonej skórze, nosie jak ołówek i długich, szpiczastych uszach. Było ubrane w sposób naśladujący strój mężczyzny, nie wyłączając medali, więc wyglądało jak paskudna lalka. Fatma przypomniała sobie nazwę tego stwora. Goblin. Stojący obok nich karin syknął cicho.

Mężczyzna obrzucił zgromadzonych spojrzeniem, jego błękitne oczy ogarnęły wszystko za jednym zamachem, a potem zwrócił się do Aminy.

– *Frau*, czy ci mężczyźni cię zanudzają? Mogą tak nawijać bez końca. – Mówił po angielsku z niemieckim akcentem, co nie było zaskakujące, zważywszy na obecność goblina.

W tej chwili oczy na pomarszczonej małej twarzy stwora były zamknięte. O ile Fatma dobrze pamiętała, spędzały większość czasu w tej rzeczywistości, śpiąc.

Na twarzy francuskiego prezydenta odmalowało się napięcie na dźwięk tej kpiny, a twarz rosyjskiego generała stała się jak z kamienia. Tylko Attenborough robił wrażenie niewzruszonego. Ukłonił się Niemcowi.

– Madame Amino, pozwoli pani, że przedstawię Jego Wysokość Wilhelma II, cesarza niemieckiego i króla Prus.

Teraz goblin nabrał sensu. To Niemcy zwołały konferencję państw europejskich w 1884 roku, dwa lata po rozgromieniu Brytyjczyków pod Tell al-Kebir. Spotkali się w Berlinie i uznali, że kolonizacja to jedyny sposób stawienia czoła „groźbie magii", żeby zapobiec pojawieniu się kolejnego Egiptu. Misja okazała się trudniejsza, niż się spodziewano. Siły niemiecko-włoskie wysłane, żeby zająć Etiopię, zostały całkowicie zmiecione pod Aduą w roku 1896. W 1898 roku Brytyjczycy doznali druzgocącej klęski pod Omdurmanem. Jak się okazało, karabiny maszynowe Maxim nie miały szansy z tym, co al-Dżahiz wypuścił na świat.

Niemcy wyciągnęły wnioski z tych upokorzeń. Podczas gdy inne państwa europejskie wzdragały się przed magią, nowy kajzer zdecydował się ją wykorzystać. Zebrano niemieckie ludowe podania i przejrzano je w poszukiwaniu czegokolwiek, co miałoby praktyczne zastosowanie. Co prawda dżinny nie wywodziły się z Niemiec, ale inne istoty już owszem, a wśród nich przede wszystkim gobliny. W przeciwieństwie do swoich poprzedników Wilhelm II otwarcie zabiegał o przychylność Gobliniego Dworu, dzięki czemu Niemcy błyskawicznie nabyły biegłości w magii i przemyśle – pod tym względem być może był to jedyny prawdziwy rywal Egiptu. Zawarta umowa wymagała od przywódcy Niemiec zgody na gobliniego doradcę. Fatma nie miała jednak pojęcia, że to żądanie wymagało aż tak dosłownej interpretacji.

– Kiedy zobaczyłem to zgromadzenie – powiedział Wilhelm – wiedziałem, że tu będą się toczyć najbardziej ożywione dyskusje. Jakow! Widzę, że Mikołaj przysłał cię jako swojego zastępcę. – Pochylił się ku Aminie i dodał teatralnym szeptem: – Podobno car ledwie jest w stanie opuścić kraj z racji tych wszystkich powstań i chłopów na ulicach. – Odwrócił się do francuskiego prezydenta i dodał jowialnie: – Zawsze miło cię widzieć, Poincaré. Jak tam sytuacja w koloniach? – Znowu pochylił się i wyjaśnił: – Jeszcze jedno takie lanie jak to, które im spuściliście, a nie wiem, co im zostanie z cesarstwa.

Amina tylko sączyła coś ze swojego kieliszka, zerkając porozumiewawczo na Fatmę. Nie musiała mówić, żeby zostać zrozumianą. Mężczyźni. Potrafili być tacy dziecinni.

– Dlaczego wszyscy mają takie miny, jakby ktoś umarł? – zapytał Wilhelm.

Nagle rozległy się okrzyki, a po nich wrzask. Wszyscy się odwrócili.

– Może rzeczywiście ktoś umarł – podsumował to kajzer.

Gotowa do działania Fatma rozejrzała się po tłumie, żeby zorientować się, co się mogło stać. Ludzie cofali się, na ich twarzach malowało się oszołomienie. Fatma próbowała coś dojrzeć, przygotowując się na najgorsze. Kilku dygnitarzy chwiejnie cofnęło się na tyle daleko, żeby wreszcie mogła coś dostrzec. Serce zabiło jej mocniej. Stała tam postać w ciemnych szatach i złotej masce.

Zjawił się impostor.

## ROZDZIAŁ OSIEMNASTY

Fatma patrzyła, jak mężczyzna w złotej masce swobodnym krokiem przemierza pałacowy ogród z rękami złożonymi za plecami. W ślad za nim zalegała cisza. Zatrzymał się raz i obejrzał się na kogoś. Na Abigail Worthington. Stała w miejscu, jakby zapuściła korzenie, oczy miała okrągłe jak spodki. Kiedy ich spojrzenia spotkały się, osunęła się bezwładnie i w ostatniej chwili stojący obok niej młody abisyński następca tronu zdołał ją złapać. Zemdlała. Przynajmniej nie upadła po raz drugi na rękę.

Fatma nie miała pojęcia, w jaki sposób impostor przeszedł mimo licznej ochrony, ale tym razem popełnił błąd. Było tu dość agentów i policjantów, żeby go aresztować. Tym razem nie uratują go żadne zamieszki. Już wyciągnęła pistolet, gotowa zatrzymać impostora, dopóki nie nadejdzie pomoc, kiedy rozpętało się nowe zamieszanie. Ktoś przepychał się przez tłum, który błyskawicznie się rozstępował. Król z gwardią, a za nim królowa i premier.

– Ten człowiek to terrorysta i morderca! – wykrzyknął. – Macie natychmiast go aresztować!

Impostor nawet się nie wzdrygnął, kiedy otoczyła go królewska gwardia z uniesionymi karabinami. Zamiast tego zerknął ponad ich głowami i zwrócił się do tłumu:

– Przyszedłem do was dzisiaj bez żadnej broni. Mam tylko słowa. Czy król Egiptu obawia się człowieka i jego słów?

To pytanie było wyzwaniem. Fatma widziała, że spojrzenia wszystkich kierują się na króla. Zanim zdążył odpowiedzieć, ktoś inny się odezwał.

– Ja nie boję się słów. – Wilhelm wzruszył ramionami i udało mu się przy tym nie zrzucić śpiącego goblina. – Wasza Wysokość, zaprosiłeś nas do swojego kraju i zamknąłeś w swoich pałacach i ogrodach, a jednak wszyscy wiemy, co się działo na ulicach twojego miasta. To jest na ustach wszystkich, nawet jeśli pozostali tu obecni są zbyt uprzejmi, żeby o tym wspomnieć. Teraz pojawił się sam sprawca zamieszania. Chciałbym poznać jego powody.

Impostor zwrócił się do kajzera.

– Chcę ujawnić prawdy, które inni mogą przed wami ukrywać.

To wywołało szmery, które rozeszły się po ogrodzie cichym szumem.

Amina prychnęła.

– Jakie prawdy może ujawnić mężczyzna ukrywający się za maską?

Król wykorzystał tę chwilę, żeby umocnić swoją pozycję.

– To oszust. Szarlatan. Twierdzi, że jest tym, kim być nie może. Nie warto słuchać niczego, co mówi.

– Proszę o wybaczenie, Wasza Ekscelencjo, ale może sami powinniśmy to osądzić. – Tym razem to francuski prezydent się odezwał. Ukłonił się, ale nie spuszczał oczu z impostora.

Król się nachmurzył.

– Zapewniam pana, za kogokolwiek ten szarlatan się podaje, kłamie.

– A za kogóż to się podaje? – zapytał Wilhelm.

Impostor wyprostował się nieco bardziej, oczy mu płonęły.

– Jestem al-Dżahiz. Powróciłem.

Wszędzie wokół rozległy się stłumione okrzyki. Plotki to jedno, ale usłyszeć to na własne uszy, to co innego. Niektórzy wytrzeszczyli oczy. Inni sprawiali wrażenie niepewnych, nie wiedzieli, co myśleć. Jeden głos wzniósł się ponad resztą.

– Nie jesteś al-Dżahizem. – To był nienaturalnie przystojny dżinn, doradca króla. Przepychał się do przodu przez tłum. Górował nad otaczającymi go ludźmi. Jego czarne oczy żarzyły się na tle mlecznobiałej skóry. – Nie wystarczyłbyś nawet na jego cień. Oszust, który waży się przywłaszczać sobie tytuł...

– Milcz – rozkazał impostor i machnął ręką.

Wstrząśnięta Fatma zobaczyła, że głowa dżinna szarpnęła się do tyłu, jakby otrzymał policzek. Usta zamknęły mu się, zęby uderzyły o siebie z donośnym trzaskiem. Stał skonsternowany, łapiąc się za podbródek i szarpiąc, ale szczęki nie chciały się rozewrzeć, jakby je zespawano i zapieczętowano. Jego ciemne oczy zadrżały, gdy cofnął się i wyraz zgrozy oszpecił jego idealną twarz.

Tłum ucichł na widok zastraszonego dżinna. Fatma słyszała, jak stojąca obok niej Amina szepcze słowa modlitwy, a jej karin przepłynął przed nią, żeby ją osłaniać. Nawet król zamilkł i patrzył, jakby nie mógł uwierzyć własnym oczom. Jego gwardziści nawet nie drgnęli, ale ich twarze zdradzały niepewność. Impostor nie zwracał na nich uwagi, wbijając wzrok w Fatmę. Nie, nie w Fatmę. W otaczających ją przywódców i dygnitarzy.

– Jesteś równie niezwykły, jak twierdziły pogłoski – odezwał się cicho Wilhelm. Jego głos zdradzał ostrożność, a także to, że kajzer jest pod wrażeniem. Natychmiast przeniósł uwagę na Aminę. – Co *Frau* na to powie? Dziadek *Frau* przepowiedział nadejście sudańskiego mistyka. Czy to naprawdę on powrócił we własnej osobie?

Amina zerknęła zza Jenne na impostora. Wciąż była wstrząśnięta. Wzięła się jednak w garść i zwróciła się do niemieckiego kajzera.

– Jak to często muszę przypominać innym, nie jest moim dziadkiem. Sam musi pan dokonać oceny.

Wilhelm zaśmiał się, przesuwając palcami po podkręconych wąsach.

– Najwyraźniej moc nie płynie w pani żyłach. – Odwrócił się do impostora. – Zatem jakie prawdy musisz wypowiedzieć?

Impostor rozłożył szeroko długie ręce i przesunął wzrokiem po zgromadzonych.

– Co tu wszyscy robicie? Dlaczego król Egiptu nalegał na tę audiencję?

– Żeby przynieść trwały pokój – odpowiedział zwięźle lord Attenborough.

– Pokój. – Impostor powtórzył to słowo, jakby było ciekawym owocem, który właśnie zerwał. – Myślicie, że Egipt może przynieść wam pokój, kiedy nie potrafi zaprowadzić pokoju nawet u siebie. Kiedy jego mieszkańcy protestują przeciwko niesprawiedliwości. Kiedy zepsucie i dekadencja pożerają go od środka.

– Niech narody same zajmują się swoimi wewnętrznymi sprawami – odparł Wilhelm. – Nie przybyłem tu po to, żeby osądzać, jak monarcha włada swoim ludem. Jeśli chcesz zmienić moje zdanie w tych kwestiach, to marnujesz czas. – Uprzejmie skinął głową do króla, który odwzajemnił się tym samym.

– Tyle że Egipt nie interesuje się jedynie własnymi sprawami – sprzeciwił się impostor. – Zaangażował się w sprawy was wszystkich. Uważa się teraz za mocarstwo, które miesza się w sprawy daleko poza własnymi granicami. Sułtan z pewnością dobrze o tym wie.

Wszystkie głowy skierowały się na mężczyznę, który stał w orszaku kajzera. Nosił turecki garnitur i czerwony tarbusz, na jego twarzy z niezbyt bujną brodą malowała się zaduma. Osmański sułtan. Fatma nie rozpoznała go, bo zachowywał się bardziej jak sługa niemieckiego cesarza niż ktoś jemu równy.

– Niegdyś wspaniałe imperium osmańskie – mówił impostor – teraz ze wszystkich stron jest nękane rebeliami, nie jest w stanie odzyskać utraconych terytoriów i z każdym dniem traci kolejne. Siedzi słabe i upokorzone, czeka, aż wrogowie rozbiorą je na części. – Impostor wskazał lorda Attenborough, francuskiego prezydenta i rosyjskiego generała Żylińskiego. – Czy Egipt przyjdzie mu z pomocą? Czy Egipt pomoże zagoić te rany? Nie, jedynie wbije sztylet jeszcze głębiej.

– To oburzające! – ryknął król. – Egipt na każdym kroku starał się zachować integralność imperium osmańskiego. Szukaliśmy rozwiązań korzystnych dla wszystkich.

To prawda, że imperium osmańskie miało kłopoty. Powrót dżinnów nie przyniósł im takich samych korzyści jak Egiptowi. Imperium sięgało za daleko, rozciągało się na zbyt wiele kontynentów, a lojalność jego mieszkańców wobec sułtana bynajmniej nie była niezachwiana. W każdym zakamarku budzili się nacjonaliści, domagając się niezawisłości, czerpiąc z własnych magicznych tradycji. Tymczasem Brytania i Francja odmawiały zwrotu terenów, których scedowanie zostało wymuszone prawie sto lat wcześniej. Rosjanie otwarcie ośmielali ruchy niepodległościowe na Wschodzie. Imperium było nie do utrzymania, ale nikt nie chciał widzieć jego całkowitego upadku. Egipt starał się zapobiec totalnemu chaosowi.

– Czy zmuszenie was do uznania niepodległości Ormian było właśnie takim korzystnym dla wszystkich rozwiązaniem? – zapytał sułtana impostor. – Jakie to miało skutki? Kolejne zakątki imperium uwierzyły, że mogą postąpić tak samo? Uznały, że jeśli będą walczyć, Egipt zjawi się, żeby przedstawić... korzystne dla wszystkich rozwiązanie?

Twarz sułtana pociemniała. Zwrócił się do króla:

– Rzeczywiście zapewniałeś nas, że uznanie niepodległości złagodzi inne urazy. Wykaże, że imperium potrafi zachować się rozsądnie. A teraz każdy nacjonalista głośno domaga się własnego państwa, a moi ludzie szepczą, że jestem słaby. – Śmiałe wyznanie, chociaż wszyscy o tym wiedzieli. Domniemane spiski i zamachy stanu wymierzone w sułtana to była rzecz powszechnie znana. – A jednak kiedy prosimy o wsparcie na Bałkanach, mówisz, że nie możesz przyjść nam z pomocą, że to nie jest sprawa Egiptu.

Kajzer klasnął w dłonie.

– Zaczyna się robić ciekawie!

Fatma poczuła, że Amina łapie ją za rękę i się przysuwa.

– Napuści ich przeciwko sobie nawzajem! – szepnęła Amina. – Jest jak wąż wpuszczony do domu. Powstrzymaj go!

To będzie trudniejsze, niż myślała. Tak wielu tu obecnych tylko szukało pretekstu, żeby rzucić się innym do gardła.

Zanim król zdążył odpowiedzieć, odezwał się francuski prezydent:

– Przyznaję, że uznaliśmy wezwanie na szczyt pokojowy za dziwne, zważywszy że Egipt wspiera wrzenie w Konstantynie i Algierze. Może i nie wysyłacie tam żołnierzy i broni, ale są tam wasze dżinny. One razem z lokalnymi dżinnami wspierają buntowników, a Egipt nie robi nic, żeby je powstrzymać.

Król był poirytowany tymi zarzutami, więc w jego imieniu wtrąciła się królowa:

– Z pewnością, prezydencie Poincaré – odezwała się z królewskim wdziękiem, który przeczył jej prostemu pochodzeniu – nie myśli pan, że musimy odpowiadać za każdego dżinna z Egiptu. Wiele z nich nie uznaje granic wytyczonych na ludzkich mapach, ponieważ przemierzały te ziemie od stuleci.

Poincaré ukłonił się nisko.

– Wasza Wysokość zna zwyczaje dżinnów lepiej niż ja. – Urwał, unosząc wzrok. – Jednak dlaczego Egipt uważa, że może być arbitrem pokojowym pośród narodów, jeśli nie potrafi zapanować nad własnymi obywatelami?

Impostor obserwował to w milczeniu jak zabójca, który wbił nóż w słaby punkt i teraz czeka, aż popłynie krew. Fatma nie odrywała od niego oczu.

– Ja zaś – zamyślił się na głos Wilhelm – uważam za interesujący fakt, że Egipt potrafi być tak wielkoduszny w wytyczaniu ścieżki do pokoju, tak skąpiąc zarazem swoich cudów. – Wśród wielu zgromadzonych cudzoziemskich dygnitarzy rozległy się nowe niechętne pomruki. – Niemcy musiały wytyczyć sobie własną drogę, kiedy Egipt odmawiał podzielenia się swoimi sekretami. Czy nie mówię prawdy? Wygląda na to, że niektóre kraje zasłużyły sobie na więcej niż inne. Jakow! Jak tam wasze nowe gazociągi? I słyszę, że wkrótce pojawi się fabryka statków powietrznych?

Żyliński popatrzył na niego.

– To nie twoja sprawa, co robimy i z kim.

– To programy rozwojowe – wyjaśnił egipski premier dostatecznie głośno, żeby wszyscy słyszeli. – Nie obejmują żadnej maszynerii, która mogłaby zapewnić jednemu krajowi przewagę nad innymi. Egipt zobowiązał się do zachowania neutralności.

– A co z pracami, jakie wykonujecie w Armenii? – naciskał sułtan.

– To dokładnie to samo, Wasza Wysokość – odpowiedział premier. – Zapewniam.

– Zapewnienia – żachnął się Wilhelm, gładząc wąsy. – Nie chciałbym pewnego dnia podnieść głowy i zobaczyć floty ciężkich powietrznych krążowników ozdobionych ślicznymi rosyjskimi wzorkami, jak lecą nad Bałkanami na pomoc swoim słowiańskim kuzynom. – Jego ton stał się ostry jak szabla wysunięta nieco z pochwy. – Byłoby to nadzwyczaj niefortunne, gdyby Niemcy musiały pomóc naszemu przyjacielowi, sułtanowi, zestrzelić taką flotę. Nawet gdyby była bardzo ładna.

Żyliński zgromił go wzrokiem.

– Pod warunkiem, że chcesz, aby milion rosyjskich żołnierzy pomaszerował do Berlina pomścić ojczyznę!

Nagły ruch przyciągnął wzrok Fatmy. Goblin na ramieniu kajzera przebudził się. Otworzył mętnożółte ślepia i ziewnął szeroko, błyskając ostrymi zębami. Usadowił się wygodniej i zwrócił się do rosyjskiego generała skrzeczącym głosem:

– Goblini Dwór nie pozostanie bierny i nie pozwoli na taką inwazję. Niewątpliwie wiązałoby się to z obecnością obrzydliwych rusałek i bagienników z ich podrzędną chłopską magią. Uznalibyśmy to za akt agresji. – Skierował nienawistny wzrok na francuskiego prezydenta. – Nie myślcie, że nie wiemy o propozycjach kierowanych do wstrętnych faerie. Bylibyśmy zmuszeni do działania przeciwko każdemu prowokacyjnemu sojuszowi z tak zdradliwymi istotami.

Poincaré spąsowiał.

– Ośmielasz się nam grozić? Ty parszywa bestio!

I po tym rozpętało się piekło.

Wyszczerzone zęby ustąpiły miejsca wrzaskom. Francuski dyplomata popchnął swojego niemieckiego odpowiednika i zaczęła się przepychanka. Królewscy gwardziści odciągnęli króla, który nawoływał o zachowanie porządku. Wilhelm i Poincaré obrzucali się obelgami, stojąc prawie nos w nos, a Żyliński wyglądał, jakby był gotowy do bójki.

Pośród tego wszystkiego Fatma starała się nie stracić z oczu impostora. Nie odwróciła wzroku, nawet kiedy wymiana zdań stawała się coraz bardziej ożywiona. Teraz jednak widziała tylko gąszcz ludzi. Niektórzy mocowali się, inni próbowali ich rozdzielić. Amina głośno nawoływała do zachowania spokoju, chociaż Jenne sprawiała wrażenie, jakby była gotowa zabrać ją stamtąd, gdyby zaszła potrzeba. Fatma odepchnęła ludzi, którzy zasłaniali jej widok i zobaczyła, że miejsce, w którym stał impostor... jest puste.

Zaklęła, obróciła się szybko i rozejrzała. Nie mógł tak po prostu zniknąć. Musiał gdzieś tu być! Zrozpaczona wreszcie go dostrzegła i wytrzeszczyła oczy z niedowierzania. Jak on dotarł tam tak szybko? To było niemożliwe! Ich spojrzenia spotkały się, zanim impostor odwrócił się i odszedł.

Fatma ruszyła, przeciskając się przez tłum i roztrącając ludzi. Kiedy wreszcie wyrwała się ze ścisku, puściła się biegiem. Ogrody wokół pałacu były rozległe. Wieczorne przyjęcie zajmowało tylko ich cząstkę, a Fatma widziała, że impostor ruszył w stronę nieoświetlonej części, gdzie palmy i formowane krzewy tworzyły mały, gęsty las. Była w połowie drogi do tego miejsca, gdy ktoś się z nią zrównał.

– Uznałam, że dokądkolwiek się wybierasz – zawołała Siti – to musi być dobre miejsce.

Fatma zerknęła na kobietę, która biegła, podkasując białą suknię. Miała nadzieję, że to Hamed, Hadia albo inny agent. Jednak Siti to ktoś, kogo zawsze warto mieć po swojej stronie podczas walki.

– Odszedł tędy! – wydyszała Fatma, wskazując kierunek laską.

Dobiegły do drzew, weszły w ich cień i rozejrzały się. Siti nabrała powietrza, jakby je badała. A potem wskazała kierunek podbródkiem.

– Tędy.

Fatma nie sprzeczała się, wiedząc już, że należy ufać jej dziwactwom. Pobiegły, mijając ustawione w labirynt krzewy przycięte na kształt zwierząt, skręcając to wte, to wewte, zanim wreszcie spostrzegły swoją zwierzynę.

– Stój! – krzyknęła Fatma.

Impostor nawet nie zwolnił, śpieszył się, żeby zniknąć bezpiecznie wśród drzew. Wycelowała w powietrze i pociągnęła za spust. Huk strzału ściągnie tu gwardzistów i żołnierzy. I dobrze. Poza tym wywołał pożądany efekt, zmuszając impostora do obrócenia się. Spojrzał na nie spod złotej maski, zanim uniósł rękę i cisnął czymś, co wyglądało jak mgiełka drobnego piasku w ciemności. Nie, nie piasku, lecz popiołu. Drobinki zawirowały w powietrzu, szybko przyjmując kształt samotnej zamaskowanej postaci ubranej na czarno. Popielny ghul. W okamgnieniu zrobiło się ich dwóch. Ruszyli do przodu, a ich pan stał z tyłu i obserwował.

Fatma nie zamierzała pozwolić im się zbliżyć. Wycelowała. Obok niej Siti pociągnęła mocno za dół sukni i zerwała go, odsłaniając białe spodnie wpuszczone w wysokie buty. Do nóg miała przymocowane metalowe części, które zaczęła zdejmować i łączyć ze sobą. Fatma poczekała, aż dwa popielne ghule zbliżą się dostatecznie, żeby mogła trafić mimo ciemności, i strzeliła.

Tamtej nocy na Cmentarzu nauczyła się dwóch rzeczy. Im bardziej ten stwór jest podzielony, tym słabsze są duplikaty. Poza tym to, co zrobisz jednemu, wpływa też na drugiego. Kula trafiła w tego po lewej, stwór wrzasnął i polał się czarny popiół. Jego duplikat szarpnął się i popiół popłynął z takiej samej rany. Fatma strzeliła znowu, nadal w jednego. Za każdym razem trafiała, spowalniając obu.

– Czekaj! – Siti zrobiła krok naprzód. – Pozwól, że ja spróbuję.

Fatma zerknęła na nią i zobaczyła, że trzyma garłacz z rozszerzoną lufą. Przez cały czas nosiła jego części pod sukienką? Broń wystrzeliła z potwornym hukiem, rozrywając popielnego ghula. Całe kończyny poleciały w powietrze. Siti ruszyła naprzód, przeładowując i strzelając. Po czterech strzałach niewiele zostało z popielnego ghula – chwiejący się na dwóch nogach tors. Siti zamachnęła się bronią jak pałką i rozbiła resztkę w proch.

– Imponujące – zawołał impostor – ale nie dokończyliśmy pewnej rzeczy. – Wyciągnął prawą rękę i wydobył wibrujące ostrze z nicości; wymierzył je w Siti. – Przypominam sobie, że wbiłem ci je w bok. A jednak proszę, oto tu jesteś. Jak to możliwe?

Siti wyszczerzyła zęby w zaciekłym uśmiechu.

– Mam sporo niespodzianek w zanadrzu.

Fatma też dobyła ostrza.

– Wiemy, co zabrałeś ze skarbca.

Impostor pomachał szyderczo szablą.

– Nie ukryją się przede mną żadne sekrety.

– Do czego są ci potrzebne? Co zamierzasz?

Uniósł palec do ust złotej maski, jakby uciszał Fatmę.

– Dziewięciu Lordów śpi – szepnął.

Fatma zmarszczyła brwi. Dziewięciu Lordów? Co on znowu wygadywał?

– Dziewięciu Lordów śpi – powtórzył śpiewnie. – Chcemy ich obudzić? Jeśli spojrzysz im w oczy, to wypalą ci duszę!

Fatma zazgrzytała zębami. Czy chociaż raz ten złoczyńca mógłby przestać bawić się w zagadki?

Obok niej Siti warknęła.

– Będziemy tak gadać, czy weźmiemy się w końcu do roboty? – Założyła pazury i aż tańczyła z niecierpliwości.

– Teraz! – krzyknęła Fatma i rzuciła się do ataku.

Dopadły impostora biegiem. Fatma napierała, parując śpiewające ostrze i przechodząc do ataku. Siti cięła, jej pazury przeorały klingę, aż posypały się oślepiające iskry. Coś nowego je napędzało, coś innego niż w noc na Cmentarzu. Siti widziała, jak jej przyjaciół szkalowano i atakowano. Fatma patrzyła, jak płonie ministerstwo. Wspomnienia karmiły ich determinację. Zakończą to tej nocy!

Z nagłym przypływem siły Siti rzuciła się na impostora. Doprowadziła do zwarcia, rozcięła mu przód szaty. Obniżył zasłonę i cofnął się tylko po to, żeby otrzymać szybki kopniak w pierś, po którym wyłożył się na ziemi. Aż stęknął przy upadku, ciemna szabla rozpłynęła się jak mgła. Siti krzyknęła zwycięsko i przykucnęła, gotowa skoczyć, kiedy uniósł rękę okrytą kolczą plecionką.

– Nie! – Słowo zabrzmiało ostro, jak rozkaz.

I całkiem nieoczekiwanie Siti zamarła.

Zaskoczony Impostor wypuścił wstrzymywany oddech.

– Oczywiście! Powinienem był to wyczuć. Nie mogłem jednak mieć pewności. Jak inaczej przetrwałabyś cios moim ostrzem?

Fatma spojrzała na Siti, nie rozumiejąc. Co się działo? Siti stała nieruchomo, mięśnie miała napięte, była gotowa do ataku. Jednak nie mogła się ruszyć, wyglądała jak zamrożony w miejscu posąg. Czy to jakaś nowa magia? Fatma podniosła własne ostrze i wycelowała w impostora.

– Cofnij to, co jej zrobiłeś! – zażądała.

Roześmiał się. Fatma pierwszy raz słyszała, żeby się śmiał. Jego oczy zapłonęły jasno, niebezpiecznie. Wypowiedział słowo. Coś w języku dżinnów. Pomyślała, że to znaczy „odsłoń" lub „stań się". Siti spojrzała na nią, przepełniona czymś, czego Fatma nigdy u niej nie widziała: strachem. A potem zmieniła się.

Fatma miała wrażenie, że Siti po prostu zniknęła. Na jej miejscu stała kobieta, której twarz trochę przypominała Siti, ale była wyższa – wręcz nienaturalnie wysoka – a jej czarna skóra przypominała płynny atrament. Dwa szkarłatne baranie rogi wyrastały jej z głowy i kończyły się szpiczasto, a jej oczy przypominały kocie – czerwone jak krew źrenice w kształcie pionowych szparek na tle opalizującego złota. Minęła chwila, zanim Fatma zrozumiała, co widzi. Chociaż nadal to nie miało żadnego sensu. Siti nie zmieniła się w inną kobietę. Stała się dżinnem.

– Nie wiedziałaś. – Nowa radość zabarwiła głos impostora. – To czyni tę chwilę jeszcze słodszą. – Odwrócił się do Siti. Tym razem mówił po arabsku. – Zabij ją.

Fatma już leżała na ziemi, zanim zdążyła choćby pomyśleć. Powietrze uszło jej z płuc, gdy przygniótł ją ciężar. Ktoś na niej siedział, naciskał kolanami pierś, przytrzymywał. Walczyła o oddech, ale ktoś trzymał ją za szyję i dusił. Nie ktoś. Siti ją dusiła.

Fatma wymachiwała szaleńczo nogami, próbując uciec od tego koszmaru, ale o ile Siti już wcześniej była od niej silniejsza, to teraz nie była nawet człowiekiem. Mimo bólu Fatma próbowała się skupić, patrząc w tę obcą, ale znajomą twarz, napełnioną wściekłością, szczerzącą ostre, długie kły. Spojrzała Siti w oczy. W oczy dżinna. Otworzyła usta, walcząc o powietrze, starając się zawołać ją po imieniu.

– Siti.

Ten dźwięk był tak słaby, że ledwie rozpoznała własny głos. Miała nadzieję, że dźwięk imienia wyrwie Siti z morderczego transu, który ją opętał. Przerwie czar, który nią owładnął. Jednak na próżno. Walczyła, żeby znowu nabrać powietrza i spróbowała raz jeszcze:

– Abla.

Nadal nic. Nawet śladu rozpoznania. Jakby Siti w ogóle jej nie słyszała. Teraz Fatma przypomniała sobie, gdzie widziała takie oczy. Zagros. Tak właśnie wyglądał dżinn bibliotekarz, kiedy próbował ją zabić. Twarz jak maska wyrażająca wściekłość i martwe oczy. Pozbawione życia. Jakby nic za nimi nie było.

Fatma zadławiła się, gdy wyciskano z niej tchnienie. Chociaż walczyła, owładnęła nią chęć, żeby po prostu się poddać. Przestać walczyć. Odpłynąć w spokojny sen. Tylko na chwilę. Powieki nagle wydały jej się bardzo ciężkie. Świat oddalał się i nawet ból zamienił się w słabe odrętwienie, które wydawało się cudzym zmartwieniem.

Nie! Jakaś uparta cząstka jej osoby krzyknęła w sprzeciwie, budząc ją z powrotem. Świat znowu zwalił się na nią falą zmysłowych wrażeń. Ciężar przygniatającej ją Siti. Ból. Niemożność oddychania. W głowie uparty głos nalegał, zachęcał. Walcz! – żądał. Nie umrzesz tutaj! Nie w taki sposób! Walcz o własne życie, do diabła!

Zmusiła się do otwarcia oczu i zobaczyła, że nie patrzy w pozbawione życia oczy Siti, ale w wyrzeźbioną warczącą lwicę zwieszającą się z tego, co zostało z sukni. Wyciągnęła rękę do srebrnej broszki. Była tak zdesperowana, że uznała, że nawet to może pomóc. Złapała małą błyskotkę i zerwała resztką sił, podsuwając ją przed martwe oczy dżinnii.

– Sachmet.

Głos miała jeszcze słabszy niż wcześniej – prawie niesłyszalne chrypienie – kiedy wymówiła imię pogrzebanej bogini. Jednak rozpaczliwa reakcja, jakiej pragnęła, była natychmiastowa. Czyjeś inne oczy spojrzały nagle z twarzy Siti. Nie martwe, ale znajdujące się całkiem poza życiem. Nie stare, ale wieczne, jakby widziały narodziny gwiazd i ich śmierć. Patrzyły z zaciekawieniem lwicy patrzącej na mysz; z zaintrygowaniem bardzo ognistej pustyni rozważającej fakt istnienia kropli deszczu. Fatma czuła się jak okruszynka pod tym spojrzeniem, jak drobinka kurzu porwana przez szalejącą burzę i myślała, że zginie pod intensywnością tego wzroku, zalana zaciekłością setek słońc. A potem równie szybko, jak nadeszły, te przerażające oczy zniknęły, zostawiając tylko oczy dżinna. Które nie były już martwe, nie były już puste. Wypełniły się absolutną zgrozą.

Siti – czy też dżinn, którym się stała – zabrała gwałtownie ręce z szyi Fatmy. Jednym ruchem zeskoczyła, cofnęła się chwiejnie, drżąc na całym ciele. Potrząsała wściekle głową, jakby próbowała coś rozwiać, zanim udręczony krzyk wyrwał jej się z gardła. Niespodziewanie dwa pierzaste skrzydła rozwinęły się na jej plecach i rozłożyły szeroko. Trzepotały szaleńczo, odrywając ją od ziemi. W okamgnieniu znalazła się wysoko na niebie i odleciała w noc.

Fatma popatrzyła za nią, obróciła się na bok i próbowała odetchnąć. Jak długo to wszystko trwało? Minuty? Sekundy? Światła pływały w jej głowie. Znowu musiała siłą woli powstrzymać się przed omdleniem. Później przyjdzie czas na to, żeby spróbować poskładać w logiczną całość to, co właśnie się wydarzyło. Później pomyśli o Siti. Później postara się poskładać z powrotem kawałki własnego życia.

Rozejrzała się w ciemności. Zobaczyła impostora, który stał i patrzył w niebo za Siti, zanim odwrócił się i odszedł. Coś w Fatmie warknęło jak zwierzę. Podniosła się mimo uginających się nóg, zatoczyła się do przodu i złapała pierwszą rzecz, jaką znalazła. Porzucony garłacz. Bez naboi. Ale wciąż przydatny. Ruszyła chwiejnym biegiem, zbliżyła się do impostora, na ile się dało, i zagwizdała przenikliwie. Odwrócił się zaskoczony, a ona się zamachnęła.

Nie spodziewał się tego. Pewnie myślał, że nie żyje. Albo została skutecznie unieszkodliwiona. Jego błąd. Fatma usłyszała satysfakcjonujący trzask, kiedy trafiła go lufą. Złota maska popękała z boku i obróciła się, impostor zatoczył się do tyłu, kaskada czarnych loków wypadła spod kaptura, a jego twarz... zafalowała.

Fatma wytrzeszczyła oczy, widząc, że ciemna skóra mężczyzny faluje jak woda. Złapał się za miejsce, w które oberwał albo z powodu bólu, albo żeby wygładzić zniekształcenie. Za późno! Opuściła garłacz i złapała go za włosy, drugą ręką sięgając po dżambię. Zdążyła tylko złapać kilka pukli, bo impostor odepchnął ją, kiedy nóż opadł. Coś uderzyło ją mocno i poleciała, koziołkując, a noc wybuchła ogniem.

Ifryt.

Jakby zmaterializował się pośród ciemności – żywa krwistoczerwona pożoga w kształcie olbrzyma z jarzącymi się rogami i oczami jak stopiony metal. Skwarny wiatr uderzył w drzewa i krzewy i zamienił je wszystkie w płonące stosy. Nadal trzymając się za twarz, impostor wgramolił się na czekające już plecy dżinna. Wierzchowiec rozłożył ogniste skrzydła i jednym skokiem wzbił się w powietrze, zabierając ze sobą swojego pana.

Fatma patrzyła, jak znikają, a potem kuśtykając podeszła do miejsca, gdzie leżała złota maska. Podniosła ją i znalazła czarny pukiel, który udało jej się odciąć. Zacisnęła dłonie na obu znaleziskach, gdy jedna myśl wypełniła jej głowę.

Jego twarz zafalowała!

## ROZDZIAŁ DZIEWIĘTNASTY

Na scenie w Jasmine samotny puzonista wygrywał solo. Alfred, którego lepiej znano pod przydomkiem Żaba, nie został tak przezwany z powodu niskiej postury ani chropawego głosu, lecz z powodu dźwięków, jakie wyciskał z puzonu – coś pomiędzy rechotem a rykiem, co było zainspirowane (jak twierdził) nocnym życiem na bagnach w okolicy jego rodzinnego Nowego Orleanu. Tego wieczoru wygrywał poważną melodię z długimi, przeciągniętymi nutami. Jego policzki na przemian nadymały się i wiotczały.

W Lokalu było mniej tłoczno niż zwykle – efekt uboczny niepokojów w mieście. Właściciel Jasmine, dżinn, stał ponuro wśród bezczynnych kelnerów, wpatrując się w drzwi i wyczekując klientów.

Cóż, pomyślała Fatma, przynajmniej mieli ją.

Nie pamiętała, kiedy zdecydowała, że tu przyjdzie. Rzeczywistość trochę jej się rozmywała od chwili, kiedy policjanci i gwardziści znaleźli ją pośród płonących krzewów. Pamiętała, że oddała popękaną maskę i pasmo włosów Hadii. A potem odeszła, myśląc tylko o jednej rzeczy – o przemianie Siti w dżinna. No dobrze, o dwóch rzeczach. Także o Siti, która próbowała ją zamordować. Kiedy zamykała oczy, widziała ten nieludzki pozbawiony życia wzrok, kiedy Siti ją dusiła. Powinno jej się zrobić niedobrze. Powinien ogarnąć ją gniew. Ból. Jednak czuła się tylko odrętwiała. I w tym stanie otępienia trafiła tutaj.

– Lepiej przyhamuj.

Odwróciła się i zobaczyła Benny'ego. Jego srebrny kornet leżał między nimi jak milczący klient. Benny skrzywił się, patrząc na jej filiżankę.

– Potrzebujesz prawdziwego drinka, żeby utopić smutki. Niczego nie uzyskasz, pijąc sarsaparillę!

– Z liśćmi mięty i herbaty – mruknęła.

Pokręcił głową, obrzucając ją spojrzeniem.

– Musiałaś mieć niezłą noc.

Fatma spojrzała na swój przypalony garnitur z rozdarciem na ramieniu. Straciła też melonik, a jej krótkie, czarne loki zwieszały się potargane.

– To były długie dwa tygodnie, Benny.

Opróżnił jednym haustem kieliszek.

– Praca czy życie osobiste?

– Jedno i drugie. – Dopiła koktajl i dała znać barmanowi, żeby podał kolejny.

– Najgorszy rodzaj. To ma coś wspólnego z panną Chodzące Kłopoty? Pokłóciłyście się?

Fatma prawie się roześmiała, zerkając na drzwi. Pewna cząstka jej osoby chciała, żeby Siti tam weszła w jakiejś skandalicznej sukience. Bo dzięki temu wszystko, co wydarzyło się tego wieczoru, poszłoby w niepamięć, prawda?

– Zawsze, kiedy ja i moja pani mieliśmy problemy – powiedział Benny – miało się wrażenie, że cały świat płonie. Nikt ani nic nie było w stanie nas zranić tak, jak potrafiliśmy ranić się nawzajem.

Fatma powstrzymała chęć zapytania, czy jego pani kiedykolwiek zmieniła się w wysokiego na siedem stóp dżinna i próbowała złamać mu kark.

– Starałem się wtedy przypomnieć sobie dobre chwile – dodał. – Żeby jedno potknięcie nie mogło nas zniszczyć. I oczywiście wracaliśmy do siebie i znowu wszystko było w dechę.

– Czy twoja pani ukrywała sekrety? Na swój temat?

Benny przyłożył palec do czubka nosa. Fatma potrzebowała chwili, żeby zrozumieć, co ma na myśli, a wtedy potarła nos i zobaczyła sadzę na palcach.

– Zwykle sekrety, które głęboko ukrywamy, nie mają nikogo zranić. Co nie znaczy, że tego nie zrobią, ale intencje są inne. Ukrywamy te mroczne tajemnice, bo boimy się, co inni mogą pomyśleć. Jak mogliby nas osądzić, gdyby je znali. A niczyjego osądu nie boimy się tak bardzo jak tych, którym oddajemy serce. Poza tym każdy ma sekrety. Założę się, że nawet ty.

Usiadł potem ze swoim drinkiem, uprzejmie zostawiając ją sam na sam ze swoimi myślami, podczas gdy puzonista lamentował na scenie.

Fatma wyszła z Jasmine po około godzinie. Bo ile sarsaparilli można w siebie wlać? Zapięła resztki marynarki i ruszyła bocznymi uliczkami w okolicy bulwaru Muhammada Alego. Spuściła głowę, wsunęła laskę pod pachę i zgarbiła ramiona, mając nadzieję, że widać, że chce, aby zostawić ją w spokoju. W szczególności miała nadzieję, że osoba, która za nią ruszyła – jej ciężkie kroki rozbrzmiewały wyraźnie w panującej ciszy – wychwyci tę aluzję. Z westchnieniem zatrzymała się pod łukiem w pobliżu krótkich schodów i odezwała się wyraźnie i rzeczowo:

– Słuchaj, miałam ciężki dzień. W ostatnim tygodniu walczyłam z ghulami, czarodziejem, oszalałym maridem i spiorunowałam wzrokiem ifryta. Jeśli chcesz czegoś z tego posmakować, to śmiało, spróbuj ze mną zadrzeć. Chcę tylko, żebyś wiedział, w co się pakujesz.

Po jej słowach zapadła cisza, a potem rozległ się znajomy gardłowy pomruk.

– Masz za sobą pracowity czas, agentko.

Fatma obróciła się i zgarbiła.

– Dobry wieczór, Ahmadzie.

Samozwańczy bóg kultu Sobka wyszedł chyłkiem z cieni. Wyglądało na to, że przeszedł kolejne przemiany. Był bardziej zwalisty i poruszał się dziwnym krokiem. Pod brązowymi szatami Fatma dostrzegła placki bladoszarej skóry, a wypukłości na jego twarzy przypominały pysk. Jego przeszywające ciemnozielone oczy nigdy dotąd nie przypominały tak bardzo krokodylich ślepi. Co ten człowiek ze sobą wyprawiał?

– Dobry wieczór, agentko Fatmo – odpowiedział chrapliwym sykiem.

– Nie rozmawialiśmy już o tym, że masz przestać mnie śledzić? Chyba uzgodniliśmy, że takie zachowanie jest upiorne?

Rozłożył przepraszająco ręce – obie miały teraz błonę pławną między palcami i czarne pazury.

– *Malesz*. Chciałem tylko porozmawiać.

Fatma przysiadła na stopniach, opierając się o łuk. I tak nie miała jeszcze ochoty wracać do domu.

– No to porozmawiajmy.

Ahmad przykucnął naprzeciwko niej, chociaż ewidentnie przyszło mu to z trudem. Wyjął nefertara, a jego nieludzka twarz przybrała pytający wyraz: „Masz coś przeciwko temu?". Fatma machnęła ręką, że może zapalić. Teatralnym gestem wydobył zapalniczkę w kształcie srebrnego skarabeusza, a potem zaciągnął się i przekrzywił głowę.

– Dobrze się czujesz, agentko?

– Aż tak źle wyglądam?

Przyjrzał jej się uważnie.

– Owszem.

– Dzięki.

– Chciałem tylko powiedzieć, że nie jesteś sobą. Przenikam ciało i kość, i widzę ducha. A twój sprawia wrażenie... zranionego. Jestem do dyspozycji, gdybyś kogoś potrzebowała. Do rozmowy, mam na myśli.

Popatrzyła na niego. Pomyślał, że będzie chciała zrzucić kamień z serca, opowiadając mu o swoich problemach? Jemu, człowiekowi, który uważał się za starożytnego boga i teraz się oszpecał? Skąd ta czelność?

– Chcesz wiedzieć, co rani mojego ducha? – zapytała gniewnie. – Dobrze! Opowiem ci, wszystko, aż się tym udławisz! – I to właśnie zrobiła.

Opowiedziała mu o bezowocnym śledztwie. O ataku na ministerstwo. O tym, co wydarzyło się tego wieczoru. I o Siti. O martwych oczach, które życzyły jej śmierci. A kiedy skończyła, poczuła się wyżęta. Przynajmniej zniknęło odrętwienie.

– To... – zaczął Ahmad. Odchrząknął. – Myślałem, że opowiesz mi o tym, że zwątpiłaś w siebie albo może o jakimś konflikcie w pracy. Nie spodziewałam się tak wiele. Naprawdę masz mnóstwo kłopotów!

– Ogromnie mnie pocieszyłeś – odparła cierpko.

– Przykro mi, że spotkało cię tyle trudności. – Zaproponował jej papierosa.

Fatma zawahała się, a potem wzięła jednego i zaciągnęła się mocno. Dym tytoniowy zawirował jej w nozdrzach, dotarł do języka, a wtedy... zakrztusiła się. Pewnie zliczyłaby na palcach jednej ręki wszystkie okazje, przy których paliła papierosa. A ten był zdecydowanie najgorszym w jej życiu.

– Okropny. Smakuje jak...

– Cuchnące stopy? – podsunął.

– Po co je palisz, skoro są tak okropne?

– Nie bez powodu nazywają to nałogiem.

Oddała mu nefertara.

– Wiedziałeś? O Siti?

Pokręcił głową.

– Chociaż nie jest mi obca idea... przemiany. Mam nadzieję, że znajdziecie we dwie wspólną ścieżkę. Bo także nie jest mi obca miłość i strata.

Jego słowa jak zwykle ją poruszyły. Z trudem postarała się odsunąć własne problemy i smutek, żeby wyobrazić sobie ból, jaki on musiał przeżywać.

– Nie poddałam się w kwestii śledztwa. Znajdę tego impostora. Złapię go. Twoja... Neftyda otrzyma sprawiedliwość.

Przyjrzał jej się gadzimi oczami. Cokolwiek zobaczył, najwyraźniej to go usatysfakcjonowało.

– W końcu sprawiedliwość dopada występnych. Żąda tego waga Thota. – Wstał, upuścił niedopałek i rozgniótł go butem. – Dziękuję, agentko.

– Za co?

– Za starania. Za uznanie, że Neftyda się liczy.

Odwrócił się, żeby odejść.

– Chwileczkę! – zawołała za nim Fatma.

Obrócił się i wbił w nią wzrok zgubnych zielonych oczu. Spojrzała w nie, próbując spostrzec, czy czai się tam ktoś jeszcze albo coś jeszcze.

– Naprawdę wierzysz, że... – szukała właściwych słów – ... mieszka w tobie bóg?

– Odrobina boga. Kropla w porównaniu z oceanem. – Zaciekawiony zmrużył oczy. – A co takiego zobaczyłaś dziś wieczorem, agentko?

Fatma poruszyła się niepewnie, zaniepokojona jego dziwną spostrzegawczością. Nie odpowiedziała, ale sama zadała pytanie:

– Czy to, co się teraz z tobą dzieje, to twój wybór? Czy też to jest coś, co robi ci twój... – znowu zawahała się – ...bóg?

Ahmad sprawiał wrażenie, jakby się zastanawiał, zanim wzruszył ramionami.

– Kiedy wierzysz, to naprawdę nie ma znaczenia.

I po tych słowach odszedł; dziwaczny krok poniósł go w cienie, jakby bóg wracał do swojego królestwa.

Dochodziła północ, gdy Fatma dotarła do swojego domu. „W końcu trzeba wrócić do domu", często mawiała jej matka. Dostrzegła dwie postaci w niebieskich galabijach stojące przy drzwiach i toczące zacięty spór. Jedną był jej bewab, Mahmud. A drugą był... Fatma zmarszczyła czoło. Drugi mężczyzna też był zdumiewająco podobny do Mahmuda. Ta sama tęga sylwetka. Te same rzednące szpakowate włosy. Kiedy podeszła, obaj odwrócili się do niej, zaskoczenie odmalowało się na ich twarzach, a ona zamarła w pół kroku. Stało tam dwóch Mahmudów. Ta sama czerwono-brązowa twarz, krzaczaste brwi, nawet to spojrzenie, które potrafiło błyskawicznie zmierzyć i osądzić. Fatma zamrugała, zastanawiając się, czy noc w końcu odbiła się na jej umyśle.

– Dobry wieczór, Kapitanie – powitał ją jeden z Mahmudów.

– Wiemy, jak to musi wyglądać – dodał drugi.

– Ale możemy to wyjaśnić – dokończył pierwszy, rozkładając ręce.

Fatma popatrzyła po nich.

– Jest was dwóch? – Naprawdę potrzebowała najpierw ustalić ten fakt.

– Tak – odpowiedzieli obaj.

Ulżyło jej.

– A który z was to Mahmud?

– Ja jestem Mahmud.

– I ja też jestem Mahmud.

Serio?

– To który z was jest moim odźwiernym?

Popatrzeli po sobie skrępowani.

– Obaj.

Skinęła głową, chociaż to wszystko nie miało za grosz sensu.

– I zamierzacie mi wyjaśnić...?

– Mój brat i ja obaj jesteśmy bewabem w tym budynku – powiedział jeden z Mahmudów.

Bliźniaki. Tyle już się domyśliła.

– I przez cały ten czas było was dwóch?

– Kiedy przyjechaliśmy do Kairu, znalezienie pracy nie było łatwe – odpowiedział jeden z nich. – Wszyscy szukają mechaników do fabryk albo oczekują, że potrafisz obsługiwać maszyny. A co tacy starcy jak my wiedzą na ten temat? To była najlepsza praca, jaką udało nam się znaleźć.

Fatma słuchała i wszystko nabierało sensu – to, że miała wrażenie, że Mahmud zawsze jest na służbie, jakby nigdy nie spał, i że zawsze wiedział o wszystkim, co się dzieje w domu.

– Właściciel budynku o tym wie?

Mahmud pokręcił głową.

– I wolelibyśmy żeby, tak zostało. Musimy wymieniać się służbami dyskretnie, żeby nikt niczego nie zauważył. – Obaj mieli równie zmieszane miny. – Tej nocy nie uważaliśmy. Bracia, jak to bracia, pokłócą się czasem.

– Właściciel płaci tylko jednemu? Po co wykonywać dwa razy więcej pracy, jeśli nie dostajecie dwa razy wyższej płacy?

– To bardziej skomplikowane – odpowiedział jeden. – Dostajemy miejsce, gdzie możemy spać i mieszkać, pod warunkiem, że pilnujemy budynku.

– I tak dobrze go pilnujemy – podjął drugi – że dostajemy więcej niż inni bewabowie w mieście w porównywalnych miejscach, *wallahi*.

– Więcej niż dwa razy tyle, *wallahi*! – wykrzyknął pierwszy. – Właściciel robi to, bo wierzy, że jeden człowiek wykonuje tak doskonałą pracę. Dobrze mu z myślą, że tak hojnie nas wynagradza. Gdyby dowiedział się, że jest nas dwóch...

Fatma uznała, że chyba rozumie. To było idealne oszustwo. W pewnym sensie. Chyba? Była trochę zaniepokojona tym, że tak długo ją zwodzili. Jaki śledczy jest nieświadomy tego, co dzieje się tuż pod jego nosem? Myśl o Siti rozbłysła w jej głowie i żołądek jej się zacisnął.

– Wasz sekret jest bezpieczny – zapewniła mężczyzn.

– Niech Bóg cię zachowa, Kapitanie – podziękował jeden Mahmud. – My Sa'idi zawsze możemy liczyć na to, że wzajemnie dochowamy swoich sekretów.

Spojrzał na jej ubranie w nieładzie.

– Ministerstwo zmusza cię do cięższej pracy niż zwykle. – Ściszył głos, jakby przekazywał jej jakąś tajną informację. – Podobno zaatakowano pałac!

To oczywiste, że musieli o tym usłyszeć. Fatma tylko skinęła głową, nie chcąc wdawać się w szczegóły.

– Złap tego parszywca, który narobił tyle zamieszania! – wykrzyknął drugi Mahmud i zachęcił, żeby weszła do środka. – Nie wierzymy w jego kłamstwa! W nosie mam, czy to al-Dżahiz, co ponownie wrócił, *wallahi*!

– *Wallahi*, jego miejsce jest w więzieniu! – dokończył jego brat.

Przeszła przez otwarte drzwi, ale przystanęła, żeby obejrzeć się na mężczyzn.

– Jak wam się to udaje? Udawać, że jesteście jedną osobą? Wiedząc, że musicie ukrywać to, kim jesteście?

Obaj wzruszyli ramionami.

– My już wiemy, kim jesteśmy – odpowiedział jeden.

– Wszyscy robimy to, co konieczne – dodał drugi. – To pierwsza lekcja, jakiej uczysz się w Kairze.

Cóż, nie mogła ich za to winić. Człowiek szuka sobie miejsca w tym mieście wszelkimi sposobami.

Wjechała na górę windą. Kiedy dotarła do drzwi, szukała przez chwilę po omacku klucza, zanim je otworzyła i weszła do środka. W mieszkaniu było ciemno. Tak jak je zostawiła. Ale nie było pusto.

Siti siedziała na krześle koło balkonu z głową opartą na rękach. Ramzes wyciągał się na jej kolanach. Widząc, że drzwi się otwierają, zdjęła kota, wstała i podeszła. Fatma odruchowo cofnęła się krok, a Siti zawahała się, ale ruszyła znowu, zaciskając pięści przy bokach. Żadna się nie odezwała, dopóki Fatma nie zamknęła drzwi. Siti zrobiła jeszcze kilka niepewnych kroków. Jej ciemne oczy wyrażały niepokój, łzy zostawiły ślady na policzkach.

– Czy nic... – zaczęła drżącym głosem.

Wyciągnęła rękę, a Fatma starała się nie wzdrygnąć. Siti cofnęła dłoń, dotykając tylko tkaniny, którą Fatma miała owiniętą wokół szyi. Hadia dała jej hidżab, kiedy zobaczyła obrażenia. Siti trzęsły się ręce, gdy zdjęła chustkę. Widząc ciemne sińce pod spodem, załamała się.

– Przepraszam – szepnęła.

Coś w tym słowie wzbudziło gniew w Fatmie i musiała walczyć, żeby zapanować nad kłębiącymi się emocjami. Odsunęła się, owinęła hidżab wokół szyi i usiadła ciężko na brzegu łóżka.

– Jesteś dżinnem – powiedziała.

To było raczej oświadczenie niż pytanie.

– Tak – odpowiedziała cicho Siti.

Chociaż już zobaczyła to na własne oczy, to wyznanie wstrząsnęło Fatmą. Wzięła głęboki wdech, żeby nad sobą zapanować.

– I zarazem nie – mówiła dalej Siti. – To znaczy jestem pół-dżinnem. Czy jak to właściwie działa.

Fatma podniosła gwałtownie wzrok. Mówiąc „pół-dżinn", ludzie mieli zwykle na myśli nasnasy, kłopotliwe istoty, które były dokładnie tym, co sugerowała ich nazwa – połową głowy i połową ciała z jedną ręką i jedną nogą. Fatma dostała dżambię w podzięce za przegonienie wyjątkowo paskudnego nasnasa, który dręczył klan odwiedzającego Kair dygnitarza z plemienia Azd. Jednak nie to miała na myśli Siti. Mówiła o czymś jeszcze bardziej fantastycznym, o czym nawet ministerstwo niewiele wiedziało.

– Jedno z twoich rodziców było dżinnem – zrozumiała Fatma. Tylko to miało sens. O ile cokolwiek miało tu sens. – Twój ojciec.

Siti skrzywiła się. Podeszła z powrotem do krzesła, wciskając się na miejsce obok Ramzesa i obejmując się rękami.

– Naprawdę niewiele o nim wiem. Matka twierdzi, że przyszedł do niej po raz pierwszy, kiedy wypasała kozy, pod postacią roześmianego podmuchu wiatru. Za drugim razem jako deszcz monet, które spadały z czystego nieba. Za trzecim był mężczyzną, wysokim i pięknym, o złotych rogach, skórze, która lśniła jak wypolerowany heban i oczach migoczących jak gwiazdy. – Prychnęła. – A przynajmniej tak zapamiętała to moja matka. Była raptem dziewczyną. Nie miała nawet piętnastu lat. On pewnie przeżył setki żywotów. Ich romans był krótki, zajął go tylko na chwilę, zanim odszedł ku temu, co tym razem przyciągnęło jego wzrok. Potrwał jednak dość długo, żeby zostawić mnie w jej brzuchu.

Fatma próbowała to ogarnąć. Ministerstwo rozważało taką możliwość. Dżinny nie tylko wróciły do ich świata, ale też stały się jego częścią – pracowały tu, mieszkały, wchodziły w interakcje z ludźmi. Seks był z góry przesądzony. Plotki o nienasyceniu cielesnym niektórych dżinnów były powodem do sprośnych żartów i piosenek. Istniały jednak także związki, niektóre poważne. Prokreacja dżinnów – przynajmniej z innymi dżinnami – pozostała okryta tajemnicą. Nikt nigdy nie widział małego dżinna czy dżinnijskiego niemowlęcia. Pół-dżinny jednakże często pojawiały się w starych opowieściach i folklorze. Bilkis, królowa Saby, miała być ponoć w połowie dżinnem, tak jak wiele innych sławnych postaci, a wszystkie one podobno posiadały nadnaturalne moce. Wraz z powrotem dżinnów ministerstwo przewidywało, że świat znowu wejdzie w fazę, kiedy pojawią się istoty, których nie będzie można już nazywać po prostu ludzkimi, wywodzące się z magicznych rodów i obdarzone nieprzewidywalnymi, nieznanymi zdolnościami.

– Czym jesteś? – zapytała Fatma. – Osobą, która teraz tu siedzi, czy... – Obraz nieludzkiej istoty, którą zobaczyła dziś wieczorem, rozbłysł jej w myślach: zakręcone baranie rogi, ostre zęby, kocie oczy.

– Jedno i drugie to ja. Jestem dokładnie tym, co właśnie widzisz. Tak jak ja widzę siebie przez większość czasu. A niekiedy... jestem tym, kogo widziałaś wcześniej. Wiem, że to trudno zrozumieć.

Delikatnie powiedziane. Fatmie łatwiej było zrozumieć dwóch Mahmudów. Przypomniała sobie ciotkę Siti, madame Azizę. Co takiego powiedziała stara kobieta? Że Siti jest jak wiatr. „Za dużo w niej z ojca". Te słowa nabierały nowego znaczenia. Podobnie jak wiele innych rzeczy. Zdolności Siti, magia, która zwiększała jej szybkość, pozawalała jej wspinać się po murach albo skakać na odległości niemożliwe dla człowieka. Pytania o tę magię zawsze dręczyły Fatmę, ale nigdy ich nie zadała. Może tak naprawdę nie chciałaś wiedzieć, powiedziała sobie. Może wiedziałaś, że odpowiedź będzie prowadziła do czegoś takiego. Kolejna myśl zakradła się do jej umysłu. Cudowny zawrót głowy, jaki czuła w towarzystwie tej kobiety. Jej niemal elektryzujący dotyk. Nie, ta myśl siedziała w głowie Fatmy od początku tej nocy, ale dopiero teraz Fatma stawiła jej czoło.

– Czy ty kiedykolwiek... – Z trudem przełknęła ślinę, zanim zdołała dokończyć. – Czy kiedykolwiek posłużyłaś się wobec mnie dżinnijską magią? Czy dlatego coś między nami zaistniało?

Siti spojrzała, jakby ją spoliczkowano. Wstrząs zamienił się w ból, a potem w jej oczach zabłysnął gniew.

– Nigdy bym tak nie postąpiła. Nie jestem moim ojcem. Nie sądziłam, że będziesz musiała zapytać. – Głos znowu jej zadrżał i tym razem wszystkie emocje odmalowały się na jej twarzy.

– Naprawdę? – odgryzła się Fatma, poddając się własnym uczuciom. – Okłamałaś mnie. Jakiej reakcji się spodziewałaś?

– Nie kłamałam. Osoba, która śmieje się z tobą, tańczy z tobą, dzieli z tobą łóżko, myje ci włosy to ja!

– Ale ta druga osoba to też ty. Sama to powiedziałaś. Obie są tobą.

Siti nie sprzeczała się. Zamilkła.

– Chciałam ci powiedzieć – przyznała w końcu. – Tak wiele razy byłam o krok od tego. Jak jednak miałabym powiedzieć, czym jestem, agentce Fatmie z Ministerstwa Alchemii, Uroków i Istot Nadprzyrodzonych? Jestem w tej nazwie, w ostatnich dwóch wyrazach. Wyobrażałam sobie, jak zaczniesz przyglądać mi się z zaciekawieniem. Jakbym była okazem do zbadania. Kolejną rzeczą, na którą trzeba uważać.

Ramzes zamiauczał, ostrzegając, że za głośno rozmawiają. Fatma zaczerwieniła się. Czy naprawdę tak by zareagowała? Czy teraz po części tak właśnie reagowała? Przypomniała sobie słowa Benny'ego na temat sekretów. „Zwykle sekrety, które głęboko ukrywamy... ukrywamy, bo boimy się, co inni mogą pomyśleć. Jak mogliby nas osądzić, gdyby je znali". Może należało to rozważyć. Jednak stawka w tej grze było o wiele wyższa.

– Ta druga ty próbowała mnie zabić dziś w nocy. – Fatma odruchowo dotknęła szyi. – Czy to coś, nad czym nie możesz zapanować? Kiedy jesteś... dżinnem? – Nadal mówienie o tym przychodziło jej z trudem.

Siti zamknęła oczy, jakby stawienie czoła temu wspomnieniu ją przerastało.

– Kiedy jestem drugą sobą, czuję się... wolna. Wszystko jest po prostu... intensywniejsze. Każde doznanie. Każda świadomość. Uwielbiam to. – Otworzyła znowu oczy i spojrzała Fatmie w twarz. – Wiesz, dokąd chodzę nocą? Kiedy opuszczam twoje łóżko przed świtem? Polatać. Wzbijam się nad miasto. Gdybyś mogła je zobaczyć tak jak ja: wygląda jak błyszczący klejnot, który można by pochwycić! – Poruszyła ręką, jakby to właśnie robiła, i przelotna radość zapłonęła na jej twarzy. – Nie mam smutnych opowieści dla ciebie, nie jestem tragiczną postacią z książki, zagubioną między dwoma światami. Cieszę się tym, kim jestem. Czym jestem. A ten potwór – w jej głosie pojawiła się ostrzejsza nuta – odebrał mi to. Odebrał mi wolność. – Popukała się palcem wskazującym w skroń, krzywiąc twarz, jakby szukała odpowiednich słów, żeby to wyjaśnić. – Słyszałam jego głos. W głowie. Jakby znalazł się we mnie, krzyczał tak, że nie mogłam usłyszeć niczego więcej. Ta część, która jest mną, zatraciła się w tym głosie. Próbowałam z tym walczyć, ale on po prostu odepchnął mnie na bok. Byłam tam i zarazem mnie nie było, tkwiłam pogrzebana gdzieś głęboko, zatonęłam, podczas gdy moje ciało robiło to, czego on chciał. Czego żądał. Rozumiesz, co próbuję ci powiedzieć?

Fatma przyjrzała się twarzy Siti i to co ujrzała, wstrząsnęło nią. Najodważniejsza i najzuchwalsza osoba, jaką znała, była przerażona. Przypomniała sobie jej martwe oczy pół-dżinna. Zagros miał ten sam pusty wzrok, kiedy próbował ją zamordować. Przypomniała sobie dżinna, doradcę króla, którego zmuszono do milczenia. I ifryta, którego zamieniono w posłusznego psa.

– Impostor... potrafi kontrolować dżinny – wyszeptała.

Zrobiło jej się zimno na tę myśl.

Siti pokiwała ponuro głową.

– Jest bardziej niebezpieczny, niż myślałyśmy. O wiele bardziej.

Delikatnie to ujęła. Nie był jedynie niebezpieczny, to oznaczało prawdziwą katastrofę! Gorzej, to znaczyło, że impostor ma plan. Wszystko, co robił, przeprowadzał metodycznie, z rozmysłem. A teraz ukradł części potrzebne do odtworzenia Zegara Światów. Żadna z tych rzeczy nie była dobra. Więcej: to było straszne. Ogromnie nie doceniły tego, czemu muszą stawić czoło.

Fatma spojrzała na Siti, która wyglądała przez okno. Powiodła wzrokiem po zarysie jej twarzy, wyobrażając sobie, że wodzi po nim palcami.

– Co więc cię powstrzymało? Przed zabiciem mnie?

Siti obejrzała się z powagą, a potem zaśmiała się zaskoczona, ocierając łzę z policzka.

– Ty. Ten twój piękny głos, wołający mnie po imieniu. Jakby ktoś rzucił linę do ciemnej dziury. Złapałam się jej i wspinałam się po niej, aż udało mi się wyjść.

Fatma milczała. Siti może i usłyszała jej głos, ale to nie jej imię przerwało trans.

– Nie zareagowałaś, kiedy zawołałam cię po imieniu – odpowiedziała w końcu. – Zareagowałaś dopiero na to.

Wyłowiła z marynarki broszkę w kształcie warczącej lwicy. Nie wyrzuciła jej, odkąd ją zerwała. Siti z zamyśloną miną wzięła srebrną figurkę do ręki. Zatem nie miała pojęcia. Nie pamiętała, co dokładnie się stało.

Fatma w pierwszym odruchu uznała, że lepiej nic nie mówić. Ale czy nie dość sekretów już je dzieliło? Westchnęła w duchu, nabrała powietrza i zaczęła znowu opowiadać, najlepiej jak potrafiła, kogo wezwała i co zobaczyła za jej oczami.

Kiedy skończyła, Siti wyszeptała nieznaną modlitwę.

– Błogosławiona Pani Płomienia, Córko Rzezi. Ta, dla której dwa nieba otworzyły się naraz, kiedy ukazała się w swojej chwale. – Skierowała szeroko otwarte oczy na Fatmę. – Otrzymałaś błogosławieństwo spojrzenia w Oko Ra!

– Mówię ci, że widziałam... coś... czającego się w tobie, a ty tylko tak reagujesz?

Siti wzruszyła lekko ramionami.

– Jestem dzieckiem bogini. Robi ze mną, co zechce.

Fatma nie potrafiła powiedzieć dlaczego, ale z jakiegoś powodu ta odpowiedź ją zabolała.

– Poza tym – powiedziała Siti – przyszła do ciebie.

– Co to znaczy?

– Modliłam się do Błogosławionej Pani. Składałam jej dary. Wychwalałam jej liczne imiona. Mimo to nigdy nie ukazała mi swojej twarzy. Ty zawołałaś i przyszła. – Siti zamyśliła się. – Może ciebie i boginię łączy specjalna więź. Z której do tej pory nie zdawałaś sobie sprawy.

Fatma uznała, że to jest skrajnie przerażające. Wyszeptała własną modlitwę i zmieniła temat.

– Uciekłaś – powiedziała oskarżycielskim tonem. – Kiedy otrząsnęłaś się. Po prostu... zostawiłaś mnie tam.

Siti spuściła wzrok.

– Musiałam. Widząc, co właśnie zrobiłam. Wiedząc, że można się mną posłużyć jak przedmiotem. Nie mogłam sobie ufać. Musiałam oddalić się od niego jak najbardziej.

Fatma przeczesała dłonią włosy.

– Nie obwiniam cię za to, co stało się dziś wieczorem – powiedziała w końcu zaskoczona, że mówi to szczerze. – Posłużono się tobą i wiem, że nie zrobiłabyś tego celowo. – Ulga, która zalała twarz Siti, sprawiła, że Fatmie trudno było dokończyć myśl. Mimo to brnęła dzielnie naprzód. – Nie mogę jednak wrócić tak po prostu do tego, co było. Ukrywałaś przede mną część siebie. Nawet jeśli miałaś dobry powód. – Zawsze czuła, że otrzymuje tylko cząstkę Siti, to, czym dziewczyna była gotowa się podzielić. I to raniło. Bardziej, niż była gotowa przyznać. – Będę potrzebowała czasu, żeby to wszystko przetrawić. – Dotknęła chustki na szyi. Niektóre rany goją się wolniej niż inne.

Siti podniosła wzrok.

– Czas to coś, czego mi nie brakuje – odpowiedziała z powagą.

Fatma spojrzała na nią.

– Chcesz powiedzieć, że jesteś nieśmiertelna?

– Co? Na bogów, nie! To tylko przenośnia.

– Co za ulga. Wątpię, czy byłabym w stanie cię znieść, gdybym odkryła, że będziesz żyć wiecznie.

Teoretycznie dżinny nie żyły wiecznie, ale nadal miały przed sobą stulecia, podczas gdy ludzie dysponowali tylko dekadami.

– Nie przeżyję całego tysiąclecia – poprawiła się Siti. – Może dożyję setki. Albo dwóch? Nikt nie ma pewności.

Fatma wytrzeszczyła oczy. A potem przypominała sobie nagle inną dziwną rzecz z minionej nocy.

– Kiedy zapytałam impostora o Zegar Światów, odpowiedział pioseneczką. To było coś o Dziewięciu Lordach.

– Dziewięciu Lordów, którzy śpią – przypomniała sobie Siti. – I którzy wypalą ci duszę.

– Wiesz, o co chodzi?

Siti zastanawiała się chwilę.

– To brzmi jak jakaś opowieść dżinnów. Jest ich mnóstwo. Zawsze mówią o jakimś straszniejszym dżinnie, który nie przeszedł przez Kaf i powinniśmy się z tego cieszyć. Nie przypominam sobie jednak niczego szczególnego na temat Dziewięciu Lordów. Może to kolejna historia o władcach dżinnów?

Było ich mnóstwo. Większość to były bajki albo zniekształcone wersje prawdy. Jedno z popularnych ludowych podań opowiadało na przykład o legendarnym królu dżinnów, który władał górą Kaf, krainą fantastycznych cudów na końcu świata. Al-Dżahiz dowiódł, że Kaf to w rzeczywistości inny wymiar, albo nawet wymiary, a nie ukryta góra.

– Chcę cię zobaczyć – powiedziała Fatma. – Tę drugą ciebie.

Siti uniosła na to brwi.

– Jesteś pewna?

Nie całkiem, pomyślała Fatma. Podjęła tę decyzję dopiero przed chwilą. Czuła jednak, że powinna to zrobić.

Widząc jej determinację, Siti wstała i podeszła, wyciągając rękę.

– Zrobię to powoli.

Fatma złapała jej palce i poczuła lekkie mrowienie. A potem na jej oczach Siti zmieniła się. Jej ciemna skóra stała się czarna, aż zaczęła lśnić. Ciemnoczerwone rogi wyrosły błyskawicznie z jej głowy, wyginając się i zakręcając, a całe jej ciało wydłużyło się. Powoli czy nie, zajęło to raptem kilka chwil. Ramzes u stóp Siti zamruczał. Zeskoczył z krzesła i zaczął ocierać się o jej nogi.

Fatma wstała i zaczęła przesuwać palcami po nowych rękach Siti, które miały prawdziwe szpony, starając się nie myśleć o tym, co zrobiły tej nocy. Doszła do jej ramion i poczuła napięte mięśnie pod czarnymi gładkimi łuskami, z których każda była tak maleńka, że trudno było spostrzec, gdzie się stykały. Musiała wspiąć się na palce, żeby dotknąć rogów, przesunęła palcami po ich krawędzi.

Siti zamruczała gardłowo i lekko odchyliła głowę, zanim spojrzała szkarłatnymi kocimi źrenicami, które jarzyły się na tle złota.

Fatma zabrała rękę.

– To zabolało?

– Nie o to chodzi. – Głos Siti był niemal taki sam, tylko trochę niższy. – Na rogach są pewne... czułe punkty.

Czułe punkty? To coś nowego.

– Nie miałaś skrzydeł?

Fatma prawie podskoczyła, kiedy w odpowiedzi dwa ogromne czarno-czerwone skrzydła rozwinęły się na plecach Siti, ich szkarłatne koniuszki ocierały się o sufit. Po raz pierwszy zauważyła, że pasowały do kępki kręconych włosów między rogami na jej ogolonej głowie. Ramzes wspiął się na tylne łapy i zaczął łapać jej pióra, ale znajdowały się poza jego zasięgiem. Wskoczył na łóżko, mając nadzieję, że stamtąd będzie to łatwiejsze.

Fatma zaśmiała się cicho.

Siti zmarszczyła czoło.

– Co cię bawi?

– Ty. Jesteś cholernie piękna. Nawet jako pół-dżinn jesteś równie piękna jak zawsze.

Siti uśmiechnęła się. Dotknęła delikatnie policzka Fatmy i pochyliła się, aż ich usta się spotkały. To bez wątpienia elektryzujące doznanie, pomyślała Fatma, pogrążając się w pocałunku. Musiała zmusić się do tego, żeby się odsunąć i cofnąć. Prawie się przy tym potknęła.

– Przepraszam. – Siti się skrzywiła. – Powiedziałam, że dam ci czas. Po prostu... dotknęłaś rogu i...

Fatma odzyskała oddech i się otrząsnęła.

– Wiem, że powiedziałaś, że nigdy nie wpłynęłaś na to, co między nami zaistniało, ale nie jesteś pierwszą kobietą, którą całowałam. A żadna nie przyprawiała mnie o zawrót głowy.

– Urodziłam się po części magiczna – odpowiedziała Siti.

– Co to znaczy? To dzięki temu potrafisz to, co potrafisz?

– Jestem silniejsza. Szybsza, zwinniejsza. A kiedy naprawdę na kimś mi zależy, ta magia działa też na tę osobę. Może odkryjesz, że szybciej odzyskujesz zdrowie. Albo budzisz się wypoczęta, jakbyś przespała dziesięć godzin, a spałaś tylko dwie. – Zapadło na chwilę krępujące milczenie. – Możliwe, że potrafię też wyczuć, gdzie przebywasz w danym momencie. – Fatma wytrzeszczyła na to oczy, a Siti dodała pośpiesznie: – Żadna z tych rzeczy nie służy temu, żeby cię zwodzić. Nie może sprawić, że zachowasz się inaczej, niż zachowałabyś się normalnie. Po prostu nic na to nie poradzę, tak samo, jak nic nie poradzę na to, co do ciebie czuję.

Fatma pomyślała z westchnieniem, że będzie musiała ponownie przemyśleć mnóstwo rzeczy z ostatnich miesięcy. A potem przyszła jej do głowy jeszcze jedna kwestia:

– Jakim cudem twoje ubranie jest całe? – Wskazała na czarny strój, który Siti nadal miała na sobie i który nosiła zwykle, gdy kręciła się nocą po mieście. – Teraz jest ciebie znacznie więcej. Nie wspomnę już o skrzydłach.

– W przeciwieństwie do czystej krwi dżinnów pół-dżinny nie potrafią posługiwać się skomplikowaną magią, ale zmienianie ubrań, żebyśmy ich nie rozrywali i nie stawali przed ludźmi półnadzy, to właściwie standard. Rzecz jasna potrzeba chwili, żeby to w pełni opanować. Zniszczyłam tak dużo ubrań, kiedy byłam młodsza, że moja matka... Auuć!

Ramzes skoczył z łóżka i wbił się w wewnętrzną stronę skrzydła. Siti zmieniła się z powrotem i kot spadł na podłogę jak kulka srebrnego futra. Podniosła go i pogroziła mu palcem, w który on uderzył łapą.

– Jesteś pewna, że on nie jest dżinnem? – zapytała Siti.

Fatma usiadła i przyglądała im się.

– Musimy go powstrzymać. Impostora.

Siti usiadła obok z Ramzesem na kolanach.

– I powstrzymamy.

Siedzieli tak we trójkę: agentka ministerstwa, pół-dżinn i kot (najprawdopodobniej), wyglądając przez balkon na śpiące miasto, które musieli w jakiś sposób uratować.

# ROZDZIAŁ DWUDZIESTY

Abisyńska kawiarnia była prawie pusta o dziesiątej rano w czwartek, ale to żadna niespodzianka. Miasto dręczyły nowe obawy, odkąd rozeszły się wieści na temat szczytu pokojowego. Kairscy plotkarze wyrabiali nadgodziny: al-Dżahiz wleciał do ogrodu jak ognista kula, zabił wszystkich swoim mieczem; nie, wzbił się na grzbiecie ifryta i spuścił ognisty deszcz; król uciekł z kraju i wróci z angielskim wojskiem; nie, to król zabił al-Dżahiza jego własną szablą i teraz dżahizini szukają zemsty.

Fatma przejrzała poranne gazety, kiedy seryjny eunuch przyniósł kawę i postawił białą porcelanową filiżankę z mechanicznym „*Buna tetu*". Ta amharska fraza, która dosłownie znaczyła „pij kawę", dołączyła do lingua franca Kairu, kiedy etiopskie napary zaczęły zdobywać coraz większą popularność. Teraz to był uprzejmy komentarz, a nawet powitanie wśród bardziej modnych kairczyków, którzy często bywali w kawiarniach. Parę takich osób siedziało tu właśnie – mężczyźni w charakterystycznych czarnych płaszczach i czarnych tarbuszach, kobiety w stylowych czarnych sukienkach i barwnych hidżabach. Rzucali takimi frazami jak „postneofaraoński" albo „epistemologie alchemicznej nowoczesności" z oczami schowanymi za ciemnymi okularami i z ustami leniwie zaciągającymi się cieniutkimi papierosami. Może chcieli okazać swój sprzeciw wobec paniki ogarniającej miasto.

A może po prostu byli dziwni. Tak czy inaczej – brawo, pomyślała o nich Fatma. Mimo klapy poprzedniego wieczoru żaden z delegatów i przywódców nie wyjechał, każdy starał się dowieść swojej wyższości i odwagi. Król będzie miał ręce pełne roboty. Cóż, to jego problem. Ona miała dość własnych.

Drzwi otworzyły się i weszła Hadia. Usiadła naprzeciwko Fatmy. Przywitały się i wezwały seryjnego eunucha, żeby złożyć kolejne zamówienie. Kiedy automat odszedł, Hadia obrzuciła Fatmę badawczym spojrzeniem.

– Powiesz mi, co się stało z twoją szyją?

– Nie – odpowiedziała Fatma, sącząc kawę. Nie zawracała sobie głowy apaszką, tylko wybrała koszulę w niebieskie prążki ze stójką. Nie zdołała jednak ukryć wszystkiego.

Hadia skrzywiła się z dezaprobatą jak babcia.

– Wyglądasz na wypoczętą. To dobrze. – Zmrużyła oczy. – Nawet twoja szyja wygląda lepiej. Ledwie widać siniaki. Jak to możliwe?

Fatma wzruszyła ramionami, masując szyję, która już prawie nie była obolała. Nie mogła należycie wyjaśnić tego, że ma kochankę, która jest pół-dżinnem. Przespała noc jak suseł i po przebudzeniu odkryła, że zmęczenie zniknęło, a jej umysł jest sprawny. Chociaż raz Siti nie zniknęła przed rankiem, spała zwinięta na krześle. Dzielenie łóżka byłoby teraz niezręczne. Jednak żadna z nich nie chciała spędzić nocy sama.

– Kiedy odeszłaś – mówiła dalej Hadia (czy w jej głosie pojawiła się reprymenda?) – nie spodziewałam się zobaczyć cię dziś rano. Dlaczego zostawiałaś wiadomość, żebyśmy spotkały się tutaj, a nie w biurze? – Wzięła filiżankę kawy przyniesioną przez seryjnego eunucha, spróbowała i zmarszczyła nos, zanim ją dosłodziła.

– Nadal mamy sprawę do rozwiązania – przypomniała jej Fatma. – Po ostatnim wieczorze szefostwo wykorzysta wszelkie zasoby, żeby złapać impostora.

– Zorientowałam się. W biurze jest mnóstwo nowych agentów. Proszą o nasze akta, a właściwie to ich żądają. Spędziłam ostatnie dwie godziny, opisując wszystko, co wiemy. Chociaż myślę, że woleliby porozmawiać z tobą.

– Założę się – żachnęła się Fatma. Najpewniej to byli agenci, którzy przylecieli z Aleksandrii, żeby ją odsunąć od jej własnego śledztwa. – To dlatego nie spotykamy się w biurze. Mam informacje, którymi na razie nie chcę się dzielić.

Pochyliła się i cichym głosem powiedziała, czego się dowiedziała.

Przy każdym nowym fakcie brwi Hadii unosiły się bardziej.

– Potrafi kontrolować dżinny? Jak to możliwe?

– Nie wiem – odpowiedziała Fatma.

Hadia pokręciła głową zdumiona.

– A myślałam, że kiedy wyjaśniłaś mi, o co chodzi z tym Zegarem Światów, gorzej już być nie może. Czyli ifryt, który zachowuje się jak obłaskawiony koń. Zagros próbujący cię zabić. Doradca króla, któremu zaspawano usta. Wszystko to impostor kontrolujący dżinny. Jak na to wpadłaś?

– Nie mogę wyjawić. – Oczywiście Fatma nawet nie wspomniała o Siti. – To... skomplikowane.

Hadia przyjrzała jej się znowu, jej spojrzenie przesunęło się na szyję Fatmy. Zmrużyła oczy.

– Nie drąż – powiedziała Fatma. – Musimy się skupić. Jesteśmy praktycznie zdane na siebie.

– Myślisz, że jeśli ministerstwo się o tym dowie, to może to wywołać panikę.

– Ja to wiem. Wieści, że impostor może kontrolować dżinny, dotrą na ulice i miasto wybuchnie. Wiem też, jak działają nasi szefowie. Już są przestraszeni i zażenowani wczorajszym wieczorem. Naciskaliby, żeby aresztować wszystkie dżinny, twierdząc, że chodzi o bezpieczeństwo publiczne.

Hadia była przerażona.

– To fatalny pomysł! W mieście mieszkają tysiące dżinnów. Kolejne dziesiątki są tu przejazdem. Nie wspominając już o tym, że większość to egipscy obywatele. Mają swoje prawa. Nie zareagują na aresztowania ze spokojem.

Fatma była tego pewna.

– Musieliśmy raz aresztować dżinna związanego z żywiołem ziemi. Na wszeiki wypadek ewakuowaliśmy cały kwartał dzielnicy. Zatrudniliśmy do pomocy dwa maridy. Ostatecznie dopadliśmy go, ale z połowy kwartału zostały gruzy. Jeśli rząd spróbuje aresztować kilka tysięcy dżinnów, nie będziemy już musiały się martwić tym, że impostor zniszczy Kair. Sami to za niego zrobimy. – Odstawiła filiżankę. – Jeszcze jedno...

– Dziewięciu Lordów? – zapytała z niedowierzaniem Hadia, kiedy Fatma skończyła mówić. – Którzy wypalają dusze? – Przyłożyła dłonie do policzków i pokręciła głową. – Czy ty kiedykolwiek masz dobre nowiny?

Właściwie to miała.

– Wczoraj wieczorem, kiedy zniszczyłam maskę impostora, widziałam jego twarz.

– Dlaczego to dobra wiadomość? Widziałyśmy już jego twarz. Sudańczyk. Ze szczyptą fanatyka.

– Tak, ale tym razem twarz zafalowała.

Hadia zmarszczyła brwi, zanim zrozumienie odmalowało się na jej twarzy.

– Iluzja!

Fatma uśmiechnęła się triumfalnie. Kiedy tylko zobaczyła to falowanie, wiedziała. Po wszystkich fatalnych wydarzeniach zeszłej nocy pocieszało ją to jedno mgnienie.

– Jest zwykłym oszustem! Ukrywa się za iluzją! – Pochyliła się ku Hadii. – Zauważyłaś? Alexander Worthington nie pojawił się na szczycie.

Hadia powoli skinęła głową.

– Naprawdę myślisz, że to on jest impostorem?

– Na nim zatrzymało się nasze śledztwo.

– Po co jednak miałby zakłócać szczyt pokojowy, który pomógł zaplanować jego ojciec?

Fatma nie znała odpowiedzi. Po co w ogóle zakłócać szczyt pokojowy? Wzniecać chaos w Kairze to jedno, ale zakłócać międzynarodowe spotkanie światowych przywódców i dygnitarzy? To ogromnie podbijało stawkę. I jeszcze był Zegar Światów. Nadal dręczyło ją to, że nie wiedziały jednej zasadniczej rzeczy, jeśli idzie o impostora, kimkolwiek naprawdę był: mianowicie, jaki ma motyw, jaki jest ostateczny cel jego rozgrywki. Mimo wszystko...

– Nieobecność Alexandra Worthingtona, kiedy pojawia się al-Dżahiz, jest co najmniej podejrzana.

Hadia zagryzła usta.

– Sprawdziłam to. To była jedna z rzeczy, o których wspominałaś, zanim zniknęłaś. Okazuje się, że Alexander próbował przyjechać, ale miał kłopoty z samochodem. Jego kierowca to potwierdza.

– Wygodne – żachnęła się Fatma.

– Mam więcej. – Hadia wyjęła z torby teczkę i położyła na stole. – Kazałam sprawdzić Alexandra w zeszłym tygodniu. Rezultaty przyszły dziś rano.

Fatma uniosła brew.

– Dokładnie tego nam wprost zabroniono, prawda?

Hadia się zarumieniła.

– Mam kuzyna, który pracuje w urzędzie imigracyjnym. Zasugerowałam tylko, że warto prześwietlić Alexandra Worthingtona jako obcokrajowca. Standardowa procedura.

Fatma otworzyła teczkę.

– Naprawdę lubię twoich kuzynów. Na co właściwie patrzę?

– Dane ze szkoły wojskowej. Okazuje się, że Alexander nie jest do końca tym, za kogo się podaje, ale nie w takim sensie, jak myślisz. Widzisz jego świadectwo ukończenia szkoły?

Fatma przyjrzała się stronie. Alexander rzeczywiście uczęszczał do szkoły wojskowej, tak jak twierdził. Tyle że wyniki miał dalekie od ideału. Właściwie to były katastrofalne.

– Jeden z najgorszych na roku – przeczytała. – Ledwie zdał.

Hadia wręczyła jej kolejny arkusz.

– Pamiętasz, jak rozwodził się nad służbą w Indiach? Większość czasu spędzał, polując na święte makary. Jedyny raz, kiedy dowodził w bitwie, zakończył się katastrofą. Trzeba było ratować jego samego i jego ludzi. Mój kuzyn twierdzi, że jego dowódca bez końca opowiadał, jak beznadziejnym kapitanem był Alexander. Ulżyło mu, gdy Worthington wyjechał do Egiptu. – Pokręciła głową. – Alexander nie robi na mnie wrażenia wielkiego stratega. To raczej mierny Anglik.

Fatma przejrzała dokumenty. Wyglądało na to, że rangę oficera zapewniły mu nie tyle zasługi, co nazwisko. Zamknęła teczkę, nie bardzo wiedząc, co o tym myśleć. Alexander nadal był ich najlepszym tropem. W jakiś sposób był w to zamieszany.

– Nie ty jedna zaczęłaś grzebać – powiedziała. – Skontaktowałam się ze znajomym bukmacherem i zapytałam o tego dżinna iluzji, Siwę. – Chalid potwierdził, że dżinn był znany w kręgów hazardzistów z tego, że stawiał wysokie sumy, zgarniał fantastyczne wygrane, a potem równie szybko wszystko tracił. – Siwa ma długi, tak jak podejrzewałyśmy. Pieniądze, które mu przesłano, poszły od razu na spłatę części zadłużenia... i na kolejne zakłady. Ale to jeszcze niczego nie dowodzi.

– Więc jak zdobędziemy dowód? – zapytała Hadia.

Fatma dopiła filiżankę kawy.

– Zaczniemy od tego, co mamy. Zaniosłaś do laboratorium kryminalistycznego rzeczy, które ci wczoraj dałam?

– Podrzuciłam je, zanim poszłam do domu. Powiedziałam laborantowi na dyżurze, że potrzebujemy wyników natychmiast.

– Świetnie. Przekonajmy się, co znaleźli. – Fatma wstała i poprawiła melonik. – A potem musimy porozmawiać z naszym bibliotekarzem.

***

Wejście do ministerstwa po ataku było surrealistycznym doznaniem – jakby natknąć się na pacjenta w trakcie operacji. Gruz usunięto, kamieniarze naprawiali ministerialne insygnia – układali świeży niebieski kwarc tam, gdzie stary kamień odprysnął. Wysoko na rusztowaniach niebieskoskóry dżinn z czarnymi zakręconymi rogami wykrzykiwał rozkazy załodze robotników zwieszających się w uprzężach na linach. Składali w całość koła zębate, wypełniając rozgorączkowane instrukcje dżinna – niosły się jego dźwięczne okrzyki: „Tak, *ja basz-mohandes*, w tej chwili!". Fatma słyszała, że dżinnijski architekt rozpłakał się, kiedy zobaczył zniszczony mechaniczny mózg. Stary budynek umarł i przepadł, ale on skonstruuje nowy mózg, żeby znowu go ożywić.

Przynajmniej windy działały, obsługiwane na razie przez seryjne eunuchy. Dała znać automatowi, że jadą na drugie piętro, i patrzyła, jak drzwi się zamykają, tłumiąc harmider wzniecany przez robotników.

– Mam nadzieję, że doktor Hoda dostarczy nam jakichś wskazówek – powiedziała do Hadii.

– Doktor Hoda? Szefem laboratorium jest kobieta?

– Nie wiedziałaś? Pracuje w ministerstwie od początku. Nie mówiło się jednak o tym, żeby uniknąć skandalu. Było łatwiej, kiedy główna siedziba znajdowała się w Bulaku. Ministerstwo próbowało zatrzymać ją tam, kiedy otworzono nowy budynek w tysiąc dziewięćsetnym i wynajęto specjalistę od zjawisk paranormalnych jako oficjalnego przedstawiciela laboratorium. Tyle że nie był za dobry. Agenci omijali go, przesyłając wszystko bezpośrednio do doktor Hody. Zdenerwował się, jak słyszałam, i oznajmił, że albo ona odejdzie, albo on.

– Chyba obie wiemy, jak to się skończyło – domyśliła się Hadia.

W tej samej chwili drzwi się otworzyły.

Laboratorium kryminalistyki nadprzyrodzonej zajmowało całe drugie piętro – labirynt biurek zastawionych sprzętem laboratoryjnym i innymi przyrządami. Mężczyźni w białych fartuchach uwijali się wszędzie, zerkając przez gogle spektralne albo dokonując pomiarów sprawdzianami szczękowymi. Laboratorium doznało szkód podczas ataku, szalejące wszędzie ghule poniszczyły przyrządy i poprzewracały stoły. Unieszkodliwiła je doktor Hoda, która naprędce upichciła alchemiczną miksturę zamieniającą nieumarłych w półpłynne kałuże. Nikt nie będzie rozrabiał w jej laboratorium.

Znalazły szefową laboratorium w pokoju z zaciemnionymi oknami; siedziała przed wielką szklaną kulą wypełnioną przezroczystym płynem podgrzewanym przez palnik i zerkała przez kulę na wylot. Połowę jej twarzy przesłaniało dziwne ustrojstwo z mniej więcej ośmioma soczewkami różnych rozmiarów, z których niektóre cofały się, inne wysuwały, gdy stuknęła w nie palcem. Jej włosy tworzyły kędzierzawą siwą aureolę, niektóre pasemka zwieszały się niebezpiecznie blisko płomienia. Nie zwracała na to uwagi, ostrożnie trzymając zakraplacz nad wylotem na czubku kuli.

– Uwaga na oczy – uprzedziła, nie podnosząc wzroku na Fatmę i Hadię, a potem wypuściła maleńką kropelkę z kroplomierza. Kropelka wylądowała w przezroczystym płynie, zawirowała jasną luminescencyjną bielą, zanim rozbłysła przenikliwym światłem.

Fatma zamrugała, żeby pozbyć się iskierek pływających w polu widzenia. Kiedy odzyskała wzrok, powietrze wokół nich zmieniło się, skąpane przez opalizujące pasy, które wibrowały i brzęczały. Hadia obok niej była zarysem kobiety ze zmieniających się kolorów. A potem nagle wszystko wróciło do normalności.

Doktor Hoda popukała się piórem w podbródek, zanim zapisała coś w notesie. Kiedy skończyła, zdjęła przyrząd z głowy i założyła zwykłe okulary. Zatrzepotała powiekami, patrząc na gości. Brązowa skóra marszczyła się na jej wydatnych kościach policzkowych.

– Agentka Fatma. Dawno nie widziałam cię w moim laboratorium.

– Dzień dobry, pani doktor. Pomyślałam, że zajrzę osobiście. To jest agentka Hadia.

Doktor Hodzie zabłysły oczy.

– Nowa kobieta na stanowisku agentki? Nawet o tym nie słyszałam. Pewnie powinnam częściej wychylać nos z laboratorium. Tak to się teraz mówi? – Z entuzjazmem uścisnęła dłoń Hadii. – Kiedy zadbają o to, żebym też tu miała jakieś kobiety? Cały czas przysyłają mi mężczyzn. Śliczne stworzenia, ale zostało mi z pięć dobrych lat do emerytury i chcę zostawić laboratorium w zdolnych rękach!

Fatma podejrzewała, że doktor zostanie w laboratorium na znacznie dłużej niż kolejne pięć lat. Pewnie wywiozą ją z laboratorium prosto na jej pogrzeb.

– Musi pani porozmawiać z dyrektorem Amirem. Sprawia wrażenie, jakby palił się do zatrudniania kobiet w kairskiej kwaterze głównej.

– Wobec tego porozmawiam sobie z tym młodym człowiekiem. – Doktor Hoda pokiwała głową.

Och, Amir będzie zachwycony!

– Wczoraj wieczorem agentka Hadia podrzuciła tu parę rzeczy do przebadania. Miałam nadzieję, że może miała pani okazję na nie zerknąć?

Doktor Hoda otworzyła szeroko oczy i zerwała się z krzesła.

– Tak! Tak! Zostawiłyście mi prawdziwe wyzwanie. Chodźcie.

Wyprowadziła je do innego pomieszczenia. W środku stał stół, na którym leżały dwie znajome rzeczy. Jedną była złota maska. Nieregularne pęknięcie ciągnęło się od miejsca, w które Fatma uderzyła, ale na powierzchni nadal przesuwały się wzory. Drugą rzeczą było pasemko czarnych włosów, szorstkich i splątanych.

– Co ja tu widzę? – zapytała doktor Hoda.

– Maskę? – odpowiedziała Fatma.

Doktor spojrzała na nią beznamiętnie.

– Będę musiała być bardziej spostrzegawcza.

– Złotą maskę. Z wytrawionymi wzorami przesuwającymi się na powierzchni. To jakaś magia.

– Lepiej. Złota maska z magicznymi wzorami. Weź ją do ręki. Co czujesz?

Fatma westchnęła w duchu i podniosła maskę. Czy to zbyt duże wymagania, oczekiwać, że chociaż raz otrzyma po prostu odpowiedź?

– Trochę ciężka. Gładka. Jeśli pominąć pękniecie, które biegnie... – Urwała, marszcząc czoło, gdy przesunęła palcami po pęknięciu.

– Jakiś problem, agentko?

– Posłużyłam się bronią palną, żeby uderzyć w złotą maskę, która pękła. Złoto nie powinno tak łatwo pęknąć.

– Doskonale – pochwaliła doktor Hoda. – Obejrzyj drugą stronę maski.

Fatma zrobiła to i omal jej nie wypuściła. Pęknięcie zniknęło. Powierzchnia maski była nieskalana, jeśli nie liczyć drobnego wgniecenia w miejscu, gdzie powinno być pękniecie.

– O co tu chodzi? – spytała równie oszołomiona Hadia.

Doktor Hoda się zaśmiała.

– Wgniecenie w złotej masce ma więcej sensu, prawda? Połóż maskę na stole. Świetnie. No dobrze, nie wierzę, że to jest złoto. Pokażę wam. A wtedy wy też przestaniecie wierzyć, że to złoto.

Wzięła mały młoteczek z zestawu narzędzi leżących na podorędziu, wzięła solidny zamach i uderzyła w brzeg maski. Kawałek odprysnął, a ona rozbiła go na złoty pył.

– To niemożliwe – szepnęła Hadia.

– To jest iluzja – dodała Fatma, gdy zaczęła rozumieć.

– Iluzja – zgodziła się doktor Hoda. – Magia, która działa tak, że odgrywacie rolę w oszukiwaniu samych siebie. Kiedy za pierwszym razem uderzyłaś w maskę, pewnie nie myślałaś przytomnie, nie zastanawiałaś się nad tym, że jest złota, i nad wszystkimi związanymi z tym faktem własnościami. Dlatego pękła. Potem poprosiłam cię, żebyś zidentyfikowała ją jako złotą i wtedy nawet jej ciężar zaczął odpowiadać złotu. Kiedy zdałaś sobie sprawę, że to mało prawdopodobne, żeby szczere złoto pękło, iluzja zmieniła się i przybrała kształt wgniecenia, żeby nabrać więcej sensu w twoim umyśle. Teraz posiałam wątpliwości, odłamując kawałek rzekomo złotej maski i rozbijając go na pył. – Pochyliła się, pukając się palcem wskazującym pod okiem. – Nadal wierzysz, że to złoto, kiedy na nią patrzysz?

Fatma pokręciła głową.

– To nie może być złoto. Dlaczego więc widzę złoto?

– Bo jesteś uparta – warknęła doktor Hoda. – Powtarzaj masce, czym powinna być, a będzie próbowała sprostać twoim oczekiwaniom. Przestań czegokolwiek oczekiwać. Niech będzie tym, czym naprawdę jest.

Fatma spojrzała na maskę. Pozwól jej być, tym czym naprawdę jest. Jak właściwie miała to zrobić? Wpatrywała się w nią przez długą chwilę. Nic. Skrzywiła się. Nic. Podniosła maskę. Nadal była ciężka. Nie, złoto wydawało się ciężkie. Tyle, że to nie było złoto. To była po prostu maska. Tylko tyle wiedziała. Mogła być zrobiona z czegokolwiek. To tylko maska.

Zmiana nastąpiła szybko.

W jednej sekundzie trzymała pękniętą złotą maskę, w następnej coś innego: coś matowego i szarego z pęknięciem biegnącym przez całą długość. Hadia aż sapnęła, kiedy też to zobaczyła.

Doktor Hoda zaśmiała się triumfalnie. Wzięła maskę od Fatmy i obróciła ją, przesuwając ostrożnie palcami po wewnętrznej stronie.

– Glina. – Wskazała stół, gdzie złoty pył zamienił się w okruchy gliny. – Zwyczajna glina.

Fatma popatrzyła z niedowierzaniem.

– Od początku pani wiedziała?

– Nie całkiem. Kiedy zobaczyłam pęknięcie, wiedziałam, że to nie może być złoto. Jednak nie zmieniła się dla mnie. Iluzja najwyraźniej była dostrojona do ciebie, ogniskowała się na twoim postrzeganiu. Może dlatego, że ty jako ostatnia widziałaś tę iluzję utkaną na osobie, którą miała skrywać.

– Jednak nam też maska wydawała się złota – zauważyła Hadia. – Według pani to dlatego, że Fatma uwierzyła, że taka jest?

– Magiczna iluzja często tworzy masowe złudzenie – wyjaśniła doktor. – Niektórzy ludzie w tłumie widzą mężczyznę w złotej masce. A potem, jakby to było zaraźliwe, oszustwo przelewa się na innych. Wkrótce wszyscy widzą złotą maskę.

– Kto byłby zdolny stworzyć taki rodzaj iluzji? – spytała Hadia.

– A któż by inny, jeśli nie dżinn? Słyszałam, że impostor ma sprzymierzeńców wśród dżinnów.

A raczej po prostu ich kontroluje, poprawiła ją w myślach Fatma.

– Czy dżinn iluzji potrafiłby coś takiego stworzyć?

Doktor zastanowiła się nad tym.

– To mało prawdopodobne – uznała. – Dżinny iluzji potrafią zmieniać swój wygląd albo wygląd miejsca, w którym mieszkają, tam gdzie są najsilniejsi. To pewnie one stoją za opowieściami o spragnionych ludziach widzących na pustyni wodę, której tam nie ma. Albo o ludziach, którzy otrzymali bogactwo, a potem odkrywali, że błyszczące klejnoty to zwykłe kamienie. Notoryczni oszuści. Ich iluzje znikają, kiedy tylko zabraknie ich w pobliżu. – Wskazała glinianą maskę. – Ta iluzja utrzymywała się długo po tym, jak została oddzielona od swojego tkacza. To potężna magia, wykraczająca poza zdolności dżinna iluzji.

Fatma i Hadia spojrzały po sobie rozczarowane. Zatem to nie Siwa.

– A ifryt?

Doktor Hoda wytrzeszczyła oczy.

– O tak! Magia ognia! Jest bardzo silna!

To miało sens, uznała Fatma. Jeśli możesz kontrolować dżinna, to weź sobie najsilniejszego. Skupiła się na puklu włosów.

– A co z tym? Czy mogę spróbować z tym tak samo jak z maską? Może to też iluzja.

– To zdecydowanie iluzja – potwierdziła doktor. – Poddałam je analizie spektralnej. Włosy są przesiąknięte magią dżinnów. Jednak maska to tylko wytworzony przedmiot, a włosy to całkiem co innego. Należą do impostora, są jego częścią. Tę iluzję utkał tak gęsto, jak się da. Będziesz musiała bardzo mocno się postarać.

Postarała się. Kilka razy. Włosy pozostały niezmienione.

– Nie miej do siebie pretensji – pocieszyła ją doktor Hoda. – Mamy tu do czynienia z bardzo silną iluzją. Twój umysł nie ma najmniejszego pojęcia, jak poza nią sięgnąć. Mogę posłużyć się alchemią, żeby ci to ułatwić.

– Ile to potrwa? – zapytała Fatma.

Doktor Hoda pochyliła się, żeby przyjrzeć się puklowi.

– Kilka dni. Może tygodni.

– Nie mamy tyle czasu. Potrzebujemy wyników natychmiast.

– Wiatr często wieje w przeciwną stronę, niż chcą płynąć statki! – żachnęła się doktor i zabrzmiała upiornie podobnie do matki Fatmy. – Roztwór, który osłabi więzy magii, może też zniszczyć same włosy. Jeśli zadziałam za szybko, skończysz z niczym. – Widząc uporczywe spojrzenie Fatmy, przewróciła oczami. – Myślę, że mogę zrobić coś, co przyśpieszy rozkład magii, a nie spowoduje uszkodzenia struktury fizycznej. To jednak nadal może potrwać wiele, wiele godzin.

– Ile dokładnie?

– Wiele znaczy wiele – odparła cierpko doktor Hoda. – To twoja iluzja. Jeśli chcesz ją rozwikłać szybciej, znajdź sposób, żeby sięgnąć umysłem poza nią. Idź poszukaj jakichś poszlak czy czegoś takiego. Nie tym się zajmujesz?

– Dziękuję, pani doktor – odpowiedziała szczerze Fatma, wiedząc, kiedy należy przestać naciskać.

Wyszły z laboratorium, zostawiając doktor z jej pracą. Wsiadając do windy, Fatma wydała polecenie, którego nie wypowiadała od bardzo dawna.

– Poziom podziemny.

Kiedy drzwi otworzyły się ponownie, odsłoniły korytarz, wzdłuż którego ciągnęły się łukowate drzwi opisane czerwoną kaligrafią. Poziom podziemny to była oficjalna nazwa lochów ministerstwa stworzonych dzięki pomocy dżinnów. Nie było tu strażników; kaligrafia chroniła przed najpotężniejszą nawet magią. Dzisiaj przebywała tam tylko jedna osoba. Fatma zatrzymała się przed drzwiami i wyłowiła z kieszeni złoty klucz. Włożyła go do zamka.

– Jesteś pewna? – zapytała Hadia. – A jeśli nadal jest... taki jak był?

– Nie sądzę, żeby tak to działało. Kontrola słabnie, kiedy impostor odchodzi.

– Lepiej dmuchać na zimne. – Hadia zdjęła czarną pałkę z uchwytu na ścianie i przełączyła włącznik.

Główka się roziskrzyła.

Fatma rozumiała jej ostrożność. Przekręciła klucz i pchnęła drzwi.

Zagros siedział na pryczy, która wyglądała na za małą dla kogoś tak dużego. Jak zwykle miał na sobie chałat z długimi rękawami. Siedział plecami do wejścia i patrzył na pustą ścianę, nawet nie drgnął, słysząc, że drzwi się otwierają. Miska z nietkniętym posiłkiem stała w kącie obok dzbana z wodą.

– Dzień dobry, Zagrosie.

Dżinn zesztywniał na dźwięk głosu Fatmy. Odwrócił powoli rogatą głowę, obrzucił gości spojrzeniem złotych oczu zza srebrnych okularów. Teraz w jego spojrzeniu nie było śladu martwoty. Była tam jedynie rezygnacja. Nie widzieli się od dnia ataku. Pierwsze spotkanie było tak niezręczne, jak można było się tego spodziewać. Na chwilę zatrzymał spojrzenie na Fatmie, a potem odwrócił się z powrotem do ściany.

– Przykro mi z powodu tego, co się stało – zadudnił, a dzwonki na jego kłach zadźwięczały srebrzyście.

Przynajmniej się odezwał.

– Może o tym porozmawiamy? – Fatma przysunęła sobie stołeczek i usiadła. Hadia zrobiła to samo, obserwując dżinna uważnie i trzymając pałkę w gotowości. – Postawiono ci poważne zarzuty. Poza tym, że próbowałeś mnie zabić, ministerstwo uważa, że pomogłeś włamać się do skarbca. Że współpracujesz z impostorem.

Zagros nie odpowiedział. Znowu znieruchomiał. Wyglądał jak skała wyrzeźbiona na kształt dżinna.

– My jednak wiemy, że to nie jest prawda, zgadza się? – zapytała Fatma. – Dlaczego więc pozwalasz, żeby ludzie tak myśleli? Dlaczego się nie bronisz?

Znowu cisza.

– Ministerstwo może cię tu trzymać bardzo długo. I nie będziesz miał żadnego zajęcia poza gapieniem się w ścianę. Pewnie wynajmą kogoś nowego do pracy w bibliotece. I pozwolą tej osobie na nowo ustawić wszystkie twoje książki. Może nawet stworzyć całkiem nowy system ich katalogowania.

Jej słowa wywołały ledwie widoczne drżenie, ale zaraz dżinn powrócił do swojego stoicyzmu.

Fatma zmarszczyła czoło. Musiał naprawdę daleko zajść, żeby zbyć coś takiego. Równie dobrze mogła odsłonić wszystkie karty.

– Wiem o głosie. Tym w twojej głowie. Który kazał ci mnie zabić. Wiem, że go słyszałeś i to nie tylko w uszach, lecz wszędzie.

To ewidentnie przyciągnęło jego uwagę. Odwrócił się do niej i wytrzeszczył oczy. Mówiła dalej, przypominając sobie słowa Siti.

– Wiem, że kiedy próbowałeś mnie zabić, to nie byłeś tak naprawdę ty. Że twoje prawdziwe „ja" tkwiło gdzieś głęboko pogrzebane. Że patrzyłeś, jak robisz to wszystko, i nie mogłeś temu zaradzić.

Zagros rozdziawił usta. Widać było, że tysiące pytań ciśnie mu się na usta, wpatrywał się w nią, szukając odpowiedzi. A potem coś się w nim zatrzasnęło, światło w jego oczach przygasło w tępą rezygnację. Powoli odwrócił się i powrócił do gapienia się w ścianę, co najwyraźniej zamierzał już robić przez wieczność.

– To idiotyczne! – warknęła Fatma, tracąc cierpliwość. – Wiem, że nie próbowałeś mnie zabić. Wiem, że impostor potrafi w jakiś sposób kontrolować dżinny. Dlaczego pozwalasz, żeby wszyscy uważali cię za zdrajcę? Dlaczego nie próbujesz się oczyścić?

Cisza przeciągała się, zanim w odpowiedzi rozległ się niski pomruk Zagrosa:

– Nie mogę.

– Jak to nie możesz? Chronisz kogoś?

– Nie mogę. – Nadal szeptał, ale wypowiedział słowa ze szczególnym naciskiem.

– Czy po prostu wstydzisz się przyznać do tego, co ci się przytrafiło?

– Nie mogę! – W jego głosie pojawiło się napięcie.

– To nie wystarczy!

Zagros odwrócił się do niej, a ona zdębiała na widok jego twarzy. Przybrała odcień bladej lawendy, była zlana potem i wykrzywiona z bólu. Poruszał ustami, próbując wycisnąć z nich choćby najmniejszy dźwięk.

– On nie może ci odpowiedzieć! – powiedziała Hadia, wzdragając się. – Nie widzisz? Dławi się! Powiedz mu, że nie musi odpowiadać!

Hadia miała rację. Mięśnie na szyi dżinna wybrzuszyły się, a jego złote oczy uciekły w głąb czaszki, gdy charczał. Fatma zerwała się na równe nogi.

– Już o nic nie pytam! Przestań!

Zagros ze świstem wypuścił długi oddech, łapiąc się za gardło. Zaczął nabierać powietrza potężnymi haustami, aż ramiona mu się rozluźniły i oddech powrócił do normalnego rytmu. Fatma spojrzała zdumiona na Hadię, która tylko pokręciła głową. Co to, u licha, było?

– Pracujesz tak ciężko – odezwał się cicho Zagros – żeby osiągnąć perfekcję. Roztaczać nienaganną aurę. A ostatecznie to wszystko może zostać ci odebrane. W okamgnieniu. – Uniósł złote oczy, żeby spojrzeć na agentki. – Wiecie, że tak naprawdę jestem tylko w połowie dżinnem?

Fatma uniosła brwi. Kolejny pół-dżinn? Obrzuciła spojrzeniem jego potężną sylwetkę.

– W połowie czym? – wypaliła, zanim ugryzła się w język.

– Moja matka była dewem – wyjaśnił.

Ach. Teraz rozumiała. Dewy były dalekimi kuzynami dżinnów z Persji i okolicznych regionów, chociaż niektóre dżinny wypierały się tego pokrewieństwa. Dewy były skrajnymi samotnikami i ta odrobina wiedzy, jaką ministerstwo miało na ich temat, pochodziła z zaratusztriańskich pism i ustnych ludowych przekazów. Co do jednej kwestii wszystkie źródła były zgodne: dewy to nadzwyczaj przykre w obejściu istoty. Ujmując rzecz delikatnie.

– Dorastałem pośród wszelkich stereotypów dotyczących pół-dewów – opowiadał Zagros. – Mówiono, że nasza krew sprawia, że jesteśmy porywczy. Że jesteśmy dzicy, nieokiełznani, skłonni do przemocy i zniszczenia. Rodzina ojca ostrzegała go, że moja matka może powyrywać mu kończyny w ich noc poślubną. A prawdę mówiąc, tylko raz próbowała to zrobić. Może dwa.

Jasne, pomyślała Fatma. Niewątpliwie były trudne we współżyciu.

– Ciężko pracowałem, żeby zmienić te uprzedzenia. Stałem się najbardziej dystyngowanym dżinnem. Wyróżniałem się swoją ogładą. Żeby nikt nie mógł oczerniać mojej rodziny. I wszystko to mi odebrano, a przynajmniej zredukowano mnie do w połowie cywilizowanego dewa skłonnego do morderczej furii. – Westchnął ciężko. – To potworna rzecz, ta polityka zabiegania o poszanowanie. Być zmuszonym patrzeć na własne słabości oczami innych. Straszna rzecz.

Fatma zastanowiła się nad tym. Nie zapytała Siti, jak dżinny traktują tych, którzy są pół krwi. Jednak znała nieśmiertelnych na tyle, żeby wiedzieć, że potrafią być równie niemądrzy w tych kwestiach jak ludzie.

– To pozwól sobie pomóc – nalegała. – Pozwól nam oczyścić twoje imię!

Zagros otworzył usta i natychmiast znowu je zamknął, ewidentnie wbrew swojej woli. Zwiesił rogatą głowę i pokręcił nią pokonany.

Fatma zrozumiała, że nie ma sensu znowu pytać. To nie był upór. Tu działała magia. Uniemożliwiono mu mówienie.

– Tak jak Siwa – szepnęła Hadia, myśląc o tym samym.

Fatma zazgrzytała zębami z frustracji. Ktoś rzucał im kłody pod nogi, gdy tylko się do czegoś zbliżały. W tym tempie sprawa nigdy nie zostanie rozwiązana. Dała znać Hadii, że powinny wyjść. Niczego tu nie uzyskają. Ruszyły do drzwi, kiedy Zagros zawołał:

– Czy kiedykolwiek czytałaś *Księgę tysiąca i jednej nocy*?

Obie kobiety odwróciły się do niego.

– Niezwykle wpływowy zbiór opowieści – powiedział, wciąż wpatrując się w ścianę. – W ministerialnej bibliotece jest kilka oprawionych wersji. Ale nie zwracajcie sobie nimi głowy. Jest pewien bukinista. Rami. Przy Sur al-Azbakijji. Od niego należy kupować. – Urwał, jakby ostrożnie dobierał słowa. – Poproście go, żeby pokazał wam to, czego nie możecie zobaczyć.

Fatma i Hadia spojrzały po sobie zaciekawione.

– Dziękuję – odpowiedziała niepewnie Fatma. Chociaż rada Zagrosa skonsternowała ją, postanowiła spróbować czegoś jeszcze. – Jeszcze jedno. Czy słyszałeś o Dziewięciu Lordach?

Zagros odwrócił się do niej. Pomyślała, że widzi w jego oczach prawdziwe zaskoczenie.

– Gdzie o nich usłyszałaś?

– Od impostora. Zaśpiewał taką pioseneczkę. „Dziewięciu Lordów śpi. Chcemy ich obudzić? Jeśli spojrzysz im w oczy, to wypalą ci duszę".

Bibliotekarz popatrzył na nią zdumiony, zanim odpowiedział.

– To stara dżinnijska kołysanka. Ojciec mi ją śpiewał. „Dziewięciu Lordów śpi w ogniowych zamkach. Chcemy ich obudzić?

Nie, za nic się nie ważymy! Jeśli spojrzysz im w oczy, to wypalą ci duszę! Śpijcie, moje dzieci, bo wypalą wam duszę!"

– Impostor ma ifryta – powiedziała Fatma. – Czy może być jednym z tych Dziewięciu Lordów?

Zagros pokręcił głową.

– Dziewięciu Lordów to naprawdę potężne dżinny. Jedne z pierwszych uformowanych z ognia bez dymu. Niektóre z nich bluźnią i śmią twierdzić, że same siebie stworzyły, wydobywając swoje ogniste postaci z pustki. Każdy ifryt, jakiego napotkacie, byłby wobec nich jak dziecko. Tych Dziewięciu Lordów władało kiedyś dżinnami.

– Jak w historiach o władcach dżinnów i królestwach? – spytała Hadia.

– Oni nas zniewolili – warknął Zagros. – Dżinny poddały się ich mocy. Musiały uznać ich za Najwyższych Lordów. Walczyć w ich niekończących się wojnach. Wznosić pomniki na ich cześć. Mozolić się przy budowie pałaców z ich tronami.

Słychać było gniew w jego głosie. Dżinn najwyraźniej nie kochał dawnych królów.

– Co się z nimi stało?

– To są tylko opowieści – zagrzmiał Zagros – ale podobno dżinny zbuntowały się, stanęły do walki o wolność, uwięziły Dziewięciu Lordów w niekończącym się śnie i pogrzebały głęboko we wnętrzu Kafu. Teraz istnieją tylko w kołysankach śpiewanych niesfornym dzieciom w ramach ostrzeżenia. Bądź grzeczny, słuchaj starszych, bo Dziewięciu Lordów się obudzi i przyjdzie po ciebie! – Wzruszył szerokimi ramionami. – Ale to tylko historyjki.

– Wiesz, co impostor ukradł – powiedziała Fatma. – Sekrety konstrukcji Zegara Światów. Czy może spróbować obudzić tych Dziewięciu Lordów?

Zagros uniósł krzaczaste brwi.

– A jak można obudzić bajkę?

Po tych słowach zamilkł i więcej się nie odezwał.

# ROZDZIAŁ DWUDZIESTY PIERWSZY

Miejsce zwane Sur al-Azbakijja znajdowało się w samym sercu Kairu. Sprzedawano tam książki – całe ich stosy stały na stołach, na straganach, niekiedy leżały wyłożone po prostu na ulicy. Najlepsze do poszukiwań były sklepy w okolicznych budynkach – niektóre tak małe, że w środku mieścił się tylko właściciel i podawał to, czego klient szukał. Bardziej przedsiębiorczy sprzedawcy zajęli kilka pięter i dysponowali absolutnie wszystkim, od średniowiecznych rękopisów na temat alchemicznej matematyki po podręczniki na temat barometrycznej mechaniki parowej, już nie wspominając o nowej modzie – jarmarcznych zachodnich romansidłach.

Książki i Efemery Rozmaite u Ramiego to był średniej wielkości interes. Większy od małych sklepików, ale zajmował jedynie pierwsze piętro budynku; szyld był widoczny z ulicy. Fatma i Hadia przeszły przez nią w stronę księgarni, przepychając się przez tłum rozkrzyczanych sprzedawców próbujących przyciągnąć kupców. Zważywszy, że tych było niewielu, sprzedawcy byli szczególnie namolni, wsuwali książki człowiekowi tuż pod nos i obiecywali dobre ceny. Fatma prawie uderzyła jednego z nich laską, żeby go obejść. W tej chwili interesowała ją tylko jedna książka i jeden sprzedawca.

Po drodze do księgarza zatrzymały się, żeby coś zjeść, i omówiły zagadkowe uwagi Zagrosa nad talerzem kofty z aromatyczną rukolą. Żadna nie miała najmniejszego pojęcia, gdzie zacząć szukać informacji na temat Dziewięciu Lordów Ifrytów. Obie jednak czytały *Księgę tysiąca i jednej nocy*.

Te historie były popularne w Egipcie od wieków. Wraz z powrotem dżinnów pojawiły się nowe traktaty, nad którymi mogli ślęczeć akademicy, próbując oddzielić prawdę od wymysłów. Nie potrafiły jednak wyobrazić sobie, jak te opowieści miały się do ich sprawy. Z drugiej strony, nie mogły pozwolić sobie na to, żeby zlekceważyć potencjalny trop. Doszły do budynku i wspięły się schodami do Ramiego.

Zgodnie z nazwą sklep był pełen książek. Większość była stara, oprawiona w podniszczoną skórę, której zapach unosił się w powietrzu. Złocone mosiężne lampy zwieszały się z sufitu, dając światło, tak samo jak łojowe świece w brązowych świecznikach. Zdumiewająco obszerna kolekcja antycznych zegarów wisiała na ścianach, wszystkie były zsynchronizowane. Ogólnie rzecz biorąc, sklep tchnął rustykalną atmosferą zupełnie oderwaną od nowoczesnego Kairu.

Fatma rozejrzała się po wnętrzu i spostrzegła drobnego człowieczka na drabinie, upychającego książki na górnej półce. Na ich widok zszedł powoli i podszedł, szeleszcząc bufiastymi spodniami.

– Witajcie w Książkach i Efemerach Rozmaitych u Ramiego – powitał je serdecznie, a siwe kręcone włosy na jego twarzy poruszały się w rytm wypowiadanych słów. – Szukacie konkretnego tekstu, w którego znalezieniu mogę pomóc?

– *Księgi tysiąca i jednej nocy* – odpowiedziała Fatma, rozglądając się.

W sklepie przebywała jeszcze jedna osoba, starsza kobieta, Abisynka sądząc po typie urody, białej tkanej sukience i kolorowej szarfie w pasie. Siedziała pochylona nad wielkim tomem, obracając ostrożnie strony i oglądając je pod szkłem powiększającym.

– Mamy ich wiele! – Księgarz rozpromienił się. – Większość jest po arabsku i zawiera ponad tysiąc i jedną opowieść. Mam też inne, oryginały po persku i w sanskrycie, ale one zawierają mniej opowiadań.

– A co powie pan na tę, która mogłaby zainteresować perskiego dżinna, który przedstawia się imieniem Zagros?

Fatma pokazała odznakę ministerstwa, a Hadia poszła za jej przykładem.

Księgarzowi zrzedł uśmiech, jego stara twarz się zmarszczyła. Rami oblizywał chwilę usta, uniósł rękę, by podrapać się po głowie, ale przypomniał sobie, że nosi tarbusz, więc ją cofnął.

– Zagros was przysłał?

– Duży dżinn. Fioletowa skóra. Kły. Można go uznać za snoba.

Drobny mężczyzna zarechotał.

– To niewątpliwie Zagros. Czy skierował was do mnie z jakiegoś szczególnego powodu? Żebym znalazł tę książkę?

– Powiedział, że może nam pan pokazać coś, czego nie możemy zobaczyć – odpowiedziała Hadia.

Księgarz wyprostował się, na jego twarzy odmalował się zapał – jakby tylko czekał na tę chwilę.

– Dobrze więc. Lepiej porozmawiajmy. – Odwrócił się, wołając do Abisynki: – Tsega! Zaparz herbatę, a ja zamknę sklep. Mamy gości!

Nieco później Fatma siedziała z Hadią przy małym stoliku. Nad nimi wisiała mosiężna lampa, której światło odbijało się od chorągwi ze złotą gwiazdą Dawida. Stara kobieta stawiała przed nimi małe filiżanki z herbatą, a księgarz oglądał grzbiet oprawionego tomu. Oboje mówili, pracując.

– Zostałem sam w sklepie po śmierci mojej pierwszej żony, Magdy – opowiadał Rami. Przesunął krótkimi palcami po okładce książki, jakby mógł w ten sposób poznać jej zawartość. – A potem jakieś dziesięć lat temu Tsega weszła tu i zaraz zaczęła się kłócić z powodu tego, jak ustawiłem niektóre z sasanidzkich tekstów. Od razu wiedziałem, że muszę się z nią ożenić.

Tsega pociągnęła nosem, odrzucając zaplecione w warkoczyki włosy.

– Pracowałam w królewskiej bibliotece w Addis Abebie – powiedziała z dumą. Usiadła i wzięła swoją herbatę. – Układ Ramiego był nonsensowny. Potrzebowałam wiele czasu, żeby zaprowadzić tu porządek. Tylko dlatego zostałam i zgodziłam się za niego wyjść.

Bukinista mrugnął porozumiewawczo.

– Jak widzicie, jestem prawdziwym szczęściarzem. Praktykujący egipski karaim, który ożenił się z Felaszką z Abisynii. I oboje jesteśmy niepohamowanymi bibliofilami. Gdzie indziej, jeśli nie w Kairze taka miłość może zakorzenić się i rozkwitnąć?

– Skąd znasz Zagrosa? – zapytała z uśmiechem Hadia; ewidentnie już polubiła tę parę.

– Zawsze udawało mi się zdobyć dla niego stare rękopisy, kiedy nikt inny nie był w stanie tego zrobić – odpowiedział Rami. – Ten dżinn może i ma ostry język, ale ma też miękkie serce dla książek. – W jego głosie zabrzmiał niepokój. – Nic mu nie jest? Wiem, że ministerstwo zostało zaatakowane. Nie wyobrażam sobie, żeby was przysłał do mnie, o ile nie wydarzyło się coś złego.

– A dlaczego właściwie przysłał nas do pana? – spytała Fatma.

Nie chciała być niegrzeczna, ale naprawdę miała niewiele czasu. Poza tym ludzie nie musieli wiedzieć, co się przydarzyło Zagrosowi. Księgarz najwyraźniej wyczuł jej nastrój.

– Dobrze więc, przejdźmy do konkretów. – Położył książkę. – *Księga tysiąca i jednej nocy*. Względnie pospolita książka. Tak naprawdę to dzieło powstałe na przestrzeni wieków, pisane przez różnych autorów. Pierwsze opowieści wywodzą się z Persji i Indii i zostały przetłumaczone na arabski dopiero w ósmym wieku. Nieco później, najpewniej w Bagdadzie, dołączono do nich zestaw nowych opowieści wraz z nieco starszymi ludowymi podaniami.

W jego oczach pojawił się błysk typowy dla bajarzy i Fatma westchnęła. To chwilę potrwa.

– Dopiero w trzynastym wieku historie z Syrii i Egiptu rozszerzyły liczbę opowieści do tysiąca. Niektóre dodano całkiem niedawno, na przykład tę o Ali Babie i rozbójnikach. To najpodobniej wytwór wyobraźni Francuza. Chociaż Czterdzieści Panter, o których czytam w gazetach, najwyraźniej zainspirowało się opowieścią, która sama z kolei opierała się na starszych historiach. Od przybycia dżinnów zaczęto układać nowe opowiadania w kawiarniach i w zaułkach. Pewnie niektóre powstały dokładnie tu, w Al-Azbakijji. Myślę, że *Księga tysiąca i jednej nocy* wiecznie się rozrasta.

Tsega cmoknęła niecierpliwie i Rami otrząsnął się z zadumy.

– W każdym razie najpewniej znacie bardziej tradycyjne opowieści. Możliwe, że nawet macie swoje ulubione.

Pewnie, pomyślała Fatma. Znała je od dziecka. „Opowieść o kupcu i dżinnie", „Opowieść o rybaku Abdullahu", „Opowieść o hebanowym koniu". Kiedy podrosła, zaczęła czytać też te bardziej przerażające, takie jak „Gherib i jego brat Agrib" – historia pełna wygłodniałych ghuli, i te zwyczajnie sprośne, jak „Opowieść o Alim z dużym przyrodzeniem". Były też historie o rezydencjach na księżycu, syrenach czy gadających drzewach, każda następna bardziej fantastyczna od poprzedniej.

– Ja zawsze lubiłam „Opowieść o trzech jabłkach" – powiedziała Hadia. – I „Opowieść o zamordowanej dziewczynie". Tego typu historie. Z zagadką do rozwiązania.

– Stosownie. – Rami pokiwał głową. Przechylił ją na bok. – A co pani powie na „Opowieść o Mieście z Mosiądzu"? Pamięta ją pani?

– Tę z królem Sulajmanem, tak? – zapytała Hadia. – Z ludźmi, którzy wyruszają na poszukiwania?

– Do zaginionego miasta – dodała Fatma. To była jej ulubiona opowieść z dzieciństwa. – Były tam mosiężne konie, zamienieni w kamień ludzie, zmumifikowana królowa...

– Och! Pamiętam zmumifikowaną królową! – zawołała entuzjastycznie Hadia.

– A pamiętacie, czego dokładnie dotyczyła misja? – spytał Rami.

Hadia otworzyła usta, a potem ściągnęła brwi. Fatma zrobiła to samo. Odtworzyła historię w głowie. Pamiętała ją tak żywo, z jej ożywionymi marionetkami i podobnymi do ludzi maszynami, o których teraz wielu badaczy myślało, że byli to stworzeni przez dżinny prekursorzy seryjnych eunuchów. Nie mogła sobie jednak przypomnieć, czemu szukano miasta. To dziwne, przecież właśnie o to chodziło w tej historii.

– Nie pamiętam – przyznała.

– Może to pani pomoże. – Rami otworzył książkę i postukał palcem w stronę. – Śmiało, czytajcie. Tu dokładnie wyjaśniono, czego dotyczyła misja.

Fatma przebiegła wzrokiem tekst. Dobrze się go czytało, był napisany w starym stylu i w rytmie typowym dla tych opowieści. Historia zaczynała się od króla i dyskusji na temat proroka Sulajmana. Żeglarz wylądował w obcym kraju wśród ciemnoskórych ludzi, którzy byli nadzy i chodzili jak zwierzęta, nie znali mowy. Fatma zmarszczyła brwi. Czy ta część zawsze była równie nieprzyjemnie rasistowska? Napisano tam coś o dżinnie, czego nie umiała do końca wychwycić. Jej umysł ześlizgiwał się ze słów. Pominęła to i szukała dalej. Misja zaczęła się od bohatera imieniem Talib. Tylko nie widziała właściwie dlaczego. Spróbowała raz jeszcze, tym razem czytała wolniej, ignorując miejsca, gdzie słowa jakby wyślizgiwały jej się z pola widzenia. Potrząsnęła głową i przesunęła książkę do Hadii, która wyciągała szyję, żeby coś widzieć.

– Niczego nie znalazłam – powiedziała. – Co miałam zobaczyć?

Księgarz uśmiechnął się i oboje z żoną spojrzeli po sobie znacząco.

– Przestań się z nimi bawić, Rami, i po prostu im wyjaśnij – zbeształa go Tsega. A potem zwróciła się do Fatmy: – Ma takie zacięcie do dramatu, że czasem myślę, że powinien się zająć teatrem. W rodzinnych stronach byłby z niego niezły Sulajman w *Kebra Nagašt*. Albo może jeden z ortodoksyjnych koptyjskich ojców toczących debatę w uwerturze.

Rami prychnął na to, ale odpowiedział:

– To, czego nie możecie do końca zobaczyć, to miejsce, w którym jest ujawniony cel misji. Poszukiwacze chcieli znaleźć zestaw mosiężnych dzbanów, które kiedyś należały do króla Sulajmana. Podobno za pomocą pieczęci Sulajmana został w nich uwięziony dżinn, a potem zatopiono je w morzu. – Postukał znowu książkę. – Teraz to widzicie?

Fatma zerknęła znowu i natychmiast zobaczyła, o czym mówił. Słowa widniały tam widoczne jak na dłoni. Talib dowiedział się o mosiężnych naczyniach, w których Sulajman zamknął dżinna, posługując się swoim sygnetem. Wyruszył na ich poszukiwanie. Obok tekstu narysowano nawet symbol: heksagram składający się z dwóch przeplecionych piramid w kręgu. Gdzie ona już wcześniej to widziała? Pod symbolem napisano coś alfabetem dżinnów.

– Pieczęć Sulajmana – przetłumaczyła Hadia, wbijając wzrok w heksagram. Zmarszczyła brwi, patrząc na księgarza. – Co to takiego? I dlaczego jeszcze chwilę temu żadna z nas tego nie widziała?

Rami uniósł palec i pomachał nim znacząco.

– Dwa pytania tego samego rodzaju. Jak dwie strony tej samej monety. Pieczęć Sulajmana to wiele rzeczy. Czasem to sześcioramienna gwiazda, pięcioramienna, a nawet ośmio- lub dwunastoramienna. Czasem to symbol na stronie, często zamknięty w kręgu. Ten wizerunek stał się popularny w renesansowej Europie i później wśród wyznawców okultyzmu, którzy najpewniej zaadaptowali go z o wiele wcześniejszych nauk ezoterycznych z tradycji judaistycznych, bizantyjskich i muzułmańskich.

Wtedy Fatma przypomniała sobie, gdzie widziała ten symbol: na chorągwi Bractwa Al-Dżahiza! Tyle że krąg był z ognistego węża, który pożerał własny ogon.

– Nikt nie jest do końca pewien, jak wyglądała pieczęć – tłumaczył Rami – ale istnieje ciekawa relacja w „Opowieści o Mieście z Mosiądzu" na temat dżinna, który podobno został uwięziony przez Sulajmana. Mówi o pierścieniu. Niektórzy twierdzą, że na pierścieniu jest wyryta pieczęć umieszczona tam przez Boga. Inni, że sam pierścień jest pieczęcią. Co do jednej rzeczy wszyscy są zgodni: pierścień dawał Sulajmanowi władzę nad duchami. Zgodnie z muzułmańską tradycją to oznacza władzę nad dżinnami.

Fatma spiorunowała wzrokiem księgarza. Pierścień, który mógł dać panowanie nad dżinnami! Pierścień, który zamieniał człowieka we Władcę Dżinnów!

– Dlaczego nie słyszałyśmy o tym do tej pory? – zapytała Hadia.

Fatma też chciała to wiedzieć. Wydawało się niemożliwością, żeby ministerstwo przeoczyło coś równie ważnego.

– Druga strona monety – oznajmił Rami. Przyjrzał się uważnie Hadii. – To piękny hidżab. Bardzo nowoczesny. Wybacz staremu człowiekowi bezpośredniość, ale pasuje do twoich oczu. – A potem zwrócił się do Fatmy: – To samo mogę powiedzieć o pani krawacie. To kolor czerwony?

– Fuksja – odpowiedziała Fatma, zerkając równie niepewnie jak Hadia. Do czego on zmierzał?

Księgarz pochylił się ku nim.

– O czym właśnie rozmawialiśmy?

Fatma otworzyła usta, żeby odpowiedzieć, ale nie wypowiedziała nawet słowa. Z niewyjaśnionego powodu miała pustkę w głowie. Szybko odtworzyła sobie w myślach ostatnich kilka minut. Usiedli, żeby porozmawiać o *Księdze tysiąca i jednej nocy*, księgarz wspomniał o „Opowieści o Mieście z Mosiądzu", poprosił, żeby przeczytały jedną stronę i... i... Spojrzała na Hadię, żeby jej pomogła, ale tamta była równie skonsternowana. Fatma spojrzała na książkę i przebiegła wzrokiem stronę. Zwykła historyjka. A te słowa, po których jej umysł się prześlizgiwał, po prostu zignorowała.

– Rozmawialiśmy o Pieczęci Sulajmana – podpowiedział pomocnie Rami. – Talizmanie, który daje władzę nad dżinnami.

Natychmiast napłynęły wspomnienia. Fatma znowu ujrzała wyraźnie rozmazujące się na stronie słowa. Symbol ponownie się pojawił. Prawie podskoczyła na krześle.

– Co to było? – szepnęła Hadia z taką miną, jakby miała zaraz zerwać się na równe nogi.

– Pijcie herbatę – powiedziała im Tsega, machając zachęcająco smukłymi palcami. – Napar ma uspokajać. Będziecie go potrzebować przed tym, co zaraz nadejdzie.

Do tej pory Fatma upiła tylko kilka łyków, bo herbata była dość gorzka i miała orzechowy posmak. Teraz jednak złapała się na tym, że wypiła cały haust. Kiedy już ją przełknęła, przyjrzała się uważnie księgarzowi.

– Wyjaśnij.

Drobny człowieczek odchylił się w krześle i zaczął tłumaczyć, ostrożnie dobierając słowa.

– Wiecie, że al-Dżahiza nazywają Władcą Dżinnów, ale to błędna nazwa. On nigdy nie posługiwał się takim tytułem. Nadano mu go już po jego zniknięciu, to część mitów i legend, jakie wokół niego narosły. – Machnął ręką, jakby przeganiał te historyjki. – Prawdę mówiąc, al-Dżahiz słynął z tego, że brzydził się niewolnictwem. Możliwe, że sam był kiedyś niewolnikiem i potem potępiał niewolnictwo na każdym kroku. Dlatego nie wierzę, żeby kiedykolwiek posiadał pierścień, który odbierałby dżinnom wolną wolę, bo wtedy byłyby niewiele więcej niż niewolnikami.

– Powiedział pan jednak, że to Bóg dał Sulajmanowi pierścień – sprzeciwiła się Hadia.

Rami uniósł przed sobą otwarte dłonie.

– Tak twierdzą historie. Czasem mówi się, że otrzymał go w nagrodę za swoją mądrość. Według innych relacji dostał go, żeby wiązać i karać nieposłuszne dżinny. Jednak później pieczęć stała się talizmanem, który dawał władzę nad wszystkimi dżinnami. Jestem przekonany, że dżinny mogłyby przedstawić własną wersję wydarzeń. Kto wie, czy Sulajman był jej pierwszym właścicielem? Może pieczęć jest o wiele starsza, może jest starsza od świata. Bez względu na to, jaka jest prawda, gdybym był współczesnym dżinnem, który powrócił, czy chciałbym, aby ktokolwiek wiedział o pierścieniu dającym innym władzę nade mną? Mogącym ze mnie uczynić niewolnika?

Fatma popatrzyła na niego z niedowierzaniem.

– Chce pan powiedzieć, że ktoś stworzył czar, zaklęcie, które sprawiło, że wszyscy zapomnieli o Pieczęci Sulajmana?

– Nie tylko zapomnieli – poprawiła ją Tsega. – Zaklęcie ukryło ją przed naszymi oczami w książkach. Wygnało ją z naszych opowieści. – Popukała się w skroń. – Sprawia, że ciągle wymyka się z naszych własnych głów.

– Ze wszystkich naszych ksiąg – dodał jej mąż. – Ze wszystkich naszych pism. Gdzie tylko wspomniano o Pieczęci Sulajmana, tekst staje się trudny do odczytania. Zostają luki, z których nawet nie zdajemy sobie sprawy. Rozumiecie, co mówię? Ta magia nie ukrywa jedynie prawdy, ale sprawia, że godzimy się z jej brakiem! Ta cisza! Zmusza nasze umysły do takiej pracy, aby całość nabrała sensu mimo luk!

Fatma spojrzała na Hadię, która sprawiała wrażenie równie oszołomionej jak ona. Potęga magii koniecznej do uzyskania takiego efektu przechodziła wszelkie pojęcie. To wykraczało daleko poza wszystko, co wiedziały na temat czarów. W porównaniu z nią cała działalność ministerstwa i ich studia wydawały się dziecinną zabawą z niepojmowalnymi siłami.

– To skąd pan to wie? – zapytała księgarza. – Jak pan to widzi?

Uśmiechnął się z wyższością.

– Jestem bardzo dociekliwym człowiekiem. Niejeden raz wpakowałem się z tego powodu w kłopoty, ale ma to też swoje zalety. Kiedy natykałem się na luki, dręczyły mnie. Jakby cisza, którą próbowały stworzyć, okazywała się dla mnie za głośna.

– Jest po prostu uparty – wtrąciła cierpko Tsega. – Łeb jak z kamienia.

Księgarz udał, że nie słyszał żony, i mówił dalej:

– Wracałem i czytałem stronę raz za razem, czując, że coś przegapiam. I pewnego dnia coś spostrzegłem. Magia, jak się okazało, sama ma w sobie luki, miejsca, które nie są w stanie uwzględnić wszystkich umysłów. Kiedy raz dostrzegłem to przelotnie, to już była tylko kwestia czasu, zanim zobaczyłem całość.

– Dlaczego nie poszedł pan z tym do ministerstwa? – zapytała Hadia. – Musimy o tym wiedzieć!

Rami uniósł brew.

– Miałem powiedzieć w ministerstwie o czarach tak potężnych, że oszukały cały świat? I co by się stało, gdyby ten, kto rzucił równie potężne zaklęcie, dowiedział się o moim istnieniu? Powiedziałem, że jestem ciekawski, a nie, że mam skłonności samobójcze!

– Powiedział pan jednak komuś z ministerstwa – zauważyła Fatma. – Zagrosowi.

– Mojemu zaprzyjaźnionemu dżinnowi – przytaknął Rami – który jest bibliofilem tak samo jak ja. Z pewnością jeśli ktoś miał o tym wiedzieć, to byłem pewien, że właśnie on. – Zmarszczył brwi. – Kiedy jednak zapytałem, zaczął zachowywać się... dziwnie. Nie tyle, jakby nie chciał mi odpowiedzieć, co raczej...

– ...jakby nie mógł – dokończyła za niego Fatma. To dlatego Zagros je tu przysłał. Księgarz był jedyną osobą, która była w stanie powiedzieć im to, czego potrzebowały się dowiedzieć.

– Myślę, że ta magia inaczej działa na dżinny – zadumał się na głos Rami. – Robią wrażenie, jakby wiedziały, ale nie mogły o tym mówić. Zaklęcie zamyka im usta.

– Kiedy przestaliśmy rozmawiać o pieczęci, zapomniałyśmy o niej – powiedziała Fatma. – Znowu do tego dojdzie?

Pokiwał głową.

– Magia jest silna, ale wymyśliłem własne metody, które pozwalają wykorzystać luki w zaklęciu. – Wskazał zegary wiszące w sklepie, których wskazówki zbliżały się właśnie do pełnej godziny. – Poczekajcie chwilę.

Poczekały, sekundy upływały i w końcu wybiła godzina. Wszystkie zegary w sklepie zaczęły ją wygrywać, wydzwaniać, a nawet wygwizdywać, wraz z automatem, który bił w bęben, tańczył i śpiewał. Pośród tego harmidru księgarz i jego żona wyjęli arkusze, rozłożyli je i zaczęli czytać. Dali dodatkową kopię Fatmie. Napisano tam po prostu: „Pamiętaj o Pieczęci Sulajmana i pierścieniu, który daje władzę nad dżinnami".

Kiedy zegary uciszyły się, schował arkusze z powrotem w kamizelce i poklepał się po kieszeni.

– Uznajcie to za swego rodzaju lek. Przyjmujcie go co godzinę lub w razie potrzeby. W ten sposób wspomnienie nie blednie.

Fatma podziękowała i schowała swoją kartkę.

– Czy kiedykolwiek słyszał pan o Dziewięciu Lordach Ifrytach? O kołysance dla dżinnów? Może Zagros o niej wspominał?

Rami pokręcił głową.

– Zagros nigdy nie mówił mi o dżinnijskich kołysankach.

Cóż, trzeba było spróbować.

– Może pan nam podać tytuły książek, w których wspomina się o Pieczęci Sulajmana i magicznym pierścieniu zdolnym kontrolować dżinny?

Księgarz z zapałem pokiwał głową.

– Oczywiście! Spisałem całą listę!

Wstał i pomrukując do siebie, zaczął przeszukiwać rzeczy. Fatma chciała pójść za nim, ale ktoś ją złapał za rękę. Tsega poprosiła cicho, żeby zostały chwilę z Hadią.

– Rami tego wam nie powie. Niejeden raz znikał ze sklepu. Czasem na cały dzień. Nie pamięta tego, że wyszedł, ani dokąd się udał. Po powrocie jednak robi wrażenie, jakby musiał od nowa uczyć się wszystkiego o pieczęci.

Fatma wyraźnie widziała jej niepokój.

– Myśli pani, że ktoś z nim rozmawia? Sprawia, że zapomina?

Tsega pokiwała z powagą głową.

– Martwię się, jaką cenę zapłaci za to jego umysł.

– Wie pani, kto za tym stoi?

Kobieta zacisnęła usta.

– Nie potrafię powiedzieć z całą pewnością, ale raz ukryłam się i obserwowałam go, żeby przekonać się, czy znowu zniknie. Nigdy nie zobaczyłam porywacza, ale go słyszałam! – Ostanie słowa wysyczała. – Słyszałam szelest skrzydeł! Mechanicznych skrzydeł!

Fatma nabrała gwałtownie powietrza.

– Anioł – szepnęła.

No dobrze, ale – na wszystkie światy – jak do tego miał się jeszcze anioł?

# ROZDZIAŁ DWUDZIESTY DRUGI

Zaaranżowanie spotkania z aniołami wymagało kolejnego dnia.

Fatma była zaskoczona, że w ogóle zgodziły się na spotkanie. Anioły rzadko raczyły reagować na prośby śmiertelników, nawet rządowych pracowników. Ministerstwo musiało zwykle wysyłać kilka pism, zanim otrzymywało w najlepszym wypadku krótką, zdawkową odpowiedź.

Można więc wyobrazić sobie jej szok, kiedy nie dość, że otrzymała zgodę na audiencję, to jeszcze u samej Anielskiej Rady. Fakt, że list, który otrzymała, bardziej wyglądał jak wezwanie: „Wielka Rada Najwyższych Aniołów oczekuje pani..." i tak dalej. Jednak kiedy ostatni raz jakikolwiek agent spotkał się z przedstawicielami anielskiej władzy? Chyba słowa „Pieczęć Sulajmana" zawarte w prośbie zrobiły swoje.

– Myślisz, że się nas spodziewali? – zapytała Hadia. Cały czas poprawiała hidżab, gdy szły: biały jedwab we wzór ze złotych liści.

– Kto ich tam wie – odpowiedziała Fatma. – Powtórzmy to raz jeszcze.

Zatrzymały się w cieniu budynku, a ona sięgnęła do wewnętrznej kieszeni jasnoszarej marynarki, żeby wyjąć kawałek papieru – ten sam, który dał jej Rami. Od wczoraj pamiętała, żeby zerkać na kartkę często i osłabiać mieszające jej w głowie zaklęcie.

W połowie drogi powrotnej od księgarza całkiem zapomniały, co tam robiły i po co się tam udały. Minęła godzina, zanim

Fatma przypadkiem wyjęła kartkę z kieszeni i przeczytała z ciekawości. A wtedy wszystko gwałtownie do niej wróciło. Teraz powtarzały procedurę systematycznie. Zrobiły sobie kopie, powsadzały do kieszeni i wszędzie, gdzie by mogły zajrzeć. To było nużące, ale nie mogły pozwolić sobie na dalszą stratę czasu.

Chociaż nie widziano impostora od czasu królewskiego szczytu, to nadal wyczuwało się skutki jego obecności. Piątek to był dzień wolny od pracy, ale ulice były bardziej opustoszałe niż zwykle. Nawet dżahizini się przyczaili. Wielu ludzi obawiało się, że to cisza przed burzą. Krążyły plotki, że al-Dżahiz szykuje się do ataku na miasto, że uderzy, pędząc przed sobą armię ghuli. Władze Kairu apelowały o zachowanie spokoju, żeby masowa panika nie spowodowała ewakuacji. Fatma nie chciała sobie nawet wyobrażać koszmaru, jaki rozpętałby się wtedy na ulicach.

– Ciekawe, czego chcą? – zastanawiała się Hadia, nadal poprawiając hidżab. – Anioły.

– Spotkałaś kiedyś jakiegoś? – zapytała Fatma, kiedy wchodziły po długich schodach.

Hadia pokręciła głową.

– Widziałam raz jednego w Aleksandrii, leciał wysoko.

– To nie to samo, co z bliska. Kiedy tam będziesz, staraj się nie patrzeć im w oczy. To pomaga.

– Nic mi nie będzie. W końcu to nie są prawdziwe anioły. Prawdziwe anioły mieszkają w niebie z Bogiem i nie mają wolnej woli. Te istoty to coś całkiem innego.

Fatma znała tę formułę, ale w ustach Hadii brzmiała jak przećwiczona. Młoda kobieta wciąż się nerwowo kręciła.

– Miałam już wcześniej z nimi do czynienia, więc pozwól, że ja będę mówić. I miej pod ręką kartkę. Gdybym zaczęła odbiegać od tematu albo robiła wrażenie zagubionej, każ mi ją przeczytać.

– Załatwione – zapewniła ją Hadia. – Mam nadzieję, że mają sposób na usunięcie tego. – Machnęła ręką wokół głowy, mając na myśli niewidzialne zaklęcie.

Fatma też miała taką nadzieję. W ten sposób nie dało się niczego zrobić. Doszły do końca schodów i przystanęły, żeby popatrzeć na budowlę wznoszącą się przed nimi.

Cytadela. Wybudowano ją w XII wieku i od tego czasu wielokrotnie rozbudowywano, po raz ostatni za rządów Muhammada Alego, zwanego Wielkim. Była to jedna z najstarszych średniowiecznych budowli w Kairze, obejmująca kilka meczetów, w tym meczet nazwany na cześć samego paszy. To był największy powód do sławy Cytadeli, dopóki nie zjawiły się anioły. Natychmiast wybrały sobie to miejsce na siedzibę, a dokładnie pałac Al-Gawhara. Nikt się nie sprzeciwił. Rzadko kiedy ktoś zgłaszał sprzeciw, gdy w grę wchodziły anioły. Odkąd przybyły jakiś czas po dżinnach, zajęły wiele takich historycznych budynków, często płacąc rządowi ogromne sumy za wynajem.

Muhammad Ali wybudował pałac przy tej samej alei, na którą zaprosił kilkuset mameluckich przywódców pod pretekstem uczty – tylko po to, żeby ich tam wybić co do nogi. Powszechnie uważano, że tajny dżinnijski doradca odegrał kluczową rolę w tym przedsięwzięciu mającym na celu konsolidację władzy: zamienił broń trzymaną przez Mameluków w piasek. Dziwne miejsce wybrały sobie rzekome anioły na swoje święte sanktuarium, ale kto wie, co im przyświecało przy tym wyborze. Pałac przebudowano dla nich, dołożono piętra, tak że budowla była prawie tak wysoka jak meczet nazwany na cześć Muhammada Alego, i kilka kopuł, które zajmowały większość południowego sektora.

Dwóch wysokich mężczyzn w białych szatach i turbanach strzegło wejścia. Każdy trzymał długą lancę zakończoną złotym półksiężycem i gwiazdą Dawida, nad którą widniał szpiczasty krzyż. Anioły zabezpieczały się na wszystkich frontach. Mężczyźni przyjrzeli się Fatmie i Hadii z tępym wyrazem mięsistych twarzy.

Fatma wręczyła jednemu z nich ich zaproszenia. Strażnik wziął je i westchnął zachwycony na widok ognistego pisma, którym zapisano święty język, na litery, które wciąż się wiły i przesuwały. Oddał zaproszenia i odsunął się na bok, otwierając im drzwi, żeby mogły wejść.

Wnętrze dawnego pałacu przemieniono w siedzibę aniołów. Jeden czy dwa bardzo małe – nie większe od dzieci – przeleciały przez powietrze na mechanicznych skrzydłach przy akompaniamencie muzyki: chorałów gregoriańskich, melodyjnego naszidu i ody tańczących derwiszów. Poniżej ubrani na biało pracownicy – ludzie i dżinny – wykonywali swoje obowiązki. Wszyscy mieli tak samo otępiały wyraz twarzy jak strażnicy.

Fatma spojrzała na Hadię, która sama miała prawie taką samą minę. Wpatrywała się w anioła idącego korytarzem. Ten bardziej przypominał te, do których Fatma przywykła – mechaniczny olbrzym podobny do mężczyzny, z czterema długimi rękami i ogromnymi skrzydłami z jadeitu i kobaltu. Ich prawdziwe eteryczne ciała pozostawały zamknięte w mechanicznej konstrukcji i jarzyły się jak ucieleśnione światło.

– Hadia, nic ci nie będzie? Hadia!

Hadia odwróciła się gwałtownie na dźwięk swojego imienia. Była zdenerwowana.

– Pamiętasz, po co tu przyszłyśmy? – zapytała Fatma. Teraz ona patrzyła skonsternowana i przeszło jej dopiero, gdy zobaczyła notatkę.

– Przepraszam – powiedziała Hadia, rumieniąc się. – Po prostu nie zdawałam sobie sprawy, że są tak... Oczywiście to nie są prawdziwe anioły, ale... – Rozejrzała się. – To miejsce! Jest trochę przytłaczające. Takie ogromne. W środku wydaje się większe niż wygląda z zewnątrz. Kolejna iluzja? Jak w mieszkaniu Siwy?

Fatma pokręciła głową, rozglądając się po wysokich kolumnach i wysokich sklepieniach.

– Anioły nie zajmują się iluzją. To jest magia najwyższego rodzaju. Ministerstwo uważa, że wnętrze budynku to wykładnicza przestrzeń z dodatkowymi wymiarami. Zasadniczo to możliwe, że już nawet nie przebywamy w Kairze.

– Zasadniczo to rzeczywiście nie przebywacie, agentko. – Jakiś głos potwierdził jej przypuszczenia.

Odwróciły się i zobaczyły dżinniję z karbowanymi rogami w kolorze ochry, która szła w ich kierunku. Była smukła, nosiła białą suknię, a na jej hebanowej twarzy malował się uprzejmy srebrzysty uśmiech.

– Dzień dobry, agentko Fatmo i agentko Hadio. Jestem Azmuri, zaprowadzę was do Rady.

Przywitały się.

– Nie wiedziałam, że ktoś musi nas odprowadzić – powiedziała Fatma.

– Przekonaliśmy się, że ta przestrzeń miesza w głowach śmiertelnikom – wyjaśniła Azmuri. – Przydarzały nam się, ehm, incydenty, kiedy ktoś gubił się na całe dni. Czasem tygodnie. Macie swoje wezwania?

Fatma uniosła zaproszenie. Zatem miała co do nich rację.

– Doskonale – powiedziała dżinnija. – Gdybyście pozwoliły na chwilę... Konieczne jest wypełnienie pewnych formularzy.

Wskazała inną postać, której nawet nie zauważyły: niskiego mężczyznę o charakterystycznym w tym miejscu, oszołomionym wyrazie twarzy. Trzymał stos kartek w jednej ręce i kilka piór. Fatma się skrzywiła.

Anioły słynęły ze swojej biurokracji. Wymagały, aby każdy drobiazg został zarejestrowany, podpisany, opieczętowany i przekazany, często w trzech egzemplarzach. Kairczycy żartowali, że to anioły musiały wynaleźć biurokrację. Biorąc pióro, zerknęła na pierwszy formularz i prawie zakręciło jej się w głowie na widok wydrukowanych akapitów żargonu prawniczego, zanim podpisała się w pięciu miejscach. Po nim nadeszło jeszcze osiem innych formularzy. Zanim skończyły, złapały je skurcze w dłoniach.

– Mam nadzieję, że nie zrzekam się wolnej woli ani najmilszych wspomnień – mruknęła Hadia.

– Och, nie – zapewniła ją Azmuri. – Formularze dotyczące tych rzeczy są znacznie dłuższe.

Hadia zamarła w połowie tych słów, zanim zobaczyła, że dżinnija uśmiecha się kpiąco. Żart. A przynajmniej taką nadzieję miała Fatma. Kiedy skończyły, Azmuri odprawiła mężczyznę i zwróciła się do nich.

– A teraz, kiedy już mamy to za sobą, zabiorę was do Rady. Proszę za mną.

Ruszyły; dżinnija poprowadziła je przepastnym holem i jednym z licznych korytarzy. Kiedy szły, Fatma zauważyła rozległe otwarte sale, gdzie ludzie wykonywali dziwne prace. Jedna była całkowicie wypełniona kobietami w welonach, siedzącymi przy biurkach w schludnych rzędach i nakładającymi za pomocą pędzli ognisty święty język na pergamin. Kiedy przechodziły, jedna z kobiet zaczęła się śmiać w nieopanowany sposób, aż spadła z krzesła. Podniesiono ją i odprowadzono, a kolejna zajęła jej miejsce i kontynuowała pracę. W drugim pomieszczeniu tańczący derwisze w kolorowych sukniach recytowali zikr i wirowali dłużej, niż to powinno być możliwe. W trzeciej znajdowała się wielka maszyna z obracającymi się kołami zębatymi, wokół której uwijali się szaleńczo kobiety i mężczyźni, starając się ją utrzymać w ruchu. Fatma przystanęła, żeby popatrzeć. Powróciła do niej nieprzyjemna myśl o Zegarze Światów.

– Do czego to służy? – zapytała.

– Hm? – Azmuri zerknęła z roztargnieniem. – Och, to maszyna, która napędza świat. – Widząc ich oszołomione twarze, uśmiechnęła się. – Żartuję. Proszę tędy.

– Naprawdę istnieje taka maszyna? – zapytała Hadia, doganiając ją. – Która utrzymuje świat w ruchu?

Dżinnija tylko uśmiechnęła się srebrzyście, co nie poprawiło Fatmie samopoczucia.

Przeszły jeszcze wiele korytarzy, aż w końcu zatrzymały się przed dwuskrzydłowymi wysokimi drzwiami ze złota, gdzie stali kolejni strażnicy. To były dżinny z łuskami na skórze i ostrą bronią w rękach.

– Jesteśmy na miejscu – oznajmiła Azmuri. – Poczekam tu, żeby odprowadzić was z powrotem.

Odezwała się do strażników w obcym języku i obaj otworzyli drzwi, żeby wpuścić agentki, ukazując zarazem wnętrze sali.

Wokół wielkiego okrągłego stołu na krzesłach zrobionych z myślą o olbrzymach siedziało czworo aniołów.

Ich mechaniczne ciała były bardziej dziełami sztuki niż maszynami; koła zębate tykały jak serce, a stalowe włókna naśladowały mięśnie. Wszystkie anioły obróciły się jednocześnie, kierując na gości czworo par jarzących się oczu. Fatma zdusiła okrzyk, który chciał jej się wyrwać z ust, i zamiast tego zrobiła krok naprzód, wyjęła odznakę i przedstawiła się. Poczekała, aż Hadia zrobi to samo, ale tamta tylko stała oszołomiona i wpatrywała się w płonące oczy. A przecież Fatma jasno jej powiedziała, żeby właśnie tego nie robiła. Szturchnęła ją mocno i wreszcie Hadia wyjęła po omacku odznakę, ale jedyne, co zdołała wydobyć z ust, to zduszone „urk".

– Wiemy, kim jesteście, agentki – odezwał się jeden z aniołów.

Jego głos brzmiał jak melodyjny grzmot, piękna pieśń pomieszana z hukiem burzy. Jak wszystkie anioły nosił maskę z owalnymi wycięciami na oczy. Ta była zrobiona z błyszczącego złota, jakby zanurzono ją w świetle gwiazdy. Pasowała do reszty ciała, wykutego z czarnego żelaza z wyjątkiem koniuszków skrzydeł, które także jarzyły się złotem.

– Mnie zwą tutaj Przywódcą – dodał.

No jasne. Tak samo jak dżinny, anioły nie ujawniały prawdziwych imion. Zamiast tego przybierały tytuły, które odzwierciedlały ich cel. Fatma, kierując się gestem jednej z jego czterech rąk, podeszła do dwóch krzeseł dość małych, żeby mogły na nich usiąść. Zajęła jedno, prowadząc oszołomioną Hadię do drugiego.

– Nadal czekamy na jeszcze jedno z nas – oznajmił Przywódca. Dwie ręce złożył na stole obok teczki, która wyglądała na zdecydowanie za małą, żeby aniołowie mogli z niej korzystać.

Fatma dopiero teraz zauważyła, że stoi tam jeszcze trzecie ogromne krzesło, puste. Słowa anioła zdradzały irytację, co pasowało do jego maski z beznamiętnym obliczem i zaciśniętymi ustami.

– Póki czekamy, może najlepiej będzie, jeśli poznacie pozostałych.

– Ja jestem Harmonia – przywitał ich ciepło następny anioł.

Miał kobiecy głos i nosił maskę z uprzejmym uśmiechem. Jej pełne, zaokrąglone ciało miało barwę zmiennej tęczy, więc żadna część nie miała stale tego samego odcienia.

– A ja jestem Rozdźwięk – oznajmił opryskliwie trzeci.

Miał ostre, kanciaste ciało i robił wrażenie, jakby mógł skaleczyć, gdyby go dotknąć. Był biały jak kość, aż po koniuszki skrzydeł, bez choćby śladu koloru. Patrzył zza czarnej, skrzywionej gniewnie maski.

– Ja jestem Obrońca – zadudnił czwarty.

Został stosownie nazwany z racji zwalistego mechanicznego ciała i sześciu rąk, dwóch więcej niż Fatma widziała u większości aniołów. Był srebrny i szkarłatny, z maską przywodzącą na myśl posąg bohatera.

Ledwie skończył, kiedy złote drzwi rozchyliły się i kolejny anioł wpadł do środka. Tak jak pozostali miał co najmniej dwanaście stóp wzrostu. Cztery mechaniczne ręce wyrastały z ramion zrobionych z brązu, błyszczące skrzydła z platyny zabarwione odrobiną szkarłatu i złota znajdowały się na szerokich plecach.

Na jego widok ciało Fatmy samo zareagowało. To był odruch taki sam jak kichnięcie albo świąd – poderwała się na równe nogi i wyciągnęła pistolet. Serce dudniło jej tak głośno, że ten dźwięk wypełnił jej uszy.

– Stwórca! – warknęła.

To nie powinno być możliwe. Widziała, jak ten anioł umierał, wbił noże we własne ciało w akcie samoofiary. A jednak teraz stał przed nią żywy! Wszędzie rozpoznałaby tę półprzezroczystą alabastrową maskę z nieodłącznym subtelnie kpiącym uśmieszkiem. Prześladowała ją w koszmarach. Nie wiedziała, ile zdziała kula przeciwko takiej istocie, ale zamierzała się przekonać.

Anioł zatrzymał się, przechylając głowę na widok broni. Był bardziej zaciekawiony niż przestraszony.

– Spóźniłaś się – zbeształ go Przywódca.

– Proszę o wybaczenie – powiedział Stwórca, a co dziwne, wymówił to melodyjnym kobiecym głosem. – Myślę, że ta śmiertelniczka źle mi życzy. Fascynujące!

Przywódca odwrócił się do Fatmy, jakby dopiero teraz zauważył, że stoi tam z bronią. Hadii nawet na chwilę nie wyrwało to z nabożnego osłupienia.

– Powstrzymajcie ją, proszę – jęknęła Harmonia. – To uczyniłoby sytuację ogromnie nieprzyjemną.

– Nie – sprzeciwił się Rozdźwięk. – Chcę zobaczyć, co się stanie.

Obrońca tylko zadudnił gardłowo.

– Chciałem, żebyś zjawiła się punktualnie właśnie po to, bym mógł wszystko wyjaśnić – zbeształ anioła Przywódca. – Ona uważa, że jesteś drugim Stwórcą, z którym miała… nieprzyjemne… doświadczenia.

– Nie widzi, że nie jestem nim? – zdumiał się Stwórca.

– Jak już wiele razy ci mówiłem, percepcja śmiertelników jest ograniczona – odpowiedział Przywódca.

Fatma słuchała, urywki informacji zmuszały ją do powtórnej oceny sytuacji. Ten Stwórca mówił kobiecym głosem. W dodatku młodszym. I zachowywał się, jakby nigdy się spotkali. Powoli opuściła pistolet.

– Kolejny Stwórca? – zapytała. – Dlaczego?

– Żeby zastąpić poprzedniego – odpowiedział Przywódca.

Jakby to wszystko wyjaśniało.

Powoli serce Fatmy uspokajało się, gdy zaczęła godzić się z tym, że to jednak nie jest zbuntowany anioł. Usiadła z powrotem, schowała pistolet, ale wciąż była zbyt wstrząśnięta, żeby zawstydzić się swojego wybuchu. Zatrzymała wzrok na Stwórczyni, śledząc jej każdy ruch.

– Skoro już wszyscy są – odezwał się Przywódca – przejdźmy do sedna sprawy. – Zwrócił się do Fatmy. – Wiemy, co tu robisz.

Fatma popatrzyła na niego trochę skonsternowana.

– Pieczęć Sulajmana – wspomniała pomocnie Harmonia.

Wspomnienie powróciło gwałtownie, ku wielkiemu zażenowaniu Fatmy. Pozwoliła sobie na rozproszenie uwagi.

– Wiecie o pierścieniu – mówił Przywódca. – Albo doszłyście do tego same, albo odwiedziłyście księgarza. Spodziewaliśmy się, że w końcu może do tego dojść.

– Mówiłam im! – wtrąciła Stwórczyni. Jej twarz była beznamiętna, ale w słowach rozbrzmiewało podniecenie. – Kiedy dowiedziałam się, jak poradziłaś sobie z moim poprzednikiem, byłam pewna, że to też rozwikłasz! Jesteś nadzwyczajną śmiertelniczką! – Odwróciła się do oszołomionej Hadii i dodała pośpiesznie: – Och, ty na pewno też taka jesteś.

– Wygląda na to, że było nam pisane, by nasze ścieżki skrzyżowały się ze ścieżką agentki Fatmy – zamyśliła się na głos Harmonia.

– Albo może agentka uparcie pakuje się tam, gdzie nie powinna – warknął Rozdźwięk.

Obrońca znowu zadudnił.

Fatma wbiła wzrok w Przywódcę.

– To wy wymazaliście wszelkie ślady po Pieczęci Sulajmana.

– Wymazaliśmy ją z ludzkiego rozumienia, owszem – potwierdził anioł. – I z pamięci. To było spore wyzwanie, wymagające skomplikowanej magii, ale zawsze staramy się skrupulatnie wypełniać nasze zadania.

Fatmę ogarnął gniew, gdy usłyszała, z jaką beztroską o tym mówi.

– A co wam daje prawo do grzebania nam w głowach? Kto uczynił was sędziami tego, co możemy wiedzieć, a czego nie?

Anioły patrzyły na nią w milczeniu, wyraźnie skonsternowane.

– Uważa, że działaliśmy z własnej inicjatywy – skomentowała to Stwórczyni. – Fascynujące!

Fatma zmarszczyła czoło.

– Co masz na myśli?

Przywódca rozłożył dwie z czterech rąk w uspokajającym geście.

– Nie z własnej inicjatywy zdecydowaliśmy się usunąć wam wiedzę o Pieczęci Sulajmana. Zrobiliśmy to na prośbę dżinnów.

Fatma oniemiała.

– Dżinny – mruknęła Hadia, jak ktoś, kto budzi się ze snu. – Księgarz sam to zasugerował. Nie chciały, żebyśmy wiedzieli o pierścieniu.

– Uważają, że taka wiedza w waszych rękach stanowi zagrożenie – przytaknął Rozdźwięk. – W końcu wasz rodzaj jest tak cudownie nieprzewidywalny.

– Uznały, że jedyne, co zapewni im bezpieczeństwo, to pozbawienie was pokusy – tłumaczył Przywódca. – W tym celu wynajęły nas do utkania potężnego zaklęcia, które wymazałoby to, co wiedzieliście do tej pory, i ukrywało wiedzę przed waszymi oczami w przyszłości.

– Uniemożliwiło także dżinnom mówienie na ten temat – dodała Fatma.

– Magia nie może ścierpieć zaburzonej równowagi – wyjaśniła Harmonia. – Dżinny nie mogły poprosić o coś takiego i samemu pozostać poza wpływem zaklęcia. Ceną za zachowanie równowagi było ich własne milczenie.

– Jak już wspomniałem – dodał z dumą Przywódca – jesteśmy skrupulatni.

Zatem nie taka była intencja, zrozumiała Fatma. Ministerstwo regularnie wydawało oficjalne oświadczenia, w których ostrzegało ludzi przed zawieraniem pochopnych umów z dżinnami. Targowanie się z istotami, które żyły od setek lat, prawie zawsze oznaczało, że człowiek ląduje po przegranej stronie. Może powinni wydać podobne ostrzeżenie dla dżinnów przed zawieraniem umów z aniołami.

– Wasze wspaniałe zaklęcie ma pewne luki – powiedziała Fatma. – Niektórzy ludzie są w stanie je przeniknąć, jak ten księgarz. Porywaliście go, próbując mu wymazać wspomnienia, ale on wciąż odzyskiwał wiedzę. Cały czas obchodzi zaklęcie.

Kilka par mechanicznych skrzydeł poruszyło się niezręcznie. Obrońca jak zwykle zadudnił.

Wczoraj Fatma spostrzegła kolejną z tych luk. Powiedziała Siti o pierścieniu. Siti nigdy o nim nie słyszała, magia najwyraźniej działała tylko na jej ludzką cząstkę. Kiedy jednak Fatma raz jej o nim wspomniała, Siti nie potrzebowała przypominania. A jako dżinn mogła bez kłopotu rozmawiać na ten temat.

– Zgadza się – powiedziała Stwórczyni. Odwróciła się, żeby zwrócić się bezpośrednio do Fatmy. – Spostrzegłam zagrożenie strukturalne w splocie, kiedy tylko pojawiłam się w tym wymiarze. Magia jest jak materiał na waszych statkach powietrznych. Jeśli napnie się go na zbyt dużej ramie, za mocno napręża się, pojawiają się słabe punkty i wkrótce grozi wam, że całość się rozpadnie! Ostrzegałam przed tym, ale czy posłuchaliby mnie ci, których esencja znajduje się w samej konstrukcji...

– Dość tego – przerwał jej stanowczo Przywódca, kierując jarzące się oczy na Stwórczynię. – Porozmawiamy jeszcze o twojej skłonności do mówienia więcej, niż powinnaś w niewłaściwych chwilach i w niewłaściwym towarzystwie.

Młodszy anioł skulił się, skrzydła opadły mu nieco. Przywódca zwrócił się teraz do Fatmy.

– Istotny jest fakt, że ktoś inny niż ów irytujący księgarz ma dość silnej woli, żeby obejść nasze zaklęcie. I teraz posiada także pierścień.

– Impostor, który podaje się za al-Dżahiza – powiedziała Hadia, która wreszcie się otrząsnęła.

Rozdźwięk syknął.

– Łotr! Zabrał pierścień, który znajdował się pod naszą pieczą!

Fatma wytrzeszczyła oczy.

– Mieliście Pieczęć Sulajmana? Przez cały ten czas?

– W ramach umowy zgodziliśmy się zabezpieczyć pierścień – wyjaśnił Przywódca. – Dopóki jest w rękach impostora, nie wywiązujemy się z zawartego kontraktu.

– Dlaczego go w ogóle przechowywaliście? – zapytała Fatma. – Czemu go nie zniszczyliście?

Wokół stołu rozległy się zduszone okrzyki. Nawet Obrońca zadudnił z wyraźną urazą.

– Zniszczenie tak świętego przedmiotu byłoby profanacją – pouczyła ją melodyjnym głosem Harmonia.

– Jak ktokolwiek mógł was okraść? – spytała Hadia. – Kto był na tyle śmiały?

– Ci sami, którzy szukali pamiątek po al-Dżahizie – odpowiedział Przywódca.

– Bractwo lorda Worthingtona – zrozumiała Fatma.

– Zmarły lord Alistair Worthington i jego osobliwa obsesja – potwierdził Przywódca.

– Pieczęć – powiedziała Fatma – stanowiła część insygniów bractwa.

– Kolejne niefortunne uchybienie w naszej magii. – Harmonia westchnęła. – Chociaż jedynie częściowe. Umysł lorda Worthingtona przywołał coś na podobieństwo pieczęci, ale nigdy naprawdę nie pojął, co to takiego. Dawno temu uznaliśmy to za nieszkodliwe.

– Bardziej irytujące były jego transakcje – dodał Przywódca. – Jego bractwo wynajęło pewnego dżinna, który kiedyś pracował tu jako archiwista, dopóki nie zwolniliśmy go za nieetyczne praktyki.

– Macie na myśli dżinna iluzji imieniem Siwa – powiedziała Fatma, składając w całość fragmenty układanki.

– Zanim odszedł, ukradł listę przedmiotów przechowywanych w naszych skarbcach – powiedział Rozdźwięk. – Wynajmuje złodziei o nadzwyczajnych umiejętnościach, którzy wchodzą do skarbca i zabierają, co on im każe. Te przedmioty dostarczane są następnie lordowi Worthingtonowi za uzgodnioną cenę.

Hadia odwróciła się do Fatmy.

– Dziennik Portendorfa! Wspominał o liście!

Fatma skinęła głową, przypominając to sobie.

– Czy szabla al-Dżahiza znajdowała się na liście?

– Owszem – potwierdził Przywódca. – Ostrze zostało skradzione tego samego dnia, co pieczęć.

– Dlaczego nie pozbyliście się po prostu lorda Worthingtona i jego bractwa? – zapytała Hadia. – Domyślam się, że leży to w waszej mocy. Po co graliście w jego grę?

Zebrane anioły zerknęły po sobie, zanim odpowiedziały.

– Naszym zamiarem nie jest robienie zamieszania – zasugerowała delikatnie Harmonia.

– Nie chcecie zwracać na siebie uwagi – zrozumiała Fatma. – Gdyby rozeszła się wieść, że lord Worthington włamywał się do waszych skarbców, to zaraz każdy złodziej z Kairu spróbowałby tego samego, choćby po to, żeby się przekonać, czy zdoła tego dokonać.

– Rozumiesz zatem nasze trudne położenie – powiedział Przywódca. – Kiedy pierścień zaginął, podejrzewaliśmy lorda Worthingtona, myśląc, że może wreszcie zrozumiał znaczenie pieczęci na swojej chorągwi. A potem on i jego bractwo odeszli przedwczesną śmiercią. To nas zaskoczyło. Zaczęliśmy więc badać sprawę.

Oparł stalowy kciuk na teczce na stole i przesunął ją w stronę Fatmy. Fatma otworzyła teczkę i zaczęła przeglądać zawartość. Rachunki, na pierwszy rzut oka. Podała kilka z nich Hadii.

– Udziały firmy lorda Worthingtona – poinformował Przywódca. – W ciągu ostatniego roku poczyniono kilka ciekawych inwestycji i zakupów.

– Udziały w przemyśle zbrojeniowym. Bombowce powietrzne – czytała Hadia. – Fabryki karabinów maszynowych Maxim i pocisków z gazem.

– Dziwne aktywa, jak na człowieka, który zabiega o pokój – rzucił szyderczo Rozdźwięk.

Było tego więcej, jak oceniła Fatma, przeglądając dokumenty. Udziały i sumy były astronomiczne. Jakby Alistair Worthington próbował przestawić całą swoją firmę na to, żeby czerpać zyski z wojny. Nie, nie on, zrozumiała nagle.

– Nie uważacie, że to Alistair Worthington podjął te decyzje, prawda? – spytała.

– To był denerwujący śmiertelnik, nie da się ukryć, ale to się wydaje mało prawdopodobne – powiedział Przywódca. – Ktoś inny w rodzinie lorda Worthingtona wprowadził te zmiany.

– Ktoś, kto jawnie pogardzał ojcem i jego bractwem – wtrącił Rozdźwięk.

– Ktoś, kto miał dostęp do Siwy i jego listy – dodała Harmonia.

Fatma przeanalizowała ostrożnie ich słowa.

– O kim mówicie?

Anioły popatrzyły po sobie w ten denerwujący, typowy dla siebie sposób, po czym Przywódca pokręcił głową.

– Nie jesteśmy śledczymi. Zostawiamy tę kwestię tobie. Kimkolwiek jest impostor, ma teraz Pieczęć Sulajmana, narzędzie o ogromnej mocy.

– Niezmierzonej mocy! – lamentowała Harmonia. – Zbyt wielkiej, żeby śmiertelnik władał nią tak samowolnie. I tak często. Nawet Sulajman miał więcej rozumu. To się zemści na nim, na jego ciele i duszy!

– To dlatego zgodziliśmy się sprowadzić was tutaj – odezwał się Rozdźwięk. – I dlatego podzieliliśmy się z wami informacjami na temat spraw, w które nie powinniśmy was wtajemniczać.

– Musisz odzyskać pierścień – naciskał Przywódca. – Musisz odebrać go impostorowi, zanim narobi większych szkód, i zwrócić go nam. Abyśmy mogli wywiązać się z naszego kontraktu.

Fatma nie odpowiedziała od razu. Te anioły nie wiedziały, kim jest impostor. Miały jednak podejrzenia. Ktoś z domu Worthingtonów. Ona i Hadia od początku były na dobrym tropie. Przynajmniej to ją pocieszało.

– Znajdziemy pierścień – oznajmiła wreszcie – ale pod jednym warunkiem: że odpowiecie na jeszcze dwa pytania i spełnicie dwa żądania.

Przywódcy nie podobała się ta propozycja, ale skinął głową.

– Mów więc. Odpowiemy na pytania i wypełnimy żądania w granicach zdrowego rozsądku.

– Do czego impostor potrzebuje Zegara Światów? – zapytała ostrożnie.

Kolejne skrępowane poruszenie skrzydłami.

– Ta maszyna powinna była zostać zniszczona – oznajmił beznamiętnie Przywódca.

Fatma to samo powiedziała w ministerstwie, ale nic z tego nie wyniknęło.

– Tak, ale nie o to pytałam.

– Nikt nie wie – wtrąciła się Stwórczyni. – Mój poprzednik miał w związku z nim nikczemne zamiary. Obawiam się, że nie inaczej jest w przypadku impostora. Przywódca ma rację, ta maszyna powinna... przestać istnieć. – Ostatnia fraza wybrzmiała niemal obco w jej ustach.

– Drugie pytanie: co wiecie o Dziewięciu Lordach?

– Przesąd dżinnów – odparł z lekceważeniem Przywódca. – Ich rodzaj ma skłonności do takich złudzeń.

– Ale czy impostor będzie mógł nad nimi panować za pomocą pierścienia?

– To trzecie pytanie – odparł Przywódca. – Nasza umowa opiewała tylko na dwa.

Fatma przeszła do żądań.

– Moje pierwsze żądanie: przestańcie porywać księgarza. Albo stwórzcie lepsze zaklęcie, albo je zwyczajnie cofnijcie. Nie rozumiecie ludzi tak dobrze, jak się wam wydaje. Nie możecie ukrywać przed nami wiedzy. W jakiś sposób ją odkryjemy. Zostawcie księgarza w spokoju.

Zapadło milczenie, zanim dudniący głos oznajmił:

– Zgoda.

Fatma spojrzała zaskoczona na Obrońcę. Pozostali najwyraźniej uznali jego decyzję za ostateczną i przytaknęli mu.

– Drugie żądanie: uwolnijcie mnie i Hadię spod działania mącącego w głowach zaklęcia. Będziemy szybciej pracować bez takiego obciążenia.

– Och, tego nie możemy zrobić. – Przywódca pokręcił głową.

– Czemu nie? – zapytała Hadia. – To wasze dzieło.

– Nie tylko nasze – wyjaśniła Stwórczyni. Zerknęła na Przywódcę, który dał znać, żeby mówiła dalej. – Środki do stworzenia zaklęcia ukrywającego Pieczęć Sulajmana obejmowały moc aniołów oraz innych istot spoza tego świata, które pozostają naszymi cichymi wspólnikami. Samowolne uwolnienie was spod zaklęcia pogwałciłoby kontrakt, jaki z nimi zawarliśmy. – Zniżyła głos do szeptu. – Nie można łamać zobowiązań wobec nich. Nigdy.

Fatma nie miała pojęcia, o kim mowa, ale złowieszczy ton aniołów sprawił, że zwątpiła, czy warto obstawać przy swoim.

– Istnieje sposób, który nie zakłóci równowagi – zasugerowała Harmonia. – Śpiący dżinn.

– Śpiący dżinn – powtórzył tęsknie Przywódca. – To nie wiązałoby się z pogwałceniem kontraktu.

– Może być jednak niezgodne z duchem zawartej umowy – uprzedził Rozdźwięk.

– Nasi partnerzy nie są tak niewolniczo przywiązani do tej kwestii, żeby zapoczątkować krwawy konflikt między światami z powodu łapania się za słówka – sprzeciwiła się Harmonia. – A przynajmniej taką mam nadzieję. – Odwróciła się do Fatmy. – Nasz kontrakt z dżinnami natychmiast związał je wszystkie warunkami umowy, wymuszając ich zgodę przez sam fakt jej istnienia. Jedynymi wyjątkami były dżinny, które w danym czasie nie mogły wyrazić zgody, ponieważ znajdowały się wtedy w stanie niematerialnym i bezczynnym. Nieobjęte umową w trakcie jej zawierania, są wolne od jej warunków i w związku z tym mogą ją renegocjować, zdecydować, jak umowa działa i kogo wiąże, o ile my także wyrazimy na to zgodę.

– Czyli... – zaczęła Hadia, powoli obracając słowa Harmonii w głowie. Anioły potrafiły być męczące ze swoim prawniczym żargonem. – Możemy zostać uwolnione spod działania zaklęcia, nie powodując żadnych... międzywymiarowych konfliktów. Ale kim jest śpiący dżinn?

W odpowiedzi na to pytanie anioły spojrzały na Fatmę. Ona westchnęła, znając już odpowiedź.

– Bardzo nieprzyjemny marid. Któremu obiecałam, że nie będę mu więcej zawracać głowy.

Anioły. Któregoś dnia wpędzą ją do grobu!

# ROZDZIAŁ DWUDZIESTY TRZECI

Po raz drugi w ciągu dwóch dni Fatma wybrała się do lochów ministerstwa. Zagros nadal tam siedział, ale nie poszła do niego. To, co zamierzała, było znacznie bardziej niebezpieczne niż przesłuchanie bibliotekarza, nawet jeśli próbował ją zamordować. Rozumiała teraz, że to impostor miał nad nim władzę. Dżinn, z którym zamierzała spotkać się dzisiaj, był znacznie bardziej nieprzewidywalny.

– Jesteś milcząca – zauważyła, przyglądając się Hadii, która szła obok niej.

Hadia skinęła głową.

– Wizyta u tych... rzekomych aniołów... zmusiła mnie do zastanowienia.

– To może być mocne przeżycie, nawet jeśli wiesz, że to nie są prawdziwe anioły.

Hadia pokręciła głową.

– Nie chodzi o to. W każdym razie nie tylko. – Zatrzymała się, żeby popatrzeć na Fatmę, która też przystanęła. – Zmienili nam umysły. Weszli nam do głów. A my nie mieliśmy o tym pojęcia. Co jeszcze mogli zmienić albo ukryć przed nami? Nasze pisma. Nasze historie? Nasze święte księgi? O czym jeszcze możemy już nie wiedzieć? Jak możemy być czegokolwiek pewni? – Zamknęła oczy i głęboko westchnęła, zanim otworzyła je ponownie. – Jak radzisz sobie z tym przytłaczającym ciężarem? Ze świadomością, że jesteśmy tylko ludźmi, a tam istnieją potężne moce pociągające za sznurki, o których istnieniu możemy nie mieć pojęcia? Mam pomóc przy planowaniu ślubu mojej kuzynki w następnym miesiącu, ale w obliczu tego wszystkiego, to się wydaje trywialne. – Zmarszczyła brwi. – Zastanawiam się, czy tak to musiało wyglądać, kiedy al-Dżahiz otworzył Kaf? Dowiedzieć się nagle, że świat, który znasz, nie jest do końca prawdziwy. Wiem, wybrałam sobie dziwny moment na filozofowanie. Może to załamanie nerwowe...

Fatma powoli pokręciła głową.

– Nie masz załamania nerwowego. Każdy agent przez to przechodzi. Więcej niż raz. To właśnie oznacza praca w ministerstwie. Rozumieć lepiej niż przeciętny człowiek, jak dziwny stał się otaczający nas świat. Na to się pisałyśmy. I dlatego to nie jest praca dla każdego. Ale owszem, czasem siadam i naprawdę głęboko się nad tym zastanawiam, a potem wychodzę i kupuję nowy garnitur. Bo te drobne rzeczy, takie jak planowanie wesela, dają nam oparcie w rzeczywistości. – Mrugnęła porozumiewawczo. – Może ty mogłabyś wzbogacić swoją kolekcję hidżabów.

Hadia zaśmiała się słabo i znowu ruszyły.

– Przypomnij mi, co właściwie powiedział ten marid?

Prosiła o to już piąty raz, ale Fatma i tak odpowiedziała.

– Że spał w nadziei, że przeczeka ludzkość. Poza tym podarował ostatniej osobie, która go obudziła, możliwość wyboru rodzaju swojej śmierci.

– A ty wyjawiłaś mu swoje imię i dałaś mu słowo?

– Jedno i drugie. – Fatma czuła wtedy, jakby pakt z dżinnem trwale zapisał się na jej skórze.

– Czy to nie znaczy, że takiej obietnicy nie można zerwać?

– Wszystko można zerwać, ale to oznacza, że cena będzie wysoka.

Hadia wyrecytowała szybką *du'a* z prośbą o ochronę, na jej twarzy malował się oczywisty niepokój. Zerknęła na przedmiot, który Fatma ściskała w jednej ręce: spatynowaną gruszkowatą butelkę z brązu inkrustowaną złotym kwiatowym wzorem.

– Pozwolili ci tak po prostu wyjść z nią ze skarbca ministerstwa?

– W końcu to ja ją przyniosłam. Powiedziałam im, że muszę coś poprawić w dokumentacji. Nikomu nie przyszłoby do głowy, że zrobię coś głupiego, na przykład ją otworzę.

– Pewnie – mruknęła Hadia. – O ile nie pragniesz śmierci.

Zatrzymały się przy celi na końcu korytarza.

– Nie musisz wchodzić – powiedziała Fatma. – Jeśli coś pójdzie nie tak, znaki ochronne na celi powinny go zatrzymać.

Hadia zdjęła ze ściany obie pałki i zważyła je w rękach. Taka odpowiedź wystarczyła.

Fatma otworzyła drzwi i obie weszły, zamykając je za sobą. Fatma stanęła na środku pomieszczenia, uklękła i postawiła butelkę na podłodze.

– Naprawdę to zrobimy? – zapytała Hadia.

– Musimy.

Hadia wyglądała na skonsternowaną.

– A tak właściwie to dlaczego?

Fatma podała jej kopię notatki od księgarza i Hadia skrzywiła się, gdy powróciły wspomnienia.

– Oto dokładnie, dlaczego musimy przełamać to zaklęcie. Nie damy rady działać w ten sposób przez cały czas. – Fatma wyjęła dżambię. – Gotowa?

Hadia ścisnęła w dłoniach czarne pałki i skinęła głową. Fatma przycisnęła nóż do pieczęci ze smokiem przy korku i wstrzymała oddech, zanim przesunęła ostrzem po wosku, niszcząc nałożone ponownie symbole ochronne.

Ledwie zdążyła odskoczyć, kiedy jasnozielony dym trysnął z butelki jak gejzer. Wirujący obłok szybko przybrał kształt nieco podobny do szerokiego w barach mężczyzny, tyle że dużo większego od zwykłego człowieka. Chmura gęstniała, stawała się coraz bardziej namacalna, aż stała się ciałem. W okamgnieniu wzniósł się nad nimi w pełni rozwinięty dżinn.

Marid był równie przerażający jak tamtej nocy – olbrzym pokryty szmaragdową łuską, o szerokiej falującej oddechem piersi i gładkich rogach jak z kości słoniowej, którymi zaczepiał o sufit. Przez chwilę stał w milczeniu, otrząsając się ze snu. Potem troje jego oczu otworzyło się – piramida z płonących gwiazd – i dżinn władczym gestem rozejrzał się po celi, zanim zatrzymał wzrok na Fatmie i zmrużył powieki.

– Czarodziejka – powiedział i słowo aż zadudniło w małej przestrzeni.

Fatma zmusiła się do wytrzymania jego palącego spojrzenia.

– O, Wielki, powtórzę raz jeszcze: nie jestem czarodziejką.

Zielony dżinn wykrzywił usta.

– A jednak dwa razy przywołano mnie w twojej obecności. Kto, jeśli nie czarodziejka, poważyłby się na coś takiego? Oczywiście to nie ma znaczenia. Złamałaś słowo. Przysięgłaś na swoje imię. Już nie żyjesz.

Wypowiedział ostatnie zdanie takim tonem, jakby mówił o pogodzie. Fatma wzięła się w garść.

– Wielki, nie budziłabym cię, gdybym nie miała ważnych powodów.

Marid ziewnął.

– Śmiertelnicy zawsze mają powód do złamania słowa. Tłumaczą się ze swoich nieuczciwych postępków. Z własnego istnienia. Już samo słuchanie waszej niedorzecznej paplaniny irytuje moje uszy. – Uniósł dłoń ze szponami dwa razy większą od głowy Fatmy, rozłożył szeroko palce. – Mam usunąć ci kości, żeby twoje słabe ciało rozpadło się jak miazga? Czy mam wyciąć ci wnętrzności i cię nimi udusić?

– Widzę, że przemyślałeś to sobie – odpowiedziała Fatma. Mówiła pewnie, ale w głębi ducha drżała.

Dżinn uśmiechnął się nieprzyjemnie.

– Kiedy śpię, śnię tylko o mordowaniu śmiertelników. Mógłby zabić każdego z was, jakbym wybijał owce.

– Dość tego! – przerwała mu Hadia. Włączyła obie pałki, które zaiskrzyły na niebiesko. – Nikt nikogo nie będzie dzisiaj mordował. Gdybyś tylko posłuchał...

Marid od niechcenia machnął na nią ręką. Kamienne ręce wyskoczyły nagle ze ściany za Hadią, a każda dłoń miała siedem palców. Złapały kobietę i przyciągnęły do ściany. Jej zaskoczony krzyk urwał się, gdy jej ciało zaczęło zamieniać się w kamień – była uwięziona do połowy w posągu. Czarne pałki wypadły jej z rąk i zanim uderzyły o podłogę, było już po wszystkim.

– Puść ją! To sprawa między tobą a mną!

Marid prychnął.

– Jest między mną a tym, kogo wskażę. Niech cierpią obie, uczennica i mistrzyni.

– Ona tylko chciała, żebyś posłuchał! Żebym mogła ci powiedzieć...

Fatma urwała w pół zdania. Co miała mu powiedzieć? To, co wydawało się takie ważne, zniknęło. Podniosła wzrok i zobaczyła, że marid nadal wyciąga rękę. Ogniste oczy płonęły jak białe gorące płomienie. Z jego dłoni emanował nefrytowy blask. Nagle rozległ się dzwonek, nie wiadomo skąd i po co. Dżinn zmarszczył czoło, patrząc na jej marynarkę. Dźwięk się powtórzył.

– Zamierzasz coś z tym zrobić? – zapytał. – To irytujące.

Fatma wyjęła kieszonkowy zegarek. Nastawiła budzik? Kiedy otworzyła go, znalazła w środku kawałek złożonego papieru, więc go rozłożyła. Przeczytała notatkę, poruszając ustami.

– Pieczęć Sulajmana!

Marid przekrzywił rogatą głowę. Ogniste oczy teraz tylko się żarzyły, powoli opuścił rękę.

– Co wiesz na ten temat? – zapytał zimno.

Fatma odetchnęła.

– Wiem, że to pierścień stworzony, żeby kontrolować dżinny. Pozbawia was wolnej woli. Teraz ma ten pierścień śmiertelnik. Dzięki niemu związał ifryta. Nie zawahałby się, gdyby przyszło mu wyrwać cię z butelki i uczynić niewolnikiem. Pomyślałam, że chciałbyś o tym wiedzieć.

Dżinn przez chwilę nic nie mówił, tylko gładził kędzierzawą białą brodę. Wreszcie poruszył nadgarstkiem i Hadia wypadła ze ściany, jej ciało przestało być kamieniem. Jej przerwany krzyk zakończył się wyciem, kiedy wylądowała na czworaka. Fatma pochyliła się, żeby pomóc jej wstać.

– Wynaturzenie – mruknął z roztargnieniem marid. – Byliśmy głupcami, myśląc, że jego wykucie to dobry pomysł.

Na te słowa Fatma uniosła brwi. Marid spojrzał na nią, nie zwracając uwagi na Hadię, która chwiała się niepewnie.

– Czego chcesz ode mnie, nie-czarodziejko?

– Wokół pierścienia utkano magię. Sprawia, że zapominamy. Musimy ją usunąć. Anioły powiedziały, że możesz tego dokonać.

Z gardła dżinna poniósł się grzmot.

– Anioły. Tak teraz siebie nazywają te istoty? – Pociągnął nosem i skrzywił się gorzko. – Ich smród zalega gęstą chmurą wokół ciebie.

Fatma wolałaby, żeby przestał ją obwąchiwać.

– Cóż, anioły, czymkolwiek naprawdę są, powiedziały, że możesz usunąć zaklęcie. A wtedy my będziemy mogły znaleźć śmiertelnika, który ukradł pierścień. I oddać im go z powrotem na przechowanie.

Dżinn zagrzmiał znowu, tym razem głośniej.

– Co? – warknęła Fatma.

– Śmiertelnik – rzucił przeciągle i kpiąco marid – ukradł Wielką Pieczęć. Im?! To ci powiedziały?

Fatma zmarszczyła brwi.

– Co chcesz powiedzieć?

Dżinn przewrócił trójką oczu, jak można by zrobić na widok skonsternowanego dziecka... albo psa.

– Wierzysz, że istoty zdolne do podróżowania między różnymi wymiarami egzystencji, które władają magią dostatecznie potężną, żeby oszukać cały świat, które potrafią naginać przestrzeń i rzeczywistość zgodnie ze swoją wolą, zostały oskubane... przez śmiertelnego złodzieja?

– Mówią, że pierścień wykradziono z ich skarbca... – wydukała Fatma.

Dżinn westchnął.

– Czy ten twój żałosny organ, który nazywasz mózgiem, chociaż przez chwilę zastanowił się nad tym, że moc, jaka emanuje z tych istot, pozwala im sprawiać, że wierzysz w to, co zechcą? Albo w co sama chcesz uwierzyć?

Teraz Fatmie zakręciło się w głowie. Przemyślała sobie spotkanie z aniołami. Nabożną zgrozę, jaką w naturalny sposób wywoływały. Myśl o złodzieju, który włamuje się do ich skarbca, wydawała się zbyt naciągana. A jednak przedstawiły jej odpowiedź, w jaką chciała uwierzyć. Dlatego zaakceptowała ją bez zastanowienia. Jednak to, co mówił ten dżinn, przemawiało do jej ukrytych wątpliwości. A to oznaczało tylko jedną rzecz.

– Pozwoliły, żeby pierścień zabrano! – wykrzyknęła Hadia. Szok związany ze zrozumieniem pomógł jej najwyraźniej odzyskać zdolność myślenia, chociaż głos wciąż jej drżał. – Chciały, żeby go zabrano!

Ciężar odkrycia sprawił, że Fatma aż się zatoczyła.

– Dlaczego?

– Pewnie po to, żeby posłużono się jego mocą – odparł rzeczowo dżinn.

– To czemu same się nim nie posłużyły? – spytała Hadia.

– Pieczęcią nie może posłużyć się dżinn ani żadna inna obdarzona magią istota. Jest przeznaczona dla śmiertelnych rąk, o ile pieczęć uzna je za godne.

Fatma zmarszczył brwi.

– Uzna je za godne?

Marid wyglądał, jakby chciał załamać ręce.

– Nie macie żadnego pojęcia o właściwościach i prawach, które rządzą niemal świadomymi przedmiotami magicznymi?

– Możesz uznać, że nie mamy – warknęła Fatma. – W końcu jesteśmy tylko żałosnymi śmiertelnikami.

Dżinn zaśmiał się potakująco. A to psi syn!

– Pieczęć jest obdarzona własnym rozumem – wyjaśnił. – Tylko wyjątkowo silny śmiertelnik może nad nią zapanować. Nikomu innemu nie zechciałaby się ujawnić. Chociaż wygląda na to, że ukrywa większą część swojej mocy. Dowodzi tego już to, że uważasz, iż prawdziwą formą pieczęci jest pierścień.

– To miało zabrzmieć sensownie? – spytała Fatma, nie kryjąc rozdrażnienia.

Dżinn pochylił się do przodu i rzucił rzeczowo:

– Pieczęć nie jest naprawdę pierścieniem, tak jak ty nie jesteś istotą o nawet przeciętnej inteligencji. Pełną moc i prawdziwy kształt objawia tylko tym, których pragnienia są czyste, czego najwyraźniej brakuje jej obecnemu powiernikowi. Co zresztą dotyczy większości śmiertelników.

– Księgarz powiedział, że nikt tak naprawdę nie wie, jak pieczęć wygląda – mruknęła Hadia.

Fatma to samo pamiętała, ale to nie miało większego znaczenia. Poza tym była zajęta rozwikływaniem plątaniny różnych tropów, jakie wskazał im dżinn.

– To wszystko zostało zaaranżowane – pomyślała i od razu powiedziała to na głos. Spojrzała Hadii w oczy. – Lista, która trafiła do Siwy. Złodzieje z bractwa. Kradzież pieczęci. Każdy fragment precyzyjnie ułożono, żeby pierścień trafił do rąk kogoś, kto jest zdolny się nim posłużyć. – Odwróciła się z powrotem do dżinna. – Ale czemu anioły miałyby chcieć, żeby śmiertelnik posługiwał się pierścieniem?

Marid wzruszył ramionami, jakby chciał powiedzieć, że nie wie albo to go nie obchodzi.

– Bez względu na powody – powiedziała Hadia – sytuacja wymknęła im się spod kontroli. Nie były przygotowane na ambitnego impostora, którym nie mogą kierować. Teraz chcą, żebyśmy posprzątały ich własny bałagan.

– Nigdy nie należy lekceważyć chciwości śmiertelników – zaintonował marid.

Anioły. Fatma pokręciła głową. Cokolwiek knuły, żadna z tych rzeczy nie zmieniała faktu, że pierścień należało odebrać impostorowi.

– Powiedziały, że możesz usunąć ukrywające zaklęcie, że możesz renegocjować umowę...

Marid zbył ją machnięciem ręki.

– Rozumiem, jak działa magiczny kontrakt, śmiertelniczko. Nie obrażaj mnie, próbując mi to wyjaśnić swoim bełkotem.

– Zrobisz to?

– A co dostanę w zamian?

Fatmę aż zatkało. Chciał czegoś w zamian? Po tym, jak wciągnął Hadię do ściany?

– Może po prostu dopilnujemy, żebyś nie został prywatną marionetką impostora? To ci nie wystarczy?

– Magia ma swoją cenę – upierał się marid. – Co mi dasz?

Zacisnęła pięści. Dżinny potrafiły być uparte w kwestiach umów. Nie dało się tego obejść. A może jednak się da – olśniło ją nagle.

– Czy Dziewięciu Lordów Ifrytów coś ci mówi?

Niepokój wypłynął na wielowiekową twarz. To było satysfakcjonujące i zarazem przerażające.

– Zatem naprawdę istnieją. Impostor zamierza ich obudzić. Sprowadzić ich tutaj. Dzięki Pieczęci Sulajmana będzie miał władzę nad najpotężniejszymi dżinnami. Chcesz coś w zamian? Dopilnujemy, żeby do tego nie doszło.

Marid się skrzywił.

– Pragniesz nie dopuścić ich do tego świata równie mocno jak ja.

– Zatem uznaj to za obustronnie korzystne – odparła Fatma. – Umowa stoi, czy nie?

Trójka oczu dżinna płonęła gniewnie. Nie był zachwycony umową, ale myśl o Dziewięciu Lordach jeszcze mniej mu się podobała.

– Stoi – zgodził się. – Ale wiedz jedno, nie-czarodziejko. Jeśli jeszcze raz mnie obudzisz, nie będzie żadnych umów. I nie obchodzi mnie, czy niebo będzie się walić.

– Nieważne – warknęła Fatma. – A teraz dopełnij swojej części umowy.

Dżinn wyciągnął rękę i Fatma poczuła się nagle, jakby płonęła, jakby wrzucono ją do ognia. Ból był tak potworny, że nie była nawet w stanie krzyczeć. Kiedy przejrzała z powrotem na oczy, zorientowała się, że leży na podłodze i wije się, podczas gdy potworny ból powoli słabnie, zamieniając się w stłumione pieczenie. Obok niej leżała Hadia, równie osłabiona. Żadna z nich nie wyglądała, jakby odniosła namacalne rany. Jednak, Boże miłosierny, ten ból! Gdy obróciła się na plecy, ujrzała nad sobą pochyloną rogatą głowę marida.

– Magia została usunięta – zadudnił. – Mogłem to załatwić bezboleśnie. – Uśmiechnął się szeroko, odsłaniając zęby. – Ale nie poprosiłaś o to wprost.

Fatma uniosła drżącą rękę w niegrzecznym geście. Naprawdę nienawidziła tego dżinna.

***

Nadal wyrzekała na wyniosłego dżinna i podstępne anioły, kiedy automatyczny powóz pędził przez Kair, wioząc je do ich następnego celu. Przynajmniej zdjęto z nich zaklęcie mącące im w głowach. Przetestowały to, między innymi zaglądając do tekstów, w których teraz całe akapity stały się dla nich widoczne. Marid dotrzymał słowa. Fatma zabrała butelkę z powrotem do skarbca i złożyła prośbę, żeby w trybie natychmiastowym znaleziono dla niej bezpieczne miejsce, najlepiej w obciążonej skrzyni wyrzuconej w największe morskie głębiny.

– Na pewno nic ci nie jest? – spytała Hadię.

Jej partnerka siedziała naprzeciwko niej, zajęta lekturą dziennika Portendorfa. Odnotowywała w nim powtarzające się słowo „lista", potwierdzając wiele z tego, co już wiedziały. Siwa dobrze wykorzystał skradzioną listę, zdobywając i sprzedając przedmioty temu, kto zaoferuje najwięcej – a tą osobą był nikt inny jak Alistair Worthington. Anioły pewnie zakładały, że ktoś z tego kręgu aroganckich Anglików okaże się dostatecznie zuchwały, żeby natknąć się na wspomniany pierścień.

Hadia podniosła pytające spojrzenie.

– Dżinn wsadził mnie w ścianę. Myślę, że przez chwilę byłam ścianą. A potem próbował wypalić mi skórę. Więc nie, nie powiedziałabym, że nic mi nie jest. Ale, jak Bóg pozwoli, dojdę do siebie.

Fatma nie naciskała bardziej.

– Nie zadałyśmy jednego pytania – powiedziała Hadia, zmieniając temat. – Dlaczego anioły, czy kim naprawdę są, zbierają, wręcz gromadzą przedmioty związane z al-Dżahizem?

Fatma pokręciła głową. Jeśli czegoś się dzisiaj dowiedziały, to tego, że nikt nie zna motywów, jakimi kierują się anioły. Powóz zaczął podskakiwać, gdy wjechały na wyboiste ulice. Odsunęła zasłonę, żeby wyjrzeć.

– Jesteśmy na miejscu.

– Znowu – dodała Hadia.

Za dnia Cmentarz wyglądał dość podobnie. Może noc ukrywała część nędzy, walające się na ziemi pokruszone cegły, prowizoryczne szopy z drewna, które ledwie trzymały się kupy. Nie każde miejsce tak wyglądało. Niektóre mauzolea były utrzymywane przez swoich mieszkańców, były tam też świeżo wyczyszczone i pomalowane groby. W niektórych miejscach powstawały nowe budowle, a sprzedawcy handlowali gipsowymi wazonami, jakby to wcale nie był piątek. Dzieci bawiły się przy kamiennych nagrobkach, pośród sznurów prania schnącego w południowym słońcu.

– Myślisz, że ktoś z nich nas rozpozna? – zapytała Hadia, kiedy wysiadły z powozu. Zdecydowała się nie wkładać ministerialnego żakietu ze względu na niedawne wydarzenia.

Fatma zauważyła, że jakaś kobieta zerka na nie z kuchni, gdzie gotowała przy kamiennym piecu obok bogato rzeźbionego grobu.

– Może. Łatwo się wyróżniać, kiedy nie jesteś stąd.

Zwłaszcza kiedy ma się na sobie jasnoszary trzyczęściowy garnitur i białą koszulę w czerwone prążki. Fatma nie ubrała się dyskretnie.

– To tam. – Skinęła na wysokie mauzoleum w oddali.

Wyglądało prawie jak to miejsce, na którym walczyły tamtej nocy z impostorem. Cztery postaci kręciły się na zewnątrz – młode kobiety. Nie, dziewczyny. W jasnoczerwonych kaftanach do kolan i bufiastych ciemnoniebieskich szarawarach wpuszczonych w czarne sznurowane buty. Dziewczyny opierały się o ścianę obok wejścia do mauzoleum, gawędząc leniwie. Jedna ćwiczyła obracanie sztyletu na grzbiecie dłoni. Pozostałe też nosiły broń na widoku – przypasaną na biodrach. Na widok Fatmy i Hadii przestały rozmawiać i wbiły w nie wzrok.

Fatma przywitała się i powiedziała:

– Przyszłyśmy zobaczyć się z Panterą.

Wysoka dziewczyna o sudańskich rysach obrzuciła Fatmę spojrzeniem od stóp do głów.

– Wróciłaś po dokładkę? Gdzie ten gruby policjant? Z radością znowu bym go spoliczkowała, *wallahi*!

Pozostałe dziewczyny parsknęły śmiechem. Czyli to ona uderzyła Aasima w twarz. I jak przypominała sobie Fatma, wzięła zamach, żeby uderzyć i ją. Pewnie lepiej do tego nie wracać.

– Wie, że mamy przyjść, więc zabierzcie nas do niej.

Kolejna dziewczyna powiedziała coś niegrzecznego i jej koleżanki znowu się roześmiały. Jednak pierwsza rzuciła im spojrzenie, które je uciszyło. Zerknęła znowu na agentkę, a potem dała znać, żeby Fatma i Hadia szły za nią. Wprowadzono je do mauzoleum, gdzie było więcej ludzi. Same kobiety, noszące takie same czerwone kaftany i szarawary, starsze nosiły do tego czerwone hidżaby. Może ubiór świadczył o randze. Gdzieś nieopodal rozległ się nieoczekiwanie śmiech dzieci.

Dziewczyna przystanęła, żeby naradzić się z jedną z kobiet, która obrzuciła spojrzeniem Fatmę i Hadię. Kiedy skończyły, dziewczyna wyszła, pewnie wróciła na swój posterunek. Ktoś z większej grupy podszedł do nich – kobieta w białej sukience i czarnym hidżabie, która poza tym nosiła błyszczący naszyjnik z szafirów i rubinów. Na jej brązowej skórze rysowały się zmarszczki, pod oczami dało się zauważyć worki, a jej ciało było po babcinemu ociężałe. Jednak w jej wzroku było coś nieprzyjemnego, niemal drapieżnego. To pasowało do przywódczyni Czterdziestu Panter.

Kiedy tylko anioły powiedziały, że Siwa wynajął złodziei na tyle śmiałych, żeby włamać się do ich skarbca, Fatma wiedziała, że to może być tylko ktoś od nich. Kto inny byłby równie bezwstydny? Złodziejki zaczęły od kradzieży w sklepach, często nosiły pełną burkę, *sebleh* i milaję, żeby ukrywać skradzione towary. Potem zabrały się za okradanie domów zamożnych obywateli, gdzie udawały służące i pokojówki, a potem zaczęły organizować napady; rabowały klejnoty, dzieła sztuki, a raz ukradły cały opancerzony powóz przewożący skrzynie ze złotymi monetami – po dziś dzień nie wiadomo, co się z nimi stało. Członkinie grupy lądowały w więzieniu zwykle za jakieś drobiazgi i wkrótce wychodziły. Jednak żadna nie zdradziła się słowem, cały wyrok odsiadywały w milczeniu. Ich przywódczyni pozostała nietykalna i nigdy jej nie zdradzono. Ludzie twierdzili, że złapać ją jest równie trudno jak prawdziwą panterę.

– Pokój z tobą, Pantero. Jestem agentka Fatma, a to agentka Hadia. Dziękujemy, że się z nami spotkałaś.

– I pokój z wami, agentki – odpowiedziała przywódczyni Czterdziestu Panter. – Usta uprzedził, że mamy się was spodziewać.

Miała na myśli Chalida. Bukmacher był najlepszym kontaktem Fatmy z kairskim półświatkiem. Odezwała się do niego natychmiast po spotkaniu z przeklętym maridem. Ku jej zaskoczeniu powiedział, że przywódczyni gangu jest gotowa spotkać się z nimi i to jeszcze tego samego dnia.

– Powiedzcie mi – mówiła dalej przywódczyni – dlaczego nie miałabym kazać moim córkom związać was i zamknąć w jednym z tych mauzoleów, gdzie nikt nawet z waszego osławionego ministerstwa nie usłyszy waszych krzyków?

Fatma zamarła. Kobieta powiedziała to od niechcenia, jakby pytała, iloma łyżeczkami cukru słodzą herbatę. Jednak czaiła się w tych słowach taka sama obietnica, co w dobytej broni. Stojąca obok Fatmy Hadia zesztywniała, rozejrzała się po pomieszczeniu. Nie było tu młodych dziewczyn, takich jak te na zewnątrz, ale same dorosłe i silne kobiety, bardzo podobne do panter. Zatem to będzie tego typu spotkanie.

– Nie przyszłyśmy tu, żeby wam grozić – odpowiedziała Fatma – ani żeby słuchać waszych pogróżek.

– Kiedy ostatnim razem agenci pojawili się w Al-Arafie, doszło do zamieszek – odparła lodowatym tonem przywódczyni złodziejek.

To zirytowało Fatmę.

– To twoi ludzie podburzyli tłum. Stanęli po stronie mężczyzny z w złotej masce.

Kobieta zmrużyła ciemne oczy w szparki i rzuciła przez zęby:

– Stoimy jedynie po stronie Al-Arafy. Nie stawiaj nas po tej samej stronie, po której stoi ten plugawy człowiek. Weszliście jak armia na naszą ziemię, pomiędzy ludzi, których chronimy i którzy chronią nas. Walczyłybyśmy do końca.

W porządku więc, uznała Fatma. Na jedno pytanie uzyskała odpowiedź, nawet jeśli nie tak to sobie zaplanowała. Czas złagodzić ton.

– Tamta noc – powiedziała z żalem – to była pomyłka.

Pantera ważyła jej szczerość, aż w końcu ledwie dostrzegalnie skinęła głową w odpowiedzi na te przeprosiny.

– Ludziom w Al-Arafie żyje się dostatecznie ciężko i bez takich ludzi jak wy, którzy tylko utrudniają im życie. Widujemy tu policję tylko wtedy, gdy dojdzie do przestępstwa w jakiejś bardziej szanowanej części Kairu. Tutejsi ludzie nie ufają władzom i mają ku temu powody. Tamta noc w zmianie tego stanu raczej nie pomogła.

– Mężczyzna w złotej masce też wiele tu nie pomógł – wtrąciła Hadia. – To on stanowi problem.

Przywódczyni Czterdziestu Panter przyjrzała się jej, na co agentka cofnęła się krok pod naporem jej twardego spojrzenia. Kobieta jednak skinęła głową z aprobatą.

– Rzeczywiście, stanowi problem. Nikt, kto tu mieszka, nie jest głupi ani naiwny. Tutejsi ludzie mają dość bycia wykorzystywanymi. Mają dość tego, że się ich ignoruje. Zdesperowane uszy będą słuchać każdego, kto pozwoli im zrzucić winę na innych. Czego chcecie ode mnie?

– Chalid powiedział, że zgodzisz się porozmawiać z nami o jednym ze swoich kontaktów – odpowiedziała Fatma. – Dżinnie imieniem Siwa.

Starsza kobieta przyjrzała im się teraz naprawdę bacznie. Zapadło nieprzyjemne milczenie, które przerwał śpiewny azan.

– Czas na modlitwę – powiedziała Pantera. – Dołączcie do mnie. Możecie zwracać się do mnie Lajla.

To nie była prośba, więc po ablucjach pomodliły się.

Kiedy skończyły, przywódczyni – Lajla – poprowadziła Fatmę i Hadię przez mauzoleum do wyjścia na tyłach, a za nią szła jej świta niczym osobista ochrona. Na zewnątrz agentki zobaczyły coś zaskakującego: niebieskie jak niebo namioty, a pod nimi rzędy drewnianych stołów, przy których siedziały dzieci. Takie jak te, których śmiech słyszały wcześniej.

– Dorastałam tutaj – powiedziała Lajla. Wzięła od kogoś biały fartuch haftowany w kolorowe kwiaty i zawiązała go na sukience. – Mieszkała tu kobieta, która opiekowała się jednym z grobów. To nie był grób jej własnych bliskich, ale rodziny, dla której jej krewni pracowali. Uważałam ją za głupią. Zajmować się zmarłymi kogoś, kto od pokoleń uważał jej rodzinę za służących? Jednak każdego dnia po piątkowej modlitwie przychodziła i rozdawała wszystkim dzieciom bochenki chleba i ser. Potem dowiedziałam się, że wszystkie pieniądze, jakie dostawała od rodziny właścicieli grobu, wydawała na nas. To była lekcja, żeby nie osądzać zbyt pochopnie. Odeszła już, ale ja kontynuuję tę tradycję.

Fatma milczała. Jeśli ta kobieta zamierzała twierdzić, że jej banda złodziejek to filantropki okradające bogatych, żeby karmić biednych, to nie zamierzała się z nią sprzeczać. Wątpiła jednak, żeby kogokolwiek innego w tych slumsach stać było na takie szykowne fartuszki. A za czerwony rubin wielkości kurzego jajka w naszyjniku kobiety można by pewnie żywić te dzieci przez rok.

– Wam też będą potrzebne fartuchy – zauważyła Lajla. – I chochle.

Ktoś podszedł i podał im obie te rzeczy.

– Chyba nie rozumie pani, po co przyszłyśmy... – zaczęła Fatma. – Nie mamy czasu na...

– Miałyście czas, żeby wejść tu i zakłócać życie tych dzieci – przerwała jej ostro Lajla. – Rodzice niektórych nadal siedzą w więzieniu. Inne widziały, jak ich braci i rodziców biła policja. Myślę, że znajdziecie czas. Chyba że wasze przeprosiny to tylko czcze słowa.

Fatma popatrzyła po dzieciach. Były zagadane, żadne nie zwracało na nie uwagi. Mimo to ogarnęło ją poczucie winy. Włożyła fartuch już bez dalszych protestów. Hadia zrobiła to samo. Wkrótce rozdawały chleb baladi i miski kurczaka z muluchiją, które napełniały powietrze zapachem smażonego czosnku i kolendry. W trakcie pracy Lajla powiedziała:

– Rzeczywiście czasem wynajmował nas dżinn imieniem Siwa.

Jedna rzecz się potwierdziła.

– Żebyście włamały się do skarbca aniołów – powiedziała Fatma.

– Tam nas wysyłał. – Lajla zbeształa dwójkę dzieci, które kłóciły się o chleb. – Zarobek był dobry. Chociaż zadanie nie było tak ekscytujące, jak miały nadzieję moje dziewczyny.

Fatma i Hadia spojrzały po sobie.

– Jak to?

Lajla wzruszyła ramionami.

– Można by się spodziewać, że włamanie się do skarbca aniołów okaże się niebezpieczne. Albo ogromnie trudne. Nie twierdzę, że to było łatwe, ale...

– Było w sam raz niebezpieczne, żeby twoje dziewczyny wyszły z tego cało – domyśliła się Fatma. – A trudne akurat na tyle, żeby sobie poradziły. I zwykle okoliczności działały na ich korzyść. Bez wyjątku.

Starsza kobieta zamarła i przyjrzała im się surowo.

– To dziwne, nie uważasz? – Wróciła do pracy. – Kiedy Usta Chalid powiedział mi, że chcecie zapytać o moje kontakty z Siwą, zgodziłam się, bo coś dręczyło mnie od tygodni. Kiedy ostatni raz nas wynajął, miałyśmy ukraść dwie rzeczy. Powiedział, że to bardzo ważne, żebym osobiście się tym zajęła. I tak się stało. – Zmarszczyła czoło na widok ich zaskoczenia. – Niech was nie zwiodą te stare kości. Jestem dość zwinna. Zdobyłam przedmioty dzięki dostarczonym przez niego informacjom, gdzie dokładnie znajdę je w skarbcu aniołów. Ale dziwna rzecz: pamiętam, że ukradłam szablę, śpiewające ostrze ciemne jak noc. Jednakże drugi przedmiot... – Mars na jej czole się pogłębił. – Kiedy próbuję sobie przypomnieć, co jeszcze ukradłam...

– ...to nie możesz tego zrobić – dokończyła Fatma.

Konsternacja przyćmiła spojrzenie Lajli.

– Nie pamiętam z tej nocy niczego poza tym, że zdobyłam szablę. Jakbym miała dziurę w pamięci. Nie wiem, co jeszcze opuściło skarbiec. Potem jednak na ulicach Kairu pojawił się ten mężczyzna w złotej masce. Noszący właśnie czarne ostrze. Twierdzący, że jest al-Dżahizem. Dosiadający ifryta! – Pokręciła głową, widząc, jakie to nieprawdopodobne. – Sowicie nam zapłacono. Nie mogę jednak pozbyć się uczucia, że działałam na użytek zła, które pochwyciło to miasto. Każdej nocy od powrotu ze skarbca śnią mi się złe omeny. Coś strasznego nadciąga. – Urwała. – Mówię wam o tym, bo wierzę, że zdołacie to powstrzymać.

– Tak – zapewniła ją Fatma. – Ogromnie nam pomogłaś. Teraz musimy odwiedzić...

– Pięknie, pięknie – weszła jej w słowo stara kobieta – gdy tylko skończycie tu swoje. – Wskazała znacząco na pustą miskę. Mała dziewczynka z umorusanym ziemią nosem siedziała przed nią i patrzyła wyczekująco. – A teraz nakładajcie jedzenie. Dzieci są głodne.

# ROZDZIAŁ DWUDZIESTY CZWARTY

Fatma i Hadia dotarły na ulicę Wytwórców Namiotów wczesnym popołudniem i skierowały się prosto do sklepu Braci Gamalów. Interesy szły słabo, trzej właściciele siedzieli i popijali herbatę. Dwóch z nich grało w planszową grę, a trzeci to obserwował, z gramofonu rozlegało się trzeszczące nagranie melodii na instrumenty dęte i darabukki. Błysnęły z Hadią odznakami, a mężczyźni z roztargnieniem odesłali je ku wąskim schodom. Weszły na górę i zapukały do drzwi. Siwa otworzył im z ciepłym uśmiechem, który natychmiast zniknął na ich widok. Dżinn iluzji chciał zatrzasnąć drzwi, ale Fatma zablokowała je laską.

– Wiemy, że jesteś związany z impostorem, więc teraz już możesz mówić. Albo każemy ministerstwu aresztować cię, nawet gdybyśmy miały tu sprowadzić wszystkich agentów. To jak będzie?

Dżinn spiorunował ją spojrzeniem hipnotyzujących zielono-żółtych oczu, wyglądając jak przystało na groźnego marida. A potem, gdy zrozumiał, że Fatma nie ustąpi, cała chęć walki z niego uszła. Zgarbił się i je wpuścił.

– Możesz też darować sobie iluzje – dodała Fatma, wskazując wykwintne mieszkanie.

Dżinn się skrzywił i machnął ręką. W okamgnieniu iluzja zniknęła. Stały w malutkim pokoju z wyblakłymi ścianami, zniszczonymi i powyszczerbianymi półkami, na których stały jak popadło książki. Niegdyś schludne stosy pism zamieniły się w niechlujne kupy. Wizerunki wielbłądów nie zniknęły – wisiały tam tanie obrazy przedstawiające wyścigi. Na podłodze walały się setki kuponów z zakładów.

Zmiana w wysokim dżinnie była równie piorunująca – teraz był przysadzisty i nosił pogniecioną szatę. Nadal był większy od człowieka, ale daleko mu było do rozmiarów marida. Jego za duża głowa w pomarańczowe pasy przypominała łeb kocura, szerokie usta miały opuszczone kąciki, więc robił wrażenie nadąsanego. Sapnął bez odrobiny godności, podreptał przed siebie i klapnął na rozchwierutane drewniane krzesło, opierając podbródek na dłoniach. Zakwilił.

Fatma i Hadia popatrzyły po sobie, zanim podeszły do niego, starając się nie potknąć o szpargały na podłodze.

– Siwa – powiedziała Fatma – my tylko chcemy porozmawiać.

Dżinn zaszlochał głośniej, schował twarz w dłoniach i pokręcił głową. Obok niego pleciony okrągły koszyk zatrząsł się, jakby w środku siedziało coś żywego. Odsunęły się, nie bardzo wiedząc, czy chcą się przekonać, co tam może siedzieć.

– Wiemy o Pieczęci Sulajmana – powiedziała Fatma. – Wiemy, jak działa.

Siwa jęknął przeciągle i straszliwie.

– Wiemy też, że zleciłeś Czterdziestu Panterom jej kradzież.

Siwa przestał zawodzić i podniósł wzrok. Jego oczy nie były już hipnotyzujące, ale przerażone.

– Najsłodsze życie, jakiego doświadczyliśmy, to życie poświęcone przyjemnościom i winu! – wypalił. – Bo szelmy jesteśmy i nikt nam nie dorówna w całym świecie.

Fatma westchnęła. Znowu to samo.

– Pytałyśmy cię wcześniej o pieniądze, które przesłał ci AW, o przekaz odnotowany w dzienniku Portendorfa. To ten AW ma pierścień, zgadza się? Impostor, który nazywa siebie al-Dżahizem.

Siwa pokręcił teraz głową jeszcze mocniej, dławił się słowami.

– Był czarny, cały czarny, powiadam wam! Jego głowa. Jego ciało! I ręce miał całe czarne! Z wyjątkiem tylko zębów! Nawet jego tarcza i zbroja były czarne jak u Maura! Czarny był jak Kruk!

– Kim jest AW? – naciskała Fatma, coraz bardziej poirytowana. – Kto kazał ci ukraść pierścień? Alexander Worthington?

Siwie wyrwał się zduszony krzyk, wydobył nóż z pogniecionego kaftana. Zanim Fatma zdołała go powstrzymać, wyciągnął długi ciemnoniebieski język i jednym szybkim ruchem odciął go. Stojącą obok niej Hadią szarpnął odruch wymiotny.

Dżinn zgarbił się na krześle, odcięty język krwawił i brudził mu ubranie. I kiedy tak patrzyły, krwawienie nagle ustało. Rana cudownie się zagoiła i na ich oczach język zaczął odrastać. Potrzebna była minuta, aby odrósł całkowicie. Dżinn nadal trzymał w ręce odcięty ozór, który szarpał się – wciąż żywy. Siwa odwrócił się do plecionego koszyka i podniósł przykrywkę. W środku leżało niebieskie mięsiste kłębowisko, które miotało się jak ryby. Fatma wiedziała jednak, że to nie ryby. To były języki. Masa odciętych języków.

– *Ja Rabb!* – jęknęła słabo Hadia. – Teraz na pewno zwymiotuję.

Dżinn zamknął koszyk i spojrzał na nie ze smutną rezygnacją. Fatma popatrzyła mu w oczy. Magia, która uniemożliwiała dżinnom mówienie o Pieczęci Sulajmana, to było jedno. On jednak znowu odciął sobie język, kiedy wspomniały o Alexandrze Worthingtonie, a nie o pierścieniu. Magia aniołów była precyzyjna, a tu działało coś innego – okrutne i sadystyczne zaklęcie.

– Kolejny czar – zrozumiała. – Dodatek do zaklęcia, które nie pozwala ci mówić o pieczęci. Jakakolwiek wzmianka na temat al-... – Urwała, kiedy Siwa zamarł, chwytając za nóż i patrząc błagalnie. – ...impostora – poprawiła się – albo o kradzieży sprawia, że zaczynasz bełkotać.

– To nie jest bełkot – poprawiła ją Hadia, patrząc na podskakujący koszyk. – Powiedziałaś wcześniej, że to cytaty, urywki dzieł literackich. Rozpoznałam ten fragment. To jedna z makam.

Fatma nie słyszała tego terminu od czasu uniwersytetu.

– To nie są zbiory opowieści z dziewiątego czy dziesiątego wieku?

– Zgadza się. Musieliśmy je czytać, żeby nauczyć się rytmu właściwego dla tej prozy, bo pojawia się także w basryjskich inkantacjach. „Najsłodsze życie, jakiego doświadczyliśmy, to życie poświęcone przyjemnościom... Bo szelmy jesteśmy i nikt nam nie dorówna w całym świecie". To przechwałki jednego z przywódców bandy złodziei. Myślę, że w ten sposób Siwa zareagował na wzmiankę o Czterdziestu Panterach. On naprawdę próbuje nam coś powiedzieć.

Myśl, że dżinn może wciąż próbować się z nimi porozumieć, nawet nie przyszła Fatmie do głowy.

– „Był czarny, cały czarny"... – zacytowała, przypominając sobie wypowiadanie szaleńczo słowa. – „Nawet jego tarcza i zbroja były czarne jak u Maura... Czarny był jak Kruk!" Nie wiem, z czego to jest. Ale musiał mówić o al-Dżahizie. Albo iluzji impostora.

Siwa przestał z całej siły zaciskać dłoń na nożu i odetchnął głęboko. Sięgnął znowu pod kaftan i tym razem wyjął plik złożonych papierów, które podał im drżącą ręką. Fatma wzięła je, wygładzając zagniecenia. Na pierwszej kartce widniały bazgroły, których prawie nie dało się odczytać. Pismo dżinnów. Tylko jedno słowo.

– „Powiedziałem" – przetłumaczyła Fatma. Reszta to były bazgroły pośród czerwonego rozbryzgu.

– Myślę, że to krew – zauważyła z grymasem Hadia.

Fatma sięgnęła po następną kartkę.

– Pieczęć.

Tylko tyle dało się odczytać, zanim znaki stały się zbyt zamazane.

Przejrzała resztę, a Hadia czytała.

– Mowa o... Dałem... Pomyłka... Oszukany... Posłańcy... Niewola... Przeklęty. Przeklęty. Przeklęty. – To jedyne słowo na ostatnich kilku kartkach stawało się coraz trudniejsze do odczytania pośród rozbryzgów krwi.

– Próba wyznania – zrozumiała Fatma. Spojrzała na Siwę, który zasłaniał ręką oczy, a potem na koszyk pełen dygocących języków. – Próbowałeś napisać o tym, co zrobiłeś. Ale każdy drobiazg miał swoją cenę. To całe obcinanie sobie języków, to robota impostora.

Ogarnęło ją współczucie. Ile razy musiał boleśnie się okaleczyć? Sięgnęła po stojący obok stołek zrobiony dla dżinna – co oznaczało, że był wielkości ławki – przyciągnęła go i usiadła. Hadia przysiadła obok niej. Może istniał inny sposób.

– Lubisz wyścigi – powiedziała Fatma, wskazując obraz.

Siwa opuścił rękę i spojrzał na niego.

– Są piękne, gdy biegną – odparł. Zatem nadal był w stanie rozmawiać normalnie. Dopóki nie rozmawiali o impostorze.

– Mam kuzyna, który gra na wyścigach wielbłądów – powiedziała Hadia. – Za dużo. Tak jak ty. To nie twoja wina. To choroba.

Siwa się skrzywił.

– Powinienem był po prostu pozostać archiwistą. To była moja pasja. Aż do wyścigów. Wtedy one stały się moją pasją. Straciłem przez nie pracę i szukałem wszelkich sposobów, żeby zdobyć pieniądze i móc dalej chodzić na wyścigi. – Pokazał kupony walające się na podłodze. – Nie potrafię przestać!

Fatma z trudem to sobie wyobrażała. Dżinny tak jak ludzie popadały w nałogi. Tyle że dla nich przybierało to znacznie gorszy obrót. Ich namiętności stawały się nienasycone i nie do ugaszenia. Gorsze w tym były tylko golemy.

– Zabrałeś listę aniołom, żeby mieć pieniądze na hazard – powiedziała Fatma. – Bractwo Alistaira Worthingtona musiało być kopalnią złota.

– To miało być tylko kilka drobiazgów – odpowiedział ze smutkiem Siwa. – Ale nie skończyło się na tym.

– Kiedy zdałeś sobie sprawę, że anioły się tobą posługują? – zapytała. – W swoim wyznaniu napisałeś słowa „oszukany" i „posłańcy". To one pozwoliły ci zabrać listę. Musiałeś się domyślić. Wiedziałeś, że okradzenie ich nie powinno być takie łatwe. Mimo to robiłeś to dalej. Dla pieniędzy.

Pomarańczowa twarz dżinna pokryła się rumieńcem. Zwiesił głowę.

– Nie przyszłyśmy cię osądzać, ale musimy dowiedzieć się czegoś o jednej rzeczy, której nie ukradłeś dla Alistaira Worthingtona. Którą ukradłeś dla kogoś innego.

Siwa natychmiast szarpnął się, gdy chwyciła go magia.

– Nie wypowiemy jego imienia – dodała pośpiesznie Fatma. – Może zdołamy porozmawiać tak, żebyś nie musiał robić sobie krzywdy.

Dżinn obrzucił ją wzrokiem, zanim się godził.

– Spróbuję. Żeby pomóc odczynić to, co wcześniej pomogłem uwolnić.

Najwyraźniej tak jak przywódczyni Czterdziestu Panter, on też pragnął jakiegoś rozgrzeszenia.

– Możesz kiwać albo kręcić głową w odpowiedzi na pytania?

– Nie, jeśli dotyczą... – Zacisnął usta. Nie był w stanie skończyć zdania.

Rzecz jasna to nie mogło być aż tak proste. Magia nigdy nie była prosta.

– Impostor kazał ci ukraść Pieczęć Sulajmana – zaczęła.

Siwa ewidentnie walczył ze sobą, zanim zaczął mówić:

– W rzeczy samej powiada się: Moja wiara jest słuszna, a ci którzy wierzą w co innego, wierzą w fałsz i są wrogami Boga. Moja własne wiara wydaje mi się prawdziwa, tak jak inni uznają swoją wiarę za prawdziwą, lecz prawda istnieje jedna!

– Myślę, że w ten przydługi sposób mówi „tak" – uznała Hadia.

Jedno pytanie załatwione, pomyślała Fatma.

– Czy to ty powiedziałeś mu o pierścieniu?

– Dusza uzyskuje od duszy tę wiedzę – odpowiedział szorstko dżinn. – Zatem nie z księgi i nie z cudzych ust. Jeśli zrozumienie tajemnic przychodzi, gdy oczyścisz umysł, to jest to objawienie serca!

– Myślę, że chce powiedzieć, że impostor sam się o nim dowiedział – przetłumaczyła Hadia. – Na dobrą sprawę to właśnie powiedziały nam anioły: że pewni ludzie mają na tyle silną wolę, żeby przejrzeć ich magię. A tamten marid wyjaśnił nam, że pierścień kieruje się własnym rozumem; że ujawniłby się tylko komuś, kogo uznałby za godnego.

– *Aiwa* – przytaknęła jej Fatma. Hadia była w tym dobra. – Impostor zobaczył pierścień na twojej liście i przyszedł, żądając go. Pewnie w pierwszym odruchu odmówiłeś, ale potrzebowałeś pieniędzy.

Dżinn skrzywił się, dręczony wyrzutami sumienia, jeszcze bardziej rozciągnął nadąsane usta.

– Uczony człowiek, którego oskarżasz o sprzeciwianie się boskim prawom, wie, że się im sprzeciwia, tak jak ty, kiedy pijesz wino, udzielasz lichwy albo pozwalasz sobie złorzeczyć, kłamać i oczerniać. Znasz swój grzech i mu ulegasz nie z powodu niewiedzy, ale ponieważ rządzi tobą pożądliwość.

Hadia ściągnęła brwi w skupieniu, rozszyfrowując jego słowa.

– Przyznaje się do słabości?

– Ostatnie pytanie – powiedziała Fatma. – Pieniądze przesłane za pierścień. Nadeszły od impostora?

Twarz Siwy zdradzała napięcie, gdy próbował odpowiedzieć, wina odmalowała się na niej z całą wyrazistością.

– Jesteś chory – odezwała się łagodnie Hadia. – Osoba, która to wiedziała, wykorzystała ten fakt. Te... anioły... wiedziały o tym i także to wykorzystały. Oto prawdziwa podłość. – Spojrzała na Fatmę. – Myślę, że to wystarczy za potwierdzenie.

Fatma zgodziła się z nią. Nie było potrzeby dłużej dręczyć dżinna.

– Teraz wiemy już z całą pewnością. Impostor i AW z notesu Portendorfa to jedna i ta sama osoba. Wiemy, kto to jest. To on kazał ukraść pierścień. I posłużył się nim, żeby zostać Władcą Dżinnów. Wszystko, czego impostor dokonał na naszych oczach, jego tajemnicze moce, pochodzą od pierścienia, który kontroluje dżinny. Dzięki temu impostor może posługiwać się ich magią jak własną.

– Niech Bóg nas chroni – szepnęła Hadia z ręką na sercu. – Jak powstrzymamy takie zło?

– Odzyskamy pierścień – odparła uparcie Fatma. – Nawet jeśli będziemy musiały odciąć mu przy tym rękę.

Wstała, zdecydowawszy już, co zrobią w następnej kolejności, kiedy Siwa nieoczekiwanie złapał ją za rękę. Jego twarz płonęła frustracją.

– Wzgardziłeś zatem płcią nadobną? – ryknął. – Jak ci się podoba zostać wystawionym na próbę przez lwa z lasu?

Fatma spojrzała na Hadię, która tym razem była równie skonsternowana.

– Nie rozumiem – odpowiedziała dżinnowi.

– Jak ci się podoba zostać wystawionym na próbę przez lwa z lasu! – powtórzył.

Zrobił to jeszcze kilka razy, coraz bardziej sfrustrowany. Kiedy zaczął sięgać po nóż, Fatma wyciągnęła rękę, żeby go powstrzymać.

– Może mógłbyś mi pokazać – zaproponowała.

Siwa wytrzeszczył i tak już wielkie oczy. Zerwał się, prawie ją przewracając, żeby podbiec do książek. Zaczął przerzucać je jak szaleniec, książki furkotały w powietrzu, gdy szukał. Fatma i Hadia znowu spojrzały po sobie; młodsza kobieta pokręciła głową. Rozległ się triumfalny okrzyk i dżinn przybiegł do nich z powrotem z oprawionym w skórę tomem w ręce. Otworzył go na pierwszej stronie i pokazał słowa: *Sirat al-amira Zat al-Himma.*

Rzucił księgę Fatmie.

– Przeczytam – zapewniła go, biorąc książkę.

Z wyrazem ogromnej ulgi siadł z powrotem zgarbiony na krześle.

– *Opowieść o księżniczce Zat al-Himmie* – mruknęła Hadia, przyglądając się tytułowi. – Znasz to?

Fatma pokręciła głową.

– Jestem pewna, że ktoś w ministerstwie to zna. Wracamy tam teraz. Czas spotkać się z doktor Hodą. Myślę, że jestem gotowa znowu zmierzyć się z iluzją.

***

– Skupiłaś się? Nie myśl o tym, czym chcesz, żeby iluzja się okazała. Niech prawda sama ci się ukaże. Pamiętaj, opróżnij umysł, opróżnij...

– Jasne – przerwała doktor Hodzie Fatma.

Starała się dostatecznie i bez doktor kręcącej jej się nad głową. Szefowa laboratorium wzruszyła ramionami, odsunęła okulary na czubek głowy i skrzyżowała ręce, ale na dobrą sprawę odsunęła się mniej niż o krok.

Fatma ponownie skupiła się na puklu włosów, który leżał w dużej szalce Petriego i moczył się w płynie. Doktor Hoda twierdziła, że alchemiczny rozpuszczalnik zrobił swoje, zniszczył magiczne więzy. Teraz Fatma musiała dokonać reszty.

Tyle że to się okazało trudne. Wpatrywała się w pukiel od prawie pół godziny. Nic się nie zmieniało. Ani jeden włosek.

– Może potrzebuje więcej roztworu – zasugerowała.

Doktor pokręciła głową.

– Wtedy wszystko może się rozpuścić.

– Cudownie – żachnęła się Fatma.

Mogłaby pójść do Amira ze wszystkim, co do tej pory zebrały, ale zagadkowe słowa aniołów, przywódczyni gangu złodziejek i dżinn iluzji uzależniony od hazardu nie byli najbardziej przekonującymi źródłami. Potrzebowały ostatniego elementu, który wszystko powiąże, czegoś, czego Amir i inni wysoko postawieni ludzie nie mogliby zignorować.

– Po prostu ukaż się – mruknęła do pukla.

– Dasz radę – odezwała się z przekonaniem Hadia. – Pomyśl o wszystkim, czego się dowiedziałyśmy w ciągu ostatnich dwóch dni. Zaufaj temu. Doszłyśmy już tak daleko.

Wszystko, czego się dowiedziałyśmy, pomyślała Fatma. Różne fragmenty układanki zaczęły składać się w całość. Pierścień, który dawał władzę nad dżinnami. Ukrywany przez anioły i skradziony z ich skarbca. Wszystko to wiązało się z powrotem z bractwem al-Dżahiza. Miały już wszystkie elementy, musiały je tylko do siebie dopasować. Skupiła się, opróżniła umysł ze wszystkiego i za punkt wyjścia wzięła to, co już wiedziała. Obraz, jaki się z tego wyłaniał, był dość oczywisty. Cały czas tam był, cały czas miała go pod nosem.

Zmiana nie zaszła nagle jak w przypadku maski, jakby magia stawiała jej opór. Jednak kiedy już się zaczęła, nie dało się jej zatrzymać. Ciemne kędzierzawe włosy rozplątały się, stały się proste i miększe. Na jej oczach niegdyś czarny lok przybrał znajomy bladozłoty kolor. Doktor Hoda klasnęła w ręce, a Hadia patrzyła ze zdumieniem.

Fatma wzięła złoty pukiel i uniosła go triumfalnie.

– Mam cię!

# ROZDZIAŁ DWUDZIESTY PIĄTY

Zanim minęło późne popołudnie, wysłano dokumenty konieczne, żeby aresztować Alexandra Worthingtona.

Fatma odczytała listę zarzutów: terroryzm, podżeganie do niepokojów, posługiwanie się zakazaną magią, zakłócanie królewskiego porządku. Wieść o pierścieniu – którą musiały powtarzać wielokrotnie – wywołała dostateczny niepokój, żeby uzyskały nakaz. Okazało się, że jednak dziedzic Worthingtona nie stoi ponad prawem – nie kiedy w grę wchodziło tak wielkie zagrożenie.

Ustaliły nawet motyw: ambitny syn, który gardzi ekscentrycznym ojcem, uznał, że powinien zostać dziedzicem szybciej niż później. Udawanie al-Dżahiza było kpiną ze wszystkiego, co było drogie patriarsze rodu Worthingtonów. Nagłe inwestycje w wytwórców broni, zakłócenie szczytu pokojowego – wszystko służyło zniszczeniu spuścizny po ojcu. To nawet wyjaśniało rozbieżności związane z momentem jego przybycia do miasta. Człowiek zdolny panować nad dżinnami z łatwością mógł podrobić dokumenty podróżne. Wszystko do siebie pasowało.

To dlaczego Fatma miała wrażenie, że coś przegapiła?

– Gotowa?

Fatma podniosła wzrok, słysząc pytanie Hadii. Obie stały przed ministerstwem, gdzie zebrała się armada policyjnych pojazdów. Wspólnie dokonają aresztowania. Hadię i ją wspierało jeszcze dziesięciu agentów i ze cztery razy więcej policjantów.

Plan był taki, żeby aresztować Alexandra i usunąć pierścień, zanim wezwie pomoc. Gdyby doszło do walki, mieli prawo go zabić. Martwi ludzie nie władają magią pierścieni.

– Tak.

Hadia przyjrzała się jej.

– Sprawiasz wrażenie zatroskanej.

– Nadal zastanawiam się nad detalami.

– To, czego dokonałaś do tej pory, jest imponujące. Przyznaję, że nie byłam przekonana, że to Alexander, ale włosy... – Hadia wskazała pukiel w ręku Fatmy. – Miałaś rację!

– Wciąż męczy mnie ta sprawa z Zegarem Światów. Nie mamy dobrej odpowiedzi na to pytanie.

– Miejmy nadzieję, że ją znajdziemy, kiedy odetniemy pierścień od jego dłoni – wtrącił ktoś.

Aasim dołączył do nich. Nosił jak zwykle mundur w kolorze khaki i nieodłączne wąsy w janczarskim stylu.

Fatma pokręciła głową.

– Nie rozumiem, jakim cudem ze wszystkich ludzi na ciebie najmniej działa magia aniołów.

Powiedziała mu o Pieczęci Sulajmana raz, a on wciąż o tym nie zapomniał. Minęło już kilka godzin. Czy on do końca był człowiekiem?

Aasim popukał się z zadowoleniem w skroń grubym kciukiem.

– Jestem uparty. Nie bądź zazdrosna.

Przewróciła oczami. Nie powinna była o tym wspominać.

– Jak to możliwe, że nie natknął się pan na wzmiankę o pieczęci w żadnej książce? – zapytała Hadia.

– Niewiele czytam. I mówię to bez wstydu.

– W to akurat nie wątpię – odparła Fatma.

Inspektor zgromił ją wzrokiem.

– „Nie pragnijcie tego, czym wyróżnił Bóg jednych z was, by górowali nad drugimi" – zacytował znajomy ajat. A potem uniósł otwartą dłoń, jakby chciał osłonić się przed jej zazdrością.

– Sprowadziłeś go? – zapytała Fatma, zmieniając temat.

– Jest tam – powiedział Aasim, kiwając głową na policyjny wóz. – Jeśli już przestałaś się chmurzyć, to jestem gotów zgarnąć tego Anglika. Byłoby miło, gdybyśmy to załatwili przed zachodem słońca.

Wszyscy wsiedli do pojazdów, a ona rozejrzała się i zamarła, gdy zdała sobie sprawę, że rozgląda się za Siti. Przywykła już do tego, że kapłanka pojawia się jak grom z jasnego nieba w trudnych chwilach takich jak ta. Jednak nigdzie nie było jej widać. To dobrze. Gdyby doszło do walki, to fakt, kim Siti jest – czym jest – stanowił przeszkodę. Mimo to Fatma rozczarowała się, nie widząc dziewczyny, z jej pewnym siebie uśmiechem i charakterystycznym butnym krokiem, pośród zebranych agentów i policjantów. Odsunęła tę myśl od siebie i już miała wsiąść, kiedy ktoś ją zawołał po imieniu. Onsi biegł za nią. Kiedy do niej dobiegł, wyjął chusteczkę, żeby otrzeć twarz, przyglądając jej się wesoło. Czy ten mężczyzna kiedykolwiek przestawał się uśmiechać?

– Agentko Fatmo! – wysapał.

– Agencie Onsi, twoje miejsce jest w wozie z agentem Hamedem.

– Tak! I jeszcze raz dziękuję, że uwzględniłaś mnie w tej misji, mam nadzieję...

– Nie musisz mi dziękować. – Prawdę mówiąc, nie był pierwszą osobą, jaka przyszła jej na myśl, gdy planowała akcję w terenie. Jednak wykazał się podczas ataku ghuli. – Chciałeś powiedzieć coś jeszcze?

Onsi entuzjastycznie pokiwał głową.

– Chciałem powiedzieć, że przeczytałem książkę, którą mi dałaś!

Fatma się zdumiała.

– Przeczytałeś *Opowieść o księżniczce Zat al-Himmie* w ciągu tych paru godzin?

Normalnie zaniosłaby książkę Zagrosowi, ale dżinna jeszcze nie uwolniono, chociaż Fatma już wszystko wyjaśniła Amirowi. Nie mogli go wypuścić, dopóki nie mieli pierścienia. Onsi był drugim narzucającym się wyborem. Jednak tym razem pobił swoisty rekord.

– Przeszedłem kurs szybkiego czytania na uniwersytecie – powiedział. – Nie pozwala to na szczegółowe zrozumienie tekstu, ale odkryłem, że można się całkiem przyzwoicie zorientować w treści. Kiedy już skończyłem czytać wszystkie trzynastowieczne dzieła na temat ezoterycznej filozofii Timbuktu...

– Onsi. – Fatma wskazała wóz. – Mamy coś do zrobienia.

– Ach! Książka! Fascynująca lektura. Nigdy się z nią nie zetknąłem, chociaż słyszałem, że jest bardzo popularna w królestwach Sahary Zachodniej. Opowiada o księżniczce Fatmie Zat al-Himmie.

– Mamy więc takie samo imię. Czy to właśnie próbował mi przekazać Siwa?

– To zdecydowanie nie jest najciekawsza rzecz w tej historii. W romansie Zat al-Himma to księżniczka, która zostaje królową-wojowniczką. Pewne niefortunne rzeczy przydarzają się jej mężowi i Zat al-Himma rodzi mu syna o czarnej skórze. To wywołuje niepokój ojca, który odmawia uznania dziecka, chociaż lekarze potwierdzają, że jest jego potomkiem. Prawdziwy skandal.

– Z pewnością – zniecierpliwiła się Fatma. – Coś jeszcze?

– O, tak! – Onsi poprawił okulary. – Księżniczka Zat al-Himma jest zmuszona zostać jedynym rodzicem dla swojego syna. Bierze go pod swoje skrzydła i uczy sztuki rycerskiej. Żeby poddać syna próbie, często przebiera się za mężczyznę i go atakuje. Chłopak wyrasta na wielkiego wojownika, ale aroganckiego. Pewnego razu, kiedy jego matka ostrzega go przed walką z Bizantyjczykami, gani ją i każe odejść do kołowrotka razem z innymi kobietami, a walkę zostawić jemu.

– Niewdzięcznik.

– W rzeczy samej. Księżniczka Zat al-Himma mści się, dokonując masakry w przebraniu bizantyjskiego rycerza i pokonując syna na oczach całej armii. Potem zdejmuje welon i ujawnia, kim jest: kobietą i jego matką.

– To brzmi jak zagrywka w stylu mojej własnej matki. Do czego to zmierza?

– Rzecz w tym, co księżniczka Zat al-Himma mówi synowi po zdjęciu welonu: „Wzgardziłeś zatem płcią nadobną? Jak ci się podoba zostać wystawionym na próbę przez lwa z lasu?". To te same słowa, które wypowiedział dżinn iluzji. Może teraz rozumiesz ich znaczenie?

Fatma wpatrywała się w niego przez długą chwilę i wreszcie powiedziała:

– Jesteś prawdziwym skarbem, Onsi.

Rozpromienił się, jakby przypięła mu medal do piersi.

***

Słońce opadło nisko, zanim ich karawana pokonała z hukiem drogę prowadzącą do posiadłości Worthingtona. Niebo zaczęło przybierać żółtawy odcień. Fatma widziała zarys piramid, wiecznie stojących na straży. Dołączyła do nich policja z Gizy i było ich już niemal tylu, co na Cmentarzu. Miała nadzieję, że nie czeka ich powtórka z tamtej katastrofy.

Hadia siedziała obok niej i musiała znosić opowieści Aasima o jego uporze, który – swoim zdaniem – odziedziczył po dziadku. Siedział obok dwóch innych policjantów w mundurach. Fatma zerkała od czasu do czasu na siedzącego pośrodku. Odpowiedział na jej spojrzenie, ale z jego czarnych oczu nie dało się niczego wyczytać, tak samo jak z zaciętej twarzy.

Prawdę mówiąc, niespecjalnie zwracała na niego uwagę. Tak samo jak na przechwałki Aasima. Słowa wypowiedziane przez Siwę na pożegnanie prześladowały ją, powtarzała je jak mantrę. „Jak ci się podoba zostać wystawionym na próbę przez lwa z lasu?" Obracała pasemko bladozłotych włosów w palcach, badając je, jakby była jasnowidzem.

Dźwięk jej imienia wyrwał ją z zadumy. Hadia wskazywała drzwi pojazdu, przez które wysiadał już Aasim i pozostali. Fatma nawet nie zauważyła, kiedy się zatrzymali.

– Dobrze się czujesz? – zapytała z troską Hadia. – Nie odzywałaś się przez całą drogę.

– Aasim mówił dość za wszystkich. Porównywał cię już ze swoją córką?

– Inspektor Wąsik? Ze trzy razy. – Zniżyła głos. – Ale serio pytam, co się dzieje? Myślałam, że będziesz wniebowzięta. Mamy aresztować impostora.

– Po prostu mam sporo na głowie. – Fatma spojrzała na pukiel włosów, a potem wyjęła zegarek i uniosła go. – Ojciec dał mi go, kiedy przyjechałam do Kairu. Przypomina stary *asturlab*. Ojciec poradził mi, żebym zerkała na niego, kiedy tylko poczuję się zagubiona, a wtedy znajdę właściwą drogę.

– A jesteś teraz zagubiona?

Fatma spojrzała Hadii w oczy.

– Ufasz mi?

Pytanie zaskoczyło Hadię, ale skinęła z przekonaniem głową.

– Tak.

Fatma schowała zegarek do marynarki.

– Kiedy wejdziemy do środka, idź za moim przykładem. Nie mogę tego wyjaśnić. Nadal zastanawiam się nad paroma rzeczami. Po prostu zaufaj mi, nawet jeśli będzie to wyglądało, jakbym oszalała.

Hadia uniosła z zaciekawieniem brew.

– Szaleństwo to część tej pracy.

Wysiadły z wozu i dołączyły do Aasima. Stał przed posiadłością Worthingtonów i wydawał rozkazy.

– Ustawiam większość moich ludzi wokół posiadłości, na wypadek gdyby Anglik chciał się wymknąć. – Dotknął gwizdka, który nosił na szyi. – Jeden sygnał, a zaroi się od nich w domu. Jeśli pojawi się ten ifryt...

– Postarajmy się do tego nie dopuścić – powiedziała mu Fatma – ale nie próbuj nikomu zakładać kajdanek, dopóki nie dam sygnału.

Aasim przyjrzał jej się pytająco.

– W porządku, pod warunkiem, że nie zacznie perorować, jak to często robią złoczyńcy, oni kochają słuchać własnego głosu.

Ostatecznie tylko on, Fatma, Hadia i czterech policjantów zapukali do drzwi rezydencji. Hamed dowodził pozostałymi agentami wyposażonymi w specjalistyczną broń do walki z istotami nadprzyrodzonymi – niestety żadna z nich nie została przetestowana na ifrycie. Kiedy drzwi się otworzyły, stał w nich nocny zarządca. Oczy zrobiły mu się wielkie jak spodki na widok wozów policyjnych.

– Pokój z panem... Zarządca Hamza, zgadza się? – powitała go Fatma.

– I pokój z tobą, córko – odpowiedział niepewnie stary mężczyzna. – W czym mogę pomóc?

– Czy Alexander Worthington jest w domu? – zapytał Aasim.

Hamza przyjrzał się jego mundurowi.

– Pan i pani są w pokojach na górze.

Na znak Aasima policjanci weszli do domu, mijając zarządcę. Zajęli miejsca w salonie, a za nimi weszli pozostali.

– Czy może pan przyprowadzić do nas pana Worthingtona?

To było bardziej żądanie niż prośba. Nocny zarządca skłonił się lekko.

– Oczywiście, inspektorze.

Odwrócił się, żeby odejść, ale Fatma go zatrzymała.

– Przyprowadź ich oboje – poleciła i nieco łagodniej dodała: – Wuju, kto jeszcze jest w domu?

– Ja, kucharka i trochę służby na nocnym dyżurze.

– Kiedy już zrobisz swoje, zbierz ich i wyjdźcie. Oddalcie się od domu tak bardzo, jak się da.

Jedno trzeba było mu przyznać – nie zakwestionował jej polecenia ani nie spojrzał na Aasima, szukając u niego potwierdzenia. Kiedy zniknął w korytarzu, Fatma rozejrzała się po szerokim prostokątnym salonie z antycznymi srebrnymi mameluckimi lampami, safawidzkimi miniaturami i podłogą w gwiazdy. Przeszła pod ścianę i przystanęła obok kompletu mieczy, które zauważyła pierwszego dnia. Zaokrąglone głowice były ozdobione czarnymi kutasikami, nad żelaznymi jelcami widniały wykończone srebrem rękojeści. Wysunęła jedną klingę do połowy ze skórzanej pochwy. Proste obusieczne ostrze. Systematycznie ostrzone, sądząc po wyglądzie. Spostrzegła inskrypcję z Koranu na powierzchni. Hadia przyglądała jej się z ciekawością. Zanim którakolwiek się odezwała, pojawili się ich gospodarze.

Alexander Worthington wszedł przez jeden z ostrych podkowiastych łuków. Miał na sobie szare spodnie i szarą kamizelkę pod ciemnym smokingiem. Fatma zauważyła niebieski jedwab z pierzastym wzorem zdobiący białą koszulę z wysokim kołnierzykiem. Fular. Często się zastanawiała, czy dobrze wyglądałaby w czymś takim.

Obok niego szła Abigail Worthington, równie elegancko ubrana. Miała na sobie jedną z modniejszych parysko-kairskich sukni: z czarnego i złotego jedwabiu, zdobioną paciorkami i koronką, na której przepiękne kwieciste wzory naśladowały rysunki henną na skórze. Jej dekolt zdobił naszyjnik z czarnych szafirów i rubinów, w uszach i na nadgarstkach miała klejnoty z tego samego kompletu, nawet na wciąż zabandażowanej ręce. Z wysoko upiętymi rudymi lokami wyglądała na równą wzrostem bratu, gdy stanęli obok siebie.

– Co to ma znaczyć? – zapytał ostro Alexander, nawet się nie witając. Robił wrażenie równie poirytowanego jak przy ich pierwszym spotkaniu. – Hamza mówi mi, że w posiadłości stoją wozy policyjne?

– Alexandrze Worthington. – Aasim zrobił krok naprzód, podnosząc nakaz. – Jestem inspektor Aasim Szarif z kairskiej policji i otrzymałem nakaz aresztowania pana.

Aasim w najlepszym razie mówił po angielsku słabo, ale dostatecznie dobrze wyraził swoją myśl, bo Alexander miał taką minę, jakby go spoliczkowano. Otworzył tępo usta i rozejrzał się po zgromadzonych, aż jego wzrok zatrzymał się na Fatmie.

– Nakaz jest związany z morderstwem pana ojca – wyjaśniła w odpowiedzi na jego pytające spojrzenie. – I dwudziestu trzech innych osób, w tym członków Bractwa Al-Dżahiza i dwóch egipskich obywateli.

Abigail wyrwał się zduszony okrzyk, który poniósł się w salonie echem. Chwyciła się za pierś, łapiąc powietrze wielkimi haustami. Wyglądała, jakby zamierzała zemdleć.

– To jakiś żart? – Alexander zgromił ich wzrokiem, nie wierząc własnym uszom. – Kiepski dowcip? Wtargnęliście do mojego domu, żeby oskarżyć mnie o zamordowanie mojego własnego ojca?

– Tak. – Abigail zaśmiała się nerwowo. – To jakiś przejaw tubylczego humoru. Bawią się twoim kosztem, Alexandrze.

– To żadna zabawa – odparła Fatma. – Podżeganie do zamieszek, dopuszczenie się ataku terrorystycznego na egipską instytucję cywilną, narażenie życia króla. To wszystko tu jest. – Wskazała nakaz. – Przygotowaliśmy egzemplarz po angielsku, jeśli chce go pan sobie przejrzeć.

Aasim podał dokument, który Alexander wyrwał mu z ręki i zaczął gorączkowo czytać. Fatma obserwowała go, patrząc też w oczy Abigail, która sprawiała wrażenie wstrząśniętej.

– Co za bzdury! – grzmiał Alexander. – To dokładnie takie same oskarżenia, jakie stawia się temu szubrawcowi ganiającemu po mieście i podającemu się za sudańskiego mistyka! Tego samego, którego spotkała moja siostra i który, jak dobrze rozumiem, przyznał się do zamordowania mojego ojca!

– Który także jest panem – wydukał łamaną angielszczyzną Aasim.

Alexander prawie bełkotał.

– Ja?! Uważacie, że ten szaleniec to ja? Czy ja wyglądam jak ciemnoskóry mahometanin w turbanie? Oślepliście?

– Impostor posługuje się przebraniem – powiedziała Fatma. – Iluzją utkaną za pomocą zakazanej i ukradzionej magii. – Sięgnęła do kieszeni i wyjęła pasemko bladozłotych włosów. – Odcięłam mu ten kosmyk w noc szczytu pokojowego. Niezbyt to typowe dla „czarnoskórych mahometan w turbanach".

Alexander wpatrywał się w pukiel. Bezwiednie dotknął ręką swoich włosów. Zdając sobie sprawę, co robi, natychmiast ją opuścił i potrząsnął gniewnie nakazem.

– Czy to uchodzi za sprawiedliwość w tym kraju pełnym przesądów i szarlatanerii? Zamordowano mojego ojca, a potem mnie oskarża się o zbrodnię? Co dalej? Rozumiem, że jakieś wymuszenie opiewające na ogromną sumę? – Krzyczał coraz głośniej i trząsł się przy tym. – Mylicie się, jeśli myślicie, że zapłacę wam łapówkę! Każę mojemu prawnikowi natychmiast zadzwonić do brytyjskiej ambasady! Nie ujdzie wam na sucho ta... ta... zniewaga! Dopilnuję, żeby każde z was wylądowało w więzieniu, zanim ta noc dobiegnie końca!

Abigail wyciągnęła błagalnie ręce – jedną do nich, drugą do brata, którego twarz przybierała coraz bardziej fioletowy odcień.

– Musiała zajść jakaś pomyłka. Jestem pewna, że Alexander może... to... wyjaśnić. – Wskazała kosmyk włosów. – Możesz, prawda? – Przyjrzała mu się niepewnie zielononiebieskimi oczami.

– Dlaczego tak na mnie patrzysz? – zapytał ostro. – Wierzysz im?!

– Oczywiście, że nie! Na pewno masz dobrą odpowiedź. – Przyłożyła rękę do skroni. – To wszystko jest takie nieoczekiwane. Nie jestem pewna, co myśleć.

– Widzicie, co narobiliście? Namieszaliście w głowie mojej siostrze, która tak łatwo ulega wpływom. To zamach na moją osobę!

Fatma przyjrzała się kobiecie.

– Dobrze się czujesz, Abbie?

– Trochę mi się kręci w głowie. To wszystko jest takie nagłe.

– Wybieraliście się gdzieś?

Abigail zamrugała zaskoczona, a potem spojrzała po swojej sukni.

– Byliśmy umówieni na kolację.

– Najpewniej z jednym z wpływowych przyjaciół rodziny. – Fatma odwróciła się do Alexandra. – Mamy zeznania jednego z tych przyjaciół, zgodnie z którym był pan w Egipcie w noc morderstwa pańskiego ojca.

– Mam dokumenty poświadczające czas mojego przyjazdu!

– Nietrudno je podrobić komuś, kto posługuje się iluzją – wtrąciła Hadia.

Alexander uniósł ręce, a potem zaczął się śmiać, kręcąc głową.

– Wszyscy oszaleliście. Cały ten kraj oszalał. Odebrał mi ojca, a teraz rości sobie pretensje do mnie. – Zniżył głos do syku. – Ale nic z tego! Nie zabierze mnie, tak jak zabrał jego! Nie pozwolę!

Fatma spojrzała w jego harde, niebieskie oczy, szukając śladu płomienia, który widziała w impostorze. Z pewnością spostrzegała arogancję, przekonanie o własnej ważności typowe dla mężczyzn, którzy mają za wysokie mniemanie na swój temat. Jednak nie widziała ani śladu tamtego żaru. Popatrzyła na jego dłonie. Nagie, jeśli pominąć sygnet ojca na jednym z palców.

– To rzeczywiście sprawia wrażenie szaleństwa, prawda? – spytała. – Kiedy pierwsze poszlaki zaczęły prowadzić do pana, też myślałam, że oszalałam. A potem wszystko zaczęło nabierać sensu. Wydaje się, że kłamie pan na temat tego, kiedy przybył pan do kraju. Nie chce pan z nami rozmawiać. Ma pan nawet motyw: chęć usunięcia ojca ze swojej drogi. Z pewnością nie miał pan dobrego zdania na temat bractwa. I naprawdę trudno pana lubić.

Po ostatnim zdaniu Alexander zacisnął usta.

– Jednak to nie wystarczało – mówiła Fatma. – To, co ostatecznie doprowadziło nas do pana, to ostatnie wydarzenia. Najpierw nie pojawił się pan na szczycie, który zorganizował pana ojciec. Impostor zaś przybył. Potem dowiedzieliśmy się o przekazie pieniężnym do dżinna imieniem Siwa z pańskimi inicjałami: AW. Do tego czasu odwiedziliśmy anioły i dowiedzieliśmy się o pierścieniu, uzyskując pełen obraz, który prowadził prosto do pana.

– Co pani wygaduje? – Alexander nie posiadał się z gniewu. Spojrzał na Aasima, potem na Hadię. – Co ona wygaduje? Kim jest ten dżinn i niby jakie pieniądze mu wysłałem? Anioły? Dlaczego miałbym mieć coś wspólnego z tymi... istotami?

Fatma podeszła do ściany z mieczami.

– Śledztwo często żyje własnym życiem. Jeśli zaczynasz je, chcąc w coś wierzyć, właśnie tam cię doprowadzą poszlaki. Ustawią się dokładnie tak, jak tego chcesz. Stworzą wygodny obraz. – Wyciągnęła miecz z pochwy, zaciskając dłoń na rękojeści. – Pański ojciec wybudował tę rezydencję inspirowany al-Dżahizem i tak zwanym Orientem. Ten miecz jest sudański, mam rację? – Odwróciła się do Hadii, podając jej broń.

Hadia wzięła ją do ręki i obejrzała.

– To kaskara. Sudańska, może ludu Bagirmi.

– Agentka Hadia zna się na białej broni – wyjaśniła Fatma. Wyciągnęła drugie ostrze, a potem spojrzała na Alexandra. – Założę się, że pan świetnie sobie radzi z białą bronią. Musiał pan jej używać, jako kapitan. – Napotkała pytające spojrzenie Aasima, zanim rzuciła broń Alexandrowi.

Złapał ją zaskoczony. Lecz niezręcznie. Chwycił kutasik, a dopiero potem rękojeść. Spiorunował Fatmę wzrokiem.

– Co pani sobie wyobraża...

– Walcz z nim! – poleciła.

Hadia nie wahała się ani chwili, natychmiast przyjęła odpowiednią pozycję i zaatakowała. Alexander krzyknął, unosząc miecz do bloku. Był niezręczny, prawie wypuścił broń, kiedy ostrza się zderzyły. Hadia szybko sprawiła, że zaczął się cofać, próbując się bronić, podczas gdy ona raz za razem trafiała go płazem – w rękę, w biodro, w nogę.

– Wystarczy! – zawołała Fatma.

Hadia się cofnęła.

– Co to znaczy, u diabła? – ryknął Alexander, bliski apopleksji.

– Proszę o wybaczenie – powiedziała Fatma. – Nie walczy pan zbyt dobrze.

Alexander jeszcze bardziej poczerwieniał.

– Nie posługujemy się orientalną bronią w służbie Jego Królewskiej Mości!

– Oczywiście – zgodziła się Fatma. Hadia podeszła i oddała jej miecz. – Tyle że impostor jest świetnym szermierzem. I woli walczyć prawą ręką, pan zaś lewą. To dziwne. – Zważyła broń w ręce i rzuciła ją rękojeścią do przodu.

Abigail nie spodziewała się, że broń poleci w jej kierunku, ale złapała ją zręcznie jedną ręką.

Fatma nie traciła ani chwili. Wydobyła własne ostrze z laski i zaatakowała kobietę, która zdumiewająco szybko przyjęła odpowiednią pozycję i uniosła broń, żeby odeprzeć atak. Fatma napierała szybkimi, rytmicznymi ciosami. Każdy został odparty świetnie wykonaną paradą. Cofnęła się, kiwając głową. Abigail wyprostowała się, miała doskonałą sylwetkę szermierza nawet w wieczorowej sukni, a w jej niebieskozielonych oczach płonął aż zbyt znajomy ogień.

– O rety! – wykrzyknęła i płomień zgasł. Oddała miecz, chichocząc nerwowo. – Chyba te lekcje szermierki do czegoś się przydały.

– To musiało być trochę więcej niż kilka lekcji – zauważyła Fatma, wsuwając klingę do pochwy na ścianie. Zerknęła na Hadię, która patrzyła na nią znacząco. – Świetnie walczysz. I preferujesz prawą rękę. Ale nie tylko w tym jesteś dobra, prawda, Abbie?

Abigail była skonsternowana.

– Chyba nie rozumiem, co masz na myśli.

– To ty pierwsza powiedziałaś nam o impostorze, mężczyźnie w złotej masce. Można odnieść wrażenie, że twój brat miał wszelkie motywy, żeby zabić ojca. A co z tobą? Córką, którą ojciec sprowadził do Egiptu, która spędzała tu miesiące, czasem całe lata. Komu zwierzał się ze swoich obsesji, kto pomagał mu przeglądać stare książki i rękopisy, kiedy twój brat bawił się w żołnierzyka?

– Chwileczkę...! – zaczął Alexander, ale Fatma uniosła rękę, żeby go uciszyć.

– W czym jeszcze pomagałaś swojemu ojcu? Może to ty w tajemnicy pomagałaś wzrastać fortunie Worthingtonów, kiedy on uganiał się za ezoterycznymi antykami? A na koniec nic nie dostajesz. Ojciec nie pozwala ci wstąpić do bractwa, chociaż zaprasza „tubylczą" kobietę. Twój brat może do niego wstąpić, chociaż w ogóle nie chce. Nie dość tego, to on zostaje dziedzicem. Byłaś przy ojcu, kiedy kogoś potrzebował, ale on wyznaczył ci tylko rolę córki, która nie ma niczego do roboty. Jeśli ktoś miał motyw, żeby zabić Alistaira Worthingtona, to czy nie właśnie ty, Abbie?

– To oburzające! – wyrwał się Alexander. – Najpierw oskarżacie mnie o to, że jestem tym Sudańczykiem, a teraz myślicie, że to moja siostra?! Kto potem? Służący? – Spojrzał na Aasima. – Inspektorze! Jak długo potrwa ta farsa?

Tym razem to Aasim uciszył go, unosząc rękę.

– W ten sposób natknęłaś się na pierścień? – zapytała Fatma. – Nie w jednej z tych głupawych książeczek, które czytywałaś przy nas, ale w jednym z manuskryptów ojca. Zobaczyłaś to, prawda? Osoba o silnej woli. Może nawet napędzana gniewem.

Wiedziałaś wszystko o interesach bractwa z Siwą. Poszłaś do niego i zaczęłaś pytać. Nie mógł ci odpowiedzieć, ale zobaczyłaś pierścień na liście, może nawet kiedy ojciec i inni nie byli w stanie. I bardzo go zapragnęłaś. Wraz z nim miałabyś moc, żeby zemścić się na ojcu i jego bractwie. Moc, żeby robić, co zechcesz. – Podniosła bladozłoty kosmyk. – Magia ifrytów, oto jak stworzyłaś swoją iluzję. Stałaś się al-Dżahizem. To podobno specjalny rodzaj złudzenia. Dzięki temu widzimy to, co chcemy widzieć. Myślałam, że rozwiązałam tę sprawę, ale zamieniłam jedną iluzję na drugą, tak jak wtedy, kiedy człowiek myśli, że się obudził, a tak naprawdę nadal śni. AW nigdy nie oznaczało Alexandra Worthingtona. To była Abigail Worthington. I dlatego wiem, że kosmyk, który trzymam, nie jest złoty.

Fatma spojrzała na trzymany pukiel i wreszcie oczyściła umysł, uwolniła go od oczekiwań i pragnień. Złoto barwiące włosy zniknęło, zostawiając znajomy ciemnorudy kolor. Wszyscy w pokoju znieruchomieli.

– Wszyscy musieliście powariować – odezwał się w ciszy Alexander. Zaśmiał się w głos. – Moja siostra? Miałem tuż pod nosem czarodziejkę? Mistrzynię fechtunku? Spójrzcie na nią! Płacze, jeśli odezwać się do niej zbyt ostro, albo mdleje na widok krwi. Wątpię, żeby to biedne stworzenie potrafiło stworzyć tyle wymyślnych spisków i pomysłów!

Fatma znowu uniosła rękę, żeby go uciszyć, ale ktoś inny ją uprzedził.

– Zamknij się wreszcie – powiedziała Abigail. Obróciła smukłą szyję i posłała bratu spojrzenie zdolne przepalić ścianę. Śmiech zamarł mu na ustach. Potem spojrzała na Fatmę. – Zatem to byłoby tyle – dodała płynnie po arabsku.

Jej brat wytrzeszczył oczy, jakby spoliczkowała go drugi raz; taką samą minę miał Aasim. Nawet Hadia, która powinna była już się tego spodziewać, sapnęła cicho.

– Już nie grasz naiwnej Angielki? – spytała Fatma.

Abigail zaśmiała się. Zniknęło jej zdumienie, jakby zerwała maskę z twarzy.

– Graj rolę, której ludzie oczekują, a zawsze cię zaakceptują. – Przeszła na angielski, wskazując na brata. – On uwierzył. Nie wszystkie iluzje wymagają magii.

– Chociaż magia pomaga – wtrąciła Hadia. – To ty poszłaś do madame Nabili w noc śmierci twojego ojca, żeby błagać ją o wyciszenie sprawy w gazetach.

– To zdumiewające, jak wielkie zamieszanie może wywołać właściwie skierowane słowo – odpowiedziała Abigail. – Sztuka polega na tym, żeby wiedzieć to, co ludzie chcą usłyszeć. Może trzeba wykorzystać ich strach, może uprzedzenia, głód albo naturalną nieufność między imperiami. A może wystarczy tylko wyniosła Egipcjanka, która z zachwytem patrzy, jak płaszczy się przed nią młody Anglik.

– Można też nakierować dwie agentki tak, żeby zaczęły ścigać twojego brata – powiedziała Fatma. – Dzięki czemu straciliśmy z oczu ciebie i mogłaś zająć się swoimi sprawami przez nikogo nie niepokojona. Wysłałaś list, który ściągnął go do Kairu. A potem zostawiałaś dla nas tropy, nawet dałaś nam dziennik Portendorfa. Czar rzucony na dżinna iluzji. Przez który musiał obcinać sobie język, kiedy tylko padało imię twojego brata. Szalenie obciążająca rzecz.

Abigail dygnęła leciutko.

– Przy tym szczególnie się postarałam. Te wszystkie cytaty z jego książek... Nadal trzyma języki w koszyku? Co za koszmar! – Zmrużyła oczy. – Ale jak na to wpadłaś?

– „Jak ci się podoba zostać wystawionym na próbę przez lwa z lasu" – wyrecytowała Fatma. – Czytałaś kiedyś *Sirat al-amira Zat al-Himma*? Opowiada o królowej, która walczy przebrana za mężczyznę, ukrywa się jak lew w lesie. Cytat to jej przechwałka, gdy zachwyca się własnym podstępem.

Abigail skinęła głową z aprobatą.

– Och, podoba mi się ta osoba!

– Jednego tylko nie rozgryzłam – powiedziała Fatma. – Rozumiem, że to ty stałaś za kłopotami z samochodem, jakie miał twój brat, przez co nie dojechał na szczyt. Co miało potwierdzić jego winę w naszych oczach. Widziałam jednak, jak zemdlałaś, kiedy pojawił się al-Dżahiz. Jak to zrobiłaś?

Abigail uśmiechnęła się drapieżnie.

– Al-Dżahiz. Prorok. Zbawca. Szaleniec. Tak wiele rzeczy dla różnych ludzi. Kimkolwiek naprawdę był, teraz została nam tylko... iluzja.

Machnęła zabandażowaną ręką i na jej miejscu pojawił się impostor ubrany na czarno i z ciemną twarzą al-Dżahiza. Wszystkim w pokoju wyrwały się zduszone okrzyki. A jeden z policjantów, jak zauważyła Fatma, sapnął najgłośniej.

– Al-Dżahiz nie jest jedną osobą – powiedziała spowita iluzją Abigail. – Jest tutaj.

– I tutaj – rozległ się kolejny głos, gdy al-Dżahiz wszedł z korytarza.

– I tu – powtórzył bliźniaczy al-Dżahiz, nadchodzący w ślad za poprzednim.

– Jest wszędzie – rzekł kolejny, który nadszedł jako trzeci.

Cztery repliki al-Dżahiza stanęły obok Abigail. Machnęła ręką i iluzje zniknęły. Jeden z al-Dżahizów okazał się Victorem Fitzroyem z szyderczym uśmiechem i kanciastą szczęką. Siostry Edginton stały na miejscu bliźniaczych al-Dżahizów. A kpiący Percival Montgomery okazał się czwartym.

– To który z was wygłosił przemowę na szczycie?

Percival ukłonił się przed Fatmą, a Abigail zaklaskała z zachwytem.

– Abigail – wychrypiał Alexander. – Czy ty mówisz, że naprawdę popełniłaś te wszystkie straszne czyny? Że zamordowałaś naszego ojca?

Na okamgnienie maska bezwzględności zniknęła z twarzy kobiety, ale zaraz szybko powróciła.

– Nadszedł czas, żeby ojciec ustąpił – wyjaśniła ze stoickim spokojem. – Widziałeś, co wyprawiał z nazwiskiem rodziny, z naszą fortuną. Jak myślisz, kto wszystkim zawiadywał, gdy ty hulałeś po Indiach jako kiepski żołnierz? Ci trzęsący portkami starcy, którymi się otaczał? To ja pilnowałam, żeby nazwisko Worthington przetrwało dla następnego pokolenia.

– Te wszystkie inwestycje, których nie mógł pan zrozumieć – powiedziała do Alexandra Fatma. – W wytwórców broni i fabryki amunicji? To robota pana siostry. To dlatego próbowali zakłócić szczyt pokojowy. Ona chce wojny. Dla zysku.

Alexander popatrzył na siostrę z przerażeniem.

– Dla zysku? – żachnęła się Abigail. – Myślicie, że chodzi o pieniądze? Albo o zemstę na ojcu, bo nie zaprosił mnie do swojego małego klubu? Że tak odpłaciłam się bratu za to, że wszystko odziedziczył? – Spojrzała na Fatmę rozczarowana. – Gdybym była mężczyzną, gdyby to mój brat był winny, tak jak podejrzewałaś, co uznałabyś za motyw?

Aasim pochylił się do Fatmy:

– Czuję, że zaraz zacznie się przemowa złoczyńcy.

– Władza – odpowiedziała Hadia. – Tego zwykle pragną mężczyźni.

– A czegóż innego? – zapytała Abigail. – Egipt ma ją teraz. Dzięki al-Dżahizowi. Dawno temu trzymaliście berło przez tysiące lat. A teraz staliście się nową siłą. Podczas gdy wy budujecie fantastyczne cuda mechaniki i magii, stare mocarstwa wycofują się albo kłócą między sobą. Anglię ledwie jeszcze można nazwać imperium. Hinduscy mistycy w Pendżabie i królowe Aszantów na Złotym Wybrzeżu zdeptali brytyjską flagę. – Prychnęła. – Mój ojciec w jednej kwestii miał rację: nastały nowe czasy, a Brytania osłabła, ponieważ to zignorowała, podczas gdy ciemniejsze rasy zyskały na sile. Po co jednak tworzyć, kiedy można zwyczajnie odebrać? Serce egipskiej mocy to dżinny. A ja je wam odbiorę.

Abigail uniosła zabandażowaną rękę i bandaż zniknął – kolejna iluzja. Pod nim skóra była blada, a ręka uschnięta prawie do kości. Na czwartym palcu Abigail nosiła prostą złotą obrączkę ozdobioną ognistym pismem. Fatma od razu rozpoznała ten przedmiot – Pieczęć Sulajmana.

– Dzięki mnie Brytania znowu będzie rządzić światem – oznajmiła Abigail. – Egipt upadnie pierwszy, gdy ja zapanuję nad jego dżinnami. A potem weźmiemy się za odzyskiwanie wszystkiego, co straciliśmy, na nowo składając imperium. Znowu będziemy potęgą. Może zostanę uhonorowana jak lord

Nelson. Może uczynią mnie królową. – Urwała i popatrzyła z podziwem na pierścień. – A może sama zrobię siebie królową!

Fatma popatrzyła na zżeraną przez chorobę rękę kobiety i uniesienie na jej twarzy, przypominając sobie, że anioły ostrzegały przed tak wielką mocą: „Zbyt wielką, żeby śmiertelnik władał nią tak samowolnie. I tak często". Odwróciła się do Aasima.

– Słyszałeś to wszystko?

Inspektor pokiwał głową w odpowiedzi. Przeniosła wzrok na policjanta, który zwracał jej uwagę.

– A ty, usłyszałeś dość?

Policjant też pokiwał głową, a na jego twarzy malowała się mieszkanka wstrząsu i pogardy.

– To wszystko było fałszem! – wykrzyknął.

Abigail przyjrzała mu się z nieskrywaną konsternacją, aż wreszcie go rozpoznała.

– Mustafa. Mój Świadek.

– Już nie! – odkrzyknął mężczyzna. – Kłamiesz! Będę zadawał ci kłam aż do ostatniego tchnienia!

To Fatma wymyśliła, żeby zabrać go ze sobą w przebraniu policjanta. Fakt, że Świadek al-Dżahiza zobaczy zdemaskowanego impostora, bardzo pomoże zmniejszyć napięcie na ulicach Kairu.

– Wieści szybko się niosą w tym mieście – powiedziała. – Wkrótce wszyscy będą wiedzieć, że nie jesteś al-Dżahizem. Policja jest w całej posiadłości, gotowa wkroczyć na nasz sygnał. Nawet jeśli zdołasz nas powstrzymać, wrócimy z jeszcze większą liczbą ludzi. Nie wygrasz. To koniec.

Wiele mówiący uśmiech wypełzł na twarz Abigail. Jej przyjaciele też się uśmiechnęli. Nie taką reakcję Fatma miała nadzieję ujrzeć.

– Koniec? – zapytała Abigail. – To nawet nie jest początek. Ależ agentko Fatmo, nie zapytałaś nawet, co zamierzam zrobić z tym fantastycznym zegarem. Zamierzam zabrać go ze sobą tam, gdzie to wszystko się zaczęło. Zgodnie z planem miałam mieć jeszcze dzień albo dwa, ale będziemy musieli poradzić sobie teraz. – Zaczęła nucić: – Nadchodzi Dziewięciu Lordów.

Fatma zesztywniała, gdy pierścień na dłoni Abigail zaczął jarzyć się ognistym pismem. Już miała powiedzieć Aasimowi, żeby dał sygnał gwizdkiem i aresztował Abigail, kiedy do jej uszu dobiegł znajomy dźwięk. Pamiętała go z poprzednich wizyt w posiadłości Worthingtonów. Był tak słabiutki, tak cichy, że często zastawiała się, czy naprawdę go słyszała. Teraz brzmiał wyraźniej. Przytłumione dzwonienie, jakby młoty uderzały o stal. Fatma spojrzała na Hadię.

– Ja też to słyszę!

Fatmie żołądek się zacisnął. Dzwonienie. Nigdy nie wyjaśniła dzwonienia.

– Abigail! – spróbowała. – Dajesz się wykorzystywać! Anioły, one chcą, żebyś...

Abigail stłumiła ziewnięcie.

– Ten dżinn Siwa ciągle o tym paplał. Że pierścień trafił do mnie, bo one to ukartowały. – Wzruszyła nagimi ramionami. – Powiem ci to samo, co powiedziałam jemu: mam to w nosie. Pierścień jest teraz mój. Przyszedł do mnie. A ja nie jestem niczyją marionetką.

Dzwonienie stało się głośniejsze.

– Skąd to dobiega? – krzyknęła Hadia.

To nie był pojedynczy dźwięk, ale wiele nieregularnie rozlegających się uderzeń. Fatma spuściła wzrok na swoje karmelowe brogowane buty. Czy ziemia się trzęsła? Wokoło nich ściany wibrowały i srebrne mameluckie lampy kołysały się na łańcuchach pod sufitem.

– Zgarniamy ją? – zapytał Aasim, podnosząc gwizdek do ust.

Fatma spojrzała na uśmiech rozlewający się na twarzy Abigail i pokręciła głową.

– Wynoście się stąd! Niech wszyscy opuszczą dom!

Rzucili się do drzwi. Fatma złapała Alexandra, który strzelał oczami na wszystkie strony. Zerknęła po raz ostatni na Abigail i jej przyjaciół stojących spokojnie pośrodku trzęsącego się pokoju. Wybiegła drzwiami i zbiegła po schodach ścigana przez ogłuszające dzwonienie. Dostrzegła Hameda biegnącego z kilkoma agentami i policjantami.

A potem dom się zawalił.

Poczuła, jak ziemia pod jej nogami przesuwa się. Zatoczyła się. Aasim krzyczał na policjantów, żeby się wycofali. Mężczyźni nadal siedzący w wozach wyskakiwali z nich i uciekali, kiedy rezydencja Worthingtonów zaczęła się rozpadać. Wieże, minarety, kolumnady rozsypywały się, cały budynek się walił. Zaraz za nimi zapadła się ziemia, która rozwarła się i zaczęła połykać całe fragmenty budowli. W okamgnieniu został tylko gruz spowity w kłębiącą się chmurę duszącego pyłu. Fatma zakaszlała, próbując oddalić się, kiedy usłyszała nowy dźwięk – coś podobnego do skrzypienia. Odwróciła się i zobaczyła, że szczątki zniszczonego domostwa poruszają się i unoszą.

Nie do końca rozumiała, co się dzieje, kiedy coś cisnęło gruzem i wszyscy rozbiegli się, szukając osłony. Coś, co – jak właśnie do niej dotarło – przez cały czas siedziało pod domem. Najpierw wynurzyła się płonąca rogata głowa z metalu, a potem ramiona, potężne ciało o ludzkim kształcie. Nie, nie ludzkim, ale dżinna! Potężny mechaniczny dżinn z żelaza, mosiądzu i stali. Ifryty przywarły do jego sylwetki – ogniste istoty z płomienia w kolorze krwi, które płonęły jasno na tle zapadającego zmroku. Waliły młotkami i spawały, wygrywając szaleńczą kakofonię.

Fatma myślała, że jest tylko jeden, ale ich były dziesiątki! Nie skończyły swojej pracy, więc w pewnych miejscach nadal brakowało fragmentów metalu. Pierś była otwarta i Fatma widziała miejsce, gdzie wirowało mechaniczne serce. Tam, na platformie stało pięć osób: Abigail Worthington i jej przyjaciele. Tuż za nimi znajdowała się ciekawa maszyneria z zachodzących na siebie kół zębatych, przy których mozoliło się kilka ifrytów. Ogarnął ją potworny strach. Zegar Światów!

Potężny mechaniczny dżinn wyrwał się ze zniszczonej rezydencji Worthingtonów jak zwierzę zrzucające starą skórę. Rogaty łeb spowity przez ogniste dżinny obrócił się na północ i całe monstrum ruszyło, sadząc potężne kroki na długich nogach. Mechaniczny dżinn poruszał się szybko, jak na coś tak ogromnego, więc błyskawicznie się oddalał.

Fatma ruszyła chwiejnie, popychając oszołomionego Alexandra. Znalazła Hadię i Aasima zebranych razem z równie oszołomionymi i okrytymi kurzem policjantami i agentami.

– Myślę, że jednak nie wzięliśmy dość ludzi! – skomentował sytuację Aasim, wycierając do czysta wąsy.

– I chyba już wiemy, co się stało z brakującą stalą Worthingtonów – dodała Hadia, patrząc za żelaznym olbrzymem. – Dokąd to coś teraz idzie?

– Abigail powiedziała, że wracają tam, gdzie wszystko się zaczęło – odpowiedziała Fatma.

Aasim zmarszczył czoło.

– Gdzie się zaczęło? Sprawa tu się zaczęła.

Fatma popatrzyła na oddalającego się olbrzyma. Nie szedł na północ, tylko na północny wschód.

– Kair. Tam wszystko się zaczęło. Zegar Światów został stworzony, żeby zrekonstruować wielkie formuły al-Dżahiza i otworzyć drzwi do innych światów. Zabiera go tam, gdzie al-Dżahiz przewiercił się do Kafu.

Hadia nabrała gwałtownie powietrza w płuca.

– Pałac Abdin!

– Tam przebywają dygnitarze z królewskiego szczytu pokojowego! – zaniepokoił się Aasim.

Fatmie zacisnęło się serce.

– Musimy wracać!

– To będzie trudne. – Inspektor wskazał zburzoną rezydencję Worthingtonów. Nadal było widać kilka wozów policyjnych przywalonych gruzem. – Możemy mieć tylko nadzieję, że Giza zadzwoni z ostrzeżeniem, kiedy zobaczy to coś, może ktoś będzie miał dość rozumu, żeby podesłać tu samochód i sprawdzić, co z nami.

Fatma martwiła się, że to nie wystarczy. Nikt poza nimi nie wiedział, z czym mają do czynienia. Rozejrzała się. Musiało być stąd jakieś wyjście!

Kiedy tylko to pomyślała, dostrzegła samotny pojazd pędzący drogą w ich kierunku. To nie był samochód, ale jakiś zmotoryzowany welocyped. Był zwalisty w środkowej części, a jego powierzchnia była brązowo-srebrna. Miał dwa koła, jedno z przodu i jedno z tyłu, grubsze opony niż welocyped, a siedzenie znajdowało się dość nisko. Robił też ogromnie dużo hałasu, silnik warczał tak, jakby napędzał statek powietrzny.

Kierowca pochylał się nad przodem pojazdu, trzymając zrobioną z brązu kierownicę, pod którą w narastającym mroku świeciła pojedyncza lampa. Jego twarz skrywały gogle i okrągły kask z brązowej skóry. Kierowca zatrzymał ten dziwny rower tuż przed nimi, opuszczając nóżkę stopą odzianą w obuwie uszyte z takiej samej skóry co kask. Uniósł gogle, rozpiął sprzączki, po czym zdjął całe to nakrycie głowy i przyjrzał się zniszczonej rezydencji.

Fatma wytrzeszczyła oczy.

Kierowcą była Siti.

– To musiała być niezła impreza – stwierdziła z uśmiechem.

# ROZDZIAŁ DWUDZIESTY SZÓSTY

– Wiesz, po drodze tutaj widziałam coś naprawdę dziwnego. – Siti oparła się nonszalancko o dziwny pojazd, ubrana w obcisłe spodnie z jasnej skóry i krótki czerwony kaftan. Na plecach miała długi karabin. – Olbrzymiego mechanicznego dżinna. Obwieszonego ifrytami. Czy ktoś jeszcze to też widział, czy to ja piłam?

Fatma podeszła do niej szybko.

– Skąd wiedziałaś...?

– ...gdzie jesteś? Pamiętasz, co ci mówiłam o rzeczach, które potrafię?

No jasne. Jej talent wynikający z tego, że jest w połowie dżinnem. To nadal było konsternujące, ale naprawdę mogłaby ucałować tę kobietę!

– Musimy dostać się do Kairu!

– Domyślam się, że chodzi o olbrzymiego mechanicznego dżinna? Tego typu rzeczy zwykle nie oznaczają niczego dobrego.

– Abigail Worthington jest impostorem – wyjaśniła pośpiesznie Fatma. – Ona i jej przyjaciele zabierają Zegar Światów do pałacu Abdin. Posłuży się Pieczęcią Salomona i dżinnami, żeby przejąć Egipt. A potem może spróbują podbić świat.

Siti zagwizdała cicho.

– To zdecydowanie nic dobrego. – Zerknęła na tłum kręcących się policjantów i agentów ministerstwa. – To mnóstwo ludzi, a ja mam tylko jeden pojazd. – Wskazała pojazd.

– Co to jest? – spytała Fatma.

– Motocykl! Są teraz popularne w Luksorze. Kazałam sobie taki sprowadzić.

Fatma pokręciła głową. Ta kobieta i jej gadżety. Przynajmniej to ustrojstwo nie latało.

– To jeszcze jedna agentka z ministerstwa? – zapytał Aasim. Podszedł i nie mógł się zdecydować, na co się gapić: na Siti, czy na jej motocykl.

Siti mrugnęła porozumiewawczo.

– Raczej niezależna zleceniobiorczyni.

Aasim nie zrozumiał żartu.

– Cóż, musimy zarekwirować twój pojazd. Trwa policyjne dochodzenie.

– Przykro mi, inspektorze. – Siti pochyliła się z szelmowskim uśmiechem. – Tylko ja mogę go dosiadać.

Aasim poruszył wąsami, z trudem przełknął ślinę, odchrząknął, a potem wrócił do swoich ludzi, oglądając się przez ramię.

– Abla?

Ku zdumieniu Fatmy to był Hamed. Jego mundur sporo przeszedł, on jednak nie zwracał na to uwagi, tylko wpatrywał się w Siti. Chwileczkę. Czy właśnie zawołał ją po imieniu?

– Agent Hamed – powitała go przyjaźnie Siti.

Odpowiedział skonsternowanym półuśmiechem.

– Skąd znasz Ablę? – spytał Fatmę.

Fatma uniosła brwi.

– A skąd ty znasz Ablę?

Zanim usłyszała odpowiedź, podszedł Onsi i rozpromienił się pogodnie, jakby żaden dom nie zawalił się przed chwilą. Zaczął się witać z Siti. Fatma wytrzeszczała tylko oczy.

– Zeszłego lata Abla pomogła nam w pewnej sprawie – wyjaśnił Hamed.

– Wam pomogła? – powtórzyła Fatma.

Siti wzruszyła ramionami.

– Udzieliłam im tylko rady. Mieli problem z nawiedzonym... co to było? Autobus? Trolejbus?

– Tramwaj – odpowiedzieli jednocześnie Fatma, Hamed i Onsi.

– A właśnie.

– Nigdy nie miałem okazji podziękować ci należycie – powiedział Hamed. – Kiedy wróciłem do Makki, ciebie już nie było. Co tu porabiasz?

Siti już miała odpowiedzieć coś dowcipnego, ale Fatma dość się nasłuchała.

– Nie chcę wam przeszkadzać w tym ponownym spotkaniu, ale... – Wskazała w kierunku, w którym odszedł ogromny żelazny dżinn. – Nadal musimy dostać się do Kairu.

Hamed z powagą pokiwał głową.

– Może uda nam się uratować jeden z tych policyjnych wozów. – Spojrzał na Onsiego. – Nie znasz się przypadkiem na naprawie silników samochodowych, co?

Mniejszy mężczyzna entuzjastycznie pokiwał głową.

– Tak naprawdę to z przyjemnością czytam czasem diagramy silników parowych, rozebrałem nawet jeden...

– Jakże by inaczej – przerwał mu Hamed. – W takim razie chodźmy. – Pożegnał się pośpiesznie i odbiegł obejrzeć, co zostało z policyjnych pojazdów.

Siti wzięła drugi kask, który zwieszał się z tylnego siedzenia, i podała go Fatmie.

– Mogę zabrać cię z powrotem. Motocykl jest równie szybki jak większość samochodów, a z pewnością szybszy od tych policyjnych wozów. Pewnie dogonimy tego stwora, jeśli się postaram.

Fatma spojrzała na Hadię, która stała teraz obok niej, zdając sobie sprawę, że będą musiały się rozdzielić.

– Jedź – upierała się Hadia. – Każ komuś przysłać pomoc. Możemy spotkać się na miejscu! – Odwróciła się na obcasie, żeby zwrócić się do Siti, pochyliła się i następne słowa wypowiedziała groźnym tonem. – Pilnuj jej. I trzymaj ręce z dala od niej. Jeśli zobaczę choćby jeden ich ślad, to będziesz miała ze mną do czynienia, jasne?

Fatma zamarła w połowie zapinania kasku. Osłupiała. Siti sprawiała wrażenie niemal równie zaskoczonej, ale szybko otrząsnęła się i zmrużyła oczy.

– Wątpię, żebyś wiedziała, o czym mówisz, ale podobasz mi się. I po prostu chronisz swoją partnerkę. Dlatego będę udawać, że wcale mi nie groziłaś. – Odetchnęła i zniżyła głos. – Niemniej zasługujesz na wyjaśnienie. – Jej oczy rozbłysły, a źrenice zamieniły się w kocie na tle opalizującego złota. – Jestem pół-dżinnem.

Hadia cofnęła się zaskoczona, krzywiąc twarz.

– Masz na myśli nasnasa?

– Czy ja ci wyglądam jak połowa ciała? – warknęła Siti. – Mam na myśli to, że jestem półkrwi dżinnem!

– Ach... – Hadia zrobiła wielkie oczy, gdy wreszcie zrozumiała. – Aha!

– To, co wydarzyło się tamtej nocy, to efekt działania pierścienia. Nie panowałam nad sobą.

Hadia słuchała bez słowa, ale nie robiła wrażenia do końca przekonanej.

– Poprzednio dałam się zaskoczyć – rzuciła przez zęby Siti i dodała z pełnym przekonaniem: – Nie pozwolę, żeby drugi raz ktokolwiek zmusił mnie do jej skrzywdzenia.

– Dopilnuj tego – odpowiedziała Hadia. – Ja też cię lubię, ale nie żartowałam.

Fatma weszła między nie.

– Jeśli już skończyłyście bawić się w moje nianki, to mamy potencjalny koniec świata, któremu trzeba zapobiec. – Wsiadła na motocykl i wsunęła laskę równolegle do przypiętego do pleców Siti karabinu. – Zajmiesz się nim? – Wskazała Alexandra Worthingtona, który stał z rozdziawionymi ustami i patrzył na dom w ruinie. – Myślę, że wpadł w katatonię.

– Oczywiście – odpowiedziała Hadia. – Bóg z wami! – Odwróciła się do Alexandra, wzięła go za rękę i zaczęła prowadzić. – Wiem, że to musi być dla pana trudna chwila. Pańska siostra jest szaloną psychopatką, która pragnie podbić świat, a poza tym wątpię, żeby dom przedstawiał teraz jakąkolwiek wartość, gdyby chciał go pan sprzedać. Ale mogłoby być gorzej! Powiem więcej, mam kuzyna...

Fatma nie słyszała reszty, bo odjechały z Siti w pogłębiający się mrok.

***

Siti nie przesadziła, wychwalając motocykl. Był naprawdę szybki. Z pewnością był lepszy od tego szybującego ustrojstwa, którym leciały, kiedy ostatnim razem ratowały świat. Jednak to było niepokojące: poruszać się z taką prędkością, czując jak wiatr w nią uderza. Nie pomagało to, że Siti pokonywała zakręty, prawie nie zwalniając. Fatma przez większość jazdy miała zaciśnięte powieki i trzymała się mocno Siti, obejmując ją w pasie.

Zatrzymały się tylko na chwilę w Gizie, żeby przekazać wiadomość, że ludzie potrzebują pomocy w posiadłości Worthingtona i żeby zadzwonić do ministerstwa, by zaczęto ewakuować pałac Abdin. Chociaż pędziły na złamanie karku, olbrzym był ciągle daleko przed nimi. Dopiero kiedy dotarły do obrzeży Kairu, dostrzegły go ponownie. Stał, odcinając się od nocnego nieba oświetlony płomieniami, którymi było upstrzone jego ciało – a które w rzeczywistości były ifrytami. A potem znowu ruszył i wkroczył do miasta jeszcze szybszym krokiem. Jakiś czas po tym, jak dostrzegły monstrum, usłyszały głos niosący się w powietrzu. Kobiecy głos, który grzmiał echem.

– Abigail! – rozpoznała głos Fatma.

Nie rozumiała jednak słów. To nie był ani angielski, ani arabski, ale język dżinnów, który przypominał grzmot. Ciało Siti w jej objęciach zesztywniało, motocykl zwolnił i w końcu całkiem się zatrzymał.

– Co się stało? – zapytała Fatma, przekrzykując ryk silnika.

– Słyszę ją – odpowiedziała Siti. – W głowie.

– Tak jak... wcześniej?

– Nie, głos jest stłumiony, jakby był filtrowany przez wodę. Nadal mnie ciągnie, ale myślę, że dopóki zostanę w ludzkiej formie, zdołam mu się oprzeć. Cokolwiek zrobiłaś, wzywając boginię, osłabiło to wpływ Abigail na mnie.

Fatma nie chciała myśleć o tym w tej chwili.

– Rozumiesz, co ona mówi?

Siti pokiwała głową.

– To wezwanie skierowane do dżinnów. Żąda, żeby zgromadziły się wokół niej. Mówi, że nadszedł czas pokłonić się przed Władcą Dżinnów. Są też wizje. Przebłyski. Pałac Abdin. I...

– Co takiego? – dopytywała się Fatma, przekrzykując wiatr.

– Jest źle. Dziewięciu Lordów! Ona ich uwolni! Za pomocą Zegara Światów!

– Ale po co?

– Żeby się nimi posłużyć! Pierścień jej nie wystarcza! Nie da się kontrolować tak wielu dżinnów na raz. A w każdym razie ona tego nie potrafi. Tworzy armię, armię dżinnów! Tych Dziewięciu Lordów Ifrytów będzie jej generałami!

To źle brzmiało. Bardzo źle!

– Jedź szybciej!

Siti pochyliła się nisko, silnik motocykla ryknął i pomknęły ulicami Kairu. Łatwo można było się zorientować, którędy przeszedł olbrzym. Tak jak w Gizie i tu ciągnął się za nim ślad w postaci zniszczenia. Pozrywane kable od tramwajów, niektóre pojazdy całkiem wykolejone. Poprzewracane trolejbusy i porozrzucane samochody, kilka budynków uszkodzonych. Rząd rozbitych wozów policyjnych – tyle zostało z pośpiesznie przygotowanej barykady. Motocykl kluczył, objeżdżając pojazdy i gruz, a Fatma tylko się modliła, żeby nie zobaczyć tej nocy niczego gorszego.

Znajdowały się w okolicy dzielnicy As-Sajjida Zajnab, kiedy ziemia zaczęła się trząść. Siti zwolniła i zatrzymała się. Z każdą chwilą dudnienie wokół nich stawało się coraz głośniejsze jak grzmot dobiegający z oddali. Tuman kształtów leciał przez niebo dostatecznie nisko, żeby czuły wzbudzany przez nie podmuch powietrza i żeby rozpoznały sylwetki. Dżinny. Skrzydlate dżinny. Niektóre miały skrzydła pierzaste, inne skórzaste jak nietoperze. Większość była nieduża, ale zdarzały się wśród nich ogromne maridy. Fatma i Siti odruchowo uchyliły się, kiedy jeden z takich tytanów przeleciał, wymachując wężowym ogonem.

– Co się... – Fatma nie skończyła, kiedy ciemne morze wypadło zza rogu.

W pierwszej chwili naprawdę myślała, że to woda, że jakimś cudem ulice zostały zalane. Teraz jednak widziała, że masa składa się z osobnych postaci, tylko bardzo ciasno upakowanych. Jeszcze więcej dżinnów, tyle że pieszych. Było ich o wiele więcej i przedstawiały znacznie bardziej zróżnicowane typy. Dżinny o głowach gazeli albo ptaków. Dżinny małe jak dzieci albo takie, które miały ponad dziesięć stóp wzrostu. Niebieskie dżinny, czerwone dżinny, czarne lub o skórze jak marmur. Przezroczyste dżinny żywiołu lodu i inne stworzone z obłoków. Dżinny o skórze jak trawa lub skała. Z zębami i pazurami, niektóre z dwiema głowami, inne z nawet i sześcioma rękami. Wszystkie pędziły jak jedno spłoszone zwierzę, prosto na nie.

Nie było czasu na ucieczkę. Nie było dokąd uskoczyć. Znieruchomiały na motocyklu, kiedy fala w nie uderzyła i... opłynęła je. Dżinny je omijały, ani jeden nie zwrócił na nie najmniejszej uwagi. Wszystkie pędziły w tym samym kierunku: na drogę do pałacu Abdin.

Siti znowu włączyła silnik, kiedy masa je minęła. Żadna nie odezwała się słowem, snując ponure myśli. Dżinny zostały zniewolone przez Pieczęć Sulajmana. Abigail będzie miała swoją armię. Teraz musiały dopilnować, żeby nie zdobyła generałów do dowodzenia tym wojskiem. Jednakże kiedy w końcu dotarły do pałacu, to, co zobaczyły, kazało im zwątpić w ich szanse.

Pałac Abdin zaczął budować w 1863 roku Isma'il Pasza, zamierzając uczynić z niego królewską rezydencję, ale koniec budowy zbiegł się w 1872 roku z pojawieniem się w mieście al-Dżahiza. Zamiast uczynić z pałacu centrum władzy, chedyw ulokował tam sudańskiego mistyka w nadziei, że skorzysta z jego mądrości. To tu al-Dżahiz pracował nad swoimi najcudowniejszymi dziełami. Tu także przewiercił przejście do Kafu i na zawsze zmienił świat. Dżinnijscy architekci wzbogacili budynek o oryginalną mieszankę stylów europejskiego, tureckiego i egipskiego, w tym serię wystawnych dziedzińców, na których nie zabrakło miniaturowych mechanicznych gmachów i pomników. Dzisiaj dżinny powróciły tam w liczbie, która zrobiłaby wrażenie nawet na al-Dżahizie.

Fatma przyjrzała się morzu dżinnów. Tłoczyły się na ulicach otaczających prostokątny pałac, stojąc niemal ramię w ramię i wciąż napierając z rozpędu do przodu. Niektóre wspięły się na fasadę pałacu, trzymały się okien, balkonów czy dowolnego innego kawałka wystającego kamienia. Jeden owinął się wężowym ciałem wokół jednej z kolumn przed frontowym wejściem i wił się po jej długości. Wszystko to, żeby dołączyć do dżinnów, które już zebrały się na dachu. Wszystkie co do jednego patrzyły na wielkiego żelaznego potwora.

Olbrzymi mechaniczny dżinn stał gdzieś pośród wewnętrznych murów pałacowych. Ogromna rogata głowa wznosiła się wysoko, oczy płonęły w niedokończonej twarzy demonicznie i złowrogo. Pierś dżinna znajdowała się na wysokości dachu. W jej otwartym wnętrzu, na szerokiej platformie pod mechanicznym obracającym się sercem siedział samozwańczy Władca Dżinnów i przeprowadzał inspekcję gromadzącej się armii.

Abigail Worthington była doskonale widoczna z racji ciemnorudych włosów i czarno-złotej sukni oświetlonych przez ogniste ifryty, które nieustannie pracowały przy miriadzie kół zębatych za jej plecami. Zegar Światów. Już nie bawiła się w udawanie al-Dżahiza. A może nie miała magii na zbyciu. Unosiła wysoko rękę, na jednym z szeroko rozłożonych palców błyszczał kawałek złota, gdy wykrzykiwała wezwanie do kairskich dżinnów.

– Nie widzę twoich ludzi – zauważyła Siti. – Żadnych agentów, policjantów. Nie ma nawet pałacowej straży.

– Pewnie przerosła ich ta liczba dżinnów. Mam nadzieję, że wyprowadzili stąd dygnitarzy.

Siti się żachnęła.

– To znaczy, że zostałyśmy tylko my dwie.

– I tyle będzie musiało wystarczyć. Musimy się tam dostać.

– Nie, jeśli będziemy musiały przejść przez to. – Siti wskazała tłum dżinnów.

Było ich zbyt wiele, żeby się przepchnąć, a z każdą minutą zjawiały się kolejne. Fatma rozejrzała się po pałacu, szukając drzwi albo otwartego okna. Widziała jednak tylko dżinny.

– Jest inny sposób – zasugerowała Siti. Zamyśliła się. – Moglibyśmy polecieć.

Fatma w pierwszej chwili przeraziła się, że Siti ma na myśli swoją szybującą machinę, ale doznała olśnienia na widok jej miny.

– Dasz radę?

Siti wzruszyła ramionami.

– Nie jesteś ciężka, a ja jestem silniejsza jako dżinn.

– Pytam o to, czy możesz to zrobić i nie skończyć tak jak one.

– Wiem, co masz na myśli – odpowiedziała Siti, poważniejąc. – Abigail kieruje teraz ogromną mocą, żeby przywołać tu te wszystkie dżinny. Nie wiem, czy zdoła skupić się bezpośrednio na mnie.

Fatmie nie podobał się ten pomysł. Obawiała się nie tylko o własne bezpieczeństwo. Nie chciała widzieć, jak Siti zmienia się tak jak pozostałe dżinny, jak zostaje zmuszona odpowiedzieć na wezwanie swojej pani. Na samą myśl żołądek jej się burzył. Wątpiła jednak, czy ma wybór.

– Zróbmy to.

Zostawiły motocykl, a Fatma zamiast kasku włożyła z powrotem swój melonik – był nieco pomięty, ale wciąż się nadawał do noszenia. Siti podziwiała ją, zerkając ciekawie, gdy sama zdejmowała kask.

– Zdajesz sobie sprawę, że obie nosimy te same rzeczy, co przy ostatnim dochodzeniu? – spytała. – Kiedy poszłyśmy skonfrontować się ze zbuntowanym aniołem. Miałaś na sobie dokładnie taki sam strój. A ja miałam ten.

Fatma spojrzała na swój garnitur: jasnoszary, trzyczęściowy, do tego żółtozielony krawat i biała koszula w czerwone prążki. Teraz sobie przypominała. Siti miała te same ciemnobrązowe buty, jasnobrązowe spodnie i kaftan. Przedziwny zbieg okoliczności.

– To jakaś dżinnijska sztuczka?

– Mnie nie pytaj. – Siti mrugnęła porozumiewawczo. – Jestem tylko w połowie dżinnem.

I wtedy się zmieniła.

Chociaż Fatma spodziewała się tego, przemiana nadal była zaskakująca. Na miejscu Siti – nie, zaraz się poprawiła w myślach, przecież to też była Siti – pojawiła się wysoka dżinnija o czarnej, lśniącej skórze i ciemnoczerwonych zakrzywionych rogach. Zerknęła w dół szkarłatno-złotymi kocimi oczami.

– Jak się czujesz? – zapytała ostrożnie Fatma.

Siti zacisnęła zęby i pokręciła głową.

– Mam ochotę ją uciszyć – warknęła – ale nic mi nie jest, chwała bogini. – Rozłożyła czarno-czerwone skrzydła. – Lećmy ją uciszyć.

Fatma nie zdołała zdusić słabego okrzyku, kiedy objęły ją mocne ręce i została uniesiona w powietrze.

Pierwsze wrażenie sprawiło, że żołądek jej się szarpnął, kiedy świat przekrzywił się na bok, i już nie wiedziała, gdzie jest góra, a gdzie dół. Kiedy odzyskała orientację, zobaczyła, że szybują nad tłumem dżinnów i wznoszą się coraz wyżej. Łopot skrzydeł i szum wiatru wypełnił jej uszy. Przeleciały nad dachem i wylądowały wśród puchnących szeregów dżinnów.

Siti wypuściła Fatmę, która stanęła chwiejnie na własnych nogach. Latanie nigdy nie było jej mocną stroną. Żaden z dżinnów nawet na nie zerknął w ich stronę. Wszystkie miały twarze bez wyrazu, puste, nawiedzone oczy, i tylko stały w miejscu i kołysały się. Fatma i Siti odwróciły się w stronę mechanicznego dżinna. Platforma, na której była Abigail, wyglądała jak podium. Schody prowadziły z niego aż na dach. Tuż za Abigail stali jej współspiskowcy: Victor, Bethany, Darlene i Percy. Byli odwróceni plecami i patrzyli na ifryty pracujące pilnie przy składaniu Zegara Światów.

– Już prawie skończyły – zauważyła Fatma. – Czekaj, dokąd idziesz? – Wyciągnęła rękę, żeby złapać Siti, która zrobiła krok naprzód, odwróciła się i wbiła w Fatmę tępe spojrzenie. – Siti! Słuchaj mnie, nie jej! Zmień się z powrotem! Siti!

Siti nagle ją rozpoznała i w okamgnieniu przybrała z powrotem ludzką postać.

– *Malesz* – mruknęła przepraszająco, wyraźnie zawstydzona. Popatrzyła na scenę przed nimi. – Masz rację, zegar jest prawie skończony. Kiedy zacznie działać, Dziewięciu Lordów tu przejdzie i wszystkie te dżinny zamienią się w ich posłusznych żołnierzy. A właściwie w posłusznych żołnierzy Abigail.

– Powinniśmy wbiec po tych schodkach. Zaatakować ją bezpośrednio.

Siti spojrzała w górę na Abigail, której chorobliwie blada ręka była dobrze widoczna razem z pierścieniem.

– Mam lepszy pomysł. – Zdjęła z pleców karabin.

Fatma zdębiała, gdy dotarło do niej, co Siti sugeruje.

– Kiedy ostatni raz sprawdzałam – powiedziała Siti, odczytując jej minę – ministerstwo wydawało broń palną.

– Tylko do samoobrony – sprzeciwiła się Fatma. – Nie z myślą o zamachach.

– To nadal samoobrona. Zamach to tylko metoda. – Fatma już otworzyła usta, żeby zaprotestować, ale Siti tłumaczyła dalej: – Nie mam czasu na roztrząsanie kwestii etycznych. Wiem tylko, że jedna kula sprawi, że jej pierścień stanie się bezużyteczny, uwolni wszystkie te dżinny i zatrzyma maszynę. Z mojego punktu widzenia w grę wchodzi dobro wszystkich.

Fatmie to się nie podobało. Ani trochę. Jednak stawka była ogromna. A Siti miała rację co do jednego: nie było czasu na debaty.

– Załatw to czysto – oznajmiła w końcu.

Siti skinęła głową i przyklęknęła na jednym kolanie, przyciskając kolbę karabinu do ramienia. Zerknęła przez celownik.

– Może i masz przewagę, ale po mojej stronie stoi bogini. – Jej palec zatrzymał się na cynglu.

– Tylko nie traf żadnego dżinna! – szepnęła Fatma.

– Nie martw się, mam ją idealnie na linii strzału. To może paskudnie wyglądać.

Fatma przygotowała się. Miała nadzieję, że zniesie coś takiego.

Siti zaczęła szeptać i Fatma potrzebowała chwili, żeby zorientować się, że się modli.

– Chwała ci, Pani Wszelkich Mocy, Oko Ra, Jasna Pani, która odpychasz wszelką ciemność. Otwieram serce dla ciebie. Moje ręce, moje oczy. Moje serce jest czyste. Spraw, że mój strzał będzie precyzyjny, abym mogła rozgromić wrogów naszego Ojca.

Huk wystrzału wypełnił noc. Słowa Abigail urwały się nagle, czarna chmura pojawiła się przed nią jak welon. Kula trafiła w chmurę i roztrzaskała się. Victor krzyknął, łapiąc się za zakrwawione ramię, w które oberwał odłamkiem, i padł na platformę. W okamgnieniu czarna chmura zamieniła się w znajomą postać. Popielny ghul.

Siti zaklęła.

– Myślałam, że wykończyłam tego stwora!

Przygotowała się, żeby znowu wycelować. Za późno. Abigail spojrzała na dach. Z łatwością wypatrzyła je pośród tłumu nieśmiertelnych i wrzasnęła coś na całe gardło. Fatmie krew ścięła się lodem w żyłach, kiedy wszystkie dżinny wokół nich zwróciły na nie oczy. Puste i martwe.

## ROZDZIAŁ DWUDZIESTY SIÓDMY

Fatma uchyliła się przed mięsistą dłonią krągłego czwororękiego dżinna. Właściwie nie tyle krągłego, co idealnie kulistego – wyglądał jak pokryta łuską kula z większą ilością kończyn niż to konieczne i z szerokimi ustami. Zdzieliła go prosto między oczy laską. Zatoczył się do tyłu. Obok niej Siti pchnęła dżinna z pojedynczym żółtym rogiem na kilka innych, wykorzystując przeciwko nim jego wagę.

– To się zaczyna robić denerwujące – warknęła, kopiąc innego w twarz z wyskoku.

– Lepsze to niż... – Fatmie z zimna zaparło dech w piersi, gdy przeszła prosto przez kłębiący się wiatr tworzący ciało dżanna. – Napieraj! – powiedziała, dzwoniąc zębami.

Siti miała rację. Abigail objęła swoją mocą zbyt wiele celów. Początkowo bały się, że zaleje je morze dżinnów, ale ku ich zdziwieniu okazało się, że dżinny nie są straszliwym zagrożeniem. Pewnie, że nadal były ogromne i potworne, ale walczyły ospale. Niezręcznie. Niektóre atakowały tylko raz i znowu pogrążały się w stuporze. Mimo wszystko walka zajmowała uwagę Fatmy i Siti, a Abigail zyskiwała czas na ukończenie Zegara Światów. Najlepsze, co mogły zrobić, to napierać w stronę platformy, aż do niej dotrą.

– Wyrwałyśmy się! – zawołała Siti.

Nadal otaczały je dżinny, ale najwyraźniej te nie otrzymały rozkazu Abigail. Wpatrywały się w swoją panią, która już nie krzyczała, tylko stała z wyciągniętą ręką. Jej misternie upięta fryzura rozpadła się, warstwa potu zlała jej skoncentrowaną twarz.

– Sprawia wrażenie bezbronnej, powinnyśmy natychmiast ją zaatakować!

– Nie, póki to coś ją chroni. – Siti wskazała popielnego ghula, który patrzył na nie beznamiętnie.

– Musimy jakoś go odciągnąć.

– Robi się – odpowiedziała Siti. Uniosła karabin, wycelowała i strzeliła.

Abigail wzdrygnęła się z powodu wymierzonego w nią strzału, chociaż popielny ghul natychmiast przesunął się, żeby ją osłonić. Spiorunowała je wzrokiem i poświęciła chwilę na wydanie rozkazu. Kłębiąca się czarna chmura, która była popielnym ghulem, odwróciła się i spłynęła ku nim.

– Udało się – powiedziała Siti.

W okamgnieniu zamieniła się w dżinna. Kiedy popielny ghul zmaterializował się i wylądował przed nią, zaatakowała, uderzając tak mocno, że rozpadł się w czarny pył, który rozsypał się wokół nich na dachu.

– Idź, zajmij się Abigail. Ja powstrzymam to coś.

Fatma popatrzyła na Siti z troską.

– Nic ci nie będzie? W tej formie?

Siti uśmiechnęła się szeroko, chociaż był to nieco wysilony uśmiech.

– Jest zbyt skoncentrowana na czym innym. Poza tym kroczy ze mną bogini. Idź! Nie, czekaj!

Porwała zdumioną Fatmę w objęcia i pocałowała mocno. Ciało agentki zesztywniało, gdy przepłynął przez nią potok, jakby ktoś dokonał niemożliwości i przelał pół Nilu do butelki. Kiedy ich usta rozłączyły się, zaparło jej dech.

– Co to było? – zapytała oszołomiona, gdy jej stopy ponownie dotknęły ziemi.

Siti mrugnęła porozumiewawczo.

– Prezent. Możesz uznać, że właśnie naładowałam ci baterie. – Wykrzywiła twarz, gdy popielny ghul na nowo przybrał ludzką formę, podnosząc się i rozdwajając. – A teraz idź!

Fatma pobiegła. Ciało ją mrowiło i miała wrażenie, że napełniła się nowym wigorem. Przemknęła koło ostatnich kilku dżinnów, dotarła do schodów prowadzących na platformę i wbiegła po nich, pokonując po dwa stopnie na raz. Ktoś zeskoczył, żeby ją zatrzymać. Percival Montgomery. Z łatwością go wyminęła, wymierzając mu w przelocie solidny cios w szczękę, aż głowa odskoczyła mu do tylu. Padł na platformę, a ona się uśmiechnęła. To było cudowne uczucie. Sama czuła się cudownie.

Siostry Edginton krzyknęły ostrzegawczo i Abigail odwróciła się, kiedy Fatma wyciągnęła ostrze i zaatakowała. Abbie udało się zrobić unik, ale niewiele brakowało i aż pobladła z wysiłku.

– Najwyraźniej uparłaś się wchodzić mi w drogę – warknęła. – Jak dziecko dopraszasz się o uwagę.

Sięgnęła w powietrze i czarne ostrze pojawiło się w jej zdrowej ręce.

Fatma uśmiechnęła się szerzej. I zaatakowała.

Abigail była zręcznym szermierzem, ale Fatmie sprzyjały dwie rzeczy. Jej przeciwniczka była zmęczona, bo korzystanie z mocy pierścienia miało swoją cenę, ją zaś napędzała dżinnijska magia. Jej stopy tańczyły, gdy napierała, zmuszając Abbie do parad i szybkiego cofania się. Fatma zdumiewała się łatwością, z jaką przewidywała manewry arystokratki i zręcznie je odpierała. Widziała wyraźnie malujące się na jej twarzy wyczerpanie – Abigail oddychała szybko i płytko.

Szukając sposobu zakończenia walki, Fatma udała, że się potknęła. Abigail rzuciła się, żeby wykorzystać tę szansę na szybkie zwycięstwo i spróbowała dźgnąć. Fatma zakończyła fintę, schodząc nisko, koniuszek jej klingi rozciął suknię i trafił w udo. Abbie zatoczyła się z krzykiem i złapała za zranioną nogę.

– To za Siti.

Twarz dziewczyny spochmurniała.

– Nie mam na to czasu! – Machnęła ręką z pierścieniem, który jasno płonął. – Do mnie!

Masa dżinnów z dachu naparła, a Fatma uniosła ostrze, myśląc, że zamierzają zaatakować. One jednak ustawiły się wokół swojej władczyni, osłaniając ją w ten sposób.

– Chcesz z kimś powalczyć? – szydziła zza masy ciał. – To proszę. Sprawdź swojego ducha walki!

Ponownie machnęła dłonią z pierścieniem i jeden z ifrytów pracujących przy Zegarze Światów oderwał się od metalowego olbrzyma i wylądował ciężko na schodach przed Fatmą.

Miał bite dziewięć stóp wzrostu, już nie wspominając o tym, że był zbudowany z żywego ognia. Znikąd wyciągnął płonące czerwone ostrze i zamachnął się. Fatma ledwie zdołała na czas unieść swoją klingę. Siła ciosu powaliła ją na kolana, gdy strumienie ognia skoczyły z broni ifryta, który nadal na nią napierał. Spojrzała mu w oczy – puste sadzawki stopionego metalu – i zrozumiała, że płonąca broń w końcu jej dosięgnie.

Nagle rozległ się ryk podobny do ryku lwicy. Ifryt wrzasnął, gdy szpony rozorały mu rękę, a potem pierś, rozlewając ognistą krew. Odwrócił się na spotkanie lawiny pazurów i trzepoczących skrzydeł. Siti! Kobieta wyszczerzyła zęby, kiedy płonący dżinn ryknął, unosząc nad głową oburęczny ognisty miecz. W odpowiedzi broń pojawiła się w dłoni Siti – klinga z migoczącego srebra. Kiedy ostrza się spotkały, zderzenie było oślepiające.

Abigail obserwowała walkę, nadal ściskając zranioną nogę. Krzyknęła ponownie i drugi ifryt, a za nim trzeci zaatakowały Siti. Kapłanka najeżyła się, jej szkarłatno-złote oczy płonęły, skrzydła miała szeroko rozłożone, srebrny miecz uniesiony wysoko. Fatma nigdy w życiu nie widziała niczego równie pięknego!

Siti nie ustępowała, ale była tylko pół-dżinnem walczącym z trzema ifrytami, które zasypywały ją ciosami płonących ostrzy jak kowale walący w kowadło. Wkrótce nie było jej stać na nic więcej niż rozpaczliwą obronę. Jej ciosy stawały się coraz słabsze, ledwie parowała ataki, kiedy wirowała, żeby mieć na oku całą trójkę. Krążyli wokół niej jak hieny, które starają się zmęczyć ofiarę.

Fatma uniosła własne ostrze i zamierzała rzucić się do walki, chociaż nie wytrzymałaby w niej długo. Zanim jednak zdołała się ruszyć, jeden z ifrytów wykonał szybki wypad i wbił miecz przez lukę w obronie Siti. Płonące ostrze przebiło jej ramię i weszło głęboko w ciało. Krzyk, jaki z siebie wydała, złamał Fatmie serce. Siti padła na kolana, miecz zniknął z jej ręki.

Drugi ifryt podszedł z mieczem uniesionym do ostatecznego ciosu. Fatma zbiegła po schodach, gotowa rzucić się na dżinna, kiedy ten nagle zamarł. Abigail rozkazała mu wracać do pracy. Wszystkim kazała wracać do pracy. Fatma dobiegła do Siti, kiedy trójka ifrytów odwróciła się na rozkaz swojej władczyni.

– Pali! – Kapłanka krzywiła się z bólu. – Wszędzie mnie pali!

Fatma spojrzała na ranę. Ogień powinien ją przyżegać, ale wyglądała, jakby jednocześnie płonęła i krwawiła. Fatma wyciągnęła rękę, żeby zatamować krwawienie, ale zaraz cofnęła poparzone palce. Krew była gorąca – gotowała się, zatruta przez broń ifryta.

– Dlaczego twoje ciało się nie uzdrawia?

Siti w odpowiedzi tylko krzyknęła, kiedy smużki dymu zaczęły buchać z jej ciała.

Fatma zastanawiała się gorączkowo, co robić dalej. Euforia nadal wypełniała jej ciało, czuła ją w opuszkach palców, które szybko goiły się z oparzeń. Miała w sobie część magii Siti. Może zabrała jej dość, żeby uniemożliwić jej leczenie się. Gdyby tylko potrafiła ją zwrócić...

Pochyliła się i przycisnęła usta do warg Siti. Gwałtowny prąd, który wypełnił ją po brzegi, odpłynął, połowa Nilu powróciła. Kiedy się odsunęła, z trudem się wyprostowała. Miała wrażenie, jakby przebiegła wiele mil! Delikatnie przesunęła palcami po ranie Siti: nie zagoiła się do końca, ale skóra się zamknęła i nie była już gorąca pod dotykiem.

– Co zrobiłaś? – stęknęła Siti, siadając.

– Oddałam ci ładunek z baterii – odpowiedziała z wysilonym uśmiechem Fatma. Jej krótkotrwała euforia wyparowała, kiedy podniosła wzrok i zobaczyła trzy postaci stojące nad nimi jak strażnicy. Popielne ghule.

– On zawsze wraca – zrzędziła Siti.

Fatma chwyciła swoją broń. Była wyczerpana i pewnie zaraz padnie na twarz, bo ledwie trzymała się na nogach, ale jeśli ten stwór chciał walczyć, to zamierzała zrobić, co w jej mocy.

Nagłe skrzypienie przyciągnęło jej uwagę do platformy. Dźwięk dobiegał z mechanicznego dżinna. Nie, nie z niego, ale z machiny składającej się z licznych zachodzących na siebie kół zębatych, którą umieszczono w jego piersi. Obracały się, zęby zahaczały o siebie. Początkowo poruszały się powoli, ale wkrótce przyśpieszyły – całość wirowała idealnie dopasowana, pracowała w doskonałej harmonii.

Na ten widok krew ścięła jej się lodem. Zegar Światów został odbudowany. I pracował.

– Udało jej się! – szepnęła Siti.

Wytrzeszczała szkarłatne oczy, ale nie patrzyła na wirujące zębatki ani na Abigail, która krzyczała triumfalnie, tylko na ciemną dziurę wysoko nad głową mechanicznego dżinna. Wyglądało to, jakby ktoś rozciął materię rzeczywistości.

Kiedy ostatnim razem widziały machinę nietkniętą, otworzyła drzwi do mrocznego wodnego miejsca, z którego nadeszła zgroza z mnóstwem kończyn i macek. Ta dziura też była ciemna – tak bardzo, że wyróżniała się nawet na nocnym niebie. Nie przypominała jednak wody, ale kojarzyła się Fatmie z powietrzem drżącym od skwaru – wyobraziła sobie, że po drugiej stronie znajduje się kraina palącego, bezlitosnego ognia. Zapanował bezruch. Nawet Abigail ucichła na widok tego, co wyłoniło się z ciemności do ich świata.

– Boże miłosierny – szepnęła Fatma.

Były to ifryty, to jedno było jasne. Tyle że nie przypominały tych, które widziała do tej pory.

Ifryty bardziej przypominały ożywioną pożogę niż istoty z ciała. Te jednak były czymś więcej. Ich ciała były płynnym ogniem, skłębionym krwistym oranżem jak szczeliny wulkanu plujące lawą. Ich żar sprawił, że powietrze zaczęło drżeć, nagrzało się tak, że nawet Fatma czuła pieczenie. Były też o wiele większe od jakiegokolwiek dżinna, jakiego w życiu widziała. Ich ogromne rozmiary sprawiły, że nawet nie były w stanie stanąć na dachu pałacu. Zamiast tego unosiły się w powietrzu nad nim – o ile można powiedzieć, że góry ze wzburzonej stopionej skały unoszą się w powietrzu. Było ich dziewięć.

– Kto wezwał nas do tego miejsca? – zagrzmiał jeden z nich. – Kto obudził nas z naszego wielkiego snu?

Był z nich największy, miał zakrzywione rogi, który błyszczały bielą jak rozgrzane żelazo. Jego głowę zwieńczała złota opaska z gorejącym jak mała gwiazda klejnotem pośrodku. Fatma uznała, że jeśli to są lordowie, to ten ifryt musi być ich królem. Jego oddech był ogniem, płomienie tańczyły w powietrzu przed nim. Doskonale rozumiała język dżinnów, jakby mówiły we wszystkich językach na raz.

Niezrażona niczym Abigail zawołała głosem wzmocnionym przez magię:

– Lordowie! To ja was wezwałam! – Uniosła rękę, pokazując pierścień. – Możecie nazywać mnie Władczynią Dżinnów! Możecie nazywać mnie swoją panią! Uklęknijcie przede mną!

Król ifrytów spojrzał w dół i Fatma wyczytała niedowierzanie malujące się na jego nieśmiertelnej twarzy. W jego ręce pojawiła się znikąd potężna buława z żelaza i ognia. Opuścił ją tuż nad dach, a dżinny w dole rozpierzchły się. Abigail zeszła z platformy, posyłając im triumfalny uśmiech. Megalomani zawsze potrzebują widowni. Zatrzymała się przed unoszącym się w powietrzu ifrytem i znowu uniosła rękę.

– Uklęknij! – rozkazała.

Król ifrytów prychnął.

– Śmiertelniczka nas przywołała? Śmiertelniczka pragnie nam rozkazywać?

– Mam nad wami władzę! – Abigail zacisnęła mocniej pięść i pierścień zapłonął. – Ja rozkazuję wam, a wy będziecie rozkazywać moim armiom. Znów będziecie panami! A ja będę waszą władczynią! A teraz... uklęknij!

Fatma wstrzymała oddech, przekonana, że ta straszliwa istota ciśnie kobietą w ognistą otchłań. Może spali ich wszystkich w swoim gniewie. Dżinn jednak zaczął pochylać głowę. Gniew na jego twarzy zamienił się we wstrząs. Miało się wrażenie, że jego ciało porusza się wbrew jego woli, jakby ciągnięte przez niewidzialne łańcuchy.

– Uklęknij! – krzyczała Abigail. – Uklęknij przede mną!

Ryk króla ifrytów przeszył noc. Dżinn miotał się wściekle. Abigail potknęła się, smycz wymknęła się na chwilę z jej uścisku. Wykrzywiła twarz w determinacji, pot perlił jej się na skroniach, gdy walczyła o panowanie.

– Bogowie – powiedział Siti. – Przez nią wszyscy zginiemy!

I wtedy Abigail wzmocniła swój uchwyt.

– Uklęknij! – wrzasnęła z twarzą czerwoną z gniewu.

I ku ich zdumieniu król ifrytów uklęknął w powietrzu, pochylając rogaty łeb.

– Rozporządzaj mną wedle życzenia – rozległ się pradawny głos przepełniony pogardą tak jadowitą, że prawie się od niej topiło powietrze. – Władczyni Dżinnów.

– Nie – szepnęła Siti.

Zapadła przeciągająca się cisza, którą przerwał powolny śmiech Abigail. Stawał się coraz głośniejszy, gdy upajała się swoim triumfem. Uniosła rękę, pokazując wszystkim pierścień.

– Al-Dżahiz może i zmienił świat, ale ja nadam mu nowy kształt! Odnowię go na swój obraz i podobieństwo! Wypowiedz me imię! Mów!

– Władczyni Dżinnów – oznajmił pochylony król ifrytów.

Pozostali lordowie uklęknęli obok niego, powtarzając tytuł. Wszędzie na dachu i na ulicach w dole dżinny wykrzykiwały te same słowa „Władczyni Dżinnów", aż wrzawa pochłonęła wszystko inne.

Fatma usiadła. Zawiodły. Dżinny wokół nich zaczęły padać na kolana i wkrótce staną się jej wielką armią. Nie wszystkie jednak.

Jeden stał. Co ciekawe, zbliżał się wciąż do Abigail. Można było go łatwo przegapić wśród ogólnego zamieszania, ale on jedyny zachowywał się inaczej, stale przesuwał się cal po calu do kręgu, który otaczał jego władczynię. A co ciekawsze, nosił brązowe szaty z kapturem.

To się Fatmie z czymś kojarzyło. Wydawało się znajome. Nawet sposób poruszania się był znajomy – przedziwny chód. Dopiero kiedy intruz stanął tuż obok Abigail i odrzucił kaptur, Fatmie zaparło dech w piersi.

Mężczyzna zmienił się jeszcze bardziej od ich ostatniego spotkania. Chociaż stał na dwóch nogach, przypominał bardziej krokodyla niż człowieka. Jego bladoszara skóra była szorstka, przypominała skórę wodnego gada, miał długi krokodyli pysk i zęby, widoczne nawet wtedy, kiedy nie otwierał paszczy. Jednak to ciemnozielone oczy przepełnione chęcią zemsty pomogły Fatmie przypomnieć sobie imię. To był...

– Ahmad? – zapytała zdumiona Siti.

Trzeba było zobaczyć, żeby uwierzyć w to, co wydarzyło się potem.

## ROZDZIAŁ DWUDZIESTY ÓSMY

W jednej chwili Ahmad, naczelny kapłan kultu Sobka, który uważał się za żywe ucieleśnienie starożytnego boga Nilu na tym ziemskim padole, stał i piorunował wzrokiem Władczynię Dżinnów, a w drugiej rzucił się na nią, rozdziawiając szeroko krokodylą paszczę i błyskając ostrymi białymi zębami.

Dwa słowa wyrwały mu się w sykliwym okrzyku:

– Za Neftydę!

Abigail była tak pochłonięta triumfowaniem, że ledwie go usłyszała. I dlatego szczęki, które zatrzasnęły się na jej wyciągniętej ręce – tej z Pieczęcią Sulajmana – całkowicie ją zaskoczyły.

Fatma patrzyła oszołomiona, jak Ahmad szarpnął w bok długim krokodylim łbem. Rozległo się potworne chrupnięcie, gdy cofnął się z ręką Abigail w zębach.

To się rozegrało tak szybko, że wydawało się, jakby Władczyni Dżinnów w ogóle tego nie zauważyła. Zatoczyła się, patrząc na miejsce, gdzie była jej ręka, a teraz widniał zakrwawiony kikut. Skonsternowana ściągnęła brwi. Powoli chorobliwie pozieleniała. Otworzyła usta, żeby nabrać potężny haust powietrza, i wydała z siebie wrzask, który ścinał krew w żyłach.

I rozpętało się istne pandemonium.

Na dachu dżinny wyrwały się z transu, przestały skandować, życie wypełniło ich puste oczy. Wiele z nich rozglądało się ze zdumieniem, niosły się pomruki, słyszalne mimo niekończącego się wrzasku Abigail. Uwolnione z więzów ifryty w żelaznym dżinnie wyrywały się z mechanizmu olbrzyma na wolność, kawałki stali sypały się na wszystkie strony. Ogromny potwór zakołysał się niebezpiecznie, kiedy magia utrzymująca go w całości została zniszczona i płomienie na rogatej głowie zgasły. Rozległ się potężny zgrzyt, gdy głowa spadła z szyi, odbiła się od ramienia i zleciała. W ślad za nią poszły inne części stalowego ciała, które rozpadało się na oczach wszystkich.

Czworo ludzi, którzy nadal stali na platformie, rzuciło się rozpaczliwie w poszukiwaniu bezpiecznego miejsca. Siostry Edginton pierwsze zeskoczyły, wylądowały niezgrabnie na dachu i przeturlały się po nim bezładnie. Za nimi skoczył Percival, zostawiając Victora własnemu losowi. Ten, trzymając się za zranione ramię, zeskoczył akurat, gdy platforma, Zegar Światów i to, co zostało z mechanicznego olbrzyma, padło na dziedziniec pałacowy z potwornym hukiem.

Fatma podniosła wzrok i zobaczyła, że popielny ghul nadal nad nimi stoi. Trzy jego kopie uniosły lewe ręce – co ciekawe, każda była pozbawiona dłoni – a ich ciała powoli się rozpadały. Nogi, torsy, nawet ubranie rozsypywało się w czarny popiół drobniejszy od piasku, unoszony przez nocny wiatr bez najcichszego szelestu. Fatma i Siti popatrzyły po sobie, wstały, wspierając się wzajemnie, i pokuśtykały przez tłum dżinnów. Zatrzymały się w miejscu, gdzie Abigail klęczała, nadal krzycząc i ściskając odgryzioną rękę.

– Domyślam się, że to boli – powiedział Siti.

Fatma spojrzała ponad kobietą, która nie stanowiła już zagrożenia, rozglądając się za Ahmadem. Przemiana, jaką przeszedł w ciągu minionych tygodni, pozwoliła mu z łatwością wmieszać się w tłum dżinnów, ale nie uległ mocy pierścienia. Zastanawiała się, jak długo tu był. Czekał na właściwy moment, na chwilę zemsty. Oczywiście miała ważniejsze problemy niż Abigail czy Ahmad. Podniosła wzrok na Dziewięciu Lordów Ifrytów, którzy już nikomu się nie kłaniali i taksowali je ognistym wzrokiem.

– Co oni nadal tu robią? – Wskazała na przejście. – I dlaczego to nadal jest otwarte?

Kiedy ostatnim razem zniszczyły Zegar Światów, otwarte za jego pomocą drzwi same się zamknęły. Te jednak pozostały otwarte jak rana ziająca w nocy.

– Mam przeczucie, że to jeszcze nie koniec – mruknęła Siti.

Wyjdź z nory, a sturlasz się po stoku, Fatma usłyszała w głowie niezadowolony głos matki.

Wyjęła odznakę, uniosła ją wysoko, odchrząknęła i krzyknęła:

– Wielcy lordowie! Jestem agentka Fatma z Egipskiego Ministerstwa Alchemii, Uroków i Istot Nadprzyrodzonych! – Dżinny na dachu ucichły, obróciły się w jej stronę. Ifryty w górze także zwróciły na nią uwagę. – Pozwólcie, że przeproszę was za wezwanie was wbrew waszej woli! Poczynania te nie zostały usankcjonowane ani zaakceptowane przez mój rząd, stanowią pogwałcenie naszych statutów, praw i kodeksów kryminalnych z racji nieetycznego wykorzystania magii! Ponieważ teraz już zapanowaliśmy nad sytuacją i schwytaliśmy sprawcę, zachęcamy do powrotu do waszego świata wraz z naszymi wyrazami najgłębszego ubolewania z powodu przysporzonych kłopotów!

I proszę. Wszystko załatwione zgodnie z przepisami. Wręcz uprzejmie.

Król ifrytów przyjrzał jej się płonącymi oczami, a ona starała się nie wzdrygnąć z powodu żaru.

– Gadatliwa z ciebie śmiertelniczka – zagrzmiał, a potem odwrócił się, jakby w ogóle nie istniała. – Dżinny tego świata! – ryknął. – Przez tysiąclecia spaliśmy. W głębinach światów wewnątrz światów Kafu. Teraz przebudziliśmy się. I jesteśmy... niezadowoleni. – Tłum wzdrygnął się jak zbesztane dzieci. – Jak to możliwe, że dżinny chadzają po świecie, którym władają śmiertelnicy? Jak to możliwe, że śmiertelnik dysponuje mocą przynależną naszemu rodzajowi? Dostatecznie wielką, żeby związać nawet nas, lordów dżinnów? Gdzie są dzieci naszej krwi i ognia, żeby na to odpowiedzieć?

Kilka płonących kształtów wylądowało na to wezwanie przed królem ifrytów. Siti odciągnęła Fatmę, gdy jeden z nich wylądował z takim impetem, że pałac się zatrząsł. To był ten, którego widziały już dwa razy, tyle że pozbył się siodła i cugli. Był zdecydowanie większy od towarzyszy, a jednak wyglądał jak karzeł przy lordach ifrytów – zwykłe ognisko w porównaniu z morzem ognia.

– O wielcy panowie – zagrzmiał, pochylając pokornie płonące skrzydła. – Odpowiem wam.

– Mów więc – pozwolił mu król. Gniew szpecił jego twarz. – Ale ucisz najpierw to źródło irytujących dźwięków!

Miał na myśli Abigail, która nie przestawała krzyczeć. Wielki ifryt odwrócił się do władczyni, która na nim jeździła i dłonią musnął jej zranioną rękę. Krzyki zamieniły się we wrzaski, kiedy przyżegał krwawy kikut. Poniósł się obrzydliwy smród palonego ciała. Oczy uciekły Abigail w głąb czaszki, zachwiała się i zaraz padła na twarz. Zemdlała. Wyglądało na to, że tym razem naprawdę.

Wielki ifryt odwrócił się do swojego króla.

– Stworzyłem sobie dom na pustyni tego świata, z dala od dżinnów, które teraz mieszkają wśród śmiertelników. I przebywałem tam, dopóki ona mnie nie wezwała. – Warknął w stronę leżącej plackiem Abigail. – Związała mnie, zaprzęgła jak zwierzę! Zmusiła do znojnej pracy moich braci i siostry! Zmusiła, abyśmy powiedzieli o was, zmusiła, żebyśmy obudzili was ze snu!

Król ifrytów ściągnął wargi – wyglądało to, jakby samo słońce się rozgniewało. Wśród stojących za nim ośmiu pozostałych lordów rozległy się pomruki niezadowolenia.

– Jesteś ifrytem! Jednym z tych stworzonych w pierwszej kolejności z ognia bez dymu! Masz rządzić innymi dżinnami! – Pokręcił z niesmakiem głową. – Tak być nie może.

– To mi się nie podoba – powiedziała Siti.

Fatma się z nią zgadzała.

Król ifrytów się wyprostował.

– Może i śmiertelnik nas przyzwał, lecz jeszcze może wyniknąć coś dobrego z tej aberracji. My, Dziewięciu Lordów, powróciliśmy, by znowu władać wszystkimi dżinnami. Przejmujemy ten świat i poprowadzimy was do wojny, aby go rzeczywiście uczynić waszym. Byście znowu mogli poznać chwałę i przynosić zaszczyt własnej krwi!

Zamilkł wspaniałomyślnie, jakby spodziewał się wiwatów. Odpowiedziała mu jednak tylko nerwowa cisza. Żaden dżinn się nie odezwał, wielu zgromadzonych zerkało po sobie niespokojnie.

– Nie dam się na to nabrać! – ktoś krzyknął.

Fatma zdębiała, gdy zdała sobie sprawę, że to Siti. Wyszła naprzód, wysoka w swojej formie dżinna, chociaż mniejsza od większości zebranych. Król ifrytów zmrużył oczy, patrząc na nią z góry.

– Nie dasz... się... nabrać?

– Że już kiedyś ofiarowaliście dżinnom chwałę, czy coś w tym guście – odpowiedziała Siti. – Z tego co słyszałam, zniewoliliście dżinny. Kazaliście im walczyć w niekończących się wojnach.

– Żeby przekonać się, kto jest najbardziej zasłużony – zagrzmiał jeden z lordów ifrytów. – Przewyższamy wszystkich...

Siti parsknęła śmiechem, przerywając ogromnemu ifrytowi.

– Śmiertelnicy już się bawili w tę grę, że pewni ludzie są lepsi od reszty i w związku z tym mogą rządzić innymi. Ona w to wierzy. – Wskazała Abigail, która nadal była nieprzytomna. – Czym wy się od niej różnicie?

Król ifrytów zmrużył oczy w szparki.

– Porównujesz nas do śmiertelników? – Spojrzał na nią na nowo. – Mieszaniec. Twój ojciec był dżinnem.

– Wolę mówić o sobie, że w moich żyłach płynie podwójna krew. A dżinn, który mnie spłodził, nie był nikim szczególnym.

– Mimo to masz w sobie coś z dżinna. Nawet jeśli jesteś gorsza, możesz mieć udział w nadchodzącej chwale.

– Bardzo to hojne, ale możecie zachować tę chwałę dla siebie.

Król ifrytów pokręcił głową.

– Co za bezczelność. Kiedy mieliśmy władzę, karą za takie nieposłuszeństwo byłby tysiąckrotnie większy ból. – Spojrzał na pozostałe dżinny. – Nie będziemy dłużej pozwalać na taką impertynencję! Jesteśmy panami dżinnów! Pierwszymi wśród naszego rodzaju! Pokłonicie się nam!

Zaokrąglona główka jego buławy buchnęła płomieniami, jakby zerwał gwiazdę z nieba. Wiele dżinnów w dole się skuliło. Jeden po drugim zaczęły się giąć w pokłonie.

Fatma patrzyła na to z niepokojem. Wzdłuż dachu i na ulicach dżinny najróżniejszych rodzajów i klas padały przed Dziewięcioma Lordami kierowane jakimś pierwotnym strachem.

Prawie wszystkie.

Jej wzrok zatrzymał się na postaci w pobliżu krawędzi pałacowego dachu, dżinnii z czerwonawo-brązową głową kułana i świderkowato skręconymi rogami gazeli. Król ifrytów też ją zauważył i opuścił groźnie buławę.

– Pokłonisz mi się.

– Uznałam, że jednak nie – odpowiedziała dżinnija o głowie kułana głosem starszej kobiety. – Za stara jestem na ukłony. Od tego strzela mi w kościach. I nawet gdybym mogła, to nie pokłoniłabym się tobie.

Płomienie zatańczyły na czole króla ifrytów.

– Kolejna bezczelność.

Dżinnija wzruszyła ramionami.

– Nazywaj to jak chcesz, ale nie podobało mi się, kiedy ona mnie zniewoliła. – Wskazała sękatą laską Abigail. – I nie dam się zniewolić tobie. Lubię wolność. Mam wymienić jedne okowy na drugie?

– Poprowadzimy was ku chwale! – upierał się król ifrytów. – Umieścimy was ponad śmiertelnikami!

Starsza dżinnija się zaśmiała.

– Ku chwale? Tego mi właśnie brakowało: chwały? – Prychnęła. – Żyję wśród śmiertelników. To prawda, że potrafią być denerwujący, ale są też nadzwyczajni. Odwiedzają mnie podczas Id al-Fitr. Robię dla ich dzieci ciasteczka *kahk*. Ach! Dzieci! Są najrozkoszniejsze ze wszystkich śmiertelników!

– Chwała należy do was... – zaczął król ifrytów.

– Słyszałam to już za pierwszymi paroma razami, kiedy to mówiłeś – przerwała mu starsza dżinnija, wymachując laską. – Nie chcę chwały. Chcę wrócić do domu. Ten świat, który chcecie stworzyć, świat wojny i ognia, nie kojarzy mi się z chwałą. To brzmi jak piekło.

Król skrzywił się. Spojrzał na dużego ifryta.

– Zakończ tę bezczelność! Pokaż im, jaka kara czeka ich za nieposłuszeństwo wobec swoich panów!

Ifryt na dachu odwrócił się do niepokornej dżinnii. Fatma wyczuła, że Siti napięła mięśnie, gotowa do walki. Sama złapała ostrze, nawet jeśli na niewiele się zda w walce z pięć razy większym od niej stworzeniem z ognia. Ifryt przez chwilę patrzył na dżinniję z głową kułana, a potem ku ogólnemu zaskoczeniu zgarbił się.

– Nie mogę – rzekł. – Wielcy lordowie – dodał pośpiesznie.

Król ifrytów wytrzeszczył oczy.

– Kolejne nieposłuszeństwo? I to z twojej strony?!

Wielki ifryt pokręcił głową.

– O wielki panie, musisz zrozumieć, że nie szukałem ukojenia bez powodu. My, ifryty, po przyjściu do tego świata szukaliśmy miejsc, gdzie mogliśmy być sami. Gdy przebywaliśmy razem, odkryliśmy, że zwycięża w nas ogień krwi, skłania nas do płonięcia, podpala wszystko wokół nas. Jednak żyjąc samotnie, mogliśmy żyć z własnymi myślami. Rozważać cel naszej egzystencji. – Podniósł wzrok, ważąc się spojrzeć w złowrogie oczy górującego nad nim olbrzyma. – Nazywamy to filozofią.

Król ifrytów zmarszczył brwi.

– Fil-o-so-fią?

Duży ifryt pokiwał ochoczo głową.

– Sposób badania natury egzystencji i naszego miejsca w niej. Im więcej myślałem, tym lepiej zaczynałem siebie rozumieć. Pojmować, że zostałem stworzony do czegoś więcej niż tylko topienie wrogów w ogniu. Zacząłem czytać mnóstwo wielkich dzieł spisanych przez śmiertelników i inne dżinny. W ten sposób odkryłem, że jestem pacyfistą.

Fatma zdębiała. Dziewięciu Lordów było równie zdumionych. Mruczeli między sobą, aż jeden z nich zapytał:

– A co to jest? Pa-cy-fista?

– Ten, który nie dopuszcza się przemocy wobec innych – wyjaśnił ifryt.

– Przysiągł, że nikogo nie skrzywdzi – dodał jeden z mniejszych ifrytów, który mówił głosem kobiety. – Dlatego to, do czego zmusiła go ta śmiertelniczka, było tak potworne.

Duży ifryt spuścił wzrok i po raz pierwszy Fatma spostrzegła w jego oczach coś, co do tej pory przegapiała – ból. Może nawet poczucie winy.

– Czy ty jesteś kolejną krynicą owej fil-o-so-fii?

– O nie – odpowiedziała ifrytka. – Jestem rzeźbiarką.

– I to świetną! – dodał duży ifryt. – Tworzy przepiękne krajobrazy z kamieni i piasku! – Pozostałe ifryty przytaknęły i ich towarzyszka spuściła wzrok zawstydzona. – Mówiliśmy jej, że powinna wystawiać swoje dzieła, ale jest introwertyczką i chcemy to uszanować.

Król ifrytów był równie skołowany jak Fatma. Czy ministerstwo miało jakiekolwiek pojęcie o tych istotach?

– Ja też się nie pokłonię – odezwał się kolejny głos. Powiedział to marid w kolorze kobaltowym, który też stał na dachu. Wstał z klęczek. – To nie my was tu wezwaliśmy. Nie prosiliśmy o wasz powrót. Klękam tylko przed moim stwórcą.

Dołączył do niego kolejny dżinn, wodny dżann.

– Nie będziemy niewolnikami!

Pozostali też wstawali, wykrzykując swój sprzeciw tymi samymi słowami. To było jak wyrwa w tamie. Po chwili wszyscy na dachu stali i skandowali: „Nie będziemy niewolnikami!". Hasło podjęły dżinny z ulic i w masowym proteście krzyczały i unosiły pięści. Dziewięciu Lordów patrzyło, nie wierząc własnym oczom. Fatma podejrzewała, że nie przywykli do słowa „nie".

W końcu król ifrytów uniósł ognistą maczugę i ryknął:

– Cisza!

Zrobiło się cicho, ale żaden z dżinnów nie ukląkł z powrotem. Stały teraz z zaciśniętymi pięściami, ich spojrzenia były twarde jak ze stali. Fatma wyczuwała magię i napięcie wypełniające powietrze, aż włoski stawały jej od tego na skórze. To był wstęp do walki między dżinnami i ich dawnymi panami. Nie chciała nawet myśleć, do jakich zniszczeń może to doprowadzić.

– O wielcy lordowie! – zawołała, znowu wychodząc naprzód. – Dżinny tego świata podjęły decyzję! Twierdzicie, że chcecie je poprowadzić, dać im lepsze życie. Czy staniecie teraz do walki z nimi? Przelejecie ich krew? I po co?

Król ifrytów znowu spojrzał na nią, grzmot dobył się z głębin jego gardła. Dopiero kiedy uśmiech wypłynął na jego ognistą twarz, Fatma zdała sobie sprawę, że się śmieje.

– I po co, śmiertelniczko? – Jego głos stał się jak grzmot. – Usłyszycie mnie, przeklęte dżinny! Zdrajcy własnej krwi! Stajecie przeciwko swoim panom? Przeciwko tym, którzy poprowadziliby was ku wielkości? Jeśli nie pokłonicie się z własnej woli, to zostaniecie do tego zmuszeni... albo się złamiecie!

Gniewne okrzyki i warczenie rozległo się w odpowiedzi. Fatma jeszcze raz spróbowała przekrzyczeć dżinny, ale jej próby na nic się nie zdały. Te same dżinny, które chwilę temu się bały, teraz z całą determinacją nie chciały się ugiąć. Wyglądało na to, że to samo dotyczyło Dziewięciu Lordów.

– Niegrzeczne dzieci! – warknął król ifrytów, którego korona zapłonęła. Uniósł potężną buławę w niebo, a ona rozrosła się i teraz dźwigał ją w dwóch rękach. – Jeśli pragniecie walki i panowania nad tym światem, to ją dostaniecie. Niech będzie wojna!

Wziął potężny zamach i uderzył buławą w pałac Abdin. Cios był straszliwy. Budynek zatrząsł się, siła uderzenia wstrząsnęła Fatmą. Upadła, gdy dach podskoczył, rozległ się jęk, jakby pałac krzyczał z bólu. Próbowała wstać, miała nadzieję, że ucieknie, ale grunt nagle się pod nią zapadł. A potem zniknął zupełnie i Fatma spadła pośród ognia i kruszącego się kamienia prosto w ciemność.

## ROZDZIAŁ DWUDZIESTY DZIEWIĄTY

Spadała pośród kamienia i ognia.

Nie.

Nie spadała. Spadła wcześniej, a teraz...

Szarpnęła się spazmatycznie, wymachując rękami i przypominając sobie, co to znaczy spaść. Łapała się powietrza – a przynajmniej próbowała się go łapać, przerażona tym, że znajduje tylko pustkę. Coś mocno trzymało ją za ręce. Coś szorstkiego i ciężkiego. Za nogi też. Ledwie mogła się ruszyć. Och, i jaka była obolała! Zmusiła się do otwarcia oczu pośród ciemności i palącego drobnego pyłu. Rwane kawałki wspomnień tłoczyły jej się w głowie, a ona próbowała poskładać je w sensowną całość.

Król ifrytów. Pałac Abdin. Walący się dach. Upadek.

Przeżyła. Siniaki były tego wystarczającym dowodem. Szorstkość, która ją trzymała, to był kamień. Gruz zburzonego pałacu. Przeżyła, ale była zakopana pod gruzem.

Spokojna dedukcja ustąpiła miejsca panice. Została pogrzebana! Jak głęboko? Wyobraziła sobie wzgórze gruzu, pod którym nikt jej nie znajdzie. Spróbowała znowu się poruszyć, ale bez skutku.

Nadszedł głos matki, ale tym razem nie pouczał, lecz koił, odganiając panikę. „Każdy problem ma swoje rozwiązanie", zapewniał ją. „Znajdziesz wyjście". Posłuchała tej rady, zmuszając się do zachowania spokoju. Na tyle, na ile można zachować spokój pod zawalonym budynkiem. Jej wzrok powoli się przyzwyczajał.

Rozejrzała się. Potrzaskany kamień. Pył. Coś miękkiego musnęło jej policzek. Materiał? Włosy? Nie, coś miększego. Pióra!

Teraz czuła coś więcej niż tylko kamień. Ciepło, którego źródłem było ciało. Bardzo duże ciało.

Siti! Nowe wspomnienia zalały jej umysł. Walący się pałac. Ktoś ją złapał. Trzepoczące skrzydła próbujące uciec przed lawiną. Ale było tego za dużo...

Siti ją uratowała. Osłoniła ją. Fatma czuła, że przyjaciółka oddycha, słyszała, jak jej pierś unosi się i opada. Ten dźwięk był przerażająco słaby.

– Siti. – Jej pierwsze wołanie było ledwie słyszalne. Zwilżyła śliną język i spróbowała raz jeszcze. – Siti. – Tym razem wychrypiała imię. Jeszcze dwa kolejne chrypnięcia i ktoś zareagował.

– Kto tu jest? Jest tu ktoś?

Fatma znała ten głos. To zdecydowanie nie była Siti. Zazgrzytała zębami, zanim wypowiedziała imię.

– Abigail.

– Tak! To ja! Kto...?

– Agentka Fatma.

Cisza.

– Jak przetrwałaś upadek?

Abigail potrzebowała chwili, żeby odpowiedzieć:

– Twój pół-dżinn.

Zatem Siti uratowała też tę kobietę. A to niespodzianka. Grzmot przetoczył się gdzieś w górze i gruzy zadygotały. Abigail pisnęła.

– Co to było?

– Nie wiem – odpowiedziała zirytowana pytaniem Fatma. – Siedzę tu razem z tobą.

– Słyszałam to już dwa razy! Z zewnątrz... Myślę, że oni tam walczą.

Fatma zerknęła w górę, jakby spodziewała się przeniknąć kamień wzrokiem. Drugi grzmot. Gruzy przesunęły się, zaskrzypiały, posypał się pył. Oddech Siti obok niej zamienił się w chrapliwe rzężenie.

– Abigail! Widzisz cokolwiek? Widzisz coś na zewnątrz?

Cisza.

– Abigail!

– Nie wiem. Jest tylko... czekaj.

– Na co?

Znowu cisza.

– Abigail!

Udusi tę kobietę, jeśli nie zacznie szybciej odpowiadać.

– Coś widzę. Ale nie koło mnie. Myślę, że to bliżej ciebie.

– Co? – Fatma wygięła szyję, próbując coś spostrzec w górze. Tam! Dziura! Czuła nawet powietrze na skroni. Istniała szansa. Spróbowała zwilżyć usta bardziej i krzyknęła:

– Pomocy! Jest tam ktoś? Ratunku!

Nic. Po trzech kolejnych próbach w gardle jej zaschło. Może nikogo tam nie ma, pomyślała ponuro. Rozległ się przenikliwy wrzask i głośny świst. Fatma próbowała wypatrzyć cokolwiek przez mały otworek.

– Dobrze więc. – Abigail westchnęła. – Jeśli mamy tu umrzeć, to chcę, żebyś wiedziała, że ci wybaczam.

Fatma próbowała obrócić gwałtownie głowę, ale musiała zadowolić się jedynie zduszonym:

– Co?!

– Powiedziałam, że ci wybaczam. To chyba ważne, żeby mówić takie rzeczy pod koniec.

– Wybaczasz mi? Ty wybaczasz mnie?!

– Nie ma potrzeby tak się unosić. Ja tu się staram o ważny moment dla nas obu.

– Wypchaj się ze swoim momentem! – warknęła Fatma.

Abigail zacmokała z niesmakiem.

– Ależ wy potraficie być w gorącej wodzie kąpani. To przez ten upał? – Kiedy Fatma nie odpowiedziała, zaczęła znowu mówić: – Spodziewałabym się, że wykażesz się większym zrozumieniem. W końcu to ja straciłam dłoń. A tak niewiele brakowało! Wszystko popsułaś. Rozumiem, że kiedy straciłam przytomność, sprawy przybrały zły obrót? Gdybyś tylko pozwoliła mi zachować pierścień, do niczego takiego by nie doszło. W pewnym sensie to twoja wina.

– Oszalałaś – warknęła Fatma.

Abigail się żachnęła.

– Dlaczego ludzie mówią takie rzeczy? „Oszalałaś" albo „wariatka", „całkiem jej odbiło"? Bo jestem przedstawicielką słabej płci? Gdybym była mężczyzną, to wątpiłabyś w moją poczytalność?

Fatma westchnęła w duchu. Nie mogła znieść tego, że Abigail ma rację. Miała ciotkę, która cierpiała na chorobę umysłową. Nie była w ogóle niebezpieczna. Fatma sama nie cierpiała, gdy ktokolwiek mówił o jej sprawach „szalone" albo „wariackie".

– Masz rację – przyznała. – Cofam to, co powiedziałam. Doskonale wiedziałaś, co robisz. Że skrzywdzisz mnóstwo ludzi. A mimo to zrobiłaś, co zrobiłaś. Świadomie. Z twoją głową wszystko jest w porządku. Jesteś po prostu potworem.

– Ależ dziękuję – odpowiedziała słodko Abigail. – To naprawdę dużo dla mnie znaczy. Wiesz, naprawdę myślę, że gdyby nie te wszystkie nieprzyjemności, do jakich doszło między nami, to mogłybyśmy się zaprzyjaźnić.

Na te słowa Fatma aż się roześmiała.

– Nie, mówię serio. Jesteśmy na swój sposób podobne.

– W niczym cię nie przypominam.

– Och, nie mogę się z tym zgodzić. Masz pojęcie, jak cudownie było toczyć ten pojedynek umysłów z tobą? Wiele razy mogłam cię zabić, przebić szablą, kazać cię spalić mojemu ifrytowi, napuścić na ciebie ghule, żeby rozerwały cię na strzępy. A jednak zachowywałam cię przy życiu, a wiesz dlaczego? Bo widziałam w tobie coś z siebie. Kobietę zmuszoną żyć w świecie kierowanym przez nieudolnych mężczyzn. Tak wielki zapał i determinacja. Łączy nas pewna więź. Moja smagła siostra z Orientu.

– Możesz się już uciszyć – zaproponowała Fatma.

– Pewnie, niektóre więzi są silniejsze niż inne. Jak na przykład ta, która łączy cię z pół-dżinnem.

Fatma zamarła. Uważnie nasłuchiwała oddechu Siti. Nie stawał się coraz mocniejszy.

– Nie mów o niej.

– Tamtej nocy – mówiła dalej Abigail – kiedy przejęłam kontrolę, dostrzegłam przelotnie jej sekrety. Wy dwie. Tak bardzo,

bardzo blisko ze sobą. Kiedy zacisnęła dłonie na twojej szyi, jakie to musiało być uczucie? Czy rozumiałaś, czym była? Że nosiła bestię w sobie? Tym właśnie są dżinny, wiesz? Bestiami. Równie niebezpiecznymi jak ogar, jeśli nie mają odpowiedniego kagańca. Jednak odpowiednio wytresowane mogą być, och, jakże użyteczne.

Fatma dławiła gniew, nie wdając się w dyskusję. Abigail zaśmiała się w ciszy i już zamierzała podjąć na nowo swoje tortury, kiedy rozległ się kolejny dźwięk.

– Siedź cicho! – powiedziała Fatma i zaczęła nasłuchiwać.

Czy to były głosy? Wzięła głęboki wdech i krzyknęła znowu. Wyobraziła to sobie? Po drugim krzyku ochrypła. Teraz głosy wróciły. Zbliżały się. Prawie je rozumiała.

– Słyszałeś, Jakow... myślę, że to stąd...

Fatma krzyknęła znowu, nie artykułowała już słów, bo to było zbyt trudne. Abigail dołączyła do niej i we dwie narobiły takiego hałasu, jak to tylko możliwe, aż błogosławiony głos zawołał:

– Słyszymy was! Ile osób?

– Trzy! – Wychrypiała Fatma.

Chwała Bogu!

– Chwileczkę, *Frau*. – Głosy się oddaliły. Teraz słyszała tylko jeden. Mężczyzna. Mówił przeważnie po angielsku, ale z mocnym akcentem. – *Achtung!* Uważaj, który kamień podnosisz! *Nein!* Nie ten! Lepiej. Teraz, w górę! Przyłóż się, Jakow! Jesteś ruskim niedźwiedziem czy ujadającym salonowym pieskiem?! O, właśnie tak!

Rozległ się zgrzyt i gruz wokół Fatmy się przesunął. Kawałki kamienia podnoszono z góry, cudownie chłodne powietrze owiało jej twarz. Zamrugała, zdając sobie sprawę, że patrzy na nocne niebo przez chmurę pyłu. Widziała pałac, którego połowa stała pośród gruzu. Ręce sięgnęły po nią, żeby ją wyciągnąć, a potem odłożyły ją z powrotem. Była wolna! Próbowała spostrzec swoich wybawicieli i odkryła, że patrzy na niespodziewanie znajomą twarz: mężczyznę z mocno zarysowanym nosem i gęstymi podwiniętym do góry wąsami.

– Ha! *Frau!* – Niemiecki kajzer Wilhelm II uśmiechnął się szeroko. – Jakow, patrz kto to! Poznaliśmy się tamtego wieczoru!

Fatma przeniosła wzrok na drugiego mężczyznę: rosyjskiego generała. Stał pochylony i ciężko dyszał. Obaj wyglądali niechlujnie, mieli na sobie tylko długie koszule wypuszczone na spodnie ze zwisającymi smętnie szelkami.

– Leż spokojnie! – powiedział jej Wilhelm. – Zajmiemy się twoimi przyjaciółmi. Jakow!

Fatma chciała mu powiedzieć, że po pierwsze nie jest w stanie nigdzie iść, a po drugie jedna z kobiet w gruzach zdecydowanie nie jest jej przyjaciółką. Właściwie to mogliby ją tam zostawić. Nie zdołała jednak niczego z siebie wydusić, bo wpadła w ciemność. Przy akompaniamencie podmuchu wiatru i wrzasku, od którego pękały uszy.

Potrzebowała chwili, żeby zrozumieć, że ciemność to cień czegoś, co leciało w górze. Mały statek powietrzny? Ale to miało skrzydła absurdalnej długości. Nie, to nie statek powietrzny. To ptak ruch!

Ogromny ptak przeleciał pośród tumanu niebieskich piór. Za nim nadleciał kolejny i następny. Szuu! Szuu! Szuu! W sumie cztery. Szpony miał dość wielkie, żeby schwytać automobil, a ich zakrzywione złote dzioby mogłyby rozerwać na strzępy słonia. Podmuch, jaki wzbudzały, uderzył w Fatmę, zdmuchując część pyłu. Patrzyła, jak ustawiają się w formacji; przechyliły się przy tym tak, że dostrzegła postaci na ich grzbietach. Dżinny! Leciały na grzbietach ruchów! Z trudem usiadła i popatrzyła w kierunku, w którym odleciały. Wytrzeszczyła oczy.

Dziewięciu Lordów Ifrytów szło ulicami Kairu.

Zeszły z nieba. Przy nich wszystkie budynki wydawały się maleńkie. Wokół nich roiło się mnóstwo drobnych postaci. Kolejne dżinny. Toczyła się bitwa.

Fatma patrzyła, jak ruchy nurkują w gąszcz walki. Maridy na ich grzbietach ciskały czymś, co mogło być włóczniami albo trójzębami z błyskawic, które jarzyły się na czarnym niebie. Jeden z ifryckich lordów uderzył rozdwojonym płonącym ostrzem i formacja rozproszyła się. Drugi strzelił biczem z płynnego ognia. Rozległ się trzask i bicz trafił w rucha, który wrzasnął i odleciał, ciągnąc za sobą smugę dymu.

– Cudowne – mruknął ktoś.

Abigail. Wyciągnęli ją. Wyglądała fatalnie, wcześniej pięknie upięte włosy były teraz potargane, w dodatku nie miała przecież ręki. Wpatrywała się w walkę.

– Masz pojęcie, ile mogłabym dokonać, mając tak wspaniałe bestie?

Fatma już miała ją uciszyć, kiedy zobaczyła, że dwóch mężczyzn niesie ciało. Położyli Siti, stękając z wysiłku. Sporo zapłaciła za to, że osłoniła Fatmę i Abigail przed walącym się budynkiem. Szkarłatne rany szpeciły jej skórę, jedno ze skrzydeł miała wygięte pod dziwnym kątem. Fatma podczołgała się i wzięła jej głowę w ręce.

– Chodź, Jakow, przestań się gapić – zbeształ generała Wilhelm. – Poszukajmy uzdrowiciela!

Fatma nawet nie spojrzała za nimi, bo nie odrywała oczu od Siti. Zapomniała na chwilę nawet o toczącej się wokół walce. Chciała tylko, żeby kapłanka się obudziła, otworzyła oczy i powiedziała coś błyskotliwego. Albo całkowicie niestosownego.

Wyszeptała modlitwę, która zabrzmiała bardziej jak błaganie:

– Boże najłaskawszy, najmiłosierniejszy. Nie zabieraj jej. Nie ją.

– Myśl często o śmierci, która niszczy wszelką przyjemność – rozległ się głos kobiety. – Ale ten dzień nie jest dniem śmierci dla niej.

Fatma podniosła wzrok i zobaczyła, że mężczyźni wrócili z jakąś kobietą. Potrzebowała chwili, zanim ją rozpoznała, ubraną w prostą czarną galabiję, z twarzą okoloną przez biały hidżab.

– Amina – powiedziała zaskoczona.

– Agentko Fatmo – powitała ją wnuczka Umara al-Hadżdża Talla. – Dobrze widzieć, że żyjesz!

– Skąd się tu wzięliście? Nie ewakuowano pałacu?

– *Ja*. – Wilhelm pokiwał głową. – Zapakowano nas do powozów. Nie ujechaliśmy daleko, zanim uderzyła w nas fala oszalałych dżinnów.

– Większości ludzi udało się uciec – powiedziała Amina, badając palcami Siti. – Nasza trójka schroniła się niedaleko. Kiedy pałac się zawalił, przekonałam ich, żeby wrócili tu ze mną i poszukali tych, którzy przeżyli.

– Jak mógłbym odmówić damie? – powiedział kajzer. – Mam w sobie wiele z Siegfrieda.

Fatma zauważyła teraz goblina, który siedział mu na ramieniu. Nie spał, ale rozglądał się, obserwując walkę w oddali. Fatma spojrzała na Aminę.

– Jesteś uzdrowicielką?

– Mmm... – mruknęła kobieta w skupieniu. – Odziedziczyłam talent po dziadku.

– Więc ona przeżyje?

– Jeśli Bóg pozwoli. Potrzebuję czegoś więcej. Jenne!

Na jej wezwanie wysoki cień napełniony upajającymi aromatami wzniósł się za nią. Nie, nie cień. Postać o surowej, białej jak kreda twarzy, która patrzyła beznamiętnie srebrnymi oczami. Amina powiedziała coś i z ust jej karina wysunął się błyskawiczne zwinięty czarny język, na którego końcu znajdowała się gładka marmurowa kulka. Amina wzięła ją jakby zrywała owoc, rozwarła Siti usta i wsunęła kamyk do środka.

– To gris-gris – wyjaśniła, masując gardło Siti. – Podobny do bezoaru. Po połknięciu szybko prowadzi do uzdrowienia.

Kiedy tylko to powiedziała, Siti otworzyła oczy. W okamgnieniu przybrała ludzką postać, krztusząc się i kaszląc. Rozejrzała się nieprzytomnie, sięgnęła do ust i wyjęła kamyk.

– Kto mi wkłada kamienie do gardła? – wyrzęziła.

Fatma odetchnęła z ulgą i uścisnęła mocno jej dłoń.

Amina wzięła kamyk i oddała go karinowi, który natychmiast go połknął.

– Gris-gris był potrzebny, żeby przywrócić ci ludzką formę. Twoja druga połowa, dżinn w tobie, wymaga leczenia.

– Nie. – Siti spróbowała wstać. – Muszę być w stanie walczyć...

– Pół-dżinny są dość powszechne w moim kraju – obstawała Amina, popychając Siti w dół stanowczym gestem. – Stary wielki król Sumanguru twierdził, że jest w połowie nieśmiertelny i potrafi rzekomo zamienić się w trąbę powietrzną i przywołać armię mrówek.

– Masz ukrytą armię mrówek, o której chcesz mi opowiedzieć? – zapytała beztrosko Fatma, nie mogąc pozbyć się zawrotu głowy na widok przytomnej i znowu mówiącej Siti.

Ta skrzywiła się, patrząc na Aminę.

– Do czego zmierzasz?

– Znam twój rodzaj dostatecznie dobrze, by wiedzieć, jak cię leczyć. Zadowól się tym śmiertelnym ciałem. Daj odpocząć dżinnowi. – Spojrzała na Fatmę i Abigail. – To dotyczy też was dwóch.

One nie dostały kamieni. Amina położyła tylko ręce na ich skórze. Fatma poczuła, jak jej poobijane ciało napełnia się ciepłem i ból słabnie.

– Cudownie – zamyśliła się na głos Abigail, dotykając ostrożnie czoła, na którym zamknęło się właśnie rozcięcie. – Uzdrowicielko, czy mogłabyś coś zrobić z... – Z nadzieją uniosła kikut ręki.

Amina zaczęła badać ranę, ale Jenne syknęła przenikliwie.

– Twój głos – odezwała się dżinnija, jej srebrne oczy zabłysły, a zapach stał się gorzki. – Jenne pamięta Władczynię Dżinnów. W naszej głowie. Wzywający. Nalegający.

Amina wypuściła nadgarstek Abigail z niepokojem.

– Impostor!

Wilhelm wytrzeszczył oczy.

– Angielka! Stała za tymi wszystkimi kłopotami? Prawda, że to ciekawe, Jakow? – Przyjrzał się Abigail na nowo, a Fatma uznała, że w jego uśmiechu jest cień podziwu.

Z miejsca walki poniósł się potężny huk i wszyscy spojrzeli w tamtą stronę – gdzie oślepiające światła i ściany ognia rozświetliły noc.

– Jeśli kiedykolwiek wybuchnie wojna, to mam nadzieję, że będzie równie wspaniała – orzekł Wilhelm.

– Nie dzisiaj – warknęła Amina i wstała. Odwróciła się do Fatmy, patrząc z zaciekawieniem. – Nigdy nie powiedziałaś mi, dla której właściwie agencji pracujesz. Skoro jednak jesteś tu, to domyślam się, że masz do czynienia z... tym wszystkim. Musimy jeszcze kiedyś się spotkać, może opowiesz mi wtedy więcej o swojej pracy dla rządu. Teraz jednak trzeba poszukać innych pod gruzami. Modlę się, żebyś była w stanie powstrzymać to zło, agentko. Zaufaj Bogu.

Uniosła rąbek galabii i odeszła pośpiesznie, a za nią jej dwóch pomocników. Fatma patrzyła, jak znikają w chmurze pyłu: księżniczka z Afryki Zachodniej, niemiecki cesarz i rosyjski generał, wędrujący po gruzach pałacu Abdin podczas tej bardzo dziwnej nocy w Kairze.

Siti potrzebował chwili, żeby się podnieść, stała chwiejnie.

– Powiedz mi, że mamy plan.

Fatma odwróciła się i zobaczyła, że jej ukochana wpatruje się w walkę nieśmiertelnych.

– Plan był taki, żeby do tego nie dopuścić. – Zasłoniły uszy, kiedy poniósł się grzmot wywołany jakąś magią dżinnów.

– Zniszczą miasto, jeśli ich nie powstrzymamy.

– Nie zdołacie ich powstrzymać – wtrąciła Abigail. Stanęła obok nich. Wyglądała fatalnie, ale przemawiała wyniośle. – Panowałam nad nimi, nad Dziewięcioma Lordami. Przez jedną krótką, wspaniałą chwilę. Zupełnie jakbym próbowała trzymać gwiazdę. – Odwróciła się do Siti. – Dziękuję za to, że mnie uratowałaś. To bardzo łaskawe z twojej strony.

Siti posłała jej mordercze spojrzenie i jeden ze swoich kocich uśmiechów.

– Nie było w tym niczego łaskawego. Prawie strzeliłam ci w twarz, zapomniałaś? Dżinny mają doskonałą pamięć. A jeszcze dłużej chowają urazy. A ty trwale wypaliłaś się w naszych wspomnieniach. Życie, jakie cię teraz czeka, nieustanne uczucie zagrożenia, wieczne oglądanie się przez ramię, niemożność ucieczki przed dżinnami, które mogą wejść nawet do twoich snów... Nie pozwoliłabym, żeby to cię ominęło, Abbie.

I chociaż raz Abigail pobladła.

Siti odwróciła się i zmarszczyła brwi.

– Ktoś cię woła?

Fatma nadstawiła uszu. Ktoś rzeczywiście wołał ją po imieniu. Wykrzykiwał je. Rozejrzała się w ciemnościach. W ich kierunku szła Hadia! Biegła na tyle, na ile dało się biec po gruzie.

Ubranie i twarz miała wybrudzoną pyłem, ale wyglądała o niebo lepiej niż one. Kiedy do nich dobiegła, złapała Fatmę w objęcia.

– *Alhamdulillah!* Mówili, że pałac się zawalił! Bałam się, że wylądowałaś pod gruzami!

Fatma nie zawracała sobie głowy tłumaczeniem, że rzeczywiście tam wylądowała.

– Jak się tu dostałaś?

– Onsi uruchomił jeden z wozów policyjnych! Pędziliśmy całą drogę! – Zerknęła na Abigail, na kikut ręki. – Rozumiem, że coś przegapiłam?

Fatma wyjaśniła jej wszystko. Hadia rozdziawiła usta.

– Dziewięciu Lordów Ifrytów! – Spojrzała na ogniste olbrzymy siejące spustoszenie w mieście. – Inspektor Aasim przyjechał z nami. Przekazał informacje ministerstwu i policji. Podobno król wezwie wojsko...

Nie skończyła, bo ziemia się zatrzęsła. Znieruchomiała. Znów zadygotała. I znowu. Raz za razem. Fatma już miała zapytać, co to jest tym razem, kiedy sama zobaczyła.

Kolejny olbrzym kroczył ulicami Kairu. Ten nie był stworzony z ognia, ale z czegoś ciemnego i falującego. Z wody! Był równie wysoki jak ifryccy lordowie, miał kształt smukłego mężczyzny, sadził długie kroki i miał ręce, które sięgały dużo dalej niż tam, gdzie powinny być kolana. Jego płynne ciało skręcało się i burzyło w swoich granicach, unosiło się i opadało niekończącymi się falami i kłębiło w wirach.

– A co to za nowa zgroza? – szepnęła Hadia.

– To nie zgroza – odpowiedziała z podziwem Siti. – To robota dżannów.

Dżannów? Fatma czytała, że najstarsi z maridów mieszkali kiedyś głęboko pod morzami. Jednak nawet oni nie byli w stanie w takim stopniu władać żywiołami, nie na taką skalę.

– Skąd wzięli tak dużo wody? – spytała Hadia.

– Z Nilu – domyśliła się Fatma. – No bo skąd?

Gdy tak patrzyły, władcy ifrytów odwrócili się ku nowemu wyzwaniu.

Pierwszy z nich zamachnął się płonącym ostrzem. Wodny olbrzym poruszał się zaskakująco szybko – z wartkością rzecznego nurtu. Uniósł długą rękę jak pień, który nieustannie falował. Kiedy uderzył nią w klingę, płomienie zgasły. Woda przeszła przez ramię ifryta i tam, gdzie go dotknęła, płomienie gasły, płynny ogień schładzał się i zamieniał w czarną skałę buchającą strumieniami pary. Ifrycki lord wrzasnął z gniewu, a może z bólu, i zatoczył się do tyłu. Kolejny zajął jego miejsce tylko po to, żeby cios olbrzyma zmył mu płomienne oko. Trzeci padł na kolana, kiedy dwa wymachy potężnych kończyn wodnego giganta trafiły go w nogi, gasząc na nich ogień.

Przez krótką chwilę Fatma odważyła się mieć nadzieję.

Jednak nadzieja zgasła, gdy król ifrytów wyszedł do przodu z żarzącą się buławą opartą na ramieniu. Powiedział coś, co zabrzmiało jak grzmot, i jego ciało buchnęło płomieniami, które z czerwonych zamieniły się w pomarańczowe, potem w jasnoniebieskie i wreszcie w oślepiającą biel.

Kiedy wodny olbrzym znowu zaatakował, woda napotkała rozpalony do białości żar i zaskwierczała. Potężne chmury wściekłej pary buchnęły i niczego już nie było widać. Kiedy się rozwiały, król ifrytów stał nietknięty. A wodny gigant wyglądał na... mniejszego. Król ifrytów zamachnął się buławą i trafił na tyle mocno, że wodny olbrzym zachwiał się i zafalował. Po chwili cała dziewiątka lordów otoczyła go, zadając mu ognistą bronią potworne ciosy.

– Mam nadzieję, że wojsko wkrótce dotrze – szepnęła Hadia.

Fatma popatrzyła na skazanego na klęskę wodnego giganta, zastanawiając się, co stanie się z licznymi dżannami, które go przywołały. Jeśli ich czempion osłabnie i rozpadnie się, jak daleko sięgnie powódź?

– To nie wystarczy – przyznała, chociaż wypowiadała te słowa z największą niechęcią.

Jednak taka była prawda. Tych lordów ifrytów nie powstrzymają dżinny, które kiedyś były ich poddanymi. Ani maszyny ludzi, które te dżinny pomogły zbudować. Spojrzała na ziejącą dziurę przejścia nadal widoczną na tle nocy. W chwili, kiedy została otwarta, przegrali bitwę.

– Nie, to nie wystarczy – ktoś się z nią zgodził.

Odwróciła się, słysząc gardłowe dźwięki, rozejrzała się w ciemności i jej wzrok zatrzymał się na kimś kucającym wśród gruzu. Postać wstała, gdy Fatma ją wypatrzyła, odrywając się od cieni pośród szelestu znajomych brązowych szat. Fatma nie zdołałaby powstrzymać słabego okrzyku, który wyrwał jej się z ust, nawet gdyby próbowała.

– Ahmad! – wykrzyknęła Siti.

Naczelny kapłan kultu Sobka i rzekome ucieleśnienie starożytnego boga Nilu na ziemi machnął szponiastą rękę. Abigail cofnęła się, jakby ujrzała koszmar.

– Byłeś tu przez cały czas? – spytała Siti.

– Nie cały. Przez większość. No dobrze, przez cały czas. To też jest upiorne?

– Tak, Ahmadzie. – Siti westchnęła. – To też jest upiorne.

– *Malesz.* – Odrzucił kaptur. – Trudno pamiętać, jak myślą ludzie.

Fatma skrzywiła się na widok krokodylego pyska. Ten mężczyzna bardzo oddalił się od człowieczeństwa. Jedną szponiastą ręką wyjął zapalniczkę w kształcie srebrnego skarabeusza, drugą paczkę nefertarów. Wyjął cieniutki papieros i spróbował wsunąć w zębiastą paszczę, ale poddał się po trzech próbach.

– Będzie mi tego brakować – mruknął.

– Ahmadzie, dlaczego nie odszedłeś? – spytała Fatma.

Spojrzał na nią nieobecnym wzrokiem.

– Ahmad?

Zamrugał i powrócił.

– Agentko, mój umysł jest teraz przyćmiony. Odchodziłem, owszem, królestwo Sobka mnie wzywa, bym popłynął rzeką. Na południe, do starych świątyń. Abym zjednoczył się z pogrzebanym bogiem. Wróciłem jednak, żeby pomóc. Żeby ich powstrzymać. – Spojrzał na bitwę, gdzie wodny olbrzym został powalony na kolana. – Mam coś. Coś, co zabrałem. – Sięgnął znowu do paczki nefertarów, ale zamiast papierosa wyjął małą, zwyczajną złotą obrączkę.

Fatmie zabiło serce. Pieczęć Sulajmana!

– Złodziej! – wrzasnęła Abigail. Jej strach zmalał na widok pierścienia. – Ukradłeś mi to, co moje! Oddawaj! – Wyciągnęła rękę, ale cofnęła ją, gdy krokodyl syknął. – Potwór! Zjadłeś moją rękę?

– Odebrałaś mi Neftydę – warknął Ahmad. – Ukradłaś. Ciesz się, że nie rozerwałem cię na kawałki. – Odwrócił się. – Poza tym nie jestem kanibalem. Twoja ręką cuchnęła zgnilizną. Wyrzuciłem ją.

Abigail aż się gotowała.

Fatma nie zważała na ich kłótnię.

– Ahmadzie, co zamierzasz z tym zrobić?

– Ci lordowie ifrytów muszą ponownie zostać związani. Tu jest zaklęta moc zdolna to uczynić.

Oczywiście. Kto, jeśli nie Władca Dżinnów mógłby ich teraz uratować?

– Nie znalazłem cię przypadkiem – dodał. – Zostałem tu doprowadzony.

– Przez kogo? – zapytała Fatma. – Twojego boga?

Ahmad wzruszył ramionami.

– Przez mojego boga, przez uniwersalną opatrzność boską, może przez sam pierścień.

– Pierścień wraca do mnie! – potwierdziła ochoczo Abigail. – Wie, że jestem jego panią!

Uznali, że będą udawać, że jej nie słyszą.

– Posłużysz się nim? – wydukała Hadia. Człowiek-krokodyl najwyraźniej bardziej ją odstręczał niż wszystko inne, co do tej pory widziała.

– Pierścień jest przeznaczony dla śmiertelnych rąk. A ja stanowię jedność z pogrzebanym bogiem.

– Dla śmiertelnych rąk – powtórzyła Siti. – Czyli nie jest przeznaczony dla pół-dżinna.

– Dżinn nie może posługiwać się pierścieniem przeciwko innym dżinnom – odpowiedział Ahmad.

– Ja go wezmę – oznajmiła Abigail. – Już raz ich związałam!

Tym razem Ahmad odwrócił się i kłapnął szczękami, co ją uciszyło.

– Zostajemy my dwie – uznała Hadia, nie robiąc wrażenia uradowanej.

– Na to wygląda – zgodził się Ahmad. Podsunął pierścień Hadii, która natychmiast się cofnęła.

– Weź go – powiedziała Fatma.

Hadia przyjrzała jej się nieufnie, ale sięgnęła nerwowo po pierścień, cały czas szepcząc coś cicho, może modlitwę. Wzięła głęboki wdech, wsunęła pierścień na palec i poczekała. Minęła chwila ciszy, zanim pokręciła głową i odetchnęła z nietajoną ulgą.

– Wątpię, żeby mnie chciał – powiedziała.

Fatma zesztywniała, gdy wszyscy wbili w nią wzrok. Żadnej presji. Wyciągnęła rękę i Hadia upuściła pierścień na jej dłoń. Nie czuła, żeby był ciężki. Ani potężny. Był po prostu... pierścionkiem. Wybrała palec na prawej ręce, wsunęła go i poczekała. Nic.

Abigail się roześmiała.

– Pierścień sam wybiera tego, kto go dzierży – zadrwiła. – Nie zareaguje po prostu...

Urwała w pół zdania, wytrzeszczając oczy. Wszyscy gapili się na Fatmę. Bo pierścień się jarzył.

– Nie rozumiem... – zaczęła Fatma i nagle świat się zakołysał.

Znajdowała się w środku wiru. Nie wiedziała, gdzie jest góra, gdzie dół. Nie było ziemi. Jedynie oślepiająca burza hałaśliwych kolorów bez kształtu czy formy, grzmiący głos wypełniający jej uszy: „Władaj mną. Panuj nade mną. Nagnij mnie do swojej woli. Bo inaczej ja nagnę ciebie". Spanikowana Fatma sięgnęła po pierścień i krzyknęła. Parzył! Złapała go mimo bólu i zerwała z palca.

– Fatma? Fatma!

Podniosła wzrok i spojrzała w zatroskane oczy Siti. Upadła? Z pomocą innych wstała.

– Co się stało? – spytała Hadia.

Fatma spojrzała na pierścień na dłoni. Jarzył się, ale znowu był zimny. Jak to w ogóle wyjaśnić?

– Myślałaś, że po prostu zrobi to, czego sobie życzysz? – kpiła Abigail. Uśmiechała się zadowolona z siebie. – Pierścień nagnie cię do swojej woli, jeśli nad nim nie zapanujesz. – Wyciągnęła rękę. – Tylko ja mogę nad nim zapanować. Pozwól mi zawładnąć jego mocą. Pozwól mi ocalić twoje miasto.

Fatma znowu usłyszała głos w swojej głowie, który ścichł do szeptu. „Pamiętamy ją. Ogromna ambicja. Znowu będzie nas dzierżyć. Da nam cel. Musimy mieć cel!" Ręka, w której trzymała pierścień, drgnęła, uniosła się, żeby go podać.

Hadia złapała ją za nadgarstek, piorunując wzrokiem ją i Abigail. Fatma otrząsnęła się z szeptu i zdała sobie sprawę, co właśnie chciała zrobić. Zmarszczyła brwi. Teraz to pierścień próbował zapanować nad nią? Patrząc z góry na Abigail, uniosła pierścień i wsunęła z powrotem na palec.

Wir powrócił z rykiem. Nie było tu niczego, nie było żadnego tu i tam, tylko burza chaosu. Głos grzmiał, oznajmiając swoje żądanie.

Nie! – przerwała mu Fatma. Wybrałeś mnie, bym cię dzierżyła, więc będę tobą władać! Ulegnij mi, bo inaczej wrzucę cię do najgłębszej, najciemniejszej dziury, jaką znajdę! Gdzie nikt inny po ciebie nie sięgnie! Gdzie nie będziesz miał celu, sensu, nigdy!

Głos nie odezwał się więcej, wir zniknął w okamgnieniu. Wróciła. Wokół niej stali Siti, Hadia i Ahmad, Abigail trzymała się nieco z boku.

– Mam go – powiedziała im Fatma. – Już... ich czuję.

To się stało w tej samej chwili, w której zniknął wir. Wyczuwała dżinny. Wszystkie. Odbierała to jak przyciąganie, jakby trzymała ogromny magnes, a one były istotami z metalu. Każdy jeden był przyciągany do niej. Wiedziała, że wystarczy, aby pociągnęła. Spojrzała na ifryckich lordów. Wrażenia, jakie wywoływali, nie dało się przegapić. W porównaniu z nimi wszystkie inne dżinny były maleńkie. Fatma uniosła rękę z pierścieniem i sięgnęła, żeby pochwycić jednego z nich w szczególności, i pociągnęła.

Król ifrytów, który szykował się do zadania ostatecznego ciosu pokonanemu wodnemu olbrzymowi, zatoczył się pod jej uściskiem. Jego emocje popłynęły ku niej przez pierścień: wstrząs, zdumienie, wybuch wściekłości. Ryknął z grymasem, stawiając jej opór. Stęknęła i chwyciła mocniej. Abigail powiedziała, że trzymanie go przypominało próbę utrzymania gwiazdy. A teraz gwiazda się wściekła. Potężnym szarpnięciem odrzucił ją, Fatma się zatoczyła.

– Co się stało? – zapytała Siti, łapiąc ją.

– Nie mogę go utrzymać. Ta walka wzmocniła go. Jakby się nią karmił.

– Ogień wzmaga się tym bardziej, im więcej pożre – szepnęła Abigail. – A teraz ten ogień poluje na ciebie.

Fatma podniosła wzrok i przekonała się, że Abigail ma rację. Król ifrytów stał i wściekle się rozglądał. Znowu wyczuwał moc pierścienia i szukał jego właściciela. Nie mieli zbyt wiele czasu.

Sięgnęła i ponownie go chwyciła. Miała wrażenie, że próbuje usidlić dudniący wulkan. Rozbłysnął rozpalonymi do białości płomieniami i odrzucił ją po raz drugi. Spojrzała na dłonie i zobaczyła, że są czerwone od oparzeń, z jej ubrania unosiły się smużki dymu.

– Myślę, że zwróciłaś jego uwagę – powiedziała Abigail.

Fatma zobaczyła, że król ifrytów wbija w nią wzrok jak płonące lampy. Wzbił się w powietrze, rycząc z wściekłości. Pozostała ósemka lordów wzniosła się razem z nim na potężnych ognistych skrzydłach i polecieli w jej kierunku. Uniosła rękę, żeby znowu spróbować, ale Hadia ją powstrzymała.

– Fatma, posłuchaj! Pamiętasz, co powiedział marid? Pierścień ma większą moc! Pieczęć nie jest nawet pierścieniem! Ujawni swoją prawdziwą naturę tylko komuś, kogo pragnienie jest czyste!

Wspomnienie natychmiast do niej wróciło. Opuściła rękę i zawołała: „Chcę porozmawiać!".

Nie było odpowiedzi, a ifryty się zbliżały.

„Chcę dzierżyć prawdziwą pieczęć!".

Nadal żadnej odpowiedzi. Ifryty prawie ją dopadły, żar ich potężnych ciał narastał.

„Moje pragnienie jest czyste!"

Bez ostrzeżenia wpadła z powrotem w wir. Nie było góry ani dołu. Nie było ziemi. Tylko chaotyczny taniec. A potem kątem oka dostrzegła, że fragment wiru burzy się i rozciąga. Tam, gdzie się otworzył, widniała jedynie biała przestrzeń, pusta jak płótno, z którego zmyto wszelki kolor i ruch. Otoczyła ją i nagle zapadła cisza.

– Jest tu ktoś? – zapytała Fatma.

W odpowiedzi nadbiegła mała puszysta postać, zaskakująco znajoma, o srebrzystym futrze. Ramzes? Nie. Ramzes miał żółte oczy, a te jarzyły się jasnym złotem.

– Ty jesteś pierścieniem? – zapytała z wahaniem.

– My jesteśmy Pieczęcią – odpowiedział melodyjnie kot. Bo rzecz jasna potrafił mówić. – Ty nosisz pierścień.

Fatma spojrzała na dłoń. Rzeczywiście. Tyle że pierścień nie był już złoty. Połowa obrączki była zrobiona z żelaza, a połowa z mosiądzu. Skupiła się ponownie na Pieczęci.

– Dlaczego wyglądasz jak mój kot?

– Swobodnie dzielisz się myślami. Możemy wybrać inny kształt.

W okamgnieniu stanęła przed nią Siti o takich samych złotych oczach.

– Nie, może być kot – odpowiedziała szybko Fatma.

Pierścień, czy raczej Pieczęć, wzruszyła ramionami Siti i znowu była kotem.

– Chcę cię dzierżyć pod twoją prawdziwą postacią – powiedziała Fatma.

Pieczęć się roześmiała. To było dziwne uczucie, patrzeć na śmiejącego się kota.

– A kim ty jesteś, żeby stawiać takie żądania? Uważasz się za drugiego Sulajmana? Nie dajemy ci już dość z siebie? Chcesz posiąść także nasze wewnętrzne serce?

Fatma usłyszała głos matki. „Kot ucieka przed obrożą". Spróbowała innej taktyki.

– Nie żądam, tylko proszę. Moje pragnienie jest czyste.

Pieczęć westchnęła.

– Wszyscy tak twierdzą. Powiedz, czego chcesz.

– Chcę uratować to miasto i jego mieszkańców. Do tego potrzebuję prawdziwej Pieczęci.

– A czego chcesz dla siebie?

– Niczego. Moje pragnienie jest czyste.

Pieczęć znowu się roześmiała.

– Niczego? Kiedy tak bardzo przypominasz poprzednią?

– Poprzednią?

Pieczęć zamieniła się w Abigail Worthington. Nie pominęła nawet kikuta ręki.

Fatma zacisnęła zęby.

– Nie jestem taka jak ona.

Pieczęć przechyliła głowę Abigail.

– Tak? A wiesz, czemu tej nie wybraliśmy? – W okamgnieniu stanęła przed nią Hadia. – „Nie ja. Nie ja. Nie ja". Oto co nam mówiła. Jednak ty... – Kolejna błyskawiczna przemiana i Fatma stała przed swoim lustrzanym obrazem. – Nie ma wątpliwości w twoim umyśle. Byłaś taka jak ta pierwsza: silna wola, determinacja, gotowość, żeby nas dzierżyć. Ona pragnęła wielkiej mocy i władzy. Czego ty pragniesz? Może wezwać dżinny, które ofiarują ci niezmierzone bogactwo? – Przed oczami Fatmy pojawiła się wizja: dżinny niosące ogromne kufry złota i klejnotów i stawiające je u jej stóp. – A może dżinny, które zbudują ci potężne królestwo? – Teraz widziała miasto o złotych kopułach i licznych cudach, z mechanicznym posągiem pośrodku, który ją przedstawiał i górował nad wszystkim. – A może pragniesz czegoś bardziej osobistego? – Teraz wizja przedstawiała Siti, która wpatrywała się w nią z uwielbieniem, związana z nią bezwarunkowo. – Władali nami wielcy lordowie i królowie, wszyscy twierdzili, że są czyści, ale chcieli znacznie więcej.

Ostatni obraz zaniepokoił Fatmę, zerknęła na pierścień z żelaza i mosiądzu, który obiecywał tak wielką moc. Zdołała jednak uśmiechnąć się z przekonaniem. Sięgnęła ręką do marynarki i poklepała schowany tam czasomierz.

– I na tym polega różnica – odpowiedziała, przechodząc na zwykły dialekt Sa'idi, jakim mówiła w domu. – Nie jestem lordem ani władcą. Jestem po prostu córką zegarmistrza z wioski pod Luksorem. Nie pragnę żadnej z tych rzeczy. Chcę tylko uratować to miasto.

Jej sobowtór skrzywił się i znowu był kotem.

– Pragnienie, które jest czyste, musi być naprawdę czyste! – warknął kot. – Wykorzystaj nas do czegoś innego, a zapłacisz cenę, utracisz ciało i wolę! I wtedy my będziemy władać tobą wedle swojego życzenia!

Fatma skinęła głową. Zwykle właśnie tak kończyły się takie sytuacje.

– Zgadzam się.

Wydawało jej się, że kot znowu się uśmiecha.

– W takim razie zrobione – oznajmił. I zniknął.

Fatma wróciła do świata. Wiedziała, że nie minęła nawet chwila, ani sekunda. A jednak wiele się zmieniło.

Ze wszystkich stron otaczało ją światło. Wiedziała, że to dżinny. Nadal miały różne formy i kształty, ale teraz wszystkie składały się z wirujących i jarzących się żywych kolorów, które wibrowały w harmonijnej symfonii. Były ich setki, rozświetlały noc jak świetliki.

Jednak żaden nie równał się z ifryckimi lordami.

Dziewięć olbrzymów unosiło się nad nią, ich ciała były jak kipiel światła, muzyka świetlnych strug przypominała gwałtowny ryk i grzmot. Fatma nie wiedziała, kiedy uniosła rękę, żeby wydać im rozkaz. Zamarli jednak i wyglądali jak nieruchome posągi z bronią wyciągniętą w pół uderzenia, gotowi opaść, kiedy moc pierścienia ich zatrzymała.

Tyle że nie było już pierścienia. Ani złotego, ani żelaznego, ani mosiężnego.

Zniknął, przepadł z jej palca. Na jego miejscu pismo i znaki, których nie potrafiła odczytać, zdobiły jej skórę w symetrycznych, geometrycznych formach – jakby jakaś boska ręka ją naznaczyła. Zdobiły jej opuszki, dłoń i resztę ręki. Wiedziała, że gdyby zerknęła, przekonałaby się, że pismo zdobi też jej pierś i twarz. Kiedy obróciła ręce, odkryła, że we wnętrzu obu dłoni jarzy się gwiazda, to pięcioramienna, to znowu sześcioramienna, ośmio- albo dwunastoramienna. Prawdziwa Pieczęć.

Spojrzała na Dziewięciu Lordów, poczuła ich gniew, od którego ich jaśniejące ciała płonęły jeszcze mocniej. Nienawiść króla ifrytów była wręcz namacalna. Uznała, że to jemu stawi czoło.

Poprzez Pieczęć rozejrzała się po wielu dżinnach, aż zatrzymała się na konkretnym świetle. Przybył na jej wezwanie, przyleciał na ognistych skrzydłach i wylądował przed nią. Ifryt, którego kiedyś zniewoliła Abigail.

– Władczyni Pieczęci – pokłonił się, opuszczając nisko rogatą głowę. – Jak mogę ci służyć?

– Nie jestem twoją panią – powiedziała mu – nie chcę, żebyś mi służył. Mam prośbę. Zanieś mnie, bym mogła porozmawiać z tymi lordami. Proszę. Możesz odmówić, jeśli tak wolisz.

Ifryt był szczerze zaskoczony. Popatrzył na nią dziwnie, ale w końcu przywołał ją gestem. Wspięła się na jego szeroki grzbiet. Ogień jej nie tykał. Kiedy się usadowiła, dżinn skoczył w powietrze i wzbił się na skrzydłach z ognia. Wznosił się coraz wyżej, aż znaleźli się przed twarzą związanego jej mocą króla ifrytów.

Sięgnęła do kieszeni, wyjęła swoją odznakę i mu pokazała.

– Może nie usłyszałeś mnie poprzednio. Jestem agentka Fatma z Egipskiego Ministerstwa Alchemii, Uroków i Istot Nadprzyrodzonych. Pogwałciłeś właśnie jakąś setkę przepisów dotyczących niesankcjonowanych jednostek z innych wymiarów. Dlatego poproszę po raz drugi, żebyś do diabła wyniósł się stąd tam, skąd przyszedłeś. Ta bitwa się skończyła. W tej chwili.

Król ifrytów milczał, ale jego furia płynęła poprzez Pieczęć. Fatma trzymała go mocno, więc nie mógł nawet ruszyć mięśniem bez jej pozwolenia. Cisza przeciągała się, gdy on się siłował. Skomentowała jego wysiłki, tylko przewracając oczami. To się zaczynało robić żenujące. W końcu przestał i narastająca w nim wściekłość zaczęła przygasać. Po jakimś czasie odetchnął, wypuszczając języki płomieni. Kiedy się odezwał, mówił królewskim tonem, lecz pełnym rezygnacji.

– Jak sobie życzysz, Władczyni Pieczęci – zagrzmiał. – Dość widzieliśmy przelanej dżinnijskiej krwi tego dnia. Powrócimy do naszego snu i opuścimy ten świat.

Fatma skinęła szorstko głową.

– Dziękuję, wielki lordzie.

Król ifrytów się żachnął.

– To błahostka, śmiertelniczko. Wszystkie światy pewnego dnia zostaną skąpane w ogniu, z którego się urodziliśmy. A ty nie zawsze tu będziesz, by dzierżyć moc dostateczną, by nas powstrzymać. Musimy tylko poczekać. Ten świat, tak jak wszystkie, spłonie. W swoim czasie.

To nie brzmiało uspokajająco.

– Jasne. Możecie już odejść. I zamknijcie za sobą drzwi.

Król ifrytów szarpnął się i wzbił wyżej, a za nimi pozostali lordowie. Łopot ich potężnych skrzydeł sprawił, że gorący wiatr uderzył w Fatmę i ifryt, na którym siedziała, musiał się cofnąć. Patrzyła, jak jeden po drugim ogniste giganty znikają w ziejącym przejściu. Kiedy ostatni przeszedł, brama zapadła się z ogłuszającym hukiem, który na pewno musiał powybijać wszystkie szyby z okien w promieniu mili. Pokręciła głową, żeby pozbyć się dzwonienia w uszach. Zapomniała o tym huku.

Wkrótce wrócili na ziemię. Zeszła z ifryta. Hadia i Siti czekały na nią. Tyle że Siti nie wyglądała jak Siti. Nakładał się na nią większy szkarłatny powidok jej dżinnijskiej natury. Wibrował. Fatma nagle poczuła, że może odczytać wszystko, co dotyczy tej kobiety – jej emocje, myśli, nawet wspomnienia. To kusiło – żeby sięgnąć i pociągnąć troszkę, zerknąć tylko. W myślach usłyszała głos, który przypominał koci śmiech.

Skończyłam, powiedziała w myślach pośpiesznie. Zabierz swoją moc.

Śmiech zamienił się w nadąsany jęk, ale kiedy Fatma spuściła wzrok, jarzący się wzór zniknął z jej skóry. Pierścień znowu był na jej palcu. Znowu był złoty. Szybko go zdjęła i zaraz po tym osunęła się na ziemię, bo nogi się pod nią ugięły.

– Nic ci nie jest? – zapytała Siti, łapiąc ją.

– Tylko trochę osłabłam.

Właściwie to była wycieńczona.

– Chwała Bogu – szepnęła Hadia. – Myślę, że wygraliśmy.

Fatma rozejrzała się po gruzach, po zniszczonych budynkach, samochodach, pożarach nadal płonących niedaleko od nich, spojrzała na wodnego olbrzyma, który wracał chwiejnym krokiem do Nilu. Wygrali, ale za jaką cenę. Zacisnęła pięść na pierścieniu i rozejrzała się za Ahmadem. Przysiadł na stosie gruzu i wpatrywał się w nią uważnie krokodylimi oczami. Zebrała wszystkie siły, podeszła do niego i wyciągnęła otwartą dłoń.

– Weź go – powiedziała. – Weź go tam, dokąd się wybierasz. I zakop. W miejscu, gdzie nikt go nie znajdzie. Nigdy.

Ahmad wahał się, a potem sięgnął szponiastą ręką, żeby wziąć pierścień. Fatma już zdecydowała, że się go pozbędzie. Do diabła z rzekomymi aniołami. Nie zamierzała oddawać im z powrotem pierścienia. Nie zamierzała też oddać go w ręce ministerstwa. Zdusiła nagłe poczucie straty, jakie ją zalało, i zdała sobie sprawę, że w tej kwestii nie ufa nawet sobie.

Abigail nagle krzyknęła, rzucając się na Ahmada i nie zważając na żadne niebezpieczeństwo. Mogła skończyć z kolejną odgryzioną kończyną czy inną częścią ciała, gdyby Hadia jej nie złapała, nie wykręciła jej ręki na plecy i nie przytrzymała zdecydowanie. Abigail mimo to szarpała się, wytrzeszczając rozgorączkowane niebieskozielone oczy.

– Jest mój! – zawodziła. – Zasługuję na niego! Nie jest twój, żebyś mogła go oddawać! Jest mój! Mój!

Ahmad pokręcił głową.

– Dlaczego ci koloniści zawsze sięgają po to, co do nich nie należy?

Ifryt, który stał obok i milczał, zagrzmiał nagle gardłowo:

– Taka jest moc... – Urwał gwałtownie, potrząsając na boki rogatą głową.

Nadal nie był w stanie mówić o pieczęci, ale Fatma zrozumiała. To, że trzymała ją przez chwilę, wpłynęło na nią. Jak długo dzierżyła pierścień Abigail? Tygodniami?

– Nie możesz mi go odebrać! – wrzeszczała Abigail. – Czuję go, czuję, czuję! Będę go szukać, a on będzie mnie wzywać, znajdę go i znowu będę go miała! Pierścień należy do mnie! Do mnie! Do mnie!

– Myślę, że mówi serio – zatroskała się Hadia.

Fatma odwróciła się do ifryta.

– Możesz sprawić, że zapomni? O... sam wiesz o czym.

Zmrużył oczy jak stopiona lawa.

– Czy to jest... twoje życzenie?

Pokręciła żywo głową. Nic z tych rzeczy.

– Zrób to raczej dla własnego dobra.

Ifryt zastanowił się. Odwrócił się do Abigail, uniósł dłoń z pazurami i ledwie musnął czubek jej głowy. Przestała nagle bełkotać, cała stężała i padła w ramiona Hadii. Tam, gdzie dotknął jej ifryt, pojawił się ognisty symbol, który powoli przepalał się przez skórę, aż zniknął. Abigail rozdziawiła usta, jej oczy miały pusty wyraz.

Fatma odwróciła się z niepokojem do ifryta.

– Coś ty zrobił?

– Sprawiałem, że zapomniała.

– Ile?

– Wszystko, co byłem w stanie znaleźć. Wszystko, co czyniło ją tym, czym jest.

Hadia aż sapnęła.

– Nie to miałam na myśli! – warknęła Fatma.

Ifryt skrzywił się gniewnie.

– Zrobiła ze mnie swojego sługę. Nie będę więcej ryzykował.

Fatma spojrzała na Siti.

– Nie możemy na to pozwolić.

– Dlaczego? – spytała Siti bez krztyny litości w spojrzeniu.

Fatma zdębiała.

– Bo... to złe. – Popatrzyła na ifryta. – Wiem, co zrobiła wam wszystkim. Do czego was zmusiła. Zasługuje, żeby wymierzyć jej sprawiedliwość, ale nie w taki sposób. Rozumiem...

– Rozumiesz niewolnictwo? – zapytał ifryt.

Fatma zawahała się. Zerknęła na zamkniętą dłoń Ahmada, na to, co w niej leżało. Wiedziała jednak, że nawet gdyby znowu miała pierścień, nie posłużyłaby się nim, żeby zapanować nad tym udręczonym dżinnem, nawet gdyby chodziło tylko o cofnięcie tego, co zrobił.

– Myślałam, że jesteś pacyfistą – wykrztusiła w końcu.

Ifryt odwrócił się, rozkładając ogniste skrzydła.

– I tylko dlatego ona nadal żyje.

Z podmuchem palącego wiatru wzbił się w powietrze i odleciał.

Siti objęła ją w pasie i pochyliła się, żeby szepnąć:

– Przykro mi. Wiem, że ty nie działasz w taki sposób, ale dżinny mają swoją sprawiedliwość. Uratowałaś nas przed tym, co ona uwolniła. – Fatma otworzyła usta, ale tamta mówiła dalej: – Bawić się taką mocą, to prowokować bogów do reakcji. Możesz się nad nią litować, ile zechcesz, ale nie pozwolę, żebyś obwiniała się za to, co sama na siebie ściągnęła.

Fatma poddała się i opuściła głowę na ramię Siti, ulegając wreszcie zmęczeniu. Popatrzyła na otwarte usta Abigail, na oczy wpatrujące się w nicość – martwe i puste. Koszmarna kołysanka dżinnów powróciła do niej nieproszona.

„Dziewięciu Lordów śpi. Chcemy ich obudzić? Jeśli spojrzysz im w oczy, to wypalą ci duszę!"

Magia. Zawsze ma swoją cenę.

# EPILOG

Fatma wytarła resztki zupy z talerza kawałkiem chleba. Ciotka Siti robiła najlepszą muluchiję z kawałkami jagnięciny tak miękkimi, że rozpływały się w ustach. Talerz dołączył do różnych naczyń rozstawionych na długim stole – większych półmisków z potrawką z kurczaka w sosie chili, a nawet z fattą z grubymi kawałkami duszonej wołowiny. Podniosła wzrok i zobaczyła, że madame Aziza patrzy z aprobatą ze swojego miejsca u szczytu stołu. Właścicielka Makki lubiła mieć pewność, że ludziom smakuje jej jedzenie. To oznaczało wzięcie nie tylko jednej dokładki, ale też drugiej i trzeciej. Przy apetycie, jaki miała teraz Fatma, to nie stanowiło kłopotu.

Przyszły z Hadią do nubijskiej jadłodajni, żeby uczcić zakończenie sprawy. Aasim też przyszedł. Inspektor najwyraźniej próbował jeść za nich wszystkich. Teraz siedział i gawędził z wujem Tawfikiem, zajadając talerz surowej wielbłądziej wątróbki z mieszanką przypraw i cebulkami moczonymi w occie. Tawfik twierdził, że to nubijskie danie ma nadzwyczajne właściwości odżywcze. Zważywszy, ile obaj go pochłonęli, to wyleczyli się już chyba ze wszystkich dolegliwości.

Siti siedziała naprzeciwko niej między Hamedem i Onsim. Cała trójka gawędziła jak starzy przyjaciele. Dziwnie było widzieć Hameda tak swobodnego i beztroskiego w rozmowie. Jednakże sposób, w jaki patrzył na Siti... To spojrzenie było dostatecznie charakterystyczne. Nie pomagał fakt, że Siti była niepoprawną flirciarą.

– To jest niesamowite! – zachwycała się siedząca obok niej Hadia. Praktycznie jęczała, przełykając kawałki ryby w ryżu zabarwionym na karmelowo. – Myślałam, że będę musiała jechać aż do Aleksandrii, żeby zjeść przyzwoitą sajadeję.

– W tym mieście jest wszystko, czego potrzebujesz – odpowiedziała Fatma. – Jeśli tylko wiesz, gdzie szukać.

– I będzie tu także jutro, chwała Bogu – wtrąciła Hadia.

– Chwała Bogu – mruknęła Fatma.

Miasto nadal będzie tu jutro, chociaż zebrało potężne lanie.

Minęły dwa dni od nocy w pałacu Abdin. Odkąd stawiła czoło lordom ifrytom i zapobiegła temu, żeby armia pozbawionych własnej woli dżinnów zalała cały świat. Już miała wrażenie, że upłynęły dwa tygodnie albo dwa miesiące. Mnóstwo rzeczy wydarzyło się w ciągu ostatnich czterdziestu ośmiu godzin.

Spojrzała na niedzielne wieczorne wydanie „Al-Masri" leżące na stole. Pierwszą stronę wypełniał artykuł o tym, jak ujawniono, że to Abigail Worthington była zamaskowanym impostorem. To wyparło praktycznie wszelkie informacje o królewskim szczycie, który jakimś cudem przetrwał. Władze miasta paliły się do tego, żeby wieści szeroko się rozeszły. Nie musiały jednak ciężko nad tym pracować – plotkarze w Kairze pracowali dostatecznie dobrze, a były Świadek, Mustafa, krążył po mieście, oznajmiając wszystkim, że rzekomy al-Dżahiz to impostor. Czterdzieści Panter pomagało rozgłaszać nowinę, przewoziły go z miejsca na miejsce, żeby mógł dać świadectwo.

Utemperowany Alexander Worthington zgodził się udzielić ministerstwu wszelkiej pomocy w ustaleniu rozmiarów przestępstw siostry. Abigail pozostała w areszcie, pogrążona obecnie w stanie katatonii. Jej współspiskowcy: Victor Fitzroy, Bethany i Darlene Edginton oraz Percival Montgomery zostali aresztowani i oskarżeni o współudział w jej przestępstwach. Londyn nie zażądał ekstradycji i badał, czy przebywające w Anglii rodziny oskarżonych działały z nimi w zmowie. Nie pojawiły się plany odbudowy rezydencji Worthingtonów, zważywszy, że większość posiadłości zapadła się w dziurze w ziemi wyciętej przez ifryty.

Większość Kairu nie odczuła skutków bitwy, ale z części centrum zostały tylko gruzy. Już rozpoczęto uprzątanie terenu. Dżinnijscy architekci przedstawiali wspaniałe propozycje przebudowy tego, co zostało zniszczone. Przynajmniej zakończył się okres terroru. Ludzie wychodzili teraz rojnie, nadrabiali stracony czas, kiedy zamykali się w domach. Zakończyły się też zamieszki na tle religijnym. Siti powiedziała, że właściciele sklepów w Chanie al-Chalili pomogli nawet naprawić szkody wyrządzone salonikowi Meriry. Dobrze było wiedzieć, że miasto potrafi dojść do siebie, chociaż niektóre rany pozostaną na dłużej.

Osłabiona struktura społeczna, którą Abigail tak mądrze wykorzystała, nadal istniała. Hadia wpadła na pomysł, żeby poruszyć kwestię warunków panujących w kairskich slumsach podczas następnego spotkania Stowarzyszenia Egipskich Feministek. „Jeśli kobiety mogą walczyć z patriarchatem i zwyciężyć, to możemy też zająć się nierównością!" – oznajmiła. „Tylko patrz!" Fatma zaś miała zamiar naciskać w ich raporcie, żeby wszelkie materiały związane z Zegarem Światów zostały raz na zawsze zniszczone. Nie sposób przewidzieć, czy szefostwo posłucha. Jednak te rzeczy były zbyt niebezpieczne, żeby je przechować, nawet zamknięte na cztery spusty.

Oczywiście pozostawała jeszcze kwestia Pieczęci Sulajmana.

We wstępnym raporcie Fatma stwierdziła, że pierścień zaginął w trakcie walki. Ani ministerstwo, ani Anielska Rada nie były z tego powodu zachwycone. Będą jednak musieli zwrócić się z tą sprawą do samozwańczego ucieleśnienia boga Sobka. O ile kiedykolwiek je odnajdą.

– Słyszałam, że wypuścili Zagrosa – powiedziała Hadia. – Nie postawiono mu żadnych zarzutów. Wróci w tym tygodniu.

– Musimy go odwiedzić – powiedziała Fatma. – Nie mogę się doczekać jego zniewag.

Siedząca naprzeciwko niej Siti roześmiała się głośno, przyciągając jej uwagę. Oto kolejny nieoczekiwany niedomknięty wątek. Mnóstwo rzeczy wydarzyło się między nimi w minionych tygodniach. Fatma nadal próbowała ogarnąć fakt, że Siti jest w połowie dżinnem. Nie była do końca pewna, w jakim świetle stawiało to ich i bez tego skomplikowaną relację. Wiedziała tylko, że zakochała się w tej kobiecie po uszy. Może więc sprawa w ogóle nie była skomplikowana. „Jeśli już kradniesz, to kradnij wielbłąda", usłyszała szept swojej matki. „A jeśli kochasz, to kochaj księżyc".

– Widzę, jak patrzysz na moją siostrzenicę – zauważyła madame Aziza. – Pamiętam, kiedy mężczyźni patrzyli na mnie w ten sposób. Byłam prawdziwą pięknością.

Fatma odwróciła się do niej zdumiona. Nic nie uchodziło uwagi tej starej kobiety! Siedząca obok niej Hadia pochyliła się do przodu.

– Nadal jest pani piękna, madame Azizo. Jak kwiat w pełni rozkwitu.

Starsza kobieta uśmiechnęła się, co pogłębiło zmarszczki na jej twarzy.

– O, to jest prawdziwa poezja. Znalazłaś coś dla mojej siostrzenicy? Nie ma lepszego sposobu, żeby zatrzymać ją, nim ucieknie.

Fatmie zaschło w ustach. Madame Aziza nie mówiła na tyle głośno, żeby ktoś przy rozgadanym stole ją usłyszał, poza nią samą i Hadią. Jednak i to wystarczyło. Spojrzała partnerce w wielkie ciemne oczy współgrające z kolorem jej hidżabu. Spostrzegawcze oczy.

– Powinnaś poprosić Onsiego o parę dobrych miłosnych wierszy – mruknęła od niechcenia Hadia, sącząc herbatę. – Jest bardzo oczytany. I romantyczny. – Widząc niewypowiedziane pytanie malujące się na twarzy Fatmy, wzruszyła ramionami. – Wspominałam ci, że mam kuzynkę? – Położyła rękę na sercu. – Partnerzy muszą sobie ufać. Podobnie jak przyjaciele.

Przyjaciele, pomyślała Fatma. To było jeszcze bardziej zaskakujące niż partnerzy.

Hadia się rozpromieniła.

– No dobrze, Siti opowiadała mi o Jasmine. Chciałabym zobaczyć to miejsce!

Fatma uniosła brew. To było coś. Spojrzała na Siti, a ta odpowiedziała przeciągłym spojrzeniem, przez które serce jej mocniej zabiło. Och, wpadła po uszy.

Tę chwilę przerwało nadejście jednej z młodszych krewniaczek Siti, która niosła małą skórzaną sakiewkę. Podała ją Fatmie.

– Ktoś to zostawił u mnie. Mężczyzna. Zajrzał wcześniej i powiedział, że mam dać ci skończyć obiad, zanim ci to dam.

Fatma wzięła sakiewkę.

– Jak wyglądał?

Młoda kobieta pokręciła głową.

– Nie wiem. Nosił kaptur. I było już ciemno. Ale miał dziwnie chrapliwy głos. Pomyślałam, że jest chory.

Fatma spojrzała na Hadię, ale ona zagadała się z innym agentem i nie zwróciła uwagi na posłańca. Fatma przeprosiła towarzystwo, odeszła od stołu w kąt i pośpiesznie rozwiązała rzemyk sakiewki. Sięgnęła do środka. Było tam drewniane pudełko i list, który brzmiał:

*Agentko Fatmo!*

*Mam nadzieję, że mój list zastanie cię w zdrowiu. Przyjmij wyrazy wdzięczności za wszystko, czego dokonałaś. Odchodzę teraz, by zamieszkać w świętym miejscu, do mojego domu i świątyni, gdzie ta, która jest Neftydą, żyje wiecznie. Istnieją moce na tym świecie, które nigdy nie powinny trafić w ręce ludzi. Ani nieśmiertelnych. Które powinny na zawsze pozostać zamknięte, by nie narobiły szkód. W tej kwestii oboje się zgadzamy. Powierzam coś twojej opiece, bo nikomu innemu nie zawierzyłbym tego. Taką samą wiarę możesz pokładać we mnie.*

*Lord Sobek, Pan Wód,*
*Ten, Który Płonie Gniewem,*
*Władca Fajum,*
*Obrońca Lądu,*
*Generał Królewskich Armii*

*PS. To znaczy Ahmad.*

Fatma wstrzymała oddech i ostrożnie otworzyła drewniane pudełko. Serce zabiło jej na widok błysku w środku. Przygotowała się na najgorsze i odsunęła wieczko. W środku leżała mała srebrna zapalniczka. W kształcie skarabeusza.

Z jakiegoś powodu uśmiechnęła się na ten widok. Otarła czerwoną chustką nerwowy pot, który zrosił jej czoło pod melonikiem.

– To ci się udało – mruknęła.

Otworzyła zapalniczkę, zamknęła i schowała w marynarce, tuż obok swojego kieszonkowego zegarka, a potem wróciła do stołu. Nadszedł czas na deser.

# PODZIĘKOWANIA

Pierwsza prawdziwa powieść! Możecie w to uwierzyć? Tak wielu ludziom muszę podziękować. Przede wszystkich Dianie Pho, która nie tylko na każdym kroku pomagała mi przy pracy nad tą książką, to jeszcze tyle zaryzykowała przy pierwszej opowieści o dżinnach i Kairze w klimacie steampunk. To dzięki tobie Fatma ma dom i świat, w który może wrosnąć! Najwspanialsza cioteczka-redaktor na świecie! Dziękuję mojemu agentowi, Sethowi Fishmanowi, najlepszemu człowiekowi od reklamy, jakiego można mieć po swoje stronie. Zarówno ty, jak i Diana pomogliście udoskonalić tę debiutancką powieść wszystkimi swoimi sugestiami i korektami. Carl i Ruoxi – dzięki za pomoc przy ostatniej części książki i przy doprowadzeniu jej do mety. Szczere podziękowania dla całego zespołu Tordotcom, dla waszych magicznych adiustatorów za ich ciężką pracę, dzięki której ta książka stała się naprawdę żywą, oddychającą i piękną istotą!

Szczególne podziękowania chcę złożyć tym, którzy pomogli mi nawigować wśród ludowych podań i średniowiecznych rękopisów, które były inspiracją dla tej powieści, a także tym, którzy pracowicie prowadzili mnie przez zawiłości współczesnego Egiptu i jego języka, kultury i zwyczajów. Dziękuję za to, że podzieliście się swoją fachową wiedzą i życiowym doświadczeniem.

Jestem dłużnikiem mojej siostry Lisy, która nalegała, żebym pisał, kiedy miałem ochotę się poddać; mojego ojca, który zawsze jest dumny z moich osiągnięć; mojej matki, która wiem, że będzie zachwycona, widząc tę powieść. Podziękowania dla Lasany, mojej towarzyszki w podróży z Kairu do Asuanu. Nadal mamy dość żartów, żeby przetrwać „dwadzieścia tysięcy lat”! I oczywiście najcieplejsze podziękowania dla Danielle, Nii i Nyi, które zawsze mnie wspierają.

Na końcu dziękuję wszystkimi czytelnikom, którzy wciąż dopytywali się o ten świat – wy byliście najwspanialszą pożywką dla mojej muzy. Wy, jak nikt inny przyczyniliście się do powstania tej książki. Niech was zachwyci i dorośnie do waszych oczekiwań.

## O AUTORZE

P. Djèlí Clark urodził się w Nowym Jorku, wychował się głównie w Houston, a najważniejsze dla swojego rozwoju lata spędził w Trynidadzie i Tobago, ojczyźnie swoich rodziców. Jest autorem opowiadań *The Black God's Drums*, które w 2019 roku zdobyło Alex Award przyznawaną przez American Library Association, *Nawiedzony tramwaj numer 15* oraz *Martwy dżinn w Kairze*. Za opowiadanie *Sekretne życie dziewięciu murzyńskich zębów Jerzego Waszyngtona* zdobył zarówno Nebula Award, jak i Locus Award. Jest luźno związany z kwartalnikiem „FIYAH: Magazine of Black Speculative Fiction" i niekiedy pisuje recenzje dla „Strange Horizons". Obecnie mieszka w Nowej Anglii i w swojej fantastyce rozważa rozmaite aspekty różnorodności.

# RING SHOUT

**P. Djèlí Clark**

W Ameryce demony noszą białe kaptury.

W roku 1915 *Narodziny narodu* rzuciły urok na całe Stany Zjednoczone. Dosięgły najtajniejszych głębi umysłów białych i spowodowały gwałtowny wzrost liczebności Klanu. Teraz jeżdżą po całym kraju, siejąc strach i krzywdząc bezbronnych. Chcą sprowadzić piekło na ziemię. Ale nawet kukluxy mogą umrzeć.

Na ich drodze stają Maryse Boudreaux i jej towarzyszki z ruchu oporu – snajperka z niewyparzoną gębą i pochodząca z Harlemu weteranka Hellfighterów. Uzbrojone w miecz, kule i bomby tropią swoich prześladowców i wysyłają demony prosto do piekła. W Macon szykuje się jednak coś strasznego. Wojna przeciw piekłu nabiera rumieńców.

Czy Maryse zdoła powstrzymać Klan, zanim ten sprowadzi koniec świata?

# PIRANESI

**Susanna Clarke**

Długo wyczekiwany powrót autorki sprzedanego w milionach egzemplarzy bestsellera „Jonathan Strange i pan Norrell".

Piranesi mieszka w Domu. Być może mieszka w nim od zawsze.

W swoich dziennikach dzień po dniu sumiennie opisuje jego cudowności: labirynt komnat, tysiące tysięcy posągów, przypływy morza przetaczające się z hukiem po schodach, chmury płynące w wolnej procesji przez górne sale.

We wtorki i piątki Piranesi spotyka się ze swoim przyjacielem, Tym Drugim. Kiedy indziej składa Umarłym ofiary z jedzenia i lilii wodnych. Najczęściej jednak jest samotny.

Pojawiają się wiadomości wypisane kredą na posadzce. Do Domu przybył ktoś nowy. Kim jest? Czego chce? Czy jest przyjacielem? Czy też – jak twierdzi Ten Drugi – zwiastunem zniszczenia i szaleństwa?

Zaginione teksty muszą zostać odnalezione, a tajemnice odkryte. Świat, który wydawał się Piranesiemu znajomy, staje się obcy i niebezpieczny.

# BIBLIOTEKA NA GÓRZE OPIEC

**Scott Hawkins**

Bóg, który zaginął.

Biblioteka, która kryje w sobie sekrety wszechświata.

Kobieta, która w nawale zajęć nie dostrzega, że traci serce.

Carolyn nie różni się zbytnio od innych ludzi. Lubi guacamole, papierosy i steki. Umie korzystać z telefonu. Ubrania bywają kłopotliwe, ale wszyscy chwalą jej zestawienie świątecznego swetra ze złotymi szortami kolarzówkami. Ostatecznie, kiedyś też była zwyczajną Amerykanką. Oczywiście było to dawno temu. Zanim zginęli jej rodzice. Zanim wraz z innymi została przygarnięta przez człowieka, którego nazywali Ojcem. Od tego czasu Carolyn rzadko miewała okazję, żeby gdzieś się wyrwać, bo wraz z adopcyjnym rodzeństwem wychowywała się według pradawnych zasad Ojca. Ucząc się z ksiąg w Bibliotece, poznawali część tajemnic jego mocy. I czasami zastanawiali się, czy ich okrutny opiekun nie jest przypadkiem Bogiem. Teraz Ojciec zaginął – może nawet nie żyje – i Biblioteka, kryjąca w sobie jego sekrety, stoi niestrzeżona. A wraz z nią władza nad całym Stworzeniem. Podczas gdy Carolyn zbiera narzędzia, niezbędne do czekającej ją bitwy, inni groźni przeciwnicy również szykują się do walki. A każdy z nich dysponuje mocami o wiele przewyższającymi jej własne. Ale Carolyn to przewidziała. I ma plan. Niestety w wojnie o zostanie nowym Bogiem zapomniała, by chronić to, co czyni ją człowiekiem.

„Biblioteka na Górze Opiec", pełna niezapomnianych bohaterów i szokujących zwrotów akcji, jest jednocześnie przerażająca i prześmieszna, niesamowicie obca i rozdzierająco ludzka, porywająco wizjonerska i mrożąca krew w żyłach. To znakomity debiut nowego ważnego twórcy fantasy.

# ODMIENIEC

**Victor LaValle**

Ojciec Apollo Kagwy zniknął, kiedy ten był jeszcze dzieckiem. Zostawił po sobie tylko nawracające koszmary senne i kartonowe pudło z napisem Improbabilia. Dziś Apollo odnosi sukcesy w zawodzie antykwariusza, założył też własną rodzinę – po tym jak zakochał się w bibliotekarce imieniem Emma, ożenił się z nią i doczekali się dziecka. Nic, tylko żyć długo i szczęśliwie.

Jednakże w miarę jak stopniowo wpadają w koleiny rodzicielstwa, narastające zmęczenie i codzienne troski odciskają na nich swoje piętno. Emma pomału staje się coraz bardziej nieobliczalna, aż wreszcie pewnego dnia dopuszcza się rzeczy absolutnie niewyobrażalnej i Apollo wyrusza w szaloną, fantastyczną podróż po baśniowym Nowym Jorku w poszukiwaniu żony i syna, których już nie poznaje.

Znakomita powieść na nasze pełne niepokojów czasy opowiada o rodzicielstwie, miłości (w jej najbardziej pierwotnej i brutalnej postaci) i – ostatecznie – człowieczeństwie.

# W KALABRII

**Peter S. Beagle**

Autor słynnego „Ostatniego jednorożca" powraca z nową, kunsztownie opowiedzianą współczesną baśnią o jednorożcach.

Claudio Bianchi od wielu lat mieszka samotnie na zboczu wzgórza w malowniczej Kalabrii w południowych Włoszech. Wierny swym przyzwyczajeniom i podejrzliwy wobec obcych, Claudio zawsze opierał się zmianom, preferując uprawę roli i pisanie wierszy. Ale pewnego chłodnego poranka w jego gospodarstwie zjawia się istota rodem ze snów. Kiedy Claudio przychodzi jej z pomocą, ten akt dobroci przewraca jego mały świat do góry nogami. Skromny rolnik nagle musi się mierzyć z wścibstwem gapiów, natarczywymi dziennikarzami i z kimś jeszcze bardziej złowrogim.

Liryczna, porywająca i mądra powieść „W Kalabrii" potwierdza renomę Petera S. Beagle'a jako jednego z najbardziej legendarnych autorów fantasy.

# MAŁE, DUŻE

**John Crowley**

Powieść uhonorowana nagrodą World Fantasy, która przyniosła autorowi światową sławę. Pełna baśniowych fantazji opowieść o rodzinie Drinkwaterów, mieszkańcach Edgewood. Do krainy leżącej na pograniczu wizji i realności przybywa młodzieniec Smoky Barnable, by poślubić Daily Alice. Najpierw jednak razem będą musieli odbyć niebezpieczną podróż po pełnym cudów świecie, w trakcie której odnajdą wiele skarbów i napotkają najdziwniejsze istoty.